中华现代学术名著丛书

胡小石中国文学批评史论

胡小石 著

张伯伟 徐亦然 编

图书在版编目（CIP）数据

胡小石中国文学批评史论 / 胡小石著；张伯伟，徐亦然编. -- 北京：商务印书馆，2025. --（中华现代学术名著丛书）. -- ISBN 978-7-100-24494-7

I. I206.09

中国国家版本馆CIP数据核字第2024ZC2103号

权利保留，侵权必究。

中华现代学术名著丛书

胡小石中国文学批评史论

胡小石 著

张伯伟 徐亦然 编

商 务 印 书 馆 出 版
（北京王府井大街36号 邮政编码100710）
商 务 印 书 馆 发 行
北京通州皇家印刷厂印刷
ISBN 978-7-100-24494-7

| 2025年2月第1版 | 开本 880×1240 1/32 |
| 2025年2月北京第1次印刷 | 印张 21 插页 2 |

定价：119.00元

胡小石

(1888—1962)

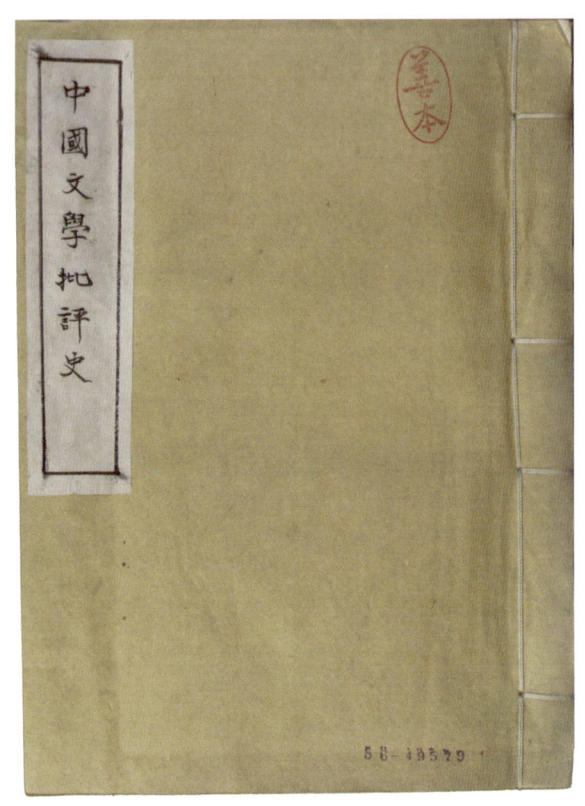

胡小石《中国文学批评史》

(藏于南京大学图书馆)

1939年，胡小石自作诗《南京陷及期书愤一首》

(藏于南京博物院)

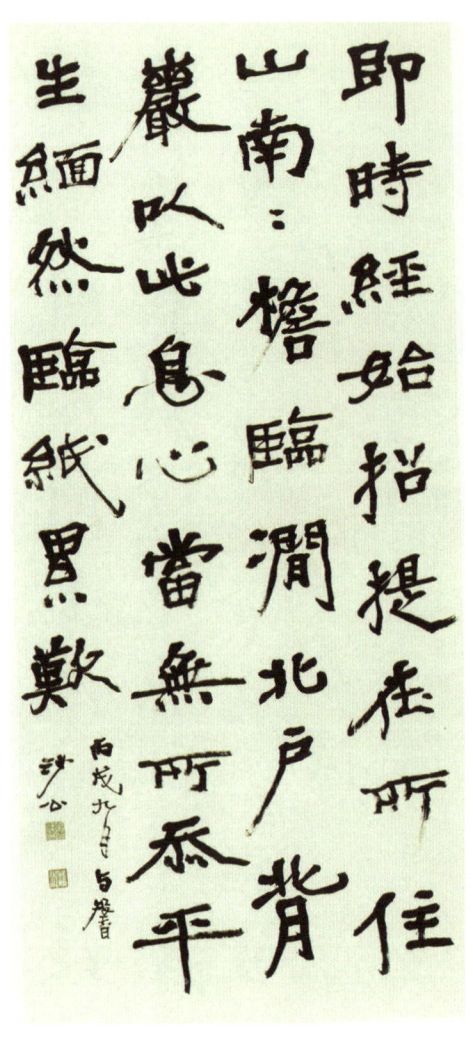

1946年，胡小石节录谢灵运《答范光禄书》句

（藏于南京博物院）

出版说明

百年前,张之洞尝劝学曰:"世运之明晦,人才之盛衰,其表在政,其里在学。"是时,国势颓危,列强环伺,传统频遭质疑,西学新知亟亟而入。一时间,中西学并立,文史哲分家,经济、政治、社会等新学科勃兴,令国人乱花迷眼。然而,淆乱之中,自有元气淋漓之象。中华现代学术之转型正是完成于这一混沌时期,于切磋琢磨、交锋碰撞中不断前行,涌现了一大批学术名家与经典之作。而学术与思想之新变,亦带动了社会各领域的全面转型,为中华复兴奠定了坚实基础。

时至今日,中华现代学术已走过百余年,其间百家林立、论辩蜂起,沉浮消长瞬息万变,情势之复杂自不待言。温故而知新,述往事而思来者。"中华现代学术名著丛书"之编纂,其意正在于此,冀辨章学术,考镜源流,收纳各学科学派名家名作,以展现中华传统文化之新变,探求中华现代学术之根基。

"中华现代学术名著丛书"收录上自晚清下至20世纪80年代末中国大陆及港澳台地区、海外华人学者的原创学术名著(包括外文著作),以人文社会科学为主体兼及其他,涵盖文学、历史、哲学、政治、经济、法律和社会学等众多学科。

出版说明

出版"中华现代学术名著丛书",为本馆一大夙愿。自1897年始创起,本馆以"昌明教育,开启民智"为己任,有幸首刊了中华现代学术史上诸多开山之著、扛鼎之作;于中华现代学术之建立与变迁而言,既为参与者,也是见证者。作为对前人出版成绩与文化理念的承续,本馆倾力谋划,经学界通人擘画,并得国家出版基金支持,终以此丛书呈现于读者面前。唯望无论多少年,皆能傲立于书架,并希冀其能与"汉译世界学术名著丛书"共相辉映。如此宏愿,难免汲深绠短之忧,诚盼专家学者和广大读者共襄助之。

商务印书馆编辑部
2010年12月

凡 例

一、"中华现代学术名著丛书"收录晚清以迄20世纪80年代末,为中华学人所著,成就斐然、泽被学林之学术著作。入选著作以名著为主,酌量选录名篇合集。

二、入选著作内容、编次一仍其旧,唯各书卷首冠以作者照片、手迹等。卷末附作者学术年表和题解文章,诚邀专家学者撰写而成,意在介绍作者学术成就、著作成书背景、学术价值及版本流变等情况。

三、入选著作率以原刊或作者修订、校阅本为底本,参校他本,正其讹误。前人引书,时有省略更改,倘不失原意,则不以原书文字改动引文;如确需校改,则出脚注说明版本依据,以"编者注"或"校者注"形式说明。

四、作者自有其文字风格,各时代均有其语言习惯,故不按现行用法、写法及表现手法改动原文;原书专名(人名、地名、术语)及译名与今不统一者,亦不作改动。如确系作者笔误、排印舛误、数据计算与外文拼写错误等,则予径改。

五、原书为直(横)排繁体者,除个别特殊情况,均改作横排简体。其中原书无标点或仅有简单断句者,一律改为新式标点,专名号从略。

六、除特殊情况外,原书篇后注移作脚注,双行夹注改为单行夹注。文献著录则从其原貌,稍加统一。

七、原书因年代久远而字迹模糊或纸页残缺者,据所缺字数用"□"表示;字数难以确定者,则用"(下缺)"表示。

目　次

中国文学批评史

总论 …………………………………………………… 3
第一期　周—汉 ……………………………………… 7
第二期　东汉—建安 ………………………………… 16
第三期　齐梁 ………………………………………… 35
第四期　元和 ………………………………………… 51
第五期　南宋 ………………………………………… 78
第六期　明代 ………………………………………… 96
第七期　清代 ………………………………………… 110
古今文论要目 ………………………………………… 119

中国文学史讲稿

第一章　通论 ………………………………………… 125
　　引言 ……………………………………………… 125
　　文学的意义之各种解释 ………………………… 128
　　什么是文学 ……………………………………… 132
　　文学史之研究 …………………………………… 137
第二章　上古文学 …………………………………… 138

目次

　　总论 ··· 138
　　殷之文化 ··· 145

第三章　周代文学 ······································· 149
　　总论 ··· 149
　　周代之南北文学 ······································· 151
　　古代散文 ··· 161

第四章　秦代文学 ······································· 162

第五章　汉代文学 ······································· 166
　　总论 ··· 166
　　第一期　由高祖至文、景 ······························· 167
　　第二期　武帝至昭、宣 ································· 169
　　第三期　成帝、哀帝至桓、灵 ··························· 173
　　第四期　建安 ··· 174
　　两汉之散文 ··· 183

第六章　魏晋文学 ······································· 187
　　总论 ··· 187
　　魏晋文学之分期 ······································· 190
　　晋代之批评文学 ······································· 197

第七章　南朝文学 ······································· 199
　　第一期　宋代文学 ····································· 199
　　第二期　齐梁文学——声律说 ··························· 203
　　第三期　陈文学 ······································· 213

第八章　北朝文学 ······································· 216
　　第一期　魏开国至孝文帝太和中 ························· 217
　　第二期　太和迁洛至北齐 ······························· 217

第三期　西魏迁长安至北周	219
第九章　隋代文学	222
第十章　唐代文学	224
总论	224
唐代文学分期说	228
第一期　初唐文学	230
第二期　盛唐文学	236
第三期　中唐文学	245
第四期　晚唐文学	265
唐词	269
唐代文学批评	272
第十一章　五代文学	275
总论	275
南唐词人	278
第十二章　宋代文学	282
总论	282
宋诗	291
宋词	301
宋小说	309
后记　　　　　　　　　　　吴征铸	313
附：中国文学史上的几个重要问题	315

中国修辞学史

中国修辞学史略	325
一、释名	325

目次

  二、述西洋修辞学之变迁 ……………………………… 327
  三、中国修辞学 …………………………………………… 333
中国修辞学史 ………………………………………………… 334
  第一期 春秋 …………………………………………… 334
  第二期 战国 …………………………………………… 338

唐人七绝诗论

唐人七绝诗论（吴白匋记录本）……………………………… 353
七绝诗论讲义（游寿记录本）………………………………… 420

胡小石先生学术年表 ………………………………… 谢建华 500
胡小石先生的文史研究 ……………………………… 周勋初 515
读胡小石先生《中国文学批评史》…………………… 张伯伟 556
古典文学与现时代
  ——胡小石先生的文学史与批评史研究 ………… 徐亦然 627
编后记 ………………………………………………… 张伯伟 662

中国文学批评史

总　　论*

文学之批评

　　一代文学以其时代为背景，而批评则以一代文学为其背景。批评是人类之天才与欲望，不学而能，虽妇孺亦知之，讨论长短，竞说是非，何往而非批评。文学批评盖利用人类之天才与欲望，使其充分发展，由批评者之指导，可以转变文学之趋势。[1]

　　文人对于文学之态度有三：曰创作；曰欣赏；曰批评。创作由于作者与其周围发生之关系、感想、反应而产生，以文字表达之，遂为作品。欣赏与批评同为读者与作者发生关系，惟表现之程度有别。前者由读者之经验与作者之经验相印证，复现作者之想象，为内心之领会与盘旋，或吟咏诸口，玩味作者之真际，惟未见于文字。而批评则读者受作者之刺激与反应，追求其原因，推定其价值，品论其高下，读者以文字表达之，传诸今后之读者。故欣赏属于艺术，领会其审美，纯出诸情。而批评则流于科学，每以客观之态度，为理智之探讨，判其真伪，定其次第，审其品质焉。

---

　　*　此标题为编者所增。（本书胡小石先生著作中的脚注均为编者所加，不另注。）

　　[1]　此处有眉批："批评生于同类二物之比较，形容词皆相对的，由比较而出。文学盛而批评生，多数可以利于比较。"

常人重创作而轻欣赏与批评，实则不然。盖禀赋之才，各有所长，三者未必兼备。作品中之涵蕴，往往复见于欣赏者之内心，作品之价值，每以批评而高低，亦非易事，其天才岂在作者之下？若锺嵘之《诗品》、严羽之《沧浪诗话》，锺之诗今无从考见，而严之诗（载于《樵川二家诗》）罕有可取，然其所评论者，不因兹而减色。若夫《文心雕龙》则批评而兼创作，盖亦鲜矣。

批评之正名

今之所谓批评，犹古之所谓评论。《隋书·经籍志》载锺嵘《诗评》三卷，至《太平御览》始作《诗品》，魏文帝《典论·论文》论及时人之制作，李充之《翰林论》、挚虞之《文章流别志》及《文章流别志论》，则又总集之学也。《隋书·经籍志》总集叙："今次其先后，并解释评论，总于此篇。"实评论之嚆矢。

批评之使命

批评对于文学之影响至巨，非惟介绍作品，且可增进了解之能力。批评者往往推求作者当时之背景，平生之际遇，思想之趋向，艺术之造就，书以文字，使读者之于作品益形明了。

自沈、宋揭扬声律，而古体诗蝉脱以成近体。六朝迄唐，骈文独扇，韩、柳力倡复古，于是变复为单，以奇代偶，散文披靡一时矣。唐宋之际，西昆体先后历数十年，欧、梅出而庆历之风为之丕变。

《沧浪诗话》定评论之旨归,明清数百年间,罕能脱其牢笼,或附或否,先后相随。至若杜工部之主变("后贤兼旧制,历代各清规"),白香山之主风人("惟歌生民病,愿得天子知"),均为后人所宪章,或以批评,或以倡导,转移一时之风气,其影响之远大,岂初所及料耶?

批评可离作品而独立,但不可离作品而产生。介文学极盛将衰之际,总论旧文学而估定其价值,讨论其优劣,遂为新文学之先导。《诗》三百篇,产生于商、周,综而论者孔子。其时后于三百篇。建安、齐梁,文采彬彬,虽其时间有评论之者,然多半在作者之后。唐诗冠绝一时,至宋而诗话始出。宋词、元曲,评论多在其后。

夫批评为增进读者之了解,颇近似文学史。批评为转换新旧文学之轴纽,则近似修辞学。盖文学之发展多端,而批评亦然。无论才之优劣,艺之高下,范围之广狭,体制之疏密,而批评无不可以消纳之。

批评之法有二:一为归纳法,一为判断法。文学之价值极难估定,若恃一人主观之所见,往往失于武断,故批评之有价值者,类皆出于归纳法,以其能综合事实,相互证明,纯出于客观。

批评之分期

自尼宣删定《诗》三百篇,合乐垂教,风人之旨,见于《大叙》;抒己之情,出于《史记》,而兴、观、群、怨之用众矣。自朝聘之礼衰,王者之迹熄,《风》《雅》无别,赋由诗出;则、淫并作,诗与词殊。此第一期也。魏袭东京余绪,文采斑斑,建安七子,飙起一时,或宾朋裁答，寄以评论；或篇什连翩，判其高下。审清浊、论才思、别体裁，蔚为专著。此第二期也。齐梁声律，标举隐微，或综论源流，或评议制作，宪章百世，转移一时之风气，裁成专书，业有独精，其才、其识、其学，有足多者。斯盖批评之盛世，亦文章之极规，其孰能过之乎？此第三期也。元和诸子，揭复古之旗帜，规模史迁，而文笔遂杂；旁涉诸子，而子、集无分矣。历时未久，转变颇剧，西昆易帜，温柔之风，披靡当时。欧、梅诸子，推尊史迁、昌黎，渐以载道为务，末流所及，辞乏润饰，有德者不必有言。语录出而文杂鄙倍，辞多理语，道学盛而文学替。此第四期也。严羽《沧浪诗话》，推尊汉魏、盛唐，士渐舍近务远，推求本原，唾弃古文之议，酝酿而开明代前后七子模拟之风，而"神韵""性灵"之说嚆矢焉。此第五期也。成化、弘治之间，或沿袭《沧浪》，规制汉魏、盛唐，务求其神似；或祖述唐宋，承欧、梅之绪。然依傍门户，罕有树立。此第六期也。清则或承有明，主张复古，沿唐宋之旧途，浸淫理学，实源八比。或祖述汉魏、盛唐，步尘七子，多出于汉学。迨海禁既废，西学东行，渐波及于文学，而董理益精，综合比较，论列颇当。此第七期也。辨其本末，次其盛衰，明其转变而商榷其优劣，胪举事迹，比而论之，不为党同伐异之论，不务新奇，不尚意气，使潮流之升降，文质之兴替，得以大白于天下，是则区区之志也。

第一期　周—汉

周人论文,以《诗》(三百篇)为中心;汉人论文,以赋为中心。而论诗之材料,其可信者,自孔子始。①

孔子论《诗》,系以教育为其主的,不及其本质,视《诗》之功用颇多。

> 古者诗三千余篇,及至孔子,去其重,取可施于礼义,上采契、后稷,中述殷、周之盛,至幽、厉之缺……

(一)诗之认识

《诗大叙》旧题为子夏所作,其说出于毛公,《经典释文》(沈重据《诗谱》)引郑康成说亦然。但即不出于子夏,亦必出于西汉初年人之手。

> 诗者,志之所之也。在心为志,发言为诗。(《诗大叙》)
> 诗言志,歌永言,声依永,律和声。(《虞书·尧典》,今之《舜典》)

---

① 此处有眉批:"《诗·大雅·崧高》:'吉甫作诵,其诗孔硕。其风肆好,以赠申伯。'《大雅·烝民》:'吉甫作诵,穆如清风,仲山甫永怀,以慰其心。'此可谓论诗之始。"

以意逆志，是为得之。(《孟子·万章篇》)
诗以道志，书以道事，礼以道行。(《庄子·天下篇》)
诗言是，其志也；书言是，其事也；礼言是，其行也。(《荀子·儒效篇》)

古人于情志分别未明，不当据今以释古(近人潘大道《诗论》引心理学情、知、意志三分说以释之，实非)。至《诗大叙》则倡调和之说。

诗者，志之所之也……情动于中而形于言，言之不足故嗟叹之，嗟叹之不足故永歌之，永歌之不足，不知手之舞之足之蹈之也。

诗之古文，𧥣𧥞 ("志"与"诗"同声字)。
训诂基于声音，同声之字，义必相近。
𡳿 𡳿 𡳿 殷墟文字，𡳿 钟鼎，手趾之本字。
𡳿 𡳿 "之""止"本一字。《尔雅·释诂》：之，往也。引申字又训为行止之止。𡳿 趾在人下，故训为草木之趾。
志，犹今言希望。希望先于事实，事或成或败，哀乐遂殊，其所表见者诗也。

(二)合乐

三百五篇，孔子皆弦歌之，以求合《韶》《武》《雅》《颂》之音。(《史记·孔子世家》)

师挚之始,关雎之乱,洋洋乎盈耳哉!(《论语·泰伯八》)
中声之所止也。(《荀子》)

夫声音不惟表人之哀乐,并可表政事之得失兴亡盛衰。一代风气之转移,音乐为先,而汉魏人之五言诗,往往为乐府之歌辞。

(三)中和说

诗由情而生,情易奔放崩越,孔子制之以求合于教育之宗旨,使之中和不致趋于极端。

《诗》三百,一言以蔽之,曰思无邪。(《论语·为政二》)
《关雎》乐而不淫,哀而不伤。(《论语·八佾三》)孔安国曰:"言其和也。"
至于王道衰礼义废,政教失,国异政,家殊俗,而变风变雅作矣……故变风,发乎情,止乎礼义。发乎情,民之情也;止乎礼义,先王之泽也。(《诗大叙》)
《国风》好色而不淫,《小雅》怨诽而不乱。(淮南王)

夫诗在表情,情之奔放,原无不可,必抑制之,束缚之,使因于礼义,不能向极端发展,文学之受拘束,实文学之大厄也。

(四)言语

诗多比兴,温柔敦厚,悦于耳,愉于心,其音节之和谐,使言语之形式加优。

> 不学《诗》，无以言。（《论语·季氏十六》）
> 诵《诗》三百，授之以政，不达，使于四方，不能专对，虽多亦奚以为哉？（《论语·子路十三》）
> 商也，可与言诗矣。（《论语·八佾三》）
> 赐也，始可与言诗也矣。（《论语·学而一》）

春秋之际，列国朝聘往来，每赋诗以言志，可见诗于国际间外交之关系，而子贡列于四科之言语，可见诗与言语关系至切。

（五）教典

> 子曰：兴于《诗》（苞曰：言修身当学诗也），立于礼，成于乐。（《论语·泰伯八》）
> 不学《诗》，无以言……不学礼，无以立。（《论语·季氏十六》）
> 小子何莫学乎《诗》：《诗》可以兴（孔曰：兴，引譬连类），可以观（郑曰：观风俗之盛衰），可以群（群居切瑳），可以怨（怨刺上政），迩之事父，远之事君，多识于鸟兽草木之名。（《论语·阳货十七》）
> 子谓伯鱼曰：女为《周南》《召南》矣乎？人而不为《周南》《召南》，其犹正墙面而立也与？（《阳货》）[1]

---

[1] 此原为眉批语，兹补入正文。

> 王者之迹熄而《诗》亡，《诗》亡然后《春秋》作。（《孟子》）

《春秋》，孔子因之以设教，孟子以《春秋》继《诗》，故《诗》亦为教典。

《韩诗外传》，刘向《列女传》，其末均引诗为言。

汉列《诗》于十四博士之外①，使人知其政治，而《诗》已不复视为文学矣。惟刘向置之《六艺略》，与赋并称，盖亦反其本也。

汉人论赋

赋合楚辞与纵横家之言论而成，汉人论赋，亦以论《诗》之法论之。

（一）《法言·吾子篇》

> 诗人之赋丽以则，词人之赋丽以淫。

"丽以则"者能守法度，如《荀子》之赋；"丽以淫"者言其奔放，如屈原、司马相如之赋。惟赋之存在实赖丽淫，若丽则之说，犹属儒家之论，荀卿、屈原，其宗旨犹去诗不远，枚、马而后，迥然不侔矣。

---

① "之外"似当作"之内"，盖西汉十四博士中，《诗》有齐、鲁、韩三家，加上《易》四家、《书》三家、《礼》二家、《春秋》二家，共十四家。

（二）《史记》

> 《国风》好色而不淫，《小雅》怨诽而不乱。若《离骚》者可谓兼之矣。(《屈原传》)
>
> 相如虽多虚辞滥说，然其要归，引之于节俭，此与《诗》之讽谏何异？(《司马相如传》)

《离骚》之美，以其有诗之美，《史记》此说，盖本于淮南。（淮南王曾为《离骚》作传）

（三）《汉书·艺文志》

> 春秋以后，周道浸坏，聘问歌咏，不行于列国，学诗之士逸在布衣，而贤人失志之赋作矣。大儒孙卿及楚臣屈原，离谗忧国，皆作赋以风，咸有恻隐古诗之义。

班固之说源出于刘歆《七略》，以赋有古诗之义，亦即"赋者古诗之流"之意。

西汉人以赋出于诗，或以赋继诗，故其论赋，纯袭论诗之陈规。

先天后天说

文学之成就在于禀赋之才能，此说发生较迟，《典论·论文》

盖尝主之。亦有谓造诣之精粗，胥视环境为转移，此说发生较早，史迁主之。

（一）后天说

司马迁幼传家学，少年即有述作之志，及受刑而心决矣。

> 然虞卿非穷愁，亦不能著书（《虞氏春秋》）以自见于后世云。（《虞卿传》）
> 文王拘而演《周易》；仲尼厄而作《春秋》；屈原放逐，乃赋《离骚》；左丘丧明，厥有《国语》……《诗》三百篇，大抵圣贤发愤之所为作也。（司马迁《报任少卿书》）
> 《离骚》者，犹离忧也……屈原之作《离骚》，盖自怨生也。（《史记·屈原传》）[①]

此说后为谢灵运所主张，见其所著《拟邺中诗集叙》：

> 王粲"家本秦川，贵公子孙，遭乱流寓，自伤情多"。
> 陈琳"袁本初书记之士，故述丧乱事多"。
> 平原侯植"公子不及世事，但美遨游，然颇有忧生之嗟"。

锺嵘《诗品》，所见与此略同。

---

① 此处有眉批："桓谭《新论》：'贾谊不左迁失志，则文采不发。淮南不贵盛富饶，则不能广聘骏士，使著文作书。太史公不典掌书记，则不能条悉古今。扬雄不贫，则不能作玄言。'（《全后汉文》十三引《意林》引）"

李陵"使陵不遭辛苦,其文亦何能至此"。

"非诗之能穷人,殆穷者而后工也。"(欧阳修《梅圣俞诗集序》)

(二)先天说

魏文帝《典论·论文》主张先天之说。

> 文以气为主,气之清浊有体,不可力强而致……至于引气不齐,巧拙有素,虽在父兄,不能以移子弟。

以巧拙清浊,出于天赋,未可移易。

要之,先天后天之说,各有所见,各有所偏,未能周备则一也。禀赋虽优,使际遇困厄,未尽厥长,亦犹璞玉。遭遇虽顺,而天资鲁钝,施以教化,稍减其鲁钝则可,举而移之则不可,故先天后天相须而成,执一又乌乎可?

为人为己说

(一)为人

> 风,风也,教也。风以动之,教以化之……上以风化下,下以风刺上,主文而谲谏,言之者无罪,闻之者足以戒。(《诗大叙》)

主文谲谏，则诗以讽谏为主，比兴寄托，婉曲其辞，而以规劝为旨归。汉代政治最后之裁决，多以《诗》为断，至唐白香山诗主讽谏，呼号生民之疾苦，复兴风人之帜。

（二）为己

《诗》三百篇，大抵圣贤发愤之所为作也，此其人皆意有所郁结，不得通其道，故述往事，思来者。及如左丘无目，孙子断足，终不可用，退而论书策以舒其愤。（司马迁《报任少卿书》）

于是忧愁幽思而作《离骚》。（《史记·屈原传》）

自汉以降，多主史迁之说。

使穷贱易安，幽居靡闷，莫尚于诗矣。（锺嵘《诗品序》）

夫说经者以诗为号呼人之困苦，得以上闻，而抒难舒困。为文者以诗为表达自身之性情，或宣郁积，或申情思。

第二期　东汉—建安

汉晋之际，思想之变幻靡常，论文之准则转移莫定，而专篇之评论，始于兹矣。

汉之文人，重尚辞赋，自汉武招致词人侍于左右，视同俳优，文人每以待遇之卑下，深自怨悔。

> 皋辞赋中自言为赋不如相如，又言为赋乃俳，见视如倡，自悔类倡也。（《汉书·枚皋传》）
>
> 或问："吾子少而好赋？"曰："然，童子雕虫篆刻。"俄而曰："壮夫不为也。"（《法言·吾子篇》）

扬雄兼文人与经师，其思想则为儒家，与武帝之尊崇儒术、罢黜百家之意见相同，故于学术则主一尊，于文学则尚模拟。

> 蜀有司马相如作赋甚弘丽温雅，雄心壮之，每作赋，常拟之以为式。

又

> 乃作书，往往摭《离骚》文而反之……又旁《离骚》作重一

篇,名曰《广骚》。又旁《惜诵》以下至《怀沙》一卷,名曰《畔牢愁》。(《扬雄传》)

雄所作《太玄》拟《周易》,《法言》拟《论语》,《训纂》拟《仓颉篇》(汉代词赋家多为小学家,如司马相如《凡将篇》,扬雄《训纂篇》),《州箴》效《虞箴》,《反》《广》效《骚》,四赋效相如,其所著大率类此。

雄好古且识奇字,其文艰涩难解,其后为昌黎所师法。

王充年辈后于雄,其所见解与雄适相反,其思想富有破坏性,其主张:

(一)反对模拟

或问处秦之世,抱周之书,益乎?曰:举世寒,貂狐不亦燠乎?(《法言·寡见篇》)

饰貌以彊类者失形,调辞以务似者失情……各以所禀,自为佳好……谓文当与前合,是谓舜眉当复八采,禹目当复重瞳。(《论衡·自纪篇》)

雄主模拟而充不贵苟同。

(二)通俗文

东京辞采渐修整而壮茂,至扬(雄)班(固)而已极,充则主以通俗文字入文。

充书形露易观,或曰:"口辩者其言深,笔敏者其文沉……世读之者,训古乃下……宝物以隐闭不见,实语亦宜深沉难测,

讥俗之书，欲悟俗人，故形露其指。"(《论衡·自纪篇》)

或曰："良玉不雕，美言不文，何谓也？"曰："玉不雕，玙璠不作器；言不文，典谟不作经。"(《法言·寡见篇》)

夫笔著者，欲其易晓而难为，不贵难知而易造。(《论衡·自纪篇》)

雄主修辞，充主通晓，雄志在传后，充志在通俗，雄重拟古，充尚个性，此二人议论完全相反。

其后蔡邕于桓、灵间，奉充书为枕中鸿秘，资助议论，王朗亦尝好之（蔡邕、王朗事见《后汉书·王充传》注下），而孔融、祢衡、杨修诸人之思想，不循常轨，颇受王充之影响。

论文

(一)文学本身

此时论文之思想，或新或旧。曹子建之思想渊源扬雄，鄙视辞赋为小道，杨德祖则谓今之赋颂古诗之流，视为不刊之事业，二者思想正相反。

辞赋小道，固未足以揄扬大义，彰示来世也。昔杨子云先朝执戟之臣，犹称壮夫不为也……犹庶几勠力上国，流惠下民，建永世之业，留金石之功，岂徒以翰墨为勋绩，辞赋为君子哉？

若吾志未果，吾道不行，则将采庶官之实录，辩时俗之得失，定仁义之衷，成一家之言。（曹子建《与杨德祖书》）

曹汲汲于功名，故上书求自试，请自伐吴，及杨德祖答书，盖深非之：

今之赋颂，古诗之流，不更孔公，风雅无别耳。修家子云，老不晓事，强著一书，悔其少作。若此，仲山、周旦之俦为皆有訾耶？君侯忘圣贤之显迹，述鄙宗之过言，窃以为未之思也。若乃不忘经国之大美，流千载之英声，铭功景钟，书名竹帛，斯自雅量素所蓄也，岂与文章相妨害哉？（杨德祖《答临淄侯笺》）

魏文帝《典论·论文》，与植意见相左，亦颇重视文学。

盖文章，经国之大业，不朽之盛事。年寿有时而尽，荣乐止于其身，二者必至之常期，未若文章之无穷。是以古之作者，寄身于翰墨，见意于篇籍，不假良史之辞，不托飞驰之势，而声名自传于后。（《典论·论文》）

且文章之与德行，犹十尺之与一丈，谓之余事，未之前闻也。（《抱朴子·文行篇》）

此外若挚虞《文章流别志》，亦主旧说，惟时人之重视文学，盖亦可见矣。

(二)注重才气

　　文以气为主,气之清浊有体,不可力强而致。譬诸音乐,曲度虽均,节奏同检,至于引气不齐,巧拙有素,虽在父兄,不能以移子弟。(《典论·论文》)

　　夫才有清浊,思有修短,虽并属文,参差万品,或浩瀚而不渊潭,或得事情而辞钝,违物理而文工。盖偏长之一致,非兼通之才也。(《抱朴子·辞义篇》)

　　文章才力,有似于此。(《文心雕龙·风骨篇》)

　　然才有庸俊,气有刚柔,学有浅深……若夫八体屡迁,功以学成,才力居中,肇自血气,气以实志,志以定言,吐纳英华,莫非情性。(《文心雕龙·体性篇》)

其后韩愈、姚鼐亦尝倡气与阴阳、刚柔之说。

　　气,水也。言,浮物也。水大而物之浮者大小毕浮,气之与言犹是也,气盛,则言之短长与声之高下者皆宜。(韩愈《答李翊书》)

　　鼐闻天地之道,阴阳刚柔而已。文者,天地之精英,而阴阳刚柔之发也……其得于阳与刚之美者,则其文如霆,如电,如长风之出谷,如崇山峻崖,如决大川,如奔骐骥。其光也,如杲日,如火,如金镠铁。其在人也,如凭高视远,如君而朝万众,如鼓万勇士而战之。其得于阴与柔之美者,则其文如升初日,如清风,如云,如霞,如烟,如幽林曲涧,如沦,如漾,如珠玉之辉，如鸿鹄之鸣而入寥廓。其于人也，淼乎其如叹，邈乎其如有思，暖乎其如喜，愀乎其如悲。观其文，讽其音，则为文者之性情形状，举以殊焉。（姚鼐《复鲁絜非书》）

西汉文章，如子云、相如之雄伟，此天地遒劲之气，得于阳与刚之美者也，此天地之义气也。刘向、匡衡之渊懿，此天地温厚之气，得于阴与柔之美者也，此天地之仁气也。（曾国藩《圣哲画像记》）

汉初有诗，即分两派。枚、苏宽和，李陵清劲，自后五言莫能外之。（《王志·答唐凤廷问》）

自魏文而下讫于姚、曾、王，多主阴阳刚柔之说，侧重先天之禀赋，其所评论，尚多可取，故录而存之。

（三）文体标准

温柔敦厚，《诗》教也。（《礼记·经解篇》）

夫文本同而末异，盖奏议宜雅，书论宜理，铭诔尚实，诗赋欲丽，此四科不同，故能之者偏也，唯通才能备其体。（《典论·论文》）

诗缘情而绮靡，赋体物而浏亮，碑披文以相质，诔缠绵而凄怆，铭博约而温润，箴顿挫而清壮，颂优游以彬蔚，论精微而朗畅，奏平彻以闲雅，说炜晔而谲诳。（陆机《文赋》）

赋者，言事类之所附也。颂者，美盛德之形容。（《魏志·卞后传》注）

臣闻铭以述德,诔尚及哀。(陈思王《上卞太后诔表》)

盖文体初则简质,继以繁文,终则周备茂密,约定俗成,遂为定则。自魏文以降,评论之者渐众,至《文心雕龙》俱有专篇,论列一体,至数十篇之多,《文章流别志》亦然。此后则诗话、词话、曲话详加商兑,益形繁备矣。

(四)分家

如孔氏之门用赋也,则贾谊升堂,相如入室。(《法言》)

曹氏父子,雅爱斯文,南北文士,云集魏都,故有七子之目。

今之文人,鲁国孔融文举,广陵陈琳孔璋,山阳王粲仲宣,北海徐幹伟长,陈留阮瑀元瑜,汝南应场德琏,东平刘桢公幹……王粲长于辞赋,徐幹时有齐气,然粲之匹也。如粲之《初征》《登楼》《槐赋》《征思》,幹之《玄猿》《漏卮》《圆扇》《橘赋》,虽张、蔡不过也……琳、瑀之章表书记,今之隽也。应场和而不壮,刘桢壮而不密,孔融体气高妙,有过人者,然不能持论,理不胜词,以至乎杂以嘲戏,及其所善,杨、班俦也。(《典论·论文》)

昔年疾疫,亲故多离其灾,徐、陈、应、刘,一时俱逝,痛何可言耶!……顷撰其遗文,都为一集……观古今文人,类不护细行,鲜能以名节自立,而伟长独怀文抱质,恬淡寡欲,有箕山之志,可谓彬彬君子者矣。著《中论》二十余篇,成一家之言。辞义典雅，足传于后，此子为不朽矣。德琏常斐然有述作之意，其才学足以著书，美志不遂，良可痛惜……孔璋章表殊健，微为繁富，公幹有逸气，但未遒耳。其五言诗之善者，妙绝时人。元瑜书记翩翩，致足乐也。仲宣独自善于辞赋，惜其体弱，不足起其文，至于所善，古人无以远过。（魏文帝《与吴质书》）

以孔璋之才，不闲于辞赋。（曹子建《与杨德祖书》）

仲宣躁锐，故颖出而才果；公幹气褊，故言壮而情骇。（《文心雕龙·体性篇》）

魏《典》密而不周，陈《书》辩而无当，应《论》华而疏略，陆《赋》巧而碎乱，《流别》精而少巧，《翰林》浅而寡要。（《文心雕龙·序志篇》）

孔融气盛于为笔，祢衡思锐于为文，有偏美焉。潘勖凭经以骋才，故绝群于锡命。王朗发愤以托志，亦致美于序铭……魏文之才，洋洋清绮，旧谈抑之，谓去植千里。然子建思捷而才俊，诗丽而表逸，子桓虑详而力缓，故不竞于先鸣，而乐府清越，《典论》辩要，迭用短长，亦无懵焉……仲宣溢才，捷而能密，文多兼善，辞少瑕累，摘其诗赋，则七子之冠冕乎？琳、瑀以符、檄擅声，徐幹以赋、论标美，刘桢情高以会采，应场学优以得文，路粹、杨修，颇怀笔记之工，丁仪、邯郸，亦含论述之美，有足算焉。（《文心雕龙·才略篇》）

至于张衡《怨篇》，清典可味。《仙诗》《缓歌》，雅有新声。（《文心雕龙·明诗篇》）

通论各家之修短巧拙，别其体制，审其疏密，而商榷其得失，

深得窍要。《文心雕龙》《诗品》等,则分家专论,详其原委,至今作品,虽有亡佚,而风格旨归,犹借以考见,其后复加详焉。潘德舆之《李杜诗话》,则专论二家,赵翼之《瓯北诗话》,则人各一卷,周备靡有过者。

(五)专与备

曹氏兄弟,持论各异,或主专精,或主兼长,实则才有精粗,学难周洽,而天资复为之限,或人事阻碍,未尽厥长,故专之易而备之难。

> 然此数子犹复不能飞轩绝迹,一举千里,以孔璋之才,不闲于辞赋。(曹子建《与杨德祖书》)
> 文人相轻,自古而然……夫人善于自见,而文非一体,鲜能备善,是以各以所长,相轻所短……夫文本同而末异……此四科不同,故能之者偏也,唯通才能备其体。(《典论·论文》)

盖子建才宏,故责人求备,魏文识远,故论体在偏。况后文体繁多,益难尽善尽美,而通才益戛戛乎其难哉?

(六)作者与论者

子建以为论者必兼作者,实亦未然。《文心雕龙》《诗品》诸书,以评论见传,盖亦有其独立之价值。

> 盖有南威之容,乃可以论于淑媛;有龙泉之利,乃可以议于断割。刘季绪才不能逮于作者,而好诋诃文章,掎摭利病……人各有好尚,兰茝荪蕙之芳,众人所好,而海畔有逐臭之夫;咸池六茎之发,众人所共乐,而墨翟有非之之论,岂可同哉?(曹子建《与杨德祖书》)

子建善于推尊,丁敬礼请其润饰,即引为美谈。刘季绪于当时或于子建有所诋议,故谋有以因之。及杨德祖答书则以"季绪璅璅,何足以云",是其度量,盖有宽狭之别矣。

(七)今古之辩

> 如粲之《初征》《登楼》《槐赋》《征思》,幹之《玄猿》《漏卮》《圆扇》《橘赋》,虽张、蔡不过也……及其所善,扬、班俦也。常人贵远贱近,向声背实。(《典论·论文》)

贵古贱今,至扬雄而已极,舍己以模拟古人,王充一反其所为。至建安中,则脱离古今之思想,孔融、杨修互相标榜,有孔子、颜回之况。太康而后,重今轻古,以为今胜于古。陆云之推尊其兄,虽张、蔡不能过,张华亦深许之,当于后续论之。

(八)改定

文章宿构,古今所罕,而才有高下,作有迟速,改定与否,视文异宜。祢衡作《鹦鹉赋》,文不加点(点,《尔雅》云以笔灭字也),

一挥而尽。若制作果迅速，思致有疏密，抄录有讹误，一经改定，则较为完备。若已尽其善美，复何须改定。

> 仆尝好人讥弹其文，有不善者，应时改定。昔丁敬礼常作小文，使仆润饰之。仆自以才不过若人，辞不为也。敬礼谓仆："卿何所疑难？文之佳恶，吾自得之，后世谁相知定吾文者邪？"（曹子建《与杨德祖书》）

> 《春秋》之成，莫能损益。吕氏《淮南》，字值千金……今之赋颂，古诗之流，不更孔公，风雅无别耳。（杨德祖《答临淄侯笺》）

杜诗"新诗改罢自长吟"，宋王安石作诗亦重改定。

盖文难尽工，必多可商榷者。常人暗于自见，瑕瑜并出，待人指发而后知。改定之后，瑕颣差减矣。

（九）总集

> 顷撰其遗文，都为一集。（魏文帝《与吴质书》）

总集之起，恐即推此为最早。其后挚虞之《文章流别志》既佚，其余诸集，就《隋书·经籍志》之可考见者尚多，或已散佚，或遭泯亡，毁灭殆尽。其存于今者，惟《文选》耳。兹书所录，都为文学，若圣贤之经传，班、马之史籍，老、庄之哲理，俱不登选楼。

论赋

（一）时人重赋[①]

汉初论《诗》，继及于赋，至魏晋而益炽，视能作赋为才能。其内容则以前以赋作赋，至此以诗为赋，尊今而轻古，文采蔚然，渐由简趋繁，辞浮于意，而修辞之工巧，文笔之区分，论列精详，殆空前而绝后矣。

> 齐魏收以温子昇、邢邵不作赋，乃云："会须作赋，始成大才，惟以章表自许，此同儿戏。"（《太平御览》五八七卷引《三国典略》）
> 又古今兄文所未得与校者，亦惟兄所道数都赋耳。（陆云《与兄书》）
> 《登楼》名高，恐未可越尔。（同前）

于此可见赋为时人所重视，《登楼赋》之见称，以其富有诗境，辞采未为宏丽，换韵颇少，音节悠扬，文短意长，为时人所重。

（二）古今之论

赋尚敷陈，难尽征实，至此而易以崇实。昔人重古，故主模拟；

---

① 此标题为编者所增。

时人贵今,故竞新制,可见其勇敢之精神。

> 然相如赋《上林》而引卢橘夏熟,扬雄赋《甘泉》而陈玉树青葱,班固赋《西都》而叹以出比目,张衡赋《西京》而述以游海若,假称珍怪以为润色。(《三都赋叙》)
>
> 余既思摹《二京》而赋《三都》……美物者贵依其本,赞事者宜本其实。(同前)
>
> 其物土所出,可得披图而校,体国经制,可得按记而验。(皇甫谧《三都赋序》)

其修辞之征实,议古之虚饰,发前人所未发,此风沿及西晋,流行尤盛。

> 又世俗率贵古昔而贱当今,敬所闻而黩所见……虽有冠群独行之士,犹谓不及于古人也。(《抱朴子·文行篇》)
>
> 近者夏侯湛、潘安仁并作《补亡诗》,《白华》《由庚》《南陔》《华黍》之属,诸硕儒高才之赏文者,咸以古诗三百,未有足以偶二贤之所作也。(《抱朴子·钧世篇》)

葛洪之思想近王充,论文近魏文,时尚辞藻,以赡丽胜醇朴,竟谓补亡数篇,轶于三百,微此时其谁敢言?

(三)文学

> 或曰:"德行者本也,文章者末也,故四科之序,文不居上。

然则著纸者糟粕之余事,可传者祭毕之刍狗,卑高之格,是可讥矣。"抱朴子答曰:"筌可弃而鱼未获,则不得无筌;文可废而道未行,则不得无文……且文章之与德行,犹十尺之与一丈,谓之余事,未之前闻也。"(《抱朴子·文行篇》)

夫重视文学,一变而为贵今贱古,与子云之好古相左,渐由牴牾而融和而折衷,遂有时代之论。

> 自汉至魏……辞人才子,文体三变:相如巧为形似之言,二班长于情理之说,子建、仲宣以气质为体,并标能擅美,独映当时。(《宋书·谢灵运传论》)
>
> 时运交移,质文代变……故知歌谣文理,与世推移,风动于上而波震于下者……故知文变染乎世情,兴废系乎时序,原始以要终,虽百世可知也。(《文心雕龙·时序篇》)

文随时变,好恶因人而殊,一夫标举,众论所归,浸淫成俗,遂为一时之风气,而转移之故,盖亦有由矣。

(四)修辞

丁敬礼之请润色其文,陆云作《逸士赋》(拟皇甫士安之《高士传》),尝请其兄改定,都为修辞之润色耳。

> 久不作文,多不悦泽,兄为小润色之,可成佳物,愿必留思。

又

尚絜而不取悦泽。

又

才本不精，正自极此，愿兄小为之定一字两字出之。

又

愿小有损益一字两字，不敢望多。（陆云《寄兄书》）

陆机《文赋》，备论修辞之法，《文心雕龙》特广其体耳。

然后选义按部，考辞就班，抱景者咸叩，怀响者毕弹。或因枝以振叶，或沿波而讨源，或本隐以之显，或求易而得难……体有万殊，物无一量，纷纭挥霍，形难为状。辞程才以效伎，意司契而为匠……故夫夸目者尚奢，惬心者贵当，言穷者无隘，论达者唯旷。诗缘情而绮靡，赋体物而浏亮，碑披文以相质，诔缠绵而凄怆，铭博约而温润，箴顿挫而清壮，颂优游以彬蔚，论精微而朗畅，奏平彻以闲雅，说炜晔而谲诳，虽区分之在兹，亦禁邪而制放，要辞达而理举，故无取乎冗长。其为物也多姿，其为体也屡迁，其会意也尚巧，其遣言也贵妍……或言拙而喻巧，或理朴而辞轻，或袭故而弥新，或沿浊而更清，或览之而必察，或研之而后精。（陆机《文赋》）

其讨论修辞，各适其宜，殊体异势，因以为工。至《文心雕龙》则分列专篇，备论修辞之所宜，视陆又加详矣。

声律　自魏李登作为五声（宫商角徵羽），实为声律之导源，范晔《自叙》、陆机《文赋》渐次加详，至齐梁而大备，而修辞遂益臻工巧。

> 暨音声之迭代，若五色之相宣。虽逝止之无常，固崎锜而难便。苟达变而识次，犹开流以纳泉。如失机而后会，恒操末以续颠。谬玄黄之秩叙，故淟涊而不鲜。（陆机《文赋》）
>
> 性别宫商，识清浊，斯自然也。（范蔚宗《自叙》）
>
> 夫五色相宣，八音协畅，由乎玄黄律吕，各适物宜，欲使宫羽相变，低昂舛节，若前有浮声，则后须切响，一简之内，音均尽殊，两句之中，轻重悉异。（《宋书·谢灵运传论》）
>
> 岨峿妥怗之谈，操末续颠之说，兴玄黄于律吕，比五色之相宣，苟此秘未睹，兹论为何所指耶？故愚谓前英已早识宫徵，但未屈曲指的，如今论所申。（陆厥《与沈约书》）
>
> 凡声有飞沉，响有双叠，双声隔字而每舛，叠韵杂句而必睽，沉则响发而断，飞则声飏不还。并辘轳交往，逆鳞相比，迂其际会，则往蹇来连，其为疾病，亦文家之吃也。（《文心雕龙·声律篇》）

夫文章由质而文，由简朴而繁茂，声律由疏而密，势所必至，于时体语通行，妙用双叠，则声律之昌明出于自然。自兹以降，文则声音和洽，体分四六。诗则平仄更兴，制异古今。为隋唐之先导，辟工巧之新途，声律实为之倡也。

(五)文笔之分

自汉而后，质文异辙，或主简朴，或骋辞采，至此而文笔遂分，而文学之体认益真。

> 文笔论议，有集行于世。(《晋书·蔡谟传》)
> 时人咸云，若广不假岳之笔，岳不取广之旨，无以成斯美也。(《晋书·乐广传》)
> 竣得臣笔，测得臣文，奐得臣义。(《南史·颜延之传》)
> 任昉、陆倕之笔。(梁简文帝《与湘东王书》)
> 通圣人之经者，谓之儒。屈原、宋玉、枚乘、长卿之徒，止于辞赋，则谓之文。今之儒，博穷子史，但能识其事，不能通其理者，谓之学。至如不便为诗如阎纂，善为章奏如伯松，若是之流，泛谓之笔。吟咏风谣，流连哀思者，谓之文……至如文者，惟须绮縠纷披，宫徵靡曼，唇吻遒会，情灵摇荡。而古之文笔，今之文笔，其源又异。(《金楼子·立言篇》)
> 台中文笔，皆子昇为之。(《魏书·温子昇传》)
> 孔融气盛于为笔，祢衡思锐于为文。(《文心雕龙·才略篇》)
> 今之常言，有文有笔，以为无韵者笔也，有韵者文也。(《文心雕龙·总术篇》)
> 子长在笔，予长在论。(刘禹锡《祭韩侍郎文》)

文笔之分，自汉魏以来，咸指韵藻，齐梁以降，则兼涉内容及体制。大抵以檄笺表启史传之类,虽亦骈偶,均谓之笔。若诗赋铭诔,既偶且韵,则谓之文。迨昌黎倡复古之帜,文笔之分始淆,而以子代集,笔多而文罕,末由辨其泾渭耶?

宋代

宋代文学,上承魏晋,下接齐梁。文帝以帝王之尊,雅好斯文,自谓人莫能及。武帝天资聪颖,幼有才藻。明帝才思朗捷,辞采间出于篇章。上有好者,下必有甚,况承繁文之后,流风余泽,犹有存者,文人才士,景望风声,麕集于南矣。史推范晔,文则颜、谢,才俊之士,更难仆数,而拖青紫、资谈论,莫不以文学为之先。故文辞彬彬,蔚然极一代之盛焉。蔚宗之《后汉书》增立《文苑》,文学因以独立(《史记》《汉书》只有《儒林传》,专述经师,文人有传而无《文苑传》)。贵今贱古,于兹已极。范晔自序,自高班作。

>　　班氏最有高名,既任情无例,不可甲乙辨,后赞于理近无所得,唯志可推耳。博赡不可及之,整理未必愧也。吾杂传论,皆有精意深旨,既有裁味,故约其词句。至于《循吏》以下,及《六夷》诸序论,笔势纵放,实天下之奇作。其中合者往往不减《过秦》篇。尝共比方班氏所作,非但不愧之而已……自古体大而思精,未有此也。恐世人不能尽之,多贵古贱今,所以称情狂言耳。(范晔《自序》)

而谢客之《拟魏太子邺中诗集序》,亦有"贤于今日"之言。而拟诗之作，或任才纵放，舍古人而从我（如谢客之《拟邺中诗》），或揣摹情思，裁为词句，合自己于前人（江淹《拟古诗》），其甚者辞过于意，言过于情，为文而造情，重声色，喜用事，此蔚宗所以耻作文士文（见其《自序》）者也。刘勰之《文心雕龙》，锺嵘之《诗品序》，尝论列之。至文学之造就，咸谓出于后天之遭遇，自大谢（《拟魏太子邺中诗集叙》）迄于锺嵘，莫不同声，共为一谈（所引已见前）。辨伪之作，亦始于此时。

> 逮李陵众作，总杂不类，元是假托，非尽陵制，至其善篇，有足悲者。（颜延之《庭诰》，今佚，据严可均《全宋文》卷三十六引）

惟其优者，亦尝欣赏，而批评中之批评，则《庭诰》开其端：

> 挚虞《文论》，足称优洽。

《文心雕龙》（《序志篇》批评魏文、陈思、应瑒、陆机、挚虞、李充之制作）、《诗品》（批评陆机、李充、王微、颜延之、挚虞之作品）扬其波，文学之应用，恢广亦可观矣。

第三期　齐梁

齐梁继宋,领有南方,右文之主,先后相承,涵咏浸淫,人才蔚起,焕乎俱集。或学问渊深,或文章精妙,批评之兴,其亦应运乎?文则《文心雕龙》,诗则《诗品》,即于书画,亦复连篇累简,往复讨论,轶于前代矣。

葛洪论张芝、锺繇等有"飘乎若起鸿之乘劲风,腾鳞之蹑轻云"。

子敬评王珉有"弟书如骑骡骎骎,欲度骅骝前"。

梁武批评古今书之优劣,于锺繇谓其若"云鹄游天,群鸿戏海"。于王羲之书谓其如"龙跳天门,虎卧凤阁"。评论及数十人之多。

梁武与陶弘景有往来论书文札。

宋虞龢上明帝论书表。

南齐王僧虔论书(有两篇)。

画之最初在于厥状人物,三代彝鼎是也,其后渐及于神仙(汉武梁祠画像)。晋宋之际,山水文学(诗则谢灵运,文则郦道元)与山水画,忽尔勃兴,顾恺之(东晋时无锡人)于人物之外,兼工山水。盖晋季乱离,民厌尘市,恣情山水,以恢广其怀抱,而寻味自然。题画继兴(最早自《支遁集》中有咏禅思道人画像),画遂大昌,作者渐多,而论画之说起。宋人宗炳有《画山水序》:

去之稍阔,其见弥小……竖画三寸,当千仞之高;横墨数尺，体百里之回。是以观画者，徒患类之不巧，不以制小而累其似。

谢赫之《古画品录》实评画之始（谢南齐中人，与沈约同时），而六法出焉：

一气韵生动，二骨法用笔，三应物象形，四随类赋彩，五经营位置，六传移模写。

其所论列，与《文心雕龙》后二十五篇之体制相似。

齐梁诸帝，文才典丽，宗室诸王，亦工于篇什，而招致名流，商榷古今，身先天下，标举文章，梁优于齐，文竞绮丽，诗饶情思，虽间流于淫放，多郑卫之音，而追探其渊源，实文辞之则。朝野上下，靡然从风，而持异之说兴。

非文学论

宋明帝……自是闾阎年少，贵游总角，罔不摈落六艺，吟咏情性。学者以博依为急务，谓章句为颛鲁，淫文破典，斐尔为功，无被于管弦，非止乎礼义，深心主卉木，远致极风云。其兴浮，其志弱，巧而不要，隐而不深，讨其宗途，亦有宋之风也。若季子聆音，则非兴国；鲤也趋庭，必有不敢。荀卿有言，乱代之征，文章匿而采，斯岂近之乎？（裴子野《雕虫论》）

裴以史学世其家，史尚质朴，与文异辙，以质议文，实亦未当。惟其所指文家之失，极中窍要。裴主学经，固非确论。梁简文帝于此立异，而于谢（康乐）、裴（子野）则各论其短长。

  若夫六典三礼，所施则有地；吉凶嘉宾，用之则有所。未闻吟咏情性，反拟《内则》之篇；操笔写志，更摹《酒诰》之作。迟迟春日，翻学《归藏》；湛湛江水，遂同《大传》……又时有效谢康乐、裴鸿胪（子野在梁官至鸿胪）文者，亦颇有惑焉。何者？谢客吐言天拔，出于自然，时有不拘，是其糟粕。裴氏乃是良史之才，了无篇什之美。是为学谢则不届其精华，但得其冗长；师裴则蔑绝其所长，惟得其所短。谢故巧不可阶，裴亦质不宜慕……至如近世谢朓、沈约之诗，任昉、陆倕之笔，斯实文章之冠冕，述作之楷模。张士简之赋，周升逸之辩，亦成佳手，难可复遇。（梁简文帝《与湘东王书》）

  终朝点缀，分夜呻吟。（《诗品序》）

锺嵘于时人虽致非议，然于诗之本体则承认其存在。

声律说

  声律之兴，导源盖古，前已略言之矣。惟其赡备，则始于齐梁。考其原因，则体语通行，喜言双叠（如郭冠军家之类），下及于奴仆；音律精研，轻重交互，常出于衣冠。流衍既广，施及文章，于是平仄交转，而诗文遂启四六唐律之轨矣。

  初倡之者，为谢朓、王融、沈约诸人，其后谢、王早年即遭戮辱，未成厥美。沈享年独永，功遂独归。谢、王之说无可考见，沈之说犹有可求。

　　（永明）时盛为文章，吴兴沈约、陈郡谢朓、琅邪王融以气类相推，汝南周颙善识声韵。约等文皆用宫商，将平上去入四声，以此制韵，有平头、上尾、蜂腰、鹤膝。五字之中，音韵悉异；两句之内，角徵不同，不可增减，世呼为"永明体"。（《南史·陆厥传》）

　　夫五色相宣，八音协畅，由乎玄黄律吕，各适物宜。欲使宫羽相变，低昂舛节，若前有浮声，则后须切响。一简之内，音韵尽殊；两句之中，轻重悉异……子建函京之作，仲宣灞岸之篇，子荆零雨之章，正长朔风之句，并直举胸情，非傍诗史，正以音律调韵，取高前式。（《宋书·谢灵运传论》）

子建函京　　从军度函谷，驱马过西京。（《杂诗》）
仲宣灞岸　　南登灞陵岸，回首望长安。（《七哀》）
子荆零雨　　晨风飘歧路，零雨被秋草。（《征西官属送于陟阳侯作诗》）
正长朔风　　朔风动秋草，边马有归心。（《杂诗》）
　　按此诸诗声韵渐趋于调谐，于此可悟古诗变为律诗之渐。
　　沈约之声律说，为彦和所击节称扬（《文心雕龙·声律篇》与沈约之说相发明，引见前），而锺嵘《诗品》非议颇烈。

　　而不闻宫商之辨，四声之论，或谓前达偶然不见，岂其然乎？尝试言之：古曰诗颂，皆被之金竹，故非调五音，无以谐会……今既不被管弦，亦何取于声律耶？齐有王元长者，尝谓余云："宫商与二仪俱生，自古词人不知之……唯见范晔、谢庄颇识之耳。尝欲进《知音论》，未就。"王元长创其首，谢朓、沈约扬其波，三贤或贵公子孙，幼有文辩，于是士流景慕，务为精密，襞积细微，专相陵架，故使文多拘忌，伤其真美。余谓文制，本须讽读，不可蹇碍，但令清浊通流，口吻调利，斯为足矣。至平上去入，则余病未能，蜂腰鹤膝，闾里已具。(《诗品叙》)

《公羊传》仅有长言短言之别，无平仄之论。锺嵘所议，理颇切当，但声律之说，随时代而进展，虽病精微，亦征独造。后人兢兢局于四声八病，未遑置议，盖亦有以夫。

八病之说，据梅尧臣《续金针诗格》。

平头（第二字不与第七字同声，第一字不与第六字同声） 例如：

今日良宴会，欢乐难俱陈。 潜虬媚幽姿，飞鸿响远音。

上尾（第五字不得与第十字同声） 例如：

西北有高楼，上与浮云齐。 携手上河梁，游子莫何之。

蜂腰（第二字不得与第五字同声） 例如：

行行重行行，与君生别离。 远与君别者，乃至雁门关。

鹤膝（第五字不得与第十五字同声） 例如：

新制齐纨素，皎洁如霜雪。裁为合欢扇，团团似明月。

西北有高楼，上与浮云齐。交疏结绮窗，阿阁三重阶。

大韵（五言诗除押韵外，余九字不得与韵相同） 例如：

胡姬年十五，春日独当垆。（胡、垆同韵）

小韵（五言诗两句中不得用同韵之字） 例如：
薄帷鉴明月，清风吹我襟。（明、清同韵）
旁纽（五言诗两句中不得用同纽之字） 例如：
田夫亦知礼，寅宾延上坐。（寅、延同纽）
正纽（五言诗两句中不得用一纽四声之字） 例如：
我本汉家女，来嫁单于庭。（家、嫁同纽不同声）

沈所谓"前有浮声，后须切响"，即彦和所谓"声有飞沉，沉则响发而断，飞则声飏不远"，后人以平仄为浮切。

至宋之问、沈佺期等研揣声音，浮切不差，而号律诗。（《新唐书·杜审言传》）
至沈、谢始拘平仄，诗之变，诗之衰也。（宋人刘后村《大全集·山名别集叙》）

而骋才务奇之士，流连忘反，往往作双叠诗以矜其才。

园蘅眩红蘤，湖荇烨黄华。回鹤横淮翰，远越合云霞。（王融双声诗）

按此诗竟体双声，纯用晓、匣二母之字①。

后膊有朽柳（梁武帝），梁王长康强（刘孝绰）。
琼英轻明生，石脉滴沥碧。玄铅山偏怜，白帧客亦惜。（陆

---

① "晓匣"，原本又以铅笔改作"匣喻"。

龟蒙诗）

其后东坡、放翁往往作双叠诗，可参阅其集。

至清则王渔洋、赵秋谷之徒，探讨及于古诗亦分平仄，其例多取中唐以下诸家诗。盖其时人避律诗之格律，恢复古制，各家自有其定格，大抵上有拗句，下必有救者，反因之益见其佳。

阮元作《四声考》[①]，谓八病起于唐人，余以为不然。唐僧皎然之《诗式》，于其"明四声"条下：

> 沈休文酷裁八病，碎用四声，故风雅殆尽。
> 吾上承应、刘，下述沈、谢，分四声八病，刚柔清浊，各有端序。（文中子《中说·天地篇》引李百药之言）
> 至平上去入，则余病未能，蜂腰鹤膝，闾里已具。（《诗品序》）
> 有平头、上尾、蜂腰、鹤膝。

则八病之兴，岂后于齐梁耶？

文笔之分已详于前，兹不复述。

折衷说

庾子山以柔靡之宫体述其境遇之轗轲，调和南北之文学。颜之

---

① "阮元作《四声考》"，似当作"纪昀作《阮氏四声考》"。

推遭际相类,折衷南北之评论。北朝多经师,南朝多词人。前者侧重内容,后者偏于形式。颜既主张文人品格,复兼事义与华丽,而于声律亦推尊之。可谓兼受并蓄矣。

凡为文章,犹人乘骐骥,虽有逸气,当以衔勒制之,勿使流乱轨躅,放意填坑岸也。文章当以理致为心肾,气调为筋骨,事义为皮肤,华丽为冠冕……今世音律谐靡,章句偶对,讳避精详,贤于往昔多矣。宜以古之制裁为本,今之辞调为末,并须两存,不可偏弃也。(《颜氏家训·文章篇》)

齐梁文学总论

南朝人致意声律,能以归纳法整理过去。

(一)时代

屈平、宋玉,导清源于前;贾谊、相如,振芳尘于后……王褒、刘向、扬、班、崔、蔡之徒,异轨同奔,递相师祖……若夫平子艳发,文以情变,绝唱高踪,久无嗣响。至于建安,曹氏基命,三祖陈王,咸蓄盛藻,甫乃以情纬文,以文被质。自汉至魏,四百余年,辞人才子,文体三变。相如工为形似之言,二班长于情理之说,子建、仲宣以气质为体……降及元康,潘、陆特秀,律异班、贾,体变曹、王……缀平台之逸响,采南皮之高韵,遗风余烈,事极江右。有晋中兴,玄风独振,为学穷于柱下，博物止乎七篇……仲文始革孙、许之风，叔源大变太元之气，爰逮宋氏，颜、谢腾声，灵运之兴会标举，延年之体裁明密。(《宋书·谢灵运传论》)

昔《南风》之词，《卿云》之颂，厥义夐矣。夏歌曰"郁陶乎予心"，楚谣曰"名予曰正则"，虽诗体未全，然是五言之滥觞也。逮汉李陵，始著五言之目矣。古诗眇邈，人世难详，推其文体，固是炎汉之制，非衰周之倡也。自王、扬、枚、马之徒，词赋竞爽，而吟咏靡闻。从李都尉迄班婕妤，将百年间，有妇人焉，一人而已……东京二百载中，惟有班固《咏史》，质木无文。降及建安，曹公父子，笃好斯文；平原兄弟，郁为文栋；刘桢、王粲，为其羽翼……太康中，三张二陆，两潘一左，勃尔复兴，踵武前王，风流未沫，亦文章之中兴也。永嘉时，贵黄老，尚虚谈，于时篇什，理过其辞，淡乎寡味。爰及江表，微波尚传，孙绰、许询、桓、庾诸公诗，皆平典似《道德论》，建安风力尽矣。先是郭景纯用俊上之才，变创其体；刘越石仗清刚之气，赞成厥美……逮义熙中，谢益寿斐然继作。元嘉中有谢灵运，才高词盛，富艳难踪，固已含跨刘、郭，凌铄潘、左。故知陈思为建安之杰，公幹、仲宣为辅；陆机为太康之英，安仁、景阳为辅；谢客为元嘉之雄，颜延年为辅。斯皆五言之冠冕，文词之命世也。(《诗品序》)

昔在陶唐，德盛化钧，野老吐"何力"之谈，郊童含"不识"之歌。有虞继作，政阜民暇，"薰风"诗于元后，"烂云"歌于列臣……至大禹敷土，"九序"咏功；成汤圣敬，"猗欤"作颂。逮姬文之德盛，《周南》勤而不怨；大王之化淳，《邠风》乐而不淫。幽、厉昏而《板》《荡》怒，平王微而《黍离》哀……春秋以后,角战英雄……唯齐、楚两国,颇有文学。齐开庄衢之第,楚广兰台之宫。孟轲宾馆,荀卿宰邑,故稷下扇其清风,兰陵郁其茂俗。邹子以谈天飞誉,驺奭以雕龙驰响,屈平联藻于日月,宋玉交彩于风云……爰至有汉,运接燔书……然《大风》《鸿鹄》之歌,亦天纵之英作也。施及孝惠,迄于文、景……贾谊抑而邹、枚沉,亦可知已。逮孝武崇儒,润色鸿业……柏梁展朝谦之诗,金堤制恤民之咏,征枚乘以蒲轮,申主父以鼎食,擢公孙之对策,叹倪宽之拟奏,买臣负薪而衣锦,相如涤器而被绣。于是史迁、寿王之徒,严、终、枚皋之属,应对固无方,篇章亦不匮……越昭及宣,实继武绩,驰骋石渠,暇豫文会,集雕篆之轶材,发绮縠之高喻。于是王褒之伦,底禄待诏。自元暨成,降意图籍,美玉屑之谈,清金马之路,子云锐思于千首,子政雠校于六艺,亦已美矣……自哀、平陵替,光武中兴,深怀图谶,颇略文华。然杜笃献诔以免刑,班彪参奏以补令……及明帝叠耀,崇爱儒术,肄礼璧堂,讲文虎观,孟坚珥笔于国史,贾逵给札于《瑞颂》,东平擅其懿文,沛王振其《通论》……自安、和已下,迄至顺、桓,则有班、傅、三崔,王、马、张、蔡,磊落鸿儒,才不时乏……降及灵帝,时好辞制,造《羲皇》之书,开鸿都之赋……魏武以相王之尊,雅爱诗章;文帝以副君之重,妙善辞赋;陈思以公子之豪,下笔琳琅……仲宣委质于汉南,孔璋归命于河北,伟长从宦于青土,公幹徇质于海隅,德琏综其斐然之思,元瑜展其翩翩之乐,文蔚、休伯之俦,于叔、德祖之侣,傲雅觞豆之前,雍容衽席之上,洒笔以成酣歌,和墨以借谈笑……至明帝纂戎,制诗度曲,征篇章之士,置崇文之观,何、刘群才,迭相照耀。少主相仍,唯高贵英雅,顾盼含章,动言成论。于时正始余风，篇体轻澹，而嵇、阮、应、缪，并驰文路矣……然晋虽不文，人才实盛：茂先摇笔而散珠，太冲动墨而横锦，岳、湛曜"联璧"之华，机、云标"二俊"之采，应、傅、三张之徒，孙、挚、成公之属，并结藻清英，流韵绮靡……元皇中兴，披文建学，刘、刁礼吏而宠荣，景纯文敏而优擢。逮明帝秉哲，雅好文会……庾以笔才逾亲，温以文思益厚，揄扬风流，亦彼时之汉武也……至孝武不嗣，安、恭已矣。其文史则有袁、殷之曹，孙、干之辈，虽才或浅深，珪璋足用。（《文心雕龙·时序篇》）

诸篇于时代则明其升降，于辞采则检其华朴，惟于正始玄风，均致微言。故渊明冲淡，昭明虽为其作传，而诗之入《选》也盖寡，惟《诗品》（见《太平御览》五八六卷所引）列陶为上品，今本列之中品，后世之讹误耳。致启嗷嗷之议，岂锺嵘之所知耶[①]？

（二）辨源流

有因则有源，有始则有流，学术之辨渊源，始见于《汉书·艺文志》。其言曰：

> 儒家者流，盖出于司徒之官；道家者流，盖出于史官；阴阳家者流，盖出于羲和之官；法家者流，盖出于理官；名家者流，

[①] 胡先生这一结论，受到明清本《太平御览》之误导，宋本《太平御览》引《诗品》，上品无陶潜之名。宋本《太平御览》于1935年由商务印书馆影印（后中华书局1960年又据商务版缩印，成为常见书之一），胡先生写作此书时未及见。

盖出于礼官；墨家者流，盖出于清庙之守；纵横家者流，盖出于行人之官；杂家者流，盖出于议官；农家者流，盖出于农稷之官；小说家者流，盖出于稗官；兵家者，盖出古司马之职；数术者，皆明堂羲和卜守之职；方技者，王官之一守。

《诗品》仿之，以探诗之本源，谓古诗出于《国风》，阮籍之诗出于《小雅》，李陵之诗出于《楚辞》，其于各家派别之流衍，辨别颇详。

  自汉至魏，四百余年，辞人才子，文体三变。相如巧为形似之言，二班长于情理之说，子建、仲宣以气质为体……原其飙流所始，莫不同祖风、骚……自建武暨于义熙，历载将百……莫不寄言上德，托意玄珠。(《宋书·谢灵运传论》)
  显宗之述傅毅，简文之摛彦伯，分言制句，多得颂体。(《南齐书·文学传论》)
  自司马相如、王褒、扬雄诸贤，世尚赋颂，皆体则诗骚，傍综百家之言。及至建安，而诗章大盛。逮乎西朝之末，潘、陆之徒虽时有质文，而宗归不异也。(《世说·文学篇》注引《续晋阳秋》)
  景纯注《雅》，动植赞之，义兼美恶，亦犹颂之变耳。(《文心雕龙·颂赞篇》)
  暨楚之骚文，矩式周人；汉之颂赋，影写楚世；魏之策制，顾慕汉风；晋之辞章，瞻望魏采。(《文心雕龙·通变篇》)
  观其艳说，则笼罩雅颂，故知炜烨之奇意，出乎纵横之诡俗也……爰自汉室，迄至成哀，虽世渐百龄，辞人九变，而大

抵所归，祖述《楚辞》，灵均余影，于是乎在……故知文变染乎世情，兴废系乎时序。(《文心雕龙·时序篇》)

其辨别源流，区分体制，今魏晋之作品亡佚颇多，犹得因兹以窥其旨归。

(三) 用事

今之文学，作者虽众，总而为论，略有三体：一则启心闲绎，托词华旷，虽存巧绮，终致迂回……此体之源，出于灵运而成也。次则缉事比类，非对不发，博物可嘉，职成拘制，或全借古语，用申今情，崎岖牵引，直为偶说，惟睹事例，顿失精采。此则傅咸五经，应璩指事，虽不全似，可以类从。次则发唱惊挺，操调险急，雕藻淫艳，倾炫心魂，亦犹五色之有红紫，八音之有郑卫，斯鲍照之遗烈。(《南齐书·文学传论》)

未闻吟咏情性，反拟《内则》之篇；操笔写志，更慕《酒诰》之作。迟迟春日，翻学《归藏》；湛湛江水，遂同《大传》。(梁简文帝《与湘东王书》)

并直举胸情，非傍诗史。(《宋书·谢灵运传论》)

至乎吟咏情性，亦何贵于用事……"清晨登陇首"，羌无故实；"明月照积雪"，讵出经史。观古今胜语，多非补假，皆由直寻……故大明、泰始中，文章殆同书抄。近任昉、王元长等，词不贵奇，竞须新事……遂乃句无虚语，语无虚字，拘挛补衲，蠹文已甚。(《诗品序》)

夫铅黛所以饰容，而盼倩生于淑姿；文采所以饰言，而辩丽本于情性。故情者文之经，辞者理之纬，经正而后纬成，理定而后辞畅……昔诗人什篇，为情而造文；辞人赋颂，为文而造情。(《文心雕龙·情采篇》)

高贵乡公，博举品物，虽有小巧，用乖远大。(《文心雕龙·谐隐篇》)

(任)昉既博物，动辄用事，所以诗不得奇。(《诗品》)

夫文之疏密，因人而异，因时而异。《史记》疏也，《汉书》密也。北宋词疏也，南宋词密也。陶诗疏也，谢诗密也。直寻则疏，用事则密，才因疏见，学以密显。文人以密见长，而欣赏则反在其疏。长篇宜密，短制宜疏，铺排宜密，而制胜则在疏。齐梁此风既扇，上下披靡，词旨繁衍，体制更长，于是以直寻矫之，而为严羽所宪章焉。

夫诗有别材，非关书也；诗有别趣，非关理也。(《沧浪诗话·诗辩》)

(四)文人操行

章实斋尝作《文德论》，其名原出于《魏书(北朝)·文苑传·温子昇传》：

杨遵彦作《文德篇》，以为古今辞人皆负才遗行，浇薄险忌，惟邢子才、王元景、温子昇彬彬有德素。

晋宋之间，佻达之歌兴，其词艳，其情淫，其音哀，言不出于桑中，思不离于闺闼，渐启宫体之风。历齐讫梁，推波助澜，令晖《百愿》，沈约《六忆》，益趋淫靡，流为妖艳。陈则帝荒酒色，学士宫人，或赋诗酬唱，语言狎戏，或同醉醇醁，形影混淆。末流所极，荡检逾闲，其所行为，渐招诋议，于是责文人以操行，所以矫其失也。

而近代辞人，务华弃实，故魏文以为古今文人之类不护细行，韦诞所评，又历诋群才……略观文士之疵：相如窃妻而受金，扬雄嗜酒而少算，敬通之不循廉隅，杜笃之请求无厌，班固谄窦以作威，马融党梁而黩货，文举傲诞以速诛，正平狂憨以致戮，仲宣轻脆以躁竞，孔璋愡恫以粗疏，丁仪贪婪以乞贷，路粹餔啜而无耻，潘岳诡诪于愍怀，陆机倾仄于贾、郭，傅玄刚隘而詈台，孙楚狠愎而讼府，诸有此类，并文士之瑕累……穷则独善以垂文，达则奉时以骋绩。（《文心雕龙·程器篇》）

自古文人，多陷轻薄：屈原露才扬己，显暴君过；宋玉体貌容冶，见遇俳优；东方曼倩，滑稽不雅；司马长卿，窃赀无操；王褒过章《僮约》；扬雄德败《美新》；李陵降辱夷虏；刘歆反覆莽世；傅毅党附权门；班固盗窃父史；赵元叔抗竦过度；冯敬通浮华摈压；马季长佞媚获诮；蔡伯喈同恶受诛；吴质诋忤乡里；曹植悖慢犯法；杜笃乞假无厌；路粹隘狭已甚；陈琳实号粗疏；繁钦性无检格；刘桢屈强输作；王粲率躁见嫌；孔融、祢衡，诞傲致殒；杨修、丁廙，扇动取毙；阮籍无礼败俗；稽康凌物凶终；傅玄忿斗免官；孙楚矜夸凌上；陆机犯顺履险；潘岳干没取危；颜延年负气摧黜；谢灵运空疏乱纪；王元长凶贼自诒；谢玄晖侮慢见及……文章之体，标举兴会，发引性灵，

使人矜伐，故忽于持操，果于进取。(《颜氏家训·文章篇》)

姚察曰：……夫文者妙发性灵，独拔怀抱，易邈等夷，必兴矜露，大则凌慢侯王，小则傲蔑朋党，速忘离訛，启自此作。(《梁书·文学传论》)

士之致远，先器识，后文艺，如勃等虽有才，而浮躁衒露，岂享爵禄者哉？炯颇沉默，可至令长，余皆不得其死。(《新唐书·裴行俭传》)

文章与操行原属二事，不相牵涉，文人失检，致于诋议，或以操行见倡，或以文行合论(《文中子》)。惟文学趋向极端，不合中和儒者之说，诸篇标举，似轻薄有关命途，致文学顿受挫折，与扬雄之雕虫论先后相映，实亦文学之厄也。

第四期　元和

元和诸子，独举异帜，反平昔之所为。昌黎之文，体标复古；香山之诗，旨在风人，渐成习尚，其影响至为悠远，实为古代文学与近代文学之转枢。惟其议论，或存于史籍，或见于传记，或浑入诗文，而专著盖寡。《唐书·艺文志》只录十余种，今存者尤少。

唐承齐梁之绪，文尚声律，音节铿锵；思及宫闱，情怀绵永。隋抑浮华，虽未能返朴归醇，要已差减其浮艳。四杰沿江左之风，辞雕而意茂；子昂复建安之体，语朴而旨醇。施及韩、柳，规制西京，旁涉群经诸子，易以新途。少陵、香山，或叙述身世，或用申讽谏，而文章之正则，于兹渐泯矣。

一、齐梁派

唐初百年，齐梁之风犹存，王、杨、卢、骆盖其杰也。

> 沿江左余风，缔句绘章，揣合低卬，故王、杨为之伯。（《新唐书·文艺传叙》）

李唐兴于陇西，于南方之文化，极其倾仰之诚。唐修《晋书》

于王羲之《传论》及陆机《传论》,皆由太宗御制,王以书名,陆以文称,可见其推尊南朝文化。

(一)贵文

> 其潘徽、万寿之徒,或学优而不切,或才高而无贵仕,其位可得而卑,其名不可埋没。(《隋书·文学传叙》)
> 至若丘灵鞠等,或克荷门业,或夙怀慕尚,虽位有穷通,而名不可灭。(《南史·文学传论》)
> 自余或位下人微,居常亦何能自达。及其灵蛇可握,天网俱顿,并编缃素,咸贯辞林。虽其位可下,其身可杀,千载之外,贵贱一焉。(《北史·文苑传论》)

其推重文才,在于名之传后,虽其位卑人微,究不可没,视文学为不刊之业,则其右文可知。

(二)调和南北

文人多出南土,常轻北人,其后南之兵力,往往见屈。南士北来,若王褒、庾信之流,兼重南北之所长而混一之。南北之文学,渐趋冥合之迹,而评论亦折衷南北。

> 江左宫商发越,贵于清绮;河朔词义贞刚,重乎气质。气质则理胜其词,清绮则文过其意。理深者便于时用,文华者宜于咏歌。此其南北词人得失之大较也。若能掇彼清音,简兹

累句，各去所短，合其两长，则文质斌斌，尽善尽美矣。(《隋书·文学传叙》)

(三) 宫体

简文、湘东，启其淫放；徐陵、庾信，分路扬镳。其意浅而繁，其文匿而彩，词尚轻险，情多哀思，格以延陵之听，盖亦亡国之音乎……高祖初统万机，每念斲雕为朴，发号施令，咸去浮华。然时俗词藻，犹多淫丽，故宪台执法，屡飞霜筒。炀帝初习艺文，有非轻侧之论……并存雅体，归于典制，虽意在骄淫，而词无浮荡。(《隋书·文学传叙》)

然则子山之文，发源于宋末，盛行于梁季。其体以淫放为本，其词以轻险为宗，故能夸目侈于红紫，荡心逾于郑卫。昔扬子云有言："诗人之赋丽以则，词人之赋丽以淫。"若以庾氏方之，斯又词赋之罪人也。(《周书·庾信传论》)

其于宫体，斥以亡国之音，深恶痛绝。盖其柔靡之声，淫艳之意，足以委靡风气，闲放人心，流弊滋多，故非议颇炽。

二、非齐梁派

正始以玄理入诗，纯用单笔。太康以文矫之，多用复笔。过江而后，正始复兴，陶为正始之余绪，谢为太康之复兴。沿及唐初，四杰宪章齐梁，武周之际，顿起厌弃之心，而陈子昂首揭异帜矣。

子昂之前，北朝苏绰制诰模仿《大诰》，规复古文，与姚察之于南朝同。然人寡势微，未能得其声援，蒸为习尚。

(一) 复古派

> 然绰之建言，务存质朴，遂糠粃魏晋，宪章虞夏，虽属辞有师古之美，矫枉非适时之用，故莫能常行焉。(《北史·文苑传叙》)

其后王无功（名绩，王通之弟，著有《东皋子集》）属意山川，吟咏田野，颇得古之醇朴，惟以其身隐逸，其名未彰，故于当时罕有摹者。迨子昂出，以诗标榜，遂转移一时之风气。

> 唐兴，文章承徐、庾余风，天下祖尚，子昂始变雅正。初为《感遇诗》三十八章，王适曰："是必为海内文宗。"乃请交。子昂所论著，当世以为法。(《新唐书·陈子昂传》)

> 文章道弊五百年矣。汉魏风骨，晋宋莫传，然而文献有可征者，仆尝暇时观齐梁间诗，彩丽竞繁，而兴寄都绝，每以永叹……一昨于解三处，见明公咏《孤桐篇》……不图正始之音，复睹于兹，可使建安作者，相视而笑。(陈子昂《修竹篇》)

陈上追建安之风骨，近斥齐梁之俳优，与李白之意有相同者。

> 梁陈已来，艳薄斯极，沈休文又尚以声律，将复古道，非我而谁与……兴寄深微，五言不如四言，七言又其靡也，况使

束于声律俳优哉？（载孟棨《本事诗》第三篇）

惟白之《独漉篇》（四言）亦未尽善美，可悟论者与作者未必相符。

大雅久不作，吾衰竟谁陈……正声何微茫，哀怨起骚人。扬马激颓波，开流荡无垠。废兴虽万变，宪章亦已沦。自从建安来，绮丽不足珍……我志在删述，垂辉映千春。希圣如有立，绝笔于获麟。（李白《古风》五十九首之一）

宋、齐已来，盖[𩕢]颓矣，逶迤陵颓，流靡忘返，至于徐、庾，天之将丧斯文也。后进之士，若上官仪者，继踵而生，于是风雅之道，扫地尽矣……道丧五百岁而得陈君……崛起江汉，虎视函夏，卓立千古，横制颓波，天下翕然，质文一变……至于感激顿挫，微显阐幽，庶几见变化之朕，以接乎天人之际者，则《感遇》之篇存焉。（卢藏用《陈伯玉文集叙》）

国朝盛文章，子昂始高蹈。（韩昌黎《荐士诗》）

陈之《感遇篇》，盖出于阮嗣宗之《咏怀》。

张九龄之诗，亦致力于建安，惟其论文意见，不见于《曲江先生文集》，故略而不书。

李白规仿古人，各择所长，分体而从。明之李攀龙，清之王壬秋，盖宪章焉。故分体模拟，始于李白。白之杂言仿自鲍照之《行路难》，山水诗盖出于小谢，乐府则出于齐梁。白于齐梁诗致力最深，攻击亦甚力。

(二)革新派

李杜交谊素厚,酬赠频频,惟其造诣各殊,评论亦异,其地位颇似陶谢。陶则结束正始,谢则复新建安,李则综合六朝,无复嗣响;杜则开创近代之体制,为唐以后所宗祖焉。

子昂、李白推尊建安,其次率遭鄙视。杜既称道建安,亦不轻蔑其余,取各家之所长,而不为其所囿,故能兼备各体。其所称许者,于周则《风》《雅》、屈、宋,于汉则相如、枚、贾、韦(玄成)、班(固),于建安则陈思、仲宣、刘桢、阮瑀,于晋宋则陶、谢、鲍、嵇、阮、许、潘、陆,于齐梁则何、庾、阴(铿)、周、沈、谢,于初唐则陈、闾(丘均)、杜(审言)及四杰,于并世则李、王、孟、高、岑、裴、苏、毕、郑、严、李、元,其中最钦佩者李白,交谊最厚者郑虔。

> 文章千古事,得失寸心知。作者皆殊列,名声岂浪垂。骚人嗟不见,汉道盛于斯。前辈飞腾入,余波绮丽为。后贤兼旧制,历代各清规……永怀江左逸,多谢邺中奇。(杜甫《偶题》)

杜以诗论诗,一为《偶题》,一为《论诗绝句》。
杜甫《戏为六绝句》:

> 庾信文章老更成,凌云健笔意纵横。今人嗤点流传赋,不觉前贤畏后生。

> 王杨卢骆当时体,轻薄为文哂未休。尔曹身与名俱灭,不废江河万古流。

纵使卢王操翰墨，劣于汉魏近风骚。龙文虎脊皆君驭，历块过都见尔曹。

才力应难跨数公，凡今谁是出群雄。或看翡翠兰苕上，未掣鲸鱼碧海中。

不薄今人爱古人，清词丽句必为邻。窃攀屈宋宜方驾，恐与齐梁作后尘。

未及前贤更勿疑，递相祖述复先谁。别裁伪体亲风雅，转益多师是汝师。

庾信入北，不复南旋，故作《哀江南赋》《拟咏怀诗》，声律调谐，以时事代宫体之缠绵。少陵之诗，多及其身世，与夫人民之疾苦，有"诗史"之称，故于庾推崇备至。时人唾弃齐梁，非议四杰，少陵则平反之，其论诗异于常人，盖有数者：

(1) **兼含并蓄** 于前人制作，称善隐恶，就其所长而学之，集众人之长以成一家之长，故其见识深远，各体赡备。

(2) **时代** 杜以为一代有一代之文学，前后蝉脱演变，不相沿袭，清焦里堂之《易余籥录》恐即从兹胚胎而出。

后贤兼旧制，历代各清规。(《偶题》)

(3) **修辞** 既避旧途，别求新径，苦心孤诣，以超绝凡庸，故篇什颇难。

为人性僻耽佳句，语不惊人死不休。(《江上值水如海势聊短述》)

(4)清新　"清新庾开府，俊逸鲍参军。"(《春日忆李白》)盖主直寻，不依傍他人则清；戛戛独造，不事蹈袭则新。此实辟北宋之途径，昌黎亟称之。

> 勃兴得李杜，万类困陵暴。(昌黎《荐士诗》)

然当时选家，若芮挺章之《国秀集》、殷璠之《河岳英灵集》、高仲武之《中兴间气集》，杜诗皆未之选，殆彼时之变调欤？

以诗论诗，创自少陵，其后金之元遗山、清之王渔洋盖尝效之。

元和诸子

初唐之作，如深闺秀闼，盛唐则康庄大道，元和则羊肠鸟道，长庆则平原回旋。开元、天宝极其大，元和则极其奇，此其相异者，其时散文变化尤剧。

韩平生所钦佩者为孟郊，其推崇者为卢仝、李贺、刘叉、贾岛、张籍、柳子厚、樊绍述诸人。

东野年长于韩十八岁，人皆以为孟师韩，不知韩实师孟。孟一生贫寒，诗境奇特，其胸臆宛似包罗宇宙。

> 天地入胸臆，吁嗟生风雷。文章得其微，物象由我裁。宋玉逞大句，李白飞狂才。苟非圣贤心，孰与造化该。勉矣郑夫子，骊珠今始胎。(孟郊《赠郑夫子鲂诗》)
> 二十八宿罗心胸……笔补造化天无功。(李贺诗)

其矜夸文人，直功侔造化，心胸之广，造语之奇，微元和中人，何敢语此，而东坡、遗山讥之。

要当斗僧清（贾岛），未足当韩豪。（东坡诗）
东野穷愁死不休，高天厚地一诗囚。（元遗山诗）
春秋三传束高阁，独抱遗经究终始。往年弄笔嘲同异，怪辞惊众谤不已。近来自说寻坦途，犹上虚空跨骒騄。（昌黎《寄卢仝诗》）

卢仝诗集名《玉川子集》，诗极奇怪，盖仿自任华。

无本于为文，身大不及胆。吾尝示之难，勇往无不敢。（昌黎《送无本师归范阳》）
李杜文章在，光焰万丈长……想当施手时，巨刃磨天扬。垠崖划崩豁，乾坤摆雷硠。（昌黎《调张籍诗》）

可见昌黎独标新奇，与同好者引为声气，惟韩论诗之影响不及论文之大。

东京迄唐，文尚骈复，日趋藻饰，渐成四六之风。昌黎独揭扬古文，震骇庸俗，卒能转移风气而睹其成。以单代复，化骈为散，文笔互易其地位，子集不复可分矣。昌黎而后，此风未改，是所谓古文也。

古文之意义　其于文字，则仓颉以后、史籀以前之文字谓之古文。其于经学，则出自孔壁者，有《左氏春秋》《毛公诗》《尚书》，谓之古文。其文字既异，遂致训解与学派之殊别。其于文学，则古文所以对时文而言。唐之骈文，宋之西昆，明清之八股，在当时均谓时文。昌黎之所谓古文，盖就文学而言，班固以下，视等自郐，规复西京之作。

古文名号之起

  尝见人言足下少年乐古文，固耳闻而心存之……今世士子，习尚浅近，非章句声偶之辞不置耳目，浮轨滥辙，相迹而奔，靡有异途焉。其间独敢以古文语者，则与语怪者同也……观足下十篇之文，则信有志于古文矣。（穆修《河南穆公集·答乔适书》）

  韩愈非兹世之文，古之文也。（李翱《与陆傪书》）

  深于文章，每以为自扬雄之后，作者不出，其所为文，未尝效前人之言，而固与之并。自贞元末以至于兹，后进之士，其有志于古文者，莫不视公以为法。（李翱《韩吏部行状》）

  不知古文，直何用于今世也。（昌黎《与冯宿论文书》）

  （房玄龄）问文，子曰："古之文也约以达，今之文也繁以塞。"（王通《文中子》）

  时人论文体者，有今古之异。虬又以为时有古今，非文有古今，乃为《文质论》，以和二派之争①。（《北周书·柳虬传》）

则古文之名，始于隋唐之际，自宋而后，用者渐广，而古文俨然为文学之一尊。至其内容与形式，昌黎所主张者，文则扬雄，道则孟轲。

---

 ① "以和二派之争"句未见于《周书》原文。

下逮《庄》《骚》，太史所录，子云、相如，同工异曲……昔者孟轲好辩，孔道以明，辙环天下，卒老于行。(《进学解》)

既接欢然，以我为扬雄、孟轲，顾恨不及见，三十年于兹矣。(皇甫持正[湜]《顾况诗集叙》)

不能著书，若扬雄、孟轲以传世。(张籍《与昌黎书》)

其《原道》《原性》《师说》等数十篇，皆奥衍闳深，与孟轲、扬雄相表里[①]……常以为自魏晋已还，为文者多拘偶对，而经诰之指归，迁、雄之气格，不复振起矣。故愈所为文，务反近体，抒意立言，自成一家新语，后进之士取为师，当时作者甚众，无以过之，故世称韩文焉。(《旧唐书·韩愈传》)

至贞元、元和间，愈遂以六经之文为诸儒倡，障堤末流，反刓以朴，划伪以真。然愈之才，自视司马迁、扬雄，自班固以下不论也……其道盖自比孟轲，以荀况、扬雄为未醇。(《新唐书·韩愈传赞》)

文者，贯道之器也。(李汉《昌黎先生集序》)

自昌黎倡文则扬雄、道则孟轲，于是李习之诸人孟、扬并举，异口同声，友朋间亦常以孟、扬相推许，与韩如出一辙。中唐而后，以韩继孟、扬，至皮日休则请以韩配飨太学(皮有《请韩文公配飨太学书》)，推崇靡加。欧、梅以韩与孟、扬并举，自后因仍未改，倡古文者必及之，而韩之名遂寿矣。

自韩揭复古之论，上下趋附，风气蔚然一变，其要者有五：

(甲)子集与文笔之合　以前以文言情，体尚骈复，此时以文说理，体尚单散，文笔无别，子集相淆矣。

[①] 此句出自《新唐书·韩愈传》。

子长在笔。(刘禹锡《祭韩侍郎文》)

杜诗韩笔愁来读。(杜牧《读韩杜集》)

是昌黎所标榜者,时人亦谓之笔,而乃自视为古文,相沿弗替,文遂罕见矣。

(乙)修辞　"谢朝华于已披,启夕秀于未振。"(陆机《文赋》)是实为求新之早出者。张华评二陆清新相接,盖亦以此。昌黎亦务求新。

惟陈言之务去,戛戛乎其难哉。(韩愈《与李翊书》)

夫惟求新,故反对模拟,务奇,故反对声偶。韩文修辞瑰奇,意亦平易近人。韩之前有少陵致力修辞,所谓"语不惊人死不休"。韩之后则山谷、后山,务去陈言。韩尚新奇,故于涩体之樊绍述亟称之。

惟古于词必己出,降而不能乃剽贼,后皆指前公相袭,从汉迄今用一律。寥寥久哉莫觉属,神徂圣伏道绝塞。既极乃通发绍述,文从字顺各识职,有欲求之此其躅。(昌黎《樊绍述墓志铭》)

盖因好新奇,故相称道。樊文字今只有二篇(《绛守居图池记》《绵州越王楼诗叙》),文无虚字,晦涩难解,而句训言人人殊。元之陶宗仪尝为之句读,清之孙之騄为之注解,依然费解。樊作颇多,今存盖寡,其以此欤?

> 夫意新则异于常，异于常则怪矣。词高则出众，出众则奇矣。（皇甫湜《答李生第一书》）
>
> 其所以为文，未尝效前人之言。（李翱《韩吏部行状》）
>
> 陆机曰："怵他人之我先。"韩退之曰："唯陈言之务去。"务令述笑哂之状，曰"莞尔"，则《论语》言之矣。曰"哑哑"，则《易》言之矣。曰"粲然"，则《穀梁》言之矣。曰"攸（逌）尔"，则班固言之矣。曰"辗然"，则左思言之矣。吾复言之，与前人何以异也。（李翱《答朱载言书》）

意新则是，而用字亦务新奇，则凡古人所用以为言者，必易字以代，竞辟新途，是率天下而路也。天下从兹多事矣。

（丙）与世殊好恶

> 不知其非笑之为非笑也……笑之则以为喜，誉之则以为忧。（韩愈《答李翊书》）
>
> 仆为文久，每自则意中以为好，则人必以为恶矣。小称意人亦小怪之，大称意则人必大怪之也。时时应事，作俗下文字，下笔令人惭，及示人则人以为好矣。小惭者亦蒙谓之小好，大惭者即必以为大好矣。不知古文直何用于今世也。（韩愈《与冯宿论文书》）
>
> 独韩愈奋不顾流俗，犯笑侮，收召后学，作《师说》，因抗颜而为师。（柳宗元《答韦中立论师道书》）

其以笑为喜，以惭为好，以称意为见怪，是必好恶异于流俗，则其竞新奇也可知。

（丁）尚气　气之界说，殊无定则，视各文及其修辞而异，不能总为一说。

> 气之清浊有体，不可力强而致。（魏文帝《典论·论文》）

按此气盖指先天之才性。

> 气，水也，言，浮物也，水大而物之浮者大小毕浮，气之与言犹是也。气盛则言之短长与声之高下者皆宜。（韩愈《答李翊书》）①

按此气字为指使文字者，与孟子之所谓气相似。

> 其为气也，至大至刚，以直养而无害，则塞于天地之间。（《孟子》）

与昌黎同调者，有柳宗元，其所见相似。

> 始吾幼且少，为文章以辞为工。及长，乃知文者以明道。是固不苟为炳炳烺烺，务采色，夸声音，而以为能也。凡吾所陈，皆自谓近道，而不知道之果近乎？远乎？吾子好道而可吾文，或者其于道不远矣。故吾每为文章，未尝敢以轻心掉之，惧其剽而不留也；未尝敢以怠心易之，惧其弛而不严也；未尝

---

① 此处有眉批："李习之《答朱载言书》：'故义深则意远，意远则理辩，理辩则气直，气直则辞盛，辞盛则文工。'"并在"远""辩""直""盛""工"旁加圈。

敢以昏气出之，惧其昧没而杂也；未尝敢以矜气作之，惧其偃蹇而骄也。抑之欲其奥，扬之欲其明，疏之欲其通，廉之欲其节，激而发之欲其清，固而存之欲其重，此吾所以羽翼夫道也。本之《书》以求其质，本之《诗》以求其恒，本之《礼》以求其宜，本之《春秋》以求其断，本之《易》以求其动，此吾所以取道之原也。参之穀梁氏以厉其气，参之孟、荀以畅其支，参之《庄》《老》以肆其端，参之《国语》以博其趣，参之《离骚》以致其幽，参之太史以著其洁，此吾所以旁推交通而以为之文也。（柳宗元《答韦中立论师道书》）

韩、柳标榜古文，竞出新奇，颇为时人所非议，而柳之称韩也如故。

自吾居夷，不与中州人通书，有来南者，时言韩愈为《毛颖传》，不能举其辞，而独大笑以为怪，而吾久不克见。杨子诲之来，始持其书，索而读之，若捕龙蛇、搏虎豹，急与之角而力不敢暇，信韩子之怪于文也。世之模拟窜窃，取青媲白，肥皮厚肉，柔筋脆骨，而为辞者之读之也，其大笑固宜。（柳宗元《读韩愈所作〈毛颖传〉后题》）

（戊）古文之反响　韩、柳于当时，废声律、弃模拟，颇与时人立异，遂致非议。

（1）声律

观弟近日制作大旨，常以时世之文多偶对俪句，属缀风云，

> 羁束声律，为文之病甚矣。故以雄词远致，一以矫之，则是以文字为意也。且文者，圣人假之以达其心，达则已，理穷则已，非故高之下之详之略之也……昔人有见小人之违道者，耻与之同形貌、共衣服，遂思倒置眉目、反易冠带以异也，不知其倒之、反之非也。虽失于小人，亦异于君子矣。故文之异，在气格之高下，思致之深浅，不在碟裂章句，躔废声韵也……昌黎韩愈，仆识之旧矣，中心爱之，不觉惊赏。然其人信美材也，近或闻诸侪类，云恃其绝足，往往奔放，不以文立制，而以文为戏，可矣乎？可矣乎？（裴度《寄李翱书》）

裴谓文章不必苟异，而侧重气格与思致，深中时人古文之病。

（2）模拟

> 江南惟于五言为妙，故休文长于音韵，而谓"灵均以来，此秘未睹"，不亦诬人甚矣。古人辞高者，盖以言妙而适情，不取于音韵，意尽而止，成篇不拘于双耦。故篇无足曲，辞寡累句……世有非文章者曰："辞不出于《风》《雅》，思不越于《离骚》，模写古人，何足贵也？"余曰："譬诸日月，虽终古常见，而光景常新，此其所以为灵物也。"（李德裕《文章论》）

李谓文章不必求异，不妨与古人同。裴谓文章不必求新，自可与古人殊。其于新异，盖直为韩、柳之徒而发。

（3）折衷派　昌黎欲达其议论，故语多激昂，李翱为韩门第一，文不下于韩，而于裴为亲戚，故调停而折衷之。

如山有恒、华、嵩、衡焉，其同者高也，其草木之荣不必均也。如渎有淮、济、河、江焉，其同者出源到海也，其曲直浅深色黄白不必均也。如百品之杂焉，其同者饱于腹也，其味咸酸苦辛不必均也。此因学而知者也，此创意之大归也。天下之语文章，有六说焉：其尚异者，则曰：文章辞句奇险而已；其好理者，则曰：文章叙意苟通而已；其溺于时者，则曰：文章必当对；其病于时者，则曰：文章不当对；其爱难者，则曰：文章宜深不当易；其爱易者，则曰：文章宜通不当难。此皆情有所偏，滞而不流，未识文章之所主也……古之人能极于工而已，不知其词之对与否、易与难也……故义虽深，理虽当，词不工者，不成文，宜不能传也。文、理、义三者兼并，乃能独立于一时，而不泯灭于后代，能必传也。（李翱《答王载言书》[①]）

李翱于难易对否，并而存之，内容亦兼及义理，文可谓依违两可，其后姚姬传盖尝学之。

（三）诗义派

齐梁人之论诗，变其形体，绳以声律，元和中人之论诗者，则并及于内容，而论诗之说有二：
（甲）为己

　　诗三百篇，大抵圣贤发愤之所为作也。（司马迁《报任少

[①] "王载言"，原本作"朱"，涂改为"王"。案：此篇篇题历来记载不一，或引作"朱"，或引作"王"，亦有本作"梁"，胡先生原本他处言及此篇皆作"朱"。

卿书》）

　　使穷贱易安，幽居靡闷，莫尚于诗矣。（《诗品序》）
　　非诗之能穷人，殆穷者而后工也。（欧阳修《梅圣俞诗集叙》）

（乙）为人

　　风，风也……上以风化下，下以风刺上，主文而谲谏，言之者无罪，闻之者足以戒……是以一国之事，系一人之本，谓之风。（《诗大叙》）

诗主风人，则诗有主的。汉代经师解诗，标明每篇作者之意。昌黎诸人高谈复古，其所著之诗，诘屈聱牙，非常人所可解。香山持论相左，诗主风人，流利通俗，其要者有二：

（1）合诗义

　　不能发声哭，转作乐府诗。篇篇无空文，句句必尽规。功高虞人箴，痛甚骚人辞。非求宫律高，不务文字奇。惟歌生民病，愿得天子知。未得天子知，甘受时人嗤。（白居易《寄唐生诗》）

白既以诗代谲谏，表达生民之痛苦，而致之朝廷，故论诗主六义四始。

　　言者无罪，闻者作诫。言者闻者，莫不两尽其心焉……于时六义始刓矣……虽义类不具，犹得风人之什二三焉，于时六义始缺矣。晋、宋已还，得者盖寡……于时六义寖微矣，陵夷矣。至于梁、陈间，率不过嘲风雪、弄花草而已……于时六义尽去矣……李之作才矣奇矣，人不逮矣。索其风雅比兴，十无一焉。杜诗最多，可传者千余首，至于贯穿今古，覼缕格律，尽工尽善，又过于李。（白居易《与元九书》）

杜诗多写人世之沉痛，有"诗史"之目，与白之见相符，故亟称之。白于张籍亦倾心焉。

张君何为者，业文三十春。尤工乐府诗，举代少其伦。为诗意如何，六义互铺陈。风雅比兴外，未尝著空文……愿播内乐府，时得闻至尊。（白居易《读张籍古乐府诗》）

系于意，不系于文，首句标其目，卒章显其志，《诗》三百之义也……其辞直而径，欲见之者易谕也。其言直而切，欲闻之者深诫也。其实核而实，使采之者传信也。其体顺而律，可以播于乐章歌曲也。总而言之，为君、为臣、为民、为物、为事而作，不为文而作也。（白氏《新乐府自叙》）

诗者，根情苗言，华声实义……皆兴发于此，而义归于彼……始知文章合为时而著，歌诗合为事而作。（白居易《与元九书》）

遂作《秦中吟》，一吟悲一事。贵人皆怪怒，闻人亦非訾。天高未及闻，荆棘生满地。（白居易《伤唐衢诗》第二首）

白所作《秦中吟》诸篇，前有小序，述其旨归，有《毛诗》小序之遗意，

出以讽刺，寓以箴诫。盖白尝居谏官，以诗代言谏。

（2）风人

> 尚不如寓意古题，刺美见事，犹有诗人引古以讽之意焉。曹、刘、沈、鲍之徒，时得如此，亦复稀少。近代惟诗人杜甫《悲陈陶》《哀江头》《兵车》《丽人》等，凡所歌行，卒皆即事名篇，无复倚傍。予少时，与友人乐天、李公垂（绅）等辈谓是为当，遂不复拟赋古题。（元稹《乐府古题叙》）

按元稹论诗之见，与白相符，亦主作乐府，以述民之隐情。

元、白词旨明晓，音节调畅，极为平民所称，故流被远迩，惟为士大夫所切齿。韩、白交谊尚厚，持论相左，白诗名超于韩，韩文名优于白。然白之文，意味丰醇，极有蕴藉，此其异于韩者。

白集（《长庆集》）分部之法，亦甚奇异。（一）讽喻、（二）闲适、（三）感伤、（四）律诗与格诗，手自编定，不以年分、不以体分，以类相从。

白精研佛经，其号呼生民之疾苦，殆亦出于佛氏济世悯人之怀与？

元、白之诗，得力于《羽林郎》《日出东南隅行》，尤以《孔雀东南飞》为最，及此风既倡，四方之士竞效之，而礼部试人亦视为准的。

> 巴蜀江楚间，洎长安中少年，递相仿效，竞作新词，自谓为"元和诗"……然而二十年间，禁省、观寺、邮候墙壁之上无不书，王公妾妇、牛童马走之口无不道。（元稹《白氏长庆集叙》）

日者又闻亲友间说礼、吏部举选人,多以仆私试赋判传为准的。(白居易《与元九书》)

则其感遇之厚,享名之盛,虽偶遭左谪,其相较为何如耶?自兹而后,仿者踵接,韦庄之《秦妇吟》、吴梅村之《圆圆曲》则渊源于《长恨歌》,演变而为弹辞,若《天雨花》《英雄谱》之类,描摹事物,至为详尽。清之金亚匏及杨(复)柳门,其所制作,深得《秦中吟》之遗意焉。

司空图

司空图屹然独立,不隶属于诸派。其论文意见,在于《二十四诗品》,以具体比况抽象,别其神味,定其体裁,得诗品之真,与锺嵘之《诗品》评论诸家优劣及源流者有别。

自唐以后,此风盛行,皇甫湜之《谕业》(集卷一)亦以具体比况。

燕公之文,如梗木枝干,缔构大厦,上栋下宇,孕育气象,可以变阴阳、阅寒暑,坐天子而朝群后(张说)。韩吏部之文,如长江大注,千里一道,冲飙激浪,汙流不滞,然而施于灌溉,或爽于用(韩愈)……(《谕业》)

《二十四诗品》则集其大成,追溯本原,导源盖古。

吉甫作颂,穆如清风。(《周诗》)

即以具体写抽象。

> 悲哉！秋之为气也，萧瑟兮草木摇落而变衰，憭慄兮若在远行，登山临水兮送将归，泬寥兮天高而气清……（《九辩》）

"悲哉"以下诸句，均标以抽象，而写以实体。《二十四诗品》亦以实体形容抽象，故原出《九辩》。《九辩》之后，若《文心雕龙》后二十五篇亦然。清袁枚作《续诗品》，狗尾续貂，去之弥远，直不如不续。

北宋

北宋初年，西昆独扇，文尚骈复，诗趋艳丽，而倡之者复名位通显。于是制诰、贺表、判词，均用骈文，故反对之者，咸规复元和。

唐代诗人往往不能兼为文章，宋则散文家多兼长于诗，而其时散文之应用颇广，或以叙述事理，或以论辩时宜，盖和战之议数矣。其后渐推之于诗，诗既为散文侵，诗遂一变而为词，迨语录小说之风盛，而散文益披靡矣。

其时骈文之领袖推李商隐，商隐早岁亦学古文，及从令狐楚学章奏，遂制今体，而四六之名始焉。惟其体制，则发生于永明之际。

> 四六之名，六博格五，四数六甲之取也。（《樊南甲集序》）

以古博比况之，反致迂曲难晓。

当时群流比附，相与酬应，文则散见各书，诗今传有《西昆酬唱集》，与之者有杨亿、刘筠、钱惟演、李宗谔、陈越、李维、刘骘、刁衎、任随、张咏、钱惟济、丁谓、舒雅、晁迥、崔遵度、薛映、刘秉等，杨亿为之首。所谓西昆者，取玉山策府之意。

西昆体既盛行，而反对者益烈，其著者有石介《怪说》，诋议杨亿。

> 今杨亿穷妍极态，缀风月，弄花草，淫巧侈丽，浮华纂组，刓锼圣人之经，破碎圣人之言，离析圣人之意，蠹伤圣人之道。使天下不为《书》之《典》《谟》，《禹贡》、《洪范》，《诗》之《雅》《颂》，《春秋》之经，《易》之繇、爻、十翼，而为杨亿之穷妍极态，缀风月，弄花草，淫巧侈丽，浮华纂组，其为怪大矣。（石介《怪说中》）

而穆修亦有相同之论。

> 今世士子，习尚浅近，非章句声偶之辞，不置耳目，浮轨滥辙，相迹而奔，靡有异途焉。其间独敢以古文语者，则与语怪者同也。（穆修《答乔适书》）

而范仲淹亦盛倡复古，于时文攻击颇力。

> 皇朝柳仲涂（开）起而麾之，髦俊率从焉……洎杨大年以应用之才，独步当世，学者刻词镂意，有希髣髴，未暇及古也。其间甚者专事藻饰，破碎大雅，反谓古道不适于用，废而弗学者久之。（范仲淹《尹师鲁文集叙》）

柳开极力复古,早年名曰肩愈,号绍先,将与昌黎并肩,绍述宗元之绪。其议论与范相似,柳与穆修,同开北宋古文之风气。

欧阳修名位既高,倡古文之说,众论归之,遂转移习尚,蔚为风气,名遂归之。欧公文采,未为工绝,诗不及梅(圣俞),文不及宋(祁),词不及晏(殊)、柳(永),然而享名极盛,盖揭扬古文,与韩愈之于唐也相似。欧生平最佩梅圣俞,梅身世贫寒,于是有诗穷而后工之说。

> 其初喜为清丽闲肆平淡,久则涵演深远,间亦琢刻以出怪巧,然气完力余,益老以劲。其应于人者多,故辞非一体。至于他文章皆可喜,非如唐诸子号诗人者,僻固而狭陋也。(欧阳修《梅圣俞墓志铭》)

> 天圣之间,予举进士,于有司见时学者,务为言语声偶摘裂,号为时文,以相夸尚。而子美独与其兄才翁及穆参军伯长作为古歌诗杂文,时人颇共笑之,而子美不顾也。(欧阳修《苏子美文集叙》)

> 然其体长于本人情,状风物,英华雅正,变态百出……其感人之至,所谓与乐同其苗裔者邪?(欧阳修《书梅圣俞稿后》)

至其所祖述,则孟轲、扬雄、韩愈。

> 吾之道,孔子、孟轲、扬雄、韩愈之道。吾之文,孔子、孟轲、扬雄、韩愈之文也。(柳开《应责》)

诗则主描写人情风物,竞诋唐人为僻固狭陋,盖亦果于言矣。

宋文苑道学同源表

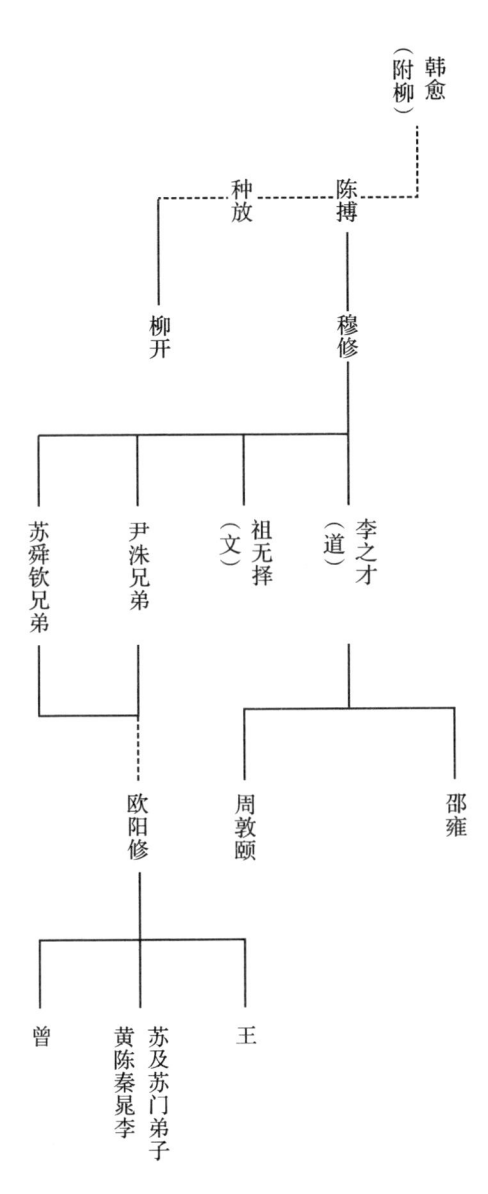

```
                        韩愈
                       （附柳）
                         │
              ┌──────────┴
             种放        陈搏
              │          │
             柳开        穆修
                         │
        ┌────┬────┬──────┤
       苏   尹   祖     李之才
       舜   洙   无      （道）
       钦   兄   择        │
       兄   弟  （文）   ┌─┴─┐
       弟            周    邵
                    敦    雍
          ╎         颐
         欧阳修
           │
     ┌─────┼─────┐
     曾  苏 黄   王
         及 陈
         苏 秦
         门 晁
         弟 李
         子
```

此风既倡,诗渐失其真。其形体则散文之有韵者,其内容则尤糅杂,或与古文合(如王安石),或与语录合(邵康节《击壤集》),末流所至,杂以骂詈叫噪,不几为古文撕灭殆尽耶?

论诗

唐人作诗者多,论者盖寡,宋则作诗不及于唐,而论诗过之。诗话之初出者,推《六一诗话》,本借以资谈助耳。

> 居士退居汝阴,而集以资闲谈也。(《六一诗话序》)

其后司马温公有《续诗话》,刘攽有《中山诗话》,惟卷帙不丰,所载多零星之掌故,降及南宋,则《沧浪诗话》《诗人玉屑》《江西宗派图》实为一时之冠冕焉。

> 诗家虽率意,而造语亦难,若意新语工,得前人所未道者,斯为善也。(《六一诗话》引梅圣俞言)
> 必能状难写之景,如在目前;含之不尽之意,见于言外,然后为至矣。

其论诗之见解,直与昌黎论文相似。

唐文学分期说

唐文学之分初、盛、中、晚,始于明之高棅,本于元之杨士宏(杨著有《唐音》,刻入《湖北先正遗书》),实源出于有宋。

知唐最深确而可信者,莫如宋人,虽唐人之知唐人恐犹有不及。姚铉《唐文粹叙》分唐为三期:

(一)"陈子昂起于庸蜀,始振风雅……沈……宋……李……杜"

(二)"洎张燕公(说)以辅相之才,专撰述之任……苏许公(颋)继以弘丽,丕变习俗。"萧(颖士)、李(华)、常(衮)、杨(炎)属之。

(三)"唯韩吏部超卓群流,独高遂古……凭陵轥轹,首唱古文。"柳宗元、李(观)元宾、李翱、皇甫湜属之。

《唐文粹》成于大中祥符四年,其第一期即后所谓初唐,第二期即后所谓盛唐,第三期即后所谓中唐。

宋子京《新唐书·文艺传叙》与姚说近似而稍异,恐沿袭其说,盖宋之修《新唐书》后姚几十年。

唐有天下三百年,文章无虑三变:
(一)高祖、太宗……沿江左余风……故王、杨为之伯。
(二)玄宗好经术……则燕、许擅其宗。
(三)大历、贞元间……韩愈倡之,柳宗元、李翱、皇甫湜等和之。

二说所异,在第一期,然姚之言陈子昂者,自其变者言之,宋之言王、杨者,自其不变者言之,二说实相符合。

第五期　南宋

元和诸子，在能变古，欧、梅而后，渐趋于极。流荡忘反，于是南宋倡复古之议，反本求原。涵泳及于明代，为前后七子之所祖述。

复古之议，倡自严羽，其产生之原因：

（一）变古　自散文侵入于诗，渐杂议论，末流所至，出以怒张骂詈，极为时人所侧目。此风之倡，杜甫发其端，苏、黄溃其流，以江西诗派相号召。

> 近代诸公乃作奇特解会，遂以文字为诗，以才学为诗，以议论为诗。夫岂不工，终非古人之诗也……且其作多务使事，不问兴致，用字必有来历，押韵必有出处，读之反覆终篇，不知着到何处。其末流甚者，叫噪怒张，殊乖忠厚之风，殆以骂詈为诗。诗而至此，可谓一厄也……至东坡、山谷始自出己意以为诗，唐人之风变矣。山谷用工尤为深刻，其后法席盛行，海内称为江西宗派。近世赵紫芝、翁灵舒辈，独喜贾岛、姚合之诗，稍稍复就清苦之风，江湖诗人多效其体，一时自谓之唐宗，不知只入声闻辟支（小乘）之果，岂盛唐诸公大乘正法眼者哉？（《沧浪诗话·诗辩》）

自吕本中创《江西诗社宗派图》，以黄庭坚二十五人入之，以杜甫为祖,以黄山谷、陈后山、陈简斋为三宗,严羽辟其以议论入诗。至江湖诗派则永嘉四灵(赵师秀、徐晖、徐玑、翁卷)为最著,诗学贾岛、姚合(皆在《中晚唐诗主客图》——李石桐著),制作多为近体,以五律见长,严羽辟其非唐诗之正。

(二)理语　理语入诗,陶诗已渐有之,惟文采未掩,未足为病。其后隋唐间,则王梵志之诗(《诗式》引其"还你天公我,还我未生时"),类似偈语。中唐之寒山、拾得,亦染此风,惟佳者尚多。至宋则理学鼎盛,窜入文学之范围,文则语录,诗则杂理语,其著者若二程、邵雍诸人,卓然脱其藩篱者,惟朱熹一人而已。

  行年五十二,老去复何忧。事贵照至底,话难言到头。上有明天子,下有贤诸侯。饱食高眠外,自余无所求。(邵雍《弄笔诗》)

盖邵雍之观念,以为人生本乐,纯属于理智,故无往而不乐,其诗亦当以此观之。

  《击壤集》,伊川翁自乐之诗也,非惟自乐,又能乐时,与万物之自得也……近世诗人,穷感则职于怨憝,荣达则专于淫泆,身之休感发于喜怒,时之否泰出于爱恶,殊不以天下大义而为言者,故其大率溺于情好也……盖其间情累都忘去尔,所未忘者,独有诗在焉。然而虽曰未忘,其实亦若忘之矣。何者?谓其所作异乎人之所作也。所作不限声律,不沿爱恶,不立固必,不希名誉……是故哀而未尝伤,乐而未尝淫,虽曰吟咏情性,曾何累于情性哉?(《伊川击壤集叙》)

夫使休慼不发于喜怒,否泰不出于爱恶,则所谓"情动于中而形于言",果何在耶?诗不能离情性以独存,情性不能起其哀乐,则所成之诗,于情性何有?情性无哀乐,则情性非真情性;诗无情性,亦失其所以为诗。此谓为道学之诗则可,若施之文学之诗则不可,故严羽辟之。

> 南朝人尚词而病于理,本朝人尚理而病于意。(《沧浪诗话·诗评》)
> 诗有别趣,非关理也。(《沧浪诗话·诗辩》)

严羽之论诗,既辟议论、辟理语、辟变古,复辟学问,而主张妙悟,故于韩昌黎亦致议焉。

> 诗道亦在妙悟,且孟襄阳学力下韩退之远甚,而其诗独出退之之上者,一味妙悟而已……夫诗有别材,非关书也。(《沧浪诗话·诗辩》)

严羽之主张在于求诗之真,使诗与文分,然后一反诸古。
(一)诗与文分　诗与散文,体裁各殊,欧公而后,以散文之法为诗,渐失其真,严则主诗与文分。

> 又谓盛唐之诗"雄深雅健",仆谓此四字,但可评文,于诗则用"健"字不得,不若《诗辩》"雄浑悲壮"之语,为得诗之体也。(严羽《与吴景仙书》)

盖以健则易流为叫嚣怒骂，转失诗之温醇。

（二）复古

> 以汉魏盛唐为师，不作开元、天宝以下人物。(《诗辩》)
> 诗之是非不必争，试以己诗置之古人诗中，与识者观之而不能辨，其真古人矣。(《沧浪诗话·诗法》)

其主张直欲类似古人，形神无别，其长即其短也。惟此论一出，其影响于后世者颇大。其妙悟之说，原出于《诗品》：

> 观古今胜语，多非补假，皆由直寻。(《诗品序》)
> 并直举胸情，非傍诗史。(《宋书·谢灵运传论》)

严羽而后，兴趣之说(《诗辩》)，则演为王渔洋之"神韵说"，别材别趣之说，演而为袁子才之"性灵说"，而时代之取汉魏盛唐，为何、李七子之"格调说"之所渊源。明清数百载中，罕能脱其牢笼，亦可异已！

宋人论文

陈骙之《文则》(见于《台州丛书》)，其条理有似《文心雕龙》，惟辞采不及之。

修辞之书，其先盖出于中国，日人名为辞藻，其所论诸法，《文则》中已备论之。

《文则·丙篇》：

一曰直喻。 或言犹，或言若，或言如，或言似，灼然可见。 例：

> 犹缘木而求鱼也。(《孟子》)
> 若朽索之驭六马。(《书》)
> 譬如北辰。(《论语》)
> 凄然似秋。(《庄子》)

二曰隐喻。 其文虽晦，义则可寻。 例：

> 诸侯不下渔色。(《礼记》)
> 没平公军无秕政。(《国语》)
> 虽蝎谮焉避之。(《国语》)
> 是豢吴也夫。(《左传》)

三曰类喻。 取其一类，以次喻之。 例：

> 天子如堂，群臣如陛，众庶如地。(贾谊《新书》)

四曰诘喻。 虽为喻文，似成诘难。 例：

> 虎兕出于柙，龟玉毁于椟中，是谁之过与？(《论语》)
> 人之有墙，以蔽恶也。墙之隙坏，谁之咎也？(《左传》)

五曰对喻。 先比后证，上下相符。 例：

> 鱼相忘乎江湖，人相忘乎道术。(《庄子》)
> 流丸止于瓯臾，流言止于智者。(《荀子》)

六曰博喻。 取以为喻，不一而足。 例：

> 若金，用汝作砺；若济巨川，用汝作舟楫；若岁大旱，用汝作霖雨。(《书》，伪)
> 犹以指测河也，犹以戈舂黍也，犹以锥飡壶也。(《荀子》)

七曰简喻。 其文虽略，其义甚明。 例：

> 名，德之舆也。(《左传》)
> 仁，宅也。(《扬子法言》)

八曰详喻。 须假多辞,然后义显。 例:

夫耀蝉者,务在乎明其火,振其树而已。火不明,虽振其树,无益也。(以上所以喻)今人主有能明其德,则天下归之。犹蝉之归明火也。(以上所喻)(《荀子》)

九曰引喻。 援取前言,以证其事。 例:

谚所谓"庇焉而纵寻斧焉"者也。(《左传》)

蛾子时术之,其此之谓乎?(《礼记》)

十曰虚喻。 既不指物,亦不指事。 例:

其言似不足者。(《论语》) 飂兮无所止。(《老子》)

《文则·丁篇》:

文有上下相接,若继踵然。

其一曰:叙积小至大,如《中庸》曰:"能尽其性,则能尽人之性;能尽人之性,则能尽物之性;能尽物之性,则可以赞天地之化育;可以赞天地之化育,则可以与天地参矣。"

其二曰:叙由精及粗,如《庄子》曰:"古之明大道者,先明天而道德次之,道德已明而仁义次之,仁义已明而分守次之,分守已明而形名次之,形名已明而因任次之,因任已明而原省次之,原省已明而是非次之,是非已明而赏罚次之。"

其三曰:叙自流极原,如《大学》曰:"古之欲明明德于天下者,先治其国;欲治其国者,先齐其家;欲齐其家者,先修其身;欲修其身者,先正其心;欲正其心者,先诚其意;欲诚其意者,先致其知。"

其所列修辞之法,文繁未及详引,但已尽今人之所阐发。

今之辞藻论(修辞格)大抵祖述英人倍因(Bain)之《修辞学》，其类别为四：(一)辨异力　对照的；(二)统同力　类似的；(三)联想　联接的；(四)杂类。

(一)类似的：直喻　隐喻　活喻　讽喻　声喻(铿铿　喈喈　丁丁)

(二)对照的：

　　(甲)两方：对偶　渐层(日文，犹华言阶升，愈言愈高，至于最高)

　　(乙)一方：警语　设疑(《战国策》)　反语(《滑稽传》)

(三)联接的：提喻　换喻(王座　麾下)　张喻("白发三千丈")　引喻

(四)杂类：感叹　顿呼("虞兮虞兮奈若何")　现写　问答　反复(《诗·国风》)　曲言

英国自十八世纪，修辞之书渐多，由雄辩(言语)而施及于文章，中国则《文则》已详论之，先于彼数百年，惜乎未有注意及之者。

宋人论词

宋人长于词，而词话始于明。论词者惟南宋有数家，如张炎之《词源》、沈义父《乐府指迷》，先于此者，推李易安。

易安生于南北宋之间，其夫赵明诚，俱有才名，尝合著《金石录》。其论词为《苕溪渔隐丛话》(三十三卷晁无咎条下)及《老学庵笔记》所引。

自后郑卫之声日炽,流靡之变日烦……五代时江南李氏独尚文雅,若"小楼吹彻玉笙寒"及"吹皱一池春水"句,语虽奇,亦亡国之音也……始有柳屯田永者,变旧声,作新声,出《乐章集》,大得声称于世,虽协音律,而词语尘下。张先、宋祁、沈唐、元绛、晁端礼辈,时有妙语,而失之破碎。晏殊、欧阳修、苏轼则皆句读不葺之诗耳,又往往不协音律。盖诗文分平侧,而歌词分五音,又分五声,又分六律,又分清浊轻重……其本押仄韵者,如上声则协,押入韵则不可通矣。王安石、曾巩文章似西汉,而其词令人绝倒,不可读也。乃知别是一家,知之者少……晏幾道、贺铸、秦观、黄庭坚出,始能知之。晏苦无铺叙,贺苦少典重,秦即专主情致而少故实,黄尚故实而多疵病,皆良玉之有瑕者也。[1]

李易安可以代表北宋论词,于其文中可知词之变迁、词声律之严、词与诗之异。李于北宋词家多所指摘,盖其才学超卓,宜为此言。

《词源》上卷言音律,分析至精。下卷评论各家之得失,颇有可取。

---

[1] 原本此处引述多以意约省文句,附《丛话》相关原文于后:"自后郑卫之声日炽,流靡之变日烦……五代……独江南李氏君臣尚文雅,故有'小楼吹彻玉笙寒','吹皱一池春水'之词,语虽奇甚,所谓'亡国之音哀以思'也。逮至本朝……始有柳屯田永者,变旧声,作新声,出《乐章集》,大得声称于世,虽协音律,而词语尘下。又有张子野、宋子京兄弟、沈唐、元绛、晁次膺辈继出,虽时时有妙语,而破碎何足名家。至晏元献、欧阳永叔、苏子瞻……然皆句读不葺之诗尔,又往往不协律者,何邪?盖诗文分平侧,而歌词分五音,又分五声,又分六律,又分清浊轻重……本押仄声韵,如押上声则协,如押入声则不可歌矣。王介甫、曾子固文章似西汉,若作一小歌词,则人必绝倒,不可读也。乃知别是一家,知之者少。后晏叔原、贺方回、秦少游、黄鲁直出,始能知之。又晏苦无铺叙,贺苦少典重,秦即专主情致而少故实……黄即尚故实,而多疵病,譬如良玉有瑕,价自减半矣。"《苕溪渔隐丛话后集》卷三十三。

"词要清空,不要质实,清空则古雅峭拔,质实则凝涩晦昧。"例:姜白石《暗香》《疏影》《扬州慢》("清空")

"词以意趣为主,要不蹈袭前人语。"例:王安石《金陵怀古桂枝香》("意趣")

"词用事最难,要体认着题,融化不涩。"例:苏东坡《永遇乐》("用事")

"诗难于咏物,词为尤难。体认稍真,则拘而不畅;模写差远,则晦而不明。要须收纵联密,用事合题。一段意思,全在结句,斯为绝妙。"例:史邦卿《双双燕·咏燕》("咏物")

"簸弄风月,陶写性情,词婉于诗。盖声出莺吭燕舌间,稍近乎情可也。若邻乎郑、卫,与缠令何异焉……若能屏去浮艳,乐而不淫,是亦汉魏乐府之遗意。"例:辛弃疾《祝英台近》("赋情")

于吴梦窗则伤其质实,于柳耆卿则伤其役于情,于周美成则贫其意趣,于辛稼轩、刘改之则讥其豪放。盖精研既久,商榷自谨。其去取之严,有宋一代,仅许十余家,然犹有所短,未能悉臻善美,其才识可见卓已!

《乐府指迷》 全书共二十八条,论亦简明精审,间亦与《词源》有异同,极推尊周邦彦,而伤姜白石之生硬、吴梦窗之晦涩,惟音律推论极精。

> 但看句中用去声字,最为紧要……其次如平声,却用得入声字替,上声字最不可用去声字替。

至论起句、结句、练句、咏物、用情等,则与张炎相仿佛焉。

北人　金代

元遗山

元遗山生于金末，当宋理宗时。其造就极宏，于当时为大诗人，兼为大批评家。

（一）以诗存史　遗山熟于金代之掌故，尝访求《金代实录》，以乐夔之阻而未果，后筑野史亭以修野史，亦未成。著《中州集》以寄托其未竟之志，录当代之诗词，附以作者之小传，以诗存史。清之《全金诗》仍之，而宪章者，则有钱牧斋之《列朝诗集》，以帝王入乾集，以人物入甲、乙、丙、丁四集，以僧道、闺秀入闰集，亦将以诗存史，其后为朱竹垞之《明诗综》所窃窜焉。

（二）论诗七绝　以诗论诗，创自少陵，杂以议论，其后变为中晚唐胡曾之《咏史》，至元则遗山仿之作《论诗绝句》三十首，清则王渔洋仿之作《论诗绝句》三十二首，复规模遗山。其后大张厥流，论列遂广，樊榭之论词、论印，包慎伯之论书，近人李葆恂之论画，陶潜宣之论书，咸托源于此。

元遗山论诗三十首：

> 汉谣魏什久纷纭，正体无人与细论。谁是诗中疏凿手？暂教泾渭各清浑。
>
> 曹刘坐啸虎生风，四海无人角两雄。可惜并州刘越石，不教横槊建安中。

邺下风流在晋多，壮怀犹见缺壶歌。风云若恨张华少，温李新声奈尔何。

一语天然万古新，豪华落尽见真淳。南窗白日羲皇上，未害渊明是晋人。

纵横诗笔见高情，何物能浇块垒平？老阮不狂谁会得？出门一笑大江横。

心画心声总失真，文章宁复见为人。高情千古《闲居赋》，争信安仁拜路尘。

慷慨歌谣绝不传，穹庐一曲本天然。中州万古英雄气，也到阴山敕勒川。

沈宋横驰翰墨场，风流初不废齐梁。论功若准平吴例，合著黄金铸子昂。

斗靡夸多费览观，陆文犹恨冗于潘。心声只要传心了，布谷澜翻可是难。

排比铺张特一途，藩篱如此亦区区。少陵自有连城璧，争奈微之识碔砆。

眼处心生句自神，暗中摸索总非真。画图临出秦川景，亲到长安有几人？

望帝春心托杜鹃，佳人锦瑟怨华年。诗家总爱西昆好，独恨无人作郑笺。

万古文章有坦途，纵横谁似玉川卢？真书不入今人眼，儿辈从教鬼画符。

出处殊途听所安，山林何得贱衣冠。华歆一掷金随重，大是渠侬被眼谩。

笔底银河落九天，何曾憔悴饭山前。世间东抹西涂手，枉著书生待鲁连。

切切秋虫万古情,灯前山鬼泪纵横。鉴湖春好无人赋,岸夹桃花锦浪生。

切响浮声发巧深,研摩虽苦果何心。浪翁水乐无宫徵,自是云山韶濩音。

东野穷愁死不休,高天厚地一诗囚。江山万古潮阳笔,合在元龙百尺楼。

万古幽人在涧阿,百年孤愤竟如何。无人说与天随子,春草输赢较几多。

谢客风容映古今,发源谁似柳州深。朱弦一拂遗音在,却是当年寂寞心。

窘步相仍死不前,唱酬无复见前贤。纵横正有凌云笔,俯仰随人亦可怜。

奇外无奇更出奇,一波才动万波随。只知诗到苏黄尽,沧海横流却是谁。

曲学虚荒小说欺,俳谐怒骂岂诗宜。今人合笑古人拙,除却雅言都不知。

有情芍药含春泪,无力蔷薇卧晚枝。拈出退之山石句,始知渠是女郎诗。

乱后玄都失故基,看花诗在只堪悲。刘郎也是人间客,枉向春风怨兔葵。

金入洪炉不厌频,精真那计受纤尘。苏门果有忠臣在,肯放坡诗百态新。

百年才觉古风回,元祐诸人次第来。讳学金陵犹有说,竟将何罪废欧梅。

古雅难将子美亲,精纯全失义山真。论诗宁下涪翁拜,未作江西社里人。

池塘春草谢家春,万古千秋五字新。传语闭门陈正字,可怜无补费精神。

撼树蜉蝣自觉狂,书生技痒爱论量。老来留得诗千首,却被何人校短长。

遗山论诗之见:(一)推尊汉魏于曹、刘、陶、谢、张(华)、刘(琨)、阮(籍)均所称许,讥安仁之谒贾谧,反张华之评陆机,非议齐梁而薄华靡。(二)称述李、杜、韩、柳,以东野为诗囚,卢仝为鬼符。(三)斥江西诗派之以怒骂为诗,称颂欧、梅,而于李义山之涩语,陈后山之苦思,深致不满,此其大校也。

王渔洋仿之,作《论诗绝句》三十二首,其所论列,间有袭之者。

王渔洋《戏仿遗山论诗绝句三十二首》:

巾角弹棋妙五官,搔头傅粉对邯郸。风流浊世佳公子,复有才名压建安。

五字"清晨登陇首","羌无故实"使人思。定知妙不关文字,已是千秋幼妇词。

青莲才笔九州横,六代淫哇总废声。白纻青山魂魄在,一生低首谢宣城。

挂席名山都未逢,浔阳喜见香炉峰。高情合受维摩诘,浣笔为图写孟公。

杜家笺传太纷挐,虞赵诸贤尽守株。苦为《南华》求向郭,前唯山谷后钱卢。

漫郎生及开元日，与世聱牙古性情。谁嗣《箧中》冰雪句，《谷音》一卷独铮铮。

风怀澄澹推韦柳，佳处多从五字求。解识无声弦指妙，柳州那得并苏州。

中兴高步属钱郎，拈得维摩一瓣香。不解雌黄高仲武，长城何意贬文房。

草堂乐府擅惊奇，杜老哀时托兴微。元白张王皆古意，不曾辛苦学妃豨。

广大居然太傅宜，沙中金屑苦难披。诗名流播鸡林远，独愧文章替左司。

獭祭曾惊博奥殚，一篇《锦瑟》解人难。千年毛郑功臣在，犹有弥天释道安。

涪翁掉臂自清新，未许传衣蹑后尘。却笑儿孙媚初祖，强将配飨杜陵人。

诗人一字苦冥搜，论古应从象罔求。不是临川王介甫，谁知"暝色赴春愁"。

苦学昌黎未赏音，偶思螺蛤见公心。平生自负庐山作，才尽"禅房花木深"。

"林际春申"语太颠，"园林半树"景幽偏。豫章孤诣谁能解，不是晓人休浪传。

铁崖乐府气淋漓，渊颖歌行格仅奇。耳食纷纷说开宝，几人眼见宋元诗。

藐姑神人何大复，致兼《南》《雅》更《王风》。论交独直江西狱，不独文场角两雄。

三代而还尽好名，文人从古善相轻。君看少谷山人死，独有平生王子衡。

　　正德何如天宝年，寇侵三辅血成川。郑公变雅非关杜，听直应须辨古贤。

　　十载铃山冰雪情，青词自媚可怜生。彦回不作中书死，更遣匆匆唱《渭城》。

　　接迹风人《明月篇》，何郎妙悟本从天。王杨卢骆当时体，莫逐刀圭误后贤。

　　翩翩安定四琼枝，司直司勋绝妙词。底事济南高月旦，仅存水部数篇诗。

　　中州何李并登坛，弘治文流竟比肩。讵识苏门高吏部，啸台鸾凤独迥然。

　　文章烟月语原卑，一见空同迥自奇。天马行空脱羁靮，更怜《谈艺》是吾师。

　　济南文献百年稀，白雪楼前宿草菲。未及尚书有边习，犹传"林雨忽沾衣"。

　　"枫落吴江"妙入神，"思君流水"是天真。何因点窜"澄江练"，笑杀谈诗谢茂秦。

　　来禽夫子本神清，《香茗》才华未让兄。徐庾文章建安作，悔教书法掩诗名。

　　《海雪》畸人死抱琴，朱弦疏越有遗音。九疑泪竹娥皇庙，字字《离骚》屈宋心。

　　"澹云微雨小姑祠，菊秀兰衰八月时"。记得朝鲜使臣语，果然东国解声诗。

　　"溪水碧于前渡日，桃花红是去年时"。江南肠断何人会？只有崔郎七字诗。

曾听巴渝里社词，三闾哀怨此中遗。诗情合在空舲峡，冷雁哀猿和竹枝。

九岁诗名铜雀台，三年留滞楚江隈。不如解唱黄獐者，新自王戎墓下来。

王论诗之主张：（一）推崇李、杜、孟（浩然）、元（结），而谓柳不如韦，仅属一家之言，称许钱（起）、郎（士元），反对规仿乐府，白诗如披沙拣金，李诗似群獭祭鱼。（二）山谷之清新，安石之推敲，均所称誉，惟讥欧公才尽，未为笃论。（三）于元则取铁崖（杨廉夫），于明则称何、李，郑君变雅，有乖时宜，严氏位高，都无佳制，而谓李（攀龙）不如边（贡），自其文献言之耳。邢侗兄妹，才学并辉，皇甫伯仲，篇章寡选，谢榛之改诗见笑，邝露之遗意可哀。此其旨归之大要也。

元人评曲

元曲作者虽多，评曲罕值其人，至明始众。元初评曲之风，就余所见，当推赵子昂为最先。

《太和正音谱》为宁献王朱权所作，成于洪武初年，朱权于《明史》本传，称其音曲颇工，故其书至今曲家尚视为典要。其"杂剧十二科"下引：

良家子弟所扮杂剧，谓之行家生活。倡优所扮者，谓之戾家把戏。良人贵其耻，故扮者寡，今少矣，反以倡优扮之者谓之行家，失之远矣。或问其故何哉？则应之曰：杂剧出于鸿儒硕士、骚人墨客所作，皆良人也，若非我辈所作，倡优岂能扮乎？

于此可见赵子昂主以良家子弟演剧。

《中原音韵》为周德清所撰，作于元之中叶，其中声律分平、上、去三声，以入声分隶三声，每声均分阴阳。其序中引：

每朝会大合乐，乐署必以其谱来翰苑请乐章，惟吴兴赵（魏）公承旨，时以属官所撰不协，自撰以进，并言其故，为延祐（元仁宗）天子嘉赏焉。

是赵子昂亦精以制曲，克协音律，惟虞集之序，其《道园学古录》未收，无以考其真伪。而赵子昂之《松雪斋文集》，于诗词书画均有所论列，惟无论曲之作。

《太和正音谱》所引关汉卿论曲，其大旨与赵主以良家子弟演剧之意相同。

元中叶论曲，偏于唱演，《中原音韵》亦然。《辍耕录》（卷二十七）亦尝引《燕南芝庵先生唱论》，论各宫调性格及唱时利病，未及文字之得失。至《太和正音谱》，前有《古今群英乐府格势》，始评论各家之曲，多所比况。

锺嗣成之《录鬼簿》，书成于元顺宗之时，论曲及于文字，其所收录及数百家，其体例则分：（一）前辈已死名公……董解元……（二）方今名公（三）前辈已死名公才人……关汉卿……（四）方今已亡名公才人……宫天挺……（五）已死才人不相知者……胡正臣……（六）方今才人相知者……黄公望……（七）方今才人闻名而不相知者……高可通……。其一二两条多录北人，"方今"诸条多录南人，可悟元初曲家多为北人，后则多为南人。王静安于元曲之分期，即依据此书。①

元中叶论曲在于音律，如《中原音韵》《辍耕录》之类（但《辍耕录》成于《录鬼簿》后），罕及于文词。中叶而后，则兼及文词，如《录鬼簿》之类。元亡而后纯为文词，如《太和正音谱》之类，殆彼时之时尚欤？

明代论曲有二：一即《太和正音谱》，详于北曲。一为郁蓝生之《曲品》，详于南曲。

---

① 此处有眉批："《中原音韵》之成，下距元亡约四十五年。"

第六期　明代

建安时短而变剧，明则异是，历时未及三百，文体变更极微，《明史·文苑传》已得其纲领：

> 弘、正之间，李东阳出入宋元，溯流唐代，擅声馆阁。而李梦阳、何景明倡言复古，文自西京，诗自中唐而下，一切吐弃，操觚谈艺之士，翕然宗之。明之诗文，于斯一变。迨嘉靖时，王慎中、唐顺之辈，文宗欧曾，诗仿初唐。李攀龙、王世贞辈，文主秦汉，诗规盛唐。王、李之持论，大率与孟阳、景明相倡和也。归有光颇后出，以司马、欧阳自命，力排李、何、王、李，而徐渭、汤显祖、袁宏之、锺惺之属，亦各争鸣一时，于是宗李、何、王、李者稍率。至启、祯时，钱谦益、艾南英准北宋之矩矱，张溥、陈子龙撷东汉之芳华，又一变矣。

依此则明可分三派：（一）复古派；（二）唐宋派；（三）杂派。

唐以诗赋取士，宋以策论，明则自洪武而后，以八股制义取士。名之所在，士流趋焉，日靡其精力于字句之末，何暇致力其他？且洪武喜读传奇，以为士大夫之衣冠，诸王就国，赐曲至千七百种之多，使其志气衰靡于声乐玩好之间，谁复思及跋扈而为叛乱哉？故明之杂剧、传奇其数轶于元，曲学日以兴，此诗文未臻极盛之主因也。

明以宋仁宗(欧、梅)至哲宗(苏、黄)之文学为其主的。宋之文学以散文为中心,论学则陆、王,论邦交则言和战,论科举则为策论,而散文侵及诗词,永嘉四灵于此尝致议焉。严羽则倡复古,不主以理语、议论、怒骂为诗,还其本真,宪章百世。元诗渐舍宋而归之唐,上溯六朝,如袁桷之诗即师法六朝。明初刘基诗学唐人,袁凯则专学杜,高启师心模拟。故复古之风,飘荡酝酿,历宋及元,至明而始昌。

一、复古派

四灵(永嘉)、严羽而后,渐唾弃北宋,上溯汉魏晋唐。降及有明,李东阳之弟子李梦阳(空同)创复古之议,何景明(大复)附之,李、何皆弘、正进士,风起云从,众士归之,有七子之目(七子详《明史·李梦阳传》)。后数十年,迄于嘉靖,李攀龙(沧溟)、王世贞(弇州)应之,其议论大体相似,先后响应,是为后七子。

复古之议,倡自北人,而南人和之。唐宋之论,则倡自南人,而北人附之。二者之主旨相左,而主从者适相反。

复古始于严羽。杜、韩而后,诗失其真,江汉并流,渐与散文合,仅为有韵之散文耳,而议论、学问、理语、诋毁无不为诗。故上溯盛唐,求其本原,复归于温淳,使与文分。至于文则常人所推者,宋则庐陵,唐则昌黎,以笔代文,理过于辞。故求诸秦汉,使复其真,盖亦承诗之余沇也。

李空同主"文必秦汉,诗必盛唐",于《明史·李空同传》及王鸿绪《明史稿》并见之。

李言唐无五古，须求之六朝，近体学盛唐，七古学初唐，择其善者而从之。其所论列，散见于其集中（《空同集》）。

> 古诗妙在形容之耳，所谓水月镜花……宋以后则直陈之矣。（《李空同集·论学下篇》）

李主诗须曲说，不尚直言，盖曲则有致，直则寡味，与陆机"诗缘情而绮靡"（《文赋》）之意相同。

> 宋儒兴而古之文废矣……考实则无人，抽华则无文。（《李空同集·论学上篇》）
>
> 诗至唐，古调亡矣，然自有唐调可歌咏，高者犹足被管弦。宋人主理不主调，于是唐调亦亡……夫诗比兴错杂，假物以神变者也。难言不测之妙，感触突发，流动情思，故其气柔厚，其声悠扬，其言切而不迫，故歌之心畅，而闻之者动也。（《空同集·缶音序》）

复古之潮流，盖切中当时之流弊而发，其原因有二：

（一）科第　猎取功名，须由科第始，其所资以判优劣者，惟八股制义之文。永乐而后，士子学问空疏，数卷《五经大全》，取之不竭，用之不尽，不必博学而功名已得。其人于唐后之书，读之尚戛戛其难，况艰深更甚于此。故明之有识者，多重博洽以矫其弊，如杨升庵、王弇州、胡应麟、顾起元、焦弱侯之流，文必从《史记》上溯诸子，不读唐以后书。盖痛科举者之不学，而以此救之耳。

(二)理学　李、何之前，陈白沙、庄定山专以理语为诗，王阳明提倡心学，只求良知，末流所及，束书不观。故诗主盛唐，将以廓清理语，文必秦汉，盖以拯救空疏。切中时病，响应远迩，极为时人所归附，流衍颇长。

至达复古之的，厥惟模拟。或取貌似，如扬雄之于司马相如，如江文通之杂拟。或主神似，文学《史记》诸子，七古学盛唐，五七言近体学杜工部。

李沧溟主分体学之，其法原始于李白，其后王壬秋亦分体模拟，实宪章于李。何大复主张神似，舍筏登岸，其后谢榛（茂秦）仿之。

> 富于材积，领会神情，临景构结，不仿形迹。（何大复《与李空同论诗书》）

> 诗无神气，犹绘日月而无光采。学李、杜者，勿执于句字之间，当率意熟读，久而得之，此是提魂摄魄之法也。（《四溟诗话》卷二）

谢之提魂摄魄，与何大复领会神情之意无殊，然观何之作品，亦在貌似，神会殆其理论与？

> 以我之情，述今之事，尺寸古法，罔袭其辞，犹班圆倕之圆，倕方班之方，而倕之木，非班之木也，此奚不可也……舍筏达岸……得鱼忘筌，规矩方圆之所自出，舍之乌可舍①。（李空同《驳何氏论文书》）

---

① "舍筏达岸"至"乌可舍"，李氏原文作"夫筏、我二也，犹兔之蹄、鱼之筌，舍之可也。规矩者，方圆之自也，即欲舍之，乌乎舍"（《李空同全集》卷六十一）。

实则何、李之说，各执一端而言之。模拟有所可，有所不可。始乎模拟而终乎模拟，不能独立创造，是徒优孟衣冠耳，鹦鹉能言，非己之言也。然初不从模拟，则何以表达于文辞？表达有优劣，拟古者拟其表达之法，非拟古之情。故模拟之初，当步趋古人，求其貌似，继则使我与古人并立，渐次舍之以存我，神而化之，融古法于吾胸，独自树立，舍筏登岸。故李之取貌，盖言其始，何之取神，盖言其终，合之斯得矣。

李主貌似，人呼为影子（李空同《驳何氏论文书》），然其所以然者，盖以古人文章有法存之。

> 古人之作，其法虽多端，大抵前疏者后必密，半阔者半必细，一实者必一虚，叠景者意必二，此予之所谓法，圆规而方矩也。（李空同《再与何氏书》）

李视疏密、阔细、实虚为变化之端，而相随以至，则文之定法，所云"叠景者意必二""半阔者半必细"，此律诗之三昧，潘德舆（著有《李杜诗话》）盖尝论之。

杜工部《登兖州》诗："浮云连海岱，平野入青徐。孤嶂秦岭立，荒城鲁殿余。"此两联前二句写景，后二句写情。

杜工部《送人南诏立碑》："诏从三殿去，碑到百蛮开。野馆浓花发，春帆细雨来。"此两联前二句实而疏，后二句虚而密。

此以读者不能连受相同之刺激，须交互更替，以激发其兴味，否则澹无兴致，此疏密、阔细、虚实之说所以立也。

李专尚模拟，以貌取神，而"格调说"因以起，惟于文学之认识颇清。何大复《明月篇》于杜工部尚有微词，谓为变体，辨析至精，陈卧子谓其深得风人之旨，王渔洋讥其贻误后贤，岂其所承受耶？

> 乃知子美辞固沉着，而调失流转，虽成一家之言，实则诗歌之变体也……子美之诗，博涉世故，出于夫妇者常少，致兼《雅》《颂》，而风人之义或缺。（何大复《明月篇序》）

徐师曾《文体明辨》分赋为四：（一）古赋（汉）；（二）俳赋（幽闺）；（三）律赋（唐）；（四）文赋（《秋声》、前后《赤壁》）

明人学赋，上溯汉代，间窥涉六朝，河南卢柟（次楩）之《蠛蠓集》，即规仿扬、马，深得其似，清张惠言（《茗柯集》）《游黄山》一篇，仿之颇佳。

李、何之后数十年，李沧溟、王弇州主盟文坛，独步一时，其主张与李、何微有出入，惟大体相同。李著有文，王学问渊博，著有《弇州四部稿》，其论诗见《艺苑卮言》。

清代诸家　李、何之"格调说"，一变而为王渔洋"神韵说"，再变而为沈归愚之"格调说"（余谓此可名为"后格调说"），行于南方。其后又袁子才之"性灵说"，侧重天才，盖近于袁中郎。众干分荣，俱原于一，为其嚆矢者，《沧浪诗话》而已。而翁方纲之"肌理说"，宗述少陵、苏、黄，特"格调说"之精密者。至王国维之"意境说"，则"神韵说"之著实者也。

二、唐宋派

嘉靖之际，王（弇州）、李（沧溟）之势炽，披靡一时，归（震川）、唐（顺之）、王（遵岩）、茅（鹿门）之徒起，独举异帜。诗取唐代，文取宋代，彼弃此取，推论相左，而八家之目则自茅鹿门始。归、唐诸子皆以古文名，凤擅八股，王壬秋谓"八家之名出于八比"（《王志》卷二），盖有以也。①

  一二妄庸人为之巨子……文章至于宋元诸名家，其力足以追数千载之上而与之颉颃，而世直以蚍蜉撼之，可悲也。无乃一二妄庸人为之巨子，以倡道之欤？（归震川《项思尧文集叙》）

此篇作于晚年，时李、王已享盛名，诋以妄庸（后李蒪客诋赵㧑叔为赵妄子，亦仿自震川），钱牧斋于《列朝诗集》为归作传，极称许之。

  王弇州晚年，盟坛诸人渐次星零，复附归震川。

  "不事雕饰，而自有风味。"赞曰："风行水上，涣为文章，当其风止，与水相忘……千载有公，继韩、欧阳。予岂异趋，久而始伤。"（王弇州《归太仆赞》）

  归震川论文意见，不数见于文集，唐荆川不惜唇焦，委曲以尽其言。归六十始举进士，只官至六十六而卒，终身居于安亭，享年独寿，名遂归之。唐则纳交严嵩，将以行其志，有纵横家气，亦尝统兵。归文温和蕴藉，唐文纵横刚劲，二人风格不相类。

  唐之论文标明宗旨，以本色为主，而起承转合、骨髓之说，则

---

① 此处有眉批："八家之名，始于明初朱右，而茅鹿门沿用之。"

方望溪义法之所从出。

> 只就文章家论之，虽其绳墨布置、奇正转摺自有专门师法，至于中一段精神命脉骨髓，则非洗涤心源，独立物表，具今古只眼者，不足以与此……陶彭泽未尝较声律、雕句文，但信手写出，便是宇宙间第一等好诗。何则？其本色高也……其较声律，雕句文，用心最苦而立说最严者，无如沈约……满卷累牍，竟不曾道出一两句好话。何则？其本色卑也。本色卑，文不能工也，而况非其本色者哉……是以老家必不肯勦儒家之说，纵横家必不肯借墨家之谈，各自其本色而鸣之为言。其所言者，其本色也。（唐荆川《答茅鹿门书》二）
>
> 近时文人说秦说汉说班说马，多是窾（同吪）语耳。（唐荆川《与两湖书》）
>
> 以寒山、《击壤》为宗。（唐荆川《答皇甫百泉书》）
>
> 近来觉得诗文一事，只是直写胸臆，如谚语所谓开口见喉咙者……扬子云……欲说不说，不说又说。（唐荆川《与洪方洲书》）
>
> 文莫如南丰……诗莫如康节……诗思精妙，语奇妙高……寒山……靖节……（唐荆川《与王遵岩书》）

其议论以本色为归，导源于伊川，其所称道寒山、靖节，正前后七子之所唾弃，持论相反，各抱门户之见。而王遵岩、茅鹿门等和之，卒胜李、王七子以自见，盖亦幸也。

三、杂派

此派起于万历中,既与秦汉盛唐立异,复不宪章唐宋,不立门户,不尊偶相,卓然自出,以为明人自有明人之文学,所谓公安、竟陵体是也。

李贽(卓吾)明万历中人,思想颇奇,适阳明之学大昌,颇含禅学意味。李少年开坛讲学,晚年祝发为僧,著《藏书》《焚书》,亦尝诋毁孔子,生徒不分男女,尽去儒、释之偶相,为袁、谭所渊源。

袁宏道(中郎)公安人,锺惺、谭元春竟陵人,以何、李、王模拟汉唐,归、唐模拟唐宋,依傍前人,均有所短,易以新途,自求树立,出之以真。其所制作,往往能得佳句。钱牧斋、朱竹垞诋毁颇力,故于清代罕有人涉猎。实则公安、竟陵,以其才能写胸臆之情,自出机杼,穷极变幻,亦自有树立。谓其小,可也,穷加诋击,未为笃论。近人李莼客于其《越缦堂日记》,摘录谭元春之诗而赞之,实则公安、竟陵自有其精诣,未可厚非。

> 一日湖上行,一日湖上坐。一日湖上住,一日湖上卧。(袁中郎《西湖诗》)

按此体仿自《采莲诗》。

> 无端见白发,欲哭翻成笑。自喜笑中意,一笑又一跳。(袁中郎《白发诗》)

袁集中佳句颇多，实弘正、嘉靖之反动，而求解脱其束缚者也。其论文意见，详于《叙小修诗》。

> 大都独抒性灵，不拘格套，非从自己胸臆流出，不肯下笔……秦汉而学六经，岂复有秦汉之文？盛唐而学汉魏，岂复有盛唐之诗？惟夫代有升降，而法不相沿，各极其变，各穷其趣，所以可贵，原不可以优劣论也。

袁主作时代之文，不必尺寸古人。得喜怒哀乐之真，极其趣变，以与古人相并，其说颇有可取。

金圣叹　袁中郎尝为吴江令，金颇受其影响，惟学有不逮。金之批评《水浒》《西厢》，实原于中郎，此二书初为袁所提倡。

> 识见极高，如司马迁、罗贯中、关汉卿。（袁中郎《寄龚惟长》）

旧题《水浒》罗贯中撰，袁以罗、关与司马并称，言人所不敢言，后金以《水浒》匹《史记》，以《西厢》匹《春秋》，均渊源于袁，而推衍其说。

袁之批评不仅为文学，且及于人生，遂以享乐为主，金亦效之。袁有五快活，金则广为十快活（批《西厢》），前后相似，端绪可寻。

袁尝著《瓶史》一卷，详论插花之法至精，屠赤水（隆）、陈眉公（继儒）效之，清李笠翁之《笠翁偶题》，亦备论装饰及享乐。其于食品，荤菜推蟹、素菜推笋为上品，后袁子才之《食谱》亦宪章于此。开其端者，享乐之人生观耳。

金于人生观察至清，务求率真，以文学超越一切，此"性灵"之说所由起。金于《水浒》用力最深，其要点有二：

（一）文与史　史有二：一曰史料，史馆有稿，实录详之，参以采访。一曰史文，修整史料，使之传后。金以为官史不必佳，而史文则心经而手纬。《伯夷》诸传，事则伯夷，志则史迁，故文之所在，即志之所在。《史记》，迁之文也，其事迹只足供文之材料，文人之文，君相不能干预，其事迹能传百世，使读者可喜可悲可敬可畏者，以文耳。

（二）笔法　口中之言，心中之意，倾之于笔墨，明清人之所长。《水浒传》有"读法"：

> 《水浒传》方法，从《史记》出来，其妙尽有《史记》，而《史记》不能尽有《水浒》之妙……《史记》以文运事，事前而文后，文以事成。《水浒》因文生事。以文运事，因事而成文，事以文立，随笔所之。[1]

以《水浒》胜于《史记》，讥震川之刻画求似。直言人所不敢言，识见加人一等矣。

后阮文达爱读《儒林外史》，以其专事叙述，不加论断，而读者自见，其体制盖出于《史记·封禅书》。

---

[1]　此处引文与金圣叹《读第五才子书法》多有异同，后者云："《水浒传》方法，都从《史记》出来，却有许多胜似《史记》处。若《史记》妙处，《水浒》已是件件有……其实《史记》是以文运事，《水浒》是因文生事。以文运事，是先有事生成如此如此，却要算计出一篇文字来。虽是史公高才，也毕竟是吃苦事。因文生事即不然，只是顺着笔性去，削高补低都由我。"据《第五才子书施耐庵水浒传》卷三。

《水浒传》写一人事迹，学《项羽》《刺客》诸传，而描写多人，亦仿自《史记》，故金亟称之。

　　　　画咸阳宫殿易，画楚人一炬难。画舢舰易，画浙江潮难[①]。

评点

　　文之佳妙，识以圈点，南宋刘辰翁（须溪），每句尝加小批，至明而此法益精，浓点密圈，清则桐城派喜小点圆圈。明之风，八股开其端，八股选家评点画段，为应试所遵守，能转移一时之风气。其后古文家仿之，为桐城派所师法。金氏评文之法，亦沿用此说，一字不懈。

　　汉唐注疏经学，在于典章名物，八股则在虚字传神。清之经学重视虚字，实导源于八股。

　　《文心雕龙》《诗品》只言体制及义例，唐人犹有文成法立之遗意，明人文以法成，神亡貌遗，文之变化殆矣。

　　清唐彪（翼修）《读书作文谱》即讨论八股之作法，专供括贴之用，梁章钜《制义丛话》引其数则。近日本戏曲家岛村抱月于其《新美辞学》极称赏唐彪，实则其言八股特为精密耳。

　　金氏论文识见盖出诸己，方法一仍其旧，然八股组织之精，靡有加焉。实一长而有规则之骈文，受科举之累，而为人所唾骂。

　　阮大铖　明代奸佞，往往有才，若严嵩之《钤山堂集》、阮大铖

[①]　"画舢舰易，画浙江潮难"，金圣叹《第五才子书施耐庵水浒传》第十二回评语作"画舳舻千里易，画八月潮势难"。

之《咏怀堂诗集》，其行为则可诛，其文学则可称，不以人废言，故略而存之。

夫诗而不能志时者，非诗也，然时为诗所志，而时尚忍言哉？吾悲《关雎》《麟趾》之不胜《黍离》，而《鹿鸣》之不胜《弁》《旻》也。（阮大铖《丙子诗叙》）

夫诗在得其真，志时所以征诸实，论时之正，则正风正雅；论诗之忧，则变风变雅。盖痛苦之际，情则真情，境则实境，阮氏所言极有可取。

以诗论诗

靖节诗萧机玄尚，直欲举《大风》、《柏梁》、《短歌》、《公宴》、汉魏间雄武之气，一扫而空之，以登于《考槃》《北门》之什，似《离骚》《歌》《辨》亦在，然疑出入中也。至齐梁三唐，彼何知有此世代，而区区谓其简澹，有以相胜，此后人弗论世而管蠡柴桑者矣。乃易世而有辋川、太祝、京兆三子者，又能变化，以广其意。令从陶入三百，功力倍取资博，而意象更绝日新，则后起群贤，不可不勉也。（阮大铖《读陶公诗偶举大意示圣羽价人五一慧玉有论》）

大雅丧千载，追琢拟何适……齐心望云天，柴桑如可即……天不生此翁，六义或几息。厥后王与储，微言增羽翮……异代晞发生，泠泠濑中石。一禽霜壑啼，寸溜冰厓滴。舍是皆洳沮，偶汇亦沟洫。胜国兼本朝，一望茅苇积。滔滔

三百年,鸿濛如未辟……(阮大铖《与杨朗陵秋夕论诗》)

其称许陶靖节,破前后七子之成见,以陶继三百篇,识见超卓,盖以恬然冲澹,得《风》《雅》温厚之遗,推尊王、储、韦,开王渔洋《唐贤三昧集》之先。宋室既墟,门户之见除。故国禾黍之悲,以血继泪,出胸臆之真,哀子遗之苦。谢(皋羽)、林(霁山)之流,诗极其美,惟才秀人微,泯没于当时。自阮氏标举皋羽,诸贤继之,杜茶村(濬)之《变雅堂集》,衡论谢作,黄梨洲《南雷文案》注《西台痛哭记》,查初白亦及之,而阮则发其端。明则多事模仿,以阮之学力视之,自一望茅苇矣。

第七期　清代

　　清承明绪，多所因仍。或祖述归、唐，标榜古文，偏尚宋学，发轫于桐城，惟罕有材积，泛言义法。或师心复古，沿前后七子之故途，区分文笔，出入汉魏，多治汉学，文分单复，诗别时代，此犹袭明之余波也。

　　自汤若望携西学以东来，渐为国人所重视，薰蒸既久，援用亦频，渐利之以董理学问。如焦里堂、赵瓯北之流，胪列例证，交互比较，纯出于客观，实受科学之赐。故清为学术时代，非文学时代。

　　海禁既辟，西学潮涌而东，初则海陆军知识，继以哲学、文学。或使用其方法以理固有，或混合其形质酝酿而日新，错综融合，变化日频，异致奇思，分道扬镳，浸淫飘荡，将成异果，是所企焉。

一、古文

　　清代古文，咸推桐城。方（望溪）、刘（海峰）、姚（惜抱）诸人都桐城人，故名。至周永年谓"天下文章其出于桐城"，而"桐城派"之名始立。（或谓此语出于程鱼门？《惜抱轩集·刘海峰寿叙》）

　　桐城派流衍颇远，历时亦长，衣钵相传，迄今犹有存者（姚永朴即惜抱之后），其瓣香姬传，或源出而流杂，或貌似而神遗，兼才与学而能树立者盖寡。

> 至唐,韩氏起八代之衰,然后学者以先秦盛汉辨理论事,质而不芜者为古文,盖六经及孔子、孟子之书之支流余肄也。(《方望溪集外文·古文约选叙例》)

是以秦汉质朴辨论为古文,故于哀、平以下,惟取刘向,不取扬雄,盖以其藻采耳。

明人崇拜欧、曾,以继孟、扬、昌黎,方则震川,以与子长、欧、曾相赓续。

义法

义法之说始于归。义为文章之主干,法为文章之方法。义犹唐所谓道(文者,载道之器),法犹唐所谓辞。

义法二字,始见于《史记·十二诸侯年表序》。

> 是以孔子明王道……论史记旧闻,兴于鲁而次《春秋》,上记隐,下至哀之获麟,约其辞文,去其烦重,以制义法。

《史记》之言义法,非桐城所谓义法,义则标明宗旨,所以正褒贬,法则发为文字,所以定笔削。望溪仿《史记》而以义法自重,实所以尊古文也。

《艮》卦五"言有序"(法)《家人·象》"言有物"(义)

> 震川之文，于所谓有序者盖庶几矣，而有物者则寡焉。（方苞《书归震川文集后》）

桐城相传者惟法，而义则视各人之修养造诣，姚选《古文辞类纂序》，亦仅言法而不及义。

> 言汉学者，若散钱满地，言桐城学之法者，若持贯而无钱。

是亦各有其弊，惟文成法立，变幻多方，文以法成，则文亦寡味矣。

桐城为文而作文，求字句之形似，往往未学而求能。阳湖则学成而后为文，理丰而辞茂，出以骈俪，其学问高于桐城，于义法颇非议之。

> 古文义法之说，自望溪张之，私谓义充而法自具，不当歧而二之。（李申耆《答高雨农书》）

张惠言《送钱鲁斯叙》亦主意在笔先，以意救法之弊。

古文与八股同源异流，明之古文家皆八股家，望溪义法之说，亦托源于八股，方尝奉敕钦定四书文，是其长于制义可知。

> 所拔之文，务令清真雅正，理法兼备。（雍正十年上谕）

所谓"理"者，即桐城之"义"，故"理法"犹言"义法"，二者可相互证明。

方再传而之姚,姚之主张有二:一主阴阳刚柔,才力之禀赋出于先天(《复鲁絜非书》),其后曾国藩袭之(《经史百家杂钞》)。一主调和,合考证、义理、文章而一之。

姚生际乾嘉,正考订鼎盛之时,为阳明心学之反动。心学之末,至于束书不观,学问空疏而渐替。自亭林而下,崇尚实学,以朱子之学矫陆、王之猖狂,渐成考订之风,戴东原之流,风靡一时。姚则早年入东原之门而见屏,故诋击其学,然复不能脱离考订,遂创调和之说。

> 专求古人名物、制度、训诂、疏注……宁非蔽与?(姚鼐《赠钱献之叙》)

姚于《述庵文钞叙》则兼存三者,于义理则宗师程、朱,而考证与文章并行,惟其身且不能行其说,况其下焉者哉?其后方东树于《汉学商兑》《书林扬觯》诋毁考订,不遗余力,张门户之习,惟其论文之《昭昧詹言》则颇有可取。

二、复古派

承何、李七子之余,严文笔之限,出入汉魏,倡之者多属汉学家。阮(文达)、汪(容甫)诸人,皆出于扬州。汪则规仿齐梁,议论尚寡,故就阮集(《揅经室集》)中求之。

> 昌黎之文,矫《文选》之流弊而已。昭明《选序》,体例甚明,

后人读之，苦不加意。《选序》之法，于经、子、史三家不加甄录，为其以立意、纪事为本，非沉思翰藻之比也。今之为古文者，以彼所弃，为我所取，立意之外，惟有纪事，是乃子史正流，终与文章有别。千年坠绪，无人敢言，偶一论之，闻者掩耳。(《揅经室三集》卷二《与友人论古文书》)

昭明所选，名之曰"文"，盖必文而后选也，非文则不选也……故……必沉思翰藻，始名之为文，始以入《选》也……《文选》多偶而少奇。(同上《书〈文选叙〉后》)

《文言》数百字，几于句句用韵……云龙、风虎，偶也……凡偶皆文也……然则千古之文，莫大于孔子之言《易》。孔子以用韵、比偶之法错综其言，而自名曰"文"，何后人必欲反孔子之道而自命曰"文"，且尊之曰"古"也？(同上《文言说》)

然则今人所便单行之文，极其奥折奔放者，乃古之笔，非古之文也。(《揅经室续集》卷三《文韵说》)

复分文笔，以沉思翰藻为文，或韵或偶，以立意纪事为子、史之正流。自此说兴，昌黎而下，多失其在文学之地位。揭扬昭明之旨，复六朝之体制，论极精辟，得文学之纯正。

王壬秋(闿运) 湘自王船山而后，学问自成一系，不与外人相往还。诗则王船山、魏默深、邓弥之，先后相承，宪章一时。邓弥之(《白香亭诗》)模拟汉魏，于杜工部、陶靖节致力颇深。与壬秋同时者有严咸，模拟大陆。王于文少所许可，于诗称二邓(弥之、保之)及严咸。

邓富而年辈先于王，壬秋少贫，咸受其助，深德之。王亦主模拟。

(一)优孟衣冠

夫神寄于貌，遗貌何所得神？优孟去其衣冠，直一优耳。不学古，何能入古乎？古之名篇，乃自相袭，由近而远，正有阶梯。譬之临书，当须池水尽墨，至其浑化，在自运耳。(《王志·答陈完夫问》)

是王主模拟，在因貌以得神，尺寸古法，刻画尽似，追致力既深，然后出以融会，脱之以自立。

(二) 诗文

文有时代而无家数，今所以不及古者，习俗使之然也……故知学古当渐渍于古……一字一句，必求其似……诗则有家数，易模拟，其难亦在于变化。于全篇模拟中，能自运一两句，久之可一两联，又久之可一两行，则自成家数矣。(《王志·答张正旸问》)

文有时代，盖古简朴而今绮靡，古质醇而今浇漓。古人之作，不衍不支，字字皆有其用。世愈下而文益盛，辞浮于理，纡回藻饰，渐趋于冗矣。故文有时代而无家数。诗有家数，盖诗温柔蕴藉，或襟怀澄澹，或辞意悱恻，或情寄山野，或气调悲壮，有迹可寻。循其思致，拟其形容，久则自有树立。故诗有家数，论极精确。

(三) 单复

古今文体分单、复二派……复者文之正宗，单者文之别调，以徐、庾为骈体则非。(《王志·答陈完夫问》)

单者，顿挫以取回转；复者，疏宕以行气势。貌神相变，

即所谓物杂故文也。(《王志·答陈深之》)

其辨别体裁,以单复代骈散,更为完密。以复为文之正宗,单为别调,可谓果于言矣。

其后陈衍(《石遗室诗话》)标举宋诗,易以异帜,然此或推尊唐宋,或祖述汉魏,只明之余波耳。

三、清代固有

自明利玛窦挟宗教、哲学、科学以东行,徐光启之流颇倾心焉。清则利其科学以治学,戴(东原)、阮(文达)诸人,均以汉学兼算学。

以治算学之法,应用于整理,故能以经解经,不守师法。以科学治文学,扫除门户之见,由主观而进于客观,广求证据,比较而归纳之,此清代所特有者也。

阮所著《文言说》即就书中胪列例证,互相比较,足以证实。汪(师韩)所著《文选理学权舆》,列所选之篇什,集所注之书目,纯出于统计,以推求选者之目光。赵(瓯北)所著《廿二史札记》,择定问题,博采例据而解决之。赵所著七种,大抵皆出于考证,历长时间之探讨,所成结论,自甚精确。戴氏(东原)、惠氏(定宇),其所用之方法既精,其所得之学问自确,故直可谓为清学。

《周易》或主宋儒河洛之书,或主汉学师法、家法之说,焦里堂尽除成见,比较其文,然后置断,王引之谓其学"比例"二字可以概之(焦廷琥《先君事略》)。焦之论文意见,载于《易余籥录》,于曲于八股均有所论列,颇重视时代。各时代均有新文体以代表其文学,凡文学皆始盛而终衰,旧者既衰,新者复生,识见至可惊佩。

清代文学不能逾轶前代,而学术发展颇有可观,所以然者,方法之精耳。初则以之治经、治史、治地学、治文学,近且及于佛学(如欧阳竟无),其考订之方法,衍及于书画,辨其源流,推求其影响(如李梅庵之《玉梅花庵论篆》),实治汉学之遗。

四、文学之混合

海禁既废,中外之交通日频,夜郎之见遂泯,学术之见解为之一广,其研究渐及于荒远,如《朔方备乘》《元史》是也。

薛福成

尝出使于欧洲,输入西方之知识,其所著《庸庵笔记》,颇受欧洲文学之影响。第五卷有:(一)山东某生梦游地狱 (二)江南某生神游兜率天宫。其中描象景物,盖出于但丁之《神曲》,地狱所居之人,皆史乘之罪人,如隋炀帝之类,天宫则孔子、老子居焉。某生之妻亦预之。是仅易以中国之故实,而导者游者,所见所闻,一一皆类似之。

王国维

早年尝致力于哲学与文学,中年后始从事于考古。王受科学熏陶，其治学方法利赖之。初研精康德之纯理哲学，继而转之叔本华之意志说，以意志为主，理智为奴，意志为欲，理智为达欲之工具，故人世颇为悲观。其道德之观念，视意志为世所共有，无人我之分，以同情为道德之的，舍己以成人。故王之思想，颇受悲观之影响，伏其自杀之机。

王谓文学为人生之表现，而哲学所以认识人生，文学之造诣，须脱离功利及伦理之系绊。唐代而后，文学不离道德之观念，故谓华人未能推尊文学。

《红楼梦评论》 其所表现皆为人世，中国文学承认现在，故多以团圆为归结，《红楼梦》则反是，实为悲剧。王以其表现人生之方法，与西洋文学比较，为时人所非议。

《宋元戏曲史》 元人杂剧，极为人所推崇，王谓元剧之妙在于自然，实则与本色之说相近。

《人间词话》 王推尊北宋之词，喜填小词，以意境为品第文学高下之标准。此说虽优于"神韵说"，惟文学实境易写，抽象难言，批评文学亦然，故王较渔洋为征实耳。

多历世故，得人世之真际，故所述情真语真，视为客观诗人，如《红楼梦》《水浒》之类。恃其才华，词意俱丽，是为主观诗人，如李后主之流。

王一则研究中国文学，一则介绍西洋文学（荷马诗、叔本华哲学等），沟通中西，为输入西学之先驱。辛亥而后，西学盛行，王则倡其先也。

古今文论要目

卜商《诗大叙》

郑玄《诗谱叙》

扬雄《法言·吾子篇》

司马迁《史记·屈原贾生传》

班固《汉书·艺文志·诗赋略》

王充《论衡·超奇篇》《对作篇》《艺增篇》《书解篇》《自纪篇》

曹丕《典论·论文》

曹植《与杨德祖书》

杨修《答临淄侯笺》

陆机《文赋》

陆云《与兄机诸书》

左思《三都赋叙》

皇甫谧《三都赋叙》

挚虞《文章流别论》

陈寿《三国志·魏志·王粲传》

范晔《狱中与诸甥侄书》

谢灵运《拟邺中集诗叙》

沈约《宋书·谢灵运传论》

陆厥《与沈约书》

沈约《答陆厥书》

《隋书·经籍志·集部叙》

萧统《文选叙》

萧纲《与湘东王论文书》

萧子显《南齐书·文学传论》

裴子野《雕虫论》

江淹《杂体诗叙》

锺嵘《诗品》

刘勰《文心雕龙》

颜之推《家训·文章篇》

《周书·王褒庾信传赞》

李谔《上文帝论文体轻薄书》

刘知幾《史通》

李延寿《南史·文苑传叙论》《北史·文苑传叙论》

李白《古风》

杜甫《戏为六绝句》

元结《箧中集叙》

裴度《寄李翱书》

元稹《古乐府题叙》《叙诗寄白乐天》《杜甫墓系铭》

白居易《与元九书》《寄唐生诗》《读张籍古乐府诗》

韩愈《进学解》《答李翊书》《答刘正夫书》《与冯宿论文书》《送孟东野序》《荐士诗》《孟贞曜墓志铭》《樊绍述墓志铭》

柳宗元《答韦中立论师道书》

李汉《昌黎集叙》

李翱《答朱载言书》

皇甫湜《答李生第二书》

李德裕《文章论》

司空图《诗品》《与李生论诗书》

姚铉《唐文粹叙》

石介《怪说》

欧阳修《苏子美文集叙》《梅氏诗集叙》

宋祁《唐书·文艺传叙》

苏洵《上欧阳内翰书》

苏轼《与谢民师推官书》《读孟郊诗》

苏辙《上枢密韩太尉书》

黄庭坚《与王观复书》

张耒《答李推官书》

李清照论词

陆游《上辛给事书》

严羽《沧浪诗话》

元好问《论诗绝句》

吴澂《别赵子昂叙》

杨士弘《唐音凡例叙》

宋濂《答章秀才论诗书》

高棅《唐诗品汇叙》

李梦阳《与何大复书》

何大复《明月篇叙》

胡应麟《诗薮》

茅坤《与蔡白石太守论文书》

中国文学史讲稿

第一章　通论

引言

中国虽说是一个富有文学宝藏的古国，文学作品的数量颇不在少数，而且各体皆称完备，每代都有新文体产生。但是将历代文学的源流变迁明白地公正地叙述出来，而能具有文学史价值一类的书，中国人自己所出的反在日本人及西洋人之后。这是多么令人惭愧的事。不过从前虽无整个的文学史出现，许许多多的文人倒有不少谈到关于文学流变的种种问题，散见于零篇碎简之内。而且此中正有颇合乎近代论文的旨趣及应用演进的理论，以说明过去历代文学的趋势的人。我们在这里要举一位清代大儒焦里堂的论文名著为代表。这篇也可以说这是中国人最先所著的一部具体而微的文学史。焦君的话，引在下面（见《易余籥录》十五）：

> 商之诗，仅存颂。周则备风、雅、颂，载诸三百篇者尚矣。而楚骚之体，则三百篇所无也。此屈、宋为周末大家。其韦玄成父子以后之四言，则三百篇之余气游魂。汉之赋为周、秦所无，故司马相如、扬雄、班固、张衡，为四百年作者，而东方朔、刘向、王逸之骚，仍未脱周、楚之窠臼矣。其魏、晋以后之赋，

则汉赋之余气游魂也。楚骚发源于三百篇。汉赋发源于周末。五言诗发源于汉之十九首,及苏、李而建安,而后历晋、宋、齐、梁、陈、周、隋,于此为盛。一变于晋之潘、陆,宋之颜、谢。易朴为雕,化奇为偶。然晋、宋以前,未知有声韵也。沈约卓然创始,指出四声。自时厥后,变蹈厉为和柔。宣城(谢朓)、水部(何逊)冠冕齐、梁,又开潘、陆、颜、谢所未有矣。齐、梁者,枢纽于古、律之间者也。至唐遂专以律传。杜甫、刘长卿、孟浩然、王维、李白、崔颢、白居易、李商隐等之五律、七律,六朝以前所未有也。若陈子昂、张九龄、韦应物之五言古诗,不出汉魏人之范围。故论唐人诗,以七律、五律为先,七古、七绝次之。诗之境至是尽矣。晚唐渐有词,兴于五代,而盛于宋,为唐以前所无。故论宋宜取其词,前则秦(观)、柳(永)、苏(轼)、晁(补之),后则周(密)、吴(文英)、姜(夔)、蒋(捷),足与魏之曹、刘,唐之李、杜,相辉映焉。其诗人之有西昆、江西诗派,不过唐人之绪余,不足评其乖合矣。词之体,尽于南宋。而金元乃变为曲,关汉卿、乔梦符、马东篱、张小山为一代巨手,乃谈者不取其曲,仍论其诗,失之矣。有明二百七十年,镂心刻骨于八股,如胡思泉、归熙父、金正希、章大力数十家,洵可继楚骚、汉赋、唐诗、宋词、元曲,以立一门户。而李(梦阳)、何(大复)、王(世贞)、李(攀龙)之流,乃沾沾于诗,自命复古,殊可不必者矣。夫一代有一代之所胜,舍其所胜,以就其所不胜,皆寄人篱下者耳。余尝欲自楚骚以下,至明八股,撰为一集,汉则专取其赋,魏、晋、六朝至隋则专录其五言诗,唐则专录其律诗,宋专录其词,元专录其曲,明专录其八股,一代还其一代之所胜,然而未暇也。偶与人论诗,而纪于此。

从上面所引的焦君的文章，可得到下列种种观念：

（一）阐明文学与时代之关系。他最能认清在什么时代就产生什么文学。"一代有一代之所胜"，"汉则专取其赋，魏、晋、六朝至隋则专录其五言诗，唐则专录其律诗，宋专录其词，元专录其曲，明专录其八股，一代还其一代之所胜"。

（二）认清纯粹文学之范围。中国人自来哲学与文学相混，文学又与史学不分，以致现在一般编文学史的，几乎与中国学术史不分界限。头绪纷繁，了无足取。焦君此篇所举的历朝代表文学作品，如楚骚、汉赋、唐诗、宋词、元曲等，均属于纯文学方面。文学的面貌既被他认清楚了，讲起来才不至于夹杂不清。

（三）划立文学的信史时代。文学为感情之表征，有人类即有感情，有感情即有文学。"虽虞夏以前，遗文不睹，禀气怀灵，理无或异。"但我们要讲的是文学的信史，须以文学之著于竹帛，而且能够确实证明是真的作品以为断。因此，我国文学的信史时代，不得不因之而缩短。焦君所讲，断自商代，因为他相信经古文家之说，以《商颂》为商代作品。他并不远取《击壤》《南风》《卿云》等歌谣，甚至于葛天、伏羲时的遗著，这是他的一种专崇信史的谨严态度，很可供后来讲文学史者所取法。

（四）注重文体之盛衰流变。每种文体，都是最初时候很兴盛，以后渐渐衰败，终于另外出一种新文体来代替旧的。但新文体既产生之后，仍然有一班人保存着旧的文体。这种人"舍其所胜，以就其所不胜，皆寄人篱下者耳"。这种论调，是从前一般过于贵古贱今的文人所不敢出口的。

至于这篇中偶有误点，如相信《商颂》的时代及苏、李诗，且把韦玄成祖孙误为父子等外，大体的主张，是很值得我们注意的。

文学的意义之各种解释

先从"文"的字义来说,《说文》载有二字:

(一)"文,错画也,象交文。"按此即现今流行的图案画之类。

(二)"彣,馘也。从彡从文。"此字每与彰字同用。

"彰,文彰也。从彡从章,章亦声。"

第二个彣字,与第一个不同之点,是多一个彡字。《说文》:"彡,毛饰画文也。"凡与毛饰有关的字,如"须""顄""颁"等字,均从彡。而且从彡之字,多含有美意。如"修"字,从彡,引申为修美。文学也自然与美有关,不过美是一种超实用之物,正如吾人面上的须眉之类,有之却无大用,然缺之便觉丑陋不堪。

且古来对于"文"字涵义最泛,略分以下各种解释:

(一)文字叫作文。

《左传》:"有文在其手曰'友'。"《说文序》:"依类象形谓之文。"

(二)口语叫作文。

《左传》:"言之无文,行而不远。"

(三)文物叫作文。

《易经·贲卦》:"刚柔交错,天文也;文明以止,人文也。"

(四)华美叫作文。

《论语》:"周监于二代,郁郁乎文哉。"这里是文与质并举的。

(五)礼乐制度称为文。

《论语》美尧之词:"焕乎其有文章。"又:"文王既没,文不在兹乎?"

（六）典籍称为文。

《论语》："文献，不足征也。"《孟子》："其文则史。"

以上所举的，都是"文"字单用。最早书籍中将"文学"二字连用的，有《论语·先进》"文学：子游、子夏"一语。试看这两位的文学怎样。子游事迹及学问，不多见于古代篇籍，但在《檀弓》上可见到他的种种逸事，大概是一位礼学家。子夏著述之多，为孔门弟子中的第一人，实为后代经师的远祖。如此看来，《论语》中所讲的文学，正和后世《史记》《汉书》说的"彬彬多文学之士"一样，乃是泛指一切学术而言，与现今要谈的文学的意义完全不同。今人所说的文学的意义，正与古人所举的诗的定义很合。

《尚书》："诗言志。"

《乐记》："诗，言其志也。"

《诗大叙》："诗者，志之所之也。在心为志，发言为诗。情动于中，而形于言。言之不足，故嗟叹之。嗟叹之不足，故咏歌之。咏歌之不足，不知手之舞之，足之蹈之也。"

关于大叙真伪的问题，三家诗均不曾道及子夏作过《诗大叙》，或者为毛公伪托。然而此篇虽不出于子夏之手，至迟也不出于西汉的初年。其中的"情动于中，而形于言"两句，不是绝妙的文学定义吗？

《诗》三百篇，汉人尊之为经，视为高文典册，并不敢用文学的眼光去对待它。汉人以词赋为文学，但此种事业不见尊贵。当时皇帝每以俳优蓄文学之士，所以扬子云言："童子雕虫篆刻，壮夫不为。"曹子建亦深以当一文人为大耻，尚不及乃兄曹丕知道文学的重要，称为"不朽之盛业"。

自魏、晋直到盛唐，一般人对于文学的界限，都看得明晰，分得清楚。至于六朝人，更长于文笔之分，故界说亦颇中肯。略举几条：

陆机有名的《文赋》大半讲的是文之修辞，并找不到文之定义，只得勉强抽出二句："思涉乐其必笑，方言哀而已叹。"于此可见他正以为文乃由情而生的。

至于修史书，特辟文苑一门的，当以作《后汉书》之范晔为第一人。前乎此的《史记》，只在屈原、贾谊、司马相如等列传内选载了他们所作的辞赋。《汉书》把严助、朱买臣、吾丘寿王、主父偃、徐乐等人的传，都归入一卷之中。

《三国志·王粲传》附载了同时的许多文人，却并没有为文人特立一栏。至于谢沈等的《后汉书》久已失传，内中有无文苑一门，不得而知。

当时因为文笔之分很严，所以文苑传所收的文人，都是韵文的作者。范晔的《文苑传赞》上说："情志既动，篇辞为贵。抽心呈貌，非雕非蔚。殊状共体，同声异气。言观丽则，永监淫费。"按情志二句，显然是受《诗大叙》"情动于中，而形于言"的影响而发生的。

直到齐、梁之间，才有论文之专书出现。最著者如刘勰之《文心雕龙》、锺嵘之《诗品》。

《文心雕龙》："昔诗人什篇，为情而造文……盖《风》《雅》之兴，志思蓄愤，而吟咏情性，以讽其上：此为情而造文也。"

《诗品叙》："气之动物，物之感人。故摇荡性情，形诸舞咏。"

《南齐书·文学传后论》："文章，盖情性之风标，神明之律吕也。"

《梁书·文学传后论》："夫文者，妙发性灵，独拔怀抱。"

我们再看梁代昭明太子所撰的一部总集，所谓文学的标准又是怎样。他认为不是文学而不入选者，有下四种：

（一）经——姬公之籍，孔父之书。

（二）子——老、庄之作，管、孟之流。盖以立意为宗，不以能文为本。

（三）忠贤谋夫之说辩。

（四）史乘。

必要合于"沉思翰藻"的条件，方得称之为文，而后入选。阮元《读〈文选序〉》[①]，解释此段最精，节抄如下：

> 昭明所选，名之曰文。盖必文而后选也，非文则不选也。经也，史也，子也，皆不可专名之为文也。故《昭明文选序》后三段，特明其不选之故。必"沉思翰藻"始名之为文，始以入选也。

萧绎《金楼子·立言篇》："至如不便为诗如阎纂，善为章奏如伯松，若此之流，泛谓之笔。吟咏风谣，流连哀思，谓之文。"

综合以上诸说，可见六朝人所下"文"的定义，即前人对于"诗"的定义。不惟当时文笔之分甚严，而所称为"文"者，除内涵之情感以外，还注重形式方面，必求其合乎藻绘声律的各种条件。

自汉至唐，文学之界域大略如此。首先改变这种风气的人，即唐代韩愈，他每以"笔"为"文"。他善于作散文，然而他同时的人也只称之曰"笔"。刘禹锡替他死后作的祭文，有"子长在笔，予长在论"，及杜牧的诗中所称"杜诗韩笔"之说，并不承认他所作为文学正宗。及至宋代，文笔之界更混淆不清。苏轼作《潮州韩文公庙

---

① 阮元《揅经室集》三集卷二，此文题作《书梁昭明太子〈文选序〉后》。

碑》，把唐人所说的"笔"，亦名之曰"文"，谓退之"文起八代之衰"。嗣后更把文学的本体，弄得不明不白。如：

周敦颐说："文，所以载道也。"

王安石说："礼乐刑政，先王之所谓文也。"①

最后说到清代，对于文学有明显主张的，约分三派：

（一）桐城派　主单语，重散文，即古之所谓笔，此派以方苞为首。

（二）扬州派　主偶体，重骈文，即古之所谓文，以阮元为首。

（三）常州派　调和文笔之说，如张惠言等，均骈散兼工。

以上三派，论信徒之多，必推桐城派。若论立论之精准，却数扬州派。

近来的章太炎氏，又主张极广义的："凡著于竹帛者，谓之文。论其形式，谓之文学。"②照他说来，太无限定。凡公司之股票、神庙之签条，均可称之为"文"，讲来实不胜其烦。现在若要讲文学的界限，与其失之太宽，不如失之太狭。故宁从阮氏之说，而不取章氏之论。

什么是文学

无论甚么道理，只要不故意去追寻一种很玄妙的解释，都能得

---

① 案《王安石文集》卷七七《与祖择之书》云"治教政令，圣人之所谓文也"，又《上人书》云"尝谓文者，礼教治政云尔"。引文乃括其主旨。

② 《国故论衡·文学总略》，原文作"文学者，以有文字著于竹帛，故谓之文；论其法式，谓之文学"。

着普通的意义。文学这件东西，并非从天上掉下的，只是由人造的。从根本上说来，人就不是一个什么玄妙的东西，不过是生物之一种。所以我们最好是从生物学上，去给文学的起源下相当的解释。

一切生物的生存，都具有两种目的。一为个体的维持，一为种族的维持。要求达到第一种目的，为"食"。要求达到第二种目的，为"色"。人们自然不能例外，故生活问题与配偶问题为人类往古来今之两大事件，正如中国古人所谓"饮食男女，人之大欲存焉"，西哲所说的"饥与爱"。但这两种欲望，不一定人人都能够满足。有时个体生活偏偏不能维持，种族生活更说不上。于是因种种不满，而发出欲望之呼号，甚至酿成战争的惨剧。

人类因求生意志的不遂，和欲望不能如愿以偿，且同时又受社会上的风俗习惯的束缚，法律舆论的制裁，不能为所欲为，所以就发明了一种"移情"的方法，在实际生活上所获得的许多烦恼，转而向空虚的地方去求安慰。照这一点看来，文学与宗教恰有相似之处。然而二者发生的情形虽同，而最后的结果颇不一致。宗教造幻想以安慰将来，所希望的幸福，却在身后。而文学则造幻想以安慰现在，正欲求得眼前之陶醉或解脱。

因文学与宗教在某点上有相同的作用，故宗教兴盛之时，亦即文学发达之日。如建安之世，五斗米教盛行，而邺中七子生于此时。东晋时有沙门慧远倡净土宗，当时彬彬文学之士最多。南北朝佛教势焰不小，骈俪的作家可车载斗量。五代时人多信仰佛法，有大批词人散居十国之中。大概由于时局纷扰，一般人生活失去常态，深感现世的不满足，想另寻一块理想之乐土以自适。不钻入宗教之圈套，便逃入文学的领域。

有人说，文学的创造，为人生之艺术化，或又名之曰美化。我看也未必尽然,反不如说创造文学是使人生活虚化,较为确切。以上所说的,都是关于"移情"一方面。

除了移情以外,还另外有一种作用。文学家最不爱说直话,美人芳草之词,风雨鸡鸣之喻,表现的语辞和内涵的意义不一定是那一回事,这可名之曰"移象"。即如模山范水,游仙谈玄,何尝又不是言在此而意在彼呢?

因文学是逃往于虚境者的产品,故文学说不上有甚么大的实用。又因为文学多产生于不满足之际,故文学每多愁苦悲叹之声,如"《诗》三百篇,大抵圣贤发愤之所为作也","屈平之作《离骚》,盖自怨生也"。然而文学一方面虽由穷愁而起,一方面又可以安慰穷愁。文人虽形容憔悴,亦能怡然自得。正如《诗品》所说:"使穷贱易安,幽居靡闷,莫尚于诗。"

个体的维持与种族的维持,是一般生物和全人类的共同的要求。把这两种要求表现在文学里面,所以一种民族里的作品,能博得任何民族的同情,这就叫作文学的普遍性,即《诗叙》所说"一国之事,系一人之本,谓之风"。这一人非是别人,就是作诗之人呀!

又从另一方面看去,文学是逃实入虚,而发泄不足之感情的利器。然同时因种种关系,又不容作者尽量发泄,所谓极浪漫之能事。尤以自来儒家之伦理观念,极为文学之大障碍。所以《诗序》上有"发乎情,止乎礼义"的话,就是要制止极奔放的热情,使过于浪漫的情感有所节制。

日本厨川白村在他的《苦闷的象征》一书中,解释文学的起源,由于创造生活力之压抑。创造生活所包者广,即如消遣亦即其中之一种,如公子或隐士之养鸟莳花,兴趣十分浓厚,至如猎人之天天捕鸟,园丁之日日栽花,反成苦境。又与其说马之拉车,不如说车之推马。因为马并不愿意自己拉车,乃由人驾车子催着马走,而此拉车的马,已失去它的创造生活了。

但是创造生活的被压抑,由于实际生活之不满足。如实际生活满足以后,则创造生活力之受压抑必不如是其甚。文学之产生,是因于创造生活之被压抑而生的反响。如是说来,凡是境遇充裕之人,必皆不能成为著名之文人了。其实不然,人永无满足现状之一日。生活一天,总要求向上一天。纵然一己的境遇,虽感觉得好,若对于其他境遇不如己的人表同情,自然便发生同感,亦能创造文学。如魏之贵为皇亲之曹子建,唐之早年登科第之白香山,作诗多陈民间疾苦,清人中如纳兰容若之大贵,项莲生之大富,而读《饮水词》与《忆云词》,可以不断地得见他的悲哀情调,不像大富贵人家的口吻。所谓"伤心人别有怀抱",是不是?

从以上的种种说法,可以知道文学是一样甚么东西了。在此"未能免俗",聊为文学下一种界说:

文学,是由于生活之环境上受了刺激而起情感的反应,借艺术化的语言而为具体的表现。

今人多谓文学为人生之表现,此乃指文学之对象,而忽略他的动机。或又谓文学,所以指示人生之途径,又把文学弄成伦理学之奴隶。指示途径,可说是它的副产品,与文学之本身无关。"情动于中",正是文学的动机,也正即其内容,但这情感,不是白白发生出来的,乃由于受环境之刺激而反应出来的。若如此说,则人生已包括在内。"而形于言",乃兼及外表。这种语言,又和寻常日用品不同,是被艺术化的、有声有色的。因纯文学自然有它的音节,又不能用音乐以表现之。因音乐太抽象了,故贵乎用一种具体的语言。且文学最忌抽象的表现,与其空说春景鲜明,不如说"杂花生树,群莺乱飞",与其空说秋容惨淡,不如说"袅袅兮秋风,洞庭波兮木叶下"。

所以论列一种文学,对于作者的环境更当特别注重。在讲文学史的人,尤其应该如此。有人又以为文学纯为天才产物,本不受环境的限制。其实两说都言之成理,然又各有所偏。古已有之,列举如下:

(一)先天说 曹丕《典论·论文》:"文以气为主,气之清浊有体,不可力强而致。譬诸音乐,曲度虽均,节奏同检,至于引气不齐,巧拙有素。虽在父兄,不能以移子弟。"我国文人最喜谈"气",解释各不相同。这里所指的气,即是"才性"。后来清代姚鼐、曾国藩一般人所倡的阳刚阴柔之说,即从此生出。

(二)后天说 司马迁《报任少卿书》:"《诗》三百篇,大抵圣贤发愤之所为作也","屈原放逐,乃赋《离骚》"。

谢灵运《拟邺中集诗小叙》论王粲:"家本秦川贵公子孙,遭乱流寓,自伤情多。"论陈琳:"袁本初书记之士,故述丧乱事多。"

钟嵘《诗品》论李陵:"使陵不遭辛苦,其文亦何能至此。"

两说不为无理,然先天、后天必兼而有之,始能卓然成文学名家。创造文学,必须天才,是不消说的。譬如天才是水,天才不丰富的,正如涸池浅沼,富有天才的,好比长江大河。然若水不遇风,则波平浪静,毫无奇观。或微风乍起,吹皱一池春水。或狂风怒号,卷起万顷波涛。后天的修养及其刺激,亦正如风一样,既受先天之惠,复得后天之助,文学不患不成。若专恃天才,而无相当修养,不惟怠人志气,即早成熟的亦多华而不实。故讲文学史的人,与其重先天,不若重后天还好些。

文学史之研究

文学史与文学本身之关系,与其他学术史与学术本身之关系迥然不同。因为他种学术史与其所叙述之学术的本身,都同是客观的。文学史固然也是客观的,然而被它叙述的文学本身,并不是客观的。文学家之所以异乎常人的,就是能将一切客观的事象,加以主观之解释。明明是空气流荡而成之风,竟说它在怒号;明明是由高就下之泉响,又说它在鸣咽。以数目来论,"虽九死其犹未悔",一个人怎能死到九次?"白发三千丈",古今中外哪有若长的头发?"南风吹山作平地","南山塞天地",试问天下何处去寻如此之大风与峻岭?然而无害其为最优美之文学。以文学之创造,不妨完全掺入主观的成见。可是拿这同样的态度来研究文学史,那就糟透了。故研究文学史,要纯粹立于客观地位。"言之非艰,行之维艰"。谈文学史的人,多半是爱好文学之士。凡人有所爱,必有所憎。如喜欢汉、魏的人,每骂八家为浅薄,而崇拜后者的人,又骂前者为假古董。不过我们要极力免除此种弊端,虽不敢说成消灭至于无,总要求能减至最低的限度。

因此,研究文学史,应注重事实的变迁,而不应注重价值之估定。所应具的态度,与研究任何史的态度应该是一样的。应具备:

(一)冷静的态度　不染任何宗派色彩,不拥护何派,亦不诋毁何派。

(二)求信的态度　只问作品之真不真,不问作品之美不美。

(三)求因果的关系之注意　每种文学之产生,非突然的,必有其来因。既发生以后,必有其相当的影响与其后来的效果。

第二章　上古文学

总论

讲到我国邃古的文学，不患材料的不多，只怕材料的不真。我们首先若不建立一个信史开始的时代，随便轻信一切传说，遂不免以讹传讹。大讲其三皇五帝的文学，或甚至盘古时代的文学，若不是捕风捉影，便是自欺欺人。

上古当断自何代，真不知从何处说起。在此，暂举古人所称引的最早人物的事迹，以作比勘之用。

《尚书》总算是很可靠的古籍之一种，据那上面记载的时代，以《尧典》为最古。即至春秋时，孔子日常教导人所援引的古代之君，亦限于尧、舜，至《周易·系辞》传说到伏羲，但此传并非孔子所作，宋代欧阳修的《易童子问》久已致疑。到战国时人，如庄子之类，又谈到黄帝。到了汉代的司马迁作《史记》立《五帝本纪》，亦托始于黄帝。但他同时又自认"百家言黄帝，其文不雅驯"。至于汉代一般造纬书的人，简直谈到五帝以前开辟时事（参看《太平御览》七十八至八十一卷）。至司马贞补《史记》，于是加上《三皇本纪》，托始于伏羲。至宋代罗泌作的《路史》，集诸纬之大成，又益以道藏之说，更加上了《三皇纪》与《中三皇纪》，他又根据《春秋元命苞》

十纪之记,"天地开辟至春秋获麟之岁,凡二百二十六万七千年",这比今人动以五千年文明古国自夸的人,更张扬万倍。

从以上举的例看来,愈是时代愈后的人,所知道古人的时代愈远,真令人莫名其妙。且最先提出三皇之说的为秦博士,他们说三皇为天皇、地皇、泰皇,泰皇最贵。这显然是由当时一般方士捏造古事,以迎合好大崇古的秦始皇心理。尧、舜本为儒家之理想人物,于是农家如许行之徒,又搬出一位较远的神农来。及至战国之末,一般道家又请出更神秘的黄帝来,以与儒家之尧、舜对抗。到汉代武梁祠画像,如伏羲、女娲之类,均为人头蛇身,奇离惝恍,亦"想当然耳"之人物形状而已。

即以后世相传之《虞》《夏书》来说,教人致疑的地方颇不少。怀疑尧、舜,早有战国时人韩非。怀疑《尧典》,又有东汉时人王充。现且姑舍去史实不谈,单就文字上看来,已有几点令人不解:

(一)以文学演进的公例推去,不应较为早出的《虞》《夏书》反为文从字顺、排偶整齐,而较为晚出之《盘庚》《大诰》,反而"佶诎聱牙"。即假定谓《尧典》为夏代史官所追记,亦在殷人之前,试问当时用何种文字记录?大概虞、夏《书》之成,至早想亦不能在东周之前。

(二)《禹贡》所载禹之治水之不可信,德人夏德在他所作的《中国古代史》中早已致疑。禹所谓的江、河、淮、济四条大水,以及无数小川,合计有数千海里之长。以当时稀少之人口,粗笨之器械,在十余年中能做成偌大工程,大禹真不是人,而是神了。且经近代地质学家考察,江、河原来都是天然水道,没有丝毫人工疏导的痕迹。就是用现代技术来疏导长江,都是不可能的。何况当时没有铁器呢?

（三）文字演进公例，由简趋繁。如《盘庚》等篇所用之字偏旁都很简单，而《禹贡》上的字所用的偏旁很繁复。以现今出土的殷墟甲骨文字为断，尚未寻出从金的字，而《禹贡》上则各类金属字都齐备。古代把铜叫作金，而把今人所称为金子的叫作黄金。殷人确能用铜，因出土之甲骨及器物之雕琢工细，有非石器所能为力的。但殷人尚未能用铁，而《禹贡》上则金、银、铜、铁、锡都早已完备了。

不必多举，只要以上几个证据，已足断定《尚书》有许多篇是后人增附的。

人类总不免有怀古幽情，每每眷顾着古时的理想黄金时代。且从前人与现代人对于历史的观念，很有不同的见解。自来许多学者，每以退化的眼光去看历史，觉得人类愈古愈好，黄金时代已成过去陈迹，徒令吾人追慕，不能自已。现今讲历史的学者，多觉得人类总是向前进化的，黄金时代尚在未来之时，古昔并非真足迷眷，不过聊以自慰。吾国古时儒家、道家，都喜欢举出他们古代的理想国度，借以寄托他们的政治理想，正如司马谈在《论六家要旨》中所说，皆"务为治者也"。

夏德以为中国信史时代，宜从有《诗经》讲起，那显然是受了讲希腊史先从荷马的诗歌时代为起首的影响。若讲信史，定要以周代为断，又不免把古史时期太缩短了。

若要确定中国的信史时代，应当以有可靠的文字成立时为准则。于此，不得不联想到举世相传那位造字的始祖——仓颉。仓颉究竟是个怎样的人，汉代即有二说：

（一）仓颉庙碑"史皇仓颉"。此派承认仓颉为古代造字的帝王，以后罗泌作《路史》，即以此为宗尚。

（二）《说文叙》"黄帝之史仓颉"。这派又把仓颉由皇帝而贬为臣僚了，后世宗仰此说的很多。

汉碑多为今文家言。作《说文》的许叔重，其学出于贾逵，与《左氏春秋》《毛诗》同为古文家言。两说究竟以哪一种为准？至今实无从断定。总之，文字既为社会公用符号，实为社会公共产物，不能硬派一个人去享独造之功。无论仓颉是君是臣，怎能包办造字的全权呢？荀子说得好："好书者众矣，而仓颉独传者，壹也。"假定古代有仓颉那样一个人，也不过是爱好文字者，亦非创造文字者，说他创造文字，周末人尚不承认呢！

所谓仓颉创造的字，据流传于今日的《淳化阁帖》中，载有一部分，好似符箓一般，固然万不可信。又据《说文》"秃"字说，"仓颉出见秃人伏禾中，故作秃"，说来亦觉可笑。韩非又引仓颉所造的字："自环为厶，背厶为公。"《说文》解释"厶"𠫔字，引用此说。今存铜器中未见"厶"字，"公"字可见，大概都作 ，形从八从 。 ，亦非自环之形。

从文字学上去断定史事，此路是可以通行的。清代研究文字学的人，以道光前后为转机。前乎此者，是以书证书，如发觉宋本《说文》某字之可疑，乃从《玉篇》或《广韵》及其他古书中之引《说文》者，以证明其正谬，如段玉裁、严可均、姚文田等皆是。后乎此者，是以古器文字证书，一般考古金石家的影响及于学术界者不小，每据金文以订文正字之源流，及纠改许书之误谬。王筠作《说文释例》每卷后之附录，实为近代文字学革命之导火线，然而他还不敢明目张胆攻击许氏，直到吴大澂出了一部《说文古籀补》，始正式攻排许氏。然二三千年后的学者，能知多少古音古训，当然是许氏之赐。大约《说文》中之古文、籀文，多不可信，而篆文颇多可信的。

中国文字可得而征信的，大概要从殷代讲起。

夏代文字之传于今者，尽是伪托。前人辩之已详，这里不必多引。至今我们还不能证明夏代的文字，究竟是什么样子。

吾国文字由图画蜕变而来，可无疑义，故六书应以象形为第一。但图画与字之区别究在何处？前者是用一种形体，以代表所欲表明之动作。例如：

为人荷戈，

为子抱孙，"荷"字与"抱"字在图画中无此实物，只能从两种形体合成之位置上，寻出一种相当动作之意义。随后图画中之形体，一变而为文字中之名词。（中国有许多名词，至今尚未脱图画范围。）但名词又不能表动作，乃另造动词以应用。故动词正式成立之日，即文字对图画宣告独立之时。

古器所刻文字简约，且多用方笔，人名每用干支。这两种正为殷代文字之特点。有人谓以干支命名始于夏之孔甲，殊不知殷之远祖王亥（即《天问》"该秉季德"之该）较孔甲为早，已用干支为名之例（近人收集殷代文字的一部大著，要算罗振玉氏的《殷文存》）。

从前人——尤以宋人为甚——设法附会图画为字形，每多讲不通之处。现在我们要还它们的本来面目，看这些图形究竟有什么意义。

（一）"图腾"之遗制　从殷人所遗留的图像看来，可见当时社会尚去榛莽时代不远。虽说脱离了图腾制度，然而到处尚留着这种痕迹。例如古代铜器上所刻的：

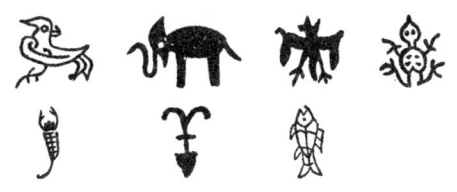

（二）宗教之礼仪　时代愈古，对于宗教之信仰愈深。殷代差不多是以鬼治国，些微小事，都要取决于卜，故当时对于祭祀的礼节，非常重视。今传世铜器上或刻作：

为祭祀时所用之牺牲。或作爵献酒之状，如：

或象妇人跪而奠酒，如：

都是不脱宗教范围的。

（三）武功之炫耀　人性好斗，古已如斯。殷代常与他国竞争，屡见于卜辞。此风至周尚盛，如周代武功以宣王之南服淮夷、北克猃狁为有声有色，故彝器之勒名纪功，亦以此时为多。惜殷代文字之用尚未广，故多作图以表示之。如：

象人荷戈，

象人执旗，

象弯弓欲发，

象盛矢在箙，至若

则显然活现出一个手执斧钺、献俘于王的勇士形状了。

（四）田猎之娱乐　殷代尚为游牧时代，人民迁徙无定，随地猎弋鸟兽，如：

象射兽之形，

象捕鸟之毕。其他种种，不胜枚举。

以上略略提了几项殷代图像的种类，现在要谈殷代的文字。二十几年以前，在河南安阳县洹水南古之殷虚中，忽然发现大批甲骨文字，经过几个学者考释，始确定为殷人文字。所刻帝王之名，从汤起至于武乙，故此种文字已完全脱离图画的范围，大概为殷末武乙以后的遗物，比铜器的图形较为晚出。

由以上二类文字看来，殷人是由新石器时代而转入铜器时代的。龟甲和兽骨的本质都很坚硬，非石器所能刻画的，所用的谅必是铜锡合金的器具。前数年西人安特生在渑池发现石器，他就断定殷人还在石器时代，那话是靠不住的。

殷之文化

文化与地理极有关系。中国最早的文化发源于黄河流域，又分为河东与河西两大支派。照古代史册传说，从尧、舜以来，建都均在河东。从周代起，河西的文化始因之崛兴。现代吾人知道殷代文化之几大特点：

（一）常迁徙。殷人迁都前八后五，居址无定。

（二）发明服牛乘马之法。这是游牧民族，熟习兽性以后而试演的。

（三）重视牧业。当时人民最重视牧畜之事，常常因争执一块小小牧地而双方打仗。

从以上种种情形看来，可以断定殷代还在游牧民族时代，而且定都每在平原。南至归德，北至安阳太行山东的大旷野，都是很宜于畜牧的。

由游牧而进为农业时代，实为殷、周之际。从《豳风》等诗可以知道周人很忙于农事，周人定都岐山以后，是很不易远徙的。

成汤革夏命，武王革殷命，后世人批评他们都很隔膜。美之者谓为"应天顺人"，罪之者谓为"弑君叛逆"。但现今从甲骨上去考察，说殷人统一河东，并非事实。当时在洹水左右，即有无数他种民族同他常常捣乱，殷人"国际地位"并不高，殷之君王也并非天下之共主。不过我们现在没有发现当时与殷同时别国的记载，只听殷人一面之词，然而亦足见殷人文化，总较他族为高了。

以传统论，殷人父子相承与兄弟相承一例看待，祭祀时所列神位亦以父子兄弟等平行。确定父子相传之制，始于周公，即以河西文化改变河东文化。因父子传统之制成立，而婚姻制度更加严重。且殷人祭祀，考妣一律看待，至于男尊女卑之制，定于周代。（王静安氏的《殷周制度论》说得很详细。）

河东文化虽被河西文化征服，然而并没有灭绝，楚人就是此项文化一部分的保存与继续者。这里且举出几种证据：（一）殷高宗曾伐荆楚，有《商颂·殷武》篇可证。"挞彼殷武，奋伐荆楚。罙入其阻，裒荆之旅。有截其所，汤孙之绪。"（二）熊绎、鬻熊封于楚国，将中原的文物传播下去。（三）楚人不奉周正朔，而以建丑之月为岁首，且殷楚皆称一年为一祀。（四）殷人尚鬼，楚人亦尚鬼。（五）留传至今之周代文字显分两源，与周同姓诸国成一派，异姓诸国另外又是一派。此派之中又分为二，北方以齐为中心，南方以楚为中心。而齐、楚两国文字皆纤劲，与殷代的相近，而与周代的不同。（六）楚人书籍，有些为中原所无的，如楚左史倚相能读之《三坟》《五典》《八索》《九丘》，周代的人都未见过，大半是从殷代传下的。（七）《楚辞·天问》最不易解，上半篇谈天象已难解通，下半篇叙述的人事更看不懂。可见楚人所传之史事，都有些与中原的不同。近代学者利用甲骨文所发现新字，以解释《天问篇》，也是为殷文化输入楚国之一证。

据上面所述种种证据，足见中国信史当从殷代开始。殷代文字，确已正式成立，但是我们不能说有了文字便有文学。谈到殷代文学，如今有无迹象可以寻求呢？略分三类：

（一）甲骨文字　上面所刻的，不外乎干支及卜辞之类。如甲子、乙丑，其风、其雨，大吉、弘吉等与今日之算命单相似，这种种诚然是很可靠的史料,但决不能称之为文学。

(二)《盘庚》 此篇以下文字,古今学者,都很相信。但这种诰诫体在散文中尚占到相当的地位,然而也不能称之为纯粹的文学。

(三)《商颂》 谈到殷代的纯粹文学,大家都当一致推举《商颂》了。不过这篇虽名"商颂",是否即产生于商代,而今颇成问题。关于此篇时代问题,约分以下诸说:

甲,《毛诗叙》以《商颂》为商诗,其言曰:"《那》,祀成汤也。微子至于戴公,其间礼乐崩坏。有正考甫者,得《商颂》十二篇于周之大师,以《那》为首。"后来焦里堂尚有"商之诗仅存《颂》"的话,因为他尊信古文家之说。

乙,《史记·宋世家》以《商颂》为宋诗,谓出于宋襄公之世,此说本出于《韩诗》。

在此两说以前,《国语》中《鲁语》闵马父谓"昔正考父校商之名颂十二篇于周太师",《毛诗》改"校"为"得",已与原文有出入。王静安氏认《商颂》为宋诗,他的理由如下:

(一)"校"字非校雠之"校",周代无校雠事,校雠到汉代方开始,这里的"校"字等于"献"字。正考父是宋戴公末年时人,此时周室东迁,礼乐崩坏,正考父于是校商之名颂十二篇,即等于献商之名颂十二篇。但《商颂》的作者又是何人呢?现在只存有五篇,如《那》祀成汤,《殷武》美高宗,从《殷武》诗可证非商人所作。

(二)再从地理上讲,颂文有"陟彼景山,松柏丸丸"。《毛传》与《郑笺》对于景山都无解释,有人说景山就是大山。但《鲁颂》仿《商颂》而作,《鲁颂》中有"徂徕之松,新甫之柏",徂徕、新甫,皆山名,则景山亦必为山名无疑。《水经注》犹可考见,景山在河南,去商丘不远。殷都于河北,距商丘甚远,不可能取松柏于景山。至于宋人,定都于商丘,到景山去取松柏,是非常之顺道,而且很容易的。

（三）再说到语言方面,如为商人所作,则其所用人名、地名,应与甲骨文字相近。卜辞称商,而《颂》称商殷。卜辞称汤为太乙,或称为唐,而颂称汤为成汤、烈祖及武王。商为契之封地,《颂》中称商者,指它的国都,称殷的,是指它的朝代。

（四）更从文辞的风格上来说,《商颂》的用语不类殷而近周。如《那》之"猗与那与",《苤楚》作"猗傩",《隰桑》作"阿难",石鼓文作"亚若",《苤楚》以下,都不是殷诗,一概用的是宗周中叶以下的语言,与尹吉甫颂美宣王所用之语言相类。

无论从哪方面去证明,《商颂》决非商人文学。而甲骨与诰诫也不登于纯文学之堂。再去看看殷代的所遗留下的金石文字,然而至今被认为商代铜器上所录刻的文字,只寥寥几字或几句,也是不成文学的。

我们从此可以断定：中国文学史的信史时代当自周始。

第三章　周代文学

总论

　　无论何种文化,没有不受地理上的影响的。文学亦因地域不同,而分出种种的区别,尤以吾国周代的南北文学为显著。

　　中亚细亚高原,为人类最初活动的处所,因为山水东西分驰,故人类的活动亦向东西分布。此实由于天然环境的不同,所以南北生活乃因之而分歧。说到世界文化,与其以经度为区分的标准,不若用纬度区别更为得当,中国自然也不在例外。

　　中国南北之分,应当以长江及黄河为界。此二流域人民的生活,实有很显著的差别,这是吾人所能见到的事实。有人或者说现在的气候与从前略有改变,这话很不可靠。殷周至今只二三千年,以人寿相比,觉得为期甚长,然用地质的时期来比较,又未免为时太暂。自然界的情形,是没有多大变动的。

　　若论及天然界所赐给南北人民的,的确是不大公平。南人多受日光之照映,雨水之恩渥,每年秋后的丰收,是极有盼望的。北方人虽然经年胼手胝足,但所得的生活资料,反不若南方人的容易。所以前者不能不与自然界奋斗,后者每多于自然界妥协。在这里且举出几桩显而易见的事,以互相比较。

（一）宗教　无论南人北人，都有宗教的信仰。惟北人对于大家敬奉的尊神，不是说"上帝板板"，便是说"上帝震怒"，完全是一种抽象的描写，断没有具体的表现，而且是高高在上，极其严肃，令人森然可畏。至于南人眼光中的神祇，简直是人格化了，所以神的一切衣冠、容貌、言语、嗜好，与我们世间的人极其相像，而且常与世人来往，觉得令人和蔼可亲。这种例子，在屈原的《九歌》中很普遍。

（二）思想　因北人处境艰困，不能不与自然奋斗，思想都是偏于实践，一方面最善讲求利用厚生之道，此与儒家思想极相近。从周代孔子直到清代颜元、李塨，莫不如是。至于南人得天独厚，生活不成问题，故思想每每离开实际而入于玄虚，此与道家思想相近。

（三）文学　论南北文学不同的，以刘师培的说法为较详尽。日本人谈中国文学的，每喜加以引用。刘君在他的《南北文学不同论》中说："大抵北方之地，土厚水深，民生其间，多尚实际。南方之地，水势浩洋，民生其际，多尚虚无。民崇实际，故所著之文，不外记事、析理二端。民尚虚无，故所作之文，或为言志、抒情之作。"文学受地理的支配，此说当然有充分的理由，但是也只是限于政局分裂、交通不便之时，此时南北隔绝，所以文学不能交相影响。如周代战国南北文学，的确不同。又如南北朝，南方多出文人，北方多产经师。南宋时，宋词与元曲也很有差异。五代时，中国的词人多出在长江流域一带。至于政局统一、交通甚便之时，文学是不分南北的。如两汉、唐代、北宋的文人，南北均有。元朝以后，文学分南北的风气，差不多没有了。于是可见文学之分南北，不只是为地域所限制，实在与政局及交通之能统一与否，也是很有关系的。

第三章 周代文学

周代之南北文学

第一期 周代北派文学之代表作品——《诗经》

在古代中国最可靠的文学作品中，当以《诗经》的时代为最早。可惜三百篇的作者而今大半都湮没无闻，如诗中明言为某人所作，如周公、尹吉甫、巷伯等人，实在是占极少数。其他没有作者姓名的许多篇章，我们不妨承认那些是民族的作品，所写的实在都是当时共同心理之趋向，很可以代表大家公共心理的要求。正如《大序》所说的"此一国之事，系一人之本，谓之风"。此种证例甚多，我们只要翻开《诗经》一看，内中所表现最多的，不外乎讴歌男女的爱情，颂美神祇的威德，以及政局之得失，所取之对象，均偏于实际，这是民族最初文学应有的现象。凡有文学的国家，都是先有文学，然后产生文学专家。因最先的作品，均是代表民族，而不是一二人所得而私有的，而且是由人事而渐渐及于较远之对象。其他艺术，亦莫不然。如图画在古代鼎彝上所绘的多为鸟兽之形，至汉代则多人像，武梁祠所画的以古代帝王之像为主。以前都无山水，到了东晋，山水画始出现。只看《诗经》中所描写的多切近生活之事，偶然写两句关于山水的，也很笨拙。专写山水的作品，《诗经》中简直可以说没有。

《诗经》产生的地域

三百篇产生的地域问题，《雅》《颂》最容易考出，《国风》较难。《雅》是周室的朝廷文学，出自丰、镐之间。《周颂》产生的地方，正同《鲁颂》出于鲁，《商颂》出于宋，这都是显而易明的。惟十五

《国风》产生的地域,考订就不免异说纷纭了。(关于这个问题,可参看郑玄《诗谱》,欧阳修《诗谱补亡》,丁晏《诗谱考正》,宋王伯厚《诗地理考》,清朱右曾《诗地理征》。)兹就《诗谱》列表如下:

周南、召南　雍州(岐山之阳,今之陕西凤翔等地。)

邶、鄘、卫　冀州(大行之东,北逾衡漳,东及兖州,今之河北、直隶等地。)

桧、郑　豫州(外方之北,荥波之南,居溱、洧之间,今河南新郑一带之地。)

魏　冀州(雷首之北,析城之西,南枕河曲,北涉汾水,今山西之南端。)

唐　冀州(相传为尧之旧都,大行、恒山之西,大原、大岳之野,今山西太原一带。)

齐　青州(岱山之阴,潍、淄之野,今山东青州一带。)

秦　雍州(近鸟鼠之山,今之甘肃南部。)

陈　豫州(豫州之东,其地广平,无名山大泽,今之河南陈州一带。)

曹　兖州(陶丘之北,今之山东曹州一带。)

豳　雍州(岐山之北,今之陕西北部。)

王　豫州(大华、外方之间,今豫西洛阳一带。)

从上表看来,各种《风》诗产生之地,均在河、渭左右,总不出黄河流域。惟《周南》《召南》二诗,颇有问题。据《韩诗》说:"二南者,其地在南郡(今湖北荆州)、南阳(今之河南)之间。"《诗大叙》又说:"南,言化自北而南也。"惟此时南方尚未开化,不应有此种文学。"南"字的意义,当即从北方人的口中所说出的南方。这显然是周室的文化南征时,北人述说经营江、汉之迹。若说诗中有江、汉字样的，必出于南人之手，则《大雅·江汉》诗说："江汉汤汤，武夫洸洸"，《常武》说："铺敦淮濆，仍执丑虏"，以上两诗，明明是出于尹吉甫等之手，所以"二南"发生的地方，也是不外黄河流域的。

《诗经》发生的时代

论及《诗经》的起源，最早的有孟子的"王者之迹熄，而《诗》亡。《诗》亡，然后《春秋》作"之说，但是他又没有说出甚么时候。前面一章既是证明《商颂》不出于商代，可见至迟也应出于周，但周代到甚么时候才有诗，也费考证。《诗经》第一篇《关雎》诗，毛说以为在文王时作，但今文家又说此诗出于康王时，《汉书》里面引诗的多用此说。但考阮元《诗书古训》，如《大雅·文王》引《吕氏春秋》说："周文王处岐……散宜生曰'殷可伐也'，文王弗许。周公旦乃作诗曰：'文王在上，于昭于天。周虽旧邦，其命维新。'以绳文王之德。"（《墨子》亦引此文）文王不一定是谥号，在甲骨文中文武之名在生前也可以如此称呼。即令此诗不是作于文王时，而《灵台》一诗，据孟子所引似亦为文王时所作。（《灵台》诗中但称王，而并未明说是哪一位王。）

至于《风》诗之时代颇难断定。最后作品，当为《陈风·株林》《泽陂》之诗。这两首诗，是叙述陈灵公君臣与夏姬淫乱的事。徵舒弑灵公在周定王八年，于是考得《诗经》所经过之周帝王时代，从文王起至定王止，如下：

文 武 成 康 恭 懿 孝 夷 厉（共和）宣 幽 平 桓 庄 釐 惠 襄 贞 匡 定

《诗经》的修辞

从多方面都可证明《诗经》为古代文学作品：

（一）句　《诗经》每句自二字至九字：

二字　祈父

三字　麟之趾，苕之华

四字　（正格，例不胜举）

五字　谁谓雀无角，何以穿我屋

六字　我姑酌彼金罍；俟我于著乎而

七字　式微式微胡不归

八字　我不敢效我友自逸

九字　毋金玉尔音而有遐心

（二）调　每篇中同一调，反复歌咏之。如：

  麟之趾，振振公子，吁嗟麟兮！
  麟之定，振振公姓，吁嗟麟兮！
  麟之角，振振公族，吁嗟麟兮！

（三）字　多用叠字，如：

  夭夭　灼灼　关关　喈喈

由上所述，可见《诗经》之修辞，是用简短的句子，重复的调子，以及叠字，借以表现他们的感想，因此可以断定《诗经》是上古时代的作品。

所谓重复的调子，尤以《风》诗中所表现为最多。因为平民的作品，更能表现出时代的精神呵！

诗之修辞工夫，以后渐有进步，古不如今。但讲到用韵，则由繁而简，今不如昔。后世作诗，不过句尾有韵，远不及《诗经》之万一。兹略举例言之：

甲　连句韵

乙　间句韵

丙　句首韵

丁　句中韵

戊　连章韵

己　隔章韵

庚　变韵

……

据丁以此所作《毛诗韵例》之统计，《诗经》用韵法不下七十多种。《诗经》用韵的如此复杂，也有其客观的原故。当时诗的流传多赖讽诵，而不在书写，因为古诗皆可以加上乐谱，所谓"《诗》三百篇，孔子皆弦歌之"，就是此意。

周之金石文

周代遗留至今之钟鼎彝器，金类多而石类少，后者只有石鼓文，其余的尽属于金文一类。金文中又分散文与韵文，韵文与《诗经》不无关连，所以也提出来，略为讲述。

周代金文体约分两类：

（一）书类　用散文写的。例：毛公鼎、孟鼎、散氏槃、克鼎、曶鼎，这类文体皆近于《大诰》《召诰》《洛诰》等篇。

（二）诗类　用韵文写的。例：虢季子白盘、曾伯[䉤]簠，此类文体，近于《颂》的最多，亦有近于《大雅》的，但没有与《风》相同的。

两周金石文字，盛极于宣王时，因为当时有北伐猃狁、南征淮夷两大战役。尹吉甫所作颂诗，如《崧高》《烝民》《韩奕》《江汉》

等,前两篇诗中均有"吉甫作颂"的明文,可以断定那是尹氏所作。(《巷伯》寺人孟子所作,与此诗同例。)后二篇作风又与前者相同,当亦为尹氏或尹氏时诗人所作。周宣王时作记功之金石韵文中,述北伐猃狁的,有虢季子白盘,述南征淮夷的,有曾伯[罙]簠。至于属于前者的散文,则有王陵车弁、不娶簋,属于后者,则有师寰簋。

关于《诗经》之古代批评

中国最古之文学批评,始自孔子。孔子论《诗》,大概可分为两种标准:一则应用于语言之辅导,一则以为伦理之依归。

(一)关于语言一方面的:

"不学《诗》,无以言。鲤退而学《诗》。"

"赐也,始可与言《诗》已矣。"(子贡在孔门言语科)

"诵《诗》三百,授之以政。不达,使于四方,不能专对,虽多,亦奚以为!"

(二)关于伦理一方面的:

"小子,何莫学乎《诗》?《诗》可以兴,可以观,可以群,可以怨,迩之事父,远之事君,多识于鸟兽草木之名。"

此后,《诗经》变为伦理的教训,被人尊之为经,而文学的位置反见低落,导源乃本于此。

第二期 周代南派之代表作品——楚辞

论中国古代学术多分为南北两派。刘勰在《文心雕龙·时序篇》曾说:"春秋以后,角战英雄。六经泥蟠,百家飙骇。方是时也,韩、魏力政,燕、赵任权,五蠹六虱,严于秦令。唯齐、楚两国,颇有文学。"战国时学术人才,多分处齐、楚两国。齐之稷下,为一般哲人所聚会,如荀卿、邹衍、淳于髡之流。而楚国,则为词人之渊薮,他们的领袖就是屈原和宋玉等。这个时候的文人,都集于南方,与春秋时代文人之出于北方正相同。这里面转变的痕迹是可以追寻的。

《左传》《国语》中行人出使别国,动辄引《诗》以为赠答之词。但是如在《战国策》中去寻找,全书中引《诗》的,不过一二条而已,这正是"《诗》亡"的朕兆。从政治一方面讲,以孟轲所说之"《诗》亡,然后《春秋》作"为有见地。若从文学一方面讲,则李纲所说的"《诗》亡,然后《离骚》作"的话更为中肯。

由《诗》变为《离骚》,其间最显著的差别,就是由民族的作品,而转变为个人的作品——专家的作品。自《隋书·经籍志》以后,诸史的集部均以楚辞为首,因他们都见到这一层。

怀王客死于秦,在周赧王三十九年(公元纪元前276年),而《诗经》最后时期为周定王八年(公元纪元前五九九年)。从"《诗》亡"一直到"《离骚》作",约略为三百年。这里所说的"《诗》亡"含有两种意义,一是采诗官的制度不行,二是没有作诗的人。当然以前说的理由较为充足,那时北方的诗,或为衰落时期,直到南方屈原出来,完全脱离三百篇的方向,而开始创造一种新体。然而由《诗》之转到《离骚》,又绝不是"突变",此中自然有迹象可寻。在《诗》之后、楚辞之前,南方已有如此之作品。

(一)楚狂接舆之歌:"凤兮凤兮,何德之衰?往者不可谏,来者犹可追。已而已而,今之从政者殆而。"

(二)沧浪孺子之歌:"沧浪之水清兮,可以濯我缨。沧浪之水浊兮,可以濯我足。"

以上两歌,与《诗经》比较,显然有两种差别:

（一）字数参差，不若《诗》之多为四字句。

（二）用"兮"字作语助。《诗》中虽间有用"兮"字处，但不普遍。

我们若将《诗》与《骚》做一种比较的研究，则得以下诸点：

（一）字　《诗》中形容词多用叠字，而楚辞则多用骈字。

（二）句　《诗》以四字句为正格，而楚辞字句多参差。

（三）章　《诗》多重调，而楚辞无有。

（四）篇　《诗》之篇短，而楚辞之篇长。（长篇作品始于楚人）

（五）思想　《诗》所写比较切于人事，而楚辞中所表现的多超脱人世。前者较为写实，后者近于浪漫。

（六）神与神话　《诗经》写神尽属抽象，楚辞写神，却是具体。《诗》中神话最少，如《生民》之诗不多。至《楚辞·天问》，则为中国神话的渊薮。

（七）人世　北人虽日日讲求人事，而厌世之风特甚，故出语愤激，如《苕之华》有"知我如此，不如无生"之语。屈原思想有时冲突，但归结仍脱不了人世，《离骚》睠旧乡，《招魂》入修门（楚之城门），可见屈原发牢骚是嫉世而不是厌世。

（八）怀疑之精神　《诗》中不多见，楚辞中充分表现此种精神，如《天问》便是。以上都是《诗》《骚》不同的比较。

大概造成楚辞之原因：

（一）文学之演化　由三百篇到楚辞的时代，中间约略经过三百年。文学自然的演进，由短句变为长句，由短篇变为长篇，也可说四言到了末运，楚辞乃代之而起。后来各代文学，都是由短篇而进到长篇。如词在唐与五代为小令，到宋时成为慢词。小说初起于唐代的均属短篇，而宋、元之章回体，乃继短篇而起。曲之初起，为元代之杂剧，而长的传奇到后来才有的。（按有史诗之外国似不如此，但中国确是如此。）而且各种艺术之演进，均由切近人事的，而及于远违人世的。

（二）自然之影响　《诗》是北方的产物，楚辞是南方的作品。两者所受地理及环境的支配，也是显而易见的。因为南北所受自然界之待遇不同，所以北方人眼中的神，有威可畏，敬而远之。南方人眼中的神，和悦可亲，狎而玩之。北方思想，总之不脱离日常生活，最把实际看得重。南方思想，总求其能超越乎实际，所谓极浪漫之能事。举个具体的例来说罢，北方人对于春天所举行的祷雨之祭为"雩"，雩之言吁也。关于秋天所颂咏，正如《七月》篇中所表现的"九月肃霜，十月涤场，朋酒斯飨，曰杀羔羊。跻彼公堂，称彼兕觥，万寿无疆"。这是因为春天播种以后，不知后来秋收之丰歉若何，所以悲叹。至于秋天逢到丰年，大家满载而归，总是应当欢天喜地的。这确是一般人的思想，尤其是注重实际生活的北方人的态度。然而遇到神经过敏、思想浪漫的楚人，则并不如此。遇着秋天草木零落，霜露凄惨，不免大兴悲秋之念，这倒是南方人的特别处。至于为南北思想之交接的人，要算庄子。庄周是宋人，他的哲学思想有一部分是北方的，但是他的文学又近乎南方。《庄子》书中人名不见于他书，独多与楚辞上所用的相同。

（三）典籍　楚人承接殷人文化，藏储书籍甚多，似乎中原所有的他们都有，他们所有的中原还未必有呢！不用说，楚辞多少要受些《诗》的影响，《国语》中《楚语》引用《诗》的地方，凡三处：一是伍举引《大雅·灵台》之诗；二是白公引《小雅》"弗躬弗亲，庶民弗信"之句；三是左史引《大雅·抑》之诗。伍、白、左三人，都见过《诗经》的，以博闻强记的三闾大夫岂有未见《诗经》之理？且屈子作品中，有"忽奔走以先后兮，及前王之踵武"。"奔走""先后",均见于《大雅》,而且楚辞用韵之分合,与《诗》是无大出入的。我们现在对于楚辞中有许多难索解之处,尤其是《天问》中关于人事的一部分,简直无法弄个明白,实由于我们所见的书多偏于儒家所记载的。当时孔子就很慨叹夏礼、殷礼之不足征,而楚之左史倚相偏偏能读《三坟》《五典》《八索》《九丘》。至于《天问》中人名、地名等之不见于儒书中的,却可见之于《山海经》《吕氏春秋》《淮南子》等杂家书内。且中国古籍中叙吾国人种西来说的事实绝无,惟楚辞中尚可见这类痕迹。至晋代汲冢书中,发现《穆天子传》所说的每与楚辞暗合。此由于殷人尚保存有民族西来之说,后乃传之楚人,所以能够叫楚辞中表现一种离奇异乎中原文学之大观。

(四)音乐之影响　音乐南北异趣,故《诗》中有"以雅以南"之言。雅为北音,南即是南音。当时南音到底如何,如今不得真传,大抵是宛转流丽,较之慷慨悲歌之北音不同。此种音很令汉人赏识,项羽、刘邦,均能歌南音,还有汉武帝好听楚声,而不喜河间献王所献之雅乐,可见中原之音远不及南音之悦耳。郑地僻近南方,故郑声便优美可听。故孔子说"郑声淫",这个"淫"字等于"衍"字,即是缠绵靡曼的意思。诗歌与音乐几有不可离之关系,《史记》尚说"《诗》三百篇,孔子皆弦歌之"。南音一道,不惟汉之帝王公卿能唱,直到隋朝有个和尚,名道骞,也能楚声,可惜以后便不得其传了,以致我们不能赏识这种"扬枹兮拊鼓,疏缓节兮安歌"的意味。

(五)屈原个人之遭遇　这一层更加不成问题。《史记·屈原列传》较长,此处不及征引,且略举班固《离骚赞序》的话:"屈原初事怀王,甚见信任,同列上官大夫妒害其宠,谗之王,王怒而疏屈原。屈原以忠信见疑,忧愁幽思,而作《离骚》。离,犹遭也,骚,忧也,明己遭忧作辞也。"关于屈子个人的身世,《史记·屈贾列传》前半也说得极明白。总之,他是一个极富有民族思想的楚之贵族,他是一个失败的政治家,同时他又是一个成功的文学家。我们很可以说屈原文学之成功,却是由于他政治上之失败。但是不是遇着屈子这样的天才,我们也无福欣赏这种伟大的作品。所以,刘彦和说:"不有屈原,岂见《离骚》。"然而虽有屈平,假使他一帆风顺,不遇坎坷,我看他也未必就能作出《离骚》这等作品呵!

古代散文

《诗》出于歌谣,而散文出于语言。换言之,由歌谣而进化为《诗》,由语言而进化为散文。语言中亦有修辞作用,其目的是教人了解,所以语言发达之时,散文亦特别兴盛。古代最善于语言的人,不得不推战国时雄辩之士,及周、秦讲学之徒。于是可见散文发展之途径,约分二端:一为国与国相争,二为学派与学派相争。当时纵横家之流与诸子百家莫不欲以己之雄辩及学说,压倒异己之一切主张,所以使用散文为传播思想之利器。流传到而今的《战国策》与诸子学说,实为古代散文之上品。(从前人大抵以《诗经》为诗歌之始,《尚书》为散文之始。)以后如佛教输入中国之翻译散文盛行一时,佛儒两家之争辩亦产生不少散文,又如宋代与辽、金、西夏诸国发生和战献纳等纠纷的时候,散文亦极为盛行,这都足以证明以上所说的散文发展之二途径之不虚。因为散文不是文学的正宗(即等于说散文不是纯粹文学),所以此处不多讲了。

第四章　秦代文学

中国政局在秦代以前，从来没有统一过。到秦始皇廿六年，一切纷割的局面始归一统。因为从前政局分裂，于是思想与文学也随之而变化。单就秦代的文字来说，种类并不在少数。周代文字，约分三系，周室与同姓鲁国等成一系，其余诸侯在齐国附近的与齐国成一系，与楚国比邻的与楚国又成一系。其初尚无多大差别，到了周代晚年，楚人文字已令人不能认识。(《说文》中所引用古文，多谓为孔子壁中书，此书为孔子后人所藏，亦可推知其为晚周文字。吴大澂也曾说过，凡金石文之不可识者，大抵为晚周文字。)当时文字纷乱的情形，最好看《说文叙》上的话：

> 其后诸侯力政，不统于王，恶礼乐之害己，而皆去其典籍，分为七国，田畴异亩，车涂异轨，律令异法，衣冠异制，言语异声，文字异形。

别的且不讲，现在中国各省言语仍然异声，不过因为文字并不异形，实在是维系中国民族不分散的利器，这正是秦始皇帝的功劳。又看《说文叙》上，接着上段说："秦始皇帝初兼天下，丞相李斯乃奏同之，罢其不与秦文合者。"

《秦本纪》二十六年："一法度衡石丈尺，车同轨，书同文字。"

《李斯传》："更克画，平斗斛，度量，文章布之天下，以树秦之名。"

后人动辄不满意于始皇之焚书，然而他的统一文字之功，是谁也不能否认的。

兹进一步来讲秦人的文学。

《秦风》为十五国风中之一种，可见秦代古时并不是没有诗的国家。现在所存的《秦风》，不过几首，但从这寥寥几首中，也可窥见秦人作品之一般。

读到《小戎》《驷铁》等诗，颇能充分表现秦人刚劲的气概，可见秦国确是一个善用兵马的善战的国家。及读《蒹葭》等诗，那又是何等缠绵，何等温厚，可见秦代文学在孝公以前已能从多方面去发展。这种西部好战的国民，真是兼有英雄气概与儿女柔情呵！

但是讲秦代文学，是承继周代以后，不得不从秦始皇帝统一后讲起。当时文学究竟是种什么情形，实在是一个疑问。我们现在可以作以下之假定：

秦代统一以后，诗之发达与否不可知，然而不能证明没有诗，只可说已经佚失无存了。秦始皇晚年，不是明明教他手下的一班博士作《仙真人诗》吗？可惜现今一句也不能见。近人廖平说《仙真人诗》并未丧失，即今之楚辞，因为楚辞上颇多游仙的话。此说太荒诞，不足信。现在姑且舍诗不谈，只就流传至今的秦人文学来讲，不得不数到刻石一类。

当秦始皇帝二十八年至卅七年，他外出巡狩，登泰山，南至于会稽，又到峄山、碣石、之罘、琅邪台等地，到一处必要立一块石碑，歌颂皇帝的功德，确是当时实情。但这些碑文，不一定完全存留至今。

关于这类碑的作者,相传均出于当时客卿中最有学问的李斯,这话尚属可信。

至于这种碑文的体制,介乎《雅》《颂》之间。且举峄山碑为例:

皇帝立国,维初在昔,嗣世称王。(韵)讨伐乱逆,威动四极,武义真方。(韵)

除了《琅邪台刻石》是以两句为韵以外,其余的通是每句四字,三句一韵。这种文体很像周代召穆公、仲山甫、尹吉甫等赞美周宣王的武功的颂体,尤与记载宣王伐猃狁之虢季子白盘相近。从好的方面说,就是气象伟大,局度恢宏。然而文采却微近干燥,千篇一律。可见秦自统一以后,只以武功显著,而文学的遗产几乎没有。这究竟是什么原因呢?

秦本西方小国,周室东迁以后,把渭水南北之地让与秦人。秦人有《风》诗,时文风很盛。就是到了秦文公时代,也有十首诗,载在他初受封的信物,即后世相传之石鼓文,这诗颇有相当价值。黄河文学发达的时候,也是秦人文学发达的时候。战国时文学发展的新方向,又转到长江流域,秦人并未受影响。且李斯为上蔡人,为甚么不把他楚国很优美的文学,带到秦国去呢?在这里我们要明白秦代的国性。

秦人受封,从文公开始,强盛时代乃在孝公变法以后。秦国统一海内,几个政治领袖都是关东人。商鞅是卫国人,李斯是楚国人,与韩非同学,竟杀了韩非而采用他的策略。表面上看去有三个人,其实里面只有一个人,他们都是法家。凡文学发达时代,多带道家色彩。儒家讲礼乐与躬行实践,对于文学视为小节。法家又为儒家的末流,他们所讲的是富强之道,所崇拜的是武人,至于文学者,简直不值他们一顾。韩非骂五蠹,商鞅薄六虱,《文心雕龙》说"五蠹六虱,严于秦令"。秦至孝公以后,掌权者尽是法家。在儒家手里,文学尚无发展之望,何况落在专讲功利主义的法家手里呢?这就是秦代文学不发达的最大原因。

但这只就士大夫方面来讲,至于民间文学如何,现在无作品流传,那就难于断定了。

至秦以后的所谓正统文学,多出于士大夫之手,而民间作家反退居于宾位,倒远不如周代风谣之保有真正价值呵!

第五章 汉代文学

总论

我们说到汉代的文学，一定就会联想到汉赋。其后虽有五七言诗来代替了周朝四言诗的地位，然而此代文学量最多，而时间又占得很长，位置又比较重要的，不得不推到赋。

汉代传国的年代颇为长久，对于此代文学的分期，前人多分为西汉、东汉。其实政局的分合，有时并不影响于文学，如东汉初之文学，不见得与西汉末不相同。我现在要重新给它们分，共为四期：第一期由汉之开国到武帝；第二期由武帝至昭帝、宣帝；第三期由成帝到桓帝、灵帝；第四期献帝一朝，即世所盛传之建安。

先将每期的大概，约略说之。

第一期由开国到文、景之世，汉代文学尚没有正式成立，只得算为先秦与两汉文学的过渡时期。且汉高祖承秦人统一南北以后的局面，战国策士往往尚生存于世间，先秦思想尚占相当位置，南北思潮渐趋于调和之一途，文学方面渐入楚声。第二期孝武帝时，罢黜百家之言，在思想界提高了儒家的权威。不过文学倒未受着儒家影响，此时为楚文学最盛行之时，无论皇帝、贵族与臣下，均有同一之嗜好。又由楚辞与纵横家杂糅而成为一种新文体，即著名的汉赋，可以司马相如为代表，东方朔、枚皋、严忌、朱买臣等附属之。第三期孝成以后的文学，确实受了尊奉儒家的影响，一般文人专门从事模仿古人的作品，以扬雄为代表，直到蔡邕为止，如班固、张衡等人的作品，总跳不出前人的范围，把个性完全埋没下去。然而此期时间颇长。第四期到桓帝、灵帝末年，儒术又不足以笼罩一切，出了几个自由思想的作者，如孔融、杨修、祢衡等人，文学界亦大放光彩。赋体较从前解放，由浓密而疏散。至于五七言诗，亦于是时大盛或正式成立，实足为汉诗之代表时期。

第一期　由高祖至文、景

本期实为秦、汉之过渡时期，显然有下列几种趋向：

（一）先秦思想未泯　汉代初年在政治舞台而兼有学术权威的人物，甚至有几位是秦代遗臣，如秦代倡设之博士制度（《汉书·百官公卿表》载"博士，秦官，掌通古今"）所遗留下的博士，如叔孙通、张苍之流，汉初朝仪且为叔孙通所手定。其他如陆贾、郦食其等，均是与秦代有关系的人，他们都很替汉朝出力。所以汉初思想尚有秦时遗迹。

（二）楚声尚盛　自汉高统一天下，楚声传入中原，且占有重要位置。因为楚人文学的煽动性很强烈，统一六国的虽是秦，后来灭秦的就是楚。当秦二世时揭举起义的，如陈涉、刘邦、项羽，都是产于楚地，项羽且是楚将项燕之后，以并兼六国不可一世之秦始皇帝，到了第二代便被几个楚人推翻。岂真由于"秦灭六国，楚最无罪"？何以又能"楚虽三户，亡秦必楚"呢？这不得不归功于屈原的伟大的爱国心所发生的,能鼓动民族性的文学。当时一般战国策士,只有学术观念,毫无国家思想。只求一己的政见得以施行,不惜牺牲祖国,如商鞅、李斯都只是为秦人出力。至于屈原的国家思想非常深沉,宁死于汨罗,而不肯到别国去掌政权,所以这位爱国诗人所特倡的一种新文体,颇为楚、汉的几位开国英雄所崇信所仿效。拔山盖世的项羽被困垓下,所唱出的哀歌正是楚声。刘邦得意还乡的时候,所唱的《大风歌》也是楚调。《汉书·礼乐志》说:"凡乐,乐其所生,礼不忘本。高祖乐楚声,故《房中乐》,楚声也。"且汉高祖因欲立赵王如意未成功而发牢骚的时候,向戚夫人说:"为我楚舞,吾为若楚歌。"其所传的楚歌为四言,形式虽不大像,然既曰楚歌,当然是唱时用楚人的声调。此后汉朝的皇帝,好楚声的颇不少。楚乐既传至北方,楚国文学亦渐及于北方。不惟南北文学构成一致,即南北思想亦因之调和。

(三)南北思想之调和　战国时各派学术门户之见甚深,这并非是学术之不幸。学术若不互立门户,是极不容易进步的。至汉以后,学术渐归于混合之途。(论到中国修辞学,亦当以汉代为断。汉以前国与国争、学与学争,故言语修辞之风特甚。汉以后乃由语言之修辞,转而为文学上之修辞。)南北是可以交互影响的,如汉初的宗室刘交少时学《诗》于浮丘伯,及高祖定天下后受封于楚,又征申公去传《鲁诗》,这时学者已无南北之见。又如贾谊为洛阳少年,早岁学申、韩之术,从张苍受《左氏》,当其作《治安策》《过秦论》之时,尚不免策士的习气,及后入长沙又作《吊屈原文》及《鹏鸟赋》,这也显然是以北人而受南方文学之熏陶的明证。晁错为人人所知之法家,而又从伏生受《书》,贾谊既已被《汉书·艺文志》列为儒家,而传中又说他通申、韩,这都足以证明当时学者,并不如古之成一家言，对于各派思想都混合不清。又如被吴王濞所招致的两位南方辞人枚乘、庄忌，后又往投北方梁孝王，这又显然是南人将辞学传之北方的证据。总之，南北思想既已混合，文学也就不能独异了。高祖死后，惠帝享年最短，吕后当国，秩序紊乱，也谈不上什么文学。文帝好黄、老之术，与民休息。景帝又好申、韩之学，崇尚实际。这两朝文学都不发达。不过这两朝的贵族诸王，颇有几个为文人之保护者，如吴王濞、梁孝王武、淮南王安，都为一般词客荟萃之大本营。本来文学不受一切之左右，然实际上又不然。在昔专制时代，若有爱好文学之皇帝及贵族在上倡导，文学之进步更加显著。汉代收效最著时，乃为武帝之世。（又如后来唐以诗赋取士，宋以策论取士，故唐诗宋文颇为大观。）

第二期　武帝至昭、宣

两汉文学有两个最盛时期，第一是在汉代最强盛之时，即武帝在位，第二是在汉代最扰乱之时，即建安。前者可比周宣王时代，后者可比周幽王、厉王时代。文学产生的时期，大率如此。汉代当武帝时，国力充实，文治武功均有相当成绩。他又做了皇帝，心里想要做的事，都可以随意做去。他对于中国学术界有极大的影响，就是尊崇儒术这件事。武帝设立五经博士，于是从博士求学的很多，名曰博士弟子。当时董仲舒上书请尊经术，罢黜百家，公孙弘亦请定儒术于一尊，武帝先后都采用他们的意见。在武帝的原意，或者是想尊崇儒术，但从他罢黜百家之后，各种学派自由讨论之风因之消歇，而儒术并不见昌明，反见黑暗。正如欧洲中世纪僧侣为学术界之至尊时,各样思想均被摧残,汉武帝时期即是中国之中世纪。秦始皇对学术用高压手段,焚书坑儒,但学术并不因之而式微。至汉武帝转用一种软化手段,罢黜百家,学术乃真因之而消歇。自从武帝立了博士之后,学术界产生了一种师法,换句话说,学术界即产生了一种极端的传统思想,对于老师所说的话,只有无条件的承受,而且无讨论之余地。举《诗经》的《关雎》为例罢,你若从古文家言,就以此诗为美文王的,你若从今文家言,就以此诗为刺康王的。至于此诗本来面目,是用不着多问。总之,专讲师法的人,对于学问只讲信不信,不问是不是,简直近于一种宗教家的态度。因为学术尊信师法之影响,乃开了文学因袭之风气。

再谈到当时的文学,武帝对于楚辞的爱好极深。《汉志》有上所自造赋二篇,他自己所作的《秋风辞》《瓠子歌》《悼李夫人赋》,哀怨缠绵,一望而知其脱胎于楚声。他又使淮南王安为《离骚》作传。他又创立新乐府,使李延年为协律都尉,以集秦、楚、代、赵之大成。当时有河间献王献上雅乐,武帝却不愿听,他最喜听的还是楚声。可见他的尊崇儒术,并非中心悦服,无非借此以笼络当时文士。可见尊儒是他的一种手段,而好楚声才是他的真心。他收罗当时一班词客,最著的,如司马相如、枚皋、东方朔、庄忌、朱买臣、吾丘寿王等,内中当以司马相如为代表。

司马相如与汉赋

司马相如,字长卿,四川成都人。他的思想极其复杂。一,为儒家思想。自文翁入蜀,蜀地之士,彬彬有文,相如少时,又从胡安受经。二,纵横家思想。他曾奉使西南夷,又作《谕巴蜀檄》与《难蜀父老》等文。三，道家及神仙家思想。他所作的《大人赋》，颇近于《庄子》之《逍遥游》。四，辞赋家思想。他受楚辞影响最深，颇得楚人之恢诡。在他的文学作品内，还找不出多大的儒家痕迹出来。可见文学家之所以为文学家的条件，并不简单。他自己曾说过："赋家之心，苞括宇宙，总览人物。"论到作赋，后人盛称马、扬，司马相如实为赋之倡始者。什么叫作赋呢？《汉书·艺文志》把赋分作四类：一，荀卿赋。二，陆贾赋。三，屈原赋。四，杂赋。惟陆贾赋已佚不可考。荀子之赋如廋词隐语，读来犹如教人猜谜。屈原之赋，即楚辞。世人每以赋为六义之一种，但汉人之赋，与六义之赋，广狭不同。后者与"比""兴"对待而言，前者可以包括六义在内。可见周之诗、楚之骚、汉之赋，就广义说来，实在是一件东西，都可名之曰诗。《两都赋序》："赋者，古诗之流也。"《文心雕龙·诠赋篇》说："赋者，受命于诗人，拓宇于楚辞。"可见诗一变至于骚，骚一变至于赋。这是毫无疑义的。

作赋能手在汉代，必以司马相如为第一人。与他同时的一班词客，邹阳是不善作赋的，庄忌的《哀时命》出于楚辞，枚乘作的《七发》最工，但不长于作赋，东方朔也只模仿《九章》而已，独相如与众不同。请看扬雄批评的话："使孔门用赋也，则贾谊升堂，相如入室矣。"又说："长卿赋不似从人间来，其神化所至耶！"可谓极推尊之能事了。

相如赋之最有名者，为《子虚》《上林》《大人》《长门》等篇。略举两篇的内容。《子虚赋》，讲的是楚使者子虚到齐国来，遇乌有先生，子虚说齐国好，乌有先生又说楚国好。《上林赋》讲的是亡是公夸天子上林之盛。

赋之特点约分四种：一，想象丰富；二，藻采夸饰；三，侈陈形势；

四，抑客伸主。由以上四端，就可以推到赋体之来源，想象与藻采两样，是从楚辞来的。侈陈形势与抑客伸主，又是从纵横家而来的。由楚辞与纵横家言结婚所产生的儿子，就是赋。

自相如辈开了作赋的风气，影响于文坛甚大。以后作文的趋势，略举如下：

（一）为文识字　汉赋虽似堆垛，然而一篇要凑许多不同的字形和字义，也并不是件容易事。所以汉代赋家，多兼为小学家。如相如作《凡将篇》为汉代最早的一部字学书，扬雄作《训纂篇》，班固又续作十三章。此风至唐代韩愈尚能保存，他曾说"凡为文词宜略识字"，自宋代欧阳修以下，作文便不大讲求识字了。

（二）为文造情　堂哉皇哉的一大篇赋中，所包含的内容实在简单得很。虽然经他们铺张扬厉的叙述起来，也不过是一个空架子。因为他们并不是先有情感才去写文章，是立意写文章而造作感情的。扬雄说过"辞人之赋丽以淫"，这却是汉赋的坏处。

（三）复笔　这层颇能影响及来的文体。汉代单笔的大成，推《史记》。复笔开山，推辞赋。自从昭、宣以后，复笔的文学，于是日多一日了。

自武帝以后，历昭帝、宣帝、元帝、成帝的赋家，均不能逃出司马相如之外，去另外辟一种新境界，所以不缕述了。但此时又有散文盛行于世，即章奏、对策等类文体。其形式用的是复笔，而内容则取决于经术，每篇之末，必引经语。此派最著的有匡衡、谷永、刘向等人，可说他们是以文人而兼为儒生的。

第三期　成帝、哀帝至桓、灵

在汉代文学所分之四期中，以此期为最长。然此期文化的变化却很少。且文学有时并不因政局改变而变迁，虽说两汉建都的地方不同，而此期实并跨两汉而有之。至成、哀时，模仿的文学大盛，而模拟文学之倡始人为扬雄。扬雄也是四川人，不只是文学家，且兼为儒家与小学家。从扬雄以后，直到蔡邕为止，一般文人都拼命地模仿古人，后来的人且又模仿扬雄。这一期的文士，均出于儒家之流。现在将此期模拟的文学列表如次：

两汉模仿文学一览表

周	西汉	东汉
《周易》	《太玄》扬雄	
《颂》	《赵充国颂》扬雄	
《论语》	《法言》扬雄	
《尔雅》	《方言》扬雄	
《仓颉篇》秦	《凡将篇》司马相如　《训纂篇》扬雄	十三章　班固续
《虞箴》	《州箴》扬雄　《二十五官箴》扬雄	
《离骚》	《反离骚》扬雄　《广骚》扬雄	《幽通赋》班固　《显志赋》冯衍　《思玄赋》张衡
《九章》	《畔牢愁》扬雄	
	《子虚赋》相如　《羽猎赋》扬雄　《上林赋》相如　《长杨赋》扬雄	《两都赋》班固　《二京赋》张衡
《渔父》《卜居》	《答客难》东方朔　《解难》扬雄　《解嘲》扬雄	《答宾戏》班固　《达旨》崔骃　《应间》张衡　《释诲》蔡邕

(续表)

周	西汉	东汉
	《封禅书》司马相如 《剧秦美新》扬雄	《典引》班固
《储说》韩非	《连珠》扬雄	
《召魂》	《七发》枚乘	

以上不过略举数例而已,然而可见此期模仿风气之一般了。

可见由西汉末年到东汉末年的文学界概况,约得以下诸端:

(一)论文总以司马相如及扬雄为依归,决难逃出他们两人范围之外。

(二)词采壮密,差不多这一期的每个作家均如此。

(三)绝少新体,大家以模仿为风,尚没有人肯倡造一种新文体来。

这期的文人以扬雄、崔骃、傅毅、崔瑗、张衡、李尤、杜笃、蔡邕为最著名。

第四期　建安

本期为汉代文学转变的大枢纽,较之从前几个时期真是光芒万丈。大约有以下几个缘故:(一)许多文人很不幸,叠遭前代党锢的牵连,黄巾贼的丧乱,以及十常侍与董卓等之叛变,死亡的不在少数,所以后来一般文人竟至失去常度;(二)自武帝尊崇儒术以后,学术界因袭成风,思想亦沉闷异常。一方面儒学的末流弊端发生,一方面是经不住束缚的思想穷极则变,不得不另自寻觅一种新的趋势。西汉经术完全注重师法,到了东汉偏偏有一位王充,对于传统思想甚为怀疑,作了一部《论衡》,对于当时一般人所尊仰的大肆攻击。(不过注意,这种"怪议论"的人当时并不多见。后来蔡邕虽以枕中秘宝视之,但他的文学完全是属于传统派。)又如建安时之孔融、祢衡、杨修,都是王充思想的后继者。他们均能毫无顾忌地反抗那种时代的虚伪思想,儒家就是他们攻击的大对象。以后到正始时,道家学说大盛,谈玄的风气通行一时,孔、祢诸人实有发难的功绩。

此时文学最显著的变化有三种:一为赋之作风改变;二为五七言诗之昌盛与正式成立;三为文学批评态度之鲜明。

西汉赋,辞采壮密,到了此时渐变疏散。就内容来说,从前文人作赋,不免有由文生情之弊,此时作赋的文人,却能顾到由情生文这一点。就形式上来说,西汉的赋多为问答体,富于散文气息。到了此时,竟由散文的赋,而进化到富有诗趣的赋了。如王粲的《登楼赋》等,用来与司马相如的对看,极容易看出他们很显著的分别。

以下再谈五七言诗起源的问题。

五言诗之起源

五言诗,是指纯粹的一篇中每句都是用五个字的诗。至于《诗》《骚》中夹有五字句的,当然不算。《文心雕龙》《诗品》所说的五言诗之起源,不是无根据,便是只抽全诗中一二句以为代表。大约承认五言诗起源于汉代的人最多,有人如举出李陵、苏武赠答诗,则五言在武帝时早已正式成立。有人又说枚乘曾作五言诗。如果属实,则五言诗乃成立于文景之世。不过这两说,都有种种商榷之余地。

《文选》中又载有古诗十九首。所谓古诗者,即是南北朝人加给汉代无名氏文人所遗留下作品的名字。究竟作这些诗的是些甚么人,昭明他也弄不大清楚,好像说不免从前有这十九首古诗罢了。到了刘勰的时候,他相信某种传说,将古诗的一部分归到枚乘、傅毅的名下。他说:"古诗佳丽,或称枚叔,其《孤竹》一篇,则傅毅之词。"然而他还不能肯定,不过或者有这一说罢了。以后到了徐陵,选《玉台新咏》的时候,取了十九首中的八首,又另外寻一首,硬派为枚乘所作。说来真奇怪,在昭明太子时候,完全不知古诗为谁人所作。刘彦和却相信一种传说,到了徐陵的时候,他竟能分得清清楚楚枚乘作的是哪几首。从前人不知道的,愈到后来愈知道。而且钟嵘在他的《诗品》上明明说过,"自王、扬、枚、马之徒,词赋竞爽,而吟咏靡闻",可见钟嵘还不承认辞赋家枚乘能够作出那种古诗呢,不知徐陵究竟是有什么根据。

回头再来谈苏、李诗。苏武诗最初见于《文选》,但《诗品》上只载李陵之作。再就这几首诗的内容来看,不知身在匈奴的人,何以能"俯观江汉流"?他们两人同居匈奴十余年,不知怎样会说出"三载为千秋"的话来?在逐水草而居的匈奴,何处去寻"河梁"来?且从《史记》以下,修史旧例,凡文人重要作品,必采录他本人的传内,何以班固之《汉书》对于世所传颂之苏、李赠别诗,并未收入他们二人的本传内,而且毫未提及一字?不过在《苏武传》内,倒载了一首李陵送别苏武的诗,乃楚调而非五言,原文如下:"径万里兮度沙漠,为君将兮奋匈奴。路穷绝兮矢刃摧,士众灭兮名已颓。老母已死,虽欲报恩将安归?"这才真像一种失败的英雄口吻,与相传的李陵所作的五言诗的婉转风趣,完全两样。

而且每一种新文体发生到另外的一种新文体，其中必有过渡的作品。如楚辞之前有《沧浪歌》《接舆歌》，慢词之前有小令，传奇之前有杂剧。若谓汉初的五言就有那样的整练与繁盛，不知拿什么东西来做过渡时代的作品？只看汉前的作品，三百篇有二言至八言，内中以四言为最多，楚辞句调较为参差，《诗》《骚》用韵均极复杂，何以骤然到了汉初的五言，它的形式就有那么整齐，而且是通篇二句一韵？这种变化，未免太速。

假使承认五言到汉武时就很兴盛，一方面寻不出《诗》《骚》进步到五言诗之过渡作品，而且由武帝或文帝到建安的时代中间经过百余年，为什么又没有产生甚么伟大的作家与作品？真如锺嵘所说："东京二百载中，惟有班固《咏史》，质木无文。"一种文体大半始盛中衰，或是始微中盛，谈到五言，若汉初就有那种作品，不知为什么骤然绝灭，中间经过百余年忽然又盛行起来，而且和开始时又是一样？

总之，十九首及苏、李赠答诗的作者，现在实无从考证。不过时代决不在西汉，至早也在东汉，为建安一般作者的先声，或竟为建安同时人所作，也未可知。对于这层，锺嵘也曾致疑。他说："其外'去者日以疏'四十五首，虽多哀怨，颇为总杂。旧疑是建安中曹、王所制。""去者日以疏"，明载在十九首之内，锺氏竟疑为建安时代人所作，这也足以证明此等五言诗之产生时代，大致在建安以前不久，或竟出于建安时代。

但在建安以前，不能说没有诗。由楚声而进为五言，中间必定有些过渡时代的作品，现在略举几首，以见一斑。

《汉书·吕后传》戚夫人《春歌》："子为王，母为虏，终日春薄暮，常与死为伍，相离三千里，当谁使告汝。"

《汉书·李夫人传》李延年歌:"北方有佳人,绝世而独立。一顾倾人城,再顾倾人国,宁不知倾城与倾国,佳人难再得。"

《汉书·杨恽传》《田歌》:"田彼南山,芜秽不知。种一顷豆,落而为萁。人生行乐耳,须富贵何时?"

《汉书·五行志》成帝时童谣:"邪径败良田,谗口乱善人。桂树花不实,黄雀巢其颠。故为人所羡,今为人所怜。"

以上所引,除童谣外均是杂言,但皆以五言为主体。至班固作《咏史》,傅毅作《孤竹篇》,张衡作《同声歌》,到了明帝、章帝以后,五言诗乃渐次盛行。到了建安时代,更加美备了。

建安诗人,以曹植、王粲、刘桢为最佳,再把王、刘二人,加上孔融、应场、阮瑀、陈琳、徐幹,称为"建安七子"。他们的诗风,大约分二大派,曹植为宽和一派的首领,王粲为清劲一派的首领。

七言诗之成立

《诗经》的句子,从二言直到九言均有。七言的句子,如"交交黄鸟止于桑""如彼筑室于道谋",这样看来,七言起源甚早。又如刘邦的《大风歌》、项羽的《垓下歌》,也是七言。可见七言即非起源于周,至迟也起源于汉初。不过这里所讲的七言,有以下两个标准:一,全篇句调参差,之中夹有几句七言的不算;二,句中因为用了语助词,始凑成七言的也不算。如《太平御览》引《离骚》,常把"兮"字去掉,七字句便成了六字句。所以我们讲七言,也不须从《诗经》或《大风》《垓下》等歌讲起。

通篇纯粹的七言诗,究竟起于何时呢?颇不易说。《汉书·东方朔传》,颜师古引晋灼注,谓东方朔曾作过七言诗与八言诗,但是而今失传。至于较早的唐山夫人《安世房中歌》，只有两句是七言，即"大海荡荡水所归，高贤愉愉民所怀"。司马相如曾作《郊祀歌》十九首，只有"空桑琴瑟结信成"以下十句完全是七字。以上所举的或已散失，或不是纯粹的七言诗，都不能算作七言诗正式成立之确证。

纯粹七言诗的成立，从前人都承认在汉武帝时代，以柏梁台联句为根据。此诗既为七言之祖，又为联句之始，在文学史上又开了一种新的体例。不过此诗的真实性，早已成为问题，虽说自来相信这诗是真的的人也不少。此诗最早被文人提起的时候，是在晋人挚虞的《文章流别论》。（此书已佚，颜延年《庭诰》曾引之。）此诗全文最初见于宋敏求《长安志·柏梁台》下引辛氏《三秦记》。到了六朝宋武帝时，有《华林园曲水联句》，梁武帝又有《清暑殿效柏梁体》。可见此诗即属伪造，定在宋代以前。《三秦记》为晋人所作，则此诗在晋代已成立了。至于此诗的时代不可信，在王应麟的《困学纪闻》中也曾经怀疑过，然语焉不详。顾亭林在他的《日知录》二十一，曾如此怀疑过：柏梁台联句下注作于元封三年，按当时梁孝王早已死去二十九年了，又何从而来作诗。至于这诗中所见的官名，在武帝时或尚未产生，或早已裁去，许多是太初以后的名字，不应预先书于元封之时。"盖是后人拟作，剽取武帝以来官名，及《梁孝王世家》乘舆驷马之事以合之，而不悟时代之乖舛也。"但最近有一位日本人叫铃木虎雄，在他的《支那文学研究》中，他替柏梁台联句的时代辩护。他说宋敏求所引晋人辛氏《三秦记》，无元封三年及梁孝王的名字，但称梁王。最初认此梁王比梁孝王的为章樵之《古文苑》注，最初引此诗有元封三年的年岁的为欧阳询之《艺文类聚》，他们都是作《三秦记》以后的人，自然不如《三秦记》之可靠。若说官名尽属于汉太初以后的名字，安知此诗不是作于太初以后？不过他这一说，未尝无几分理由。但《三秦记》原书不可见，又安知不是宋敏求之引书而略去年号？欧阳询是唐初人，《艺文类聚》乃成于隋代，他引元封三年必有所根据。还有几层原因，可以证此诗之时代有问题：一，五言诗此时尚未正式成立，何以便能产生这般整齐划一的七言诗？二，再以此诗的语句用来作驳斥的资料，当时作诗的官虽说都在"二千石"以上的俸禄，然而皇帝之尊严，毕竟不可忽视。"三辅盗贼天下危"，我不相信"左冯翊盛宣"胆敢在柏梁台初成之日而说出这样大煞风景的话来，何况元封三年三辅尚未成立呢？至于京兆尹所说的"外家公主不可治"，也未免太犯皇室的忌讳了，未必他敢在皇帝当面讲这样的话。郭舍人的"啮妃女唇甘如饴"，此等猥亵的话何以也竟敢在至尊面前轻轻道了，真不可解。从以上种种看来，这诗恐为后人伪托。即便在汉代就有这篇东西，也断不是汉武帝君臣所作的。

　　但此诗的来源，现在也未尝不可以窥测一大部分。这是后人戏仿汉代字书而作成的。汉代字书分两派：一为四言，如《仓颉篇》，但已遗失。《说文序》引有"幼子承诏"可见，近来新疆出土之汉简有《仓颉篇》，遗文亦多四字句者。次为七言，如相如之《凡将篇》，《艺文类聚》中曾引过。如史游之《急就篇》，全书分为三十一章，各以类相从。这第二派的字书，每句七字，而七个字都是名词的地方又很多。再回头来看柏梁台联句，如大匠之"柱枅欂栌相枝持"，太官令之"枇杷橘栗桃李梅"，请问这种一串名词相联的句子，不是显然脱胎于字书吗？而且每人作了一句恰合本人身份的话，这也是受了字书以类相从的影响。到了后来作诗一句尽用名词的，尚有唐代之韩愈，而韩愈曾说过：凡为文必略识字。越到后来的文人，便越不讲求识字了。

说来说去，真正配称为七言诗的，究竟起于何时呢？张衡虽然有《四愁诗》，是七言，但去了语助词的"兮"字以后，首句只得六字。陈琳的《饮马长城窟行》虽为七言，而句调参差不齐。若要举出一首纯粹的七言诗，当推张衡《思玄赋》后面所附的《思玄诗》："天长地久岁不留，俟河之清只怀忧。安得远度以自娱，上下无常穷六区。"但此诗是专门拿来发表他的玄想，若论纯粹抒情的七言，却又当推魏文帝之《燕歌行》，其词如下：

秋风萧瑟天气凉，草木摇落露为霜。群燕辞归雁南翔，念君客游多思肠。慊慊思归恋故乡，君何淹留寄他方。贱妾茕茕守孤房，忧来思君不可忘。不觉泪下沾衣裳。援琴鸣弦发清商，短歌微吟不能长。明月皎皎照我床，星汉西流夜未央。牵牛织女遥相望，尔独何辜限河梁。

文学批评之始

必先有文学作品，然后有文学批评，而且批评家之多寡，每与同时作家成正比例。六朝文学家，以齐、梁为最盛，而当时就有《文心》《诗品》二书。唐朝人作了许多好诗，到宋朝又有一班人拼命作诗话。因为建安的作家，"人人自谓握灵蛇之珠，家家自谓抱荆山之玉"，不惟文采纷华，即数目亦大有可观，如《魏志·王粲传》中，所收同时文人有二十余家之多。

前乎此的文学批评，只有零碎的意见，间或附在一本书或一篇文章之内，断不能独立成篇，如扬雄在他的《法言》中，也曾说过"诗人之赋丽以则，辞人之赋丽以淫"等话。但专为批评文学而作出长篇大论的，实从建安开始。如曹丕之《典论·论文》，曹植《与杨德祖书》，杨德祖《答临淄侯笺》，尤脍炙人口。以后还有"应场《文论》，陆机《文赋》，仲洽《流别》，弘范《翰林》"，现在原文或在或不存，不及一一细论。且举建安中曹、杨为代表，看当时文学批评的标准及趋势。

（一）文人之地位　关于文学能否独立，文人是否尊贵的问题，当时显然有二派不同的意见：

甲，耻为文人　这是传统的思想，不料长于文学的曹植反不自安于文士的本分。他斥"辞赋小道，固未足以揄扬大义，彰示来世"，他很想"戮力上国，流惠下民，建永世之业，流金石之功"，决不"以翰墨为勋绩，辞赋为君子"，他又赞成扬雄以辞赋为"童子雕虫篆刻，壮夫不为"。其实他的话很像在打官腔，既不认识文学之本来价值，又中了烂名士说大话的毛病，反不若他的大哥说了几句中肯的话。

乙，文士不朽　曹丕颇能认识文学的独立价值，他承认"文章经国之大业，不朽之盛事，年寿有时而尽，荣乐止乎其身。二者必至之常期，未若文章之无穷"。他把文学的永久性真发挥得尽致。

此外，还有杨修比较是个调和派。他想援古以自重，他以为"今之赋颂，古诗之流。不更孔公，风雅无别"。他又痛驳曹植之述他那位"老不晓事"的"鄙宗之过言"，他是赞成曹丕说的话的。

（二）文家之得失　这层最难得到一个公平的标准，以为评判的根据。至于"文非一体，鲜能备善"，也是实情。所以在曹氏兄弟眼中，建安七子都有可取之点，亦皆有可议之处，究竟还是免不掉"自古而然"之"文人相轻"之习。此如曹丕评孔融"不能持论，理不胜词",而今看来,适得其反。孔文举生前的文章,最爱同曹操辩驳,理由充足得很,曹丕评他"不能持论",不能不谓之为偏见。

（三）天才之重视　在建安以前,论文者多本后天之说,多谓文学因时代与个人环境所造成,最著的如司马迁之《报任安书》说"《诗》三百篇,大抵圣贤发愤之所为作也"等语。到了太康时,谢灵运《拟邺中八咏诗》,每诗之前有一小叙,完全是发挥文学是由环境造成之说。后来《诗品》采用这种论调,钟嵘论到相传之李陵诗时,他以为李陵若不遭失败,其诗必不至如此之好。但在建安时论文的,以先天说最占势力,如曹丕说:"文以气为主,气之清浊有体,不可力强而致……至于引气不齐,巧拙有素,虽在父兄,不能以移子弟。"他这里头说的气,即是指才性。他常常应用他的这个"气"字来评判当时文人,如说孔融"体气高妙",论徐幹"时有齐气",称刘桢"时有逸气",刘桢又评孔融说他"孔氏卓卓,信含异气"。直到刘勰也曾引用这个"气"字以评建安时人,《文心雕龙·体性篇》说:"仲宣躁锐,故颖出而才果。公干气褊,故言壮而情骇。"他们都是偏于注意天才一方面的文艺批评家。

两汉之散文

汉代的正宗文学从前人都承认是赋体,然而散文却占有相当的地位。汉代散文家,或工于章奏,或长于议论,或专精于史传。总之,叙事文在汉代所发生的影响实在较哲理文所发生的为更大,而文格又每随时代而变迁。所以讲到汉代的散文,当以昭、宣时代为枢纽,可分为前后二期:

就内容方面来说，前期散文作家，如贾谊、贾山、晁错、司马迁等人，思想多半杂糅诸子百家，而表现的方式大都用单笔，可举《史记》为代表。后期作者，如谷永、匡衡、刘向、班固等人的思想纯粹属于儒家，而发表的方式大都用复笔，可举《汉书》为代表。后人谈到文体，每以散文、骈文并称，以为两句对比为骈文，单笔直下为散文，然而分别倒不完全如是。清代李兆洛，选了一部《骈体文钞》，收罗了许多汉代的散文，可见骈体不一定要对偶，不若以单笔、复笔区分文体。如《史记》中十分之九都用的是单笔句调，参差不齐，可以随意变化。《汉书》复笔最多，句调整齐，少有伸缩的余地。自从东汉以后，复笔盛行，一时《汉书》公然有代《史记》而兴之趋势，直到唐代中叶以后，文风又恢复到单笔的时代。本来《史记》和《汉书》是两部史书，不过古代中国文史不大分得清楚，尽管是一部记载人类活动的事迹的历史，总得有史家卖他的气力大作其文章。而且从前人学作散文的，也以此二书为规范，而后世文人对于《史》《汉》二书之推尊不同，亦即单笔与复笔交相交替之朕兆。

若以作史的体例来做论断的根据，则《史记》实不如《汉书》。若用文学的眼光来评断，则《汉书》远不如《史记》。与其说司马迁是一个史学家，还不如承认他是一个文学家，是汉代的唯一的散文作家，更为恰当。

司马迁对于他当时流行而且被人推尊的赋，流传于今的只有两篇短的，而且作得不见高明。但他的叙事文，实在是古来第一能手，不仅是汉代的第一作手。其实，《史记》上的文章多半采录前人已成之文，他自己动笔作的并不多。他的最大本领，就是将杂七杂八的材料，一经剪裁之后，便成绝妙的文学，正所谓"化腐朽为神奇"，这不能不佩服他的艺术手腕之高妙。举例来说罢，《史记》之《刺客列传》写虎虎有生气的荆轲，十之八九是取材于《战国策》，十之二三是他的穿插。如《国策》上叙述得很略的高渐离，在《史记》上便成了一个比较重要的角色，又添了一个鲁勾践，便觉有无穷意味。再举项羽来说罢，这位英雄在司马迁笔下是如何的豪迈不可一世，而转到班固的书中简直变成了一个呆子。在《史记》上本来是一些生龙活虎般的人物，只要一上了《汉书》，便成奄奄待毙之病夫。又如《汉书》中之《王莽传》，却是不可多得的文章，就是因为这篇很带有《史记·封禅书》的神味呵。以叙事文来论，用单笔方能尽曲折旋回之能事。司马迁叙事不怕头绪纷繁，惟其头绪多，更能显出他的本领。有时遇着头绪不一定有安插，竟至突如其来。后人学《史记》遇见此等处，便弄到手脚慌乱，招架不住了。曾国藩曾说过，古文不能说理。但司马迁用他的一支笔，什么话都不拘，无论叙事析理，不管粗语细语，都在他的炉灶中陶冶成一片。后来清代桐城派的文人，口口声声讲学《史记》，其实他们顶高不过学得欧阳修而已。真能学《史记》的恐怕正是《水浒传》的作者，金圣叹的批评是不错的。

但是《史记》在当时的命运，则远不及《汉书》。一般文人大半是用复笔发表意见，他们是受了汉武帝爱好楚辞，并提倡赋的影响。一直到六朝，《汉书》几成家弦户诵，且有人专门研究《汉书》，成为一种专门学问，名曰"汉学"，正如唐朝人之研究《文选》成为"选学"一样。隋代刘臻专精于《汉书》，被人称为"汉圣"，可见当时人崇拜《汉书》狂热之一斑。到了中唐元和的时候，出了一位韩愈，才改革了六朝人专用复笔的文风，推崇单笔。于是《史记》又代替了《汉书》优越的地位。以后直到清代为止，作散文的多以《史记》

为主体,而《汉书》不过居于附属的地位而已。根据下表,即可见由汉至唐一般文人对于《史》《汉》的态度。

书名	时间	为《史记》作注者	为《汉书》作注者
(一)《隋书·经籍志》	魏晋至隋	三家	十七家
(二)《新唐书·艺文志》	隋至中唐	十一家	九家

可见《史》《汉》的兴替与升降,即后来复笔单笔的兴替和升降。

第六章 魏晋文学

总论

为什么把魏晋两朝放在一起讲呢？因为两代的思潮相似的处所很多，文学的变化，在两朝之间也无显著的痕迹，且魏代享年太暂，司马氏改元以后，仍然定都洛阳，因袭前代之处不少。所以放在一处讲，是很便利的。总之，这两朝的思想，较汉代解放得多，文学自然也不同。

讲到魏代初年文学，那时所仅存的文人，多系建安遗老，真正属于魏代的文学，须从魏废帝正始时讲起。应当注意以下诸点：

（一）玄风之兴起　正始以后儒家势力一落千丈，老、庄之学大盛，于是由讲求实用之儒家学说，而变为推求宇宙本体之玄学风气。当时提倡玄学最力的有王弼、何晏、夏侯玄等人。（不过王弼后来死得很早，何、夏亦因祸亡身。）玄学本出于道家，道家之祖老子每被人拉得与另一人并称，如西汉时黄帝与老子同享盛名，这是一种政治作用，到后来应用于人生哲学方面，又以老子、庄子合讲。最矛盾的地方，是王、何这一班人心中，十分佩服道家，但只谈老、庄，又恐被儒家看不起，于是又将道儒穿凿附会起来。如王弼既注《老子》，同时又注《周易》，他的最有力的主张，就是"有生于无"。究其实，不惟儒、道迥不相谋，即老子、庄子严格说来也并不同道。老子重入世，所求惟用，故其末流每变成阴谋家；庄子重遗世，不大求用，但只求全，故其末流最易变成个人主义者。魏、晋时一班清谈之士，真正崇拜的还是庄子，不过扯老子作为幌子而已。又如王坦之最厌恶清谈之士，作了一篇《废庄论》以攻击庄子，但他同时又替老子辩护。

（二）佛法渐入中土　这个时候学术既未定于一尊，自然各家学说同时找着发展的机会，佛教徒也不免乘势大肆活动，最先也是与中国固有的思想附会起来说法。佛教究竟何时输入中国，大多数都承认当汉明帝时，但恐不尽然，西汉张骞通西域时，或者佛法即由西域来汉，只留心看西汉人所造的铜镜，有刻作一神二侍者，颇与佛教造像制度相似，惟此时佛教书籍尚未翻成中文罢了。东汉人最初读佛理，又以老子、释迦并称，当时人民颇不大欢迎这种外来的宗教，牟融乃作《理惑论》，说明老子与释迦的相似处，以抬高佛菩萨的价值。但学佛的人正式出家做和尚，乃在魏文帝黄初时。为佛教建塔，始自吴大帝。至于佛教经典的传播，似乎很早，今世有汉明帝教摩腾译的《四十二章经》，但是此经恐是六朝人伪托。不过到晋代却是大盛，如苻秦有鸠摩罗什带了许多经书入中国，在石赵有佛图澄传入密宗一派。魏晋间高僧颇多，如道安及其徒慧远等人。据吴士鉴《补晋书经籍志》所载，当时译经者竟有一百四十一家之多。

（三）人世之逃避　自从正始以后，直到东晋亡国为止，内忧外患，相逼而来，当时一般文人眼见神州陆沉，人民涂炭，觉得世界上竟无一块干净土地，惟有人人心中，尚有净土存在。在尘寰中既然找不着安慰，于是神游于虚构的境界，但虚构之境界又太觉空虚，于是不得不另外寻出一种实际的情况用来做代表。于是乎他们不得不醉心于大自然界,而模山范水之风气为之一盛。阮籍自是此中健者,常常登山玩水,乐而忘返,到了穷途恸哭而归。又如孙绰游天台山,谢安高卧东山又泛沧海,王羲之晚年几乎专门以游眺为事。当时不惟士大夫如此,即方外道流,亦富游兴,如庐山诸道人曾游石门。不惟男子如此,即深居简出之女子亦相习成风,如谢道蕴有很有名的《登山诗》。是时文学发展的途径,又去到一种新方向,就是山水文学之兴起。

山水诗古已有之,但是《诗经》所有的,只能用到叠字为止,如"岩岩""洋洋"之类。楚辞间或有秀句。汉人作赋,写其山则如何如何,其水则如何如何,都用骈字堆叠而成,完全不注重山水个性之描写。直到建安曹操始有《碣石》诗:"水何澹澹,山岛竦峙……"然而他的登山,乃属出征时的便道,非专为欣赏而去。到正始后,一般游山玩水的文士,对于一丘一壑,也极刻画之能事,如孙绰的"赤城霞起而建标,瀑布飞流而界道",读后真的天台山恍然就在眼前。可见《文心雕龙》所说的"宋初文咏,体有因革,庄、老告退,而山水方滋",把时代又迟延下去,殊觉不尽然的。

(四)文士之惨变　因政局的转变不定,人心的惶恐无主,自然难免于引起神经极敏锐之文士之不满。因不满意于当代的一切,而风流自放,逃玄入佛,又因思想行动之不能与因袭社会合拍,更易遭逢不幸。故晋代文士之祸,是极惨酷的,阮籍酗酒烂醉,仅免于死,如嵇康、刘琨、郭璞、潘岳、石崇、二陆都是不保首领而没。此时文人竟有十之六七遭横死,这究竟是什么缘故呢?自魏武帝定下用人标准,重才而轻德,不仁与不孝的人他都可以收用,世风日渐卑靡。从好的方面说,是能打破因袭思想之束缚,而各展所长;从坏的方面说，不免有些小人因缘得势，以后对于守正不阿之文人加以陷害。故当时流品颇杂，而且晋代文人，地位较前代为高，更易遭人嫉忌。汉武帝以俳优蓄东方朔等文人，魏氏父子亦以食客待遇王粲、刘桢。但晋代文人，或为显官，如张华，或为高流，如嵇康、阮籍，或出自名门，晋代以后如谢灵运、谢朓等。他们在社会所占的地位较高，而他们处世的方法更见拙劣，思想既不为传统的礼教所拘束，焉得而不趋于极端？何况还有许多文人，是做过作奸犯科的事呢？但是文人的遭遇，与他们的作品无关。尽管文人本身倒霉不堪，他们的作品，仍然是能与日月争光的。

魏晋文学之分期

为讲述的便利，约分四期如下：

第一期　正始（魏废帝）

第二期　太康（晋武帝）

第三期　永嘉（晋怀帝）

第四期　义熙（晋安帝）

就以上四期略言之，则正始为质期，由太康至永嘉为文期，过江以后，又返到质期。

第一期　正始

这时玄风甚盛，兼杂以佛家思想，虽不能说每个文人都是如此，但总难于脱离时代思想的影响。所以当时文士，关于探讨一件事物，都深悉名理之应用，尚质而轻文，诚如《诗品》所说，"理过其辞，淡乎寡味"。谈到当时人的想象，仍是非常丰富。这是因为道家的思想，较儒家的思想对于文学更有裨助。这时与建安最大的区分，是建安七子做的是文学的文学，正始文人做的是玄学的文学，前者重形式而忽内容，后者重内容而不大讲求形式。当时来讲，文学界的威权，握在竹林七贤的手中。他们的思想，真浪漫极了。试看刘伶之《酒德颂》、阮籍之《大人先生传》、嵇康之《养生论》及《与山巨源绝交书》等，都无处不充分地表现他们极端的个人主义。至于他们的诗风，当时有"嵇志清峻，阮旨遥深"的评论。嵇康诗存留于今的，有四言与五言二种，后者词旨浅露，反不若其四言之好。近人王闿运曾说过：中国四言诗，做到嵇康为止，以后便无足观。阮籍有《咏怀诗》八十余首，这位先生想来定有隐痛而又不便明言，乃托之于诗。颜延年已觉得很难解释，但影响及于后代很大。陶潜为学阮诗之第一人，后来唐代也有诗人模仿他的这种体裁。若论理致高超的地方，远非建安时人所及；若说到一般的色泽，他们总不免较淡。

第二期　太康

三国时的文人，均会萃于魏，因曹氏父子不惟本身都是文人，且是文人的保护者。蜀地文学，很少建树，至今谈金石的人，从来就没看到蜀汉的碑刻。吴国文学，介乎二者之间，不过在亡国时反而出了两位大作家，他们就是陆机、陆云，张华甚至夸他们为晋伐吴所得之唯一战利品，说："伐吴之役，利获二俊。"此时晋代原来所有的文人，为三张（即张载、张协、张亢），本来也很享盛名，但是他们的交椅，不能不让给这二位新来的文人。可见说到文学，南方人总比北方人强些。此时著名作家，除了二陆、三张以外，又增二潘（即潘岳、潘尼）、一左（即左思）。他们都没有感受到玄风的影响，如张华几乎无所不通，可谓杂家，左思乃杂有阴阳家的思想。他们的共同作风，是变换了正始之质朴风气，而返归于建安的文盛时代。在此略说当时作风之趋向。

（一）排偶　虽说此期不近法正始而远宗建安，却比建安时另辟一条新路，就是从前人作过的体裁，至此时也翻了一个花样。比如连珠体的作家，先有扬雄再有傅毅，然《文选》所载，始于陆机，因为他的巧对绮语，后来居上。不独文体如是，作诗亦然。建安诗风，单复并行，有时单多于复。自太康以后，若陆机之《拟古诗》、张协之《杂诗》、左思之《咏史》，差不多尽是由复笔造成的。

（二）巧似　文人吟味性情虽同，而表现的方法各异。大都越到后来，越爱走新路。如在汉代诗篇尽管有美妙的全篇，但把句子拆散以后，便觉平淡。可见那时只有综合篇章之美，而无分析句格之美。至太康时，一般文人钩心斗角，专从窄处去用功夫，因之产生了很多为前代所无的名句。此例最多，略举如次：

"照之有余辉，揽之不盈手。"（陆机《拟明月何皎皎》）

"流芳未及歇，遗挂犹在壁。"（潘岳《悼亡诗》）

"振衣千仞冈，濯足万里流。"（左思《咏史》）

"生从命子游，死闻侠骨香。"（张华《游侠》）

"腾云似涌烟，密雨如散丝。"（张协《杂诗》）

"青条若总翠，黄花如散金。"（张翰《杂诗》）

"朔风动秋草，边马有归心。"（王赞《杂诗》）

"密叶日夜疏，丛林森如束。"（张协《杂诗》）

以上所举的句子，不惟对仗工整，又复巧思绮丽。在晋代武帝、惠帝、怀帝、愍帝四代，若寻佳句，差不多篇篇都有。

（三）拟诗　中国文学模仿的始祖，必推扬雄，从前早已讲过。但他所模拟的只限于赋或散文之类，至于模拟古诗的风气，自太康时才有。如陆机《拟古诗》十二首，他尚能化单笔为复笔，实开谢灵运《拟邺中诗》的风气。又如傅玄《拟四愁诗》，简直是生吞活剥。张载也拟过《四愁诗》。以后更有谢灵运、陶渊明、鲍照这般人，显然受此代的拟古的影响颇不小。

此期文人的代表，当推潘岳及陆机二人。论到潘、陆的优劣，实在很难措辞，而且在当时他们二人也是齐名。批评家钟嵘在他的《诗品》里把潘、陆二人都入上品，又说："陆才如海，潘才如江。"有人疑惑潘、陆并称，是当时人举出南北各一人以相对抗，其实不然，因为他们二人各有长处。陆机雄于才，张华品评他的文说：别人患才少，他患才多。潘岳深于情，只看他所作的《悼亡》《西征》等篇及各种哀诔之辞，无不情致缠绵，不愧多情文人。平常人还是称赞陆机的多，这实由于陆机的文集至今完全存在，而潘岳的早已佚失，只剩得几篇残余而已。

至于三张的诗，尤以张协的《杂诗》为最著。左思的享名不在诗而在赋，《三都》更见富丽，不过他的诗也有独到之处。

第三期　永嘉

永嘉初年最著名的作家，都是由太康遗留下来的。晋代到了此时，政局大变，以后都城由洛阳迁到建业。中国从周以后，历代都与外患为始终，但总算能支持抗御。到了此时，黄河流域一带，已不复为汉族属土。八王既捣乱于内,五胡复扰乱于外,政局日非,民不堪命。此时的文学家当以刘琨与郭璞为代表,但他们亦适成为太康的尾声。刘、郭均为北人,皆以国事不得其死,尤以刘琨的功业更为伟大。他们的文学都带着一种激昂慷慨的气概,实为亡国文学之音调。单看刘琨作的《元帝劝进表》《答卢谌书》及《答卢谌诗》等,均痛哭流涕,慷慨陈词。锺嵘的《诗品》评他道:"(晋太尉刘琨)其源出于王粲,善为悽戾之词,自有清拔之气。琨既体良才,又罹厄运,故善叙丧乱,多感恨之辞。"后来元遗山论诗,又以越石的身世比之于曹孟德,故其作风颇为相近。至于郭璞为永嘉中兴诗人,因为他作的《游仙诗》最有名,遂至后人疑他属于道家。其实郭璞却是阴阳术数家,不过他的《游仙诗》倒另外是一种伤心人的别有怀抱,并不是乐为飞升远举之谈,却与阮嗣宗的《咏怀》颇有几分相像。故《诗品》评他说:"(晋弘农太守郭璞)宪章潘岳,文体相辉,彪炳可玩,始变永嘉平淡之体,故称中兴第一……但《游仙》之作,词多慷慨,乖远玄宗,其云'奈何虎豹姿',又云'戢翼栖榛梗',乃是坎壈咏怀,非列仙之趣也。"此评颇为允当,这实在由于郭璞并非玄流,所以他作的诗,也并非有关于玄风,不过被时会造成如此而已。

晋室南渡前后,文风迥然不同。南渡以前,由开国至太康以文胜,有建安余风。南渡以后,由永嘉直至亡国,复以质胜,复正始之旧。此实由于永嘉前后祸乱相寻,民不聊生,各人欲求自慰,玄风复盛,由文变质。锺嵘批评此时的风气说得好,他说:"永嘉时,贵黄老,稍尚虚谈……爰及江表,微波尚传。孙绰、许询、桓、庾诸公诗,皆平典似《道德论》,建安风力尽矣。"

第四期　义熙文学——陶诗

义熙为晋安帝的年号。当时刘宋的王业已成，典午天命，危在旦夕。此期文学，陶、谢并称。陶主自然，谢尚词采。自正始至渡江以后的那种杂有玄风而不大注重文采的诗风，当以渊明为押阵大将；由建安一脉相传后再跃而至太康，脱离玄学羁绊而标举文学风气的事业，当以灵运为中兴功臣。在此处先把渊明提出来讲一讲。

陶潜的人生观，实融合玄学与佛教而成。只要看看他的《形赠影》《影答形》及《神释》诸诗便知道，他的玄想极深。此时佛法之禅宗虽未输入中土，而陶公已带着此派的意味。远公在庐山结白莲社，招陶公，他却不肯去，大谢想去，却又被拒绝。但他表面上虽说不大与佛教的团体发生关系，然而心中实暗地佩服佛教。他的《桃花源记》正是充分地表现出他意想中的一种净土。而且他的人格思想与学问，很有几点和王羲之相像。第一是他们都爱好自然，其次是作文均用单笔，再其次是二人均主颖悟。这种思想，在右军的《兰亭集序》中可以看得到。

从表面上看去，陶公之为人，似乎性情是非常之温和的，殊不知他的本性却很倔强。自义熙以后，他亲眼看见刘裕的篡位，欺人孤儿寡妇，既是看不惯，却又没有拨乱反正的能力，又安得而不满腹牢骚，感慨独多！他最得力的是阮嗣宗的《咏怀诗》，如"迢迢百尺楼"，及"种桑长江边"之类，他的最著的诗，如《拟古》《饮酒》《述酒》及《读山海经诗》，无一而不是学嗣宗的。王湘绮曾说阮籍以下，开陶、谢二派。其实谢诗倒未见得同于阮，而陶之学阮则彰彰可以考见。

我们现在提起陶渊明，大家都一致承认他，是千古大诗人中之一位。但他在当时的地位，却远不及谢灵运。刘勰的《文心雕龙》，为当时评论界之权威，虽极力称赞大谢，而于陶公竟无一句提及。昭明太子看去明明爱好陶公，为之作传，为之集诗，但在《文选》中所选的陶诗的总数不过八首。究竟是甚么缘故，这位大诗人不为当时人所注重呢？第一，是由于六朝人的门阀观念太重。王、谢子弟，人才辈出，他们自来就是养尊处优，最易受时人之崇拜。至于寒门微族，每为人所不道及。想陶公不过庐山下的一位农夫，正颜延年替他作诔时所谓的"南岳幽居"而已。在当时的势利眼光当中，哪里看得到他的身上去，所以连他的岁数都被人弄错了呵。在此处还可引一个旁证，鲍照的诗文，在后人的眼中看去，确实不错，但他在当时一身作客，飘零而死，所以《宋书》并不为之立单传。《诗品》批评他说得最妙："嗟其才秀人微，故取湮当代。"自然陶公之"取湮当代"，也是由于他的"人微"之故。

　　另外还有一个缘故，就是他的诗的风格与当时所流行的大相违背。当时文人均喜复笔派之《汉书》，而不欢迎单笔派之《史记》，故作诗亦专讲排偶，重词采。那时正是太康派得盛，所以大谢竟为一代宗匠，而陶公的诗喜用单笔，而且色采冲淡，显然与当时一般人的胃口不合。只看六朝人最初为陶公集子作序的阳休之所说的话，最赏识他的"奇绝异语，放逸之致"，同时却又不满意于他的"辞采未优"。这几句中肯语，实足以代表六朝人眼光中之陶渊明。

　　但陶诗虽不为当时所重，到了唐朝，却又取谢诗的位置而代之。如唐初之王无功的《东皋子集》学陶，陈子昂的《感遇诗》学阮，其源与陶正同。至盛唐又深得杜甫的赞美，学他的又有储光羲，以作田园诗得名。王维、孟浩然，又间接受陶公之影响。至中唐时又有韦应物、柳宗元等，有一部分是从陶诗学来的。及到宋代苏轼，并且和其全集。

此外还有锺嵘。把陶公置于中品的公案，后世人多有不平之鸣。关于此点，我倒有一桩小小的发现，就是锺嵘原来是把陶公置于上品的。我的根据并不是近日所流行的《诗品》的版本，乃在《太平御览》第五百八十六卷文学类引《诗品》的地方，明明上品列有十二人，陶渊明正是其中之一。《太平御览》为宋太宗太平兴国时所辑，所据书当为唐本或五代本。今本置陶公于中品，想来系北宋以后始如此，而且陶公的诗，颇合于锺记室所举的"多非补假，皆由直寻"的标准[①]。

晋代之批评文学

此时文学批评之风，与建安时颇相似。如：

（一）批评方面：论文之专篇，有李充《翰林论》、陆机《文赋》、陆云《与兄平原书》，此外还有挚虞的《文章流别论》。

（二）介绍方面：介绍文学作品，始于左思之请皇甫谧为他的《三都赋》作序。因为士安当时的名声较大，所以太冲就借重他的介绍。

（三）整理方面：后人论到文章总集之始，多推《昭明文选》。其实在前还有挚虞的《文章流别集》六十卷，才不愧为文章总集之始祖。再有荀绰的《古今五言诗美文》五卷，也不愧诗之总集的始

[①] 胡先生这一结论，受到明清本《太平御览》之误导，宋本《太平御览》引《诗品》，上品无陶潜之名。宋本《太平御览》于1935年由商务印书馆影印（后中华书局1960年又据商务版缩印，成为常见书之一），胡先生写作此书时未及见。

祖。可惜以上两种书都早已佚失了。

（四）作注方面：为古人文章作注，始于刘安之为屈原作《离骚传》，而班固、贾逵、王逸均有注。为自己作注，始于班固之自注其《汉书·艺文志》。此种风气，晋人并很盛行。

（甲）为古人赋作注者，有司马彪的《上林子虚赋注》，晋灼的《子虚甘泉赋注》，郭璞的《子虚上林赋注》一卷。为古人赋注音者，始于李轨之《二京赋音注》一卷。为诗作注者，有应贞之《古游仙诗注》一卷[①]。

（乙）为并世人诗赋作注者，为张载、刘逵、卫瓘注左思《三都赋注》三卷，綦母邃《三都赋注》三卷，曹毗《魏都赋注》一卷，萧广济为木玄虚《海赋注》一卷。（中国文人所作《海赋》仅有二篇，除此篇外，还有载在《南齐书·张融传》的一篇）。

（丙）为本人文学作品作注者，始于谢灵运之《山居赋自注》。

由以上所举的几个例子看来，可见选学之风早已由晋代文人开端，并不是起于唐人的。

[①] 据《隋书·经籍志》，应贞注《应璩百一诗》八卷。

第七章　南朝文学

第一期　宋代文学

从东晋孝武帝时，拓跋珪已僭号山西，就是世人所称的后魏，再经过北齐而北周而隋，是为北朝。（东晋末在北方建国的后秦、后燕尚存，后为魏所并吞。）

从东晋以后，经过宋、齐、梁、陈四代，是为南朝。

讲武备则南朝不如北朝，论文事则北朝远逊南朝。

谈到南朝的文学，大约宋代成为一种风气，而齐、梁、陈三代，又另外成一种风气。

宋承魏、晋之后，对于文学观念更加清楚，文与笔之分起于晋代，到了宋代而界限益严。范晔的《后汉书》始专立《文苑传》，以别于前代史书中之《儒林传》，可见前乎此，每以学士而兼文士，后来则文人与学士分途，益足见宋人已承认纯粹文学的地位了。

中国书籍分部有两种。一为七分法，始于汉刘歆之《七略》，（其实只可算作六分，因为总略可以分属于其余六项之内。）次为四分法，始于晋之荀勖之《中经簿》。他分的是：甲部为六艺，乙部为诸子，丙部为史记，丁部为诗赋。后有李充立《新簿》，亦分为四部，但与荀不同。他分的是：一，五经；二，史记；三，诸子；四，诗赋。

此实为清代四库分法之所自出。宋代谢灵运作《四部目录》，亦作四分。南齐王俭又有《七志》之分。元徽的《四部书目录》为四分与七分之调和者。总之，由七分而进为四分，是无异于说经、子、史三部之范围缩小，而集部之范围扩大。从前只占全书地位七分之一的集部，现在居然涨到四分之一，亦足见文学独立价值之一般。

再看当时之学制如何：宋文帝分设儒、玄、文、史四馆（地址在鸡笼山下），至明帝又分设儒、道、文、史、阴阳五科，可见文学已同别种学术等量齐观了。

还有一条使文学发达的重要原因：宋代的帝王，如文帝、武帝、明帝，宗室如庐陵、临川诸王，不独爱好文学，而且均是作家，上行下效，风行一时，所以宋代国祚虽仅几十年，而文学颇蔚然可观。此时文学家的代表，当推颜延年、谢灵运与鲍照三人。文风至此一变，辞采较前代为茂密，体制较前代为雕斫，诗文均盛行一种排偶的风气，正始、永嘉之风渐息，而复归于建安、太康之流风余绪。

谢灵运之文学

谢灵运小名客儿，陈郡人。生于晋朝，死于宋代。他的一生经历，在晋代为多，故前与渊明齐名，并称陶、谢，后来又与颜延年齐名，改称颜、谢。所有六朝文人学问之渊博，没有哪个能赶他得上。讲史学，他曾修《晋书》。目录学，他曾编《四部目录》。经学自不待说，因为他的诗中常引经语，古今能熔铸经语入诗的，止当推他。永嘉以后一时风行的玄学，他也是内行，他引用庄子的话，有时比郭象注还妙。当时佛法涅槃宗分二派，北宗以昙摩谶为首领，南宗便以他为首领，又尝手改《涅槃经》。至于诗中引用或溶化楚辞之处，更不在少数。而且他对于各门学问，均有深造的功夫，甚至于书画等艺术功夫亦有独到的地方。但他的学问虽大，而他的言语行动无一处不矛盾，居江湖则思魏阙，在魏阙又思江湖。他的感情非常丰富，实际上又不大负责任。这位矛盾诗人的为人，殊可令人玩味不尽。

他的诗，形式崇尚偶体，《拟邺中诗》竟用复笔以代替原作之单笔，但他虽用偶语，又决不为它所拘束，颇能穷尽物态。他又是山水文学中的大家。晋代山水诗产生的地域，分两大支：一在江西庐山，如陶渊明与诸道人等是；一在浙东会稽上虞一带，前有王羲之，后即谢灵运。他本来是贵族出身，年少时即豪放成性。他平生酷好游览山泽，而且与别人游得不同，他组织一种大规模的游行，常有数百人结队向前，伐木开道，来势非常汹涌，临海太守以为他们是土匪来了，真是一个笑话。他的游兴无穷，当永嘉太守的时候，公事尽可以不问，然而山水不可以不游。

山水诗虽以陶、谢并称，但他们对于自然的态度极不相同，恰如其人。陶公胸怀恬淡，对于自然每与之溶化或携手，如"采菊东篱下，悠然见南山"，很现出一种不疾不徐的舒适神气。至于大谢对于自然，却取一种凌跨的态度，竟不甘心为自然所包举，如他的《泛海诗》中的"溟涨无端倪，虚舟有超越"，气象壮阔，可以吞沧海。至于后来的小谢，不过只能赞美自然而已。

谢诗影响于后代不小。唐代有柳子厚学他的山水诗，尤其是工于制题目，这正是柳州的善于学大谢之处。次为孟郊，他用字之烹练，实渊源于大谢。

颜延年之文学

当时能与鼎鼎大名之谢灵运并称的人，有琅玡人颜延年。二家同以茂密之体擅长，大谢于此等处，尚有天然之妙趣，延年则全假人工，专事雕琢。他以二人的优劣问鲍照，鲍的答词是："谢五言如初发芙蓉，自然可爱。君诗若铺锦列绣，亦雕绘满眼。"延年听人批评他的话如此，一辈子终不快活。其实这倒是两句真话。大谢年仅四十余即遇害，延年竟活到八十几岁，后又与另外一位姓谢名庄的齐名，亦称颜、谢。《诗品叙》说"颜延、谢庄尤为繁密，于时化之，故大明（孝武帝）泰始（明帝）中，文章殆同书钞"。萧子显作《南齐书·文学传论》，以为用事始于谢灵运。谢诗长于用密，而好处乃在疏的地方。至于颜诗则几乎只见密而不见疏，密到如铜墙铁壁一般，简直看去会使人一点气都透不出来，所以令人读之闷倦。后来唐代元和中有樊宗师好作涩体，此风实开自延年。大抵文字做得太艰涩了，不惟令人难懂，而且极不易留传。樊集多卷，今只存二篇。清末与王湘绮齐名之高心夔（伯足）为文诡涩，他自以为是学陶公，现在翻开他的《陶堂志微录》去一看，他实在是学的颜延年呵。

鲍照之文学

宋代文人，以"谢客为元嘉之雄，颜延年为辅"。《诗品》在此处并未提起鲍照，其实明远的文学对于后世之影响，决不在颜、谢之下。此君家室寒微，做官不过临海王的参军，而且一生作客，故他的作品颇多慷慨凄怆之词，惟在当时不大为人所重，因为他好用单笔，与时尚不相合。梁时人学他的尚多，但《诗品》均不以他们为然。可是他的五言诗用单笔，拟阮籍，在当时无大位置，倒不关重要，因为他的长处在杂言，最著名的为《行路难》十九首。（各书只收十八首，此乃根据《乐府诗集》而定为十九首。）以激昂的笔致，发玄妙的思想。因为他善用杂言，故在形式上能极参差变化之能事。而他诗的内容又参入玄想，大发议论，与南朝人专门作抒情诗的风气不相类。他的影响，乃及于唐人之歌行。初唐至盛唐歌行之能手，分两派：最先有四杰及刘希夷等，描写宫情闺思，措辞侧艳，选字严密，实脱胎于沈约之《八咏》。到了盛唐，如李颀、李白、杜甫等的歌行变化百出，而又夹以议论，这显然是发源于鲍明远的。

明远之名作《行路难》，后来拟之者，有吴均、王筠及费昶诸人，但终究远不如他原来的作品。

第二期　齐梁文学——声律说

齐梁文学，承元嘉以来之遗风，而更加注意于声律。此时文学较之从前，发生了极大的变化，内容渐趋一致，形式更加不同，讲起来头绪甚为纷繁。什么四声呵，清浊呵，双声叠韵呵，大家都很讲究。由讲声律的结果，于是由古体诗而变为近体诗，（此中有一种过渡的作品，体较古体为严，但较律诗为松，王湘绮名之曰新体诗。）由骈文而变为四六。这种运动，起于南齐武帝永明年间，以沈约、王融、谢朓等人为首领，故称之为永明体。《南史·陆厥传》叙述此事，颇为扼要。

> 永明末，盛为文章，吴兴沈约、陈郡谢朓、琅玡王融，以气类相推毂，汝南周颙善识音韵。约等文皆用宫商，以平上去入为四声，以此制韵，不可增减，世呼为"永明体"。

其实作诗文讲究声律，并不从永明开端。在此以前的遗文尚见得到的，有陆机的《文赋》说得明白。他说：

> 暨音声之迭代，若五色之相宣，虽逝止之无常，固崎锜而难便。苟达变而识次，犹开流以纳泉。如失机而后会，恒操末以续颠。谬玄黄之秩叙，故淟涊而不鲜。

稍后懂声律的人，又有范晔。看陆厥《与沈约书》中说：

> 范詹事自序"性别宫商，识清浊，特能适轻重，济艰难"。

究竟分四声始于何时，大约可以如此回答说：四声虽说分辨得很早，而用到诗文上来，却是较迟。即如陶渊明、刘琨诸人，作诗都不大分四声，如前者"荆扉昼常闭"中的"闭"字作入声，后者"昔在渭滨叟"的"叟"字当读作平声。

讲声律最早的书，要推魏李登所作的《声类》十卷。此书著录于《隋书·经籍志》，但早已佚失，清《玉函山房丛书》中有辑文。《隋书·文学传·潘徽传》中说："李登《声类》，吕静《韵集》，始判清浊，才分宫羽。"何以知道这里所说的宫商即等于指四声呢？但看《魏书·江式传》说吕静仿李登之法作《韵集》五卷，"宫商角徵羽，各为一篇。"可见此五音原来的意思，不是如元代作曲子的人所讲的喉舌齿唇等音。清纪昀作《沈氏四声考》，引唐徐景安《历代乐仪》所说的话，谓宫为上平，商为下平，角为入声，徵是上声，羽是去声。

从以上所讲，可以得一个小小的结论，就是声律之说，始于魏、晋之际，特施之于实用，却是从永明开始。

以下讲永明时所流行的四声八病之说：

二者每相对举，四声始于沈约，八病当亦同时产生。惟所谓八病的名称，如平头、上尾、蜂腰、鹤膝，《南史·陆厥传》已有明文。蜂腰、鹤膝，《诗品》亦曾说过。这四病始于梁代，毫无问题。至若大韵、小韵、正纽、旁纽，似乎至唐代始正式成立，故纪昀有"八病之说，始于唐人"的议论。然唐代皎然《诗式》又明明说的有"沈休文酷裁八病，碎用四声"，文中子（王通）《中说》称李百药与王通说诗而不答，语薛收云："吾上陈应、刘，下述沈、谢，分四声八病，刚柔清浊，各有端序。"他也主张八病在沈约时已具备。《诗人玉屑》更载有"沈约云诗病有八"之说。再看《南史·陆厥传》："文皆用宫商，将平上去入四声，以此制韵，有平头、上尾、蜂腰、鹤膝。五字之中，音韵悉异，两句之内，角徵不同，不可增减。"此处所说的"五字之中，音韵悉异"，已包有大韵、小韵、正纽、旁纽之义，似乎当时尚无具体的名词，以后谈八病，仍当以始于沈约之说为是。

至于八病原来的意义到底如何，早已失传，唐代亦无人解释过，至宋代却有好几种解释，最著的有：（一）梅圣俞《续金针诗格》；（二）蔡宽夫《诗话》；（三）魏庆之《诗人玉屑》；（四）冯惟讷《诗纪》。以后又有：清仇兆鳌《杜诗详注》、纪昀《沈氏四声考》。齐、梁最初的解释如何，已不可见。现在姑且综括梅、魏等解释八病之说如次：

（一）平头　第一字不宜与第六字同声，第二字不宜与第七字同声。如"（今）（日）良宴会，（欢）（乐）难具陈"。一说句首二字并是平声,如"(朝)(云)晦初景,(丹)(池)晚飞雪"。

(二)上尾　第五字不得与第十字同声,如"西北有高(楼),上与浮云(齐)",又如"青青河畔(草),郁郁园中(柳)"。

(三)蜂腰　第二字不得与第五字同声,如"闻(君)爱我(甘),窃(欲)自雕(饰)"。一说第三字不得与第七字同声,如"徐步(金)门旦,言(寻)上苑春"。

(四)鹤膝　第五字不得与第十五字同声,如"新制齐纨(素),皎洁如霜雪。裁为合欢(扇),团团似明月"。

(五)大韵　五言诗两句中除韵外,余九字不得有字与韵犯,如"(胡)姬年十五,春日独当(垆)"。

(六)小韵　五言两句中除韵外,余九字有自相同韵者,如"薄帷鉴(明)月,(清)风吹我襟"。

(七)旁纽　双声同两句杂用,如"田夫亦知礼,(寅)宾(延)上坐"。

(八)正纽　"我本汉(家)子,来(嫁)单于庭。"

八病讲完,再回头来论四声。

关于当时声律的全部理论,除了看沈约的《宋书·谢灵运传论》以外,还得看萧子显的《南齐书·陆厥传》,以及刘勰的《文心雕龙·声律篇》,各篇都有很精到的说明,但后人的解释却不一致,尤其是"浮声""切响"之说。《文心》所说的"声有飞沉,响有双叠……沉则响发而断,飞则声飏不还"等话,即根据沈约自己所说的"若前有浮声,则后须切响。一简之内,音韵尽殊;两句之中,轻重悉异"等语而来。有人以清浊解释浮切,以清音为浮声,浊音为切响。又有人以阴阳解释浮切,以阳声为浮声,阴声为切响。我们现在姑且不骤下结论,且以沈约所举以为模范作品的"先士茂制",及他自己的作品来研究一番,结论自然会出来的。

(一)子建(曹植)"函京"之作　从军度函谷,驱马过西京。
(二)仲宣(王粲)"灞岸"之篇　南登霸陵岸,回首望长安。
(三)子荆(孙楚)"零雨"之章　晨风飘歧路,零雨被秋草。
(四)正长(王赞)"朔风"之句　朔风动秋草,边马有归心。

由沈休文所举的几个例子看来,那些诗句都是古体中之颇合于律调者。只看每首诗都是平起仄应,如"从军""南登"为平起,而以"驱马""回首"等仄声字应之(律诗第一字平仄无关)。即韵脚亦然,"谷""岸""草"等字为仄,而以"京""安""心"等平声字应之。(只有第三例略为不同。)不只他所举的诗句很合平仄的标准,就是他在此处所作的四句文章,也很合平仄。"作"字是仄声,而以平声"篇"字去应它;再用一个平声"章"字去应"篇"字,乃转而又用一仄声"句"字来收。可见沈约所谓飞沉之说,即指平仄声而言。飞是平声,沉乃仄声。

在这里再举沈休文自己的作品以证明此说:

携　手　曲

舍辔下雕辂,更衣奉玉床。
斜簪映秋水,开镜比春妆。
所畏红颜促,君恩不可长。
鹓冠且容裔,岂各桂枝亡。

(一)证明浮是清声,沉是浊声,以○代清,●代浊,◐代半清,◑代半浊,所得公式如下(上注∠者为不合律之处):

```
         ∠       ∠           ∠ ∠ ∠
     ◐ ○ ● ○ ◐     ○ ○ ● ◐ ●
      ∠ ∠ ∠ ∠       ∠ ∠ ∠ ∠
     ● ○ ○ ◐ ◐     ◐ ○ ○ ○ ○
      ∠ ∠ ∠         ∠ ∠ ∠
     ◐ ○ ● ◐ ◐     ○ ○ ● ◐ ●
      ∠   ∠           ∠
     ○ ○ ◐ ◐ ◐     ○ ◐ ○ ○ ◐
```

（二）证明浮是阳声，沉是阴声，以○代阳，以△代阴，则得公式如下（∠为不合律处）：

```
       ∠                     ∠
     △ △ △ △         ○ △ ○ □ ○
      ∠ ∠               ∠ ∠
     △ ○ △ △         △ ○ △ ○

     △ △ ○ ○ □       ○ ○ △ △ ○
          ∠               ∠
     ○ ○ △ ○ △       △ ○ △ △ ○
```

（三）证明浮声为平，切响为仄。以—代平，以丨代仄，则得公式如下：

```
        ∠
     丨 丨 丨 — 丨       — — 丨 丨 丨
            ∠                ∠
     — — 丨 — 丨       — 丨 丨 — —

     丨 丨 — — 丨       — — 丨 丨 丨
      ∠  ∠ ∠                
     丨 — 丨 丨         丨 丨 丨 — —
```

第七章　南朝文学

照以上三种公式看来，则以飞沉为平仄之假定，其失律处较二者为少。（失律之数目，第一式为二十三，第二为八，第三只为六）。所以这个假设，得因证明而成立。

此外还有一点小小附带的说明，沈隐侯最注意平仄问题，在《南史》二十二卷《王筠传》，载有他的《郊居赋》中有"驾雌蜺之连蜷，泛江天之悠永"这样的两句。他要王筠读给他听，王将"蜺"为仄声，沈氏大加赏识，以为知己。因为下句对"蜺"字的是"天"字，若是不将平声"蜺"字读作入声，便不合他的浮声切响之说。

关于断定沈休文之浮切为平仄，我最初以为是一件小小的创获。但后来看见一部湖南人邹叔子所留下的《遗书·五均论》当中早已有此论调，可见刻书要占年辈，否则有剿袭前人的嫌疑。后来看到阮元《揅经室续三集》中的《文韵说》又早已如此说法。到后来又细翻到《新唐书》第二百〇二卷《杜甫传论》（附《杜审言传》后）见到以下几句话：

> 唐兴，诗人承陈、隋风流，浮靡相矜。至宋之问、沈佺期等，研揣声音，浮切不差，而号"律诗"。

宋子京在这里所说的"浮切不差"，岂不是明明白白指的是绝不可错乱的律诗中之平仄吗？于是更叹读书及持论之不易。

自从声病之说发明以后，古诗变为律诗，骈文变为四六。以后中国文学，愈趋于偏重技巧一方面。好坏又另外是一问题，但是给永明以后的文学一种新面目，这是一桩事实。可见声偶论之发明，在中国文学史上要算是可以大书特笔的事件中之一。

209

齐梁之批评

中国的文学批评，至建安始能正式成立。但有批评的专书出现，则始于齐梁之际。我们可以说中国从前文学批评的事业，再莫有盛过齐梁的，也莫有好过齐梁的。此中当以刘勰之《文心雕龙》及锺嵘之《诗品》为代表。

文学批评之盛衰，每随文学作品的本身为转移。先有诗而后发生诗话，先有词然后产生词话。中国文学，在梁代最盛，故批评的风气亦然。只看《隋书·经籍志》中所列集部，由汉至隋有文集的作家，不过四百余人，而出于梁代人之手的竟在八十家以上，竟占全数四分之一。梁代既有这么多的作家，所以同时又产生了几个很重要的批评家。他们中间的派别虽说很多，但大概分来，不外乎尊崇文学、反对文学与折中二者之间的这么三派。

（一）反文派　齐、梁间文学极盛，故所遭之反感亦愈大。此派当以裴子野为代表，他著了一篇《雕虫论》用来正式发表他的意见。他以为一切学问必折中于六艺，又骂斥当时一般文人的弊端，至若"闾阎年少，贵游总角，罔不摈落六艺，吟咏情性"。在现在我们的眼光看起来，文学的妙处，正在"吟咏情性"，谁管它合乎六艺不六艺呢？但当时他竟发出这种论调，却也难怪。第一是由于他当时的环境，由汉至梁，文胜乎质，文学几乎家弦户诵，少年轻薄，文采风靡，盛极而生反感，理之必然。第二是由于他自己的地位，我们要明白子野之曾祖为注《三国志》之裴松之，祖为作《史记集解》之裴骃，在他自己又曾删《宋书》为《宋略》，可见他们几辈人都是有名的史学家。史家尚质，自然不主张过于藻饰的文学。此派在当时的言论界上，并不发生若何影响。及至到了隋代统一以后，李谔始上书于隋文帝黜浮华，那时才有皇帝出来正式干涉文人作浮丽抒情之文学文。

（二）主文派 这派的批评，颇能代表当时的思潮，以刘勰与锺嵘之势力为最大，现在将他们的中心思想及具体主张，略举如下：

（甲）经为文原 汉代后经学与文学分途发展，傅玄有五经诗，为引经入文之第一人。大谢动辄援引经义入诗，亦为前人所未发。齐、梁之际，乃有正式主张五经为一切文学之源，似乎以不懂经学为大耻。故《文心雕龙》有《宗经篇》，最要紧的几句话是："论说辞序，则《易》统其首；诏策章奏，则《书》发其源；赋颂歌赞，则《诗》立其本；铭诔箴祝，则《礼》总其端；纪传铭檄，则《春秋》为根。"又说："百家腾跃，终入环内。"刘氏虽然如此地说，但我们总觉得这种话并非他的由衷之言。因为他是一个佛教信徒，晚年出家修行，但他迫于当时人的一般趋势，所以也不得不照例说几句门面的话。而且在一般人的眼中看来，经学家的地位，较文学家来得高，于是文人更不得不借经学家的招牌引以为自重。这种说法，在后来影响颇不小。颜之推以文章原出于五经，唐代柳子厚又以文章出于六经，宋代周敦颐乃进一步更以文学为载道之工具。

（乙）返于自然 齐、梁之际，编辑类书的风气很为盛行。大家做起文章来，犹如抄书，藻缋太过，于是又发生一种崇尚自然之反响。彦和所说文必宗经，所以迎合当时人的心理；所谓文贵自然，所以救治当时人的弊病。而且在后一点上，锺嵘亦有同感。《文心·原道篇》说："心生而言立，言立而文明，自然之道也……龙凤以藻绘呈瑞，虎豹以炳蔚凝姿，云霞雕色，有逾画工之妙；草木贲华，无待锦匠之奇。夫岂外饰，盖自然耳！"《明诗篇》又说："人禀七情,应物斯感。感物吟志,莫非自然。"至于锺嵘更明目张胆,反对当时文人之用典。他在《诗品叙》上说:"吟咏情性,亦何贵于用事。'思君如流水',既是即目;'高台多悲风',亦惟所见;'清晨度陇首',羌无故实;'明月照积雪',讵出经史?观古今胜语,多非补假,皆由直寻。"此语在后代颇发生相当影响,最容易看出的,就是宋严羽之主妙悟说,其言曰:"诗有别才,非关书也;诗有别趣,非关理也。"妙悟二字,即为直寻二字之转语。再后又有王渔洋之神韵说,与袁子才之性灵说。

(丙)侧重情性　南朝文学,极典丽之能事,最重外表,而忽略内容。故《文心》《诗品》均力矫此弊,主张文学的要素,还在性情。《文心·情采篇》说:"夫铅黛所以饰容,而盼倩生于淑姿;文采所以饰言,而辩丽本于情性。故情者文之经,辞者理之纬,经正而后纬成,理定而后辞畅,此立文之本源也。昔诗人篇什,为情而造文;辞人赋颂,为文而造情。"不消说得刘氏主张文学是应当为情而造文的。锺记室的《诗品叙》开口就说,"气之动物,物之感人,故摇荡性情,形诸舞咏"。他的主张,也是与彦和一致的。

(丁)声韵　声律发明于王融、谢朓,成就于沈约。梁武帝问四声于周舍,他答以"天子圣哲"四字。梁武帝虽不喜好,然而他自己所作的诗仍不大与四声相背,可见四声在当时颇占有一部分的势力。关于此点,《文心》与《诗品》二者的主张并不一致。刘勰是主张声律论的,他有一篇专讲声律的话,最要紧的,就是说:"凡声有飞沉,响有双叠;双声隔字而每舛,叠韵杂句而必睽。沉则响发而断,飞则声飏不还,并辘轳交往,逆鳞相比,迕其际会,则往蹇来连,其为疾病,亦文家之吃也。"至于锺嵘则颇不以王、沈等之发明声律为然,他很痛恨声律发明以后,"于是士流景慕,务为精密。襞积细微，专相陵架，故使文多拘忌，伤其真美"。不过声律的发明，在当时颇占势力，不惟南方的文人谨守勿失，即北方文人亦不敢违背。魏孝文帝迁洛的那年，就是沈约修《宋书》告成的那年。迁洛以后，北方文人也讲起声律来了，所以锺嵘的话，在当时是不大发生影响的。

（三）折中派　在当时的一般批评家之中，尊重文学者固大有人在，而诽谤文学者亦未免言过其实，大约南人多属于前者，而北人则属于后者。现在要举的第三派就是折中前二派而立言，此中代表人物为颜之推。他生于梁而后来入北，可说他能综合当时南北的思想，所以才会发生那种中立的议论。在他所著的《家训·文章篇》中，起首即说文章出于五经，又列举从来文士的通弊，以告诫他的子孙。他的正式主张是："凡为文章，犹人乘骐骥，虽有逸气，当以衔勒制之，勿使流乱轨躅，放意填坑岸也。文章当以理致为心肾，气调为筋骨，事义为皮肤，华丽为冠冕。"当时南方文士最重情致，主张为情而造文，颜氏正式提出"理致"二字，以矫正一般文人的趋势。他不大满意而引以为戒的是："文章之体，标举兴会，发引性灵，使人矜伐，故忽于持操，果于进取。"殊不知这正是文学的真际呵！颜氏这种折中的议论，是不容易遭人信仰的。

第三期　陈文学

讲南北朝的文学史，大半把陈代与齐、梁相合而讲。齐开先声，至梁而成熟，到了陈代，不过南朝文学之尾声而已。

陈代不过四传，君主中颇有能文之士，尤以后主为最，同时他的后妃与宗室，都有相当的文学修养。最有名的《玉树后庭花》《春江花月夜》等，都是陈代宫廷中文学的代表作品。最著名的文人，有徐陵、阴铿、张正见、江总等。题材不出宫廷的范围，而外表又极华丽哀艳。现在把这两点提出来讲，但不要忘记，齐、梁、陈虽说三次易代，而文学却是一脉相传，是不易断代来说明的。

先谈宫体诗。这种诗的特征，论其内容，专用以描写宫廷及闺阁，外表极讲究声律与辞采。这种体裁，倒不是起于陈代，不过到陈代更加发扬。盛极之后，几乎又近于衰落一途。当齐、梁之间，文学界发生一种崭新的运动，就是宫体诗之流行。宫体二字，实起于梁简文帝。这种体裁，在中国文学史上，占有极长远的时期，而且有很大的影响，虽说在齐、梁才盛行，但在前已有晋、宋乐府开端，如《碧玉歌》《桃叶歌》《白铜鞮》等，如鲍照、惠休都善于作之《子夜歌》《懊侬歌》一类的侧艳之词。再往前推，当以楚辞中之《九歌》为始祖，不过到了齐、梁，此风极盛。陈代徐陵之辑《玉台新咏》，就是替宫体做一种大规模的宣传，当时无论朝野，也不分男女，都一致地浸淫于此种轻靡悦耳的新诗之中了。到了初唐，这种体裁的气息，尚可以在四杰及沈、宋的作品中寻出。降至盛唐，此风稍衰，但不久遇到李长吉又把宫体中兴起来。到唐代末年，又得李商隐、温庭筠二位护法大将，再降又变化成为五代小词，再传而成为宋词，一直至今不绝。

其次，再谈当时文章的作风，自是以雕镂为正轨。自从永明以后，一般文人均从刻镂上用功夫，比如作诗由练章而练句，而至于练字。汉诗有佳章，晋诗有佳句，至此时的诗方有佳字。因为过于雕琢，不免偏于技巧一方面，甚至发生只有零碎的好句子，或最精美的好字面，而忽略了全篇的结构。这种风气，对后代有不少影响。

练字在中国修辞学中，占有极重要的地位。中国的古代文学有定式，所以要想在此已定之范围内出奇制胜，遂不得不趋向练字的一途。此时的阴铿、何逊等，都是练字的大家，后来影响到唐代的杜甫。所以在杜工部的批评文学中，很推崇那位"能诗何水曹（何逊）"，又自谓"颇学阴何苦用心"。工部诗有全由何逊的诗中脱化而出的，如他的"孤月浪中翻"，从何水部之"初月波中上"而来。再举何逊诗的练字之处，如"薄云岩际出，初月波中上"的"上"字，"夜雨滴空阶，晓灯暗离室"之"暗"字，"疏树翻高叶，寒流聚细文"之"翻"字、"聚"字，以及"江暗雨欲来，浪白风初起"的"白"字，都是极千锤百炼之功夫而成的。

第八章　北朝文学

南北由自然环境的不同，所以它们所产生的人物也很有差别。大抵当六朝时，文人多出在南方，而经师正出在北方。在李延寿的《北史》，文苑与儒林分传，后者较多，而且有相当的成就。推想南北人好尚的不同，亦由他们用功不用功的缘故。《北史·儒林传》说："南人约简，得其英华；北学深芜，穷其枝叶。"可见北人学问比较踏实，而南人学问比较空灵。又如同一以山水为对象之文学作品，南人则有谢灵运之用诗，而北人郦道元则用散文。所以《北史·文苑传》又说："江左宫商发越，贵于清绮；河朔词义贞刚，重乎气质。气质则理胜其词，清绮则文过其意。理深者便于时用，文华者宜于咏歌。"

从以上看来，可以略知南北风尚之不同。但这里所要讲的北朝的范围若何，不可不首先给它弄个明白。若遵照李延寿所编纂之《北史》，乃起于拓跋魏而终于隋代。但从当日的事实上看来，西晋怀愍之世，大河南北，已非汉人所有，应从五胡十六国讲起才对。若说最初北方都是野蛮种族，并无文化，此话未免太苛。如刘渊、刘聪、苻坚、姚兴、沮渠蒙逊与赫连勃勃等人学问都很不坏，刘聪更是一个诗人，《晋书》载记可考。

但为讲述的便利起见，还是从北方最先统一之拓跋魏讲起，而后北齐、北周。

我们首先要把这几代的年号及定都地点略说一说：魏人建国，始于晋末，当南方刘宋崛兴之时，从开国直到孝文帝，定都在平城；太和十八年，迁洛阳；西魏又迁长安；东魏亦在洛阳；北齐乃迁至彰德。

今分北朝文学为三期：以由魏开国至孝文帝太和中为第一期；以由太和迁洛至北齐为第二期；以由西魏迁长安，至北周为第三期。

第一期　魏开国至孝文帝太和中

这时期的北方，最先为匈奴、鲜卑等胡族所据，拓跋魏氏亦不通中国文学，只能用胡语；而且从扫定群雄到太和年间，频年征战，也谈不到甚么文学。间或有少数汉人去点缀北地文坛的风景，亦只限于散文家，可以崔浩为代表。

第二期　太和迁洛至北齐

这里所讲的第二期，乃真是北朝文学之启蒙期。此时把原来的平城改称恒州。魏代自从孝文帝即位（他仿佛像后来的金章宗），渴慕中国文化，定计南迁，以调和南北殊俗为己任。他的宗室权臣，颇有反对他的，他宁愿杀掉不服从他的人，而不情愿牺牲他自己的主张。当太和十二年，他又改姓为元，同时又禁止百姓作胡语，所以很容易与中国文明同化。就是孝文帝本身也是当代文人，他所作的《吊比干文》及小文小诗等，均可观。所以，以后魏代君王间有能为诗文者,如节闵帝、孝庄帝等。但谈到此期的真正文学家的代表,还要推温子昇、邢邵(子才)、魏收(伯起)三人。在当时一般南方文人的眼光中,很看不起北方的文人。且举庾子山之言为代表,他说:"自南北来,惟韩陵片石,可与共语,余则驴鸣犬吠耳。"①(按:韩陵片石,乃指温子昇所为《韩陵寺碑文》。)但北方文人,每以崇拜南方文人为风尚,而且他们所举的标准人物,也正是南人。孝文帝迁都洛阳为太和十七年,正是南方沈约《宋书》告成之日。此时南方声律之说正盛,北人眼中最看得起沈氏。济阴王晖业称赞温子昇,以为他"足以陵颜(延年)轹谢(灵运),含任(昉)吐沈(约)"。这列举的四位,不都是南方的文人么?后来魏伯起入齐修《魏书》,常常与邢子才相争辩的问题,即是南方任、沈优劣论。邢诋魏模拟彦升,魏又诋邢在沈集中做贼。从这些消息中看来,便知北方文人之不易抬头,而且不易脱南人之窠臼。然而在魏、晋以来,北方也出了不少的文士(《隋书·经籍志》所收者不广),但有种趋势始终与南方不同的:一,是他们比较善于持论,擅散文而不能为流连哀思之诗赋。故魏收曾言:"子昇不能作赋,邢子才有一二首,然非其所长。"二,是他们中的诗人并不多见,如邢如魏如温所存的诗均不过各有十余首,但他们作的诗虽不多,颇能绝对服从当时流行的声律论,倒比南朝尚有少数人反对的纯粹些。

　　谈到北魏的散文,大家都能忆起两位不朽的作者,一为作《洛阳伽蓝记》之杨衒之,一为作《水经注》之郦道元。这两部书不但可以说颇富于文学的趣味,简直可以称之曰散文诗。《伽蓝记》将

---

① 张鷟《朝野佥载》卷六,原文作:"唯有韩陵山一片石堪共语。薛道衡、卢思道少解把笔,自余驴鸣犬吠,聒耳而已。"

洛阳寺宇历历绘出，令人追慕中古建筑艺术之美妙绝伦。《水经注》描写山水之空灵缥缈，与当时南方大诗人谢灵运所发表之山水诗，正是旗鼓相当。到了唐代的柳子厚山水文即学郦，而诗又出于谢。清代王闿运山水诗学大谢而兼以《水经注》。

至于北齐之代表作家，如祖鸿勋、樊逊等人，亦皆能为文而不能为诗，这真是一代的风气所使然。

第三期　西魏迁长安至北周

此期北朝史迹颇繁复，列简表如次：

北魏 ── ┬── 东魏 ── 北齐
　　　　└── 西魏 ── 北周

北魏末，宇文泰奉文帝迁于长安，为西魏。建都二十四年，宇文始自立为北周。周立国二十一年，始灭高齐。再过十一年，然后入隋。隋次灭陈，南北始归统一。

在梁元帝江陵称制与西魏开衅后，江陵破，元帝被杀。越三年，宇文始复篡周。在元帝未被杀以前，庾信由南奉使入北，遭梁又与魏开战，被阻不得归。后来南北讲和，各释俘虏，惟有庾信与王褒始终未被北朝人放回，所以他们二人均终老于北地。

此期中所发生的两大事件：一，为南方文学之反响；二，为南北文学之合一。

北方的文人心目中所最崇拜的，就是南方的文人，于是以后北方的文人作风也渐渐地"南化"起来，殊与北人之本来的淡素之口味不合。于是有北地忧时之士，苦口婆心，欲挽狂澜于既倒，此派当以苏绰为首领。他的文章均为单笔,乏藻采,当时又得宇文泰当国,亦禁斥浮华,令苏绰为朝廷作《大诰》以训诫群臣。(按:苏氏未见北周立国而亡,令狐德棻以宇文当国之日,为北周开国之时,至清代谢启昆作《西魏书》始改正此误。)到了稍后,南方又有姚思廉之子姚察修《梁书》,亦深恶当时之骈偶气习,作文专用单笔。到唐代又有韩、柳等之作古文。其实讲古文运动,应以苏绰为始祖。

声律说起于南,而北人应之;古文说乃起于北,而南人从之。但在当时积习不易废掉,故令狐德棻《周书》批评他说:"绰建言务存质朴,遂糠秕魏、晋,宪章虞、夏,虽属辞有师古之美,矫枉非适时之用。"

其实此期所最当注意者,并不在单笔古文之崛起,而在南北文学之合一。关于沟通双方文化的先驱者,当推南朝之庾信与王褒。子山是太平时奉使入北,直至南北开衅,欲归不得。王褒先与梁元帝同守江陵,江陵既破,元帝愤慨,竟尽焚其书曰:"文武之道,今夜尽矣。"而且同时他们君臣俱投降北方,这就是当时两位诗人入北之始。虽说以后两方媾和,各把俘虏放回,庾、王二人始终被北人死死留住,终究未能还乡。但北人之尊崇他们二人,亦无微不至。因之北方文学风气,颇受二人影响。甚至于写字,原来北方人最崇拜赵文渊的,即到王褒入北,北方人均舍赵从王,连赵文渊自己也从新改学王褒之书法来了。至于庾信更受北人抬举,无论在朝在野,莫不以能读子山之文为荣。《庾信传》说:"由是朝廷之人、闾阎之士,莫不忘味于遗韵,眩精于末光,犹丘陵之仰嵩岱,川流之宗溟渤也。"可见当时他在文学界上权威之一斑。以下专讲庾信。

梁、陈之间文体,每以徐(陵)、庾(信)并称,这是子山早年事实。那时他们的兴致蓬勃,所以能做出许多秾丽的作品出来。及至入北周以后，羁身异域，乡愁独多，由柔艳靡绮之什，一变而为慷慨激昂之歌。但他终究又脱不尽南人气骨，所以他的作品，竟能兼有南人之温丽与北人之刚劲。因此不能以永明以后浮艳的传统作风去范围他。谈到作赋吧，他能另开一种境界，如他的《哀江南》，外表最善以单笔运用复笔，而内容又加入时事而且夹以议论。照明人赋之分类法，为古赋（汉）、俳赋（六朝）、律赋（唐）、文赋（宋）。子山虽生于六朝之末，他偏不作俳赋，而来作为宋代文赋之远祖的《哀江南赋》。又如诗，他的最有名的《咏怀诗》二十七首，在子山集中，可算代表作品。论其形式，则为古体过渡到律诗之新体；论内容则为感慨身世，与当时用此等诗体咏叹宫闺的完全异样。以此等诗为南北朝文学之结束，似觉可怪。但从现在看来，像《咏怀诗》这样的作品，非带有点北方刚劲气质的人不能作，然而若不是南方的才人羁旅于北方的亦不能作。此诗影响后代诗人倒不小呢。

第九章　隋代文学

隋代的局面，很与从前的秦朝相像。秦能统一六国，而隋能统一南北。两朝的国祚甚短，均传至二世而亡。而且秦始皇与隋文帝所用以治国的方术，都是出于法家。因为此时统一，文学分南北的这条惯例，现在又不能适用了。如薛道衡为河东人，杨素为华阴人，均是北方人，但均是诗家。

隋代名为三传，而实为两代。隋文帝是一个征讨的武人，最没有文学的兴趣。同时又得他的臣子李谔迎合皇上风旨，上书论文体浮薄，文帝甚为嘉奖。一切文学，均禁浮华，有些章奏做得华丽的，且因之而得罪。但是可惜他的家教最不足法，偏偏在杨家生出一个酷嗜文艺与繁华的杨广来。

在唐人所修的《隋书》中，对于隋代文学之批评未免隔膜，如《文学传叙》上有下面几句话：

> 隋文初统万机，每念斫雕为朴，发号施令，咸去浮华……炀帝初习艺文，有非轻侧，暨乎即位，一变其风……虽意在骄淫，而词无浮荡。

杨广天才极高，只看他的《饮马长城窟》等作品便可以看得出。但他颇能为浮荡之辞，如《春江花月夜》二首，如《晚春诗》《月夜观星》《赐守宫女》诗,尚不叫它们作浮荡,恐天下再无浮荡之辞了。炀帝不惟自己喜欢作诗,但他同时又喜与臣下争炫才能,如薛道衡所作之《昔昔盐》中,竟由"空梁落燕泥"一句,作得最佳而被杀。炀帝复向人夸口说道衡现在还能作"空梁落燕泥"否?再有一位诗人王胄曾有名句为"庭草无人随意绿",也被炀帝嫉妒不过而被杀身。但他们君臣的确留下了不少的佳句,又均是属于浮艳一方面的。如当时最流行之调子,亦以属于艳歌一类的为多。如上所说之《昔昔盐》,昔同夕,夕夕犹言夜夜,盐即引,引等于艳歌。

隋代文人,只有杨素所作比较风骨高骞,尚少当时所流行之南人的轻靡的气习。

总之,这代的国祚既短,又以法家之学说治国,在文学史的价值,实不见得顶高,只可说是由六朝至唐朝之过渡时期,但此代实开中国文学史上之黄金时代的唐朝的先路。

第十章 唐代文学

总论

唐代文学,在中国文学史上占有很重要的位置。因为这一代文学的范围极其广大,可以说是古今文学的一个转折的时期,它结束了由周至隋的旧时代,而开创了由唐至清的新时代。虽说为时不过三百年,但文学的情形却十分复杂。且先把它的各种特点提出来讲一讲:

(一)文人数量之激增　提及唐代文学,我们便联想到唐诗。单就唐代诗人的数目,大约来计算计算,宋人计有功作《唐诗纪事》时所采录的就有一千零五十家,到了清康熙时所辑的《全唐诗》,入选的约计二千二百家。平均说起来,唐朝每年都有七个诗人产生,至于其他作家尚不计算在内。

(二)各种文体之完备　前代所有的各种文体,唐代都保全了,而且又开创了几种新文体。以下分别说明:

甲,诗　汉魏六朝的古体诗,在唐代还是盛行,此外更加了一种近体诗。除了五言诗以外,七言诗更非常兴盛。

乙,词　唐代为词的萌芽时代。虽世传之李白的作《菩萨蛮》不可靠,但到了白居易之作《忆江南》,刘禹锡之作《竹枝词》及《潇湘神》,总算为由诗入词之过渡作品,至唐末温庭筠更为填词的大家。

丙,赋　律赋始于唐人,与汉赋、六朝人赋不大相同。

丁,文　无韵之文,唐代作家更多。随便翻开《文苑英华》与《唐文粹》之类来看,质与量均不弱于他代。宋以后所说之古文,亦由唐代韩愈、柳宗元而起。至于骈偶的文章,自有李商隐、段成式等推波助澜,以后他们又被推为后世所称的四六文之祖。

戊,小说　唐代文人,多半把他们的空闲时间来做小说,实开宋、元短篇小说的风气。如沈下贤、白行简、元稹等,均为短篇小说之能手。凡唐人所作流传至今的《柳毅传》《霍小玉传》《虬髯客传》等篇,都是很幽美动人的作品。

(三)风格之特殊　唐代文人,只要成为大家,莫不具有一种特殊之风格。如杜甫与李白虽同为诗人,都各有其独到之处。韩、柳与温、李虽同作散文,然前者则醇古有致,后者又工致绝伦。

(四)思想之复杂　唐代文人,大半是自由思想者,毫不为一家成见所拘束。如杜甫的思想,出入于儒家、道家之间。李白不惟有道家与神仙家思想,且受景教的影响。王维与白居易很相信佛教。至于皮日休、陆龟蒙简直有道教的思想。诗人思想派别之复杂,可谓达于极点,正惟因其思想之复杂而不受拘束,所以能成其为伟大。

以上所说的,只是唐代文学的几种特点,但是构成这种种特点的原因在哪里呢?

(一)政局之统一　统一南北朝的为隋代,承隋之后而规模更见宏大的,便是唐代。此时南北思想打成一片,故文学上绝无南北的界限。在唐朝以前,诗人的籍贯,南人较北人的数目为多,但到了唐朝,北方的诗人,反而比南方的多。如唐初的四杰,王勃是龙门人,杨炯是华阴人,卢照邻是范阳人,他们都是北方人,只有骆宾王为义乌人。又如温庭筠是太原人，李商隐是河北人。其他北方著名的诗人尚不少，可见当时是无南北的界限的。

（二）交通之便利　不但南北的界限至唐代而消灭，就是东西的界限，也至唐代而推广。当时由天山南路以通西方印度、波斯、大食等处。这是由于李渊起家在陇西成纪，与胡地相近，立国后对于东西门户完全开放。因为当时亚洲的文化除印度以外，只有中国最高，所以东西各国，如日本、高丽、波斯、阿拉伯的人，都相约而来。而且唐代的用人，完全注意人才，无国界的限制，外人取功名的亦不少。因为唐代文化的远被四方，所以外国人至今日尚有称中国人为唐人的。我们可以说唐代不只可以代表中国之文明，且可以代表亚洲之文明。因政局一统与交通便利，就发生以下两种情形：

甲，学校　当时学校制度即已盛行。太学学舍竟有千二百区，同时听讲学生，竟有八千人之多。新罗、高丽、百济、高昌、吐蕃等国，均派有子弟来留学，日本人也从那时学了许多中国的文化过去。

乙，宗教

（1）佛教　贞观时，玄奘法师留学印度，法相宗因此传入，密宗亦在唐时传到中国。

（2）回教　回教起源约在隋代，然传至中国最早时即在唐代。

（3）景教　当贞观时，景教由波斯传入中国，此教即耶教之一种，当时被称为波斯教，因波斯为大秦所灭，故又称之为大秦景教。（郭子仪曾将其私宅捐为礼拜寺。）

（4）祆教　即拜火教。此教以火为光明之象征，拜火即崇拜光明之意，亦由波斯传入。

（5）犹太教　后又谓之为挑筋教，盛行于开封一带。

（6）摩尼教　亦从波斯传来。

此外尚有一种中国本来的宗教，在唐代被立为国教的道教。唐代皇帝姓李，自以为是老聃的后裔，乃尊老子为太上玄元皇帝。但唐代绝不因自己崇拜道教之故，而摧残别的宗教。当时信仰极其自由，并且每种外教传入之后，还受唐代法律的保障。

（三）君主之提倡　唐代的君主能作文章的颇多，如太宗、玄宗等尤为杰出。太宗时召集一班有文才的人，名之曰十八学士，如虞世南、欧阳询都是当时著名的文人。在他的敕修的《晋书》之内，他很崇拜陆机的文学与王羲之的书法，所以《晋书》中的《陆机传论》及《王羲之传论》，都是出于唐太宗的"御制"。

（四）选举之影响　中国选举的制度，隋代实是一个转机。以前所通行者为荐举，先由州郡选好以后，再进之于朝堂。但是流弊甚大，自晋、魏以外，选举差不多是以门户做标准的，只要翻开《南史》《北史》一看，凡九品中正之选，南朝人不是姓王便是姓谢，北朝人不是姓崔便是姓卢，至于寒门微族，被选的希望绝少。至隋文帝大业时，方废除门户而改用科第制度。到了唐代，仍然因袭此制，不过考试的科目更加繁多。唐代科举，竟有数十种，最贵者有秀才、进士、明经几种。唐人取明经考试时，用帖经之法，颇浅薄可笑，所以唐人的经学不甚发达。而且在唐人的眼光中，把明经科看得不甚重，当时士人都以得中进士科为荣。即如孟郊、贾岛诸人的诗中，且以进士落第为莫大憾事，韩愈作诗诫子，也谆谆望他们后来取得一官半职。于此我们可以说唐人作诗的动机，或者不如宋人的纯洁，因为他们都是有所为而作的。不过这种原因，倒未必尽然。唐代考试用诗赋，不一定开国时就是如此，最初考秀才、进士、明经三科，皆用策。至高宗永隆二年考试，才用箴、铭、论、表等杂文。至武周光宅二年，又改用赋。到了开元七年，才正式以诗取士。

那时用的是排律诗,虽说钱起的"曲中人不见,江上数青峰"(《湘灵鼓瑟》)、崔曙的"夜来双月满,曙后一星孤"(《明堂火珠》)等名句是从考试进士中得来的,然而可惜唐代的两位代表诗人——杜甫与李白都并不是进士及第。

(五)生活之繁丰　唐代门户大开,以致国中五方杂处。许多从前没有的宗教,未见过的外国人,都从外面输入。当时又承隋代统一之后,武力文治,都臻极致。人民生活在这样太平的新时代,对于优美的人生,定是用一种享乐的态度,至于生活之丰裕,自不待言。

(六)外乐之输入　每代的文学,尤其是诗歌,多少不免同音乐脱不了关系。唐初音乐名目颇为复杂,有俗乐、雅乐之分。又从西域如龟兹、疏勒、印度等地输入了新的调子。故七言乐府,在唐时很盛行,如什么《伊州曲》《凉州曲》《渭州曲》都是在与外族毗邻的境界中,受"胡乐"的影响而产生的。

唐代文学分期说

论到每代的文学分期法,本来是一件极勉强的事。就唐诗来说罢,前人多分为初、盛、中、晚四期。但是有些诗人,不知究竟要分在哪一期才好。即如杜甫,他本来生于睿宗时,而死于大历中,若举他来代表盛唐,但是他有许多好诗大半是到中唐时所作。又如钱起为大历时诗人,足可以代表中唐,但是他是天宝十年的进士,在当时已很享盛名。可见这种人工分期法,是极其牵强的。但为讲述便利计,却又未能免俗呵。

现在且把从前人对于唐代文学的分期法，列举如下：

（一）三分法

甲，姚铉（见《唐文粹》）

第一期　陈子昂"起于庸蜀，始振风雅"。

第二期　张说"雄辞逸气，耸动群听"。苏颋"继以宏丽，丕变习俗"。

第三期　韩愈"超卓群流，独高邃古"。

我们在这里要注意宋人与唐人论文之眼光完全不同。唐贞元以前论文的眼光，还是用的六朝人的，而宋人论文的眼光，乃用唐人元和以后的。

乙，宋祁（见《新唐书·文艺传序》）

第一期　高祖、太宗"江左余风"　以王勃、杨炯为代表。

第二期　玄宗"崇雅黜浮"　以张说、苏颋为代表。

第三期　大历、贞元"法度森严"　以韩愈、柳宗元为代表。

照宋祁以上所分，是以无韵文为主体，但诗之变化，不一定受此影响。

丙，严羽（见《沧浪诗话》）

(1) 汉、魏、晋与盛唐（开元、天宝之间）"第一义"

(2) 中唐（大历以还）"第二义"

(3) 晚唐　"声闻辟支果"

严沧浪以禅理喻诗，他生在南宋，他颇不满意于北宋人之一心揣摩韩愈而抹杀其他作家。他力矫此弊，所以发出这种议论。照他的说法，韩愈已打入第二义以内去了。

（二）四分法

甲，杨士弘（见《唐音》）

(1) 始音（王勃、杨炯、卢照邻、骆宾王）

(2) 正音（由王绩至张志和）

(3) 接武（皇甫冉至刘禹锡）

(4) 遗响（贾岛至吴商浩）

乙，高棅（见《唐诗品汇》）

(1) 初 (2) 盛 (3) 中 (4) 晚

既明知分期之不当，但为讲述的便利起见，姑且暂定标准如下。

第一期初唐（六一八至七一二）高祖武德元年起；

第二期盛唐（七一三至七六五）玄宗开元元年起；

第三期中唐（七六六至八四六）代宗大历元年起；

第四期晚唐（八四七至九〇七）宣宗大中元年起，至唐亡。

第一期　初唐文学

在每次开国时期的文学，它的变迁决不如改朝换代之显著。而且新朝之初，与旧朝之末的文人，到底还是这一班人。如魏黄初的文学，是建安之余绪。宋初文人，尚有十国之遗老。可见开国时文学的趋势，一方既然保存着前代旧的体格，一方还要另外创造些新的花样。唐初的文学，当然不是例外。据《唐书·文艺传序》里说：

> 高祖、太宗大难始夷，沿江左余风，缛句绘章，揣合低卬，故王、杨为之伯。

但是在姚铉的《唐文粹》的序上说法又不同。他说：

> 有唐三百年,用文治天下,陈子昂起于庸蜀,始振风雅……

其实以上两种说法,本是相反而又是相成的。《文艺传叙》从保守旧的文学一方面着眼,所以举唐初四杰为代表。《唐文粹序》从开国后革新文学一方面入手,所以举陈子昂为代表。以下再分开来说明:

(一)齐、梁派　唐太宗是一个文学的爱好者,他曾亲为晋代文人陆机作赞论。他很喜欢作宫体艳诗,颇引起虞世南的正言谠论。然而虞世南虽知劝人,到他自己名下作起诗来,仍然不免是"靡靡之音"。唐太宗虽然赋有文学天禀,他又开文学馆召集当时一班有学问的人,名曰"十八学士"。这些人都是陈、隋遗留下来的,里面有政治家,如房玄龄、杜如晦等;有经学家,如孔颖达、陆德明等;有史学家,如姚思廉等。只不过有一个蔡允恭入了《唐书·文艺传》,倒可称为一个十足的文人。但是其余的虽与唐初政治与学术大有关系,但对于文学上的影响,实在并不甚大。所以谈到初唐文学,应当注意的当在高宗以后,且略举几个最著名的文人如下:

(甲)上官仪　他是此时代表齐、梁派的第一人。他是贞观初年的进士,在当时极负盛名。他的诗被人传诵的秀句,有"鹊飞山月曙,蝉噪野风秋"等。这种当时所谓"上官体"诗的趋势,不外乎声律调协,及对偶工稳。说到对偶,且看《文心雕龙·丽辞篇》也不过举四种,如什么"言对为易,事对为难,反对为优,正对为劣"。至于上官仪又弄出六对、八对的名目。他所说的六对,就是:一,正名对,如"天地"对"日月";二,同类对,如"花叶"对"草芽";三,连珠对,如"萧萧"对"赫赫";四,双声对,如"黄槐"对"绿柳";五,叠韵对,如"彷徨"对"放旷";六,双拟对,如"春树"对

"秋池"。他所说的八对:一,的名对,如"送酒东南去,迎琴西北来";二,异类对,如"风织池间树,虫穿草上文";三,双声对,如"秋露香佳菊,春风馥丽兰";四,叠韵对,如"放荡千般意,迁延一介心";五,联绵对,如"残河若带,初月如眉";六,双拟对,如"议月眉欺月,论花颊胜花";七,回文对,如"情新因意得,意得逐情新";八,隔句对,如"相思复相忆,夜夜泪沾衣;空叹复空泣,朝朝君未归"。对偶的分类竟如此之麻烦,恐他自己提笔时也未必能完全记得呵。

唐自开国以后,本袭江左余风,又加以上官仪之推波助澜,时尚较前尤为绮丽。他的孙女婉儿后来在武周时也掌握文学的权衡,她的作品及对于文学的见解①,却是承袭她的祖父而来的,当时一般人的风气,当然可以想见了。

(乙)沈、宋及四杰　诗之分为古体与近体,始自初唐,而沈佺期与宋之问即被人称为律诗之祖。自从王融、沈约一班人创为四声之说,以后诗的声律的限制,较前为密,但是沈约等自己创立的规则,当时却未必能完全遵守。由古体诗演进到近体诗的途程中的一种过渡的作品,近人王壬秋把那叫做新体诗。自沈约以后,一直至初唐,此风总未改变。直到沈、宋出来,才把真正的律诗的格式树立起来了。究竟新体诗与真正律诗之分别又在哪里呢?看《谢灵运传论》说"前有浮声,后须切响",这岂不是明明指的平侧而言?如"英辞润金石,高义薄云天",即属此例。《文心雕龙·声律篇》中飞沉之说,可举"辘轳交往,逆鳞相比"二语来说明律诗的真象。律诗的平仄如下示:

---

① 见解,原作"见辞",似误。

仄仄平平仄	或为	平平平仄仄
平平仄仄平		仄仄仄平平
平平平仄仄		仄仄平平仄
仄仄仄平平		平平仄仄平

第一，律诗要有周期，满了四句，又周而复始，此即谓之"辘轳交往"。第二，律诗的平仄相间，两平两仄，相排而下，故谓之为"逆鳞相比"。真正律诗的格调，必要合乎上述两个条件。至于所谓新体诗，不过声调和谐，顶多能做到"逆鳞相比"一项。例如薛道衡的《昔昔盐》："垂柳覆金堤，蘼芜叶复齐。水溢芙蓉沼，花飞桃李蹊。"

以上所举的诗，还谈不到"辘轳交往"。到了唐初，此风尚未改变，即到沈、宋出来，律体方正式成立。随便举他们的律诗来作例，如沈佺期之《杂诗》："闻道黄龙戍，频年不解兵。可怜闺里月，长在汉家营。少妇今春意，良人昨夜情。谁能将旗鼓，一为取龙城！"

此种律诗的格词一成，与当时的绝句及考试的试律诗均有关系。绝句乃以四句为一周期，五七律诗增至八句，分为二周期。至于当时试律，更增至十二句，乃至成为三周期了。

更奇怪的，就是当时及以后所作的古诗，亦几与律诗同化，如张若虚所作的《春江花月夜》，以古体诗而夹着许多律诗的句调在里面。

律诗发达的次序，是先由五言而起的，由五言再进而为七言。

四杰乃王勃、杨炯、卢照邻、骆宾王四人，虽非律诗之倡始人，但在当时的名声，及被盛唐时人所称述，更较沈、宋为高。四杰的文集至今尚存，可惜沈、宋的多已散佚了。这四位不消说是齐、梁派中之健将，不惟作诗负盛名，即骈文亦华赡可观。他们大半是学庾子山的。他们的才调纵横，气象亦甚阔大，虽为后来复古派所讥评，但大诗人杜甫等对于他们也有相当之敬意。在他的《戏为六绝句》中说："王、杨、卢、骆当时体，轻薄为文哂未休。尔曹身与名俱灭，不废江河万古流。"

当时的诗的形式，是格律化。但是内容较前代怎样，趁此说明如下：

（甲）宫闱　这完全是承江左之余风，乃六朝宫体诗之一种变相。初唐诗人，多少总与这方面脱离不了关系。

（乙）边塞　唐代武功，炫耀四方，所以歌颂战功的作品很多，同时又有许多非战思想的文学出现。

（丙）玄谈　在前有鲍照《行路难》之类，诗中陈说许多玄理。此时不过易谈玄之五言诗为七言或杂言。自武周以后，七言名家很多，四杰之外，如刘希夷、张若虚、李峤等，都是长于七言的。在武周以前，七言诗多属短篇，如乐府诗《行路难》之类，到武周后长篇始出现。这里举张若虚的《春江花月夜》来说明。

《春江花月夜》，原为乐府诗，由陈后主造题，与《玉树后庭花》《堂堂》等同调。陈代歌词可惜而今不见，现在此词可见而又最古者，是为隋炀帝所作。其词为："暮江平不动，春花满且开。流波将月去，潮水带星来。"新奇可诵，但只有五言四句。即至张若虚作此题时，洋洋长篇，极诡丽恢奇之能事，满篇富有玄理，而毫不觉沉闷，如"江畔何人初见月？江月何年初照人？"谁能举出答案？此外又如刘希夷之"年年岁岁花相似，岁岁年年人不同"，李峤之"山川满目泪沾衣，富贵荣华能几时？不见只今汾水上，唯有年年秋雁飞"，都是带有玄理的。

可是此派的作家，我们虽暂定名之曰齐、梁派，其实与六朝不同之处有最显著的几点，就是较之从前词句更加长密，律调更加谨严，而文气亦更加壮盛。

（二）复古派　这差不多是一种极普遍的现象，每朝的文学运动达到极盛的时候，同时必定生出一派反动思潮与之对抗。或许这正是一种好现象，因为大家倒不必同齐逼上一条路上去走。唐初文学，沿江左余风，最早对于六朝艳体生反动的，要算虞世南，他劝太宗不可作宫体诗，但他的话在当时毫未发生效力，即他自己作的诗，也不脱齐、梁圈套。

在贞观时，十八学士之一姚察的儿子名叫思廉的，继续他的父亲未竟之业修梁、陈二书，传论多用单行直叙，远宗《史记》派之单笔，与《晋书》等之宗《汉书》用复笔的大不相同。这是一位初唐时散文中复古派之代表。

作诗与当时潮流反抗的，最初有王绩（字无功），现在还有他的《东皋子集》传于世。他的诗，多属于赞美自然，清微冲淡，风格极似陶渊明。他对于当时诗人的脂粉习气，丝毫也不沾染。但是他自己尽管这样做下去，对于当时一点儿影响也没有。一半固然由于积习骤难打破，再则由于他是入《隐逸传》的名士，当时交游不广，所以不能形成一种改造的风气。

以上一位史学家与一位隐逸诗人，虽有心复古，但都是心有余而力不足，所以对于当时并未发生什么影响。最先把复古的旗帜张展起来的，还要让到武周时的陈子昂，以后韩愈不是明明称颂他"国朝盛文章，子昂始高蹈"吗？

陈子昂，字伯玉，四川射洪人。相传他原来默默无闻，他用了千金的高价把当时人很注意而不敢买的长安市上的胡琴买回家去，许多名士都欣然被请去听他弹弄，不料他突然将此乐器摔在地上，立成粉碎状，当众人齐声叹惋之时，他却大发牢骚，说从来没有一个人注意到他的比胡琴还珍贵到十分的诗文上面去。他趁此机会将他的文集散给大众，于是一日之间，名满长安。从这个故事看来，他兼能诗文，不若姚思廉之只能作散文；他善于做一种革新文学的运动，不比王无功之只留作自己欣赏。

他所作的极有名的《感遇诗》三十八首，是学正始中阮籍的《咏怀诗》。他所作的五古，多属单笔，然而作起律诗来，还是遵守当时的体制。他不惟作诗改变风气，即散文亦然。在武后时上书言事，完全带建安文人的风格。所以我们在今存的《陈伯玉文集》中，读到他的论事书疏，皆疏朴古茂，毫无华饰。然而他所作的贺表及序之类，仍然是用复笔作的。总之，他是一个有意复到建安正始的时候的文人。他之所以为韩退之所佩服，就是因为他们的文都是主变，而且以起衰为原则的。但子昂的诗，却能在当时树立一派。至于改变散文的风气，到了元和韩退之的时候，才能算正式成功，此时不过发端罢了。

唐代两个复古的诗人，陈子昂与李白都同是蜀人。

第二期　盛唐文学

唐代固有的文学到了此时，才一齐正式成立，略比于从前汉武帝时代，实为唐朝文学的最高顶点。

让我们假设一种走路的比喻，来说明此代文学的趋势，当更得到一种明了的观念。

先从初唐讲起罢，那种雕琢藻绘的姿态，若以境界而论，倒像琼楼玉宇，深闺重闼。我们试读宫体与律诗，仿佛在闺阁中拜见满身珠翠的千金小姐一般。到了盛唐他们经不惯房帏的掩闭，于是走到康庄大道，乘着高车驷马，尽驰骋之能事。后来谁不佩服李、杜二公之诗境壮阔，旁若无人呢！可惜大路虽宽，现已被人走过，于是另外又有一些人，觉得深闺太拘，而康衢又太阔，反不如盘桓于花园果囿，优游卒岁，或竟至往来于鸟道羊肠，铤而走险。前者是大历十子，后者乃元和诸公。这岂不是中唐的一幅绝妙写照吗？在中唐时期另外有一班人，因为无论大路小径，坦途险道，都已被人走尽，他们不得不再觅他种方向，不得已拣择一块旷野平原，信步盘旋，这就是妇孺都解的元白诗所到的境界。凡是真正特立杰出之人物，决不屑走人家已走过之旧路。先是走窄路，渐走到宽路，又转到窄路，又跑到宽路，但是不幸而陆地上的路都已有人迹之时，于是不得不舍陆而涉水，舍车而乘舟了。到了晚唐五代，大家觉得好诗已被前人做得差不多了，所谓"诗余"之词，乃不得不应运而生，这正犹如一般人颇以陆行为厌倦而另寻水路一般。

开元、天宝之际，可说是唐代极盛的时期，也可说是唐代极衰的时期。无论极盛极衰，都是为不朽的作品造种种机会。前章早已说过，唐代文学之发展，与当时科举颇有关系。因科举而使唐代的诗人激增，虽说不是唯一的原因，却是最大的原因。且将开元天宝两榜进士的名单节抄如后：

（一）开元中进士之兼为诗人者，计有：

张子容 李昂 王泠然 刘慎虚 王湾 崔颢 祖咏 储光羲 崔国辅 卢象 綦母潜 王昌龄 常建 贺兰进明 陶翰 王维 薛据 刘长卿 阎防 梁肃 李华 萧颖士 邹象先 李颀 张諲 薛维翰 万楚 葛万 丁仙芝

（二）天宝中进士之兼为诗人者，计有：

岑参 张谓 杨贲 包何 包佶 李嘉祐 钱起 鲍防 张继 元结 郎士元

皇甫冉 皇甫曾 刘湾

我们看完上表，所得结论有二：

（一）进士中尽有大诗人在内，如王维、李颀、储光羲、崔颢、钱起，等等。

（二）再从表外去一想，如与王维齐名而又为王所佩服之孟浩然，他的名字并不见于此表中。至若世人所盛称的诗圣杜甫、诗仙李白也是榜上无名。李白功名心虽淡，而杜甫则屡试不第。于此可见科举虽可以开通风气，然有少数杰出之士，决不为风气所囿而埋没其独立的志趣。我们可以断定说，科举可得人才，而未必能得天才。

除了诗人的数量当此时较为激增以外，还有几种特点：

（一）各极所长　前乎此的诗风，如初唐诗人所表现的，论形式则以七古与五律为最多，谈内容则多描写宫闱情绪。他们的面貌大抵相似，还没有专门擅长某种体制的诗人出现。到了此时，风气较前不同。各个诗人，就其性之所近，对于各种体制，都有特殊的专长，至于做到各体皆美的诗人，仍极少，因为天才实均有所偏至的缘故。

论到五古，李白不能不首屈一指，储光羲亦可称为大家。七古与歌行，仍然推太白为第一人，如李颀、岑参、高适辈，亦属此中能手。再说近体诗罢，王维、孟浩然的五律，实能出色当行。崔颢、王维与李颀的七律，委实令人难及。善于五绝的除王维外，还有裴迪等人。善于七绝的，更不能不推李白与王昌龄及王之涣呢。他们中间还有一个怪杰，几于各体皆备，而且各体皆好的，舍了杜甫还有谁呵！

（二）题材繁复　初唐诗人，承袭六朝以来遗风，诗的境界更加狭隘，所以他们描写的对象，每每为宫闱所拘囿。到了盛唐的诗人，取材便开展得多了。此时不惟内容改变，即声调亦多与以前不同，如作歌行并不用律调。他们的分派，如太白、东川之诗，每多参入玄理，前者更杂以神仙家之言。王维与孟浩然的山水诗，极负盛名。还有一个田园诗人储光羲。至若岑参与高适，最长于边塞之作。临到杜甫，更好于诗中大发其议论，实为诗之散文化的鼻祖，他又以诗记载时事，所以后人称他叫作"诗史"。

（三）学古途广　文学最后的目的是创造，而最初总不出于模仿，尤其是在重视师承的古代诗人。他们的诗出于从前某家，其中每有线索可寻。初唐诗人所取法的古人，寥寥无几，而且限定极出名的诗人，才用来做模范。如建安正始的诗人，除陈子昂仿阮嗣宗的《咏怀诗》外，简直没有被唐初的诗人学步的资格。到了盛唐，他们作诗的题材既阔大，所以被模仿的古诗人的时代也延长，数量也加增。而且在当时或以后不大为人所重视的诗人，也被此时人用来奉为圭臬，且发扬而光大之。如陶渊明与鲍照，前者的诗入《文选》的只八首，而后者又被人惋惜为"才秀人微，取湮当代"。曹操诗且被《诗品》列入下品，在齐、梁时学阮籍的，只有一个江文通。大谢虽称雄一时，然其诗颇难作，而且难懂，从前学他的也不见多。到了盛唐时，差不多自建安以后的，无论有名无名的诗人，都有被他们学步的资格，而且有时故意检取当时不为人所注意的诗人而取法之，推移时尚，以造成一种风尚。以下略举盛唐人学古之一斑。

杜工部之五古，当以《北征》《咏怀》和"三吏""三别"为主，其得力处为曹操之《薤露行》与《苦寒行》，以及蔡琰之《悲愤诗》，实为杜诗所自出。至其五律，当以《秦州杂诗》为主，那些诗的渊源，是从庾子山的《感怀诗》二十七首出来的。（唐初未尝没有学庾子山的，但只取其浓艳而遗其感慨之处，惟杜工部不如此。）他的山水诗兼学大谢、小谢，颇能得灵运之雄厚而兼玄晖之明秀。次如李太白之《古风》五十九首,很可看出他从建安曹、刘直学到阮嗣宗的《咏怀》。他的山水诗又学谢朓。至于他的《蜀道难》《远别离》等与李东川之《杂兴》诗,则皆学鲍照之《行路难》。还有学陶渊明与二谢,尤其是小谢而为山水诗的,便是王维与孟浩然。学陶渊明的农家诗而喜咏田园的,便是储光羲。唐代学陶的还有几人,但以储氏为最肖。其他诗人,均各有其师承,以上不过略举数例而已。

于此可见他们学古的途径之广。齐、梁以来,被湮没的诗人与诗风,于此尽皆复活起来,而且真正的唐诗,亦于此时方能算正式出现。

李白与杜甫

唐朝是中国文学史上的一个黄金时代,唐诗又是唐代文学中的精华,而李白、杜甫又为唐代诗人之代表作家。自来谈文学批评或文学史的,没有不推尊李、杜的。不过在我们未讲此题之先,须将一般人对于李、杜比较的种种观念之不妥当的略加辨正。

(一)根据于地理的 以杜代表北方诗人,因为他家于河南巩县,住长安也很久,所以他的诗颇偏于写实一方面,这是北方诗人的特色。又以李代表南方诗人,以为他生于四川,后又到了湖北,所以他的诗很偏于浪漫一方面,这是南方诗人的特色。这种议论,尤以日本人之研究中国文学者为尤甚,如笹川种郎之《支那文学史》便主此说,近来颇影响到中国作文学史的人。以地域关系来区分文学的派别,只有在交通不便,政局不合,如南北朝、五代等时代尚可适用,到了唐代,文学早已没有分南北的界限了。

(二)根据于思想的 又有人以杜甫的人生观代表儒家,说他的作品，句句都不离社会，而以李白的人生观代表道家，因为他的诗大半有超脱人世之感。这话也许有一部分是对的。杜甫的思想，也并不是儒家可以包括的。至于太白之尚理想，崇虚无，诚然带有很浓厚的道家色彩，至于他的种种飞升远举之想，那是属于神仙家的，而且不免方士化了。其实太白又何尝完全抱着出世之想呢？人们总不能离弃社会而独立，惟其责望于人世者越大，故其对于世间之失望也越甚。到了不能"兼善天下"之时，只好逼上遁世的一条路上去。他的超出世间的思想，完全是由于他不能忘却世间的苦痛，如古之屈子、阮生均属此类。何况太白自幼便富于纵横之志，后来到处都不得意，精神渐归郁结。可见李、杜二人的思想，并不是根本上有什么分歧之处。

他们真不愧为千古的大诗人！决不易受时代及环境的影响。虽说他们在诗国的成就最伟大，但均不得意于当时之科举。他们都不是进士，他们的友谊虽然很浓密，但对其文学的主张毫不妥协。他们都能摆脱当时及从前被齐、梁所拘束之风气，各自寻找途径，出全力全智，去造就他们的艺术之王宫。

因为他们所走的路不同，我们更有比较二者之必要。大约言之：李白主张复古。他偏偏肯把他的旁逸斜出之天才，安置在古人已造好之模范以内，可说当得起建安以来古诗之一位结束的人物。杜甫主张革新，他的诗真是无所不学，但同时又能无所不弃，也不愧为元和以后诗风之开山师祖。先讲李白：

我们万不料这位被古今一般人目为大才横绝的太白，竟给我们派他一个复古派的健将的徽号，这并不是没有根据的。在太白之前的诗家而倾向复古的人，尚有如陈子昂、张九龄、孟浩然等人。可惜他们的天才均不及太白的伟大，所以成绩不大好。至太白便不同了。他有时颇以复古为己任而且自豪，他曾说过："梁、陈以来，艳薄斯极，沈休文又尚以声律，将复古道，非我而谁？"他又以为"五言不如四言，七言又其靡也"。这也是他的一种复古思想的表现。因为诗之最古者为四言，五言次之，七言更后出。他的《古风》五十九首，开口便说："大雅久不作，吾衰竟谁陈！王风委蔓草，战国多荆榛。"又说："自从建安来，绮丽不足珍。"他断至建安为止，以外便看不上眼，这是太白论诗的大主张。现在更从他所存留于现在的诗的形式上看来，古诗占十分之九以上，律诗不到十分之一，五律尚有七十余首，七律只得十首，而内中且有一首只六句。《凤凰台》《鹦鹉洲》二诗，都是学崔颢的《黄鹤楼》诗，但也非律诗，因为只收古诗的《唐文粹》中也把此诗收入。自从沈约发明声病以后，作诗偏重外表，太白很不满意于这种趋向，乃推翻当时所流行之齐、梁派的诗体，而复建安时的古体。在他所作的古体内，可以找出许多不同的来源。因为他的天才太大，分别去学古人，同时又能还出古人的本来面目。他的五古学刘桢，往往又参入阮籍的风格，七古学的是鲍照与吴均，五古山水诗学的是谢朓，又学到魏、晋的乐府诗，到了小谢以后，他便不再学下去了。可是魏、晋人作诗，多不大能变化，如陶、阮只善用单笔，颜、谢只长于复笔，惟太白则颇能变化，七古多用单笔，五古描写诗多用复笔。有人在此要反问道：太白诗既复古，何以集中乐府诗竟占一百十五首之多？杜甫曾说："李侯有佳句，往往似阴铿"，阴铿不明明是陈人吗？不过我们可以如此回答说：凡是反对某种风气的人，对于那种风气，必有极深的研究。太白对于梁、陈以来的诗风，极有研究，所以才不满意而欲复建安之古，故李阳冰说："至今朝诗体，尚有梁、陈宫掖之风，至公大变，扫地并尽。"他是真知李白之为人，而这样说的。

这里再转过来谈杜甫。他不惟不满意于齐、梁,而且不一定以太白之学汉、魏为然。以为永明、建安都是过去了的时代,说是古体,均差不多,又何必厚彼薄此?而且每代有每代之胜,又何必苦苦宗哪一代呢?所以他说:"前辈飞腾入,余波绮丽为;后贤兼旧列,历代各清规。"他一方面既不轻看古人,对于自己作诗,又总以求新为贵。所以他又说:"不薄今人爱古人,清词丽句必为邻。"他并非完全不学古人。可以说在他的眼光中看来,从来没有一家不好,但同时又没有一家尽好。所以他学习许多的古人,但同时又推翻他所学习的古人。他正是一位诗国的革命家,从以下几种特点可以看出:

(一)用字　古诗最重情致,而略于炼字。最初有佳篇而后有佳句,再后有佳字。即如太白的诗,多为一气呵成。至于工部用字,极重锻炼的功夫。他颇有自知之明,他自己批评自己说:"为人性僻耽佳句,语不惊人死不休。"又说:"新诗改罢自长吟。"他很佩服阴铿及何逊,因为六朝的诗人,到了阴、何最讲求炼字。少陵有时且直用阴、何的成语(黄伯思《东观余论》曾举出许多证据来),可见"颇学阴、何苦用心"之句不是假话。相传李白也曾调笑他说:"借问别来太瘦生,总为从前作诗苦。"杜诗中炼字最注意于动词,如"风起春灯乱,江鸣夜雨悬"之"悬"字,"爽携卑湿地,声拔洞庭湖"之"拔"字,都用得十分恰当而生动。

(二)内容　杜诗的内容,约可分为两大类:一种是描写时事,一种是输入议论。唐以前人作诗的内容,不外抒情、谈玄,或描写山水,藻绘宫闱,但用诗以咏叹时事的并不多,不过仅留蔡琰的《悲愤诗》、王粲的《七哀诗》、庾子山的《咏怀诗》等寥寥数种而已。至于在诗中大发议论的,尤为少见。以诗描写时事,为诗之历史化;

以诗发抒议论,乃诗之散文化。把诗的领土扩大,不愧"诗史"的称呼,而又善于融化散文的风格的,不能不推子美为第一人。此类最重要的作品,如《奉先咏怀》《北征》等均是。元和时代的韩愈很受了他的大影响,到了宋代黄庭坚、陈与义诸人,更推波助澜,达于极点了。他的七古更能上下千古,议论纵横,远胜于前。在他以前的纯粹七言诗,如《燕歌》《白纻》用以抒情,《行路难》用以谈玄,到唐代李颀、李白亦更张鲍照之旗帜而发扬之。杜甫的七古亦然,且能兼有二李之长。他能将无论粗语细语,都装在他的诗内,而且没有不雅的。宋人学他的,有时便现出粗犷之相。他的五律作得很有名,如《秦州杂诗》二十首之类,可认为是从庾信的《咏怀诗》化出的,这也是一条唐人所未走过之路。

(三)声调 自从齐、梁声病之说盛行以后,古诗即变为律调,开元、天宝间诗人,又生出了一种反响。但太白还是爱作乐府诗,竟占有三卷之多。子美不作乐府,他把诗和乐的性质完全分离。且看王渔洋的《古诗平仄论》,及赵秋谷的《声调谱》,渔洋发现古诗的平仄,自以为是"独得之秘"。他们的结论是:凡七古用平韵的,末后三字,必是平声,尤以第五字为最要。且随便举例,如昌黎诗:"五岳祭秩皆三公,四方环镇嵩当中。"东坡诗:"春江绿涨葡萄醅,武昌官柳知谁栽。"若改第五字平声为仄,便变成律调了。东坡的七古,本学韩退之的,又学杜。然最初发生此种变调的,要算王昌龄的《箜篌引》,惟到工部时更加尽量引用。又说七绝的声调,此种体裁之最早作家,为释汤惠休的《秋思引》:"秋寒依依风过河,白露萧萧洞庭波。思君末光光已灭,渺渺悲望如思何?"梁人七绝更多。隋代有无名诗人所作的"杨柳青青着地垂,杨花漫漫搅天飞。柳条折尽花吹尽,为问行人归不归?"均属声调和谐。太白七绝,受此等诗的影响甚大,故去拗调子极为铿锵悦耳。惟《山中问答》一首句句用拗体为例外。至于老杜的七绝,则以拗体的占十分之九以上。而如《江南逢李龟年》之声调和谐的作品,反算是例外。我从前曾作过《杜诗声调谱》,得一定例如下:就是他的七绝,全首以前二句拗者居多,前二句中又以第一句拗者为多。此种调门,后来黄山谷、李空同最喜欢学他。总之,子美的诗,无论内容及声律各方面,都极力避去前人已经走过的路,所谓用一调即变一调,后来学他的宋人尚能得他的善变之处,至于明代人,只学得他的高腔大调罢了。

第三期　中唐文学

开元、天宝之际,为唐朝文学极盛时代。虽不必说盛极必衰的话,然而极盛以后,的确难乎为继。谈到诗的境界气象,竟由阔大而变为纤小,由雄奇而变为秀美。此期派别甚多,略分之为三大段,即大历、元和与长庆。

一、韦刘与大历十子

大历诗实为盛中唐文学之分水界。此时杜甫尚未死,而钱起、刘长卿亦为开元时人。然钱、刘并不列入盛唐,杜甫不被称为中唐的诗人,只因为从钱、刘以后诗风与前不同:既由伟大变为高秀,而所学的目标不出于王维诸人,再上不过学到小谢,且此时近体诗较前更为发达,如钱、刘之律诗,李益之七绝,均甚有名。惟韦应物专作五古，然其源流仍同于钱、刘二人。

韦应物与刘长卿

韦诗为人所称道的一点，总说他是出于陶渊明，不惟时人以陶、韦并称，他自己也承认"常爱陶彭泽，文思何高玄"。但是细玩他的诗词高秀而华偶，与陶不很相像，这层在《四库全书总目提要》中已说得明白，其言曰："韦之五言古体，源出于陶而溶化于三谢，故真而不朴，华而不绮。但以为步趋柴桑未为得实。'乔木生夏凉，流云吐华月'，陶诗安有是格耶！"此处所说的三谢，指的是谢灵运、谢惠连与谢朓。其实三谢的诗格距离太远，惠连之诗存于今者甚少，不得而评，至于大小谢完全不相类。韦诗高秀，乃是出于小谢。单就用字来说，大谢诗中所用的颜色字极其浓厚而强烈，至于小谢则着色清微而秀发。如大谢的"原隰荑绿柳，虚囿散红桃"，并不似小谢的"霜剪江南绿"与"春草秋更绿"之用"绿"字，更来得空灵缥缈。回头再来看，韦应物所遗留的一二百首诗中用"绿"字者，竟至四五十处之多，恐怕不只是与小谢暗合，而且是有意学他。所以与其说韦诗溶化于三谢，反不若说他出于小谢更为得当。除了小谢外，韦氏还学王维的五古。

当时一般人最喜作五古诗，故七言古诗很少见。有一位五言最负大名而被人称为"五言长城"的刘长卿，他诗的来源与韦同，但律诗较韦为多。不知为什么，到了此时都趋向于作短诗的路上，五律、七律、七绝而外，还只有五古。至若像前代之纵横卷舒之七言长篇，很不容易得见，所以他们颇不易成为大家。

大历十子

关于十子的记载，后来意见颇为纷歧。我们现在且列举数说，略资比较：

第一说，见《新唐书·文艺传·卢纶传》，其人名为：

卢纶 吉中孚 韩翃 钱起 司空曙 苗发 崔峒 耿沣 夏侯审 李端

第二说，见江邻几《杂志》，其人名为：

卢纶 钱起 郎士元 司空曙 李益 李端 李嘉祐 皇甫曾 耿沣 苗发 吉中孚

不知为什么既称十子，共计却有十一人。

第三说，见于严羽之《沧浪诗话》，他未能将十子的姓名列举出，但是举有一个为前二说所未列的冷朝阳。

他们都是各说各人的话，不知有什么根据。至于十子之中，如崔峒、苗发、耿沣之流，所作的诗，而今实在不可得而见。于是在清代有一个以大历年代的诗人到如今尚有存诗可考者为标准，而厘定十子之数目，于是有：

第四说，为管世铭之《读雪山房唐诗钞》，其人名为：

刘长卿 钱起 郎士元 皇甫冉 李嘉祐 司空曙 韩翃 卢纶 李端 李益

大半管氏之说，也未必有所本。不过他所举的十子，个个的诗尚不坏，而今现在我们人人得见。

所以把他们十个人列在一起，就是因为此时诗人，对于个性之表现不甚强烈,看去大家的风格差不多是大同小异,或竟至含混不清,哪能像盛唐之李诗与杜诗各有千古呢?十子的诗,照现在所存的看起来,大概都能做到"颜色鲜美""声调铿锵"八个字。

二、元和之诗文

此处虽标题为元和,而元和略前略后之时代均包在内。讲诗则以韩愈、孟郊为代表,讲文则以韩愈、柳宗元为代表。诗与文至此时皆开前古未有的局面,且诗与文同时变化,而散文之变化所发生的影响更大。宋以来文人口中所说之"古文",均从此时开端。韩愈结束了由汉到唐以复笔作散文的风气,而代之以单笔,直到清代桐城派为止,他的势力不可谓不大。现在先论此时诗之变化。

讲到元和的诗人,每以韩、孟并称。照寻常人的揣测,以为韩愈的名声很大,孟郊一定是学韩的,其实完全不然。若以文而论,韩愈所走的是变古的一路。至于作诗,恐怕韩愈还要受孟郊的影响呢。此时的诗风,是追随杜甫以后而变本加厉的。他们都趋于悬崖绝壁的一流,诚有如陆机《文赋》所说的"谢朝华于已披,启夕秀于未振"的境界。韩愈与韦中立论文书所说的"惟陈言之务去,戛戛乎其难哉",在这两句话中也可见他们作风之一般。

何以说诗到韩退之的手里究和从前的大不相同呢?因为他首先不用作诗的方法来作诗,他硬用作散文的方法来做诗,所以叙事发议论都能畅所欲言。他是一个儒家的学者,他的哲学却是在第二流以下,然而他的学问极渊博。他所崇拜的是孟轲、扬雄。他的辟佛,大约是学孟子的距杨、墨,而他的文学造诣,却受了扬子云不少的影响，单看他的诗句的来源，便知此言之不谬。

（一）以字书入诗　汉代文学家如扬雄、司马相如之流，同时又是小学家。韩愈对于小学也很费了一番苦功，他自己又有"凡为文词，宜略识字"的口供。他用了许许多多为平常所不经见的字，放在他的诗中，如他著名的《南山诗》《陆浑山火》及与孟东野《城南联句》，并不是一个并未研究过小学的人一翻就看得懂的。不但如此，有时他的诗句有六个字或竟一整句都是名词，那简直是有意模仿字书上的句法了，如《陆浑山火》中的"虎熊麋猪逮猴猿""水龙鼋龟鱼与鼋""鸦鸱雕鹰雉鹄鹝"。又有几于连句都是动词的，如同篇中之"燖焦煨燂孰飞奔"。这显然是有意学《急就篇》的句法以炫新奇的。

（二）以作赋之方法作诗　汉赋每喜用奇字奥义，韩诗亦然。可见两者取字的途径是一样的，此层前段略已提及。且赋最尚铺张排比，而韩退之的《南山诗》历叙山上之土、石、草、木，与春、夏、秋、冬，极其详尽，与汉赋之历叙东、西、南、北、草、木、鸟、兽章法颇相类。我们不妨说《南山诗》就是一篇每句五个字的赋。

（三）打破诗中之句法及节奏　这层就是他以散文入诗的具体方法的表现。如《石鼓歌》之"其年始改称元和"，直是一句散文。他的五言偏偏要用上三字与下二字分节，如"有穷者孟郊"，"淮之水悠悠"。七言中用上三下四的拗句，更属平常，如《送区弘南归》之"落以斧引以纆徽"，及"子去矣时若发机"，又如《陆浑山火》之"溺厥邑囚之昆仑"及"虽欲悔舌不可扪"。这些地方，的确是不遵守诗句的成规的。

他的诗近体不如古体，五言不及七言。

他对于文学的主张，可见他与李翊书，大抵很注意于"惟陈言之务去"一点。他很推崇他的同时人,善为"涩体"的樊宗师,这位先生死后的墓志,就是退之的大笔。"不蹈袭前人一言一句,又何其难也",这是那篇文章中的警句。可惜樊氏虽能不蹈袭前人一句,而故意作来令人不懂,所以他生前所作诗文在一千首以外,流传到而今的只有两篇文、一首诗。而且令后世的人注来注去还是读不清楚。元代的陶宗仪、清代的孙之騄算是勉强把句子点断了。这种"涩体",真可算是"矫枉过正"的成绩了。

在没有往下讲以前,且把中唐的几个著名的文人的生卒年月列表于下,以资比较。

人名	生年	卒年	年岁
孟郊	天宝十年(七五一)	元和九年(八一四)	六十四
韩愈	大历三年(七六八)	长庆四年(八二四)	五十七
白居易	大历七年(七七二)	会昌六年(八四六)	七十五
刘禹锡	大历七年(七七二)	会昌二年(八四二)	七十一
柳宗元	大历八年(七七三)	元和十四年(八一九)	四十七
元稹	大历十三年(七七九)	太和五年(八三一)	五十三
贾岛	贞元四年(七八八)	会昌三年(八四三)	五十六
李贺	贞元六年(七九〇)	元和十一年(八一六)	二十七

从上表看来,以孟郊年岁为最早。长寿的有白居易,活了七十五岁。短命的有李贺,只活了二十七岁。

韩愈在当时极倾倒孟郊,而元和之诗风实自孟郊始变。

孟郊

孟东野虽然活六十四岁,但是穷了一辈子,下第,再下第,到五十岁以后才登进士,并未得到高官显爵。当他的晚年,儿子又死掉了。他的确是一个家苦而孤独的诗人。他的性情,他的境遇,都逼他走到刻苦惨凄的道路上去。如他《赠崔纯亮诗》："食荠肠亦苦，强歌声无欢。出门即有碍，谁谓天地宽！"真是活活画出一个愁云暗淡的苦吟诗人的形态。又如《秋怀诗》："孤骨夜难卧，吟虫相喞喞。老泣无涕洟，秋露为滴沥。去壮暂如剪，来衰纷似织。"无怪乎后来的人都怕读他这种惨颜无欢的哀鸣语呢。

究竟这位诗人的才气很大，他不仅工于苦吟，而且有时出语的气象却非常之阔大，如《游终南山诗》"南山塞天地，日月石上生"，《赠郑夫子鲂》"天地入胸臆，吁嗟生风雷。文章得其微，物象由我裁"等句，胸怀又是何等的宽宏！真是与穷愁的孟郊几不相类。后世诗人固然有尊重他的，也有不满意他的，如苏东坡以寒虫比他的风度，以小鱼及蛰蠁比他的品格，元好问又给他加上"诗囚"的绰号。这由于他们的遭遇及工力各不相同，所以大家不一定能互相了解。

再者，韩愈乃当时文宗，一代诗豪，何以偏偏颂扬他到极处，竟有"我愿化为云，东野化为龙"等句，这实在是因为孟郊的奇险，实开前代未有之创局；不仅是能改变唐代的诗风，而且是一个认真作诗的人，看他《吊卢殷诗》中的两句话："有文死更香，无文生亦腥"，可见他的意旨之所在。

至于像他一般狭隘的胸怀与穷苦的境遇，而诗的风格又颇相仿佛的，在汉则有郦炎与赵壹，在魏又有程晓，以后诗人之学东野的，有北宋的王令（有《广陵集》）及南宋之谢翱（有《晞发集》）。在元和同时诗人中，与孟郊相近者，尚有柳宗元。柳诗中也有幽怨苦楚，与孟东野抱同病之处，而且他们又同是有学谢灵运的地方，尤其是关于诗的色泽一方面。东野学到谢的烹炼词采，子厚学到谢的藻绘山水。

柳宗元

再谈柳子厚罢。他是此期中山水文学之代表者，而他的渊源，乃出于六朝。

谈到六朝的山水文学，诗则推大小二谢，文则有郦道元。郦道元的《水经注》有些地方简直是散文诗，但柳子厚则能兼而有之。

大谢的描写山水的诗，不仅内容富丽，即诗题亦颇费工夫。柳子厚更学到大谢工于制题这一点。柳诗的题目佳妙的很多，随便举几个，如《湘口潇湘馆二水所会》《登蒲州石矶望横江口，潭岛深迥，斜对香零山》，以及《中夜起望西园，值月上》，老实说，莫说以上所举的几首诗的内容本来不坏，就是这些题目的本身，已经充溢了葱郁的诗意呵！

以后到了宋人，只有姜夔的词题制来颇为精妙，可说是由谢与柳传下的。

卢仝与刘叉

唐代的诗人数目极多，无论什么派别都有。讲到怪僻的作家不得不推卢仝与刘叉，他们都长于杂言，而带有一种特殊风格的。

刘叉的诗，存到而今的，只有《冰柱》及《雪车》两首。但只要这两首，已足以充分表现这位怪僻诗人之打破从前一切拘忌而畅所欲言呢。

卢仝的诗，完全收在《玉川先生集》内。他有一首著名的《月蚀诗》，这首诗的背景，是当时宦寺之乱。稍后有韩愈的《月蚀诗效玉川子作》，到宋代欧阳修又作《鬼车诗》，都是极力模仿他，但是兴趣索然。惟有明代刘基作的《二鬼诗》还能仿佛得到他的好处。又有王令学到他的五言的一部分。此外十分注意他的人并不多，但他却不因注意他的人少而减少他的真价。

至于玉川子诗的来源，倒也别致。他不肯去模仿前代鼎鼎大名的诗人的风格，而另外去学汉代童谣及铙歌等类。他的诗取材的地方也极广,即如《汉书》中的《天文志》一大部分都被他采用在他作的《月蚀诗》内。

因为他太怪僻了,后来许多以大家自居的诗人,对于他这种"舍正路而不由"的态度是不大以为然的,且引元遗山论诗的诗,以见一斑:"万古文章有坦途,纵横谁似玉川卢?真书不入今人眼,儿辈从教鬼画符。"

张籍与贾岛

唐代诗人擅长于五律的约分两派:第一,是杜甫的一派,气象磅礴,到宋以后占有极大势力,然而当时却不大兴盛;其次,就是张籍、贾岛的一派,就人人眼中所有,而人人口中所不能道的写出。要想把平常的题材写得出奇,所以不得不借重于苦吟。

张籍在当时,他的乐府诗也很有名,即最善于作此类诗的白居易都很佩服他呢。"张公何为者,业文三十春。尤工乐府词,举代少其伦。"这是白乐天读文昌诗时的赞词。他不但长于乐府,五律也作得很好。看去似觉平淡,实在是从平常一般人所不经意的处所挑剔出来的,所以难能而可贵。

至于贾岛作诗,更较刻苦。后来讲作诗叫作"推敲",就是由于他因为一句"僧推月下门"或"僧敲月下门"而惊动了韩愈的大驾的故事而来。他更由韩愈之提奖而还俗。他所作的关于咏和尚的诗尤其特别的好,如写火化和尚时,有两句是"写留行道影,焚却坐禅身",又有送和尚还山的诗,写"独行潭底影,数息树边身",下有夹行小注说:"两句三年得,一吟双泪流,知音如不赏,归卧故山秋。"于此正可以证明他的苦吟之一斑。

从张、贾二人以后,唐代诗人作五律的几无有能出二人范围以外的。晚唐诗人一派学张,一派学贾,此种势力,到清代尚盛。如乾隆年间有高密李怀民、李宪乔专门学张、贾的五律，竟成了高密诗派。怀民所作的《中晚唐诗主客图》，对于此派源委，分列颇为详审。此图引在下面：

张籍 清真雅正主
　　上入室 朱庆余
　　　入室 王建 于鹄
　　　　升堂 项斯 许浑 司空曙 姚合
　　　　　及门 赵嘏 顾非熊 任翻 刘得仁 郑巢 李咸用 章孝标
贾岛 清奇僻苦主
　　上入室 李洞
　　　入室 周贺 喻凫 曹松 崔涂
　　　　升堂 马戴 裴说 许棠 唐求
　　　　　及门 张祐 郑谷 方干 于邺 林宽

　　以上将《主客图》中人物胪列出来，可惜此书流传不广，刻本很难得。后来谈到此书的，有吴振棫在他的《养吉斋余录》载有此种掌故，再有杨锺羲在《雪桥诗话》上曾有批评。这是由于高密派首领当时只作客于桂林李松浦家（《韦庐诗集》有《二李评语》），与外边隔绝，故知道此派的人绝少。可是李氏兄弟之说，也不一定是创见，却受了明代杨慎《艺林伐山》中所说的影响。

　　此外学贾岛而最肖者：在南宋有永嘉四灵（赵灵秀、翁灵舒、徐灵辉、徐灵渊），到清末有释寄禅，号八指头陀者。明代人倒少有学他的。

李贺

　　他是唐代一位极聪慧的诗人，同时又是一位短命的诗人。太白既被人称为诗中仙才,而长吉乃被人称为诗中鬼才。他的诗格极幽细,七言比五言好,古体比今体长。他又善为乐府诗,但不像白居易、张籍用此种体制来诉民间疾苦。他的乐府诗,却是从齐、梁的宫体学来而改变面貌的。他的诗又很得力于楚辞,故虽为宫体,而不流入于浮艳。到了晚唐,有李群玉学他,李商隐、温飞卿也学他。到宋代的词人,多少都与他有点关系。

王建

王建,字仲初,被人称为宫词之祖。以七绝诗描写宫闱琐碎之事,计一百首。其后王涯又继之为《宫词》,还有曹唐的《游仙诗》,胡曾的《咏史诗》,都各有一百首之多。后代最精于此体者,为清初之厉鹗及清末之饶智元。前者有《南宋杂事诗》,后者有《十国杂事诗》流行于世。

以上叙述元和之诗已完,再叙其散文。

元和之文——韩愈

元和时代之文,也如此时之诗一样,通通是以变化为原则的。韩愈在当时大做他的"古文"运动。

自来散文之派别,不外二种:一属于理致,例如周、秦诸子之文,其用在说明义理,本非为文而作文;再属于词采,例如六朝人之文。自魏、晋以后,文笔之界分别甚严,凡为文者均以文为主而略于笔,但不幸到了元和时代,文笔的界限实已漫漶不可再分。若以晋后文笔的界说去衡量当时韩、柳的作品,他们所作的是笔而非文。单看他同时人的理论便可知道,如刘禹锡祭韩愈文中有句说"子长在笔,予长在论",稍后杜牧的诗也说道"杜诗韩笔愁来读,似倩麻姑痒处搔",可见唐时人是不承认韩愈的作品为文的。在后晋刘昫作《旧唐书》第一百六十卷上,才开始用"韩文"的名称。北宋苏轼作《潮州韩文公庙碑》称他的"文起八代之衰"。老实说，以纯粹文学的眼光来看，晋、魏、六朝的文学并未衰，到韩愈起而改革以后，倒真的把文弄衰了。但他虽未必能起八代之衰，却能变八代之貌。因为从韩愈以后，把四部书中的子集合糅起来，以集之文，发子之理，有时子的成分更多，把文学的界限弄到混然无存，于是文学的独立性质因之而失掉。他又挂起一块卫道的招牌，及其末流，就有一种"文以载道"的主张出来，这乃韩氏为厉之阶，咎无容辞的。

总之，从元和以后，文之最大趋势，即为以笔代文，以集代子。此种运动，实以韩愈为一个大力的斡旋者。但作文用单，并不始于韩愈，不过从他以后，更成为一种风气罢了。用单笔当以《史记》为宗，复笔当以《汉书》为祖。由六朝至中唐，可说是《汉书》的时代；自从中唐以后，可以说是《史记》的时代。但是在六朝举世以复笔为风尚之时，其中还有少数人，如北朝之苏绰、南朝之姚察，他们的作品都是"笔"而非"文"。至初唐，陈子昂亦用单笔。盛唐时，又有元结亦用单笔。其后又有独孤及，与他同调的又有萧颖士与李华，由独孤及而梁肃而苏源明，也是使用单笔的。韩退之初年作文，就是学独孤及。与韩同时齐名的有柳宗元，还有李观、刘禹锡、欧阳詹。出于韩的门下的，为李翱与皇甫湜。晚唐则有杜牧、皮日休、刘蜕、孙樵，都是从韩文脱胎而出的。到了唐代以后学他的更多，甚至以单笔的文跃而为正宗，而作复笔文者乃退为旁支。

韩愈的势力似乎越到后来越见显著。此如人家对于他的批评，《旧唐书》作者与《新唐书》作者就不一样。宋祁作《新唐书》自然有许多材料是根据刘昫的《旧唐书》而来的，刘氏对于退之尚有褒有贬，但是到了宋祁的手里，把贬他的话一齐都删去，而尽变为褒词了。

《旧唐书》说韩愈"常以为自魏、晋已还,为文者多拘偶对,而经诰之指归,迁、雄之气格,不复振起矣。故愈所为文务反近体,抒意立言,自成一家新语……世称韩文。"

《新唐书·韩愈传》赞曰:"自贞元、元和间,愈遂以六经之文为诸儒倡……然愈之才,自视司马迁、扬雄,至班固以下不论也。"又说:"其道盖自比孟轲,以荀况、扬雄为未淳。"

从以上所引的两段话中,可以看出韩愈的几点:

(一)他以孟子自居,隐然以承继道统之人物自命,尤其是他的辟佛之无理取闹,也正与孟子之距杨、墨之无端谩骂一样。这是他文章的内容。

(二)他又隐以司马迁自比,西汉以后的文人,他一个也瞧不起,所以他作文好用单笔,除句调参差以外,颇注重于文之气势。他论文气颇有精到之处。又文中琢句炼字的地方,颇得力于扬雄。这是他文章的形式。

其实韩愈的文章对于后世的影响极大,是无容讳言的。但论到他的思想,却是非常之浅薄。他虽挂起招牌拥护孔、孟,可是品行也多可笑,很爱赌博,他教训他的儿子,不过只有升官发财的思想。辟佛而晚年又专门与和尚往来,辟老而晚年颇信服食之说,竟吞硫磺而死。像这种言行矛盾、思想浅浮的文人,充其量能继道统,也不过如此而已。

讲到读书,柳宗元实比韩愈为精。如《辨鹖冠子》《辨列子》等作,开后世辨伪之风气,较之韩愈之《读荀子》《读墨子》等篇之空空洞洞说几句话的不同。至于子厚的文学的来源,乃学楚辞而兼之以诸子,与退之之专门开口孟轲、闭口扬雄的不相类。清代方苞极推尊韩文,而对于柳文尚有不满之处,也可以见二人文学之异趣。

但他二人对于小学均有相当之研究，故文中涉及训诂处颇精，至于宋后之学古文者，不过只剩得一副空架子罢了。

附单笔复笔兴替表

单笔派：

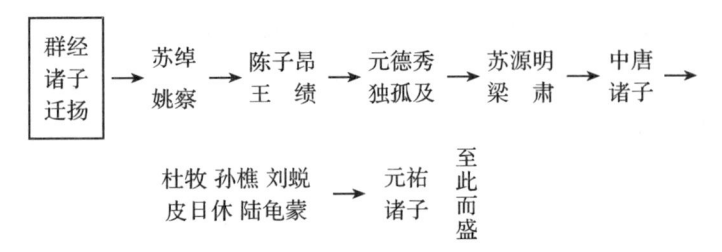

群经诸子迁扬 → 苏绰 姚察 → 陈子昂 王绩 → 元德秀 独孤及 → 苏源明 梁肃 → 中唐诸子 →

杜牧 孙樵 刘蜕 皮日休 陆龟蒙 → 元祐诸子 → 至此而盛

复笔派：

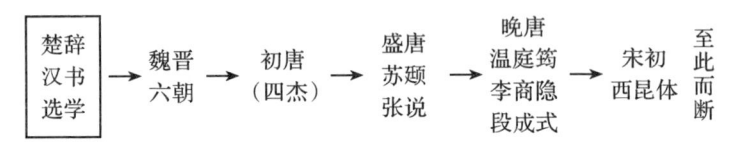

楚辞汉书选学 → 魏晋六朝 → 初唐（四杰）→ 盛唐 苏颋 张说 → 晚唐 温庭筠 李商隐 段成式 → 宋初西昆体 → 至此而断

三、长庆之诗文

长庆是唐穆宗的年号。这一期的文人，大半是与韩、柳生于同时。他们所以不归入元和而算在长庆期内，一则因为他们比较元和诸公死得更迟；二则因为他们的集子是在长庆年间编成的，所以这期的两个代表作者，如元稹有《元氏长庆集》，白居易也有《白氏长庆集》。

元、白虽说与韩、柳生当同时，但元和与长庆的诗风完全不同。

元和诸公如韩愈、樊宗师等所作的诗文,惟恐被别人知道,故处处故意要别人难懂。但到长庆时的元、白作起诗来,惟恐人家不懂,所以白居易的诗,竟有老妪都解的传说。到宋代苏东坡批评他二人为"元轻白俗",也无非是嫌他们的诗太容易了解的缘故,而且到了此时,元、白对于作诗的观念,不惟与元和诸公所怀抱的不同,更与从前许多作诗的宗旨相反。自来诗人,大半是用诗以发抒自己的情感,如《史记》所说的"《诗》三百篇,大抵圣贤发愤之所为作也"。即相传的诗必穷愁而后工,总是表明诗是为自己而作成的。换言之,作诗即是诗人的目的。可说这是从汉、魏起直至元和所有的诗人所抱的极普遍的观念。但到了元、白,这个观念完全改变了。他们并不以作诗为目的,而却以作诗为手段,可说他们正是受了相传的子夏所作的《诗大序》上的话——"上以风化下,下以风刺上"及"主文而谲谏,言之者无罪,闻之者足以戒"的影响。其实三百篇作者的本意是否如此,尚属疑问,不过从汉代的经师的眼光中看来,这种讲法几成铁案。总之,这派人的意见,总可以代表诗是为人而作的这种意见,这点是他们显然与元和诸人不同之处,可说韩愈是将子部与集部合而为诗,白居易则混同经师与文人的观念而为诗。他对于文学的具体主张,在他与元九(稹)的书,可以完全看出(见《旧唐书》第一百六十六卷及《白氏长庆集》)。最重要的两句话就是:"文章合为时而著,歌诗合为事而作。"由此观念出发,所以他极推重有比兴的诗,谓"诗为六经之首"。他说自汉至唐诗道中绝,对于唐代极大诗人李白也不见得满意,对于杜工部只不过取他的合乎为时为事而作的一部分,如"三吏"(《潼关吏》《新安吏》《石壕吏》)、"三别"(《新婚别》《无家别》《垂老别》)、《塞芦子》、《留花门》,又最赏识老杜的"朱门酒肉臭,路有冻死骨"等句子。他又觉得从前人专门爱用诗以炫耀他们自己的学问，所以用了许多险字奇句，故意叫人不懂；诗的功用既是用来感化别人，自然要使懂得的人越多越好，故诗中所用的字，必令一般人都能了解。当时完全能了解他同情他的人，最著者有元稹，其次为邓鲂，为唐衢。看他《寄唐生诗》有"不能发声哭，转作乐府诗"。唐生对于时事愤嫉而大哭，但他却是以诗代哭。他又说他的当哭之诗，乃是"篇篇无空文，句句必尽规。功高虞人箴，痛甚骚人辞。非求宫律高，不务文字奇。惟歌生民病，愿得天子知。未得天子知，甘受时人嗤"。我们看了他的《与元九书》，可以知道他作诗的理论；读了这篇《寄唐生诗》，又可以知道他的作诗的方法。是非求格律高，不务文字奇，一方面又代替下层社会的苦人说话，一方面又容易使人懂得。无怪乎当时得名之盛，"二十年间，禁省、观寺、邮候墙壁之上，无不书，王公妾妇牛童马走之口，无不道。至于缮写模勒，街卖于市井，或持之以交酒茗者，处处皆是"，甚至于鸡林贾人，专门到中国来贩买他的诗呢。

他的诗在当时的势力如此之大，同时所遭大人先生之忌刻亦不小。因为他代替困苦的小百姓说话，有时不得不伤犯执政的官人的面子，因此得罪了当时许多有权势的贵人，所以白氏的官运并不亨通，连遭几次的贬谪，反叫他有机会去游历忠州、江州、杭州等地。及至到了晚年，壮气消磨，颓然自废，天天只知吃酒看花，决不再歌民生的痛苦，学学明哲保身之训，而改作闲适一类的为己而作的诗了。

与白氏同调而且与他实际合作的诗人，当然推元稹，可惜此君早死。最先是元、白齐名，到后来又有刘禹锡起而继之，世人称为刘、白。关于讽刺类的新乐府，白氏所作的共五十篇，而元氏的乐府十三篇，即与白氏的同名，为：（一）《上阳白发人》；（二）《华原磬》；（三）《五弦弹》；（四）《西凉伎》；（五）《法曲》；（六）《驯犀》；（七）《立部伎》；（八）《骠国乐》；（九）《胡旋女》；（十）《蛮子朝》；（十一）《缚戎人》；（十二）《阴山道》；（十三）《八骏图》。从以上的题目看来，可见他们是同用一种题材，是抱同样的目的而作的。这派讽刺诗影响到后来的力量很不小，后来专门学此派诗而著有成绩的人，有元代的王冕（元章）的《竹斋集》（《邵武徐氏丛书》），清代的金和（亚匏）的《秋蟪吟馆诗钞》，及与金和同时之杨后（柳门）所作的《混江龙》等词。

元、白的诗影响及于后代的，除了他们有意所作的讽刺诗以外，还有一种纪事诗，如白居易之《长恨歌》，元稹之《连昌宫词》及《望云骓》，到后来的势力也很大。因为此类诗在元、白以前，也是不大发达的。略将长庆以前的有名的纪事诗依代列举，如：（一）汉辛延年之《羽林郎》，叙霍光家奴冯子都事迹；（二）《陌上桑》叙罗敷辞使君事；（三）《孔雀东南飞》之一千七百八十五字，写焦仲卿与其妻兰芝的悲剧；（四）魏左延年与晋傅玄之同写女侠秦女休之故事，而为《秦女休行》；（五）《木兰辞》，述梁师都部下木兰女之事实。到了唐代又有（六）卢照邻之《长安古意》；（七）骆宾王之《帝京篇》及《咏怀》；（八）崔颢之《江畔老人愁》与《邯郸宫人怨》；（九）杜甫之"三吏"、"三别"、《丽人行》等篇。一直传至元、白，更能发扬而光大之。如白之《长恨歌》，记太真生前及死记后艳迹；元之《连昌宫词》，由一座宫殿而感到沧桑之变；《望云骓》从一马而看出唐代的兴亡大事。元、白二人此类作品，最得力于《孔雀东南飞》，不过改五言为七言罢了。因为用诗纪事之风一开，文人同时可以代替史家，而经师又可以合于文人。此后到了晚唐，郑嵎有《津阳门行》，以一千四百字述唐明皇之华清宫门，可以觇当时之盛衰。至于用这类诗以专描写一个人的,有李绅、杨巨源之《崔莺莺歌》,司空图之《冯燕歌》,到了韦庄的《秦妇吟》,可以看到黄巢当时扰乱的情形:"内库烧为锦绣灰,天街踏尽公卿骨。"此派诗到明末又演变为吴伟业之《陈圆圆曲》及《永和宫词》,可由吴三桂的爱姬及崇祯帝的田妃事迹中,看出明末将亡的景象。到了清代中叶,陈文述(云伯)的《碧城仙馆集》中颇多此种作品。清末有王闿运(壬秋)的《圆明园词》,从他的自注本中,可以得到清代当时外侮内忧的缩影。近来有王国维(静安)之《颐和园词》,亦可觇清末政变先后之迹象。总之,此种诗的两种特点,一是长篇,二是通俗。所以到了明代,竟化身成为弹词,最著的如杨升庵之《廿一史弹词》,及明末人的《天雨花》之类。但明、清的许多文人所作的纪事诗,篇幅虽然仍是长的,但通俗一层,绝不顾及,反而炫才逞博,堆了许多典故及辞藻。谈到这里,我们更不能不佩服元、白二公才气之大,所以颇能以白描见长呵。

元白与小说

中国的小说起源本来很早,但从来未被人重视,因为一般文人并不把作小说当作一件正经事干。到了唐代,始有专门作小说的文人出现,而且小说起源于神话,上古的神话与小说每难分别,如《山海经》中与《天问篇》中之种种神话与传说。到汉、魏遗留至今的小说,多半是稍后的文人伪造,不定据为史料。截至唐代以前,一切号称或真的是汉、魏、六朝之小说,总不脱灵奇与鬼怪两个特点。到唐代始有人注重于人事之描写,照流传到今日的唐代小说看来,和从前不同的略有数点:

(一)短篇 如宋时章回小说《宣和遗事》之类,此时绝无。

(二)文言 词采浓丽,不以白描见长。如宋代之浑词小说,此时亦无有。

（三）内容　第一是虚构，创造若干非世间的人物，如中唐李朝威之《柳毅传》。第二是缘饰，故意张大其词，如杜光庭之《虬髯客传》。但此中有一共同的特点，即是以人物为中心。

我们今日尚能得见此等小说，全靠有北宋人所修的《太平广记》五百卷。

在讲元白时与小说相提并论，却有两个缘故：一是中唐的几个有名的小说家，不是元、白之兄弟，即为二人之至友，如白行简为居易之弟，元稹、陈鸿均为居易之友；其次是元、白一派所作纪事诗，颇有与当时作小说的同用一题材，如白居易有《长恨歌》，陈鸿即有《长恨歌传》，元稹有《会真记》（《太平广记》作《崔莺莺传》），而杨巨源有《崔娘诗》，李绅有《莺莺曲》。

现在且把唐初至元和的小说，列一简目，并注明见于《太平广记》之卷数以便翻阅，也可以窥见唐代小说是到中唐才盛行的。

隋、唐间　王度《古镜记》（见第二百三十卷）

唐初　《补江总白猿传》（见第四百四十四卷）

武周　张鷟《游仙窟》（今从日本抄回）

大历、贞元　沈既济《枕中记》（见第八十二卷）、《任氏传》（见第四百五十二卷）

元和　沈亚之《湘中怨解》《异梦录》《秦梦记》（见第二百八十二、二百九十八卷）

陈鸿　《长恨歌传》（见第四百八十六卷）、《东城老父传》（见第四百八十五卷）

白行简　《李娃传》（见第四百八十四卷）、《三梦记》（见《说郛》第四卷）

元稹 《莺莺传》(见第四百八十八卷)

李公佐 《南柯太守记》(见第四百七十五卷)、《谢小娥传》(见第四百九十一卷)、《庐江冯媪传》(见第三百四十三卷)、《李汤》(见第四百六十七卷)

唐代小说之分类

关于小说之分类法,起源甚迟。因为当时人只知道提笔就写,替他们分类的,始于明人。罗列数说如下:

(一)胡应麟之六分法(见《少室山房笔丛》二十九卷九流绪论下)

甲,志怪 《搜神记》

乙,传奇 《崔莺莺传》

丙,杂录 《世说新语》

丁,丛谈 《容斋随笔》

戊,辨订 《资暇录》

己,箴规 《颜氏家训》

由以上看来,可见胡氏对于小说二字观念之复杂。前三类尚是小说,后三类似不应列入,且所引例,也不限于唐人作品。不过因为是最先为小说分类的一人,故先引及之。

(二)《四库提要》之三分法

甲,叙述杂事 《世说新语》

乙,记录异闻 《山海经》

丙,缀录琐语 《酉阳杂俎》

(三)日本盐谷温之四分法(见《支那文学概论》中)

甲,别传 《东城老父传》《李林甫外传》《高力士传》

乙,剑侠 《虬髯客传》《红线传》

丙，艳情 《游仙窟》《霍小玉传》《李娃传》《会真记》

丁，神怪 《柳毅传》《非烟传》《南柯记》《枕中记》

唐代小说，自元、白以后，何以竟至如此之兴盛。据日人铃木虎雄之解释，以为由唐之小说盛而演成叙事诗。其实我们的推测，正同他相反。就是到了此时，各种诗体均已作完，诗之地步臻于极境，乃在诗国以外另觅一个发展的园地。将诗的涵意，用散文的体裁写出，于是乃由诗而变为小说。我们用这种解释说明唐代小说兴盛之故，想来不致大错吧。

第四期　晚唐文学

从宣宗大中以后直到唐末，这段时期，姑且定之为晚唐。我们可用对待中唐文学的眼光移来看这几十年的作品，大概不错。因为此时诗人文人的态度，均以对于元和、长庆诸公的向背而分他的派别，他们对于中唐作者，不是附和，即是反对。诗文至此，不过唐代之尾声而已。

以文而论，中唐韩退之等化复为单，而此时学他的有孙樵、刘蜕、皮日休、陆龟蒙等人。杜牧虽未直接学韩，而气势颇相近。但同时又有一班专门做骈四俪六的复笔文章的，有号称三十六体之李义山、温飞卿、段柯古，他们又显然是与退之背道而驰的。至于诗，前人每以中晚唐并举，这实由于此时的诗人都逃不出中唐诸家之范围。且诗至此已成强弩之末，近体纷起而作古体者绝少。要把他们分成数派颇不容易，现在仍旧以他们对于元和、长庆诸公向背的态度而勉强分之如下：

一、功利派

这派均属《主客图》中人物，从前早已讲过。他们作诗，颇以格律为重，大半都长于作五律的近体诗。此派以清奇僻涩为工。尤其是贾岛，他死得很晚，晚唐诗人均与他相见。又因科举试律之故，遂刻意讲求。晚唐人热心于科第，较从前更甚。试举刘得仁的诗为例，他说："外族帝王是，中朝亲故稀。翻令浮议者，不许九霄飞。"后来栖白和尚作了一首诗吊他，道："忍苦为诗身到此，冰魂雪魄已难招。直教桂子落坟上，生得一枝冤始销。"

其他如李山甫因举选士不第，跑去帮藩镇为乱。又如许棠老而始第，他快活异常，自己说登第后筋骨轻健比少年更好，成名乃孤进之还丹。又如罗隐因不第，投奔吴越钱镠，其后南唐使者至吴越，钱问识罗隐否，答以不知，钱甚以为怪，使者回答说："只因金榜无名，所以不知。"那时又有投卷之风，又如李昌符专作婢仆诗，因而成名。当时的诗人对于科举之眼红如此，所以无怪乎张、贾诗之流行而诗风之不振呵。此外，与张、贾立于反对地位的，有：

二、词华派

（一）杜牧　他的《樊川集》完全保存至今，晚唐诗人中他很负盛名。人每以二杜并称，号杜甫为大杜而牧之为小杜。他的诗词采华艳。当时有一位善于五律学贾岛的诗人喻凫，以诗见杜牧，他置之不理，凫出语人曰："吾诗无绮罗铅粉，宜其不售也。"从"绮罗铅粉"四字中，可以看出他的诗格，又可以看出他与诸家的不同处。

他的作品，文有《罪言》，赋有《阿房宫》，诗有《杜秋娘》。他不但不满意于张、贾，亦且不满意于元、白，完全为一无依傍之作家。他虽说词采动人，然而诗文均富有纵横之气，故能华而不缛，决不至于为辞藻所囿。以下再举一派专门以词胜者。

（二）李商隐、温庭筠　这两位诗人所作，大都不脱宫体之意味。唐诗词采之胜，到温、李可谓登峰造极，直可称他们的诗为宫体之正宗，原出于李长吉。义山的七律颇能学杜，而温则专学长吉，既不同于韩、孟之险怪，复不同于元、白之轻俗，更不甘为张、贾之僻苦，看来满眼都是"绮罗铅粉"，内容不外是闺情怨思。有时诗意不免为词所害，所以解义山《无题诗》的人，宋以后议论纷纭莫定。飞卿虽专学长吉，而加以变化。用比喻来说：长吉之诗，如满身珠翠见之于月下者；而飞卿之诗，则如满身珠翠之见于和风暖日中者。总之，他们都富有一种幽光冷艳的风格，不愧为唐诗别派。他们所擅长的诗体均为七古，李之七律较温为佳。此派诗到后来影响颇大，如昭宗时韩偓之专以描写宫闱为对象的《香奁集》，乃学温、李而变本加厉的。（后人有疑此集为五代人假托者，经清人震钧著《香奁集发微》考证诗中之背景，确为致尧所作无疑。）及至北宋初年，西昆体源出于李。两宋词人，亦每每学他，如北宋周清真、南宋吴梦窗均与义山脱不了干系。

此时另有一派诗人，从来不大为人所注意，现在方有人研究及之的：

皮日休、陆龟蒙　前者是湖北襄阳人，著有《松陵集》。后者为苏州人，著有《笠泽丛书》。（"丛书"二字从此始，然与宋后"丛书"之意不同。）二人诗最有关系者，为同居太湖时诗咏太湖周围风景者。说到他们的根本思想，在唐代诗人中最为奇怪。前乎此王维、白居易好佛,杜甫晚年好道,均不出于哲理之外。而皮、陆的脑子中,竟满装着道教思想,他们作品中讲到服食修炼之处极多。此种思想,在唐诗人中极为少见,李白稍微有点痕迹。至于他们诗的来源,乃是学韩愈(唐人学韩至皮而止)。最显著的是句调之奇特,如五言每句总是以上二字下三字各为一节,七言乃以上四下三各为一节。至韩退之作诗,五言乃有"淮之水悠悠",七言乃有"虽欲悔舌不可扪"等句子。此调皮陆诗中倒可时常见到,如皮日休《缥缈峰》有两句为"恐足蹈海日,疑身凌天风",简直是以上一下四各为一节了。又如陆之《和寄题玉霄峰》有句云"天台一万八千丈,师在浮云端掩扉",第二句又以上五下二各为一节了。又如陆之《引泉》有句为"余来拜旌戟,诏下之明年",这第二句实无异于文句。此风亦从唐人开端以后,宋人的变更加厉。皮、陆源出于韩愈,还有其他证据。每个诗人作诗取字,必有一种路径可寻。比如韩诗用字光怪恢伟,乃从汉赋而来。退之志则孟子,文则扬雄,他显然受了子云不少影响。此时皮、陆不惟学到韩的本身为止,反学韩之所学者。如二人所选之字,多取《太玄经》中,那正是从扬雄那里学来的。以后学皮、陆的还是有人,学得最肖的有南唐之陈陶,他的近体诗颇有名。至宋则姜夔五古出于皮,宋末谢翱的五律最善学陆。这派诗人所走的是僻路小径,平常人是不大注意的,所以将他们的源委略加以上的说明。

此外尚有专门学元、白的一派,内中又分旁支数起。

三、元白派

(一)讽谏诗　以聂夷中为代表,他长于咏田家的诗,代替不平之农夫呼号。可以说他是唐代之关心于"农民运动"者,此种诗专学白居易之《秦中吟》等诗。

（二）纪事诗　此类不多见,所用诗之形式,则为七古,如郑嵎之《津阳门诗》乃咏华清宫遗事,司空图《冯燕歌》描写当时一侠士,韦庄之《秦妇吟》写黄巢作乱长安女子被虏事。(但此诗早佚,虽吴任臣《十国春秋》亦不载。近世乃从敦煌石室中发现之。)此种诗来自白居易之《长恨歌》及元稹之《连昌宫词》。它的特点是诗而兼史,且为长篇,兼咏一中心人物,与西洋之史诗略略相似。

（三）通俗诗　此种诗绝对不避俗字俗句,求老妪能解。以罗、杜最擅此道。(唐末"三罗"齐名,即罗隐、罗虬、罗邺。此处指罗隐。杜乃杜荀鹤。)此派诗最新浅易读。

此外还有一派,乃宫词之变体。自中唐王建作宫词,同时有王涯亦能之。其后曹唐《游仙》、胡曾《咏史》及罗虬《比红》,及以后之和凝《宫词》与花蕊夫人之《宫词》,皆为其流裔,乃由"附庸蔚为大国"了。

唐词

唐代的诗人最多,唐代的诗风最盛,而唐代的各种诗体都美备。到了晚唐几乎再也作不出更好的诗出来,于是乎有一种应运而生以代替诗之位置的新文体产生,这就是词。

诗与词不同的地方,就形式言,词为长短句,而句有固定句法;其次是古诗不能歌唱,乐府诗却可入乐。唐及五代的词,更替代了乐府的地位,都是可以"被之管弦"。(词至宋以后,也不能歌唱了。)

若照以上所举两个标准，即长短句之能唱者以评衡古句，则词之起源颇不始于唐代。六朝人诗之近于此体裁者，最著的为鲍照之《梅花落》《夜坐吟》，梁武帝之《江南弄》《春晴》，陶弘景《寒夜怨》，徐勉之《迎客》《送客》，王筠之《楚妃吟》，徐陵之《长相思》。所以毛西河以词托始于宋代，这话大致可信。且举鲍照之《梅花落》如次：

中庭杂树多，偏为梅咨嗟。问君何独然，念其霜中能作花，露中能作实，摇荡春风媚春日。念尔零落逐寒风，徒有霜华无霜质。

到了隋代，此类长短句之诗渐多，盛唐以下更不少。平常人谈到最早的唐词，而又最为人所传诵者，莫不举李太白之《菩萨蛮》及《忆秦娥》二首。这两首词作得极好，但是否出于李白之手，实属疑问。比如五言诗托始于苏、李，那诗倒也作得不差，但不是苏、李所作的。最初怀疑李词的人是胡应麟，他说李白不屑为此，又谓此词虽工丽而衰飒，详其意调，绝类温方城所作。胡氏的话，约略可信，因为此词的风格很像温飞卿。再则《菩萨蛮》调子，是中唐以后才盛行的，而飞卿又以善作《菩萨蛮》著名。

太白为盛唐人，若谓盛唐无可信之词，则又不可。最显明的如唐明皇之《好时光》，其词如下：

宝髻偏宜宫样。莲脸嫩，体红香。眉黛不须张敞画，天教入鬓长。　莫倚倾国貌，嫁取个，有情郎。彼此当年少，莫负好时光。

到了中唐以下，词体便渐渐加多，如张志和之《渔歌子》，以后如白居易之《忆江南》、刘禹锡之《潇湘神》，都是极负盛名的长短句。

词体既盛于中唐，而讲词的每以晚唐为词之正式成立时代，这由于晚唐以前无专门的词人。以数量而论，不过每人有几首作为诗的附庸的小词。专以作词成家，复有词的专集的，不得不推晚唐。讲到千古词人之祖，自然要落在温庭筠的头上来了。他的相貌极丑，外号温钟馗，然而他的词正与他的容貌成反比例。他的词集，自宋以后见于著录的，有《金荃集》与《握兰集》，可惜后来竟散失了。二集现在虽不得见，幸而赵崇祚所编的《花间集》倒保存了六十六首温词。（今人朱古微先生所刻《彊邨丛书》中收《金奁集》题温飞卿作，但过细看来，其中竟杂有韦庄、张泌、欧阳炯诸人之词在内，此集恐非原来之书。）温庭筠的词，最有名的为《菩萨蛮》与《更漏子》，其实皆为宫体之流变。自从飞卿以后，唐代的词人渐多，如皇甫松（子奇）、韩偓（致尧）与张曙（阿灰），各人都有相当的成就。

词体究竟从何而来？从宋后人所称的"诗余"的名字看来，词乃由诗蜕变而成，这是无足讳言的，尤其是从乐府变来。乐府诗之所以异于古诗，是一面有词，一面又有声，其中又夹有有声无词之"泛声"（或谓之"和声"）。其后将泛声填以实字，乃成为词。可见词之成立，乃将乐府中文字之范围放宽，更进而侵占之一部分。大抵"泛声"填成实字之日，即词体正式成立之时。这话从前有朱熹及沈括都已说过，大概可信。

唐及五代之词，多系小令。北宋时慢词方才发生。何以唐代小令独盛？这就可以用词本由绝句变来去解释。现在考最初的词，非由五绝变成，即由七绝变成，痕迹甚为显然。如《南歌子》与《生查子》即由五绝变成。至于七绝变成的，就有白居易的《忆江南》及刘禹锡的《潇湘神》及诸人之《浣溪纱》，又如《浪淘沙》之名起于刘禹锡，纯为七绝诗，至李后主就把他变成词调。可见最初之词，乃将五、七绝增减而成，这也是不可磨灭的事实。

唐代文学批评

从前曾经说过：每当文学极盛时代，批评之风亦极发达。如齐梁文学茂美，同时产生《文心雕龙》和《诗品》两种不朽的批评名著。假若用这个例子去推测唐朝批评界的情形，几乎适得其反。唐代的诗文，如日中天；而论文之著作，竟寥若晨星。所以后人都说唐人只知作诗，而宋人才专门出来替唐人作诗话。不过这层还须考虑。我们不能因为唐代的文学批评著作流传于现在的绝少，就贸贸然断定唐人文学批评之风不盛。如谓不然，请翻开《新唐书·艺文志》总集之末所排列的唐代论文专书，便可知唐代论诗者纷纷不少，其目如次：

> 李嗣真《诗品》一卷。王昌龄《诗格》二卷。元兢《宋约诗格》一卷。昼公《诗式》五卷，又《诗评》三卷。王起《大中新行诗格》一卷。姚合《诗例》一卷。贾岛《诗格》一卷。炙毂子《诗格》一卷。元兢《古今诗人秀句》二卷。李洞《集贾岛句图》一卷。张仲素《赋枢》三卷。范传正《赋诀》一卷。浩虚舟《赋门》一卷。倪宥《文章龟鉴》一卷。刘蘧《应求类》二卷。孙郃《文格》二卷。

以上共计论文家十六人，书十七种。其中虽有几部不免带有讲文法的色彩，然总可算具体而微的批评之作。现在我们见得到的，只有昼公（释皎然）的《诗式》一种了。而此仅存之一部唐人论文著作，远不及《文心》与《诗品》。他徒谆谆在形式上去讲求，殊不知唐诗之妙处，并不是只靠形式的。

假使要编一部中国文学批评史，各朝均容易收辑材料，只有唐代较感困难，因为当时论文书籍都未能流传至今。如日本之铃木虎雄著了一部《支那诗论史》，他的次序是从周讲起，到六朝以后便接住明朝讲下去，中间丢了唐、宋六百年间不说，只提了几句。殊不知唐代论文专书，现今虽不可得见，而唐人关于批评文学的意见，散见于各种文体中的很不少，若肯过细去搜辑起来，材料颇觉丰富。现在略举收集此类材料之途径如下：

（一）史论　如《南北史·文苑传》与《隋书·文学传叙》等。因为这几部史书之编纂者均为唐人，可看出初唐文人对于文学批评之意见。

（二）诗　如李白之《古风》、杜甫之《偶题》及《戏为六绝句》、韩愈《荐士诗》及白居易《寄唐生》，对于前代及并世人，每有极精到之批评。

（三）书札　如韩愈《答李翊书》、柳宗元《答韦中立论师道书》、白居易《与元九书》、司空图《与李生论诗书》。

（四）传志　如元稹的《杜工部墓志》、李阳冰的《李白墓志》、韩愈的《孟贞曜志》与《樊绍述志》。

（五）集叙　如李汉的《昌黎先生集叙》、杜牧的《李长吉诗集叙》。

（六）杂文　如李赞皇的《文章论》、司空图《二十四诗品》。

从以上看来，便知唐人论文，虽无专著流传至今，而此项材料却不少。研究唐代批评文学，最应当着眼的，是看他们转变风气的地方。唐代文人，一方面结束六朝以前，一方面又开启宋代以后。此朝实为中国古今文学变化之枢纽。

第十一章　五代文学

总论

　　五代是中国政治局面最纷扰的一段时期。这一节历史上所称为正统的后梁、后唐、后晋、后汉、后周，虽说经历五个朝代，但共计仅有五十四年，平均每代约十年，较之南北朝各代尤为短促。朝代易了五次，而皇帝的姓且换了八次。在欧阳修《新五代史》中，有所谓《杂传》一类的体裁，如冯道等人，皆归入此中。其时只在一姓的皇帝治下做臣子的仅有三人。除了后唐在洛阳定都外，其余皆以汴梁为都会。虽说代表中原，但并没有一个很有大力的人平定各地的纷扰。同时又有十国分布在各地，如前蜀王建、后蜀孟知祥、吴杨行密、南唐李昪、北汉刘崇、南汉刘隐、吴越钱镠、荆南高季兴、楚马殷、闽王审知。虽说欧阳修作《五代史》以五代为本纪，十国为世家，但五代的君王，不是武人，便是异族，对于文学一道，多是门外汉。所以在他们本部并无文学之可言，一般文人均散处于十国，不在蜀即在南唐，或在荆楚及吴越，大抵在长江上下游一带。这是一件极凑巧的史迹：每当南北两朝对立之时，文人居住在南方的，总占最多数。

　　五代文学，自当以小词为主，诗文均不能及词。地域的分布，由蜀至江南，而以南唐为大本营。

兹将词人分布地域，分列如下：

（一）中原

和凝　自后唐至后周，虽为相，仍不废为词人，人称"曲子相公"。

牛希济　自蜀而后唐，由南迁北。

毛文锡　亦由蜀而后唐。（以上见《花间集》）

庾传素　亦由蜀而后唐。（见《尊前集》）

陶榖

（二）十国

韦庄　文词最高。

牛峤

薛昭蕴

魏承班

尹鹗

李珣

　　以上前蜀。（前后蜀均都成都，不过时间分先后。）

欧阳炯

顾敻

鹿虔扆

阎选

毛熙震

　　以上后蜀。

孙光宪

　　以上南平。

张泌

　　以上南唐。(自韦庄以下,均见《花间集》。欧阳炯有弟彬,见《尊前集》。)

孙鲂

　　以上吴。

伊用昌

　　以上马楚。

冯延巳

成幼文

成彦雄

徐铉

薛九

韩续(歌姬)

　　以上南唐。

刘侍读

许岷

林楚翘

　　(此三人均见《尊前集》)

十国中之君主与后妃有善为词者:

李存勖　即后唐庄宗。

王衍　即前蜀后主。

孟昶　即后蜀后主。

李璟　即南唐中主。

李煜　即南唐后主。

钱俶　即吴越王。

大周后　李煜之妻。

蜀李昭仪　李珣之妹。

李玉箫　宫人。

花蕊夫人　费氏。

按上表看来，五代词人的分配区域，在长江上游的，以蜀国为中心，而下游则以南唐为中心。但南唐之词人虽多，而在赵崇祚所编的《花间集》中只收有张泌一家，其余的差不多尽是蜀人。这有两种原因：第一是当时交通很不方便，各地的词很不容易传流。其次因为赵氏是蜀人，而他所选的更是以蜀人为主体。（清代学《花间集》的有纳兰成德、项鸿祚、勒方锜、文廷式等人。）然而在无名氏所编的《尊前集》中所选的南唐词人的作品，倒不在少数。以下单举南唐的几个最著名的词人来讲，尤注意在中主、后主。

南唐词人

冯延巳

冯延巳字正中，扬州人，舞权弄法，极贪官污吏之能事。但他的词，却与之成反比例。他所作的《蝶恋花》词，后来又有人将此词归在《六一先生词集》中，以为缠绵敦厚，非欧阳修不能。又如最著名之《谒金门》，《词综》也以为成幼文所作，但据《南唐书》等断为延巳作品。此首词起句为"风乍起，吹皱一池春水"，中主甚为赏悦，尝戏延巳曰："吹皱一池春水，干卿何事！"延巳答曰："未如陛下的'小楼吹彻玉笙寒'。"中主大悦。

延巳的人品虽遭人訾议，但他的词却有永久之价值。古今每为一般人所不称道的奸邪，文采斐然，最著的如曹操之四言诗、严嵩之《钤山堂集》，及阮大铖之《咏怀堂诗集》。阮氏之诗，竟可为明代之冠。

南唐二主

南唐二代之君，从文学的观点上去估量他们，真不愧为绝代聪明，绝代才华，二主之中，子尤胜父。

中主姓李名璟，马令《南唐书》称赞他"美容止，有文学"，在十岁时即有诗名，他是一个早熟的天才。可惜他的词流传至今的不过几首，内中以《山花子》一阕"菡萏香销翠叶残，西风愁起绿波间，还与韶光共憔悴，不堪看。 细雨梦回鸡塞远，小楼吹彻玉笙寒。多少泪珠何限恨，倚阑干"，为最有名。

李璟的第六个儿子，名煜，字重光，即为后世词人所最称颂的李后主。他是天下第一等文人，同时又是天下第一等荒唐人。他的艺术与天才，却能向多方面发展，能写，能画，能文，能诗，又懂佛典，更能填词，差不多什么事都会，只是很不会做皇帝。因为他即位以后，完全不改文人故态，什么国家大事，都不在意，仍然每天吃酒作诗，听音乐，或打猎。直到宋太祖欲统一中原之时，立志平服江南招他入朝，却不敢去。于是就惹动曹彬与潘美的征伐，等宋兵到了江边才开始防御，收集国内军马，总共不过三百匹。可怜这位荒唐的皇帝，不得不做亡国的俘虏了。

有趣的，是他在围困的紧急情形的中间，还有闲心照平常的态度作词。相传的《临江仙》"樱桃落尽春归去，蝶翻金粉双飞，子规啼月小楼西，玉钩罗幕，惆怅暮烟垂。　别巷寂寥人散后，望残烟草低迷"，末了还阙三句，后来经刘延仲补成云："何时重听玉骢嘶，扑帘飞絮，依约梦回时。"又一说这三句并未阙，原文是"炉香闲袅凤凰儿，空持罗带，回首恨依依"，较刘补更近自然。又有一种传说：他被人掳去临行时，尚填有《破阵子》一阕，末句有"教坊犹奏别离歌，垂泪对宫娥"，颇为后代文人所诟病。但"成败不足以论英雄"，尤不可以论文人。而且从文学上说来，后主毕竟是一个成功者。他的生命、名誉及一切，都寄托在他的词中。我们可以说他不善于做皇帝，也可以说他不屑于做皇帝。从古以来，善于做皇帝的人多着呢，哪里赶得上后主还留数十首词光照于天壤之间呢！更进一层说，他的政治上的失败，正是他文学上的成功。只看后主身为南朝天子之时，真是极人间之欢乐繁华，此时的作品均属讴歌承平，富丽有余，而动人不足。及至破城以后，一降而为北地幽囚，在宋代得了一个"违命侯"的滑稽封号，此时又极人间之悲苦寂寞。梦想江南繁华，终日惟以眼泪洗面，甚至一言一动都不得自由。当他七夕生日，奏着"故国不堪回首月明中"的调子，竟遭残鸷阴狠的宋太宗的牵机药的赐予，而客死异国。但后世都忘记了他政治上的失败，对于他的词的成功无不众口同声赞美。此中议论最妙的，是举晚唐五代词人的三个代表来互相比较，更为近真。周济说，温庭筠如浓妆艳抹，韦端己如淡妆素服，李重光则乱头粗服，不掩其美。真的不错。他的词妙在自然，能变粗为细，化刚为柔，不惟为十国词人之冠，后世亦无有能及之者。有时他不仅以词擅长，如他的《相见欢》之"自是人生长恨水长东"，用"自是"二字，似乎给人生下了一个定义一般。近人王静安评后主词的几句话也很中肯:"词至李后主而眼界始大,感慨遂深。"又说宋道君皇帝《燕山亭》词,略似后主,"然道君不过自道身世之戚,后主则俨有释迦基督担荷人类罪恶之意,其大小固不同矣"!

第十二章 宋代文学

总论

宋代文学在文学史上是很难分析的。虽然每代文学都有其复杂的现象，但取它各部分观察而分析之，在它的中心，都有其可通之处。现在论宋代文学，从空间上观察，宋代文人在地理上的分配，与唐人有许多不同之处。如以黄河、长江、珠江三大流域勉强分为三部分，历史上这三部分产生文人的繁盛，是自北之黄河流域，而至南之长江流域，再至于珠江流域。但就宋以前的历史上文人来论，北方文人比南方多，宋代却不如此。宋代文人以福建、江西为多。唐代以前的江西文人，只有陶渊明等一二个人，唐代福建有欧阳詹等一二个人。到宋代的文人，却多在这二省产生。江西文人以临川为多，如二晏父子，如谢逸、迈兄弟，欧阳、王、曾，二刘（敞、攽）兄弟，黄庭坚、姜夔、石孝友、杨万里等。福建有杨亿、柳永、朱熹、刘克庄、严羽、谢翱（参看铃木虎雄《中国文学研究·中国文人地理分配表》，但此书错误很多，江西下唐人有谢小娥，是一篇小说中的人物，居然弄进这里边来。大概日本人研究中国的文学、经学、史学、哲学，题目都很新颖有趣，而内容却多靠不住）。宋代文人比较以闽、赣为最多，而粤又少，到后来广东也渐渐地多了。这里可以证明，中国文学发展，在历史上是自北而南的。

至于从宋代的政治上论，宋代名义上虽然是统一的国家，实则是南北朝对峙的局面。自唐末藩镇割据之后，中国北部都沦亡于胡人，中华民族又一次南迁。五代分裂时，石敬瑭把燕、云十六州割出，讲起来真是痛心。当时外族最强盛者，为契丹族建立之辽。石敬瑭割去燕、云十六州后，又称胡人为父，河北尽属辽。宋袭周祚，建都在汴京，并吞南方各国，而对北方的辽人，竟无力把他们驱逐出去。

辽地居东北三省，西界蒙古。分五道：上京道临潢府，现在内蒙古地（阿鲁科尔沁旗、巴林左旗）；中京道大定府，现在的辽宁南部；南京道就是现在的北平；东京道就是现在辽宁辽阳府；西京道，山西大同府。当北宋全盛时，山西、北平是外族的地盘。自辽衰弱后，金人代兴，竟深入中国的开封。金人南侵，徽、钦北狩，成了南渡偏安的局面。金人的北京路，就是大定府，即辽人的中京道。中都路，即大兴府。南京路，是开封府。东西二路，是辽人的东西二京。南宋与金人以淮水为界。由黄河以北沦入异族，进而到淮水以北沦入异族，以至元人吞并中国。在这点上看，宋代整个一朝，始终都是被外族侵凌的，所以宋人和外族关系和唐人的大大不同。唐人是利用外族来振兴中国，唐代开国是借突厥的力量，他的中兴是假回纥的兵力。唐代之亡是内乱的亡，非关外族。所以唐、宋二代对于外族的观念大大不同，唐人和外族是相亲善的，宋人和外族是相仇敌的。唐人的文化是大亚洲的文化，宋人的文化是纯粹中国的文化。关于唐、宋的文化，从各方面加一比较：

（一）建筑　建筑最可代表全民族的精神。唐代的楼阁，都是瑰玮嵯峨，现在虽然看不到唐代的建筑，但在模仿中国建筑的日本西京，大概还可得到印象。宋人的建筑和唐代不同，其楼阁多平实宽博，如翘角，唐人是飞卷上腾的，宋人却是平朴的。在这点上看，唐人的精神是丰活向外发展，宋人只是实事求安的。

（二）图画　唐人以壁画最佳，如吴道子的画。这派是由印度传入的，到宋则壁画不见。由此也可得知中西交通的阻绝。唐人南、北宗画都是取实体的，宋人的画却是抽象的。倒有所谓院画者，是学古代的画。宋代士大夫的画，都寓以抽象的笔意。唐人画尚华丽纤细，宋则不然。如宋之文同墨竹，以一笔挥洒为佳，苏轼的画竹也学他。再如画梅，五代徐熙的梅也是先落墨（见李梅庵先生藏本），后傅色。后之杨无咎（补之）的画梅，则是水墨。宋人之画雨，是一丝下来，唐人以粉于弦上洒散。及二米（米芾、米友仁父子）泼墨。总之，宋人的画，可分两派。一种是院画派，为学习唐人之旧画；一种是士大夫寓有妙趣理想的画，是中原画的特色。而唐人的画，却是受印度画影响的画。

（三）书　唐代书重碑刻，宋人重帖。所谓碑，是规矩的。帖，是书札。有宋太宗时之淳化阁帖，徽宗时之大观帖。宋代书家能碑者殊鲜。至于宋代的石刻也不同，自秦至唐皆立碑，而宋人则于小石上题名。宋人不重视能品，而重天趣。重能品，则其人个性强硬刚直；重天趣，则近于颓放了。

（四）宗教　唐代对任何宗教都能容纳，如景教、摩尼教、伊斯兰教。宋代除了佛教外，其余宗教都不能存在。就佛教来说，也可分数点来谈。以供奉言，自六朝及唐人皆好造像，宋人则好造石幢，多刻《陀罗尼经》，雕刻佛像很少。从宗教学术上言，唐代佛教，各宗皆盛，法相宗为玄奘法师远行自印度求来，难能可贵。宋代独盛行五代开端的永明寿禅师之净土宗，经历元明而到现在，此派以白手求参悟。总之,唐人的佛教,是印度的佛教,宋人的佛教,是中土的佛教,此佛教之所以衰颓,而成为乡愿的佛法。

宋人一方面拒绝外来的文化,另一方面,又把外来在中国久占势力的文化,汇合融化了。如佛、儒的结合,而产生了宋代的理学,如陆九渊的理学本于禅宗,周敦颐虽入于道,但也熏染着佛学。可以看出宋人的学问,是把外来实在的文化,化成了中国的玄虚的、求其自然妙谛的文化,这是宋代宗教思想的特色。

(五)学术　宋代特有的学术,就是理学。如周、二程、张、朱五子之学。以经学之义疏论,从前经书的注疏,皆遵守古人的旧论,到宋代学者就不然了,多推翻旧学,以求新解。起初有北宋的刘敞,后来有王安石以及朱熹的解诗,非议及小序。又指出梅氏之伪作古文《尚书》。欧阳修也疑《易·系辞》非孔子作。凡对于一种学问持怀疑的态度,能促使学术昌盛。由于宋人为学是趋向于批评的,在诗,到宋人则有诗话;在史,有欧阳修、宋祁共修之《新唐书》,欧阳修之《五代史》,司马光之《通鉴》,袁枢之《通鉴纪事本末》,郑樵之《通志》。这些史书,虽是叙事,而注重在事的背景,求政治之得失,实在是近于批评的。

至于文学方面,是以散文为中心,而显出四通八达的变化。唐诗人与宋诗人不同者,唐代诗人只有诗,虽然有文,不过一二篇。宋代的诗人就不同了,诗人往往兼散文大家。这里还要说到中国散文的发展问题,它是和争辩密切联系的。中国散文最发达的两个时期,一为战国时代,一即宋代。战国时代,国与国的争辩,墨家与儒学以及各家与各家的争辩,都促使散文发展,并达到极盛阶段。到了汉代,国家政局安定,思想统一,没有什么争辩,散文自然不会发展,那争辩的散文,一到汉代,变化为汉赋。宋代也是一个争辩的时代，它可以追踪战国，其发达的原因，可如下述：

（一）外患　宋代虽然是统一的国家，而紧急的外交连续着，实在是南北对峙的局面。在北宋和辽的交涉，每岁纳币。南宋之于金，在高宗、理宗二代之论议和，都是极需用文字来传递两国意见。

（二）学术　宋代有名的理学，在宋史上立个道学的名称。周敦颐的道学，是接近老庄思想。张载的关学，却有点似耶教（唐有景教）。朱熹的道学问，陆九渊的尊德性，是近于佛家，都有语录的散文，是白话的。而朱、陆在学术上之争辩，因此散文也大见曙光。

（三）政治改进　王荆公施行新法，要宣传他的主张，也需用散文来使全国人民都明白的。

（四）党祸　北宋之元祐，南宋之魏阙，朝廷争辩用散文。士大夫亦有门户之见，二程之洛党，苏轼之蜀党，刘安世之朔党，各派之攻击是非，也需用散文。

（五）科举制度　唐代诗人所以那么多，因为进士科考的是诗赋，人人都为诗赋。宋代诗赋之外，又有策论经义（见《宋史·选举志》）。宋人考经义，是在王安石相神宗行新法时。以六经文一二句为题，令人发挥议论，称为墨义。清代的四书义，五经义，皆源于宋代的墨义。大抵唐人重实学，宋人重定论，唐人感情胜，韵文发达，宋人理智胜，散文发达。也可以说唐代诗是女性的，宋代文是男性的。现在又联想到一件事，就是晋人名好用"之"字，如"羲之""献之"等说不尽的"之"。宋人却好用"老""翁""叟"，如陆放翁、魏了翁、吕渭老、陈尧叟等。

综而言之，观察宋人文学，应以散文为中心，如下图的分析：

第十二章 宋代文学

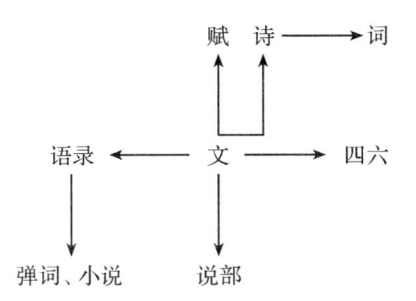

```
              赋  诗 ——→ 词
                ↑  ↑
                |  |
    语录 ←——— 文 ———→ 四六
     ↓         ↓
  弹词、小说   说部
```

就这表分析的而论宋代文学：

（一）赋　真正足以代表一代文学的，有一定的起点时间，是常在开国数十年以后。汉代已有证据，宋代也这样。宋代文学起点，当在仁宗年间，前此的太祖、太宗、真宗数十年间，不过沿袭晚唐之旧。现在说到赋，赋体成立在汉代，而明人把赋分为四类：

古赋——汉魏

俳赋——六朝

律赋——唐朝

文赋——宋代

宋人之赋，如欧阳修之《秋声赋》，苏轼之前后《赤壁赋》，是散文化的赋了。至于钱惟演之《春雪赋》，模仿谢庄辈之赋，那是西昆派，犹有晚唐余风。

（二）诗　宋诗所以成为宋诗者，三个时期有特色：庆历、熙（宁）（元）丰、元祐。这三时期的诗，多是议论诗。

（三）词　词可以说是宋代诗的化身，因为诗多实质，词则不然。如欧阳修与王安石的词，也免不了丽艳语。至若辛弃疾词，那竟是散文化了。

（四）四六　宋代的古文，当推崇欧、曾、王、苏，而此数公，虽极端反对当时的声偶文章,却又工擅此体。就各人的文集中看,他们的声偶文,亦与其古文相等。因为自唐以来,制诰表章,以及州县之判牍,都是用四六文,可以说这四六文是官体文。至元始用白话,明清仍之。唐、宋人虽是治罪之辞,也要声调铿锵。故当时诸公官知制诰、翰林学士承旨,是必定需要四六文。同时盛行的散文,极端反此四六,所以诸名公巨手,皆把四六文散文化,既不能反官体文章,特地把四六文疏淡化,和杨亿辈的四六文大不同,此可名之为"宋四六"云。

(五)说部 宋人说部,多是笔记,以及诗话之类。

(六)语录 语录之源出于释氏禅宗,宋代理学诸公讲学,或其门人为之记录,集而成此语录。

(七)诨词小说 诨词小说,始于唐末,至宋代而特兴,若茶楼酒肆皆有说书人,或引史事,或传事实,以诨谐口吻绎演言之。及南宋而有文字记载,如《宣和遗事》之类,此盖亦散文之变相也。

(八)散文 讲到宋代散文本身,很难找到较好的纯宋文选集,如清代顾宸的《宋文选》,收集宋文十余家,可是竟难得到。吕祖谦所选的《皇朝文鉴》,今称为《宋文鉴》,这是宋人所选的宋文。关于文章选集,前乎此者,有姚铉之《唐文粹》,这是宋太宗时选的,颇推崇韩文。宋祁之《新唐书·文艺传叙》,出自姚手,姚以此故特选唐文。他因为有崇韩的偏见,所以选的唐文未能尽唐文之佳篇而选之。吕氏出于朱熹的门下,这时期宋代文学已固定,所以选宋人之文能尽宋文之佳者,这是研究宋代散文的绝好材料。宋代散文重要的是古文,如果要研究宋代古文,可以读王葆心所选的《古文辞通义》。王氏湖北罗田人,先生于有宋以后之文集说部,无所不读。对于宋以后古文之系统,说得十分精详。他把古文定义分为两种。

一种直接的,是推衍前代;一种逆受的,是恢复更前。例如初唐诗,不离宫体诗,是直接的。昌黎韩氏的恢复西汉古文,是逆受的。非但古文如此,诗词亦然。宋代的古文也这样,当太祖、太宗之时,一切皆沿袭晚唐、五代余风,这是因为五代旧臣犹存在着。如徐铉是南唐入宋的,精小学,大小徐本之《说文解字》,是他俩兄弟著的,有《骑省集》。李后主词尤为世所称诵。又精研《文选》。北宋的编集文章,是着重于辞藻的,如《太平御览》《太平广记》《文苑英华》《册府元龟》,此风朝野相沿,在各种笔记中,都可看到人手一本《文选》的味道。陆游的《老学庵笔记》里说:"《文选》烂,秀才半。"所以当时西昆体诗流行极盛,这是一时风气。而西昆诗为世诟病,以为涂饰绮丽。不过,讲它的风格不高可以,讲到体与用上,那就不对了。这是不知文学的。不但西昆体如此,各种文学都是这样。所以吕祖谦选的古文,西昆体的赋也选上。西昆体的赋,可以举二例来代表,一是钱惟演的《春雪赋》和杨亿的《谢赐衣表》。至于《秋声赋》、前后《赤壁赋》,那是仁宗以后的作品。

西昆体作者多南方人,如杨亿、钱惟演、舒雅、崔遵度、刁衍等,北人附和的有刘筠、陈越等。西昆之文,源出温、李,在文学史上,仿佛初唐王、杨、卢、骆的地位。杨亿生于太祖开宝七年,当真宗天禧四年,和刘、钱并列齐名。此派诸公,或知制诰,或翰林学士。因为他们的地位,不得不作四六,亦竟以此风行一时。虽然西昆体之名,实在是当时轻薄他们的人加上的,所以当时有"优人挦扯"之戏。而散文之作,则始于姚铉,铉生开宝元年,是宋代推崇昌黎的第一人,但力量非常薄弱。到仁宗庆历前后,反对西昆体的渐渐增多了。人多是北方人,如石介(泰山派)在他的《怪说》(《宋文鉴》卷一〇七,有上下二篇)下篇直斥杨、刘辈云:"……穷研极态,缀风月,弄花草,淫巧佾丽,浮华纂组……"是指《春雪赋》及杨亿《谢赐衣表》二篇。在这一点,我们要明白,宋代西昆和古文之争,不过是辞藻疏密问题。我们看自汉及唐的文章,每句的组织,字多至六字、十字的非常少见,文多工整,而石介的《怪说》,文句非常长,都是散句。在这点可以证明仁宗以前的文,是直接推衍前代。仁宗以后的文,是恢复更前的。宋代古文可分为三派来论。

(一)柳开　宋人古文直接学韩的,始自柳开,有《河东先生集》。其文粗豪通俗,但他能享盛名,因为他有反西昆的大功。与柳开相激励,提倡此风气者有六人:高弁、李迪、贾同、陆参、朱顗、伊淳。

(二)穆修　是合柳开而尊崇韩氏的,并刻了《韩文公集》(是刻韩集的第一部)。穆氏的文章用单笔,当时也是转西昆风气的,并影响后来的三苏父子兄弟。

(三)尹洙　有《河南先生文集》,继他而起提倡古文的,有欧阳修。这时期是宋代文学的本身。

欧阳修文不如曾、王,诗不如苏、梅,而有那样大名头,因为是言文法的先声,况且他门下江西方面有王、曾,蜀派有三苏氏。苏门三人又占当时很大的势力,而大苏又长于议论,对于当时的政治,也有沉痛的言论,终遭党祸。宋代的党祸,等于清文字狱。对于大苏文字禁止,好像清人的禁钱牧斋书。可是宋人竟以不能读苏公文为很可耻的。到南宋更加推崇苏文,南宋有谚语云:"苏文生,吃菜羹;苏文熟,吃羊肉。"南宋人所以能这样着重苏文,是因为他对北宋政局注意。及南渡偏安,士大夫对时局都抱着隐忧,所以对于苏文,都同情欣赏,如胡铨(对金主战)、朱熹辈,又如永嘉之叶适(《水心集》)、永康之陈亮(《龙川集》,有策士气)。原来南宋文可分二派：一派主议论而不问文法，为江左派；一派很注重文法，为江右派。如刘辰翁的《须溪集》，是评点文开山祖。

以上所说的，是宋文可分为派别而言的。至如宋祁（《宋景文公集》）和欧公同时修《新唐书》，现在《新唐书》中的列传，就是子京的文章。他兄弟二人，都极推崇韩文公，这可从他的《新唐书》昌黎传中看出来。但世推崇欧公者多，而于宋公却鲜闻，这因为欧公门生多，会有大魄力宣传。韩文多难识字，宋文也这样，而欧公多平淡易读，只要有五百字，就能作此种古文，也可说是一位古文家了。又江西刘敞（原父），有《公是先生集》。司马光有《资治通鉴》，司马光的叙事不在太史公下。明中叶鹿门茅坤，有《唐宋八大家文钞》，后来一班学古文的都将此奉为圭臬了。更有那艾千子的选文，也可知道明人、宋人为文的风气。末了，我们可以得一个最好的结论：韩昌黎古文，把复笔化为单笔，而欧公更进一步，化难而为易了。

宋诗

宋诗从分期上言，和宋文同样，也可以仁宗时作为中心。西昆体极盛后，梅圣俞起，开宋诗的风气。现在把宋诗分二方面言：一种西昆体，一种反西昆体。

（一）西昆体　西昆之诗，是沿袭前代的。有《西昆酬唱集》，同样的题目，有许多人的诗。现在《西昆酬唱集》只有二百三十首，多是宫体五七言律诗。有名的如杨亿、刘筠、钱惟演、李宗谔、陈越、李维、刘骘、刁衎、任随、张咏、钱惟济、丁谓、舒雅、晁迥、崔遵度、薛映、刘秉等十七人。就中杨亿、刘筠、钱惟演三人，是他们的领袖。以上诸人,都生在太宗、真宗中和仁宗之前,是在庆历之前的。所谓西昆体,是"取玉山策府之意,命之曰西昆酬唱集"(见集序)。兹举出杨亿《汉武》和《泪》二首,以见其一斑。

蓬莱银阙浪漫漫,弱水回风欲到难。光照竹宫劳夜拜,露溥金掌费朝餐。

力通青海求龙种,死讳文成食马肝。待诏先生齿编贝,那教索米向长安。(见《汉书·东方朔传》)

锦字梭停掩夜机,白头吟苦怨新知。谁闻陇水回肠后,更听巴猿拭袂时。

汉殿微凉金屋闭,魏宫清晚玉壶欹。多情不待悲秋意,只是伤春鬓已丝。

以上二首诗,可见西昆体诗的纤艳绮丽。

(二)非西昆　西昆和非西昆二派的不能相下,由来已久。我们试反观建安以来的诗风。当正始玄风极盛,为文采暗淡理胜的时代。到太康中,诗又丰艳焕然。在中国文学史上,诗风方面,总是正始、太康的风气相交替。在散文方面,是《史记》和《汉书》相盛衰。自颜、谢以来,太康诗风弥漫一时,声偶宫体依此演进。到盛唐一变诗风,主恢复建安,实是正始诗风复兴。前有李白、杜甫,后有韩愈、白居易,到晚唐温庭筠、李商隐出,是又把太康诗风复活。经过了五代、宋初、西昆,一直到仁宗庆历时,就又弃太康而返正始了。

文学风格不外二种,一曰情采,一曰风骨。《文心雕龙》在《风骨》篇说得非常精确:"……风骨乏采,则鸷集翰林;采乏风骨,则雉窜文囿。若藻耀而高翔,固文笔之鸣凤也……"那么西昆诗是采乏风骨,非西昆诗是风骨乏采了。

庆历派诗风倡自王禹偁(元之),有《小畜集》,是和西昆派同时的人物。宋人推崇杜诗,是始自王氏,有句云:"本与乐天为后进,敢期子美是前身。"又《赠朱严诗》云:"谁怜所好还同我,韩柳文章李杜诗。"继王之后,成了宋诗的本身。宋诗我们可以把它分作三时期:甲,庆历(仁宗) 欧、梅,宋诗萌芽;乙,熙丰(神宗) 王、苏,宋诗成熟;丙,元祐(哲宗) 黄、陈,宋诗烂熟(江西派)。

再把宋诗人生卒年代看一看,如下表:

杨亿(974—1020)(西昆派 1039—1112)

庆历:
梅尧臣(1002—1060)
欧阳修(1007—1072)
苏舜钦(1008—1048)

熙丰:
王安石(1021—1086)
王令(1032—1059)
苏轼(1036—1101)
苏辙(1039—1112)

元祐:
黄庭坚(1045—1105)

秦观（1049—1100）

张耒（1054—1114）

陈师道（1053—1102）

陈与义（1090—1138）

甲，庆历　这时期的诗风，在文学史上是一个关键时代。讲到这派的文学，世人都推崇欧，其实他的诗不如梅、苏，词不如晏氏父子，文不及王、苏，但他能代表这时代，因为他是领袖，能集许多同派的文人。这派最早的人是梅尧臣，有《宛陵集》。他生于宣城（晋谢朓太守的治地）。他的诗，也许有点学谢朓。这期诗人，一方面极力求古，一面力变诗的向来风格。他和西昆派不同的是：疏和密，浅狂和深婉，大道和宫体。

西昆诗没有个性的表现，而此派的诗，则尽见性情。此派多古诗，少律诗，但又好作七言诗。至于七绝诗，自然脱不了言情范围。王士祯有云："唐、宋诗之所同者，惟七绝耳。"此期欧、梅二人，方之唐之韩、孟近是。至于苏舜钦，也是庆历中重要的人物。梅诗冲淡，苏诗放纵。苏舜钦一生没有得意过，曾放逐岭南，废居苏州，后买沧浪亭以居，故他一生不平之气尽见于诗中，多似昌黎。他的菱溪大石诗，和欧公唱和的，表现出当时士大夫的怀抱及他们的生活。庆历时诗，大多数学韩。到王安石时，始推崇杜甫。当时诗，都有同样的规格，下半段总是寄意，写自己的怀抱。

乙，熙丰　这期是北宋诗成熟时代，诗人多是出欧公门下，而这时诗坛的领袖，却有二位，是王安石和苏轼。荆公门下有王令，著有《广陵集》。王令才气纵横，但他很早夭亡。苏公门下苏辙有

《栾城集》,文同有《丹渊集》,以至清江三孔(文仲、武仲、平仲)。苏公门下的诗人,可以说像雨后春笋那么多,各都崭然露头角。现在说这两位领袖的大概。

王安石　公诗源出于杜子美,有《临川集》(李壁雁湖的注本)。王诗清新隽逸而有骨硬强傲气,宋人称之为拗相公,在他诗中确可看出。但七绝仍似唐人抒情。

苏轼　当时能和王荆公相抗衡者,东坡一人耳。荆公深高,东坡则渊博明晓,二公于诗诸体皆擅长而精工,而东坡七古七律尤有高趣。自宋以后,注东坡的诗,颇不乏人,施元之注特佳。东坡性情宽博,虽数遭贬斥,颠沛流离,而处之泰然。

丙,元祐　这时期熙丰诗人东坡尚存,已是晚年了。此期诗人最多,多是出苏公门下,其系统如下:

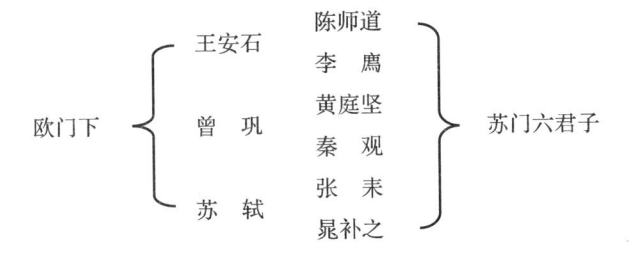

欧门下 { 王安石　曾巩　苏轼 }　{ 陈师道　李廌　黄庭坚　秦观　张耒　晁补之 } 苏门六君子

秦观　少游本是一个词人。宋人以文入诗,少游却以词入诗,不失词人本色,有句云:"有情芍药含春泪,无力蔷薇卧晚枝。"这可看出他的诗像词,所以金人元好问嘲之云:"拈出退之《山石》句,始知渠是女郎诗。"(《论诗绝句》)少游词是人所称道,诗却寂然无闻,这是自然的。

晁补之　作品影响不大,不多述。

此期诗的代表作者,是黄庭坚和陈师道二人,可就二人而言之。

宋人之诗，到了苏、黄、王已是阔大到极点，到此期，已不能再走其他的道路，只能在修辞上推研。所以说它是烂熟时代，盖亦宋诗之末期。

黄庭坚 山谷于宋诗中，在今日固称一大家，但不能如王之深、苏之大，只是在诗句之磨炼方面和晚唐的作诗风气相同。南宋吕本中作《江西诗派图》，以黄为宗，因黄是江西分宁人。自黄以下，有二十五人：陈师道、潘大临、谢逸、洪朋、洪刍、饶德操、僧祖可、徐俯、林敏修、洪炎、汪革、李錞、韩驹、李彭、晁冲之、江端本、杨符、谢薖、夏倪、林敏功、潘大观、何觊、王直方、僧善权、高荷。但是诸人的诗，现在多已不可得，就中有许多是江西人，但如陈师道、二潘又非江西人。所谓宗派者，推崇黄山谷一人耳。于此可以看出宋人好立门户。方回所选律诗有《瀛奎律髓》，所谓"一祖三宗"，他的系统是：

$$\text{杜少陵}\begin{cases}\text{山谷}\\\text{后山}\\\text{简斋}\end{cases}$$

陈师道 陈、黄齐名。他的诗干涩枯淡，这人的性情耿介，不与人同，好闭户寂寂苦吟。他的苦吟，在文学史上的诗人是找不到第二个的。后山的诗是处处求异的，但究非风雅可诵。

此外，还有两位江西籍诗人：

杨万里（廷秀） 诚斋虽出于江西，但能别开生面，言浅意深，耐人寻味，称"诚斋体"。

姜白石 七绝最佳，是南宋诗的特色，他的诗多作于太湖附近。

讲宋诗到南宋又是一种局面。北宋诗是以西昆体为对象，南宋诗却以江西诗派为对象。南宋的诗可分三派：（一）后江西诗派；（二）反江西诗派；（三）遗民诗派。

(一)后江西诗派　宋室南迁,一班老诗人还在,如陈简斋、孙觌(鸿庆居士)等。简斋入南宋,他的诗比后山清秀。至于纯粹的南宋后江西诗派诗人,当推陆游。

陆游是南宋的诗人第一。他诗的来源出自江西诗派。放翁受学于曾几(茶山),曾出于韩驹(子苍)之门,子苍见《江西诗派图》。但陆诗的豪放,又非江西诗派能够拘束的。南宋诗人有范(成大)、陆并称,或是尤(袤,字延之,无锡人,现诗集已不能得)、杨、范、陆并称。就诸人中存诗之多,无出放翁上者。非但在当代,从古以来诗人存诗之多,亦无有能超出此翁。放翁晚年寄意山水田园,意境冲淡和平,然此究非放翁本来面目。放翁原来是一个慷慨激昂的人,可以比晋朝的陶靖节先生。读他的诗似虚灵静寂,但看到他的骨背里,却是非常腾动的。因为此翁生于北宋,遭亡国之悲,长于南渡偏安局中,国运疲弊。翁诗常谕人勤于戎马疆场。在当时的士大夫多是无为苟安,而翁却始终对国事关怀。少年从戎,同词人辛稼轩可相仿佛。他的《示儿》诗云:"死去原知万事空,但悲不见九州同。王师北定中原日,家祭无忘告乃翁。"忠愤爱国之怀抱,至死不变。

(二)反江西诗派　这时期的诗人,对于议论叫嚣的诗,忽生反感,倡言唐诗。但主倡言唐诗中,又有两种不同的现象。一种是唐诗派,永嘉四灵是其尤者。一种是批评派,当推严羽(沧浪)。

甲,唐诗派　唐诗派的永嘉四灵是:赵师秀,号灵秀;翁卷,字灵舒;徐玑,号灵渊;徐照,字灵晖。此四子皆好作五律。以中晚唐诗为规范,又学贾岛、姚合的苦吟。四灵与江西诗派中的杨诚斋是先后辈。四灵诗在南宋风行一时,又叫江湖诗派。因为他们是在野的隐士,有《江湖小集》。这派诗不发议论,白描素写情景。是小诗，不能成大篇。所以律诗可观，但没有什么个性表现。

乙，批评派　严羽是一个批评家。在《樵川二家诗》中，可看到他的诗，但他的诗，不如他的诗话好，可知批评家和诗人是不可同日而语的。《沧浪诗话》，以为中唐、宋诗不是诗，是议论和理语。他又以为议论理语不可以入诗。他以为韩、孟二人的不同处是：韩学胜，孟诗工。因为诗不是以学力取胜，妙悟是诗的本质。欧、苏以下的议论诗，邵雍（康节）以下的理语诗，实在都不是诗。他主张诗当崇汉、魏、盛唐，下此不足观，这就是他妙悟的根本。江西诗派和江湖诗派，都是他反对的。明李崆峒、何大复复古，清王渔洋的神韵，袁子才的性灵，都是根据沧浪的妙悟。严沧浪主张独树一帜，认为宋诗根本不能成立，况下乎此者。

（三）遗民诗　有宋自开国以来的文风，都在闹门户之见。到了宋代亡国，才有真性情的诗涌溢出来。文天祥以诗殉国，亡国后的谢翱（皋羽）、林景熙、汪元量等，歌哭山林，流离悲愤的真性情诗，是值得读的。

谢翱，字皋羽，闽长溪县人，有《晞发集》。当文文山起兵勤王，谢为参军。到了文文山殉难，公流落江海，往来湖上，这时期是公诗最多，也是公诗最精彩的。尚有《登西台恸哭记》一文。公诗除七律外，诸体皆备，七古如李长吉，五古如孟东野，五律如陆龟蒙，他是能分体学得诸家之长的。

林景熙，号霁山，浙江平阳人，有《白石樵唱集》。元僧杨琏真迦发宋陵，遗民为收葬枯骨，树以冬青为识。所以公诗有句云：

　　　　一抔自筑珠丘土，双匣犹传竺国经。独有春风知此意，年年杜宇泣冬青。

汪元量，浙江杭州人，本琴师，在宫中教王昭仪。元人取宋六宫到北廷，汪亦被掳。文文山囚系时，常与往还。后请为黄冠道士，往来浙中，不知所终。诗词甚重于世。

郑思肖，字忆翁，号所南，闽连江人，示倾向于南，画兰不画土，作诗寄其亡国之恨。

在南宋诗中最佳者，当推遗民诗。就中谢、林二人，尤为特出。但谢诗阳刚，而林诗是阴柔的。末了，要讲一段理语诗。

理语诗　理语诗的作家，都在《道学传》。如佛家的偈语，源出印度。在中国翻译的佛经中，散文写一段，另附一节七言句，吟作偈语。《金刚经》之偈语，《华严经》之《十地品》，所译的是无韵的整齐句。王梵志诗，向来找不到专集，但现在敦煌石室中有。胡适说，"此种诗在中国找不到"，未免是少见了，皎然《诗式》不是一个很好的例子吗？清高士奇《消夏录》，有山谷所书王梵志五言长篇一首。又明盛时泰（仲交）《栖霞小志》说栖霞也有王诗，可惜现在不存。这种诗是所谓道情诗，如：

> 我昔未生时，冥冥无所知。天公强生我，生我复何为。
> 无衣使我寒，无食使我饥。还你天公我，还我未生时。

当唐贞元中，苏州寒山寺有两个和尚，寒山和拾得。寒山有三日解[①]，拾得亦有数十首诗。既无题目，也未有指意，这就是佛语。如：

---

① 此句或当作"寒山有三百首"（举其大概）。

> 水清澄澄莹，彻底自然见。心中无一事，万境不能转。
> 心既不忘起，永劫无改变。若能如是知，是知无背面。
> (《寒山诗》)

> 寒山有躶虫，身白而头黑。手把两卷书，一道将一德（老子言）。
> 住不安釜灶，行不赍粮械。常持智慧剑，拟破烦恼贼。
> (《拾得诗》)

这种诗，当然有许多人批评他失格，他可自解云：

> 有个王秀才，笑我诗多失。云不识蜂腰，仍不会鹤膝。
> 平侧不解压，凡言取次出。我笑你作诗，如盲徒咏日。

此实在是中唐昌黎的格。这二人的诗，都是如此，现在不细说它。

宋代的理语诗，作者多是道学中人，如周、程、张、蔡，其学问的源流是道家和佛家，尤近于佛家。有语录，有理语诗。语录通俗，常人懂得。此种理语诗，在北宋仁宗以后才多见，就中当推邵雍（康节）。

邵雍康节（《宋史》二十四卷）先生晚居洛阳，时司马光与二程皆尊崇之，自题其居曰"安乐窝"。乡里爱好之，作行窝以迎邵子。著有《伊川击壤集》。其《咏安乐窝》有二句话："安乐窝中一部书，号云《皇极》意何如（《皇极经世河洛书》，是解说《易经》的，邵得自李之才，相传是由陈抟传给种放而穆修以至李之才）。春秋礼乐

能遗则,父子君臣可废乎?"他自己《安乐窝中吟》:

> 安乐窝中甚不贫,中间有榻可容身。儒风一变至于道,和气四时长若春。
> 日月作明明主日,人言成信信由人。惟人与日不相远,过此何尝更语真。

此外张载(横渠)、二程之诗同邵诗也差不多。而朱熹(晦庵)可就不然,朱晦庵的治学,是把各科分别开来,他的诗词却无理语气。而他的门人又不是这样了,陈淳的《北溪大全集》、魏了翁的《鹤山先生大全集》,二人倒有理语气。近人陈散原先生以为此派诗是要隔绝风雅的。

宋词

北宋、南宋两时代的词风不同,划然分明。大要说来:北宋词大,南宋词深(朱竹垞语)。此说可信。词虽兴起于唐、五代,然到北宋始发扬光大。慢词在北宋时特盛。词之于宋,犹诗之于唐。词在北宋如走康庄大道,南宋词以辞胜,如入苑囿楼台。北宋词是入乐可歌,如柳永(屯田)是。南宋词脱离了乐的束缚,有词社的组织,文人以此相高聚。北宋词明白,南宋词曲晦。北宋词可分作三时期:(一)宋初 第一期;(二)仁宗 第二期;(三)徽宗 第三期。

第一期宋初 一般说来开国的文学,是仍袭前代风气的。宋初的词人,还是沿袭晚唐、五代的余风,多短调令词。若晏氏父子,欧公亦然。晏氏临川人，欧公庐陵产，都是江西籍，他们的诗是浩大，而词皆委婉，不过江西诗派成立，远在江西词派之后。

晏氏父子词，有《珠玉》《小山集》，欧公有《六一词集》，都是学南唐的，风格颇似冯延巳。晏氏父子词，丰艳而华贵。晏公《浣溪沙》有句云："无可奈何花落去，似曾相识燕归来。"公于此对，上句得之久而不能得对。偶言之，王琪应声而对。公将此对又用于七律诗中，但不见如用于词的恰当。欧阳公道德文章独冠一时，而词则深于情者，竟被一般人讥议。

第二期仁宗时　此期词是一转变关键，慢词的兴盛就在此期。所谓慢者，慢声而歌也。唐杜牧之有《八六子》是一首长篇的。咸通中锺辐《卜算子慢》，有八九十字，恐是北宋人假托的。北宋的慢词名家，当推柳三变（按宋代词人生活，在正史上找材料难乎其难，元人修《宋史》，词人无传，只好去说部中寻，如《词苑丛谈》《词林记事》，厉鹗的《宋诗纪事》，以至陆心源的《宋史翼》，在这中去找寻）。

柳永，字耆卿，闽之崇安人。创有大量慢词。终身流荡勾栏中，所以他词多是写青楼红粉生涯，当时竟把这种浪漫不羁的词传入禁中。他的《鹤冲天》有句云："忍把浮名，换了浅斟低唱。"就是词人晏殊也菲薄他。初名三变，后改为永，官屯田员外郎，有《乐章集》三卷。他词的风调，最有本色，宋词人天才之大无过于柳永者，不拘取材，无论什么情景，他都能运用成一首好词，如同司马迁的《史记·货殖列传》，就是能拉杂地写。或竟以此为俗而病柳词，此正不知其大处的。他又兼能纤艳悲壮（《词综》选本不取其俗者，《彊村丛书》本校刊颇精）。柳永能把天才发挥尽致，每一词情景交错，变幻莫测，此三变之所以能成三变也。

张先,字子野,在当时可与耆卿相颉颃。及柳氏逝世,张才擅名一时,以二人之才论,张自不如柳;且张又不能用俚语入词。在慢词坛上,耆卿是正脚色,张是个副末罢。

贺铸,字方回,源出于柳。他本来是一个诗人,称为镜湖遗老。他的《青玉案》一首,很有句可诵。自方回而后,宋代词人皆爱家住吴城,《青玉案》就是他在吴门横塘边作的。当时人称张先为"张三中":眼中泪,心中事,意中人。张先自己以为不如他的"三影"佳,是"云破月来花弄影""娇柔懒起,帘压卷花影""柳径无人,堕絮飞无影"。宋子京词有"红杏枝头春意闹",这"闹"字可与"三影"称佳。方回词辞采辉艳而貌不扬,人诮他是贺鬼头。《青玉案》词有"梅子黄时雨"句,又称为"贺梅子"。

秦观,字少游,有《淮海词》,高邮人。时人称为"山抹微云君"(此句是《满庭芳》的起首)。他出于苏门而词学柳三变,有"销魂当此际"句,为东坡诮讥。其《踏莎行》一首,情意凄婉,是谪居藤州时作的,后终死于此地。又有"醉卧古藤阴下,了不知南北"(《好事近》),亦可知其必死于藤州了!

在宋代的慢词,又可分为二期。以上述的是前期,前期以柳永为主,张、贺、秦属之。后期的慢词,又变一气派,当以东坡为主角。

苏轼　东坡才气纵横,词亦工,有《东坡乐府》三卷,慢词、小令,各体俱备(《东坡乐府》有近代编年本,取毛、王二家原稿)。有名的"明月几时有"和"大江东去",可见他的豪放。又《水龙吟·次韵章质夫杨花词》,依原韵而不见其和韵痕迹,是亦才之高者。《念奴娇》是谪居黄州时作的(按:《赤壁赋》东坡所指者误,三国赤壁在湖北、湖南交界处,武昌上之嘉鱼。此赤壁为郦道元《水经注》之赤鼻山,不过文人讽喻之旨不可与考据同日语,况有"人道是"

三字为之着眼），更可看到他的韵格不凡。苏尝以此词质人与柳七何如，说者以为："柳郎中词，只好十七八女孩儿，执红牙板，歌'杨柳岸晓风残月'；学士词，须关西大汉，执铁板，唱'大江东去'。"虽是一时谐语，但北宋二大词人之不同处此当为确论。然以此首代表苏词全部，恐不的确，试看苏词全部就知道了。如言东坡词豪壮，毋宁说他格高。盖当日利用俚语的柳三变，词流传到西夏，有井水处，皆能唱柳词。就是东坡门下的少游，也学柳词。坡公却处处要求异于柳，尽去其脂粉气。东坡是士大夫词，柳耆卿是脂粉词，可以说苏词是男性的，柳词是女性的。北宋文盛行，而士大夫之词皆与文分格，苏却把词与文汇合。苏词至有文似偈语的，如《浣溪沙》云："山下兰芽短浸溪，松间沙路净无泥，萧萧暮雨子规啼。 谁道人生无再少，门前流水尚能西，休将白发唱黄鸡。"以至《醉翁操》的琴曲，可以说不是词。后来辛稼轩都学他。于此，盖亦可见宋代词的大变。

第三期徽宗时　此期词又变一种风格，周邦彦《清真词》可为代表。

周邦彦，《宋史》词人有传，只有此君一人。《清真词》以郑校朱刻注本为佳。周于词坛上可称"词圣"，犹杜少陵于诗坛上之地位。向之论词者，多是略于声律。苏于词尤多不协律，而周却兼能之。细读周词，自与苏无关，大概是近于柳，尤以好作俚语入词，几与《乐章集》不可分，惟周词文采过于柳词。可以说，柳是词家之质，而周则词家之文。他二人的生涯也差近，如《拜星月慢》有"似觉琼枝玉树相倚，暖日明霞光烂"句，写一个丰艳秀出的美人，形容得淋漓尽致。又"败壁秋虫叹"句，"叹"字叶得非常妙，这是欧阳修《秋声赋》"如助予之叹息"的意境。《过秦楼》"一架舞红都变"句,后来姜白石常仿此。白石学柳、周,所与周不同者,文过也。邦彦非但词佳,诗赋亦工,《汴都赋》直上窥汉赋。散文也好,又能兼书画。

从上述诸名家,可知北宋词不同的风气,显明的可分三时期。慢词盛于柳永,声调和谐合乐,辞藻明朗。东坡却是极不注意声调的。到清真,却兼而能之。

南宋词和北宋词是有因果关系的。北宋词以"辞胜",南宋词也以"辞胜";但所不同者,南宋词艳丽,而本色已看不到。北宋之词俗,南宋词雅。北宋词,是文人与乐工共有的词,而南宋词虽若姜白石、吴文英、张炎三家之精工音理,但他们的词,终是文人之词。北宋的词大,南宋的词深。两宋的词,都可以都城为中心。北宋都汴京,南宋都临安,南宋自高宗至孝宗二代,若北宋之仁宗朝,是南宋词光艳万丈时期。南宋词的不同,可以辛、姜二家作代表,而二人又是同时的人,姜是宗柳词。南宋词可分作三时期的。

(一)南宋初期

甲,辛稼轩(弃疾) 世之论词以苏、辛并称,此理论当否,姑置不论。似他二人的词,前后不断都有的。南宋初年,先于辛者有张孝祥,有《于湖集》,有《念奴娇》,过洞庭作的。因为他得罪秦桧被贬,《念奴娇》是写月下的:

> 洞庭青草,近中秋,更无一点风色。玉鉴琼田三万顷,着我扁舟一叶。素月分辉,明河共影,表里俱澄彻。悠然心会,妙处难与君说。 应念岭表经年,孤光自照,肝胆皆冰雪。短发萧骚襟袖冷,稳泛沧溟空阔。尽吸西江,细斟北斗,万象为宾客。扣舷独啸,不知今夕何夕。

其佳处是能化豪放为清雄,直继东坡。又若岳飞,以武人而能兼词,不加修饰,直写胸臆。回过头来就本期的代表作家辛稼轩而论(辛词王刻本佳,又外集有朱刻本,此二种是辛词全部)。稼轩,山东历城人,与党怀英少学古文,党事金,辛以武功显于南宋孝宗朝,其对当时政治的愤慨,尽见于词,可与诗人陆游并驾。二公皆有恢复中原之志。

上言世之以苏、辛并论,可以说是相当合理,但不是绝对的公论。苏为纯粹的士大夫词,而稼轩则是英雄之词,变化无方,阔大处尽其阔大之材,精细处尽其精细之妙,其《永遇乐·京口北固亭怀古》,悲壮阔大,如"气吞万里如虎"句,而用了"虎"字叶韵,在词中恐只有稼轩之才能够吧。后来白石有"大旗尽绣熊虎",然而和幼安比较,是活老虎和纸老虎之别。叶此"虎"字险韵,只有李易安的"黑"字够得上。至于《祝英台近》一首,又是另一种风格。送茂嘉十二弟的《贺新郎》一词,却是一篇辞汇书,可是他用得有生气,不过总有人以此为病。但这是南宋的风气,词人以为能用事典为工。和稼轩同时而稍后的岳珂(字倦翁,岳武穆孙),亦负盛名,著有《桯史》。稼轩守南徐时,日以词酒相娱,一日稼轩以《贺新郎》词示之,岳以用事太多病之,然辛不以为意。不过这不是稼轩词病,是当时共同的风气,如姜、吴、周、王、张辈,都是如此的。其道理,是因为每一种文体发展到用事为长者,即此文体的末期,如五言诗到齐梁,律绝至晚唐,都以用事为长;但用事中有明白,有晦涩,稼轩词用事显然可得,是明白的用事。

稼轩散文化的词,看《水调歌头》二首可以知道,这是和东坡同调的。又有《沁园春》一首,更是奇特:

杯汝来前，老子今朝，检点形骸。甚长年抱渴，咽如焦釜；于今喜睡，气似奔雷。漫说刘伶，古今达者，醉后何妨死便埋。浑如此，叹汝于知己，真少恩哉。　更凭歌舞为媒，算合作人间鸩毒猜。况怨无小大，生于所爱，物无美恶，过则为灾。与汝成言，勿留亟退，吾力犹能肆汝杯。杯再拜，道麾之即去，招则须来。

此词真是西汉文章，哪里是一首词。这又可看出宋代散文的发展。与稼轩同时之刘过（改之）客于辛门，及陈亮（同甫），二人词亦慷慨激昂，有志士也。

　　乙，姜夔（白石）　白石词负盛名，一样的在《宋史》没有传。姜是鄱阳望族，长居湖北，后往来合肥、苏、杭、扬各地，晚年卜居湖州。他的词可比之清真。清真实出于柳，而至于姜词，虽出自二人，但丽秀独有韵标。因为姜词是士大夫的词，不是柳、周勾栏狎客的词。词家除东坡外，词的抒情莫不以美人为对象，但自柳、周以后诸词客，虽都取象于美人，而美人的身份一时代高似一时代。周、柳以词来描美人，而姜则以词比于美人的清妙。同是取象于美人作词，可是运用却判然不同，如《暗香》《疏影》（毛、王、朱皆有刻本，单刻本以朱本佳）都咏梅，《疏影》一篇尤佳。南宋词咏物之作特多，此时词社多咏物，亡国后特盛，如龙涎香、蝉、白莲等题目（《乐府补题》记）。因为咏物系托讽喻之词以见志。此系南宋词风之特别情形，而用事之甚亦缘于此。

　　宋人之词多可唱，但如何唱法不可得而知。今传有《白石歌集》六卷：一卷有吹琴曲，于琴曲注有谱；二卷为越调九歌，注律吕；三卷为小令；四卷慢词；五卷多自度词，如《暗香》《疏影》等；六卷自制曲；另外一卷别集。各卷都有宋时的工尺，但今少人传。道光中，张文虎（啸山）与曾国藩同居江南，督官书局。张精音律，有《舒艺室随笔》，论到宋人的工尺，宋人之谱有今之可唱者。若于现代，只可知，而不能唱，因为没有点拍。郑大鹤山人以为宋词虽可唱，恐未能委婉动听。一字一工尺，那么唱起来，一定简而急。

姜氏的《齐天乐》咏蟋蟀，是不从物之本身，而就聆蟋蟀之清音方面写，是南宋人写情与北宋人不同的。北宋人写感觉，而南宋人却写意境。

史达祖，字邦卿，汴人，有《梅溪词》。与姜同时。当韩侂胄当国，史为堂吏，韩颇重之。及韩败，封韩首北献，史被黥面流放。初韩侂胄做南园，陆放翁为之记，后人多以此讥翁。虽然韩固非能臣，而议征金，固南宋百余年中鲜有及此者，视苟安尸位又不可同日语。邦卿工词，辞采纤艳，壮年虽依韩，然非权要，晚年又遭配军，身世亦悲凉。千载后读其词，不知其遭遇竟如此也。从"做冷欺花，将烟困柳"句（《绮罗香》），可见其纤巧。又如《双双燕》亦然。南宋咏物而不用事者，此君一人已耳。

（二）南宋中期

吴文英，字君特，号梦窗，有《甲乙丙丁稿》（汲古阁刻本），此外又有朱祖谋刻《彊村丛书》本尤佳（朱颇精吴词，有《梦窗小笺》）。梦窗生四明，终于吴中。宋词人居吴门者，前有贺方回，后有吴文英，为姜后辈，多少受姜影响。但吴词尤密于姜，其用事致令人莫能知，此词体已进化到末尾矣。张玉田论梦窗词，"如七宝楼台，眩人眼目，拆碎下来，不成片段"。虽然，此不足为吴词病，艺术文学固无实用也。世论吴词都认为他是以密胜，实际上我们从梦窗的词来看，他虽好密，而长处却在疏。我们从梦窗词论到文章的疏密。梦窗词的密是他独擅的，可是佳处并不在此。如唐之温、韦二家，温好密，而长处在疏。韦好疏，而长处在密。观二人的《菩萨蛮》可知。吴之《风入松》一阕，非常率直疏放，其佳处不言而喻。短调如《点绛唇·有怀苏州》，也是疏的。又《踏莎行》似周清真，意境亦甚佳。

（三）宋词之结束时期

继吴文英而起者，有三家：周密，字公谨，号草窗，老于杭。除《草窗词》（二卷）外，尚有说部著作，如《齐东野语》《癸辛杂识》《武林旧事》（纪南宋生活）、《浩然斋雅谈》等。宋代词人生活难考，但在小文集中偶有一二断片记载。周为吴文英后辈，然他的《蘋洲渔笛谱》中有与梦窗唱和之作，此书有广陵江昱（宾谷）的考证。又有选集《绝妙好词》。《草窗词》多咏物用事，究不能摆脱南宋词风影响。《齐天乐》咏蝉，实寄亡国遗恨。

王沂孙，字圣与，号中仙，又号碧山，著《花外集》。有知不足斋刻本，又题为《碧山乐府》。《白雨斋词话》甚称赏他。遭亡国之恨，故其词是举类迩而见义远。与谢皋羽同具热怀，但诗人高号痛哭，而词人则轻哼凄咽耳。

张炎，字叔夏，号玉田，又号乐笑翁，有《玉田词》和《词源》。在词人中此老最享高年，故对于宋代词人多所批评。主张清空，反对梦窗的质实。影响所及，清初浙派词人朱彝尊等特别推崇姜白石和他。

宋小说

今之论小说者，辄谓唐小说文言，宋小说白话，实不尽然。唐代小说也有白话写的，如敦煌石室中的手写本，叙唐太宗入冥见崔判官事，在日本《艺文杂志》刊载（第七年第一号）。狩野氏言：此唐人白话小说也。宋人如徐铉（北宋）、洪迈（南宋）都以文言文写小说，其体裁如唐小说。唐人小说用通俗文写的，我们现在就敦煌石室遗简来加以观察。在唐太宗入冥事中，夹叙一段秋胡戏妻事。秋胡是什么时代的人呀，他却拉入唐代，并且写秋胡往京入试，带一部《文选》，《文选》是六朝的书，而秋胡是春秋时鲁人。可知是没有什么学识人所作的，此种小说大概在唐末作的，因为中国那时尚和西域交通，后来西夏割据，时人把它藏在石室中，北宋以后的事迹，中间找不到。何以证明他是唐人写的，因为唐人必读《文选》，虽闾巷下民，亦人手一卷，所以断言为唐人小说。以此，可知唐人小说固不是纯文言文的。

从小说的量上言，唐小说多短篇，宋小说则渐有长篇的。大概文言小说多出自士大夫笔墨，宋代的白话小说多是平民所作。宋代风俗，民间娱乐场有一种说话人，即今江南流行之说书的，多住在茶楼酒肆。这些说话人约在仁宗太平之世兴起的，明人的郎瑛《七修类稿》末廿二卷小说条下云："仁宗日欲进一奇怪之事。"宋人说书，非但平民爱好，就内廷也有了。《东坡志林》云："小儿薄劣……听说古话。"所谓古话，是宋代说话人的取材，多取之于历史上的材料，尤以三国曹刘事最为风行，这是汴、洛的风俗。譬如现在人骂人奸恶，定指曹操做代表，这就是起于宋代的说话人。当宋初《穆修文集》中，有一篇《新修魏武帝帐殿记》，兖州（曹氏之故里）有魏武庙。那么魏武未必是天下之大奸恶，他的地位在北宋以前，大夫既为作记，市井又为立庙。可是到了宋代说话人一说三国演义，千古英雄曹孟德，一变奸恶而不可收拾了！于此可见平民文学，深入民心,是不可忽过的。

在宋代小说中,我们又可得知宋人生活的情形,有二种书可看,一是《东京梦华录》,北宋孟元老著;《梦粱录》,南宋人吴自牧追念北宋生活而写的。《武林旧事》,周密作。《都城纪胜》,灌园耐得翁作。这笔记中写宋人的生活,研究宋代小说的材料就在此中。

(一)《东京梦华录》 相传是孟元老所作。孟,绍兴人。这书的文章,多用当时口语实写,所以现在多不能通篇卒读。近鲁迅作《小说史略》,所引文多是一长节作一句,实在是此书没有方法断句。在本书中所载的卖艺人有:技艺,杂剧,枝头傀儡,悬线傀儡,药发傀儡,上索杂手技,毬技,弄皮影戏,弄乔影戏,甚至弄虫蚁。又有商谜,说诨话,杂班说三分等。底下所记卖技人名,也是怪声之口角奇名,当然是民间所有的,还有妇女也充作脚色的,如张小娘子、宋小娘子、陈小娘子等。

(二)《梦粱录》 南宋人所写北宋人的生活,就最足注意的小说方面论。

甲,小说　今之《三国演义》,是白话小说,而宋人并不称为小说,名之为说三分。宋人所谓小说,范围见于灌园耐得翁《都城纪胜》:"小说谓之银字儿,如烟粉、灵怪、传奇。说公案,皆是搏刀、赶棒及发迹变泰之事。说铁骑儿谓士马金鼓之事。"

乙,谈经　就是和尚的佛经,似说法的来谈。

丙,说参请　宋代佛教最盛行的是禅宗,就民间也流行虚无寂寞礼佛,可见宋人对于宇宙观的空虚,已是普遍地流行社会上。

丁,说诨话　宋人好作妙悟领会,如说三教圣人,说释迦女人也,老子女人也,孔子女人也,举了一个例子来,故意曲解之,引人发笑。

戊，讲经史　宋代士大夫，在御前供奉，日讲经史，以闻于天子。后来民间也流行讲经史，说史多刻薄小人。《都城记胜》对校之曰："小说者顷刻之间，理会提破合生与超令。"①

己，合生　举一语，即时编成一故事来说。

庚，商谜　即今之猜谜语。

就上等书所说，对于宋代小说情形，可得以归纳下面几点结论：

(1) 说话人多取材古代书籍。

(2) 小说不过是说话中的一部分。

(3) 通搜上下古今事实，君卿下及闾里细民都好此道的。

(4) 通俗小说，是民间文人编的。如《清平山堂话本》，所取的材料，是宋代说话人构的。

宋代说话人虽多，而流传今日的说话，只有四种，如《宣和遗事》《大唐三藏取经诗话》(古本有瓦子家)、《五代史平话》(曹元志家藏本，中缺梁、汉)、《刘知远别妻事》(可参看《白猿传》②)。

谈到三藏取经故事，今本《西游记》，是明吴承恩撰。按玄奘法师西上求经史实见于《旧唐书》之《方技传》所记法相宗慈恩法师事③，和《大唐西域记》。唐代和外域交通兴盛，而唐初禁止国人出国，玄奘求经是私出的。《大唐西域记》写三藏西行，备历险阻艰难，是实事。至其中神怪，那是宋代说话人所加进去的。所谓诗话者，记了一段话，加上了一首诗。后来元人有《西游记杂剧》(题吴昌龄撰)，或以此书是明人作，实不然，原有瓦子家印本可证。

---

① 《都城纪胜》"瓦栏众伎"条，原文作"最畏小说人，盖小说者能以一朝一代故事，顷刻间提破。合生与起令、随令相似，各占一事。"

② 《白猿传》似当为《白兔记》，又作《刘知远白兔记》。

③ 此处涉及文献，或为《旧唐书》之《方伎传》与《大慈恩寺三藏法师传》。

后　　记

先师胡小石先生先后在北京女子师范大学、武昌高等师范学校、南京中央大学、金陵大学等校,主讲中国文学史,极受诸生爱戴。一九二八年春,以同门苏拯兄笔记,题名《中国文学史讲稿上编》,凡十一章,付上海人文出版社排印发行。书既出,为学术界所重视,公认其篇幅不长而颇具卓识。根据清焦循《易余籥录》"一代有一代所胜"之说,主张文学随时代而发展,历叙《诗经》、楚辞、汉赋、汉魏晋南北朝古体诗、唐律体诗、唐五代词诸体之源流正变,条理清晰,重点突出,阐明各种旧说,不少创见,方便后学甚大。其定史观,则取达尔文《进化论》;其定文学范畴,则以我国固有之"言志"说、"缘情"说,结合外来之"纯文学"理论。以治学方法论,师严格区别治史、学文为两途,谓治文学史属于科学范围,必须实事求是,无征不信,通过具体深入分析,归纳而得结论,不得以个人爱憎为去取,亦不得"大胆假设,小心求证",以炫世骇俗。盖师在清末,肄业两江师范农博科,专攻生物学;民初在上海,从史学家沈曾植先生受业三年,是以能融合清儒考据与西方科学方法于一炉焉。《讲稿》虽属草创,实为后进开一途径。建国前继出之文学史,若冯沅君、陆侃如合编之《中国诗史》、刘大杰之《中国文学发展史》,其体例实受先师启发,明眼人加以对比,自能辨之,二君固皆铸同门先进也。忆一九四二年,师在国立女子师范学院,讲中国文学史竟，铸因进言座前曰："何不将《上编》以后讲稿付印，俾成全书？"师曰："元人杂剧，宋元南戏，明清传奇、小说，与各种俗文学，目前均有专家研究，成绩斐然，余实无多发明，口述作介绍则可，汇录成书则不可。"先师毕生治学，文必己出，如无真知灼见，从不剿袭雷同，笔诸简端。其律己严谨也若此。一九六二年初，师归道山，南京大学成立遗著整理委员会，其中一项为重印《文学史讲稿》，作为建国前重要资料，供海内治文学史者参考。今之《上编》系用一九二八年排印本，保存原貌。此外，另由同门金启华兄整理四十年代诸生零星笔记，增补"宋代文学"一章，前后共十二章。其元、明、清部分，虽有零星笔记存在，遵师遗教，不再整理增补。

一九八四年春，门人吴征铸识。

附：中国文学史上的几个重要问题

据我的经验，研究文学史，有一个先决的问题。

研究文学史与从事某种的文学批评不同。文学批评可以估定文学之价值，文学史是讲明文学的变迁和其因果。假若以估价的态度来讲文学史，那就错了。因为估价者之观点和立场不同，所得的结论一定也不同，譬如崇尚汉魏的人，他一定卑视唐宋；崇尚唐宋的人，他也要看不起汉魏。例如王湘绮，他生平服膺汉魏六朝的文学，对于号称"诗圣"的杜工部，都时有微词；明代何大复的《明月篇叙》，推崇王杨卢骆，也嫌杜工部缺少风人之致。研究文学史的人，便不应当如此，应当注意事实，把文学变迁和变迁的因果关系说明，文学史的使命就算达到了。

但是观察变迁的因果关系，是极不容易的事。因为文学是前进的，如宇宙底自然现象一样，是时时在变换着。中国文学已有数千年的历史，现在仍是继续地前进着；这继续不断地前进，是整个的，可以直线表示它。把这直线截开向里看，每一个时代有许多的作家，这各时代的作家可用横线表示它。向各时代作品里看，又有多种的文体，可用斜线表示它。这些文体发生有早晚，有死灭，有同时平行的，可以平行垂线表示它。如下图：

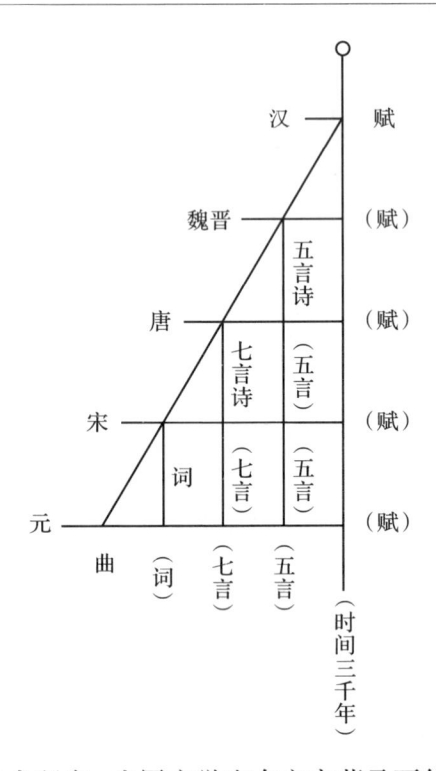

```
              汉 ──┬── 赋
                  │╲
          魏晋 ──┼──┬── (赋)
              ╲ │五 │
               ╲│言 │
                │诗 │
            唐 ─┼──┼──┬── (赋)
              ╲ │七 │五 │
               ╲│言 │言 │
                │诗 │  │
            宋 ─┼──┼──┼──┬── (赋)
              ╲ │  │七 │五 │
               ╲│词 │言 │言 │
                │  │  │  │
            元 ─┴──┴──┴──┴── (赋)
              曲  (词)(七言)(五言)
                          (时间三千年)
```

若从直线去研究，中国文学史有文字著录可信的期间，约有三千年以外，不得谓之过短。若从横线去研究，各时代的作家太多，也是很难的；就唐代诗人而论罢，在《全唐诗》所录的，已有两千几百家之多；宋诗之作家，就厉樊榭《宋诗纪事》所收的，也有二三千家；是不是极繁难的事呢？若从斜线去研究，文体也是逐次加增的；这个时代的新文体，到下一个时代虽然变旧，但仍然存在；例如汉赋，到魏晋五言诗兴盛了，赋仍然存在；近体五七言诗兴盛了，古体仍然存在；宋词兴盛了，古近体诗仍然存在；像这逐次增加，时代愈演，文体愈多，研究起来，也很繁杂很困难的。这样说来，若以一人之精力，想作成一部完善精当的文学史，是不可能的事。我

附：中国文学史上的几个重要问题

的朋友黄季刚说："中国之哲学史及中国之文学史,为最难讲。哲学史如洞庭湖,两头小,中间大。文学史如长江,上游小,下游大。"的确是对的。

研究文学史自以各时代文家之作品为对象。但现在的许多作文学史的,不见古人的作品,即得出结论来。他们的根据是各史《文苑传》的叙论,和《文心雕龙》《诗品》一类的书,以及宋以来的诗话之类。从古人的结论中去求结论,这个样子去作文学史,是极危险的。怎么说呢？中国文学思潮可分为两大期,元和（唐宪宗年号）以前为一期,元和以后至清末为一期。自汉至元和这一时期,对于文学的认识最清楚。自从《诗大叙》定诗的界说,以为"诗者,志之所之也,在心为志,发言为诗。情动于中而形于言,言之不足故嗟叹之,嗟叹之不足故永歌之,永歌之不足,不知手之舞之,足之蹈之也"。把情志作了诗的内容,汉以来论文的人,便把诗的定义,作了文学的定义。例如陆士衡的《文赋》说："思涉乐其必笑,方言哀而已叹。"范蔚宗《后汉书·文苑传赞》很明白地说："情志既动,篇辞为贵,抽心呈貌,匪雕匪蔚。"刘彦和《文心》上也有"为情造文""为文造情"之说。又晋以来,把文笔的界限分为很严,大约有韵为文,无韵为笔；抒情为文,叙事析理为笔。当时一般的人,都重文轻笔。其所谓文者,正与现代所谓纯文学大略相类。这种认识,到韩愈出来以后,就混淆了。韩昌黎厌弃后汉以下相沿的文体,而提倡所谓"古文",同时又把文来作他的"贯道之器"。一方面看来是以笔代文,另一方面看来又是以子来合集。当时的人,还不一定承认昌黎所倡的就是文,而称他是笔。例如刘梦得作昌黎的祭文说："子长在笔,予长在论。"杜牧之有一首诗说："杜诗韩笔愁来读,似倩麻姑痒处搔。"到北宋苏东坡便称赞他"文起八代之衰"。同时周濂溪

《通书》当中，也有了"文以载道"之说。从此后，文学定义便漫漶不清了。各史《文苑》或《文艺传》的论调，是随着各代文学思潮而变的。自《后汉》至《隋书》，文学的认识是一致的。自《新唐书》至《明史》，文学的认识又是一致的。所以两期的文学思潮大不同，这两期的文学批评，自然也不同。现在作文学史的人，若把不同的两种论调，引用到一块，岂不是大错误大笑话么？

举代表作家也是很难的事。譬如请客：客太多了，不能全请，只好请几个代表罢；但这代表是很不容易选出来。例如举代表要举大家，这大家的定义，是含有数量意味的。唐代的杜工部，自然是大家，他的诗存留在现今的，约有一千四五百首；但是如初唐的张若虚，他作的《春江花月夜》可称古今咏月绝唱；然而他的诗存留到现在的，仅有两首。若以数量作标准，这就难于处置了。宋朝的西昆诗、苏黄诗、范陆诗，这些诗固然有它的地位。像那宋亡国时，文天祥幕客谢皋羽的诗，那一腔热血都寄在诗里，非常的好！你选它不选它呢？实在讲起来，两宋的诗，都不免以派别相矜，惟有到了谢皋羽，他本是感情极丰富的人，又身受亡国之痛，把一切悲天悯人的思想在作品里吐露无余，打破从前一切派别之见；而近来有人说他"亡国之诗，何足道哉"？此话我至今不懂怎样讲？还有明末的阮大铖是很坏的一个人，他的诗非常的好，实在是明代的第一流作家；后人因他的人品坏，就把他的诗湮没了。这是以伦理观念作标准而来论诗，一般正人君子每天正襟危坐，来骂小人，一旦操笔为文，又求为小人而不可得，这真是可叹！往后说，清代人作七绝诗，都推王渔洋是大家，几几乎人人都知道，然而钱牧斋的七绝诗，事实上比他高得多；因为清人恨他就把他贬抑下去，甚至将他的诗集尽力销毁，所以知道的人少。这都是不对的。

又如两个文人齐名的,常把"王(维)孟(浩然)""韩(愈)孟(东野)"并称,于是人们都误会王高于孟,早于孟,韩也高于孟,早于孟;其实王对孟非常尊重。孟浩然的年辈,在盛唐诗中可算最尊。韩晚于孟东野约十七八年,韩学孟,却非孟学韩;不知者就从此起了误会,异其论调。这种称呼法,是根据中国语音来的。案中国语音,把相等两个字同读,平声往往放在上头,如"班马""潘陆""陶谢",姓为平声字者,遂占了便宜。譬如驴本小于马,却呼"驴马"。马大于羊,亦呼"羊马",这不可笑么?还有以一字冠一团的作品,如选诗、唐诗、宋诗之类,加上这一个字,教人脑海中就起了轩轾;其实有什么实在的区别,从这一个笼统的字上,究竟无法看出来。这也是很危险很靠不住的。

现在研究文学史的有个难点,就是想由我辈立定几种方法,去整理他,却又没有一种方法可以绝对通用的。譬如说分时代罢,本来文学是整个的,哪能切作几段呢?案时代分段研究,不过便利而已;只是假定,也不是确定的。有人案朝代区划时期,这也容易使人误会,朝代变更,文学亦随之变更;在南北宋的词,固然是如此,所以论词的人有两句口头话,是"北宋之词大,南宋之词深"。这两句话,却还有相当的对,但在两汉就不如此了。两汉文学可分四期:汉武帝前是先秦余风的;武帝期司马相如等才确定了汉代文学;成哀间,扬雄出,略变风气,直至张衡、蔡邕为一段落;建安又为一段落。这样说来,文学并不一定随着政治变更。又如杜工部的诗,代表盛唐;他的生活在中唐大历时代,还有好几年,这几年里作品,也把它归入盛唐里去么?又如刘基,人人都知道他佐明太祖以定天下,并且对他有许多神话的传说,其实他是个大诗人,他的诗都是元朝作的,后人因他的作品魄力伟大,就说他的诗可以表现明代开国气象。照这样讲来，刘伯温真不愧是一个先知者了。所以说区划时期，是很难的，只是假定，不是确定。

中国南北，有江河的天然的界线，于是就有人以地域分。这分法，创始刘彦和《文心·时序篇》说七国时："惟齐楚两国颇有文学"。虽有相当理由，也不适宜。政治分裂时，南北界限清楚，若政治统一，而交通无阻，那就难分了。如南北朝分立，南朝出文人，北朝出经师；南人写山水用诗，北人写山水用散文，是不错的；但是到了唐代就难分了。初唐四杰王、杨、卢三家，都是北人，晚唐温、李也都是北方人，长于作抒情的韵文，是南方文学。这样说，以地域分，也不十分恰当。

又有以文体分的，如以某种文体代表某一时代，这个分法始于清儒焦里堂（见《易余籥录》），但也有困难的地方。唐可以七言诗代表，宋可以词代表，元以曲代表，明以八股代表，清以什么代表呢？以诗词小说代表吧？都不可。无已只有以变相的文学桐城文，来代表清代作八股的继续者罢（桐城文出于八股）？但是是否确当，也还不敢说，所以说以文体分也不适宜。

由刚才讲的这些话说，综合起来看，可以得到两点，就是旧有的评论，既是靠不住的，须得一重行估价；新立的方法又不能绝对的澈上澈下通用无碍，所以一个人的精力，想要完成一部完善的文学史，是不可能的事，的确是对的。现在从事此道的人，最好就一时代一文体或一作家作小部分的研究，比较容易得到结果。

现在研究一时代的书，刘申叔的《中古文学史》大体可靠，可以看。研究一文体的书有王静安的《宋元戏曲史》，也可看。研究一家的，各杂志上发表的很多。

研究一家的文学，要找出他的时代背景，生平经验，思想，艺

附：中国文学史上的几个重要问题

术上的特点，同时人的关系，和本人文学的来源，及其在后来所生的影响。例如研究白香山的诗罢，他生在中唐，正值安史大乱以后。这时内有宦官的专横，外有强藩的跋扈，国计民生，凋敝到万分，小百姓简直活不下去。在他三十七八岁左右的时候，本人身为谏官，负有言责。他又是极富同情心的人，眼看着一般小百姓所受的痛苦，于是主张把诗来为他们作宣传。自汉以来诗人，都是以作诗来安慰自身的烦闷，是为己而作。到了白香山，便要以诗来呼号别人的创痛，是为人而作。他的《秦中吟》《新乐府》诸大作，便由此产生。他是以诗作一种宣传，企望得到一般读者感悟。于是他在修辞一方面便力求平易近人，可以通行无阻。在白香山时代的诗可分两派，一派是韩昌黎一流的人作品，皆奇险难涩，只许少数士大夫欣赏。一派便是白香山一流的人，字句都很通俗，求多数知识低的人能了解。当时与他主张相近的亦只有元微之、李公垂一二少数的诗人。现在推求像他这种描写社会状况的诗，大约是从汉代乐府，如《孔雀东南飞》一类诗变出。后来元末王元章《竹斋集》中《江南民》《花驴儿》等篇，近代金亚匏《秋蟪吟馆集》中的大部分都是学他。又白香山还喜用七言长篇来叙述一段故事，如《长恨歌》便属此例。此可谓以诗代史。这种诗体与唐代小说的发展很有关系，自贞元、元和以来，短篇小说和长篇记事诗，都同时进步。中唐的小说作者，如沈下贤、李公佐、牛僧孺、白行简大半与白香山同时，或与他有极密的关系。同时作这一种诗的人，有他的好友元微之所作的《连昌宫词》和《望云骓诗》。稍后的有郑嵎的《津阳门诗》，司空图的《冯燕歌》，韦庄的《秦妇吟》。到明末清初的吴梅村，以七古著名，他的名篇如《永和宫词》《圆圆曲》等类，都是《长恨歌》一类的嫡嗣。清代中叶，陈云伯的《碧城仙馆诗》又出于吴梅村。近世王湘绮的

321

《圆明园词》、王静安《颐和园词》都由一诗中看出一代掌故,也是白香山的远支。又《长恨歌》等诗篇幅可以无限伸长,利于描写物态。明末以来的弹词,如《天雨花》之类,也是由此发源。

由研究一个作家,至少也可以得到文学史上一部分的事实。而在此处所用的观察标准,如时代背景、生平经验等等,却是应用很普遍没有上述的障碍。

综之,我辈在最近期间实在不能得到完美的文学通史。无已,只有用分工的方法,客观的立场,去一枝一节的探讨,把所得的结果,储蓄着供给将来从事此道的资粮。凡做一事,成功不必自我,我辈现今只好以此自解罢?

所以我对于此题的结论,是我辈现在整理前人的成绩,再期望后人来综合我辈的成绩。

(《国立中央大学半月刊》,第一卷第七期,一九三〇年)

中国修辞学史

中国修辞学史略

一、释名

修辞之用，在增进言语文章之美，使言者作者之思想感情，得深感听者读者之心，而唤起其同情。韩愈《秋怀》诗有曰："作者非今士，相去时已千，其言有感触，使我复悽酸。"同情之效也。若夫言语文章，如何而后能美，此为修辞学之所论。本编所述，则历世对于斯科研究状态之变迁也。

修辞一语当英语之 Rhetoric，其原出于希腊之 λεω（Rheo），意言水流。联想而及于言语，一如水流之不竭。遂移此名于言语，而有 Rhetoric 之称，意言辩术。辩术一称 Oratory，二名语根皆有 R 音。又英语赞能辩为 Flowing，意言流动。中土称能言者，亦曰"口如悬河"。考之载籍，取义略同。《诗·雨无正》曰："哿矣能言，巧言如流，俾躬处休。"《笺》云："巧，犹善也。谓以事类风切……如水之流，急然而过，故不悖逆，使身居休休然。"《世说新语》载王太尉云："郭子玄语议如悬河写水，注而不竭。"又今俗称语言调利者犹有流畅之号，滔滔之美，东西并同。盖上世修辞，仅用诸论辩。其后文胜，遂专事文章。故近人称修辞学或为美辞学，其语出于曹植之《辨道论》（《论》云："温颜以诱之，美辞以导之。"）又有直称为文章学者，但此则仅可目近世之修辞，古不尔也。

辞、词二文，其声互近，通用不别，析之则异。《说文》："词，意内而言外也，从司从言。""辞，讼也，从𤔔辛，𤔔辛犹理辜也。"案辞从𤔔辛，故义主辩讼。辛者，辠也。𤔔从两手理丝，合辩析之意。𤔔辛为辞，用以理辜，必假口说。揆之 Rhetoric 本义，可谓符合。昔在希腊修辞学家，如 Corax 科拉克斯① 如 Antiphon 安梯丰，皆以健讼称，而修辞之昌，实从此托始。《书·吕刑》："两造具备，师听五辞，五辞简孚，正于五刑。"五辞，犹令供状也。《史记·孔子世家》："孔子在位听讼，文辞有可与人共者。"文辞，犹今案牍也（《后汉书·周纡传》"善为辞案条"，注："辞案，犹今案牍也。"）桓十年《左传》："虢仲谮其大夫詹父于王，詹父有辞。"僖四年《传》："或谓大子：子辞，君必辩焉。"宣十一年《传》，楚王让申叔时不贺县陈，"对曰：犹可辞乎"。成二年《传》："寡君之命，使臣则有辞矣。"《晏子春秋》，无宇侍景公饮酒，"请浮晏子……晏子避席曰：请饮而后辞乎，其辞而后饮乎"。《孔丛子·论书篇》："孔子见齐景公，梁丘据自外而至。公曰：何迟？对曰：陈氏戮其小臣，臣有辞。"《南齐书·王融传》，"收下廷尉狱……使融依源据答，融辞"云云。凡此诸辞，皆谓辩也。又有以辩为辞者。《通鉴》荀济谋诛高澄，被执，"因下辨"云云，注云"辨，狱辞也。"案修辞在西方，实兴于辩说，故译语但当作"辞"。经典多有假"词"为"辞"者（《诗·板》："辞之辑矣。"《说文》"辑"篆引作"词之辑矣"。）然词从司言，所谓"言以足志，文以足言"而已，此为言词本字。至于篇章论议，其字固应作"辞"。盖举"辞"可以赅"词"，言"词"不足以赅"辞"。《周礼·大行人》"谕言语协辞命"，故书作"叶词命"，郑司农云："词

---

① 楷体字译名为编者所加，下同。

当为辞。"可以证矣。《周易·系辞》本亦作"嗣","嗣"者,"辞"之籀文。《释文》云"依字应作词",非也。

二、述西洋修辞学之变迁

今欲论中国修辞,特先述西方,以为比较。

西洋修辞学之得成专门科学,实先于中土。其变迁之迹,可分四期,大要在先主言语,而后趋于文章。四期者,希腊、罗马、中世、近世也。

(一)希腊

希腊之修辞学

希腊之修辞,古以 Aristotle 亚里士多德(B.C.384—322)为中心。然前此尚有最初之修辞学者 Empedocles 恩培多克勒以善用譬喻著称。惟其详说,则不可考。此外名家,则有 Corax 与 Antiphon。

Corax 生值 Syracuse 叙拉古君主制度推翻之后,国中新布共和政体。前此共和党人,有为专制政府夺产而亡命者。至是皆陆续归来,提起财产恢复之诉讼,讼庭争辩之风,一时极盛。遂有以辩论为专门技艺,而特事研究者矣。故此时之修辞论,直可目之为讼术。而 Corax 则此术之名家,实即诡辩家也。

Antiphon 为当时惟一之雄辩家,始于修辞术加以理论上之研究,其诡辩一如 Corax。又尝书其辩说,售与讼者,供其出庭之便。其行为求之我国,则邓析之类乎("子产治郑,邓析务难之,与民之有狱者约大狱一衣,小狱襦袴,民之献衣襦袴而学讼者,不可胜数",

见《吕氏春秋》)。

其后 Isocrates 伊索克拉底出,教授修辞学,自此修辞学遂为教育上之重要科目。氏盖忧当时弄诡辩、诬真理、破信仰、导社会之堕落者日多,而谋补救之策,故以辨析穷理之术,为教育上必要之科,而修辞学遂永占教育上之重要地位。

后 Isocrates 而起者,为 Aristotle。氏列修辞学为每日午后之定课,以授学徒。常曰:"我辈若常此默默,则 Isocrates 之所耻也。"其论修辞学之指归,则以为一种劝说之术。凡劝说之法有二:一以实证示人而令人服,二因辩说而令人服。修辞学则辩说之劝说法也。其法所据者三:一视说者之性格,二视听者之感情,三视所持说之能力。氏又以修辞学与论理学相类,皆无关于事实之内容,任何题目,皆可适合,纯为一种形式的。缘此,遂有人以为斯学既与思想之产出无影响,又与善恶真妄无关系,至疑其究为有用抑无用者。故当世尝有问题云:"彼空托议论之修辞学,其效益卒如何耶?"氏则力倡其有用,以为真理正义,本较谬论为强,即不假修辞之力,亦得制胜。然如此,适足示辩论家之无能耳,故不可不力求练辞以推阐之。又云:"对于有学问上之知识者,教以真理固易。然此难望于多数之人,故对于众人,特须假修辞之力。"又云:"此学与三段论法同用,不惟真理之证明需之,即反对的妄论之证明亦需之,其对于妄论来犯时,可借此破之以为自卫之具也。"

Aristotle 后,有 Theodectes 狄奥德克底,Theophrastus 泰奥夫拉斯图斯等。尔时哲学家之注意修辞者益夥,即专门之修辞家,亦从事于哲学方面之研究。因之修辞学者,与哲学者视为同等。于此时又有 Apollodorus 阿波罗多罗斯与 Theodorus 西奥多罗斯二家相对峙,两派异趋而相竞,其详固不得闻。惟知当时修辞学分为实际派及理论派,以上二派所争者在此耳。Hermagoras 赫尔马格拉斯又折中两方面,而创学者派。传入罗马之修辞学,以此派为主。

(二)罗马

此期之始论修辞者,为 Cato 加图,Antonius 安东尼乌斯等。其后又有大家二,一 Cicero 西塞罗(B.C.106—B.C.43),一 Quintilian 昆体良(A.D.42—118)也。

Cicero 为实行 Aristotle 修辞学说之人,其著书有《雄辩法》(*De Oratore*),专传述 Aristotle 之旨。Aristotle 论演说,只论声音之抑扬,氏则并注意其动作之形式。故氏者与其谓为学人,不如谓为实行家。Quintilian 为罗马惟一之修辞学者与语法学者,其所著有《雄辩家教育》(*Education of an Orator*),为 Aristotle 以后最有名之修辞书。氏任罗马帝国之修辞教师。当时修辞学中,实含有哲学、法律、政治、道德等项,其于教育上之位置,殊极重要。故 Quintilian 之说,亦多入于教育论。盖氏所持说,显有道德的倾向也。其论修辞学之旨曰:"修辞为人生必具之德,用不用可任意耶? Aristotle 分德为道德的与智识的二种,以修辞隶之智识的,目为推阐真理必不可缺之具,我辈则当进置此科于道德的方面,以期产出非善人不能存立的修辞家。故修辞家必须具完全之辩才,与高尚之心也。"至其论修辞材料,亦与余子无异。若演说,若论辩,若诉讼,人世一切,皆可属之。其论修辞学之性质,则谓一切学术,凡有三技。有仅得知识而已足者,天文学之类是也。有于知识以外尚需实行者,跳舞之类是也。有于知识实行以外尚需有作品者,图绘之类是也。修辞学于此三者中属第二者,须知识与实行兼备也。

总之，罗马修辞与希腊一系，逾出 Aristotle 范围以外之点绝少。惟在 Aristotle 则偏重形式方面，至 Cicero, Quintilian 则力求与道德接近。盖以修辞学为人格修养之方法，实罗马之特色。

(三)中世

中世修辞，录录无所进，仅与语法、论理二科，同为当时大学之必修课程。于教育修身上，仍得保其固有之重要地位，盖无改罗马之遗风也。

(四)近世

自文艺复兴以后，当十六世纪中叶，英有 Leonard Cox 伦纳德·考克斯与 Thomas Wilson 托马斯·威尔逊二家，同有《修辞艺术》(*Art of Rhetoric*)之作①。Wilson 殆全本 Aristotle, Quintilian 之说，Cox 略有新意，亦不出 Aristotle 之范围。自此以后，西洋修辞学中心，遂移于英人之手。

至 Bacon 培根(A.D.1561—1626)之修辞论(Antitheta)出，则颇足注意矣。氏以为修辞任务，在加推理于想象，以指挥意志。盖以争辩失理之故，其为累大率有三：一缘诡辩，即论理方面。二缘想象，即修辞方面。三缘感情，即道德方面。而氏之主张，实欲施修辞本领于性之一面②，想象之一面者也。又昔人有属修辞于论理

---

① 两人著作名分别为《修辞的艺术或技巧》(*The Art or Crafte of Rhetoryke*)和《修辞艺术》(*The Art of Rhetorique*)。

② "性之一面"，似当作"情之一面"。

者，氏则以为论理与修辞有别。论理上所用之立证论究诸法，无论何人，皆可一致。至于修辞，则立证劝说之方，因人异宜也。

最近一二世纪中，此科之著作日增。在英国则有 Campbell 坎贝尔之《修辞哲学》(The Philosophy of Rhetoric)，Blair 布莱尔之《修辞学讲义》(Lectures on Rhetoric)，及 Whately 惠特利之《修辞学原理》(Elements of Rhetoric)，皆近世修辞学之先达也。Campbell 之书，稍嫌干燥。其特色在能以修辞学之本领，置诸纯粹文学方面。Blair 之书，仅为小品，其长在能为美学的、批评的。Whately 之书，以关于论理者为最佳，至其谓修辞与论理初无二致，则前人已尝言之。

此外则有 Kaimes《批评原理》(Elements of Criticism)中之辞藻论[1]，Musley《英文法》(English Grammar)中之诗形论[2]，并足为典据。

近世则有 Bain 贝恩之《英语作文及修辞学》(English Composition and Rhetoric)，Hill 希尔之《修辞科学》(The Science of Rhetoric)，Bascom 巴斯科姆之《修辞哲学》(Philosophy of Rhetoric)，Kellogg 凯洛格之《修辞学教科书》(A Text-book on Rhetoric)等，不胜枚举。要之皆大同而小异耳。

今据以上所述，西洋修辞学变迁大势，总括之，可得结论四端如下：

(一) 关于修辞学之本领　在希腊则全主形式论，与思想之真伪善恶无关，以为任何思想，悉可运入。罗马则少变其旨，虽亦主任何思想悉可运入之说，然以为思想不可不真且善，于是在罗马遂

---

[1] 似当为英国学者亨利·霍姆·凯姆斯(Henry Home Kames)，其同名著作出版于 1762 年，其中一章为 "Beauty of language"。

[2] Musley，岛村抱月《新美辞学》作 Murley，不知是否即林德利·默里(Lindley Murray)，著有《英语语法》(English Grammar)，出版于 1795 年。

直举修辞学以与一切学术穷真极善之风气相合，由形式的一变而为内容的。但以法律、哲学诸科，皆置诸此学范围之内，内容过大，非一科目所能包，其后学术分途发展，凡此诸科，并独立以去，于是修辞学乃仅余空骸，而日就衰废。近世修辞学，又于此衰废之后，再返希腊之旧，离去他种学术，成一独立的形式的学科。一方又将如何而使辞美之思想加入矣。

（二）关于修辞学之性质　古代概以为技术，迄于近世乃渐有列入学问之途者，观书名之有修辞哲学、修辞科学可知也。但多以为应用科学，兼有学与术之二方面。夫既具有术之一面，则凡号为修辞学家者，应具能文之资格，而事实上则又不然。修辞学之为世人所轻，此亦其一端。且既号为术，势又不得不降从卑近，故在学之一面，遂不能深邃，此又斯学之所以不甚见重者也。以今观之，修辞学为纯然之科学，可为美学之一部，能向此方研究有进步，始得有新生命耳。

（三）关于修辞学之标的　古代偏重劝说法，或论证之研究。近代则以鉴赏的出之，趋重美感方面，往往屏论证、劝说于不论之列。标的之中心既移，修辞态度亦因之而变。约言之，则修辞学当以接近美学之端为重。

（四）关于修辞学之材料　古代主以口述的充之，若演说，若争讼，若议论皆是也，近世殆全以诗歌文笔为材料。此固当然之数，足以表示修辞学之当建设于文章方面者。

总上诸端，一言以蔽，则西洋修辞学之变迁，不外古重言语，今重文章，此其大概也。

此节略本《英国百科全书》第二十三册二三三——二三六页，及岛村抱月《新美辞学》一八二页——一九五页。

三、中国修辞学

论东洋之修辞学，自以中国为主。中国修辞学之变迁，亦以言语、文章之兴替，为之枢纽。兹编断代，即视此为准，惟其变迁之序，较诸西方，则有相异者数事：

（一）西方自希腊以降，其修辞率偏重言语，而易涂改轨，趋向文章方面者，乃在近世文艺复兴以后。中国则最古之修辞家，即言语文章二者并重，其后南北言文分趋，然不久而言语就衰，文章专盛。其偏尚文章修辞之期，实先于西方远甚。

（二）希腊修辞，专主形式，至罗马乃顾及内容。中国则自尚修辞，便主道德，崇真极善之风，亦视罗马为先。

（三）西方文章修辞，历时不过数世。中土则自西汉以下，纯尚文学，迄乎近代，无大变更。故文章修辞之史，为祀已历二千，实较西方为久。

故中国修辞学史，粗言之，即文章学史耳。其于世界，诚为文学先进之邦，所恨历世学人，论修辞者，多断片之谈，鲜系统之作。古今名著，才有数家，发端虽遒，继响莫逮，岂不惜哉！

今依古今言文分合之迹，画中国修辞学史为三期：

（一）春秋　为言语文章并重之期。

（二）战国　言语文章分趋，亦即中国言语修辞最盛之期。

（三）汉以后至今为偏尚文章修辞之期。

后之所述，悉详此旨。

（《国学丛刊》第一卷第一期，一九二三年）

中国修辞学史

第一期　春秋

　　章学诚谓："纵横之学，本于古者行人之官。观春秋之辞命，列国大夫，聘问诸侯，出使专对，盖欲文其言以达旨而已……孔子曰：'诵诗三百，授之以政，不达，使于四方，不能专对，虽多奚为。'是则比兴之旨，讽谕之义，固行人之所肆也。"（《文史通义·诗教上》）盖古者行人之官，率彼诗教，故春秋之世，列国朝聘，行人往来，必赋诗言志。观于《左传》所载，有足征焉。（《诗书古训》引《左传》引诗诸例……）行人主语言，诗主文章，而当时谓"言之无文，行而不远"，则言之主文，东实先西矣。至春秋之世，首以修辞为教者，厥惟孔子，故于此述孔门修辞学。

　　西洋修辞，罗马人主道德，近世属文章。是在孔门，实兼二要。修辞一语，首见孔子《文言》。彼文云，"修辞立其诚，所以居业也"。修从彡攸，义主文饰，犹文章之字从彡作彣彰。《说文》，"修，饰也。从彡攸声"。彡者，"毛饰画文也"（彡字下）。凡从彡之字皆有毛意，故髟从彡，则为长发猋猋。尨从彡，为犬之多毛。彪从彡，象鬼毛。盖修美之义，比于须眉。辞之主美，由来已远。惟孔子论辞，更复兼善。《论语》云："有德者必有言，有言者不必有德。"当时邓析、少正卯之流,以是为非,以非为是,是非无度,而可与不可日变。孔子深疾之,故以立诚为归。此又罗马诸贤以言语合道德之先声也。

《论语·先进篇》列孔门四科:"言语,宰我、子贡。文学,子游、子夏。"观此,似文言分途。然孔子教伯鱼,"不学诗,无以言"。子贡善言语,而称"赐也可与言诗"。言语为科,同于希腊古哲之教辩。而学言者必以诗,又见文章之重。若夫耻巧言、恶佞者,则立诚之教,不啻提耳焉。

孔子修辞可见者,今有《春秋》。《礼记·经解篇》曰:"属辞比事,《春秋》教也。"孔子于《易》言修辞,于《春秋》则著辞例。《史记·孔子世家》云:"孔子在位听讼,文辞有可与人共者,弗独有也。至于为《春秋》,笔则笔,削则削,子夏之徒,不能赞一辞。"《公羊传》云:"其词(辞之叚)则丘有罪焉尔。"《春秋》经文,偏于语言,然义例完密,其工莫加。今举一例明之:

> 僖十有六年,春,王正月,戊申,朔,霣石于宋五。是月,六鹢退飞,过宋都。

《公羊传》曰:"曷为先言霣而后言石?霣石记闻,闻其磌然,视之则石,察之则五。是月者何?仅逮是月也。何以不日?晦日也。晦则何以不言晦?《春秋》不书晦也。朔有事则书,晦虽有事不书。曷为先言六而后言鹢?六鹢退飞,记见也。视之则六,察之则鹢,徐而察之则退飞。五石六鹢何以书?记异也。外异不书,此何以书?为王者之后记异也。"

《穀梁传》曰:"陨石于宋五,先陨而后石何也?陨而后石也。于宋,四竟之内曰宋。后数,散辞也,耳治也。是月,六鹢退飞过宋都。是月也,决不日而月也。六鹢退飞过宋都,先数,聚辞也,目治也。子曰:石,无知之物,鹢,微有知之物。石无知,故日之。鹢微有知之物,故月之。君子之于物,无所苟而已。石、鹢且犹尽其辞,而况于人乎?故五石、六鹢之辞不设,则王道不亢矣。"

孔门传诗,实推子夏。《经典释文·叙录》一云:"是以孔子最先删录,既取周诗,上兼商颂,凡三百一十一篇,以授子夏。子夏遂作序焉。"《释文》二引沈重云:"案郑《诗谱》意,大序是子夏作。"今《毛诗·关雎篇》前所载有子夏《诗序》,说者纷纷,颇有疑议。洪迈《容斋随笔》则云:"孔子弟子惟子夏于诸经独有书,虽传记杂言未可尽信,然要与他人不同矣。"案《诗序》文体,与《学记》《乐记》诸篇相出入。其中所言,实足见《春秋》时文章修辞之盛,今择举之,约有三端:

(一)说诗之定义 其言曰:"诗者,志之所之也。在心为志,发言为诗。情动于中而形于言,言之不足,故嗟叹之。嗟叹之不足,故永歌之。永歌之不足,不知手之舞之,足之蹈之也。情发于声,声成文谓之音。治世之音安以乐,其政和。乱世之音怨以怒,其政乖。亡国之音哀以思,其民困。故正得失,动天地,感鬼神,莫近于诗。"大旨谓诗主乎情感,表之声音,至今论文之士犹持此说。

(二)为诗分类及标其措辞法 其言曰:"故诗有六义焉:一曰风,二曰赋,三曰比,四曰兴,五曰雅,六曰颂……是以一国之事,系一人之本,谓之风。言天下之事,形四方之风,谓之雅。雅者正也,言王政之所由废兴也。政有小大,故有小雅焉,有大雅焉。颂者,美盛德之形容,以其成功告于神明者也。是谓四始,诗之至也。"

诗之体制，得区为风雅颂，则三百篇之分类法也。诗之分类，不始子夏，《周官》陈"六诗"，《史记》列"四始"，诗教之昌，由来已久，诗序所言，述而非作也。赋比兴三者，实诗之措辞法。《序》说未详，遂兹异议。大抵比赋易明，兴体难晰。锺嵘《诗品序》曰："文已尽而意有余，兴也。因物喻志，比也。直书其事，寓言写物，赋也。"文意之论，殊为晦昧。刘勰《文心·诠赋篇》曰："赋者，铺也。铺采摛文，体物写志也。"《比兴篇》："比者，附也。兴者，起也。附理者切类以指事，起情者依微以拟议。起情，故兴体以立。附理，故比例以生。"其后宋河南李仲蒙说《诗》，实申刘说，比兴之辨，由此大明。李氏之说："叙物以言情谓之赋，情尽物也。索物以托情谓之比，情附物者也。触物以起情谓之兴，物动情者也。"（胡致堂《与李叔易书》引）朱熹《诗传》略与李同，于《关雎篇》曰："兴者，先言他物以引起所咏之辞。"于《葛覃》曰："赋者，敷陈其事而直言之者也。"于《螽斯》曰："比者，以彼物比此物也。"案兴起于物，不能弃物而得兴。《毛传》于《樛木》《桃夭》独标兴体。触物起情，咏叹斯作。特比显兴隐，时待追探，此殆锺生所谓"文尽意余者兴"。以今观之，则赋取直陈，修辞学中所谓直叙法与铺叙法也。比取寓意，修辞学中所谓喻法也。兴取由彼及此，修辞学中所谓叙言法也。修辞项目，固不仅此，然在昔先民，已能纲举不紊，六义之设，诗教所关，不得不推当时学者之功矣。

（三）序之指归合于道德　其言曰："故变风发乎情，止于礼义。发乎情，民之性也。止乎礼义，先王之泽也。"此与立诚之旨，初无所悖，亦儒家修辞之特色也。

第二期　战国

下逮战国，雄辩纵横。《国策》所纪，皆属口说，罕闻引诗。其时北方学者皆偏语言。太史公所谓"三晋多权变之士也"。凡有著书，皆其辩说，亦间有时言辩术者，纯粹文章则出于南人之手。文言分功，于此判然。

《文心·时序篇》曰："春秋以后，角战英雄，六经泥蟠，百家飙骇。方是时也，韩魏力政，燕赵任权，五蠹六虱，严于秦令，惟齐楚两国，颇有文学。齐开庄衢之第，楚广兰台之宫。孟轲宾馆，荀卿宰邑，故稷下扇其清风，兰陵郁其茂俗。邹子以谈天飞誉，驺奭以雕龙驰响。屈平联藻于日月，宋玉交采于风云。"

彦和于七国文学，以齐楚为经，已标南北之异。今夷取《史记》所载当时辩士、词人之国籍，列表明之：

辩士国籍表

国名	人名	备注
齐	三驺子	
	淳于髡	
	田骈	田出于陈
	陈轸	
	接子	
	吁子	阿人
	鲁连	
鲁	墨子	从孙诒让说

（续表）

国名	人名	备注
卫	商鞅	
赵	荀卿	
	公孙龙	
	剧子	
	慎到	
魏	张仪	
	公孙衍	
	范雎	
燕	蔡泽	
秦	甘茂	
	甘罗	
	魏冉	其先楚人，居秦。
韩	韩非	
周	苏秦	
邹	孟轲	
宋	庄周	
楚	环渊	
	长卢	

案上表所列，庄子，宋之蒙人，居近南服，其文多恢诡，时类楚辞。荀卿晚年居楚，被楚风，遂能为赋。环渊、长卢二子属楚，其口说殊录录无所闻。余子皆河域之产也。

词人国籍表

国名	人名
楚	屈原
	宋玉
	唐勒
	景差

以上四子，皆楚人，为汉后文章之所宗。济济之美，惟齐之辩者足当之耳。

辩士说人，必探听者之心理。

《史记·商君列传》："鞅少好刑名之学……迺遂西入秦，因孝公宠臣景监以求见孝公……语事良久，孝公时时睡，弗听，罢而孝公怒……卫鞅曰：'吾说公以帝道，其志不开悟矣。'后五日，复求见鞅。鞅复见孝公，益愈，然而未中旨……鞅曰：'吾说公以王道，而未入也。'请复见鞅。鞅复见孝公，孝公善之，而未用也……鞅曰：'吾说公以霸道，其意欲用之矣。诚复见我，我知之矣。'卫鞅复见孝公，公与语，不知厀之前于席也。语数日不厌。景监曰：'子何以中吾君，吾君之欢甚也。'鞅曰：'吾说君以帝王之道比三代，而君曰，"久远吾不能待……"故吾以彊国之术说君，君大说之耳。'"

其后韩非著书，大畅厥旨。《说难》之言曰：

凡说之难，非吾知之有以说之之难也，又非吾辩之能明吾意之难也，又非吾敢横失而能尽之难也。凡说之难，在知所说之心，可以吾说当之。所说出于为名高者也，而说之以厚利，则见下节而遇卑贱，必弃远矣。所说出于厚利者也，而说之以名高，则见无心而远事情，必不收矣。说阴为厚利而显为名高者也，而说之以名高，则阳收其身而实疏之；说之以厚利，则阴用其言显弃其身矣。此不可不察也。……

此论与Aristotle所云施说必视说者性格、听者感情与其所持说之力而定者,可相表里。揣合世主,用心陷侧,如簧之巧,君子所鄙。然辩术至此,亦云精绝矣。

凡论辩术者,多合逻辑(Logic)。其析理精绝,无愧远西。禹域言语之昌,实无过于战国者。迄乎唐代,"因明三支"之术,自印度输入,释宗古德,颇有名论。然彼乃外受,此则内生。故中国言语修辞之业,自当以此时为极致。今举其最著数例证之。

鲁人墨子,继孔子而起,为北学大宗。其说尚实利,非乐,节葬,无取繁饰,故弃文藻而明言语。《小取篇》云,"以辞抒意",取于辩也。其《非命上》曰:

> 言必立仪(从《间诂》说),言而毋仪,譬犹运钧之上而言朝夕者也。是非利害之辨,不可得而明知也。故言必有三表。何谓三表?子墨子言曰:有本之者,有原之者,有用之者。于何本之?上本之于古者圣王之事。于何原之?下原察百姓耳目之实。于何用之?废(读为发)以为刑政,观其中国家百姓人民之利。此所谓言之三表也。

此三表中,用之云云,重言之应用。本之原之云云,明立言所当据。

墨子既死,学分为三。《庄子·天下篇》"相里勤之弟子五侯之徒,南方之墨者苦获、已齿、邓陵子之属,俱诵《墨经》,而倍谲不同,相谓别墨。以坚白同异之辩相訾,以觭偶不仵之辞相应"云云,别墨所主为《墨经》,今传《经上》《经下》《经说上》《经说下》四篇。又《小取》《大取》二篇,亦与《墨经》相表里。其论"辩"之说,见

于经者,《经上》曰:

> 辩,争彼也。辩胜,当也。

《经说上》曰:

> 辩者,或谓之牛,或谓之非牛(从《间诂》说),是争彼也。是不俱当,不俱当,必或不当,不若当犬。

《经说下》曰:

> 辩也者,或谓之是,或谓之非,当者胜也。

其意以辩可以明是非,得真理。故《小取篇》曰:

> 夫辩者将以明是非之分,审治乱之纪,明同异之处,察名实之理,处利害,决嫌疑。(句)焉摹略万物之然(俞云"然"疑当作"状"),论求群言之比。以名举实,以辞抒意,以说出故。以类取,以类予。有诸己不非诸人,无诸己不求诸人。或也者,不尽也。假者,今不然也。效者,为之法也。所效者,所以为之法也。故中效,则是也;不中效,则非也,此效也。辟也者,举也物而以明之也。侔也者,比辞而俱行也。援也者,曰:子然,我奚独不可以然也。推也者,以其所不取之,同于其所取者,予之也。是犹谓也者同也,吾岂谓也者异也。

此段自"辩者"以下,明辩之所以可贵。自"或也者"以下,明立辩之七法。希腊修辞与名学至 Aristotle 而始立。战国之墨家,于言语之论辩及逻辑之推理,实可以颉颃矣。惜至汉崇儒,墨学遂衰。独有晋人鲁胜(见《晋书·方技传》)作《墨辩》,而其书不传。近人治此,乃颇有名著,诸所称述,可以考古代言语修辞学者之津梁焉。

惠施亦别墨之流,《庄子·天下篇》称:"惠施多方,其书五车。"惠子尝相梁惠王,实当时之雄辩家,五车之书,于今无传。而《天下篇》实载其辩说之迹曰:

> 惠施……历物之意,曰:至大无外,谓之大一。至小无内,谓之小一。无厚不可积也,其大千里。天与地卑,山与泽平。日方中方睨,物方生方死。大同而与小同异,此之谓小同异。万物毕同毕异,此之谓大同异。南方无穷而有穷,今日适越而昔来,连环可解也。我知天下之中央,燕之北,越之南,是也。泛爱万物,天下一体也。

观其持说,皆明比量。《天下篇》于此下,又继之曰:

> 惠施以此为大,观于天下而晓辩者,天下之辩者相与乐之。

则惠施辩说之风靡一世,于此可见。然其说则与《墨经》相出入焉。又曰:

> 卵有毛,鸡三足……辩者以此与惠施相应,终身无穷。

据此，足见尔时争辩之烈。又《齐物论》称："惠子之据梧也……彼非所明而明之，故以坚白之昧终。"《德充符》又云，"庄子曰……今子（惠子）外乎子之神，劳乎子之精，倚树而吟，据槁梧而瞑。天选子之形，子以坚白鸣。"则惠施之倡坚白，盖先于公孙龙。至《天下篇》又称："……惠施不能以此自宁，散于万物而不厌，卒以善辩为名。惜乎惠施之才，骀荡而不得，逐万物而不反，是穷响以声，形与影竞走也。"《荀子·非十二子篇》乃讥其"不法先王，不是礼义，而好治怪说，玩琦辞，甚察而不惠，辩而无用，多事而寡功，不可以为治纲纪"。庄、荀皆非惠，盖以其诡辩。然其辨析名理之功，不可没也。

继惠施而起者，则有公孙龙。《迹府篇》曰："公孙龙，六国时辩士也。疾名实之散乱，因资材之所长，为守白之论，假物取譬，以守白辩。"其书凡六篇，《白马论》曰：

> 白马非马，可乎？曰：可。曰：何哉？曰：马者所以命形也，白者所以命色也。命色者非命形也，故曰白马非马。

《坚白论》曰：

> 坚白石三，可乎？曰：不可。曰：二，可乎？曰：可。何哉？曰：无坚得白，其举也二。无白得坚，其举也二……视不得其所坚，而得其所白者，无坚也。拊不得其所白，而得其所坚，得其坚也，无白也……

观公孙龙所论，实与惠施同流，皆别墨之徒。别同异，区彼此，析理入微,辩者之极致。《庄子·天下篇》称,"桓团、公孙龙辩者之徒,饰人之心,易人之意,能胜人之口,不能服人之心,辩者之囿也"。此则二者之学,所重各异。别墨明物性,立比量,其要在求异,非有辩不能致其用。道家崇自然,齐万类,其要在求同,非无辩不能见其大。

当时反对墨家之辩者凡有二派,一为道家,一为儒家,述之如下:

庄子道流,与自然合德,视物取其同,以为"万物皆一"(《德充符》)。故齐是非,一生死,均得丧,根本在破除比量,如此故不辩。《齐物论》之言曰:

> 大知闲闲,小知间间。大言炎炎,小言詹詹。

小知小言意指辩者。又曰:

> 道恶乎隐而有真伪?言恶乎隐而有是非?道恶乎往而不存?言恶乎存而不可?道隐于小成,言隐于荣华。故有儒墨之是非,以是其所非而非其所是。……彼亦一是非,此亦一是非,果且有彼是乎哉?果且无彼是乎哉?……故曰莫若以明。

则有是非之争者,庄子皆以为未及于"明"。又曰:

> 物固有所然,物固有所可,无物不然,无物不可。故为是举莛与楹,厉与西施,恢恑谲怪,道通为一。其分也,成也。其成也,毁也。凡物无成与毁,复通为一。唯达者知通为一。……

通也者,得也,适得而几已。因是已。已而不知其然谓之道。

有成与毁,则不得一,而辩即起于不一。无成与毁,通而为一,庄子以为即道之所在。得一者则以不辩为辩。故曰:

> 六合之外,圣人存而不论。六合之内,圣人论而不议。春秋经世先王之志,圣人议而不辩。故分也者,有不分也。辩也者,有不辩也。曰:何也?圣人怀之,众人辩之以相示也。故曰辩也者,有不见也。夫大道不称,大辩不言。……孰知不言之辩,不道之道?若有能知,此之谓天府。

墨家知辩而辩,庄子反之,知辩而不辩,故《天下篇》曰:"由天地之道,视惠施之能,其犹一蚉一虻之劳者也。其于物也何庸?夫充一尚可,曰愈贵道,几矣。惠施不能以此自宁,散于万物而不厌,卒以善辩为名……逐万物而不反,是穷响以声,形与影竞走也。悲夫!"

儒家游文六经,留意仁义,祖述尧舜,宪章文武,宗师仲尼,以诗书礼乐为教,崇实际而蔑虚无,所习必周世用,辞取达意而已,故不主微眇之论,然非不知也。

孟子宗仲尼,辟杨墨,观其论辩,亦何殊纵横之士。《公孙丑上》"敢问夫子恶乎长?曰:我知言。……何谓知言?曰:

> 诐辞知其所蔽,淫辞知其所陷,邪辞知其所离,遁辞知其所穷。

则孟子于说者之情伪，固察之审矣。而公都子问外人皆称夫子好辩，则曰：

> 予岂好辩哉？予不得已也……杨墨之道不息，孔子之道不著，是邪说诬民，充塞仁义也……吾为此惧！闲先圣之道，距杨墨，放淫辞，邪说者不得作。(《滕文公下》)

孟子以周公、孔子为主，斥余子为邪说，为诐行，为淫辞，其言甚辩，而不肯自居。又平日对弟子只陈说仁义，而不言辩术。此则儒家崇实用、戒巧言之本色也。

继孟子而起者为荀子，二家持说不同，而抑辩则一。《荀子·解蔽篇》曰：

> 惠子蔽于辞而不知实。

《非十二子篇》论惠施、邓析亦有"察而不惠，辩而无用"之议（见前引）。

其于辞辩亦有积极之建设，《正论篇》曰：

> 凡议必将立隆正，然后可也。无隆正，则是非不分，而辩讼不决。故所闻曰：天下之大隆，是非之封界，分职名象之所起，王制是也。故凡言议期命，是非以圣王为师。

别墨穷物求理，而荀子则言师圣王，与孟子言必称尧舜无异。此以演绎法为论议之准者，儒家之特质也。又说辩术，亦明白无隐。《正名篇》曰：

> 实不喻，然后命。命不喻，然后期。期不喻，然后说。说不喻，然后辨。故期、命、辨、说也者，用之大文也，而王业之始也。名闻而实喻，名之用也。累而成文，名之丽也。用、丽俱得，谓之知名。名也者，所以期累实也。辞也者，兼异实之名以论一意也。辨说也者，不异实名以喻动静之道也。期命也者，辨说之用也。辨说也者，心之象道也……以正道而辨奸，犹引绳以待曲直。

荀子论辩之用期于明道辨奸，而极诋当时之辩者。《正名篇》曰："今圣王没，天下乱，奸言起。君子无势以临之，无刑以禁之，故辨说也。"则慨乎其言之矣！又以"见侮不辱"（杨注宋钘之言）、"圣人不爱已"（杨注未闻）、"杀盗非杀人也"（杨注见《庄子》）为用名以乱名。"山渊平"（惠施之说）、"情欲寡"（杨注宋子说）、"刍豢不加甘，大钟不加乐"（杨注墨子说）为用实以乱名。"非而谒，楹有牛"（杨注未详）、"马非马也"（杨注公孙龙说）为用名以乱实。而总之以为三惑，断之以"辨埶恶用矣哉"（以上并见《正名篇》）。要之，儒家以实用为急，故力与别墨之徒相攻，然其所主与道家绝异，不可不知也。

儒家尚功利，其末流乃与法家合。韩非尝受学于荀卿，崇尚功利，至于极端，故儒法虽殊流，而非辩亦无二。《说难》所举，以实施为的，不主微言也。"盛容服而饰辩说，以疑当世之法，而贰人主之心"者，则摈之《五蠹》之列。又曰：

> 且世之……所谓智者,微妙之言也,上智之所难知也。今为众人法,而以上智之所难知,则民无从识之矣……夫治世之事,急者不得,则缓者非所务也。今所治之政,民间之事,夫妇所明知者不用,而慕上知之论,则其于治反矣。故微妙之言,非民务也。(《五蠹》)

当时反对墨辩者,以此诸家为最有力。此墨辩中衰之因。

(《国学丛刊》第二卷第一期,一九二四年)

唐人七绝诗论

唐人七绝诗论

(吴白匋记录本)

引论

　　七绝为短韵诗,不过四句,二、三韵,二十八字耳。然而唐人七绝,传诵千古,盖凡艺术价值之高下,不在数量而在质量。就本体言,譬如参天之松与在谷之兰,各有其美。就工力言,又如狮子搏象,固用全力,搏兔亦何尝不用全力耶?一切艺术,无论造形与制声,其高低优劣皆系乎质而不系乎量。建筑之美,阿房建章,千门万户,固极其壮丽,而传于今者,如嵩山三汉阙、雅安高颐墓两汉阙,不过残存数方石块,亦自有其美。书法之美,汉魏丰碑与二王法帖各擅其妙。画图之美,敦煌壁画虽辉煌宏伟,使人惊叹,然宋元人寥寥数笔之写意画,亦复耐人寻味也。由此可知,美在质量可为通则,诗歌当然不能例外。

　　诗歌于大篇中见其法度,欣赏其能;于小篇中见其指趣,欣赏其妙。我国古代多擅短诗,屈子《离骚》最长,然与希腊荷马史诗、印度古代史诗比较,仍属短篇。《诗》三百篇,大抵四句为一章(三《颂》除外),《风》诗短者尤多,而自文学价值论之,《风》诗过于

《雅》《颂》，换言之，即短诗为最也。例如：

> 苕之华，其叶青青。使我知此，不如无生。

> 隰有苌楚，猗傩其华，夭之沃沃，乐子之无家。

皆以简短之词句，寄托深刻之感情。其更短者若《麟趾》《甘棠》《驺虞》《采葛》《十亩之间》，诸篇皆三句一章，《卢令》至以二句为一章，然其神味之妙，并不由短而减少。短诗又往往以重复见意，例如《采葛》：

> 彼采葛兮，一日不见，如三月兮。
> 彼采萧兮，一日不见，如三秋兮。
> 彼采艾兮，一日不见，如三岁兮。

每章不过易二字，然而意味大别。古人以葛制衣，以萧祀神，以艾灸病，就事之轻重缓急，抒思慕之情，由浅及深。于是乎一字能表现一种情绪，产生强烈效果。又如《卢令》：

> 卢令令，其人美且仁。
> 卢重环，其人美且鬈。
> 卢重鋂，其人美且偲。

三章只换六字，也是意味不同。"仁"言其品德，"鬈"言其容貌（"鬈发如云"），"偲"言其才能。对于其所仰慕之人，热爱之情完全流露于两句之中,而对象之人格,概括全面,可云节短音长。

就屈原赋而论,《离骚》最长,而《九歌》最妙,《天问》亦为短节诗,而内容丰富,合而观之,三者质量皆极高,固不能以篇幅之长短区分其优劣也。《诗大序》云:"诗者,志之所之也。在心为志,发言为诗,情动于中而形于言。"陆机《文赋》云:"诗缘情而绮靡。"言志、缘情,语异义同,以今语演绎之,诗是情感的产物。情感最易应物而变化,而尖端之情感尤甚。欲捕捉当时之尖端情感,须用极短之文字表现之,因灵感(实即尖端情感)之来,为刹那间事,稍纵即逝,故仅能用短句捕捉之,固无暇作长篇也。长篇非不能表现微妙之情感,然而重在结构张弛相间,不能全篇紧张,盖给人以刺激,不宜过久,久则神经感觉麻木,全篇紧张,乃等于全篇不紧张也。长篇之紧张性应如波澜起伏,层出不穷,读《孔雀东南飞》可以知之。短诗却不能有张弛之余地,必须单刀直入,一针见血,其紧张性乃如有的放矢,唐人七绝动人处在此。

诗以抒情为主,盛唐以前,无不如此。以诗发议论、叙实事,实起于开元天宝之后,此风始创于杜甫。今之所谓"宋诗"主要指"江西诗派",奉杜为"一祖",宜也。自此,诗乃有散文化者,然而散文化之诗仅限于古体,影响或至七律,绝句则不在此例。盖议论在辨别是非,必须详尽,叙述事件亦然,皆非绝句所能胜任。王渔洋(士禛)《带经堂诗话》谓绝句无唐宋之分,此言极是。观王荆公诗,古体无异散文者甚多,而绝句则纯粹唐格,足以证之矣。七绝自以抒情为正格,以议论、叙事为变格,然若杜甫《戏为六绝句》之论诗文,开元好问论诗绝句以及清世论词、论曲绝句先例,虽属议论,仍以激情发之,且其色泽声调,不见散文气息,列诸正格,未尝不可。

中国诗歌形式，实以四句二韵为基础。《诗》三百篇多以四句为一章，《离骚》则多二韵一转，《天问》亦二韵一换。六朝民歌，无论吴歌西曲，率皆四句二韵，实为五言绝句之权舆。南齐永明以后，声律之说大兴。其要义不外"若前有浮声，则后须切响，一简之内，音韵尽殊，两句之中，轻重悉异"（沈约《宋书·谢灵运传论》），"凡声有飞沉，响有双叠……沉则响发而断，飞则声飏不还，并辘轳交往，逆鳞相比"（刘勰《文心雕龙·声律》）。按"浮声"与"飞"实即平声，"切响"与"沉"实即仄声。其调协之法，实以两句为一节，安排不同平仄。上句如用仄起，"仄仄平平仄"，下句定用平起，作"平平仄仄平"；上句平起者反之，作"平平平仄仄，仄仄仄平平"，其理即"逆鳞相比"也。以四句为一周期，平起仄起各占其半，此升彼降，往复回环，其理即"辘轳交往"也。至此而律体成熟，规格具备。五、七言绝句为一周期诗，五、七言律诗为两周期诗，开元时试五律六韵，为三周期诗，排律则为多周期诗焉。

七绝源起，或云始自项羽《垓下歌》，此论非是。歌虽七言四句，但有"兮"字足句，且有换韵，与七绝毫不相干。若言七绝远祖，当推刘宋汤惠休《秋思引》：

秋寒依依风过河，白露萧萧洞庭波。思君末光光已灭，眇眇悲望如思何！

继之者为鲍照《夜听妓》：

兰膏消耗夜转多，乱筵杂坐更弦歌。倾情逐节宁不苦，特为盛年惜容华。

此二诗皆在永明以前，不应求其合律，而古拙苍凉，为七绝中之鼎彝。此后梁简文帝萧纲有《和萧子显春别诗》四首，兹录其二：

> 别观葡萄带实垂，江南豆蔻生连枝。无情无意犹如此，有心有恨徒别离（按：此即古诗《青青陵上柏》与鲍照《行路难》"君不见河边草"二首之意而更扼要）。

> 桃红李白若朝妆，羞持憔悴比新杨。不惜暂住君前死，愁无西国更生香（按："西国更生香"乃返魂香也）。

又其《夜望单飞雁》诗：

> 天霜河白夜星稀，一雁声嘶何处归。早知半路应相失，不如从来本独飞。

此三首意境情味均开唐人。因在永明之后，声调日趋调协，拗句不多。梁元帝萧绎《春别应令》四首之一：

> 日暮徙倚渭桥西，正见流月与云齐。若使月光无近远，应照离人今夜啼（"徙倚"犹徘徊。"流月"出曹植《七哀》"明月照高楼，流光正徘徊"）。

亦如简文。其另一首：

> 昆明夜月光如练，上林朝花色如霰。花朝月夜动春心，谁

忍相思不相见。

此与萧子显《春别》四首之一：

> 翻莺度燕双比翼，杨柳千条共一色。但看陌上携手归，谁能对此空相忆？

同为仄韵七绝诗。盖七绝初起，平仄均可押韵。二诗结构皆以前二句作两层铺垫，后二句一结作反诘语，益觉有力。子显《春别》另一首：

> 衔悲揽涕别心知，桃花李色任风吹。本知人心不似树，可意人别似花离（可，岂也）。

结语反诘更显。若庾信《秋夜望单飞雁》：

> 失群寒雁声可怜，夜半单飞在月边。无奈人心复有忆，今暝将渠俱不眠（将，与也）。

则有数层意：雁一层，单飞又一层，望又一层，夜望又一层。二句扣题无剩意，下二句自写感想。以上诸诗，皆即景抒情，不假故实。若庾信《代人伤往》：

> 青田松上一黄鹄，相思树下双鸳鸯。无事交渠更相失，不及从来莫作双。

鹄即鹤。《相鹤经》谓青田鹤为鹤之上品。"相思树下双鸳鸯"用韩凭事，见干宝《搜神记》。上句言长生而别离，下句言虽死而能相聚，后者犹胜前者，此种思想，六朝人恒见。若鲍照《行路难》"宁作野中之双凫，不作云间之别鹤"，其最著者也。若江总《怨诗》二首：

> 采桑归路河流深，忆昔相期柏树林。奈许（奈何也）新缣伤妾意，无由故剑动君心。

> 新梅嫩柳未障（"障"，六朝唐人皆读平声）羞，情去思移那可留。团扇箧中言不分（"分"，派也，不料如此之意，读去声），纤腰掌上讵胜愁。

不仅声调和协，颇近唐人，而用事渐多，亦开唐人法度。如"新缣"用汉诗《上山采蘼芜》，"故剑"用汉宣帝许皇后事，见《汉书·外戚传》，"团扇"用班姬《怨歌行》，"纤腰"用赵飞燕事，读者自明。综观上述诸诗，递变之迹明显，可云七绝体制肇自齐梁，其内容乃当时之宫体，不离闺情。至唐人破除藩篱，扩大范围，广尽其能事。自声调言之，永明体虽开其端，而当时诗人不尽遵守，浮切未严，乃界乎古诗律诗之间，王湘绮（闿运）定其名为"新体"，可以成立。众所周知，真正律诗成于初唐沈佺期、宋之问，《新唐书》沈宋传云"浮切不差，而号律诗"是也。七绝发展至此，绝大部分皆用律调（至有人误以为七绝系截取七律之半而成，称之为"七截"），其用古体、拗体与仄韵者甚少。

唐人乐府诗，可以被之管弦者，往往为七绝诗。宋王灼《碧鸡漫志》曰:"唐时古意亦未全丧。《竹枝》《浪淘沙》《抛球乐》《杨柳枝》乃诗中绝句,而定为歌曲。故李太白《清平调》词三章皆绝句。"胡仔《苕溪渔隐丛话》亦曰:"唐初歌词多是五七言诗,合所存者(指宋时)《瑞鹧鸪》《小秦王》(按即《阳关曲》)二阕,并七言绝句而已。"唐薛用弱《集异记》载王昌龄、高适、王之涣旗亭饮酒画壁事,诸伎所歌者皆三家之绝句诗也。举此三则,足证七绝在唐为歌词,实为"词"体之祖焉。诗与乐府究有何别,明胡应麟、清王士禛皆竭力探索之而未尽明晰,实则区别不难。乐府与诗文字相同,所不同者声音耳,同一辞句读之无别,唱之则大殊。《竹枝》《柳枝》《清平调》等各有其曲谱与唱法,今二者不传,所存者仅文字,故皆可以七绝名之,列诸乐府,乃不见其区别矣。宋人说部称王维《渭城曲》为《阳关三叠》(按阳关即玉门,长城不止一层,北者为玉门,南者为阳关),其唱法如下:

渭城朝雨浥轻尘,(首句唱一遍)
客舍青青柳色新。(唱两遍)
劝君更尽一杯酒,(唱两遍)
西出阳关无故人。(唱两遍)

此诗就文字言,为四句之七言绝句。就唱法言,则为七句之乐府。惜曲谱不传,无从知其旋律之变化耳。七绝终究为音乐文学,今虽不能唱,而音节铿锵动听,和美宜人,仍可于读时领会之,即通常所谓"唐音"也。长短句之词,为唐代新兴诗体,与五、七言绝句诗关系至密。中唐以下,如张志和之《渔父》、刘禹锡之《潇湘神》、韩偓之《浣溪沙》皆由七绝增减而成。又唐代诗词不分,若白居易、刘禹锡所作《杨柳枝》《浪淘沙》等词皆入诗集中。至温庭筠有《握兰》《金荃》二集（今原本皆佚），词始离诗而独立焉。七绝虽是短诗，学写却非易事。盖文艺一道，必须能复杂而后能简单，能长篇而后能短诗。《周礼·考工记》曰："轮人为轮，进而眡（视）之，欲其微至也。""进"，转也。郑（玄）注曰："微至，至地少也。"征诸数理，直线与圆相切，交于一点。轮之全部重量，落地时只在一点，七绝之感人也亦若是。王渔洋标举"神韵"之说，近乎玄妙，其实不过谓文字有限，而文字外之意味无穷也。故学诗者不可专致力于七绝，先学长篇古体，可也。

七绝选本，其最著者为：

宋洪迈《万首唐人绝句》　收罗最广，总集可备检阅。

清王士禛《唐人万首绝句选》　专选"神韵"一类。

清姚鼐《唐人绝句诗钞》　甚佳，惜流传未广。

清王闿运《唐诗选》七绝部分　王氏尝曰：七绝"工之至难，一字未安，全章皆顿"，故所选极精审。余所用者，乃王本也。

兹分唐人七绝为若干格论之。入手从其正格；次则变格，即杜甫诗；再则为大篇，即一题而作多首者，如王涯、王建《宫词》，曹唐《小游仙》之类。正格务作详析，变格则择要言之，皆以便初学。大篇仅言其体制，以备参考，不一一注释。

唐人七绝诗论一

从军行（五首之一）　　王昌龄

琵琶起舞换新声，总是关山旧别情。撩乱边愁听不尽，高高秋月照长城。

宋严羽《沧浪诗话》以禅悟喻诗,谓"诗者,吟咏情性也。盛唐诸公惟在兴趣,羚羊挂角,无迹可求。故其妙处,透彻玲珑,不可凑泊,如空中之音、相中之色、水中之月、镜中之像,言有尽而意无穷"。其主情趣,曰"言有尽而意无穷",是也,至云"无迹可求"则过矣。人具七情,应物斯感。既来自应物,则有迹可求矣。有迹可求,则可以分析而得之矣。七绝抒写情趣,若加以分析,其最重要之一点在于表现时间上之差别,即今昔之感。生命短促,时间不能倒流。屈原悲"老冉冉其将至","冉冉"为行貌,继乃申之曰:"日月忽其不淹兮,春与秋其代序。惟草木之零落兮,恐美人之迟暮。"夫人生最感甜蜜者为回忆,回忆即将过去所得之生命,使其重新活动于眼前。如饮苦酒,虽苦而能令人陶醉也。此意后世诗人各以当时流行之形式写之,如郭璞《游仙诗》之一:

> 六龙安可顿,运流有代谢。时变感人思,已秋复愿夏。(铸按:先师题所居为"愿夏庐"本此。)

夏日炎炎可畏,而在秋时回忆之,亦足留恋。贾岛《渡桑乾》:

> 客舍并州已十霜,归心日夜忆咸阳。无端更渡桑乾水,却望并州是故乡。

在并州则忆咸阳,离去时则又留恋之。蒋捷《虞美人》词:

少年听雨歌楼上。红烛昏罗帐。中年听雨客舟中。江阔云低、断雁叫西风。　　如今听雨僧楼下。鬓已星星也。悲欢离合总无情。一任阶前、点滴到天明。

借"听雨"叙少、中、晚年生命之不同,非常明晰。

凡此皆写对于过去生命之留恋与追忆。中国诗如此写者甚多,不必一一列举。然时间为不断之流,难于具体描写,故往往以不同之空间说明之。如以两个不同之空间,说明两个时间之变迁,其初步为划清时间之界域,每用相对性之文字说明之,称为"勾勒字"。"勾勒"乃画家术语,工笔画以线条作框廓,谓之"勾勒",即泼墨写意,亦须作数笔勾勒,方见神采。七绝用勾勒字,目的正同。其源亦出于《诗》《骚》。《采薇》:"昔我往矣,杨柳依依。今我来思,雨雪霏霏。"以"昔""今"为勾勒字。《离骚》:"朝饮木兰之坠露兮,夕餐秋菊之落英。"以"朝""夕"为勾勒字(《离骚》此类语颇多,《诗》亦然,不具引)。

第一格,即为此种显用相对之勾勒字以说明时间或事物者。王昌龄此作,以"新""旧"二字勾勒。王闿运《王志》卷二论七绝句法曰:

此篇声调高响,明七子皆能为之,而不厌人意者,彼浮响也。此何以不浮?则以"新""旧"二字相起,意味无穷,杜子美"听猿""奉使"(《秋兴八首》)亦以虚实相起。彼则笨伯,此乃逸才,能使下二句亦有神采。

此论精当,试再加以说明。琵琶本为胡乐,极盛行于唐时,军中亦用之，读唐人边塞诗可证。首句劈空说起，起舞而换奏新声，面似欢庆，实则戍边士卒，穷愁无聊，作乐自遣。第二句转入正意，"总是"概括古以来征戍之苦，著一"旧"字，谓虽唱新调而苦情如故也。第三句点明边愁无尽。此三句皆抽象语，故以具体景语作结。"长城"与"关山"映带，亦写"旧"字。秋月凄清，然不以"高高"字形容之，则与万里长城不称，写不出凄清寥旷之境矣。若言唐音，则唐人习用响亮之双字或双声叠韵之连绵词以达成之，明七子皆师其法，而无深情厚意组合完篇，则为王氏所讥之"浮响"矣。

王昌龄，字少伯，本京兆人，以曾官江宁丞，故称"王江宁"，《新唐书》因误为江宁人。又曾贬官龙标尉（龙标，今湖南沅州），亦称"王龙标"。当时有"诗天子"之誉，就七绝一体言，当之无愧。惜全集亡佚，今《全唐诗》收百余首。七绝诗与李白为双绝，公认为唐七绝诗最高标准。

赠　远　顾况

　　暂出河边思远道，却来窗下听新莺。故人一别几时见？春草还从旧处生。

此首亦以"新""旧"为勾勒字。

首句用蔡邕《饮马长城窟》"青青河畔草，绵绵思远道。远道不可思，夙昔梦见之"意。古人多临河而怀远，如（传）李陵诗"临河濯长缨，念子怅悠悠"即是，盖河水流动，可使舟行，故临河而思远也。次句用谢灵运《登池上楼》"池塘生春草，园柳变鸣禽"意。新莺既鸣，听者则感时序已变，远人犹未归来。上二句实写，下二句虚写。"旧处"，盖指昔日与友人游赏处，春草又生，怀旧之感自起。此诗颇善学古人,用二名篇意,参差错落,浑化含蓄,乃如已出。

顾况字逋翁,海盐人,唐肃宗至德年进士,晚隐茅山。其子非熊,与韩愈同时,《新唐书》有传。

代　春　怨　　刘方平

朝日残莺伴妾啼,开帘只见草萋萋。庭前时有东风入,杨柳千条尽向西。

此诗虽不言"新""旧",而以"东""西"为勾勒字。勾勒不限于时间字,用空间亦可。"代春怨"者,非代人作春怨,乃拟也,用鲍照乐府《代东门行》《代君子有所思》体。闺中寂寞,不知有春,惟有残莺作伴耳。莺而称"残",亦含离群索居之意。"开帘"句与隋代王胄"庭草无人随意绿"同妙,言无人迹也。下两句更妙。诗人习用"东风"喻温暖,"入"字表示家无人至,惟东风得入耳,不言怨而怨自深。末句极其自然,而寓意又深入一层,柳条柔弱,随风而转,转向西方乃凄凉之地,益感前途之漂泊矣。

方平字不传,毕生不仕,只知其为河南人,与元德秀友善。

唐人七绝诗论二

山房春事　　岑参

梁园日暮乱飞鸦,极目萧条三两家。庭树不知人去尽,春来还发旧时花。

第二格亦写今昔之感,而勾勒不完全,只用一"旧"字,或"依旧"二字,表现在同一空间内,时间变换,事物未改而人情改。

梁园又称梁苑、兔园,在今开封东南。汉梁孝王武所筑,与司马相如、枚乘等宴游其中,后世乃为贵家园林通称。此诗题作"山房"而用"梁园",未必有所实指,实写本人春日之寂寞耳。人去花开,是于热闹中写荒凉。

岑参字无考,南阳人,岑文本孙,天宝三载进士。曾官嘉州刺史,故又称"岑嘉州"。少曾参军幕,作边塞诗,与高适齐名,为唐边塞诗大家,风格豪迈悲壮,若此诗之悱恻者不多见。

故王维右丞堂前芍药花开,凄然感怀　钱起

芍药花开出旧栏,春衫掩泪再来看。主人不在春长在,更胜青松守岁寒。

此首亦以"旧"字勾勒,与上一首同一意境,而出口即点明,异于上一首作结语,可见作诗无定法。"出"字妙,写芍药婀娜多姿,秀色夺目。宋欧阳修《浣溪沙》"绿杨楼外出秋千"同妙。

"岁寒然后知松柏之后凋也",出《论语》为常经。此诗故作翻案出奇,非以贬松,特言主人不在,芍药盛开,其凄凉之感乃过于睹常青之松耳。

钱起,字仲文,吴兴人。名列"大历十才子"。应试《湘灵鼓瑟》诗,结句"曲终人不见,江上数峰青",腾名当时。

金陵(五首之一)　刘禹锡

山围故国周遭在,潮打空城寂寞回。淮水东边旧时月,夜深还过女墙来。

六朝时金陵为都城，极其繁华。隋平陈，尽毁其宫室园林。唐建都长安，以扬州为繁华城市，金陵乃荒凉矣，禹锡因有凭吊之作。金陵四面有山，首句写之，"周遭"犹今语"周围"，用"在"字示形势如故。次句"潮打空城"始转入人事已非。按石头城为六朝保卫京师之要塞，古时长江流经其下，唐代亦然。潮来澎湃，自可称"打"，然而城内空无人住，听其涨吼，终乃自退。以"寂寞"状潮回，妙在无理而合情，非江潮自身气象，乃诗人所感受者也。故白居易最赏此句曰："吾知后之诗人不复措词矣。"（见刘原序）由此而生下两句。"淮水"即秦淮。"女墙"为城上矮墙，或称"睥睨""雉堞"，原以供守卒应敌，今亦废弃无用。月色依旧，不知人事变迁，夜深过之，仿佛有情，其悲凉亦甚矣。五代鹿虔扆《临江仙》"烟月不知人事改，夜深还照空宫"，自此出。

（铸尝问师：《乌衣巷》诗亦五首之一，何以未选？师曰："旧时王谢堂前燕，飞入寻常百姓家"，虽同一勾勒，而感慨之深逊此，此悼全城，而彼只哀二家。梦得原序亦自云"不及此也"。）

伤愚溪并序（三首之一）　　刘禹锡

故人柳子厚之谪永州，得胜地，结茅树蔬，为沼沚，为台榭，目曰"愚溪"（按原名冉溪）。柳子没三年，有僧游零陵，告余曰："愚溪无复曩时矣。"一闻僧言，悲不能自胜，遂以所闻为七言以寄恨。

溪水悠悠春自来，草堂无主燕飞回。隔帘惟见中庭草，一树山榴依旧开。

刘、柳同罹王叔文党祸，交谊至深。史称刘谪播州，柳上书云："播州非人所居，愿以柳（州）易播。"可见其概。柳先殁，刘悼以此诗。妙在不著一悲痛字面，而悲痛之深自见。溪水长流不息，春光不邀自来，燕子飞回旧巢，然而草堂无主，可悲孰甚！"庭草"亦出自"庭草无人随意绿"。凡此尚皆在人意中，惟结语为刘所独创，实与"潮打空城"句同妙。榴花朱红似火，极其热闹，不知主人下世，依旧盛开，乃更见其荒凉矣。以荒凉写荒凉不难，以热闹写荒凉难。据原序，或系僧言实景，而刘能突出之，所谓"文章天成，妙手偶得"者也。

刘禹锡字梦得，彭城人，唐德宗贞元年进士。顺宗永贞改革失败，以党王叔文故，累贬远州。晚年与白居易齐名，称"刘白"。尝官太子宾客，亦称"刘宾客"。

唐人七绝，青莲（李白）、龙标（王昌龄）最高，然极不易学，可学者为刘、白。（铸按：先生毕生为七绝诗，得力于此二家。）学李商隐亦可，嫌稍晦耳。

  经 旧 游 张祜
去年来送行人处，依旧虫声古岸南。斜日照溪云影断，水葓花穗倒空潭。

"依旧"二字连贯三句。古岸，为所送之人泊舟处。水葓，为蓼花一类，花作长穗形。

七绝诗格，有以第二句中二、三字领起三句者，如中唐窦巩《联珠集》中《闲游感兴》一首：

> 伤心欲问前朝事,唯见江流去不回。日暮东风春草绿,鹧鸪飞上越王台。

亦以"唯见"二字贯三句。词格亦有之,如皇甫松《江南好》:

> 兰烬(按:谓灯花)落,屏上暗红蕉。闲梦江南梅熟日,夜船吹笛雨潇潇,人语驿边桥。

以"闲梦"贯下三句。又如李后主《浪淘沙》:

> ……还似旧时游上苑,车如流水马如龙。花月正春风。

以"还似"贯三句。又如吴文英《点绛唇》"试灯夜初晴"词下阕:

> ……辇路重来,仿佛灯前事。情如水,小楼熏被,春梦笙歌里。

亦以"仿佛"贯四句,可证。

张祜字承吉,中晚唐间诗人,家于丹阳,时称"曲阿张处士",或传为南阳人,乃指其郡望而言。终身为处士。

悲老宫人　　刘得仁

> 白发宫娥不解悲,满头犹自插花枝。曾缘玉貌君王宠,准拟人看似旧时。

老宫人望再得宠而头插花枝,不自知其可悲,以为容貌似旧,见者皆悲之,乃真可悲耳。不应有而有之事,用"犹"字。此首可作白居易《上阳白发人》一首提要。

刘得仁字里无考,长庆间以诗名。

唐诗各体均有大家名家迥出侪辈,唯七绝一体,虽小家亦有佳作,读得仁此诗可证。

七绝为短篇,然亦联数首为大篇,则不可不有组织。上列张祜、刘得仁诗,皆一首而首尾完备者。

折 杨 柳　薛能

高出军营远映桥,贼兵曾斫火曾烧。风流性在终难改,依旧春来万万条。

"军营"暗用汉文帝屯军细柳事。

第二句极写杨柳之遭劫运,气势磅礴,用以反振下文。平常人写柳,每言其脆弱婀娜,而薛独能写其伟大倔强,读之神旺。明人推盛唐而薄中晚,能作此高腔大调否?

薛能,字大拙,汾州人,官至宣武军节度使。又有《游嘉州后溪》诗云:"不知诸葛成何事,只合终身作卧龙。"盖其性倔强,与人不同。

金 陵 图　韦庄

江雨霏霏江草齐,六朝如梦鸟空啼。无情最是台城柳,依旧烟笼十里堤。

首二句平常,"六朝如梦"已成诗家泛语,妙处在下两句。责柳无情是其首创,妙在于理不通。台城为六朝时金陵三城之一(其二为石头城与东府城),宋洪迈《容斋随笔》云:"晋宋间谓朝廷禁近为台,故称禁城为台城。"是宫禁所在地。陈朝结绮、临春诸壮丽建筑皆在其内,既尽毁于隋兵,所剩惟野水荒堤耳,此与柳何关耶?

韦庄,字端己,本长安杜陵人,唐昭宗乾宁年进士,以避兵乱至江南,此诗盖当时作,寄托哀悼唐亡之意。与刘禹锡比,笔力较弱,虽委婉动人,不及刘之沉雄。

唐人七绝诗论三

西归绝句　　元稹

双堠频频减去程,渐知身得近京城。春来爱有归乡梦,一半犹疑梦里行。

此格以"犹""还"为勾勒字,连贯两件无关系之事,使有连带关系。实际仍是感慨今昔,而表面痕迹不甚显著。此首写作客爱梦归乡,是过去想望事,行近京城,是目前现实,用一"犹"字,便觉现实亦如梦想,曲尽宛转缠绵情致。

堠,土堡也,古人于大道旁置堠,以记里程,五里为单堠,十里为双堠。

元稹,字微之,河南人,在洛阳附近,唐以洛阳为东都,故诗中有"近京城"语。贞元十八年与白居易同举进士,论诗志趣相投,同为新乐府体以讽时政。自唐至今,光耀诗史,人所周知。

送红线　　冷朝阳

采菱歌怨木兰舟,送客魂消百尺楼。还似洛妃乘雾去,碧天无际水空流。

"红线"事见《太平广记》卷一百九十五《红线传》,此诗即在传中。"怨木兰舟"者,怨其载人以去也。百尺楼可登以望远,与第四句呼应。

洛妃即洛神宓妃,见曹植《洛神赋》。以洛妃比红线,而以"还"字联系之。

"碧天无际水空流",谓眼前无尽空虚。与李白诗"惟见长江天际流"同意。

冷朝阳,字未详,金陵人,大历进士,作此诗时官潞州从事。

三月晦日赠刘评事　　贾岛

三月正当三十日,风光别我苦吟身。与君今夜不须睡,未到晓钟犹是春。

春尽送别,此情甚苦,能多留一刻应即多留一刻,用一"犹"字,力量最大。

贾岛,字浪仙,曾为僧,名无本,范阳人。与孟郊齐名,称"郊寒岛瘦"。清高密李怀民选《中晚唐诗(五律)主客图》,以张籍为"清真雅正主",岛为"幽奇僻苦主"。此诗亦见僻苦风格,三四句有意作拗体,亦其所喜用者,与"春风得意马蹄疾,一日看遍长安花"同例。

汴柳半枯因悲柳中隐　　司空图

行人莫叹前朝树，已占河堤几百春。惆怅题诗柳中隐，柳衰犹在自无身。

汴河堤柳，种自隋炀帝时，故有"几百春""前朝树"语。结语一句三转，谓堤柳虽已枯老，仍然存在，而题诗之柳中隐自身亡故，甚可悲矣。

司空图，字表圣，河中虞乡人，咸通十一年进士，官至中书舍人。避乱隐居中条山，闻朱温篡唐，绝食死。著文集十卷与《诗品》二十四则。

陇　西　行　　陈陶

誓扫匈奴不顾身，五千貂锦丧胡尘。可怜无定河边骨，犹是春闺梦里人。

陇西是陇坂之西，泛称边塞。此诗写得极沉痛，但过去少为人称道引用。自清孙洙选《唐诗三百首》采入之，遂为尽人皆知之佳作。

首句气势雄壮，出于霍去病语："匈奴未灭，何以家为？"唐时匈奴已不存在，乃泛指北方胡人。

"貂锦"谓貂冠锦衣，非贫家物。唐代用征兵制，常征良家子弟入军。用"貂锦"华丽字面，既写军容之盛，又与下文"春闺"相应，修辞甚精妙。

据《一统志》，无定河在陕西延安。

陈陶，字嵩伯，岭南（一云鄱阳，一云剑浦）人。大中时，游学长安，晚年隐洪州西山，后不知所终。

唐人七绝诗论四

江南逢李龟年　　杜甫

岐王宅里寻常见，崔九堂前几度闻。正是江南好风景，落花时节又逢君。

今昔前后二事，或同或不同，其相同者重复言之，益加伤心。此格用"又"字勾勒。

"江南"，据《楚辞章句》，"襄王迁屈原于江南"，此乃指江、湘之间地，非通常所谓江南。杜甫于大历四年自岳州之潭州，后又入衡州，不久复回潭州，其逢李龟年，当在是时。诗存杜集最后一卷。

李龟年，据唐郑处晦《明皇杂录》云："上素晓音律，乐工李龟年特承恩遇。其后（安史之乱）流落江南，每遇良辰胜景，常为人歌数阕，座客闻之，莫不掩泣罢酒。"杜即写此情景。

岐王范为玄宗弟，《旧唐书》本传称其"好学工书，雅爱文章之士"。杜甫有可能在其宅里真见过李龟年。崔九名涤，中书令湜弟，见杜集原注。据《旧唐书》，涤"素与玄宗款密……用为秘书监，出入禁中"。

此诗出语平易，而家国之痛、今昔之感含蕴至深。前两句只提岐王、崔九，不言玄宗对李恩宠，非有意避讳，乃符实情，杜在玄宗时固不能入禁中也。提到岐、崔，玄宗可不言而喻矣。

后两句意在写李流落,明言之,即"往日天上笙歌,今日沿门鼓板"(《长生殿·弹词》折李龟年自述语)。而含蓄言之,"正是江南好风景",是反语陪衬,"落花时节又逢君",点出正文。好景虽多,到了落花时节一扫而空,只有漂泊之感矣。"又"字下得极重,包括无限感慨,不仅悲李,亦以自悲也。

唐人七绝诗以情浓、调响为正格,杜独为变体拗调,正格只见此首与《赠花卿》诗,致引起后世评论家议论分歧,后篇当专论之。

清洪昇《长生殿·弹词》折,曲家极推重之,其实即用此篇意境铺衍而成。

再游玄都观并序　　刘禹锡

余贞元二十一年为屯田员外郎,时此观未有花。是岁出牧连州,寻贬朗州司马。居十年,召至京师,人人皆言有道士手植仙桃,满观如红霞,遂有前篇以志一时之事。旋又出牧。今十有四年,复为主客郎中,重游玄都观,荡然无复一树,唯兔葵、燕麦动摇于春风耳。因再题二十八字,以俟后游。时太和二年三月。

百亩庭中半是苔,桃花净尽菜花开。种桃道士归何处,前度刘郎今又来。

此诗颇为人传诵,"前度刘郎"成为常用故实。

菜花,即序中"兔葵燕麦",按《尔雅》:"莃,菟葵。""蘥,雀麦。"郭璞注云:"兔葵似葵而叶小","雀麦即燕麦",皆可食。

按唐孟棨《本事诗》云:刘以党王叔文故,被贬朗州十年始召还,作《戏赠看花诸君子》诗:"紫陌红尘拂面来,无人不道看花回。玄都观里桃千树,尽是刘郎去后栽。"当道闻而恶之,复左迁为播州刺史,又阅十四年始得复召入京,而有《再游玄都观》之作。两首对照,用"又"字不仅感慨今昔,而且含有讽刺。言外之意即虽经挫折,依然故我,而昔日当道之诸公亦如道士已去,岂能奈我何耶?

秋　　思　　张仲素

　　秋天一夜静无云,断续鸿声到晓闻。欲寄征衣问消息,居延城外又移军。

　　此为闺妇忆征人之诗,形容征戍之苦。唐代征兵制度,寒衣须家人制寄。故李白诗云:"长安一片月,万户捣衣声。秋风吹不尽,总是玉关情。何日平胡虏,良人罢远征?"

　　"又"字在此表示岁岁皆寄征衣,但征人行止无定所,时时换防,恐难寄到,用得极凄苦。能见一夜无云,则不眠可知。鸿雁可以传书,但欲问消息实难以凭托也。居延城即居延海畔之城,在张掖北,今额济纳部,遮虏障在其南。

　　张仲素,字绘之,河间人,官至中书舍人。中唐诗人。

秋　　思　　张籍

　　洛阳城里见秋风,欲作归书意万重。复恐匆匆说不尽,行人临发又开封。

　　张籍,字文昌,本吴郡人,寓和州乌江,故一般以为和州人。曾官水部(刑部)员外郎,人称"张水部"。又官国子监司业,故集名《张司业集》。中唐诗分元白与韩孟两大派,籍与韩友善,《新唐书》因以附韩传,但其诗风格实近于白,同为元和体新乐府诗,陈述民间疾苦,又工五律诗。清李怀民选《中晚唐诗主客图》,以籍为"清真雅正主"。无论叙事、抒情,皆不事雕琢,能用人人能识之字、能道之语,组织成诗,便为前人所未道、常人所不能道之诗。此首完全白描,一"又"字曲尽人情。王安石题其诗曰:"看似寻常最奇崛,成如容易却艰辛。"非过誉也。

咏　　酒　　汪遵

万事消沉向一杯,竹门哑轧为风开。秋窗睡足芭蕉雨,又是江湖入梦来。

自渊明以来,咏饮酒者多矣,此首却别有情趣,明说吃了酒,什么都不知道,都可以不管,此身如入另一世界。

"哑轧"应读若"屋压",门户开闭声。第三、四句妙,酒能使人熟睡,雨打芭蕉,全听不见,然而梦境却在江湖,另有风雨。"又是"者,明明非一次也。

汪遵(一作王遵),字未详,宣城人,幼为县吏,复辞役就贡,咸通初登进士第。

唐人七绝诗论五

越中怀古　　李白

越王勾践破吴归,义士还家尽锦衣。宫女如花满春殿,只今唯有鹧鸪飞。

此格以"今"字为勾勒字,"于今""而今""只今"均可,表示在同一空间内,以今比昔,而有盛衰之感。与第二格同属不完全之新旧对比,而以今为主。

越中指唐代越州,在会稽山阴。

凡题怀古之诗实皆伤今,非为怀古而怀古。杜甫作《咏怀古迹》五首,题旨甚明,盖睹古迹而抒写怀抱也。

"义士"或作"战士",非。按《越绝书》,勾践有"六千君子军",故称"义士"。还家尽著锦衣,盖破吴大掠所得,何义之有?上三句写得如火如荼,结句收拾干净,愈觉意味深长。此法来自鲍照《行路难》"洛阳名工铸为金博山(炉),千斫复万镂,刻作秦女携手仙。承君清夜之欢娱,引置帷帐里、明烛前,外发龙鳞之丹采,内含麝芬之紫烟。如今君心一朝异,对此长叹终百年",前多句极华丽,以反衬后两句之悲凉。

用"鹧鸪"写凄凉,因鹧鸪啼声为"行不得也哥哥",非他鸟所能替也。

杨　柳　枝　　刘禹锡

花萼楼前初种时,美人楼上斗腰肢。如今抛掷长街里,露叶如啼欲向谁?

此诗今昔对比,各写两句,为习见之格。

《杨柳枝》与《竹枝》同为唐代民歌,白居易始采以为诗,共八首,其第一首云"《六幺》《水调》家家唱,《白雪》《梅花》处处吹。古歌旧曲君休听,听取新声《杨柳枝》",可证当时能唱。亦为词调,《花间集》存温飞卿《杨柳枝》八首。宾客盖和香山,另一首云:"请君莫奏前朝曲,听唱新翻《杨柳枝》。"说明《杨柳枝》原出隋代宫词,唐始翻为新调。花萼楼为玄宗所建,玄宗笃于友爱,于南内兴庆宫中,筑花萼相辉之楼,与兄弟诸王宴乐。

此诗借柳抒今昔之感,实含怀念开元盛世之意。

听夜筝有感　　白居易

江州去日听筝夜,白发新生不愿闻。如今格是头成雪,弹到天明一任君。

此亦今昔对比,各两句。

筝传为秦蒙恬造,故称秦筝,十三弦,为瑟之半。

江州即浔阳,今九江。

按香山以敢直言贬江州司马,在元和十年,时年四十四岁,故云白发新生。此诗虽无系年,当属暮年之作(香山卒于会昌六年,年七十五)。

"格是",犹言已是,何以不用"已是"?因"格"字兼有变革、来至之谊,且声调高响。

借听筝事对比中年、暮年之不同感受,辞浅意深,节短音长。香山少抱济世之志,贬江州时,初遭挫折,新生白发,自感时不我与,夜不能寐,初闻凄楚筝声,当然难以忍受。暮年饱经忧患,听惯哀音,感觉迟钝,反可以听之任之。外似旷达,内实悲凉极矣。

南宋末谢皋羽诗"昔日落叶雨,地上仅可数。今雨落叶处,可数还在树……",与此诗同一机杼。

唐人七绝诗论六

送沈子福之　王维

杨柳渡头行客稀，罟师荡桨向临圻。惟有相思似春色，江南江北送君归。

此格为空间事物比较，勾勒字用"惟有"，是从许多事物中抉择其特殊者。

"罟师"即渔人。"临圻"之"圻"当读若"矶"，不读"祈"，用谢灵运《富春渚》诗："朔流触惊急，临圻阻参错。"《文选》李善注曰，圻读与碕（即矶字）同。谓近岸也。

上两句铺叙送别时，江边人已不多。下两句妙，相思属于情感，非实物，而以春色比之（春色与上文杨柳相应），不合理而合情，言送君者无他人，只有我相思之情始终不断，非长江水所能阻隔也。

李后主《清平乐》词："离恨恰如春草，更行更远还生。"亦以感情比实物，与此同妙。

寻盛禅师兰若　刘长卿

秋草黄花覆古阡，隔林何处起人烟。山僧独在山中老，唯有寒松见少年。

"兰若"，梵语"阿兰若"之省文，即寺院。"阡陌"，本为行人之道，今乃全为秋草黄花所覆盖，乃见久无行迹矣。

上两句以无人之境写禅师之枯寂，结语更进一步，言其少年入山后从未出山，能见其少年容貌者只有饱经霜雪之古松耳。

刘长卿，字文房，河间人，天宝进士，工五言律，当时称"五言长城"。曾官随州刺史，故集名《随州集》。

乱后经淮阴岸　　朱放

荒村古岸谁家在，野水浮云处处愁。唯有河边衰柳树，蝉声相送到扬州。

"谁家在"，言无家在也，如直言之，则索然无味。

此学太白出峡诗，唯彼写速而此写慢，彼豪迈而此沉郁。

朱放，字长通，襄州人，隐于越之郯溪。嗣曹王皋镇江西，辟节度参谋。贞元初，召为拾遗，未就。

杨　柳　枝　　刘禹锡

城外春风吹酒旗，行人挥袂日西驰。长安陌上无穷树，唯有垂杨管别离。

唐俗，送东行人至灞桥岸，折柳相赠。按两汉时即有此俗，见《三辅黄图》"灞桥"条。后两句以首创故佳。

与歌者何戡　　刘禹锡

二十余年别帝京，重闻天乐不胜情。旧人唯有何戡在，更与殷勤唱《渭城》。

秦都咸阳，汉武帝改名渭城。自王维《送元二使安西》"渭城朝雨浥轻尘……"为人传唱，遂入乐府，称《渭城曲》。宋时犹普遍能唱之，郭茂倩《乐府诗集》收入《近代曲辞》。又唐代乐府多用胡部乐，大抵从西来，经渭州、凉州、伊州，《渭城》盖亦胡乐。

杨　花　吴融

不斗秾华不占红，自飞晴野雪濛濛。百花长恨风吹落，唯有杨花独爱风。

"秾华"，《诗·何彼襛矣》"何彼襛矣，唐棣之华"。
此与宾客《杨柳枝》同以眼前语出奇。
吴融，字子华，越州山阴人，唐昭宗龙纪元年进士，官至翰林承旨卒，有《唐英集》三卷。

唐人七绝诗论七

从　军　行　王昌龄

烽火城西百尺楼，黄昏独坐海风秋。更吹羌笛关山月，无那金闺万里愁。

此格用"更"字作勾勒，比较两种不同之境界，但后者比前者更进一步，可表紧张强烈之感。
龙标《从军行》凡五首，此为第一首。
前两句写征人黄昏独坐烽火楼中，海（指居延海或青海）风吹寒,已甚凄苦。再闻羌笛声,引起思乡之感。结语为闺人设想,实写彼此相思,阻隔关山万里,无可奈何,乃更苦矣。

羌笛,《说文解字·竹部》:"笛,七孔,筩也,从竹由声,羌笛三孔。"是汉时古笛为七孔,传入之羌笛为三孔,皆与今笛不同。

"那"字可读平、上两声,义同。此处读上,"无那",无可奈何也。"金闺"泛指闺阁,非指金马门。

  送王校书 韦应物
  同宿高斋换时节,共看移石复栽杉。送君江浦已惆怅,更上西楼看远帆。

王之涣《登鹳雀楼》名句"欲穷千里目,更上一层楼"与此同意。送至江上情犹未尽,更登高远望之。

韦应物,字未详,长安人,曾官江州、苏州刺史,故称"韦江州"或"韦苏州"。诗风简淡清远似陶渊明,虽为盛唐诗人,世往往并称"陶韦"。有集传世。

  戏题山居 陈羽
  虽有柴门长不关,片云高木共身闲。犹嫌住久人知处,见欲移居更上山。

《归去来辞》"门虽设而常关",此乃反用之,长关可以谢客,无人知住处,可以不关矣。引起第三、四句意。

见,《集韵》:"俗作现"。

陈羽[①]，字未详，江东人，登贞元进士第。存诗一卷。

渡桑乾　贾岛

客舍并州已十霜，归心日夜忆咸阳。无端更渡桑乾水，却望并州是故乡。

（解释见第一格）
并州唐时为太原府，号北京。
桑乾水即今永定河。

采莲子　皇甫松

菡萏香连十顷陂，小姑贪戏采莲迟。晚来弄水船头湿，更脱红裙裹鸭儿。

此诗亦收入《花间集》，共三首。唱诗上句加"举棹"，下句加"年少"和声。写少女采莲情态绝佳。

菡萏，《尔雅》："荷、芙蕖，其华菡萏。"荷、芙蕖皆总名，菡萏则专指其花。迟者，因贪戏也。

皇甫松，晚唐人，字士奇，湜之子。

和袭美钓侣　陆龟蒙

一艇轻撑看晓涛，接篱抛下漉春醪。相逢便倚蒹葭泊，更唱菱歌擘蟹螯。

[①] 原作"陈陶"，似误。

袭美,皮日休字。

"撑"字新,今通用"划"。

接䍦,亦作"接篱",帽也。古人所饮之酒,实今醪醋,须以纱巾漉(过滤)之。陶渊明曾脱葛巾漉酒。

蒹葭,芦苇也。

陆龟蒙,字鲁望,长洲人,唐末隐于江湖之间,自号"天随子"。与皮日休友善,多所唱和,称"皮陆体"。

此首极写钓徒之乐,风格遒峭。

唐人七绝诗论八

西宫秋怨(亦作《长信秋词》,共五首)第三首　　王昌龄
奉帚平明秋殿开,且将团扇共徘徊。玉颜不及寒鸦色,犹带昭阳日影来。

用"不及"或"不如"为勾勒字,比较空间事物,同时可附带表示时间。不及之程度,愈远愈妙。

凡用直喻,须使人意想不到,若孟郊诗"西风吹垂杨,条条脆如藕"者实为最工。

少伯宫怨诗以此为第一。玉颜与寒鸦之丑何可相比,乃自叹不及,以鸦犹能飞至君王所居之昭阳殿,日为君象,带影而来,己身不能,虽美何益?不提怨字,怨之深可以意会。

"秋殿",一作"金殿","秋"字佳,与下文之团扇、寒鸦皆有关联。

"且将"者,不久也。"团扇"用班婕妤《怨歌行》事。婕妤初

为汉成帝所宠,后见赵飞燕日盛,恐久见危,求供奉太后于长信宫,作纨扇诗自悼。

赠汪伦　李白

李白乘舟将欲行,忽闻岸上踏歌声。桃花潭水深千尺,不及汪伦送我情。

"踏歌"为且行且歌,以踏步为节拍。

太白游泾县桃花潭,村民汪伦时饮以美酒,临行伦复来送,故赠以此诗。

此"不及"极有力。

云安阻雨　戎昱

日长巴峡雨濛濛,又说归舟路未通。游人不及西江水,先得东流到渚宫。

云安县,唐属夔州,即今云阳。

巴峡,即巴东峡,在今重庆。

渚宫,见《左传》,为楚王之别宫,在郢都西。

戎昱,字未详,荆南人,登进士第,建中年间曾官虔州刺史,负才名。崔氏欲与通,使其改姓,戎拒之,有"千金未必能移姓,一诺从来肯杀身"之句为人传诵。有集五卷。

竹枝词(九首之二)　刘禹锡

瞿塘嘈嘈十二滩,人言道路古来难。长恨人心不如水,等闲平地起波澜。

城西门前滟滪堆，年年波浪不能摧。懊恼人心不如石，少时东去复西来。

《竹枝词》本巴歈民歌，宾客采风而拟作九首，遂开一体，其原委详见诗序。《杨柳枝》虽亦出民歌，仍以抒情为正格，《竹枝》则多纪风俗，不用典故，音节与寻常七绝不同，以拗体为贵。

瞿塘，《水经注·江水》："江水又东径广溪峡，斯乃三峡之首也……峡中有瞿塘、黄龛二滩，夏水洄复，沿溯所忌。瞿塘滩上有神庙，尤至灵验。刺史二千石径过，皆不得鸣角伐鼓。商旅上水，恐触石有声，乃以布裹篙足。今则不能尔，犹飨荐不绝。"

滟滪堆，《水经注·江水》：白帝城"水门之西，江中有孤石，为淫预石。冬出水二十余丈，夏则没，亦有裁出处矣"。乐府诗"瞿塘不可上，淫预大如象。瞿唐不可下，淫预大如马"。按"淫预""滟滪"皆"犹豫"一声之转，盖其峻险使人望而犹豫也。

此两诗稍带理语气，乃变调，非正格也。

唐人七绝诗论九

陪族叔刑部侍郎晔及中书贾舍人至游洞庭　　李白

洞庭湖西秋月辉，潇湘江北早鸿飞。醉客满船歌《白苎》，不知霜露入秋衣。

此格以"不知"为勾勒字，表现两件事物之间并无因果关系，因而不能觉察。

"潇湘"，潇，清也。古时湘水最清，"潇湘"即清湘之意，非谓二水。

《白苎》，或作《白纻》，郭茂倩《乐府诗集》列入"舞曲歌辞"，南朝晋宋之间，擅作此辞者为汤惠休与鲍明远。

白纻歌二首　　汤惠休

琴瑟未调心已悲，任罗胜绮强自持。忍思一舞望所思，将转未转恒如疑。桃花水上春风出，舞袖逶迤鸾照日。裴回鹤转情艳逸，君为迎歌心如一。

少年窈窕舞君前，容华艳艳将欲然。为君娇凝复迁延，流目送笑不敢言。长袖拂面心自煎，愿君流光及盛年。

代白纻曲二首　　鲍照

朱唇动，翠袖举，洛阳少童邯郸女。古称"绿水"今"白纻"，催弦急管为君舞。穷秋九月荷叶黄，北风驱雁天雨霜，夜长酒多乐未央。

代白纻舞歌辞

吴刀楚制为佩祎，纤罗雾縠垂羽衣，含商咀徵歌露晞。珠履飒沓纨袖飞，凄风夏起素云回。车怠马烦客忘归，兰膏明烛承夜晖。

诸诗皆欢娱之词，与"霜露秋衣"毫不相干。然而合为两句，则于极热闹中见凄凉矣。

旅次寄湖南张郎中　　戎昱

寒江近户漫流声，竹影临窗乱月明。归梦不知湖水阔，夜来还到洛阳城。

首二句写客中情况。

"漫"，广阔之意。

"竹影"句妙在用一"乱"字，便胜于韩、孟联句之"竹影金琐碎"。

第三句用"不知"，有翻案之意，力量极大。

唐人七绝诗论十

桃　花　溪　张　旭

隐隐飞桥隔野烟，石矶西畔问渔船。桃花尽日随流水，洞在清溪何处边？

此格为发问。问句位置不同，或从首句问，或在三句问，或置于结句。大抵皆问而不答，缥渺不尽。勾勒字无定，或用"何处"，或用"何事"，或其他问辞。

飞桥为野烟所隔，故以"隐隐"形容之。

第三句用"尽日"言桃花之多，落英缤纷，随水流去，尽日不绝，并寄托漂泊之感。全诗意境以《桃花源记》为底本，另加渲染，若即若离，所谓"或袭旧而弥新"者也。

张旭字未详，吴郡人，以官右率府长史，人称"张长史"。善草书而好酒,见杜甫《饮中八仙歌》。

春 女 怨　　蒋维翰

　　白玉堂前一树梅,今朝忽见数花开。儿家门户重重闭,春色因何入得来?

《淮南子》:"春女思,秋士悲,而知物化矣。"
此诗写重门深锁,少女见梅开而伤春,妙在发问不通。
蒋维翰字里未详,登开元进士第。

渡浙江问舟中人　　孟浩然

　　潮落江平未有风,扁舟共济与君同。时时引领望天末,何处青山是越中?

浙江,古称浙水,又称之江,以多曲折,故又称浙江。
越王栖于会稽,在唐为越州。浙江两岸多山,浩然意在览会稽山阴之胜,即兴而发此问,舟中人实难答也。
孟浩然,字浩然,襄阳人,生于初唐,卒于盛唐,在李白、王维之前。最擅五律,并称"王孟",五律之面目,遂自宫体变为模山范水之作。

春夜洛阳闻笛　　李白

　　谁家玉笛暗飞声,散入春风满洛城。此夜曲中闻折柳,何人不起故园情。

此首发问于首句,下三句皆言其影响,未尝答某家,一答反无情趣矣。结句乃写实,非发问。用"暗"字切夜。

少 年 行　　杜甫

巢燕养雏浑去尽,江花结子已无多。黄衫年少来宜数,不见堂前东逝波?

杜七绝声调以拗体为主,此亦近拗。

用"巢燕"出下文"堂前","江花"出"逝波"。"数",《广韵》亦读入声,音朔,作"频"解,谓宜常来也。"不见"是问语,意即"不见堂前东逝波乎?一去不复返矣。"

按:杜老此诗作于德宗上元二年,时年五十,居成都草堂,生活较为安定。同时作两首,第一首云"莫笑田家老瓦盆,自从盛酒长儿孙。倾银注玉惊人眼,共醉终同卧竹根",皆有当及时行乐之意。

赠 花 卿　　杜甫

锦城丝管日纷纷,半入江风半入云。此曲只应天上有,人间能得几回闻?

花卿,名惊定。《旧唐书》载:上元二年四月梓州刺史段子璋反,自称梁王。五月,成都尹崔光远率将花惊定讨之,斩子璋。惊定恃功,大掠东川。杜老时在成都,作《戏作花卿歌》,又赠以此诗。清杨伦《杜诗镜铨》引明杨升庵曰"花卿在蜀,颇僭用天子礼乐,子美作此讥之,而意在言外,最得诗人之旨"。

重送道标上人　　刘长卿

衡阳千里去人稀，遥逐孤云入翠微。春草青青新覆地，深山无路若为归？

"翠微"，青葱而淡远之山色。

"若"者，不定之辞也。在此引申为问语，作"如何"解。

春草覆地，可知无路。何以无路，因去人稀少也。

夜上受降城闻笛　　李益

回乐峰前沙似雪，受降城外月如霜。不知何处吹芦管，一夜征人尽望乡。

受降城，唐中宗时名将张仁愿于河北筑三受降城。唐时称塞外为"河北"，即今河套以北。三城，东城在胜州（今顺义县），中城在朔州（今大同西北），西城在灵州（在今宁夏）。此指西城。

回乐峰，回乐，唐县名，故城在今甘肃灵武县南，"峰"应作"烽"，李益别有《暮过回乐烽》诗云"烽火高飞百尺台"可证。

芦管，胡人卷芦叶为管吹之以作乐。此诗题"闻笛"，笛与管常混用，芦管往往又称芦笛。

上两句写边塞一片凄清景色，下两句写征人闻胡乐而无不思乡之情，亦为边塞诗名作，然对照龙标"烽火城西百尺楼"一首，则逊其雄浑开阔。唐人七绝诗，青莲、龙标难学，刘、白与李益以有轨辙可循，可学而至。

李益，字君虞，陇西姑臧人，生于盛唐，殁于中唐，诗列中唐名家，官至礼部尚书。

刘　阮　妻　　　元稹

芙蓉脂肉绿云鬟,罨画楼台青黛山。千树桃花万年药,不知何事忆人间?

此用刘义庆《幽明录》所传故事:东汉明帝时,刘晨、阮肇入天台山采药,遇二神女,同居半年,忽思乡而归,子孙已易七世。重入山寻神女,渺无踪迹。

"罨画",唐人称杂色彩绘为"罨画"。

从神女方面着笔,责刘、阮之无情抛弃,意主出世,不如《离骚》之上下求索,终恋旧乡也。

首句写貌美,次句写境美,三句写长生之乐,皆极热闹,末句发问,乃一扫而空,章法与太白《越中怀古》同。

题王侍御池亭　　　白居易

朱门深锁春池满,岸落蔷薇水浸莎。毕竟林塘谁是主,主人来少客来多?

前两句写池亭之寂寞。蔷薇落,春已深矣;水浸莎,无人问也。引出第三句发问,而以结句渲染之。

感触甚深,惜本事不传。

秋　　思　　　张仲素

碧窗斜月蔼深晖,愁听寒螿泪湿衣。梦里分明见关塞,不知何路向金微?

首二句写思妇梦醒时情景，碧窗，是窗外有丛树；斜月，夜已将阑；蔼，众多也；蛩，蝉属，小而色青，秋时鸣声凄厉。

第三句点出梦境可到关塞。第四句发问，则欲去无路，潸泪自湿衣矣。金微山，即今阿尔泰山。

古　　意　　王驾

夫戍萧关妾在吴，西风吹妾妾忧夫。一行书信千行泪，寒到君边衣到无？

此亦思妇怀念征夫之辞，题作"古意"，盖仿古乐府诗，以朴质少文为贵。

萧关，在今甘肃固原县。

"无"字为问辞，唐、宋人习用之，与"否""么"同义。白居易诗"能饮一杯无"、朱庆余诗"妆罢低声问夫婿，画眉深浅入时无"皆然。

王驾，字大用，河中人。大顺元年登进士第，仕至礼部员外郎。自号"守素先生"，有集三卷，今《全唐诗》仅存六首。

唐人七绝诗论十一

绿　　柳　　贺知章

碧玉妆成一树高，万条垂下绿丝绦。不知细叶谁裁出，二月春风似剪刀。

亦为发问。唯前格为问而不答,或不须答,此格则自有答问。

首句写全树,次句写枝,柳身短而垂枝长,以丝绦比之,已奇而切。三句写叶发问,四句答,更奇警,但颇合理。二月春风转暖,万物萌动,而余寒料峭,犹使人有锋利之感,比以翦(剪本字)刀,兼含两意。

贺知章,字季真,会稽永兴人,年辈早于李杜,自号"四明狂客",曾官秘书监,人称"贺监"。

送郑佶归洛阳　　司空曙

苍苍楚色水云间,一醉春风送尔还。何处乡心最堪羡,汝南初见洛阳山。

汝南,唐属临汝郡,在洛阳南。

此首妙在不言抵家而言初见洛阳山,意味无穷。

司空曙,字文明,官虞(兵)部郎中,大历时诗人。

蜀　葵　　陈标

眼前无奈蜀葵何,浅紫深红数百窠。能共牡丹争几许,得人嫌处只缘多。

蜀葵是菜类,非今之向日葵,为锦葵科植物。"蜀"字含有"大"意,非地名也。或称"菺",或称"戎葵"(见《尔雅》),五月花开,似木槿,五色夺目。

唐人最重牡丹。白香山《秦中吟·买花》:"一丛深色花,十户中人赋。"可见其贵。当时又有人作诗讽之:"近来无奈牡丹何,数十千钱买一窠。今朝始得分明看,也共戎葵不较多。"

陈标字里未详,中唐时曾官侍御史。

江　　南　　李群玉

　　鳞鳞别浦起微波,泛泛轻舟桃叶歌。斜雪北风何处宿,江南一路酒旗多。

鳞鳞,波纹貌。泛泛,犹飘飘也。《桃叶歌》,桃叶本晋王献之妾名,《隋书·五行志》云:"隋时盛歌王献之《桃叶》之词曰:'桃叶复桃叶,渡江不用楫。但渡无所苦,我自迎接汝。'"斜雪,言风之狂。酒旗,为酒肆招子。第三句以行旅之苦反衬出江南繁盛之乐。

李群玉,字文山,澧州人,官弘文馆校书郎,诗列晚唐名家。

酒病偶作　　皮日休

　　郁林步障昼遮明,一炷浓香养病醒。何事晚来还欲饮,隔墙闻卖蛤蜊声。

郁林,秦时属桂林郡,唐置郁林州,在今广西梧州。步障,屏幕也。醒,《说文解字》"病酒也,一曰醉而觉也。"蛤蜊,蜊读平声,入支韵。蛤,贝类,为海产美味,始见于《淮南子》,作"合梨"。

此诗写酒人情趣甚妙。宿醒未解,畏寒,白日犹下帷幕,乃一闻墙外叫卖蛤蜊,又欲饮酒。

皮日休,字逸少,后改袭美,襄阳人,咸通(唐懿宗年号)进士,弃官归隐鹿门山,自号"鹿门子""醉士""酒民"。与陆龟蒙友善唱和,时称"皮陆"。诗风生涩,自成一体。按此诗见"蛤蜊",唯近海处有之,断非作于襄阳。集中有《和鲁望四明山九题》诗,盖同游浙东时作也。

唐人七绝诗论十二

出　　塞　　王昌龄

　　秦时明月汉时关,万里长征人未还。但使龙城飞将在,不教胡马度阴山。

　　此格为想象假设之辞,以"若使""但使"为勾勒字。

　　首二句概括时间空间,笼罩一切。明月终古不变,系以"秦时",是暗推始皇。关塞非起于汉,系以"汉时",是暗推汉武,兼指当代(唐人作诗,每以汉代喻当代,如《长恨歌》"汉皇重色思倾国",实指明皇)。合为一句,言古今皆置塞防胡也。北方游牧民族,殷称"鬼方",周称"荤粥""猃狁",秦汉时称"匈奴",实皆一种。其酋不时率众南侵,为中原大患。秦皇、汉武讨伐之功诚不可没,然而由防御变为开边,穷兵黩武,则又使全国百姓困苦不堪矣。唐初武功极盛,北方已无边患,玄宗乃好大喜功,出塞远征不已。故盛唐诗人作边塞诗无不言征戍之苦,龙标其一也。

　　龙城为匈奴大会祭天之地,在今蒙古。汉武时大将军卫青曾破之。飞将,匈奴人称李广为"飞将军"。阴山在今内蒙古,为河套以北诸山总称。

　　后两句感慨遥深,盖作于天宝乱后。清陈沆《诗比兴笺》谓龙标古意诗有"一人计不用,万里空萧条"句,"一人"与此诗之"龙城飞将"皆指王忠嗣。"忠嗣身佩四节,控制万里,为国长城。数上书言禄山有异志,使明皇用其言,则渔阳之祸不作。故诗叹边臣之用舍,关天下之安危也",此论甚是。

鹭　鹚　来鹄

娬丝翘足傍澄澜,消尽年光伫思间。若使见鱼无羡意,向人姿态应更闲。

丝指鹤顶长毛。伫思,《诗·燕燕》"伫立以泣",伫,久也。羡鱼,《淮南子·说林》:"临渊而羡鱼,不如归家结网。"作贪欲解。
　　此诗有讽刺意味。
　　来鹄字未详,豫章人,懿宗咸通中举进士,不第。有诗一卷。

唐人七绝诗论十三

春日归思　王翰

杨柳青青杏发花,年光误客转思家。不知湖上菱歌女,几个春舟在若耶。

亦为想象之辞,从隔离之空间,想象同时之人事。勾勒字为"不知""遥知"等。此诗葱倩,使人神往。
　　会稽(今绍兴)有若耶山,溪在山下,相传西施浣纱于此,故又称浣纱溪。
　　王翰,字子羽,晋阳人,玄宗时官汝州刺史,贬道州司马。

九月九日忆山东兄弟　　　王维
　　独在异乡为异客,每逢佳节倍思亲。遥知兄弟登高处,遍插茱萸少一人。

秦汉以来,统称太行山以东为山东,区域不止今山东省。

登高,梁吴均《续齐谐记》载桓景听术士费长房之言,于重九登高,佩茱萸囊,饮菊叶酒,以避灾。茱萸,《本草》称藙子,为小灌木,结子如椒,味辛,即《楚辞》椒榝之椒,可以为药。

此诗情深语浅,为千古名篇。

　　　　听夜雨寄卢纶　　　李端
　　暮雨萧条过凤城,霏霏飒飒重还轻。闻君此夜东林宿,听得荷池几番声。

凤城,为丹凤城之省称,通指京城,因秦穆公女弄玉吹箫引凤凰飞来京都得名。霏霏,雨轻;飒飒,雨重。

东林为寺名,在庐山。番,据《集韵》,可读贩,去声,义同。

李端,字正己,赵郑人,曾官杭州司马。

卢纶,字允吉,蒲庐人,曾官河中判官。据《新唐书·文艺传》,与李皆列"大历十才子"。

　　　　清明日次弋阳　　　权德舆
　　自叹清明在远乡,桐花覆水葛溪长。家人定是将新火,点作孤灯照洞房。

弋阳县,唐属信州,在今江西省东部。桐花,为今之泡桐,春花,梧桐古称青桐,夏花。葛溪,即葛仙溪,俗传葛仙翁修炼于此。洞房,初见《楚辞·招魂》"姱容修态,絙洞房些",王逸注"洞,深也"[①],本义为深邃之内室,非同今俗专称新婚所居。新火,清明节前二日为寒食节,禁烟火,清明复燃之,故曰新火。

结语凄绝。

权德舆,字载之,洛阳人,中唐时,官至同平章事(宰相)。

雁　　罗邺

暮天新雁起汀州,红蓼花疏水国秋。想得故园今夜月,几人相忆在江楼。

蓼有数种,此为水蓼,花红色。

题为咏雁,实借雁起兴,写乡思。

罗邺,字未详,余杭人,唐末至五代时与罗隐、罗虬称"江东三罗"。

唐人七绝诗论十四

送　魏　二　　王昌龄

醉别江楼橘柚香,江风引雨入舟凉。忆君遥在潇湘月,

[①] 王逸《楚辞章句》无此句,洪兴祖《楚辞补注》卷九云为五臣注,检六臣注《文选》,此句见于卷十六司马相如《长门赋》、卷三十《应王中丞思远咏月》等篇注释,《招魂》则无。

愁听清猿梦里长。

亦为想象之辞，但非同时，而为想象将来情景。此格一诗中可写两种不同境界，意味往往更为深长。勾勒字可用"遥知""从此"等，亦可不用勾勒字。

龙标此诗大概作于沅水上。橘柚为南方果木，香袭江楼为日间岸上送别时景象。"江风引雨入舟凉"，则行者已登舟矣。下言潇湘月夜，愁听猿啼，则为将来情景，故不冲突。

庐溪送人　　王昌龄

武陵溪口驻扁舟，溪水随君向北流。行到荆门上三峡，莫将孤月对猿愁。

庐溪为沅水之支流，在武陵境内。武陵郡汉置，即今常德，位沅水下游，沅水注洞庭湖再入长江，乃向北流也。人沿水北行，反言溪水随之，化无情为有情，此法唐人屡用屡妙。荆门，《水经注·江水》：荆门、虎牙，为三峡之口，在今宜昌。孤月，亦拟行人。三峡中多猿啼，行人闻之肠断，言"莫将"是慰藉语，实则无从避免也。

此首不用勾勒字，因从第二句起皆为想象未来之词。由洞庭而入江，一境；到荆门，另一境；上三峡，又另一境，层层推远，固非一二勾勒字所能提示也。

送韦评事　　王维

欲逐将军取右贤，沙场走马向居延。遥知汉使萧关外，愁见孤城落日边。

逐，追随也。右贤，据《汉书·匈奴传》，单于之下有左右贤王，各有部落。居延，本湖泽名，古称"流沙"，见《书·禹贡》，在今甘肃额济纳旗西北。西汉初，为匈奴南下凉州之要道，因置县筑塞以防之。萧关，汉时为塞，唐时设县，故在今甘肃固原县东南。

此亦反对开边之诗，前两句仿佛颇有壮志，后两句想象出关以后所见，唯孤城落日，一片凄凉而已。

秋夜送赵洌归襄阳　　钱起

斗酒忘言良夜深，红萱露滴鹊惊林。欲知别后思今夕，汉水东流是寸心。

斗酒，点明钱行。忘言，别愁难言也。萱，《离骚》作"蘐"，又名"鹿葱"，《诗·伯兮》："焉得谖草，言树之背。"《毛传》曰："谖草令人忘忧。"《释文》曰："本又作萱。"故又称"忘忧草"。其实萱根有毒，食之易失记忆。萱花色红，开于五月间，此处言秋夜，盖借表忘忧之意，不关时令。鹊惊林，盖暗用魏武《短歌行》"月明星稀，乌鹊南飞。绕树三匝，无枝可依"故实，表示离散失所。

佳处在后两句，言别后思念之情如汉水东流无尽，总过襄阳。

钱起，字仲文，吴兴人，天宝进士，与郎士元齐名，当时语曰"前有沈、宋，后有钱、郎"，同列"大历十才子"。有《钱考功集》十卷。

送客贬五溪　　韩翃

南过猿声一逐臣，回看秋草泪沾巾。寒天暮雨空山里，几处蛮家是主人。

五溪，《水经注·沅水》："辰水又右会沅水，名之为辰溪口。武陵有五溪，谓雄溪、樠溪、无溪、酉溪，辰溪其一焉。夹溪悉是蛮左所居，故谓此蛮'五溪蛮'也。"在今湘西辰州。

过猿声，在一路猿声之中经过也，用字生动新颖。

此诗纯从逐臣将来遭遇着想，亦无须用勾勒字。

韩翃，字君平，南阳人，天宝进士，官至中书舍人，为"大历十才子"之一。有集，已散佚。

春送郭大之官　　司空曙

明府之官官舍春，春风辞我两三人。可怜江县闲无事，手板支颐独咏贫。

之官，犹赴任也。明府，唐时称州县官为明府。手板（应作"版"），笏也，此用晋王子猷事，见《世说新语》。

此诗前二句以春风喻郭人品，后两句写就任后冷况，亦无勾勒字。

写　情　　李益

水纹珍簟思悠悠，千里佳期一夕休。从此无心爱良夜，任他明月下西楼。

《说文解字》："簟，竹席也。"唐人席地而坐卧，今日本人犹如此。良夜，传《苏武诗》"烛烛晨明月，馥馥我兰芳。芳馨良夜发，随风闻我堂"，是此诗所本。

"从此"为勾勒字，言今后情景反衬以前之良夜。

自遣诗　　陆龟蒙

花濑濛濛紫气昏，水边山曲更深村。终须拣取幽栖处，老桧成双便作门。

濑，《说文解字》："水流沙上也"。花濑为地名，在顾渚，即今宜兴。《尔雅》：柏叶松身谓之桧，松叶柏身谓之枞。

"终须"为勾勒字，言将来要如此。

唐人七绝诗论十五

送窦七　　王昌龄

清江月色傍林秋，波上荧荧望一舟。鄂渚轻帆须早发，江边明月为君留。

此格乃诗人情绪之扩大，蒙蔽一切，使之同化。在修辞学上谓之活喻，即事物不问其有无生命，均予以人格化。每用于感情最浓郁激昂之时，无勾勒字而形象浑然天成。

上两句为送人遥望时景。荧荧，宋玉《高唐赋》："玄木冬荣，煌煌荧荧，夺人目睛。烂兮若列星，曾不可弹形。"李善注："煌煌荧荧，草木花光也。"后世习用"荧荧"为闪烁不定之光。"波上荧荧"，谓舟上有灯光，方在待发，与下句相应。下两句言须早发而江月有情，正留光待君，乃人格化矣。唐代称武昌为鄂州。《楚辞·涉江》："乘鄂渚而反顾兮，欸秋冬之绪风。"

闻王昌龄左迁龙标遥有此寄　　李白

杨花落尽子规啼，闻道龙标过五溪。我寄愁心与明月，随风直到夜郎西。

左迁，古人尚右，故以下迁贬官为左迁。龙标，在今湖南黔阳县。夜郎，汉时为蛮民之国，故地在今贵州遵义地区。曹子建诗："愿为南流景，驰光照我君。"即"我寄愁心与明月"也。后二句情深挚，出语明快，此青莲异于龙标处。

移家别湖上亭　　戎昱

好是春风湖上亭，柳条藤蔓系离情。黄莺住久浑相识，欲别频啼四五声。

柳条藤蔓皆软，故用"系"字。

此诗妙在亭边诸物无不含情惜别。

第三岁日咏春风凭杨员外寄长安柳　　元稹

三月春风已有情，拂人头面稍怜轻。殷勤为报长安柳，莫惜枝条动软声。

三月春风，不寒而轻，故怜爱之。软声，写风摇柳枝之声，为微之自铸新辞，甚妙。

此诗寄柳，实以嘱咐情人。

折杨柳　　杨巨源

水边杨柳曲尘丝，立马烦君折一枝。唯有春风最相惜，殷勤更向手中吹。

曲，酒母也，其细屑如尘，色嫩黄，唐宋人多用曲尘形容黄色。

极写春风多情，柳枝已折入人手，犹殷勤吹之，乃见诗人用情之深。

杨巨源，字景山，河中人，贞元进士，官至国子监司业，有诗集五卷，今存一卷。

汨罗遇风　　柳宗元

南来不作楚臣悲，重入修门自有期。为报春风汨罗道，莫将波浪枉明时。

汨罗本汨水，中分为汨水、罗水，后又合而为一，称汨罗江，为屈原自沉处，在今湖南东北部。楚臣，指屈原。修门，《楚辞·招魂》："魂兮归来，入修门些。"王逸注："郢（楚都）城门也。"枉，《说文解字》："邪曲也。"引申为冤屈，此处再引申之，作辜负解。明时，指盛世。

此诗为子厚贬永州时途中作，极温柔敦厚之致。

昌谷北园新笋（四首之一）　　李贺

斫取青光写楚辞，腻香春粉黑离离。无情有恨何人见，露压烟啼千万枝。

昌谷本水名，源出河南渑池县，流至宜阳县入洛水。长吉所居，即在宜阳境内二水会合处。青光，指竹，刮去竹上青皮为简，谓之"杀青"，可书。楚辞，在此未必指屈、宋所作，乃长吉自作之诗。腻香春粉，指新竹之美。黑离离，则指字迹。后两句写竹，亦以自况诗情。长吉诗诡，往往错综变幻，极迷离惝恍之致。

李贺，字长吉，唐诸王孙，年二十七而卒，遗诗集四卷、外集一卷。

雨过山村　王建

雨里鸡鸣一两家，竹溪村路板桥斜。妇姑相唤浴蚕去，闲着中庭栀子花。

妇姑，唐人称少妇为妇，老妇为姑。浴蚕，以水浸蚕子也。栀子花，又称"薝蔔"，佛经中谓之"林兰"，甚香。

王建，字仲初，颍川人，大历进士，与张籍齐名。才情极高，所作宫词百首，开以掌故入诗之风。

此诗随意写山村画境，结语饶有情趣。

竹　里　李涉

竹里编茅倚石垣，竹茎疏处见前村。闲眠尽日无人到，自有春风为扫门。

此诗极闲适之致，宋杨诚斋（万里）晚年学之。

古人写竹，皆以映衬出之。如小谢"池北树如浮，竹外山犹影"，东坡"竹外桃花三两枝"，皆然。

李涉，字未详，洛阳人，初与弟渤同隐庐山，后应辟出仕，唐宪宗时为太子通事舍人，寻贬陕州司仓参军。文宗时为太常博士，复流康州。自号"清溪子"，遗集二卷。

登崖州城作　　李德裕

独上高楼望帝京，鸟飞犹是半年程。青山似欲留人住，百匝千遭绕郡城。

崖州在今海南岛。鸟飞取直径，极言途远。德裕字文饶，赵郡人。唐时牛李党争甚烈，德裕为李党领袖，受武宗信任，执政六年，官进太尉，封卫国公。宣宗立，李受牛党排斥，贬崖州司户参军，卒于贬所。有《会昌一品集》。

意境愤慨凄厉，较东坡在儋耳诸诗之犹能自遣者异，盖文饶失势之沉痛甚于东坡，非仅胸襟宽狭不同也。

暮春浐水送别　　韩琮

绿暗红稀出凤城，暮云楼阁古今情。行人莫听宫前水，流尽年光是此声。

浐水在长安，东流入渭。绿暗红稀乃暮春景象，造语近词。次句谓见长安宫殿在暮云中而生怀古悲今之感。后两句谓国事日非，盛世不再，借水婉转言之。

韩琮，字成封（一作代封），里未详，晚唐时官至湖南观察使。

和袭美木兰后池三咏（选一）　　陆龟蒙

素荷多蒙别艳欺，此花真合在瑶池。无情有恨何人觉，月晓风清欲堕时。

此咏白莲,后两句极有神韵,为王渔洋所称道,其《咏露筋祠》诗云"行人系缆月初堕,门外野风开白莲",即从之化出。

未展芭蕉　　钱翊

　　冷烛无烟绿蜡干,芳心犹卷怯春寒。一缄书札藏何事,自被东风暗拆看。

此诗小巧。首句刻画未展芭蕉状态如烛。札,笺札也,用以奏事。以蕉叶代纸作书,始见于《南史·隐逸传》记徐伯珍事。唐大书法家怀素于庵中多种蕉,取叶作书,自云"种纸"。

钱翊,字瑞文,吴兴人,晚唐时官至中书舍人,后贬抚州司马。

唐人七绝诗论十六

春　宫　曲　　王昌龄

　　昨夜风开露井桃,未央前殿月轮高。平阳歌舞新承宠,帘外春寒赐锦袍。

此格最难学,无勾勒字可寻,而意在言外,耐人思索。

露井桃,井无亭覆盖曰露井,《宋书·乐志》引古辞《鸡鸣高树巅》:"桃生露井上,李树生桃傍。虫来啮桃根,李树代桃僵。"未央宫,萧何为汉高祖营建。月轮高,言夜已深。平阳歌舞,用汉武帝过其姊平阳公主家，悦歌者卫子夫，取入宫，立为皇后事，见《汉书·外戚传》。

此诗前两句铺叙宫廷夜深景色，托出春寒。后两句用意深微，言承宠者得独赐锦袍，则无宠者皆寒不言而喻矣。

青　楼　曲　王昌龄

白马金鞍从武皇，旌旗十万宿长杨。楼头小妇鸣筝坐，遥见飞尘入建章。

青楼，唐人称贵家所居，亦谓之"青楼"，非同后世之专指妓院。白马金鞍，谓小妇夫婿，乐府《陌上桑》："东方千余骑，夫婿居上头。何用识夫婿，白马从骊驹。青丝系马尾，黄金络马头。"武皇，唐人每以汉武帝比明皇。长杨，西汉诸帝校猎之所，扬雄有《长杨赋》。建章，汉武帝所建宫，在长安城内。

此诗借小妇目中，即事写景，不著议论，而明皇之荒纵无度自见。

寒　食　韩翃

春城无处不飞花，寒食东风御柳斜。日暮汉宫传蜡烛，轻烟散入五侯家。

飞花，谓柳絮。御柳，植于宫墙内之柳树。传蜡烛，蜡烛在古代为奢侈品，非寻常人家所能有。

寒食，为悼念介子推故，禁举烟火。日暮宫中始燃烛传赐外臣。五侯，有两说，西汉成帝时，诸舅王谭等五人同日封侯，当时称"五侯"。又东汉桓帝封宦官单超等五人为侯，亦称"五侯"。

此诗亦即事写景，托讽隐微。前两句言柳絮轻贱，处处皆能飞到，虽御柳亦如此，以"御"字连接下文。后两句言传烛五侯，言外之意即皇恩只及外戚、宦官等极少数权贵，不及他处也。唐时外戚宦官专权，亦如东汉，故君平此诗传诵当时。

酬曹侍御过象县见寄　　柳宗元

破额山前碧玉流，骚人遥驻木兰舟。春风无限潇湘意，欲采蘋花不自由。

象县，唐时亦称象州，明、清时属广西柳州府。破额山，未详所在，或云湖北黄梅有破额山，显与此诗境不合。碧玉，形容水色之美，盖指柳江，流经柳州东南入象县。木兰舟，唐宋以来，习用为舟船美称，简作"兰舟"，未必真为木兰木制。蘋花，草本，生浅水中，开花白色。"自由"一语，汉代已有之，《礼记·少仪》："请见不请退。"郑玄注曰："去止不敢自由。"

第三句"春风无限潇湘意"，暗用《九歌·湘夫人》"白蘋兮骋望，与佳期兮夕张"辞意。下一句"欲采蘋花不自由"，言外之意，乃佳期不可得也。

将赴吴兴登乐游原　　杜牧

清时有味是无能，闲爱孤云静爱僧。欲把一麾江海去，乐游原上望昭陵。

清时，同明时。孤云，陶渊明《咏贫士》："万族各有托，孤云独无依。"一麾,《文选》载宋颜延年《五君咏》咏阮咸云:"屡荐不入官,一麾乃出守。"李善注:"麾,指麾也。"是"麾"与"挥"同义,动词,言阮咸受荀勖排挤也。牧之云"欲把一麾",是误作名词"旌麾"之麾矣,沈括《梦溪笔谈》曾辨之。乐游原,唐长安城南高处。昭陵为唐太宗陵,在醴泉县西北九嵕山。

此诗首句自承无能为盛世效力,而云"有味",实是反语。第二句承之。第三句点出将赴湖州。第四句言"望昭陵"是主旨,言外之意,恨未得在太宗朝为官也。牧之志在济世,非甘于闲静者,观其《罪言》可知。空怀抱负,未能抒展,故有生不逢时之感。

杜牧,字牧之,京光万年(今西安)人。杜佑之孙,官至中书舍人,有《樊川集》,今存。

唐人七绝诗论附录一

凉　州　词　　王之涣

黄河远上白云间,一片孤城万仞山。羌笛何须怨杨柳,春风不度玉门关。

此诗意境闳阔,气势雄浑,故昔人有谓与青莲"朝辞白帝"、龙标"奉帚平明"同为唐人七绝之冠冕者,非妄评也。

王之涣生平事迹,惜为旧籍所不载。近年出土靳能所作《唐故文安郡文安县尉太原王府君墓志铭》,始知之涣字季陵,太原人,生于武后垂拱三年(公元六八七年)。曾官冀州衡水县主簿,遭人陷害,"拂衣去官,遂优游青山。在家十五年,复补文安县尉。于天宝元年

（公元七四二年）卒于官舍"。又称其"尝或歌从军，吟出塞，传乎乐章，布在人口"，因知薛用弱《集异记》所载之涣与王昌龄、高适旗亭画壁故事，虽属小说家虚构，亦非无因。惜遗集失传，《全唐诗》仅辑存六首，然而此首与五绝《登鹳雀楼》"欲穷千里目，更上一层楼"并传颂千古。文章行远遗后在于质量，不在数量，更可证矣。

首句一作"黄沙远上白云间"，或谓较佳，非是。盖虽切合边塞实景，而与第二句合看，则有陆无水，与题不称。唐时凉州沿汉旧制，其疆域实兼包今之宁夏、甘肃西部与青海、湟水流域也。只见黄沙直上，则立足点低，所见无非目前，或初稿如此。改作"黄河"，则立足点高，视野更阔，且兼有想象之美，与太白"唯见长江天际流"同妙矣。三、四两句以玉关之外无杨柳春风，极写征戍之苦，而语气飒爽，始与所写大景相称。

若就体制言之，则为唐人七绝熟格。唐人惯用三字名词，人名、地名、事物名等，押于七绝末尾，取其重点突出，音节铿锵。此格可称之为"做韵"，轨辙明显，颇易仿效。作者得一新事物，先置诸第四句尾可也。

（铸按：以下诸诗，师皆未作解析。）

寄　韩　鹏　　　　李颀

为政心闲物自闲，朝看飞鸟暮飞还。寄书河上神明宰，羡尔城头姑射山。

解闷（四首之一）　　　杜甫

复忆襄阳孟浩然，清诗句句尽堪传。即今耆旧无新语，漫钓槎头缩项鳊。

送卢彻之太原，谒马尚书　　司空曙

榆落雕飞关塞秋，黄云画角见并州。翩翩羽骑双旌后，上客亲随郭细侯。

听晓角　　李益

边霜昨夜堕关榆，吹角当城片月孤。无限塞鸿飞不度，秋风吹入小单于。

杂兴　　权德舆

琥珀尊开月映帘，调弦理曲指纤纤。含羞敛态劝君住，更奏新声刮骨盐。

木兰花　　白居易

腻如玉指涂朱粉，光似金刀剪紫霞。从此时时春梦里，应添一树女郎花。

竹枝词九首之一　　刘禹锡

日出三竿春雾消，江头蜀客驻兰桡。凭寄狂夫书一纸，家住成都万里桥。

题酸枣县蔡中郎碑　　王建

苍苔满字土埋龟，风雨消磨绝妙词。不向图经中旧见，无人知是蔡邕碑。

过温尚书旧庄　　白居易

白石清泉抛济口，碧幢红斾照河阳。村人都不知时事，犹自呼为处士庄。

吴城览古　　陈羽

吴王旧国水烟空，香径无人兰叶红。春色似怜歌舞地，年年先发馆娃宫。

西归出斜谷　　雍陶

行过险栈出褒斜，出尽平川似到家。万里客愁今日散，马前初见米囊花。

杜司勋　　李商隐

高楼风雨感斯文，短翼差池不及群。刻意伤春复伤别，人间唯有杜司勋。

泊秦淮　　杜牧

烟笼寒水月笼沙，夜泊秦淮近酒家。商女不知亡国恨，隔江犹唱后庭花。

题桃花夫人庙　　杜牧

细腰宫里露桃新，脉脉无言度几春。至竟息亡缘底事，可怜金谷坠楼人。

华 清 宫　　张祜

红树萧萧阁半开，上皇曾幸此宫来。至今风俗骊山下，村笛犹吹阿滥堆。

阿㴲汤　　张祜

月照宫城红树芳，绿窗灯影在雕梁。金舆未到长生殿，妃子偷寻阿㴲汤。

孟才人叹　　张祜

偶因歌态咏娇嚬，传唱宫中十二春。却为一声河满子，下泉须吊孟才人。

立春日作　　韦庄

九重天子去蒙尘，御柳无情依旧春。今日不关妃妾事，始知辜负马嵬人。

长江县经贾岛墓　　郑谷

水绕荒坟县路斜，村人讶我久咨嗟。重来兼恐无寻处，落日风吹鼓子花。

和李秀才边庭四时怨（四首之一）　　卢汝弼

朔风吹雪透刀瘢，饮马长城窟更寒。半夜火来知有敌，一时齐保贺兰山。

唐人七绝诗论附录二

杜甫七绝诗选目录

　　江畔独步寻花七绝句七首
　　绝句漫兴九首
　　三绝句三首
　　漫成一首
　　夔州歌十绝句十首
　　承闻河北诸道节度使入朝欢喜口号绝句十二首
　　解闷十二首
　　（文不具录）

杜甫七绝诗论

　　杜老七绝诗，后人颇有争论。有云："少陵绝句，《逢李龟年》一首而外，皆不能工，正不必曲为之说。"（管世铭《读雪山房唐诗钞》）有云《逢李龟年》一首，"与《剑器行》同意，今昔盛衰之感，言外黯然，即使太白、少伯操笔，当无以过。乃知公于此体，非不能为正声，直不屑耳"（《杜诗镜诠》引黄白山说）。凡此皆有所偏，未见全貌。若云："杜老七绝，欲与诸家分道扬镳，故而别开异径。"（李重华《贞一斋诗话》）则大体近似，而语焉未详，兹再细论之。
　　杜老在盛唐诗人中，最富革命精神，作诗以清新为贵。对各体诗，无不意在摆脱旧窠臼，自成面目，独辟蹊径，启迪后人。鉴于当时七绝，声调和谐，情致浓郁，已成正格，乃避而致力于变格。其变也自声调始，当时七绝皆为一周期之律诗，龙标无拗体，青莲除《山中问答》一首为拗体外，余皆平仄协调，杜老则以拗体占多数。余尝作《杜诗声调谱》（铸按：此稿已散失），得一定例：全首以前二句拗者为多，前二句又以第一句为多。若《夔州歌》第一首第一句作"中巴之东巴东山"，七字皆平，可云拗之极矣。唐人七绝皆能歌，若此者乃断不可歌，以故学之者寡。至宋时黄山谷始喜用之，遂为江西诗派常格。

　　七律体制至杜老而完全成熟，其在夔州时所作组诗，如《诸将五首》《秋兴八首》《咏怀古迹五首》，音节铿锵，对仗工稳，且谋篇、布局、造句、炼字无不为后世诗家所推重，乃于同时作拗体七绝《夔州歌》十首与《白帝城最高楼》拗体七律一首，盖能正者始能变，愈深知格律者愈能知突破之方也。

　　在杜老以前，诗人之诗皆以抒情为主，发议论、叙时事，则杜老首创之，而诗之题材范围扩大，下开宋诗。议论之佳者，如论诗《戏为六绝句》，引论中已言之，不再赘述，其下者若"周宣汉武今王是，孝子忠臣后代看""兴王会静妖氛气，圣寿宜过一万春"（皆《承闻河北诸节度入朝欢喜口号绝句》语），则头巾气重，开邵康节《击壤集》之端，显属糟粕，亦不必为杜老讳也。

　　杜诗被公认为"诗史"，其成就在于面对现实，奋笔直书。由于"穷年忧黎元，叹息肠内热"，几乎将所见所闻之国难民瘼，一一形诸吟咏。初不限制于体裁篇幅，既可以为《奉先咏怀》《北征》一类长篇，可以为《三吏》《三别》一类中篇，当然对于七绝小诗，同样可以史笔。如《三绝句》：

去年渝州杀刺史,今年开州杀刺史。群盗相随剧虎狼,食人更肯留妻子。

二十一家同入蜀,惟残一人出骆谷。自说二女啮臂时,回头却向秦云哭。

殿前兵马虽骁雄,纵暴略与羌浑同。闻道杀人汉水上,妇女多在官军中。

皆据实直书,不加修饰,实为有韵之史料,至此而唐人七绝常规一扫而空矣。总之,杜老七绝以拗体、议论、叙事为主,在当时为变体。意在独创,但亦非存心与青莲、龙标争胜,工与不工,固在所不计焉。

唐人七绝诗论附录三　参考资料

唐王涯宫词
唐王建宫词
唐曹唐小游仙诗
（皆印发讲义,未讲授。）

（一九三四年春,小石师讲授于金陵大学研究生班。一九四二年秋再讲于国立白沙女子师范学院。门人吴白匋[原名征铸]据笔记整理。）

七绝诗论讲义

（游寿记录本）

唐人七绝诗一

勾勒字相起，全

从 军 行　王昌龄

琵琶起舞换新声，总是关山旧别情。撩乱边愁听不尽，高高秋月照长城。

《王志》论七绝句法云："此篇声调高响，明七子皆能为之，而不厌人意者，彼浮响也。此何以不浮？则以'新''旧'二字相起，意味无穷。子美'听猿''奉使'亦以虚实相起，彼实笨伯，此乃逸才。"

虽换新声，别情如旧。"长城"应"关山"。

赠　远　顾况

暂出河边思远道，却来窗下听新莺。故人一别几时见，春草还从旧处生。

此诗古典派。唐人最善剪裁六朝人句。此诗辞似蔡之《饮马长城窟》，意境似大谢《登池上楼》"池塘生春草，园柳变鸣禽"。

[暂出句]蔡邕《饮马长城窟行》"青青河畔草，绵绵思远道。远道不可思，夙昔梦见之"。

河边者，水长流也，李陵赠苏武"临河濯长缨，念子怅悠悠"。

[新莺]初春也。

[旧处]河边也，旧轻别也。

上二句实，写景。下二句虚，想象出。

代　春　怨　　刘方平

朝日残莺伴妾啼，开帘只见草萋萋。庭前时有东风入，杨柳千条尽向西。

贺方回《青玉案》从此诗得来。

[题]代，拟也。鲍诗《代东门行》《代君子有所思》。

[朝日句]此诗每句俱能形容出寂寞情景，写春困不知春半也。

[开帘句]王胄诗云："庭草无人随意绿"。

[时有]二字绝佳。

[入]此字佳。

唐人七绝诗二

勾勒字单起，不全

山房春事　　岑参

梁园日暮乱飞鸦，极目萧条三两家。庭树不知人去尽，春来还发旧时花。

此诗善写寂寞，能于热闹中映出寂寞来。
[梁园]汉梁孝王，河南□□。
人已去尽寂寞，而花依旧绚烂，是可悲矣。

故王维右丞堂前芍药花开凄然感怀　　钱起

芍药花开出旧栏，春衫掩泪再来看。主人不在花长在，更胜青松守岁寒。

牡丹木本，芍药草本，诗人好用芍药，取其柔也。
[出]佳，形容婀娜。
[春衫]映出时令。
[更胜句]此句用字翻案，意能新。

金陵(五首之一)　　刘禹锡

山围故国周遭在，潮打空城寂寞回。淮水东边旧时月，夜深还过女墙来。

[回]淮水向西流。

伤愚溪

溪水悠悠春自来，草堂无主燕飞回。隔帘惟见中庭草，一树山榴依旧开。

此诗尽在想象中写。

山榴花红如丹砾,此花以热闹中映出悲寂来。

经 旧 游　　张祜

去年来送行人处,依旧虫声古岸南。斜日照溪云影断,水蘋花穗倒空潭。

此诗所写皆低头所见景。

"依旧"二字贯下三句。

"空潭",言昔日送行潭上舟在也。

悲老宫人　　刘得仁

白发宫娥不解悲,满头犹自插花枝。曾缘玉貌君王宠,准拟人看似旧时。

此诗佳处令人怅惘。

折 杨 柳　　薛能

高出军营远映桥,贼兵曾斫火曾烧。风流性在终难改,依旧春来万万条。

此诗意之拗异特佳。

[军营]周亚夫细柳营,暗用事而恰当。

[桥]灞桥。

金陵图　韦庄

江雨霏霏江草齐，六朝如梦鸟空啼。无情最是台城柳，依旧烟笼十里堤。

唐人七绝诗三

西归绝句　元稹

双堠频频减去程，渐知身得近京城。春来爱有归乡梦，一半犹疑梦里行。

归长安也。
堠，犹边塞之烽火台。
[堠]堡也。
[犹]有力量。
此诗不着色，暗中知有春。

送红线　冷朝阳

采菱歌怨木兰舟，送客魂销百尺楼。还似洛妃乘雾去，碧天无际水空流。

事见《太平广记》一百九十五。

三月晦日赠刘评事　　贾岛

三月正当三十日，风光别我苦吟身。共君今夜不须睡，未到晓钟犹是春。

此诗佳在瘦。

汴柳半枯因悲柳中隐　　司空图

行人莫叹前朝树，已占河堤几百春。惆怅题诗柳中隐，柳衰犹在自无身。

此题目□□也。
末句有三层意，谓之厚。

陇西行　　陈陶

誓扫匈奴不顾身，五千貂锦丧胡尘。可怜无定河边骨，犹是春闺梦里人。

貂锦，良家子从戎。《一统志》：无定河在陕西延安，陕蒙交通水道。

唐人七绝诗四

江南逢李龟年　　杜甫

岐王宅里寻常见，崔九堂前几度闻。正是江南好风景，落花时节又逢君。

岐王,明皇弟,名范。崔九,名涤。
李,明皇伶人,乱后流落为丐。

再游玄都观　　刘禹锡
百亩庭中半是苔,桃花净尽菜花开。种桃道士归何处,前度刘郎今又来。

参看元和十一年《自朗州召还》一首,以□诗得罪相国,复贬出,后十年来而作此诗。

玄都观,唐代公主不得志可以出家受箓,其势甚盛。

秋　　思　　张仲素
秋天一夜静无云,断续鸿声到晓闻。欲寄征衣问消息,居延城外又移军。

咏征戍之苦。

居延海在张掖之北,古要塞,防匈奴南下,遮掳障在其南。

秋　　思　　张籍
洛阳城里见秋风,欲作归书意万重。复恐匆匆说不尽,行人临发又开封。

咏　　酒　　王遵

万事销沉向一杯，竹门哑轧为风开。秋宵睡足芭蕉雨，又是江湖入梦来。

唐人七绝诗五

时间性相起勾勒字，见今昔之盛衰

越中览古　　李白

越王勾践破吴归，义士还家尽锦衣。宫女如花满春殿，只今惟有鹧鸪飞。

[题]越州会稽山阴。

[义士]君子六千人也。

此诗佳在上极热闹，末句极荒凉，以末句收拾尽前文，如元稹之《刘阮妻》、鲍照之《行路难》、无名氏之《河中之水歌》。

杨　柳　枝　　刘禹锡

花萼楼前初种时，美人楼上斗腰支。如今抛掷长街里，露叶如啼欲向谁。

《杨柳枝》，始自白香山作，后刘禹锡、薛能、温飞卿、孙光宪皆效之，《花间集》收入。

[花萼楼]玄宗为寿王筑。《诗》"棠棣之华，萼不韡韡"。

听夜筝有感　　白居易

江州去日听筝夜，白发新生不愿闻。如今格是头成雪，弹到天明一任君。

筝似瑟，瑟二十五弦，筝十三弦，朝、日人今犹能之。

唐人七绝诗六

"惟有"为勾勒字，见力量

送沈子福之　　王维

杨柳渡头行客稀，罟师荡桨向临圻。惟有相思似春色，江南江北送君归。

李后主《清平乐》："离恨恰如春草，更行更远还生。"

寻盛禅师兰若　　刘长卿

秋草黄花覆古阡，隔林何处起人烟。山僧独在山中老，惟有寒松见少年。

终南为佛教道山，古僧永不相往来，惟朝出，故取水视瓢以通消息。

叩语茅庵也。

乱后经淮阴岸　朱放

荒村古岸谁家在，野水浮云处处愁。惟有河边衰柳树，蝉声相送到扬州。

此诗学太白《早发白帝城》，白写速，此写其慢。

杨柳枝　刘禹锡

城外春风吹酒旗，行人挥袂日西时。长安陌上无穷树，惟有垂杨管别离。

与歌者何戡　刘禹锡

二十余年别帝京，重闻天乐不胜情。旧人惟有何戡在，更与殷勤唱渭城。

唐胡乐多西来，□龟兹，故有渭州、伊州、凉州，皆长安西。

杨花　吴融

不斗秾华不占红，自飞晴野雪濛濛。百花长恨风吹落，惟有杨花独爱风。

唐人七绝诗七

"更"字勾勒出，比前胜进一层

登鹳雀楼　　王之涣

白日依山尽,黄河入海流。欲穷千里目,更上一层楼。

从　军　行　　王昌龄

烽火城西百尺楼,黄昏独坐海风秋。更吹羌笛关山月,无那金闺万里愁。

送王校书　　韦应物

同宿高斋换时节,共看移石复栽杉。送君江浦已惆怅,更上西楼看远帆。

戏题山居　　陈羽

虽有柴门长不关,片云高木共身闲。犹嫌住久人知处,见欲移居更上山。

[虽有柴门句]用《归去来辞》。

渡　桑　乾　　贾岛

客舍并州已十霜,归心日夜忆咸阳。无端更渡桑乾水,却望并州是故乡。

采　莲　子　　皇甫松

菡萏香连十顷陂,小姑贪戏采莲迟。晚来弄水船头湿,更脱红裙裹鸭儿。

入《花间》。

[红裙]着色。

和袭美钓侣　　陆龟蒙

一艇轻撑看晓涛，接䍦抛下漉春醪。相逢便倚蒹葭泊，更唱菱歌擘蟹螯。

[擘]辟。

唐人七绝诗八

"不及"，退一步之勾勒字

西宫秋怨　　王昌龄

奉帚平明秋殿开，且将团扇暂徘徊。玉颜不及寒鸦色，犹带昭阳日影来。

一本作"金殿"，非。"秋"字贯下文"团扇""寒鸦"。

赠汪伦　　李白

李白乘舟将欲行，忽闻岸上踏歌声。桃花潭水深千尺，不及汪伦送我情。

[题]汪伦，歌者。

云安阻雨　　戎昱

日长巴峡雨濛濛，又说归舟路未通。游人不及西江水，先得东流到渚宫。

［巴峡］重庆。

渚宫见《左传》，楚王之别宫，在郢西。

竹　枝　词　　刘禹锡

瞿塘嘈嘈十二滩，人言道路古来难。长恨人心不如水，等闲平地起波澜。

城西门前滟滪堆，年年波浪不能摧。懊恼人心不如石，少时东去复西来。

纪风俗以拗为贵，二诗有理语气。

《水经注》："江水又东径广溪峡……"

［瞿塘］乐府"瞿塘不可上，淫预大如象。瞿唐不可下，淫预大如马"。

水门之西，江中有石为淫预石，冬出水二十余丈，夏则没。

［滟滪］犹豫。

唐人七绝诗九

陪族叔刑部侍郎晔及中书贾舍人至游洞庭　　李白

洞庭湖西秋月辉，潇湘江北早鸿飞。醉客满船歌《白纻》，不知霜露入秋衣。

旅次寄湖南张郎中　　戎昱

寒江近户漫流声,竹影临窗乱月明。归梦不知湖水阔,夜来还到洛阳城。

古以洞庭为险。

唐人七绝诗十

问之勾勒字,在一、三、四句,次句最少,结句特多。

桃　花　溪　　张旭

隐隐飞桥隔野烟,石矶西畔问渔船。桃花尽日随流水,洞在清溪何处边?

隐用桃花源诗。
唐人用桃花源、刘阮事写桃花,今不可再,嫌熟。

春　女　怨　　蒋维翰

白玉堂前一树梅,今朝忽见数花开。儿家门户重重闭,春色因何入得来?

空淡自然,不可及也。

渡浙江问舟中人　　孟浩然

潮落江平未有风,扁舟共济与君同。时时引领望天末,何处青山是越中?

陪族叔刑部侍郎晔及中书贾舍人至游洞庭① 　李白

洞庭西望楚江分,水尽南天不见云。日落长沙秋色远,不知何处吊湘君?

春夜洛阳闻笛　　李白

谁家玉笛暗飞声,散入春风满洛城。此夜曲中闻折柳,何人不起故园情?

少　年　行　　杜甫

巢燕养雏浑去尽,江花结子已无多。黄衫年少来宜数,不见堂前东逝波?

杜之绝句自成一家,其佳即在变格。

赠　花　卿　　杜甫

锦城丝管日纷纷,半入江风半入云。此曲只应天上有,人间那得几回闻?

〔花卿〕名惊定,武将。有《赠花卿歌》,昌黎《元和盛德诗》

---

① 吴本未录此首。

出此。

重送道标上人　　刘长卿

衡阳千里去人稀,遥逐孤云入翠微。春草青青新覆地,深山无路若为归?

夜上受降城闻笛　　李益

回乐峰前沙似雪,受降城外月如霜。不知何处吹芦管,一夜征人尽望乡。

《新唐书·张仁愿传》,于河北筑三受降城。河北,一为长安之北,一则河套之北,五原,汉为匈奴,唐为突厥,今之内蒙古(张鹏一《河套图志》)。

刘　阮　妻　　元稹

芙蓉脂肉绿云鬟,罨画楼台青黛山。千树桃花万年药,不知何事忆人间?

题王侍御池亭　　白居易

朱门深锁春池满,岸落蔷薇水浸莎。毕竟林塘谁是主,主人来少客来多?

秋　　思　　张仲素

碧窗斜月蔼深晖,愁听寒螀泪湿衣。梦里分明见关塞,不知何处向金微?

古　意　王驾

夫戍萧关妾在吴,西风吹妾妾忧夫。一行书信千行泪,寒到君边衣到无?

萧关在甘肃,长安东,函谷西,大散关南,武关北,萧关。

唐人七绝诗十一

有问有答勾勒字

绿　柳　贺知章

碧玉妆成一树高,万条垂下绿丝绦。不知细叶谁裁出,二月春风似剪刀。

从小处见造物工妙。

送郑佶归洛阳　司空曙

苍苍楚色水云间,一醉春风送尔还。何处乡心最堪羡,汝南初见洛阳山。

二人皆客于南而作也。

蜀　葵　陈标

眼前无奈蜀葵何,浅紫深红数百窠。能共牡丹争几许,得人嫌处只缘多。

锦葵科，蜀言大也，戎亦言大也。牡丹，唐以后始入诗。

江　南　　李群玉

　　鳞鳞别浦起微波，泛泛轻舟桃叶歌。斜雪北风何处宿，江南一路酒旗多。

[斜雪]风狂也。

酒病偶作　　皮日休

　　郁林步障昼遮明，一炷浓香养病醒。何事晚来还欲饮，隔墙闻卖蛤蜊声。

唐人七绝诗十二

假设勾勒字

出　　塞　　王昌龄

　　秦时明月汉时关，万里长征人未还。但使龙城飞将在，不教胡马度阴山。

北方置防塞，防匈奴也。奴、鬼方、荤粥、猃狁皆一种。
陈沆《诗比兴笺》云"奸臣乃得志，遂使群心摇。赤风荡中原，

437

烈火无遗巢。一人计不用,万里空萧条",盖唐王嗣忠上书言诛安禄山。

鸂䴔来鹄

娟丝翘足傍澄澜,消尽年光伫思间。若使见鱼无羡意,向人姿态应更闲。

唐人七绝诗十三

想象同时事

春日归思　王翰

杨柳青青杏发花,年光误客转思家。不知湖上菱歌女,几个春舟在若耶。

李颀诗"千年魑魅逢华表,九日茱萸作佩囊",杜诗"明年此会知何处,醉把茱萸子细看"。

九月九日忆山东兄弟　王维

独在异乡为异客,每逢佳节倍思亲。遥知兄弟登高处,遍插茱萸少一人。

茱萸,椒是也,事见《世说新语》。

听夜雨寄卢纶　　李端

莫雨萧条过凤城,霏霏飒飒重还轻。闻君此夜东林宿,听得荷池几番声。

清明日次弋阳　　权德舆

自叹清明在远乡,桐花覆水葛溪长。家人定是将新火,点作孤灯照洞房。

[弋阳]江西,昔属广信府。
桐,泡桐也,中疏,可为琴瑟。今之梧桐,青桐也,有汁液,胶性。
唐代火禁甚严。

雁　　罗邺

莫天新雁起汀州,红蓼花疏水国秋。想得故园今夜月,几人相忆在江楼。

唐人七绝诗十四

勾勒出想象之未来

送魏二　　王昌龄

醉别江楼橘柚香,江风引雨入舟凉。忆君遥在潇湘月,愁听清猿梦里长。

当左迁龙标时作,在沅江上。

《水经注·荆水注》

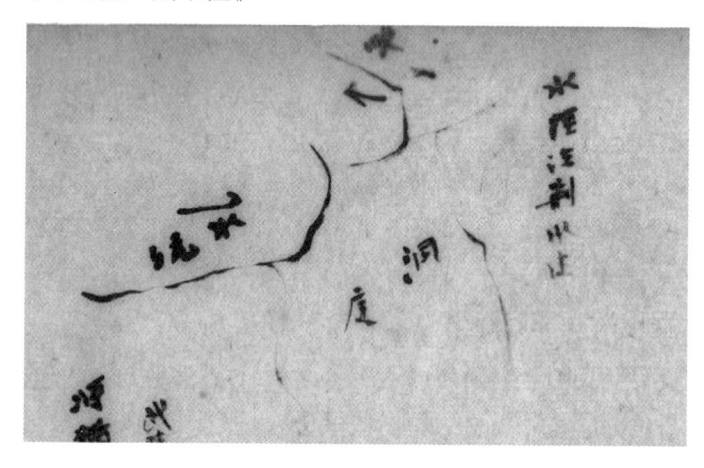

庐溪送人　　王昌龄

武陵溪口驻扁舟,溪水随君向北流。行到荆门上三峡,莫将孤月对猿愁。

武陵在常德。

将,犹言同也。

送韦评事　　王维

欲逐将军取右贤,沙场走马向居延。遥知汉使萧关外,愁见孤城落日边。

汉之匈奴,唐之突厥,皆为汉祸。

单于四角,左右贤王,左右谷蠡。居延海在甘肃北。

秋夜送赵洌归襄阳　　钱起

斗酒忘言良夜深，红萱露滴鹊惊林。欲知别后思今夕，汉水东流是寸心。

[红萱]忘忧草，有毒，麻人也。

送客贬五溪　　韩翃

南过猿声一逐臣，回看秋草泪沾巾。寒天暮雨空山里，几处蛮家是主人。

《水经注》辰水之五溪蛮。
在猿声中过也，谢玄晖诗"喧鸟覆春洲"是也。

春送郭大之官　　司空曙

明府之官官舍春，春风辞我两三人。可怜江县闲无事，手板支颐独咏贫。

唐人州县官称明府。手版支颐，王子猷事。

写　情　　李益

水纹珍簟思悠悠，千里佳期一夕休。从此无心爱良夜，任他明月下西楼。

自遣诗　陆龟蒙

花濑濛濛紫气昏,水边山曲更深村。终须拣取幽栖处,老桧成双便作门。

感情最高时,人与物合,此诗之活喻。
花濑,顾渚,今宜兴。
《尔雅》:柏叶松身为桧。

唐人七绝诗十五

送窦七　王昌龄

清江月色傍林秋,波上荧荧望一舟。鄂渚轻帆须早发,江边明月为君留。

《楚辞·涉江》:"乘鄂渚而反顾兮,欸秋冬之绪风。"

闻王昌龄左迁龙标遥有此寄　李白

杨花落尽子规啼,闻道龙标过五溪。我寄愁心与明月,随风直到夜郎西。

子建诗云:"愿为南流景,驰光照我君。"

移家别湖上亭　戎昱

好是春风湖上亭,柳条藤蔓系离情。黄莺住久浑相识,欲别频啼四五声。

第三岁日咏春风凭杨员外寄长安柳　　元稹

三日春风已有情，拂人头面稍怜轻。殷勤为报长安柳，莫惜枝条动软声。

[怜轻]春风。
[软声]春柳。

折　杨　柳　　杨巨源

水边杨柳曲尘丝，立马烦君折一枝。惟有春风最相惜，殷勤更向手中吹。

汨罗遇风　　柳宗元

南来不作楚臣悲，重入修门自有期。为报春风汨罗道，莫将波浪枉明时。

谪柳州所经，诗甚敦厚。
《招魂》："魂兮归来入修门些。"

昌谷北园新笋　　李贺

斫取青光写楚辞，腻香春粉黑离离。无情有恨何人见，露压烟啼千万枝。

[青光]竹简。

[黑离离]字。

雨过山村　　王建

雨里鸡鸣一两家,竹溪村路板桥斜。妇姑相唤浴蚕去,闲着中庭栀子花。

[浴蚕]以水浸蚕子。

栀子,佛经谓之林兰。

竹　里　　李涉

竹里编茅倚石垣,竹茎疏处见前村。闲眠尽日无人到,自有春风为扫门。

写竹以映衬出之,小谢诗"池北树如浮,竹外山犹影",东坡"竹外桃花三两枝"。

登崖州城作　　李德裕

独上高楼望帝京,鸟飞犹是半年程。青山似欲留人住,百匝千遭绕郡城。

暮春浐水送别　　韩琮

绿暗红稀出凤城,暮云楼阁古今情。行人莫听宫前水,流尽年光是此声。

和袭美木兰后池三咏　　陆龟蒙

素蘤多蒙别艳欺,此花真合在瑶池。无情有恨何人觉,月晓风清欲堕时。

白莲。

未展芭蕉　　钱翊

冷烛无烟绿蜡干,芳心犹卷怯春寒。一缄书札藏何事,自被东风暗拆看。

唐人七绝诗十六

春　宫　曲　　王昌龄

昨夜风开露井桃,未央前殿月轮高。平阳歌舞新承宠,帘外春寒赐锦袍。

青　楼　曲　　王昌龄

白马金鞍从武皇,旌旗十万宿长杨。楼头小妇鸣筝坐,遥见飞尘入建章。

寒　食　　韩翃

春城无处不飞花,寒食东风御柳斜。日暮汉宫传蜡烛,轻烟散入五侯家。

酬曹侍御过象县见寄　　柳宗元

破额山前碧玉流,骚人遥驻木兰舟。春风无限潇湘意,欲采蘋花不自由。

将赴吴兴登乐游原　　杜牧

清时有味是无能,闲爱孤云静爱僧。欲把一麾江海去,乐游原上望昭陵。

七绝诗论讲义

凉州词　　王之涣

黄河远上白云间,一片孤城万仞山。羌笛何须怨杨柳,春风不度玉门关。

寄韩鹏　　李颀

为政心闲物自闲,朝看飞鸟暮飞还。寄书河上神明宰,羡尔城头姑射山。

解闷(十二首其六)　　杜甫

复忆襄阳孟浩然,清诗句句尽堪传。即今耆旧无新语,漫钓槎头缩项鳊。

送卢彻之太原,谒马尚书　　司空曙

榆落雕飞关塞秋,黄云画角见并州。翩翩羽骑双旌后,

上客亲随郭细侯。

听晓角　李益

边霜昨夜堕关榆，吹角当城汉月孤。无限塞鸿飞不度，秋风吹入小单于。

杂兴　权德舆

琥珀尊开月映帘，调弦理曲指纤纤。含羞敛态劝君住，更奏新声刮骨盐。

木兰花　白居易

腻如玉指涂朱粉，光似金刀剪紫霞。从此时时春梦里，应添一树女郎花。

竹枝词（九首之一）　刘禹锡

日出三竿春雾消，江头蜀客驻兰桡。凭寄狂夫书一纸，家住成都万里桥。

题酸枣县蔡中郎碑　王建

苍苔满字土埋龟，风雨消磨绝妙词。不向图经中旧见，无人知是蔡邕碑。

过温尚书旧庄　白居易

白石清泉抛济口，碧幢红旆照河阳。村人都不知时事，犹自呼为处士庄。

吴城览古　　陈羽

吴王旧国水烟空,香径无人兰叶红。春色似怜歌舞地,年年先发馆娃宫。

西归出斜谷　　雍陶

行过险栈出褒斜,出尽平川似到家。万里客愁今日散,马前初见米囊花。

城西访友人别墅①

澧水桥西小路斜,日高犹未到君家。村园门巷多相似,处处春风枳壳花。

杜司勋　　李商隐

高楼风雨感斯文,短翼差池不及群。刻意伤春复伤别,人间惟有杜司勋。

泊秦淮　　杜牧

烟笼寒水月笼沙,夜泊秦淮近酒家。商女不知亡国恨,隔江犹唱后庭花。

题桃花夫人庙

细腰宫里露桃新,脉脉无言度几春。至竟息亡缘底事,可怜金谷坠楼人。

---

① 此诗吴本附录无。

华　清　宫　　张祜

红树萧萧阁半开,上皇曾幸此宫来。至今风俗骊山下,村笛犹吹阿滥堆。

阿　㸙　汤

月照宫城红树芳,绿窗灯影在雕梁。金舆未到长生殿,妃子偷寻阿㸙汤。

孟才人叹

偶因歌态咏娇嚬,传唱宫中十二春。却为一声河满子,下泉须吊孟才人。

酒病偶作[①]　　皮日休

郁林步障昼遮明,一炷浓香养病醒。何事晚来还欲饮,隔墙闻卖蛤蜊声。

立春日作　　韦庄

九重天子去蒙尘,御柳无情依旧春。今日不关妃妾事,始知辜负马嵬人。

长江县经贾岛墓　　郑谷

水绕荒坟县路斜,耕人讶我久咨嗟。重来兼恐无寻处,落日风吹鼓子花。

[①] 此诗已见"唐人七绝诗论十一"节,吴本附录无。

和李秀才边庭四时怨（四首之一）　　卢汝弼

朔风吹雪透刀瘢，饮马长城窟更寒。半夜火来知有敌，一时齐保贺兰山。

杨柳枝词[1]　　孙光宪

阊门风暖落花干，飞遍江城雪不寒。独有晚来临水驿，闲人多凭赤栏干。

杜甫七绝诗选[2]

江畔独步寻花七绝句

绝句漫兴九首

三绝句（楸树馨香倚钓矶）

三绝句（前年渝州杀刺史）

漫成一首

夔州歌十绝句

承闻河北诸道节度入朝欢喜口号绝句十二首

解闷十二首

---

[1] 此诗吴本未录。
[2] 此节《三绝句》两篇，吴本作"《三绝句》三首"，其余选目与吴本同，正文省略未录。

七绝诗论

七绝诗即短韵诗。夫艺术固无大小量上之区别，况之乔乔松柏与夫小草青葱之美，何可轩轾？故佛之言曰，狮子搏象用其全力，搏兔亦用其全力。则凡艺术用形用声，视其质向不问其量。若汉之永安宫千门万户，秦之阿房灌二川、跨二州，壮丽固誉于世，而今所见之石阙、石塔，刻镂之工傀，亦足动人。好汉晋碑摩崖与晋人简札，大小虽殊，艺术价值实相等也。六朝唐人壁画，连延十堵，固为奇观，宋人墨竹，一纸数笔，亦有天趣。文学中《三都》《二京》之赋，洋洋数千言，下至建安，仲宣《登楼》亦足昭垂千古。若词慢声《莺啼序》与小令《点绛唇》《踏莎行》，其佳处实相同。元明人杂剧传奇虽绝特，而小令散曲亦有妙语，则长篇诗与绝七固相同也。惟大诗见法度，短韵有趣机，大篇之能为学力，小篇见其妙，故长篇诗为能品，短韵则妙品，而中国古诗人多以短诗占胜。印度之古史诗如《那摩延传》，希腊之荷马诗，皆长篇大诗，不同于中国。中国长篇诗，至战国中屈平制《骚》始成其体，若三百篇多短韵诗，《毛诗》皆分别章句，就中《颂》有长篇，而《风》《雅》皆短韵，四句一章尤多。夫《颂》者，歌美功德，究非纯文学，语尽尊严。《风》诗中往往数句情致斐然，如《苕之华》《隰有苌楚》，皆短而能尽得其最高情绪，此周诗之佳也。唐人之四句绝诗，盖本之周诗，而周诗之短且至三句二句。

三句者如《麟之止》(《周南》)、《驺虞》(《召南》)、《采葛》(《王风》)、《著》(《齐风》)、《十亩之间》(《魏风》)、《素冠》(《桧风》)。

二句者如《齐风》之《卢令》。

诗之短至二句,而神韵之藏,不以其短而减省云。

采　葛

　　彼采葛兮,一日不见,如三月兮。彼采萧兮,一日不见,如三秋兮。彼采艾兮,一日不见,如三岁兮。

采葛以为布,方事之勤且无暇想,故一日不见如三月。萧以供祭祀,则伏腊思人,较勤忙中为切,故三秋。艾所以治病也,故其思人至为重切云。

十亩之间

　　十亩之间兮,桑者闲闲兮,行与子还兮。十亩之外兮,桑者泄泄兮,行与子逝兮。

闲于内也,故用还。泄见之于外,比闲且甚,故用逝。以一、二字状民之疾苦,抑痛甚矣。

卢　令

　　卢令令,其人美且仁。卢重环,其人美且鬈。卢重鋂,其人美且偲。

卢,黑犬也,言猎□也。

初闻令令之声,始知其美且仁。次言其人状貌之美,终知其有德。此诗之佳只数字,当体会始得也。

《楚辞》中若《离骚》长篇而《九歌》短什，独有妙趣，《天问》虽长篇而中特有其佳妙，故《诗大序》言"情动于中而形于言"，是诗固为情而作也。人之七情，变动倏忽，而情绪最高时，感觉尤敏妙，能此时捕捉得之，佳诗存焉。故《楚辞》言"有美一人兮，与余目成，入不言兮出不辞"[①]，可证叙情绪变幻之速。故诗之灵成，即此旨也，如康乐梦惠连有"池塘生春草"之句。至长篇之诗则高点分驰之，往往于中间一二句，若全篇尽佳，反见平淡，长篇诗盖以学力组成其断片之最高情绪。文学为作者与读者一种之刺戟，然常在一刹那，不可持久也，久则麻木。故长篇诗之布置，其精彩常起伏生波澜，如《孔雀东南飞》之一大篇诗，惟中间一节最佳，至短诗则一针见血矣。

　　原诗之作，本以言情，《诗序》《文赋》《诗品》皆已致言之。然自唐开、天以后，诗之范以诗入议论，此风盖始于少陵、昌黎，宋诗之欧、王、苏、梅诸家，以诗化为散文，此古体风气。至若绝句，唐宋以下未之大异，盖四句之简省，欲议论且不能矣。故王渔洋谓七绝无唐宋之分（《带经堂诗话》），故宋人如王荆公古诗最能发议论，至其绝句最似唐人正格，此荆公之才也。东坡又与之稍不同云。

　　古代诗体中句二韵或三韵，此诗之短，亦每章诗之最低基础。二韵为主，三百篇中往往见之，每诗数章，二、四句者最多。而《离骚》大诗也，每四句一换韵，《天问》结构尤肖之，诗皆四句二韵一换。及唐代诗格尤严明，张若虚《春江花月夜》，四方一转。盖自齐永明以来声律之说明，《文心雕龙·声律篇》言"沉则响发而断，飞

[①] "有美一人兮，与余目成"，《九歌·少司命》作"满堂兮美人，忽独与余兮目成"。

则声飓不还,并辘轳交往,逆鳞相比",沈约《宋书·谢灵运传论》"前有浮声,后须切响",此言平侧也,与"辘轳交往"同意。"逆鳞相比",以二为节,每四一周,至第五句则还原。故诗多二韵四句为章,此理原系诸天籁,沈、宋辈言之,唐人成之,自宋以下至开元克于定律,自四句、八句、十二句皆此理云。

诗中之七绝句始见项羽之《垓下歌》,然换韵又佐以"兮"字,究非七绝之正。当始于晋以下。西汉至隋皆五言诗,七言者偶见之耳,如鲍明远、吴均、王筠、沈约、费昶辈或为之。略论唐以前近于七绝之诗如后。

(一)宋

秋　思　引　汤惠休上人(与鲍同时)
秋寒依依风渡河,白露萧萧洞庭波。思君末光光已灭,渺渺悲望如思何。

上人固以怨诗名世,盖此诗祖楚之《湘夫人》云。

夜　听　伎　鲍照
兰膏销耗夜转多,乱筵杂坐更弦歌。倾情逐节宁不苦,特为盛年惜容华。

此诗之写情写景,佳不能尽言。灯膏且尽,夜乐未已,兴酣情浓,男女杂坐,夜阑人倦,歌声急促,犹逐节以歌舞,皆为少年行乐。
右二诗皆在永明以前,声律未大明,故词极古拙,然佳即在此,绝句中之鼎彝也。

(二)梁

和萧子显侍中春别(四首之二)　　简文帝萧纲
（梁代三祖能文,魏武父子兄弟）

别观蒲萄带实垂,江南豆蔻生连枝。无情无意犹如此,有心有恨徒别离。

汉武故事,宫中种葡萄,言二物且相牵,人不如草木矣。此诗实祖古诗"青青陵上陌,磊磊涧中石。人生天地间,忽如远行客",鲍明远《行路难》云"君不见,河边草,冬时枯死春满道。君不见,城上日,今暝没尽去,明朝复更出",此诗人感觉之敏,故杜《伤弟诗》云"面上三年土,春风草又生"。

桃红李白若朝妆,羞持憔悴比新杨。不惜暂住君前死,愁无西国更生香。

首言桃李之艳,离情憔悴,叶且不如,若能暂住而死且甘,但不能作反魂香草更生西国云。

夜望单飞雁

天霜河北夜星稀,一雁声嘶何处归。早知半路应相失,不及从来本独飞。

鸿雁皆成双也,今见其单,故可伤也,此在江南望北也。夜星稀者,言月明也,故可望见雁。言一"星稀",内含三意,本魏武"月明星稀,乌鹊南飞"句,所谓诗之厚者,当解此旨。

春别诏令(四首之三)　　元帝萧绎
昆明夜月光如练,上林朝花色似霰。花朝月夜动春心,谁忍相思不相见。

此诗仄韵古有之,即如《浣溪沙》,亦有平、仄二体。"昆明"句言水中之月也,诗人必换化造物手段,如月也,置之山头林间水上杯中枕边,练、霰,皆言其白也。以朝、夜对举,诗人以此言日夕不息。"谁忍"句反诘,而答话又在其中,此绝句缩紧法,尤常用此。

日暮徙倚渭桥西,正见流月与云齐。若使月光无远近,应照离人今夜啼。

此诗所用地名皆想象。日暮见月也,用"流"字绝佳。曹子建诗云"明月照高楼,流光正徘徊",又"愿如南流景,驰光照我君",此皆善用动字,以"流"字而生全文,故哦诗往往自集若干形容字、动字便用,或以此自成一家。此诗意境极似柳词之《雨霖铃》,"若使""应照"四字二句反翻上句,死句活之,下句一紧,无可再言矣。"若使"二字之妙,正如刘禹锡"一方明月可中庭","可"字用之恰妙也。

别诗(二首之一)
三月桃花合面脂,五月新酒好煎泽。莫复临时不寄人,谩道江中无估客。

谩,瞒也。复,言其常也。只一"复"字而增多许多意思,平空捉住事实,此断片见其全也。

春别(四首之二)　　萧子显(曾修《南齐书》)
翻莺度燕双比翼,杨柳千条共一色。但看陌上携手归,谁能对此空相忆。

亦仄韵诗,庾子山"落花与芝盖同飞,杨柳共春旗一色",王子安《滕王阁赋》佳句亦用此意云。"翻""度""双"皆善用形容字也。

衔悲揽涕别心知,桃花李色任风吹。本知人心不似树,可意人别似花离。

此诗所谓瘦也。梁代朝野多此艳情句,故谓之宫体诗。

秋夜望单飞雁　　庾信子山
失群寒雁心可怜,夜半单飞在月边。无奈人心复有意,今夜将渠共不眠。

此诗前二句点题,然可不必拘,或交代,或不交代云。

代人伤往(六朝人向不拘此,如何逊《为衡山侯(萧恭)与妇书》,固有文采者也,其佳句"虽帐前微笑,涉想犹存,而幄里余香,从风且歇。心如膏火,独夜自煎,思等流波,终朝不息"。)

青田松上一黄鹤,相思树下两鸳鸯。无事教渠更相失,不及从来莫作双。

青田山仙鹤生焉,鹤年飞,子子成双双飞去,必留一雄或一雌,此为仙鹤高介。又干宝《搜神记》,宋康王舍人韩凭妻甚美,王夺之,夫人不辱堕楼,韩亦死,人哀为之合葬,而墓上生二梓树,《孔雀东南飞》亦用此典。此言愿共死,不为长住至神仙也。古诗颇多此意,如鲍参军《行路难》云,"璇闺玉墀上椒阁,文窗秀户垂罗幕,中有一人字金兰,被服织罗采芳藿,春燕参差风梅散,开帷对景弄春爵,含歌揽涕恒抱愁,人生几时得为乐,宁作野中之双凫,不愿云间之别鹤",亦是用此意。"无事",无端也。"更"字比古人言此,末句似简文《秋夜望飞雁》。

(三)陈隋

　　　　怨诗二首　　　江总
采桑归路河流深,忆昔相期柏树林。奈许新缣伤妾意,无由故剑动君心。

怨由"忆昔"二字生。奈许,奈何也,音本对转。此诗本古诗《上山采蘼芜》,"故剑",宣帝故事(《外戚传》)。

新梅嫩柳未障羞,情去恩移那可留。团扇箧中言不分,纤腰掌上讵生愁。

障,六朝人皆读平声,如"春风举国裁宫锦,半作障泥半作帆"。

箧,读为既。团扇,亦用古诗。不分,不派也,犹言未料及也。掌上,赵飞燕事。又诗"芙蓉不及美人妆,水殿风来珠翠香。谁分含啼掩秋扇,空悬明月待君王。"

自六朝以来,宫体诗多相似,今论七绝诗,当以唐为主。七绝,小诗也,而能浑涵天地气象。惟齐梁人之八病,绝诗尤当明白,故《杜甫传赞》言"浮切不差,而号律诗",盖诗或可歌也,故诗中有乐府诗,然长者且百余句,而可唱惟四句,此与绝句中。故李峤之《汾阴行》"山川满目泪沾衣",玄宗泪且曰"李峤真才子也",此即末四句伶官唱之也。古人歌引长篇者,前半调多拗,后半始和谐。唐唱绝句事尤常见,如旗亭画壁事(《太平广记》),王昌龄、高适、王之涣三人事,知可歌也。

晚近明清二代,如胡应麟辈颇辩古诗与乐府之分,然此说难得结论。古诗、乐府之所异者,以声故也。今既无古诗之谱,而欲分其不同,未能也。且古谱又未必合于今,《白石词谱》去今不过五六百年,已不可知,乐府于今已无其声,惟存其词。诗之可歌,往往改词以合声,如《乐府诗集》所选曹操《苦寒行》一段:

　　北上太行山,难哉何巍巍。羊肠坂诘屈,车轮为之摧。(一解)

　　林木何萧瑟,北风声正悲。熊罴对我蹲,虎豹夹路啼。(二解)

　　溪谷少人民,雪落何霏霏。延颈长叹息,远行多所怀。(三解)

　　我心何怫郁,思欲一东归。水深桥梁绝,中道正徘徊。(四解)

迷惑失故路，薄暮无宿栖。行行日已远，人马同时饥。（五解）

担囊行取薪，斧冰持作糜。悲彼东山诗，悠悠使我哀。（六解）

乐府诗之有解，犹诗之有章也，亦四句一解。《苦寒行》有二首，其后与前同，惟每一解之首二句重一遍，如：

（一解）太行山，难哉何巍巍。（二解）何萧瑟，北风声正悲。（三解）少人民，雪落何霏霏（改一字）。（四解）何怫郁，思欲一东归。（五解）担囊行取薪，斧水持作糜（如原句重一遍）。

乐府中此例颇多，盖声往往慢于字，故或增加字，或因声不合而解字，此皆乐府与古诗之不同也。

唐人之七绝，唱之亦略似此，如王摩诘之：

渭城朝雨浥轻尘，客舍青青柳色新。劝君更尽一杯酒，西出阳关无故人。

此诗谓之《阳关三叠》，四句中第一句外，后三句皆重一遍。诗与乐府不同者，略见于此矣。故词出于诗之绝，自中唐以后，诗能兼令词，白香山《江南好》、刘氏禹锡之《潇湘神》、张志和之《渔歌子》，后人以为词之祖，以七绝一句化为二三字句，韩偓冬郎之《浣溪沙》，盖为二七绝矣，至温飞卿之《金荃》《握兰集》，词始成就。词多改字就声，成长短句，故词一调而有数体云，万红友《词律》中可往往见。近年出土之《云谣集》,彊村本于《花间》之前,亦多长短句。又若《杨柳枝》,则白之自度曲也。唐代诗词故无分,宋以后词与诗乃不同矣。

七绝虽短诗,而能品者首能大诗,然后及此。《考工记》之言轮人为轮,"进而眂之,欲其微至也"。郑《笺》:微至,地少也。七绝于诗中之微,亦犹是也。王渔洋神韵之论得之矣。

参考书

万首绝句(五七)宋洪迈选,实只其半,以刻本甚难得。

王渔洋选本　选本多主观,故云摹拟为古人增文,选家为己增集。王氏诗,世多以为得龙标、太白,实学张祜。

姚鼐选本极精严。

王壬秋选本,今所用本此。

格

时间之留恋,人皆有此情。屈原之悲"老冉冉之将至","日月忽其不淹兮,春与秋其代序,惟草木之零落兮,恐美人之迟暮"。凡人情皆以留恋回忆为可贵,且不问其境遇。虽往者困苦交加,亦以为可恋,故过去生命往往复活于今,常为之惆怅。郭璞《游仙诗》:"六龙安可顿,运流有代谢。时变感人思,已秋复愿夏。淮海变微禽,吾生独不化。虽若腾丹溪,云螭非我驾。愧无鲁阳德,回日向三舍。临川哀年迈,抚心独悲咤。"此诗人亦悲日迈也。贾岛《渡桑乾诗》："客舍并州已十霜，归心夜夜忆咸阳。无端更渡桑乾水，却望并州是故乡。"可见人日在展转矛盾中生息，文学由此生出。如蒋竹山词云："少年听雨歌楼上，红烛昏罗帐。中年听雨酒楼中，野旷天低，黄华下西风。　　如今听雨僧楼下，鬓已星星也，悲欢离合总无情，一任阶前点滴到天明。"故歌德之《浮士德》，至老愿以生命交之魔鬼。情为极抽象又流动不息，时间上不能解说，故假空间，取资事物以比较，而形容时间之变迁，故以山川花鸟草木咏叹之。界域其相对性之用字，谓之勾勒字。

　　勾勒字　故人早已用之，《诗》"昔我往矣，杨柳依依，今我来思，雨雪霏霏"，"昔""今"勾勒字。《大雅》"昔先王受命，有如召公，日辟国百里，今也日蹙国百里"，"今""昔"亦勾勒字。亦有单提一面而明二方面相对者，如《秦风》"于我乎，夏屋渠渠，今也每食无余。于嗟乎，不承权舆。于我乎，每食四簋，今也每食不饱。于嗟乎，不承权舆"，以"今"字可推知"昔"者。《楚辞》"初既与余成言兮，后悔遁而有他"，"初""后"二字勾勒；"余既滋兰之九畹兮，又树蕙之百亩"，"既""又"二字是也；"朝饮木兰之坠露兮，夕餐秋菊之落英"，"朝""夕"勾勒字，此例《楚辞》中尤多。

王荆公《送客江滨》诗[①]，回生旧情，甚佳。

　　　　荒烟凉雨助人悲，泪染衣襟不自知。除却春风沙际绿，一如看汝过江时。

窦巩兄弟五人能诗，有《连珠集》，其《南游感兴》：

[①]　王安石诗原题作"送和甫至龙安微雨因寄吴氏女子"。

伤心欲问前朝事，惟见江流去不回。日莫东风春草绿，鹧鸪飞上越王台。

用"惟见"二字极佳，二字概下三句。短调词亦可用此格，皇甫松《江南好》：

兰烬落，屏上暗红蕉。闲梦江南梅熟日，夜船吹笛雨萧萧，人语驿边桥。

李后主词云：

多少恨，昨夜梦魂中。还似旧时游上苑，车如流水马如龙，花月正春风。

吴梦窗词《试灯夜初晴》：

……辇路重来，髣髴灯前事。情如水，小楼熏被，春梦笙歌里。

李端《春晚游鹤林寺寄使府诸君》（米襄阳葬此）：

野寺寻春花已迟，背岩惟有两三枝。明朝携酒犹堪醉，为报春风且莫吹。

此诗用"惟有"，力量好，如韩诗之《题楚昭王庙》诗，亦有今昔兴衰之感。宋谢皋羽《过杭州故宫诗》云，亦见今昔之感：

紫云楼阁晏流霞，今日凄凉佛子家。残照下山花雾散，万年枝上挂袈裟。

隔江风雨动诸陵，无主园池草自春。闻说就中谁最泣，女冠犹有旧宫人。

写芭蕉诗。清金农《冬心题画诗》云：

绿得僧窗梦不成，芭蕉偏傍短墙生。秋来叶上无情雨，白了人头是此声。

李鱓《复堂题芭蕉图》：

听雨听风听不得，道人何苦图芭蕉。

谢皋羽《春闺诗》云：

手触残红头懒梳，香随蝴蝶上衣裾。暖风吹睡无言语，又向床头看梦书。

鲍照《行路难》：

洛阳名工铸为金博山，千斫复万缕，刻作秦女携手仙。承君清夜之欢娱，列置帷里明烛前。外发龙鳞之丹采，内含麝芬之紫烟。如今君心一朝异,对此长叹终百年。

前段热闹,末二句收拾之。
无名氏《河中之水歌》:

> 河中之水向东流,洛阳女儿名莫愁。莫愁十三能织绮,十四采桑南陌头。十五嫁为卢家妇,十六生儿字阿侯。卢家兰室桂为梁,中有郁金苏合香。头上金钗十二行,足下丝履五文章。珊瑚挂镜烂生光,平头奴子提履箱。人生富贵何所望,恨不嫁与东家王。

此亦能一结句掩前文者。按今人误江宁之莫愁湖之莫愁,是大错。其言"河水",黄河也。古诗人所写山水,必在境内,此诗当在北朝孝文帝迁洛以后之作,崔、卢为当时北方之大姓。而古南朝之石城乐有云"莫愁何处所,莫愁石城西。艇子打雨桨,催送莫愁东",以"西城"二字敷会为今之城西,更移北方之卢姓妇为江南之莫愁矣。

南北朝有《白纻曲》,《乐府诗集》中所载汤惠休、鲍明远之辞甚佳。

白纻歌二首　　汤惠休

琴瑟未调心已悲,任罗胜绮强自持。忍思一舞望所思,将转未转恒如疑。桃花水上春风出,舞袖逶迤鸾照日。裴徊鹤转情艳逸,君为迎歌心如一。

少年窈窕舞君前,容华艳艳将欲然。为君娇凝复迁延,流目送笑不敢言。长袖拂面心自煎,愿君流光及盛年。

代白纻曲　　鲍照

朱唇动,素袖举,洛阳少童邯郸女。古称渌水今白纻,催弦急管为君舞。穷秋九月荷叶黄,北风驱雁天雨霜,夜长酒多乐未央。

代白纻歌舞辞

吴刀楚制为佩袆,纤罗雾縠垂羽衣,含商咀徵歌《露晞》。珠屣飒沓纨袖飞,凄风夏起素云回。车怠马烦客忘归,兰膏明烛承夜晖。

中唐人咏牡丹诗云:

近来无奈牡丹何,数十千钱买一窠。今朝使得分明看,也共戎葵不较多。

牡丹唐以后始入诗,以为木芙蓉、芍药,长安、洛阳始重之。《本草》曰鼠姑是也。而曰木芙蓉,盖拒霜也。白香山《秦中吟》咏白牡丹,"一丛深色花,十户中人赋",山东曹州牡丹最多,花大如盘,剥其皮以入药。

闺　怨　韩偓

时光潜去暗凄凉,懒对菱花晕晓妆。初坼秋千人寂寞,后园青草任他长。

七绝别调论

绝句于唐名家如龙标、太白之佳，其声调皆高抗入云。而杜少陵不以七绝见长，而其佳者，又另起一派，声调拗涩。七绝固在秀丽佳，然秀丽不难学，难在别调。黄山谷学杜之别调而不终也。他若贾岛，亦以拗体见长。王维《渭城曲》亦为别调，且是折腰，而世不以为病。又张籍文潜与贾岛齐名，其气派亦略相同，惟视浪仙稍为豪华。又陆龟蒙、皮日休于绝句中亦是别调。名家如昌黎之七绝，虽雄厚□傲，与诸家不同也。

唐人绝句以为可唱，故声律，然其由来旧矣。往者沈、宋故亦言之，即锺嵘有言，"平上去入，则余病未能，蜂腰鹤膝，间里已具"，犹曰"但令清浊通流，口吻调利，斯为足矣"。故《新唐书·文艺传》（《杜甫传》后）曰："浮切不差，而号律诗"，故唐人三韵中阴阳互叶，宋人则第一韵往往旁通云。而声调佳者，尤推太白、龙标。如王龙标之《从军行》第一首，"楼""秋""愁"（阳—阴—阳），第二首之"声""情""城"（阴—阳—阴）①，第三首，"黄""场""荒"（阳—阳—阴），第七首"重""烽""踪"（阴—阳—阳）②，而王之涣《凉州词》古今绝作，而二字叶韵，皆一声也，读哑而不响。

唐代七绝之最高者王昌龄，李太白稍下，李益、刘禹锡尤便于初学，再后有李义山耳。杜甫之佳，则在变格。

王昌龄字少伯，京兆人，尝任江宁令，故又称为王江宁，《新

---

① "声""情""城"似当为"（阴—阳—阳）"。
② "重""烽""踪"似当作（阳—阴—阴）。

书》(《文艺传》)误为江宁人。晚又为湖南龙标尉,又称为龙标,后为闾丘晓所杀。诗于当时负盛名,且在少陵上,称"诗夫子"。五七言诗皆雅丽。七绝百首见《全唐诗》中,宋人计有功《唐诗纪事》凡千五百人,元辛文房依此书作《唐才子传》(《佚存丛书》本)称为"诗夫子",犹汉人尊杨震"关西夫子杨伯起"。

顾况字逋翁,海盐人,至德进士,晚隐茅山,有子非熊(《新书》有传),官著作郎,与昌黎同时。

刘方平,河南人,与元德秀相善,终身不仕,无传。

岑参,南阳人,文本孙,天宝三载进士,与高适齐名。其七言歌引皆悲壮慷慨,尤善写边。唐代文人非如宋之温儒,皆雄健能督师。官嘉州刺史,时人称为岑嘉州,后客死于蜀。

刘禹锡梦得,德宗贞元元年进士。以王叔文党累贬远州,后至吏部尚书,晚与白香山齐名。初官太子宾客,故又称刘宾客。

张祜承吉,中晚唐间人,上见元白,下至杜牧之,传称丹阳人,盖家焉。丹阳有练湖,故往往吟湖上事。而地居曲阿,世又称"曲阿张居士",别有风格。

刘得仁,长庆中以诗名,公主子,自负才华,不以世仕,困顿场屋至死。

薛能,字太拙,山西河东人。盖薛氏河东大家,会昌中进士,官至徐州节度使,后为部下所弑。有才能而性僻拗,其《论诸葛武侯诗》曰:"当时诸葛成何事,只合终身作卧龙。"

韦庄端己,唐末入蜀,相蜀中,有《浣花集》。今所见《花间集》中,其小令词且高出其诗,有《秦妇吟》诗独佳,时人称为"《秦妇吟》秀才"。以得罪当道,不见于集中,今世得之敦煌石室。

元稹微之,与白相善。

七绝诗论讲义(游寿记录本)

贾岛浪仙,生元和中,善苦吟,五律最佳。清高密李怀民石桐作《中晚唐诗主客图》,以张籍清真雅正,贾岛清奇僻古(清末吴振棫《养吉斋丛录》、近代杨锺羲《雪桥诗话》论宋九僧、四灵诗于此出,又及郊寒岛瘦云)。

司空图表圣,唐末人,有气节,非朱温篡唐,绝食死,有《廿四诗品》,甚精。

陈陶,江南人(江西鄱阳人,晚仙去)。

张仲素绘之,河间人,其最有名者,咏关盼盼《燕子楼》,后盼盼见此诗死之。

张籍文昌,安徽河州人(宋词人张孝祥是其裔也),与贾岛齐名,其诗视岛稍豪华。

刘长卿,隋州刺史,后号文房,大历中与韦庄同时,长五言,时人称刘"五言长城"。

朱放,中唐人,未详。

陈羽,生平不可考。

皇甫松,晚唐人,号士奇,持正之子。

陆龟蒙,晚唐吴中人,号鲁望,有《笠泽丛书》,"丛书"之名陆始用之,与襄阳皮日氏休友善。唐以前皆写洞庭水,二人始写震泽。二人文学昌黎,元和中诗人奇,而二人则僻。宋谢皋羽诗颇似之,有《自遣诗》绝句三十首。

皇甫冉,大历时人。

李益十郎。

张旭,草圣,初盛唐人。

孟浩然,初盛唐人

戎昱,中唐人,于是颇负才名,大族崔氏欲婿之,令改姓,昱不

469

可,自解曰"千金未必能移姓,一诺从来肯杀身"。后宪宗中苦胡祸,有议和亲者,帝不可,曰:有人诗讥其事而不知名,惟曰姓怪甚。群下以为冷乎包乎,曰皆非也。乃诵其诗曰:"汉家青史上,拙计是和亲,社稷依明主,安危托妇人。岂能将玉貌,便拟净沙尘。地下千年骨,谁为辅佐臣。"乃知为戎昱。

张仲素

王驾

贺知章

陈标

李群玉,江南人。

来鹄

王翰,子明。

李端

权德舆载之,中唐宰相。

罗邺,唐末五代人,"江东三罗"隐、虬、邺负盛名。

钱起仲文,大历十才子。

韩翃君平,大历人。

杨巨源。

王建(才情甚高,有《宫词》百首,后厉鹗等《南宋杂事诗》、饶石顽《十国杂事诗》皆祖此,以掌故入诗也)。

李涉,国子博士,以《遇盗诗》得名。

李德裕(字文饶,有《会昌一品集》,与牛僧孺为敌,有牛李之争,后败,贬为崖州司户)。

韩琮

钱翊

杜牧

司空曙，大历十才子之一，字文明。

补三格（七下）

一、用"不""亦"勾勒字。

主 夜发阮江寄李颍川刘侍郎（自注时二子贬于此）
　　　　皇甫冉（湜子，大历中人）

半夜回舟入楚乡，月明山水共苍苍。孤猿更发秋风里，不是愁人亦断肠。

客　　　　春夜闻笛　　李益（十郎）

寒山吹笛唤春归，迁客相看泪满衣。洞庭一夜无穷雁，不待天明尽北飞。

　　　　成　德　乐　　王表

赵女乘春上画楼，一声歌发满城秋。无端更唱关山曲，不是征人亦泪流。

　　　　山行留客　　张旭（草圣）

山光物态弄春晖，莫为轻阴便拟归。纵使晴明无雨色，入云深处亦沾衣。

过融上人兰若　　孟浩然

山头禅室挂僧衣，窗外无人溪鸟飞。黄昏半在下山路，却听泉声恋翠微。

二、用"已"勾勒字，二层意，时间过去，并过份意思。

[主]　　　早发白帝城　　李白

朝辞白帝彩云间，千里江陵一日还。两岸猿声啼不住，轻舟已过万重山。

[客]　　　七里滩重过　　刘长卿

秋江渺渺水空波，越客孤舟欲榜歌。手折垂杨悲老大，故人零落已无多。

听旧宫中乐人穆氏唱歌　　刘梦得

曾随织女渡天河，记得云间第一歌。休唱贞元供奉曲，当时朝士已无多。

寄秘书包监　　顾况

一别长安路几千，遥知旧日主人怜。贾生只是三年谪，独自无才已四年。

三、用"莫""休"勾勒字解释否定

[主]　　　龙标野宴　　王昌龄

沅溪夏晚足凉风，春酒相携就竹丛。莫道弦歌愁远谪，青山明月不曾空。

<u>客</u>　　　　重别李评事　　仝前

莫道秋江离别难，舟船明日是长安。吴姬缓舞留君醉，随意青枫白露寒。

听旧宫中乐人穆氏唱歌　　刘梦得

曾随织女渡天河，记得云间第一歌。休唱贞元供奉曲，当时朝士已无多。

次潼关先寄张十二阁老使君　　韩愈

荆山已去华山来，日出潼关四扇开。刺史莫辞迎候远，相公亲破蔡州回。

盆　　池　　前人

莫道盆池作不成，藕梢初种已齐生。从今有雨君须记，来听萧萧打叶声。

刘宾客七绝论

七绝虽短诗，然可为大诗，以刘宾客之《金陵五首》《伤愚溪五首》之章法结构论之，可得七绝大诗之旨矣。

《金陵五首》

其起结有一定，其"石头城"极大而"江令宅"结之，江山不可见，一文人故宅，人犹能道之，中间起伏变化不同。石头城，名城也，起二句极大，能尽历史，岂金京城[①]，以之压全五首。次首乌衣巷极小，以见错综之趣。

（一）石头城　古江宁有三城，台城、石头城、东府城，石头城为江宁要塞，长江直至城下，今之清凉山、莫愁湖附近是也。东府城在青溪上，今白虎塘处，鲍诗《行药城东桥》。淮水东边，淮水自东流向西也，独与诸流不同也。

（二）乌衣巷　朱雀桥，今南门外之元头坊。王谢子弟好着乌衣，乌衣巷，东晋无此称，所居为马粪巷，故谓马粪诸王云。

（三）台城　六朝禁城，经鸡笼山附近。"结绮临春事最奢"句，"结绮""临春"皆陈之官观，以香木为柱栋，树以香草名花，后主与狎客日相宴乐。《后庭花》，曲名，今已亡佚，其二句"璧月夜夜满，琼树朝朝新"。此诗病在熟，然全五首中不是病也。

（四）生公讲坛　"一方明月可中庭"句最佳。

（五）江令宅　江总，后主臣，陈亡入隋，亦后主狎客而能文者，故曰"南朝词人北朝客"，今江宁旧之名公皆不可知，张昭居□湖[②]，沈约居今之门东。此诗遥应第一首，江山已数易主，而三亩之宅人犹能道之也。

一、二首皆起句对而平仄不同，故凡同调当设法避开。如刘琨《赠卢谌诗》"宣尼悲获麟，西狩泣孔丘"，大谢《帆海诗》"扬帆采石华，挂席拾海月"，皆重复以为病，沈约《宋书·谢灵运传论》"原其飙流所始，莫不同祖《风》《骚》"，"飙""风"一义，而二字相避

[①]　此句意义不清，原文如此。
[②]　"湖"上字原为空格，疑当作"娄"。

也。此诗上首仄起不协,下首平起叶,避重调也。绝句有平韵、仄韵,仄韵近少人作,此诗末首仄韵,见其调变也。《诗品》虽非四声八病,然声调未废也,曰"但令清浊流通,口吻调利,斯为是矣"。七绝诗自三韵至二韵,宋人第一句平韵,取近旁韵以通,阴阳互响,王维之《渭城曲》知此旨矣。

《伤愚溪三首》

"溪水"句,即破题也,次首二句对。《文心·丽辞篇》云"言对""事对""反对""正对"四种,王粲《登楼赋》云"锺仪幽而楚奏,庄舄显而越吟",对之难而佳也。其《金陵怀古》"山围"二句反对,此二句亦反对。此诗三首皆想象出也。子厚远死于南,故纵有故人吹笛,而无知音故人为赏而赋也。"草圣"与下"惟见"二句,犯仄病,此宋谓之"折腰体"。王维《渭城曲》亦犯此病,以诗极佳无碍。此诗有三首,以避不同调,亦不足为病也。

此论诗之法,然诗未佳而徒有其法,亦不足观也。

<h3 style="text-align:center">金陵五首并序</h3>

余少为江南客,而未游秣陵,尝有遗恨。后为历阳守,跂而望之。适有客以《金陵五题》相示,迺尔生思,欻然有得。他日,友人白乐天掉头苦吟,叹赏良久,且曰:"《石头》诗云'潮打空城寂寞回',吾知后之诗人,不复措词矣。"余四咏虽不及此,亦不孤乐天之言耳。

山围故国周遭在,潮打空城寂寞回。淮水东边旧时月,夜深还过女墙来。

朱雀桥边野草花,乌衣巷口夕阳斜。旧时王谢堂前燕,飞入寻常百姓家。

台城六代竞豪华，结绮临春事最奢。万户千门成野草，只缘一曲后庭花。

生公说法鬼神听，身后空堂夜不扃。高坐寂寥尘漠漠，一方明月可中庭。

南朝词臣北朝客，归来惟见秦淮碧。池台竹树三亩余，至今人道江家宅。

伤愚溪三首（并序）

故人柳子厚之谪永州，得胜地，结茅树蔬，为沼沚，为台榭，目曰"愚溪"。柳子没三年，有僧游零陵，告予曰："愚溪无复曩时矣。"一闻僧言，悲不能自胜，遂以所闻为七言以寄恨。

溪水悠悠春自来，草堂无主燕飞回。隔帘惟见中庭草，一树山榴依旧开。

草圣数行留坏壁，木奴千树属邻家。惟见里门通德榜，残阳寂寞出樵车。

柳门竹巷依依在，野草青苔日日多。纵有邻人解吹笛，山阳旧侣更谁过？

唐人绝句龙标、太白为高，而刘宾客独合法度，可学也，因录之。

后梁宣明二帝碑堂下作

玉马朝周从此辞，园陵寂寞对丰碑。千行宰树荆州道，暮雨萧萧闻子规。

扬州春夜李端公益、张侍御登、段侍御平仲、密县李少府畼、秘书张正字复元同会于水馆对酒联句追刻烛击铜钵故事,迟辄举觥以饮之。逮夜艾,群公沾醉纷然就枕。余偶独醒,因题诗于段君枕上,以志其事

寂寂独看金烬落,纷纷只见玉山颓。自羞不是高阳侣,一夜星星骑马回。

逢王十二学士入翰林因以诗赠
（时贞元二十年王以蓝田尉充学士）

厩马翩翩禁外逢,星槎上汉杳难从。定知欲报淮南诏,促召王褒入九重。

阙下口号呈柳仪曹

彩仗神旗猎晓风,鸡人一唱鼓蓬蓬。铜壶漏水何时歇,如此相催即老翁。

监祠夕月坛书事（其礼用昼）

西皞司分昼夜平,羲和亭午太阴生。铿锵揖让秋光里,观者如云出凤城。

戏赠崔千牛

学道深山许老人,留名万代不关身。劝君多买长安酒,南陌东城占取春。

元和甲午岁，诏书尽征江湘逐客，余自武陵赴京，宿于都亭，有怀续来诸君子

雷雨江湖起卧龙，武陵樵客蹑仙踪。十年楚水枫林下，今夜初闻长乐钟。

征还京师见旧番官冯叔达

前者匆匆襆被行，十年憔悴到京城。南宫旧吏来相问，何处淹留白发生。

故洛城古墙

粉落椒飞知几春，风吹雨洒旋成尘。莫言一片危基在，犹过无穷来往人。

元和十一年自朗州承召至京，戏赠看花诸君子

紫陌红尘拂面来，无人不道看花回。玄都观里桃千树，尽是刘郎去后栽。

再游玄都观绝句（并引）

余贞元二十一年为屯田员外郎，时此观未有花。是岁出牧连州，寻贬朗州司马。居十年，召至京师，人人皆言有道士手植仙桃，满观如红霞，遂有前篇，以志一时之事。旋又出牧，今十有四年，复为主客郎中，重游玄都，荡然无复一树，唯兔葵、燕麦动摇于春风耳。因再题二十八字，以俟后游。时大和二年三月。

百亩庭中半是苔，桃花净尽菜花开。种桃道士归何处，前

度刘郎今又来。

望夫石（正对和州郡楼）

终日望夫夫不归，化为孤石苦相思。望来已是几千载，只似当时初望时。

韩　信　庙

将略兵机命世雄，苍黄钟室叹良弓。遂令后代登坛者，每一寻思怕立功。

秋夜安国观闻笙

织女分明银汉秋，桂枝梧叶共飕飗。月露满庭人寂寂，霓裳一曲在高楼。

李贾二大谏拜命后寄杨八寿州

谏省新登二直臣，万方惊喜捧丝纶。则知天子明如日，肯放淮南高卧人。

美温尚书镇定兴元以诗寄贺

旌旗入境犬无声，戮尽鲸鲵汉水清。从此世人开耳目，始知名将出书生。

酬端州吴大［夫］夜泊湘川见寄一绝

夜泊湘川逐客心，月明猿苦血沾襟。湘妃旧竹痕犹浅，从此因君染更深。

台城怀古

清江悠悠王气沉,六朝遗事何处寻。宫墙隐嶙围野泽,鹳鹎夜鸣秋色深。

听旧宫中乐人穆氏唱歌

曾随织女渡天河,记得云间第一歌。休唱贞元供奉曲,当时朝士已无多。

与歌者何戡

二十余年别帝京,重闻天乐不胜情。旧人唯有何戡在,更与殷勤唱渭城。

与歌童田顺郎

天下能歌御史娘,花前叶底奉君王。九重深处无人见,分付新声与顺郎。

燕尔馆破屏风所画至精人多叹赏题之

画时应遇空亡日,卖处难逢识别人。唯有多情往来客,强将衫袖拂埃尘。

赏 牡 丹

庭前芍药妖无格,池上芙蕖净少情。唯有牡丹真国色,花开时节动京城。

堤上行三首

酒旗相望大堤头，堤下连樯堤上楼。日莫行人争渡急，桨声幽轧满中流。

江南江北望烟波，入夜行人相应歌。桃叶传情竹枝怨，水流无限月明多。

春堤缭绕水徘徊，酒舍旗亭次第开。日晚出帘招估客，轲峨大艑落帆来。

踏歌词四首

春江月出大堤平，堤上女郎连袂行。唱尽新词欢不见，红霞映树鹧鸪鸣。

桃蹊柳陌好经过，灯下妆成月下歌。为是襄王故宫地，至今犹自细腰多。

新词宛转递相传，振袖倾鬟风露前。月落乌啼云雨散，游童陌上拾花钿。

日暮江南闻竹枝，南人行乐北人悲。自从雪里唱新曲，直到三春花尽时。

步 虚 词

阿母种桃云海际，花落子成二千岁。海风吹折最繁枝，跪捧琼盘献天帝。

华表千年一鹤归，凝丹为顶雪为衣。星星仙语人听尽，却向五云翻翅飞。

魏宫词二首

日晚长秋帘外报,望陵歌舞在明朝。添炉火欲熏衣麝,忆得分明不忍烧。

日映西陵松柏枝,下台相顾一相悲。朝来乐府长歌曲,唱著君王自作词。

阿娇怨

望见葳蕤举翠华,试开金屋扫庭花。须臾宫女传来信,言幸平阳公主家。

秋词二首

自古逢秋悲寂寥,我言秋日胜春朝。晴空一鹤排云上,便引诗情到碧霄。

山明水净夜来霜,数树深红出浅黄。试上高楼清入骨,岂如春色嗾人狂。

秋扇词

莫道恩情无重来,人间荣谢递相催。当时初入君怀袖,岂念寒炉有死灰。

竹枝词(并序)

四方之歌,异音而同乐。岁正月,余来建平,里中儿联歌《竹枝》,吹短笛击鼓以赴节,歌者扬袂睢舞,以曲多为贤。聆其音,中黄钟之羽,其卒章激讦如吴声。虽伧儜不可分,而含思宛转,有《淇澳》之艳。昔屈原居沅、湘间,其民迎神,词多鄙陋,乃为作《九歌》,到于今荆、楚鼓舞之。故余亦作《竹枝词》九篇,俾善歌者扬之,附于末。后之聆巴歈,知变风之自焉。

　　白帝城头春草生,白盐山下蜀江清。南人上来歌一曲,北人陌上动乡情。

　　山桃红花满上头,蜀江春水拍山流。花红易衰似郎意,水流无限似侬愁。

　　江上珠楼新雨晴,瀼西春水縠文生。桥东桥西好杨柳,人来人去唱歌行。

　　日出三竿春雾消,江头蜀客驻兰桡。凭寄狂夫书一纸,住在成都万里桥。

　　两岸山花似雪开,家家春酒满银杯。昭君坊中多女伴,永安宫外踏青来。

　　城西门前滟滪堆,年年波浪不能摧。懊恼人心不如石,少时东去复西来。

　　瞿塘嘈嘈十二滩,此中道路古来难。长恨人心不如水,等闲平地起波澜。

　　巫峡苍苍烟雨时,清猿啼在最高枝。个里愁人肠自断,由来不是此声悲。

　　山上层层桃李花,云间烟火是人家。银钏金钗来负水,长刀短笠去烧畲。

杨柳枝词九首

　　塞北梅花羌笛吹,淮南桂树小山词。请君莫奏前朝曲,听唱新翻杨柳枝。

483

南陌东城春蚤时,相逢何处不依依。桃红李白皆夸好,须得垂杨相发挥。

　　凤阙轻遮翡翠帏,龙池遥望麹尘丝。御沟春水相晖映,狂杀长安少年儿。

　　金谷园中莺乱飞,铜驼陌上好风吹。城中桃李须臾尽,争似垂杨无限时。

　　花萼楼前初种时,美人楼上斗腰支。如今抛掷长街里,露叶如啼欲恨谁。

　　炀帝行宫汴水滨,数株残柳不胜春。晚来风起花如雪,飞入宫墙不见人。

　　御陌青门拂地垂,千条金缕万条丝。如今绾作同心结,将赠行人知不知。

　　城外春风吹酒旗,行人挥袂日西时。长安陌上无穷树,唯有垂杨绾别离。

　　轻盈袅娜占年华,舞榭妆楼处处遮。春尽絮飞留不得,随风好去落谁家。

浪淘沙九首

　　九曲黄河万里沙,浪淘风簸自天涯。如今直上银河去,同到牵牛织女家。

　　洛水桥边春日斜,碧流清浅见琼砂。无端陌上狂风急,惊起鸳鸯出浪花。

　　汴水东流虎眼文,清淮晓色鸭头春。君看渡口淘沙处,渡却人间多少人。

　　鹦鹉洲头浪飐沙,青楼春望日将斜。衔泥燕子争归舍,独自狂夫不忆家。

濯锦江边两岸花,春风吹浪正淘沙。女郎剪下鸳鸯锦,将向中流匹晚霞。

日照澄洲江雾开,淘金女伴满江隈。美人首饰侯王印,尽是沙中浪底来。

八月涛声吼地来,头高数丈触山回。须臾却入海门去,卷起沙堆似雪堆。

莫道谗言如浪深,莫言迁客似沙沉。千淘万漉虽辛苦,吹尽狂沙始到金。

流水淘沙不暂停,前波未灭后波生。令人忽忆潇湘渚,回唱迎神三两声。

潇湘神二首

湘水流,湘水流,九疑云物至今愁。君问二妃何处所,零陵香草露中秋。

斑竹枝,斑竹枝,泪痕点点寄相思。楚客欲听瑶瑟怨,潇湘深夜月明时。

杨柳枝词二首

迎得春光先到来,浅黄轻绿映楼台。只缘袅娜多情思,更被春风长挫摧。

巫峡巫山杨柳多,朝云暮雨远相和。因想阳台无限事,为君回唱竹枝歌。

485

竹枝词二首

杨柳青青江水平,闻郎江上唱歌声。东边日出西边雨,道是无晴却有晴。

楚水巴山江雨多,巴人能唱本乡歌。今朝北客思归去,回入纥那披绿罗。

洛中逢韩七中丞之吴兴口号五首

昔年意气结群英,几度朝回一字行。海北江南零落尽,两人相见洛阳城。

自从云散各东西,每日欢娱却惨凄。离别苦多相见少,一生心事在书题。

今朝无意诉离杯,何况清弦急管催。本欲醉中轻远别,不知翻引酒悲来。

骆驼桥上蘋风起,鹦鹉杯中箬下春。水碧山青知好处,开颜一笑向何人。

溪中士女出笆篱,溪上鸳鸯避画旗。何处人间似仙境,春山携妓采茶时。

洛中春末送杜录事赴蕲州

樽前花下长相见,明日忽为千里人。君过午桥回首望,洛城犹自有残春。

夜宴福建露侍御宅因送之镇

暂驻旌旗洛水堤,绮筵红烛醉兰闺。美人美酒长相逐,莫怕猿声发建溪。

送寥参谋东游二首

九陌逢君又别离,行云别鹤本无期。望嵩楼上忽相见,看过花开花落时。

繁花落尽君辞去,绿草垂杨引征路。东道诸侯皆故人,留连必是多情处。

赠长沙赞头陀

外道邪山千万重,真言一发尽摧峰。有时明月无人夜,独向昭潭制恶龙。

重送鸿举师赴江陵谒马逢侍御

西北秋风凋蕙兰,洞庭波上碧云寒。茂陵才子江陵住,乞取新诗合掌看。

送霄韵上人游天台

曲江僧向松江见,又道天台看石桥。鹤恋故巢云恋岫,比君犹自不逍遥。

伤桃源薛道士

坛边松在鹤巢空,白鹿闲行旧径中。手植红桃千树发,满山无主任春风。

王思道碑堂下作

苍苍宰树起寒烟，尚有威名海内传。四府旧闻多故吏，几人垂泪拜碑前。

代靖安佳人怨二首并引

靖安，丞相武公居里名也。元和十年六月，公将朝，夜漏未尽三刻，骑出里门，遇盗，毙于墙下。初，公为郎，余为御史，由是有旧故。今守于远服，贱不可以诔，又不得为歌诗声于楚挽，故代作《佳人怨》，以裨于乐府云。

宝马鸣珂踏晓尘，鱼文匕首犯车茵。适来行哭里门外，昨夜华堂歌舞人。

秉烛朝天遂不回，路人弹指望高台。墙东便是伤心地，夜夜秋萤飞去来。

碧涧寺见元九侍御和展上人诗有三生之句，因以和之

廊下题诗满壁尘，塔前松树已皴鳞。古来唯有王文度，重见平生竺道人。

伤循州浑尚书

贵人沦落路人哀，碧海连翩丹旐回。遥想长安此时节，朱门深巷百花开。

同乐天登栖灵寺塔

步步相携不觉难，九层云外倚阑干。忽然笑语半天上，无限游人举眼看。

有所嗟

庾令楼中初见时,武昌春柳斗腰肢。相逢相笑尽如梦,为雨为云今不知。

鄂渚濛濛烟雨微,女郎魂逐暮云归。只应长在汉阳渡,化作鸳鸯一只飞。

和裴相公傍水闲行

为爱逍遥第一篇,时时闲步赏风烟。看花临水心无事,功业成来二十年。

杏园花下酬乐天见赠

二十余年作逐臣,归来还见曲江春。游人莫笑白头醉,老醉花间有几人。

和乐天春词

新妆宜面下朱楼,深锁春光一院愁。行到中庭数花朵,蜻蜓飞上玉搔头。

和严给事闻唐昌观玉蕊花下有游仙二绝

玉女来看玉蕊花,异香先引七香车。攀枝弄雪时回顾,惊怪人间日易斜。

雪蕊琼丝满院春,衣轻步步不生尘。君平帘下徒相问,长伴吹箫别有人。

忆乐天

寻常相见意殷勤,别后相思梦更频。每遇登临好风景,羡他天性少情人。

醉答乐天

洛城洛城何日归,故人故人今转稀。莫嗟雪里暂时别,终拟云间相逐飞。

虎丘寺见元相公二年前题名怆然有咏

浐水送君君不还,见君题字虎丘山。因知早贵兼才子,不得多时在世间。

寄赠小樊

花面丫头十三四,春来绰约向人时。终须买取名春草,处处将行步步随。

吟乐天自问怆然有作

亲友关心皆不见,风光满眼倍伤神。洛阳城里多池馆,几处花开有主人。

和令狐相公别牡丹

平章宅里一栏花,临到开时不在家。莫道两京非远别,春明门外即天涯。

酬令狐相公见寄

群玉山头住四年,每闻笙鹤看诸仙。何时得把浮丘袖,白日将升第九天。

令狐相公春思见寄

一纸书封四句诗,芳晨对酒远相思。长吟尽日西南望,犹及残春花落时。

城内花园颇曾游玩,令公居守亦有素期,适春霜一夕委谢,书实以答令狐相公见谑

楼下芳园最占春,年年结侣采花频。繁霜一夜相撩治,不似佳人似老人。

奉和裴晋公凉风亭睡觉

骊龙睡后珠原在,仙鹤行时步又轻。方寸莹然无一事,水声来似玉琴声。

答裴令公雪中讶白二十二与诸公不相访之什

玉树琼楼满眼新,的知开阁待诸宾。迟迟未去非无意,拟作梁园座右人。

吴方之见示听江西故吏朱幼恭歌三篇,颇有怀故林之思,吟讽不足,因而和之

侯门故吏歌声发,逸处能高怨处低。今岁洛中无雨雪,眼前风景是江西。

思黯南墅赏牡丹

偶然相遇人间世，合在增城阿姥家。有此倾城好颜色，天教晚发赛诸花。

裴令公见示酬乐天寄奴买马绝句，斐然仰和，且戏乐天

常奴安得似方回，争望追风绝足来。若把翠娥酬绿耳，始知天下有奇才。

酬思黯代书见戏

官冷如浆病满身，凌寒不易过天津。少年留守多情兴，请待花时作主人。

答张侍御贾喜再登科后，自洛赴上都赠别

又被时人写姓名，春风引路入京城。知君忆得前身事，分付莺花与后生。

赴连州途经洛阳诸公置酒相送张员外贾以诗见赠率尔酬之

谪在三湘最远州，边鸿不到水南流。如今暂寄樽前笑，明日辞君步步愁。

赠元九侍御文石枕以诗奖之

文章似锦气如虹，宜荐华簪绿殿中。纵使真飙生旦夕，犹堪拂拭愈头风。

酬元九院长自江陵见寄

无事寻花至仙境，等闲栽树比封君。金门通籍真多士，黄纸除书每日闻。

酬马大夫登浭口戍见寄

新辞金印拂闲缨，临水登山四体轻。犹念天涯未归客，瘴云深处守孤城。

答杨八敬之绝句（杨生时亦谪居）

饱霜孤竹声偏切，带火焦桐韵本悲。今日知音一留听，是君心事不平时。

重寄表臣二首

对酒临流奈别何，君今已醉我蹉跎。分明记取星星鬓，他日相逢应更多。

世间人事有何穷，过后思量尽是空。早晚同归洛阳陌，卜邻须近祝鸡翁。

重寄绝句

淮西既是平安地，鸦路今无羽檄飞。闻道唐州最清静，战场耕尽野花稀。

酬杨八副使将赴湖南途中见寄一绝

知逐征南冠楚材，远劳书信到阳台。明朝若上君山上，一道巴江自此来。

吴兴敬郎中见惠斑竹杖兼示一绝聊以谢之

一茎炯炯琅玕色,数节重重玳瑁文。拄到高山未登处,青云路上愿逢君。

和浙西王尚书闻常州杨给事制新楼因寄之作

文昌星象尽东来,油幕朱门次第开。且上新楼看风月,会乘云雨一时回。

奉和裴令公夜宴

天下苍生望不休,东山虽有但时游。从来海上仙桃树,肯逐人间风露秋。

洛滨病卧李侍郎见惠药物谑以文星之句

隐几支颐对落晖,故人书信到柴扉。周南留滞商山老,星象如今属少微。

酬仆射牛相公晋国池上,别后至甘棠馆, 忽梦同游,因成口号见寄

已嗟池上别魂惊,忽报梦中携手行。此夜独归还乞梦,老人无睡到天明。

裴侍郎大尹雪中遗酒一壶兼示喜眼疾平一绝, 有间行把酒之句,斐然仰酬

卷尽轻云月更明,金篦不用且闲行。若倾家酿招来客,何必池塘春草生。

和滑州李尚书上巳忆江南禊事

白马津头春日迟，沙州归雁拂旌旗。柳营唯有军中戏，不似江南三月时。

和西川李尚书伤韦令孔雀及薛涛之什

玉儿已逐金环葬，翠羽先随秋草萎。唯见芙蓉含晓露，数行红泪滴清池。（后魏元树，南阳王禧之子，南奔到建业。数年后北归，爱姬朱玉儿脱金指环为赠。树至魏，却以指环寄玉儿，示有还意）

酬柳柳州家鸡之赠

日日临池弄小雏，还思写论付官奴。柳家新样元和脚，且尽姜芽敛手徒。

答前篇

小儿弄笔不能嗔，涴壁书窗且当勤。闻彼梦熊犹未兆，女中谁是卫夫人。

答后篇

昔日慵工记姓名，远劳辛苦写西京。近来渐有临池兴，为报元常欲抗行。

重别

二十年来万事同，今朝岐路忽西东。皇恩若许归田去，晚岁当为邻舍翁。

登清晖楼

浔阳江色潮添满，彭蠡秋声雁送来。南望庐山千万仞，共夸新出栋梁材。

赴和州于武昌县再遇毛仙翁十八兄，因成一绝

武昌山下蜀江东，重向仙舟见葛洪。又得案前亲礼拜，大罗天诀玉函封。

寄毗陵杨给事三首

挥毫起制来东省，蹑足修名谒外台。好著橐鞬莫惆怅，出文入武是全才。

曾主鱼书轻刺史，今朝自请左鱼来。青云直上无多地，却要斜飞取势回。

东城南陌昔同游，坐上无人第二流。屈指如今已零落，且须欢喜作邻州。

陪崔大尚书及诸阁老宴杏园

更将何面上春台，百事无成老又催。唯有落花无俗态，不嫌憔悴满头来。

曹　刚

大弦嘈嘈小弦清，喷雪舍风意思生。一听曹刚弹薄媚，人生不合出京城。

寄湖州韩中丞

老郎日日忧苍鬓,远守年年厌白蘋。终日相思不相见,长频相见是何人。

杨　柳　枝

扬子江头烟景迷,隋家宫树拂金堤。嵯峨犹有当时色,半蘸波中水鸟栖。

田顺郎歌

清歌不是世间音,玉殿尝闻称主心。唯有顺郎全学得,一声飞出九重深。

米　嘉　荣

一别嘉荣三十载,忽闻旧曲尚依然。如今世俗轻前辈,好染髭须事少年。

夜闻商人船中筝

大艑高船一百尺,新声促柱十三弦。扬州市里商人女,来占江西明月天。

闻道士弹思归引

仙公一奏思归引,逐客初闻自泫然。莫怪殷勤悲此曲,越声长苦已三年。

喜康将军见访

谪居愁寂似幽栖,百草当门茅舍低。夜月将军忽过访,鹧鸪惊起绕篱啼。

赠刘景擢第

湘中才子是刘郎,望在长沙住桂阳。昨日鸿都新上第,五陵年少让清光。

赴连山途次德宗山陵寄张员外

常时并冕奉天颜,委佩低簪彩仗间。今日独来张乐地,万重云水望桥山。

尝　茶

生拍芳丛鹰觜芽,老郎封寄谪仙家。今宵更有湘江月,照出霏霏满碗花。

梁　国　祠

梁国三郎威德尊,女巫箫鼓走乡村。万家长见空山上,雨气苍茫生庙门。

望　洞　庭

湖光秋月两相和,潭面无风镜未磨。遥望洞庭山水翠,白银盘里一青螺。

和乐天春词,依《忆江南》曲拍为句

春去也,多谢洛城人。弱柳从风疑举袂,丛兰裛露似沾巾。独坐亦含嚬。

胡小石先生学术年表[*]

1888年（清光绪十四年）

8月16日（农历七月初九）生于南京，祖籍浙江嘉兴。名光炜，字小石，号倩尹、南江先生，又号夏庐（斋名"愿夏庐"之省），晚年别号子夏、沙公。

父胡季石，清举人，出于清著名学者兴化刘融斋（熙载）门下，长于古文和书法，家藏文物典籍甚富。先生受家庭熏染至深。

1893年（光绪十九年）

在家受教于父季石先生，开始诵读《尔雅》等书。

1899年（光绪二十五年）

父胡季石先生殁。家贫，依靠母亲手工劳动（络经）收入及少量房屋租金维持生活。

就读私塾。

1905年（光绪三十一年）

3月，考取宁属师范简易科，学习普通科学及教育学说。先生关心时政同情变法维新。

1906年（光绪三十二年）

6月，宁属师范毕业。

---

* 本年表由谢建华撰写，周勋初审订，收入《周勋初文集》本《高适年谱·胡小石年表》，本书有删节改动，修订时参考了宋健《〈胡小石年表〉订误》。

9月，继续求学，考取两江师范学堂预科。

1907年（光绪三十三年）

2月，考取两江师范学堂，插班入农博分类科，学习生物、矿物、地质、农学等理论。受严复译《天演论》影响至深。入学不久，学堂监督李梅庵先生出题测试，题目出于《仪礼》。先生据张惠言《仪礼图》写了一篇文章。梅庵先生特加青睐，亲自授以传统国学。

同年，吕凤子先生考入两江师范学堂图画手工科。胡、吕均爱好书法，故同得李梅庵先生器重，为其入室弟子。

此时始习《郑文公碑》和《张黑女墓志》。

1909年（宣统元年）

12月，从两江师范学堂毕业。

1910年（宣统二年）

2月，毕业后留校任两江师范学堂附中博物教员。

时，清吏部主事陈散原（三立）先生旅居南京，李梅庵先生特介绍小石与胡翔冬拜于陈散原先生门下，从受诗学。

是年，与同学杨仲子之妹杨秀英结婚。

1911年（宣统三年）

10月，因辛亥革命起，离开附中。两江师范学堂停办。

1912年

长女令晖生。

3—12月，应江苏第四师范学校校长仇亮卿邀请，任博物教员。

3—6月，应江苏镇江中学校长柳翼谋邀请兼课，教博物，后因换校长，不续聘而停止。

1913 年

1月，由李梅庵先生介绍，就聘长沙明德中学，任博物教员。因条件太差无法做实验，转而钻研《楚辞》，考证其中的花草树木。

1914 年

4月，因病离开长沙回南京，住城南新桥梧桐树。

夏，卧病在家。

8月，由仇亮卿介绍，任江苏第一女子师范学校教员，教博物，后兼教国文。

是年，先生见《流沙坠简》，揣摩临习，终身不辍。

1915 年

次女令鉴生。

南京高等师范学校在两江师范学堂原址成立。

1916 年

长子令德生。

先生系统学习、研究经学和古代文学，曾手抄四本《仲尚杂记》，详尽地记下所读书和心得。

1917 年

7月，因与江苏第一女师校长吕惠如意见不合，离开该校。

先生自1910年至1917年为中学博物教员，在采集动植物标本中发现日本人所定的我国动植物名的不妥之处，并根据《说文》《尔雅》等典籍加以改正，对考订之学产生了浓厚的兴趣。他所作考订，除坚守乾嘉学风"无征不信"外，特别注重对实物的调查研究，核对文献资料，务求互相印证，得到比较准确的结论。

8月，李梅庵先生介绍，去沪任上海仓圣明智大学国文教员。

10月，因病离开。

冬，卧病在家。

1918 年

1月，应李梅庵先生之召，到李家任家塾塾师，教李先生弟侄经学、小学及诗文，又受李先生的指点教导。先生于此三载，受益良多。

沈曾植常过从梅庵，先生遂执同乡礼拜师于沈，学帖学及金石文字学。

其时郑大崔、徐积馀、刘聚卿、王静安、曾农髯等都流寓沪上，各出其平日所藏的金石书画、甲骨，相与观摩讨论。先生交游其间，得闻绪论，遂由碑版、法帖上溯金、石、甲骨刻辞。往往继梅庵先生所作题跋后自书心得，写成《金石蕃锦集》（二册），由震亚书局出版石印本。

1919 年

1月，曾农髯（熙）撰写《胡小石先生鬻书直例》。

是年，作诗《己未初夏游北湖同胡三陈仲子流连昔游怆然有作》。

1920 年

次子白桦生，后出继舅家，改姓杨。

春，与两江师范学堂公共科届同学陈中凡先生初次相晤，赠所著《金石蕃锦集》两册与之，并出示所作诗作数首。

农历二月十九日，作诗《龙华镇观桃花循江上游眺》。

9月，李梅庵先生逝世。其丧事由好友曾熙及门下弟子胡小石办理。

11月，由陈中凡先生推荐，受北京女子高等师范学校之聘，任教授兼国文部主任，教文学史、修辞学、诗歌选作等，兼部行政。

1921 年

三子令闻生。

先生致力于楚辞之学,有论《招魂》、论《离骚》、论《九歌》等文章。

此后,开始钻研甲骨文字。

是年初冬,执笔起草《北京女高师国文部同窗会章程草稿》。

1922 年

年初,北京女子高等师范学校改为国立北京女子师范大学,先生担任第二届国文部课程及主任。

7 月,因与校当局不合,决定辞职南返。

8 月,由张子高先生介绍去武昌高等师范学校任教授兼系主任,教散文、文学史、诗选。与刘禺生先生、黄季刚先生为同事。

1923 年

仍在武昌高等师范任教。

撰写《桐城周君传》《论治选学之派别》《论文选之长有五》《杜诗批评》《楚辞辨名》《屈原赋考讲义》《张若虚事迹考略》《汉至宋书目考》《庄子天下篇》《荀子非十二子篇》《宋代文学论》《甲骨文字用点例》等。

秋,作《九日游洪山宝通寺》诗。

另有《武昌杂诗》一集,其中有《淄阳桥》《黄土坡》《鹤楼》《昙华岭》《抱水堂》《梁园》等诗作。

1924 年

1 月,因人事纠纷离开武昌高师,回南京。

3 月,西北大学校长傅佩青先生邀请先生任国文系教授兼系主任,教散文,兼系行政。

6月，闻母病回南京。

9月，金陵大学改组国文系，由程湘帆先生介绍，任金陵大学教授兼系主任，讲授楚辞、杜诗、李杜诗文比较，由源流、体制而详述修辞、音韵风格等。又讲甲骨文，成《甲骨文例》油印本授学生。

12月30日，作《十二月初五夜书事》诗。

1925年

仍在金陵大学任教。

8月，因孙洪芳先生邀请，兼任东南大学教授、文理科长，教文学史。

1926年

仍在金陵大学任教，兼东南大学教授。

论文《〈远游〉疏证》发表于金陵大学学报《金陵光》。

1927年

6月9日，东南大学与河海工科大学等在江苏省境内专科以上的九所学校合并为第四中山大学。

仍在金陵大学任教，同时兼第四中山大学文字学课教授。

其间以《说文古文考》为金陵大学油印讲义。

8月，由钱基博先生推荐，为第四中山大学专职教授、系主任及中文研究所主任。教文学史、甲骨文、金文、楚辞、杜诗、书学史等。辞去金陵大学教授职位。

9月，复兼金陵大学教授。

1928年

三女令宝生。

春，先生将自1921年至1928年间先后在北京女高师、武昌高等师范学校、东南大学、金陵大学主讲的"中国文学史"课程，取学生苏拯的笔记加以审核,题名为《中国文学史讲稿上编》十一章,交付上海人文出版社排印出版。

《齐楚古金表》发表于《国书馆学季刊》第 2 卷第 3 期。

《甲骨文例》作为中山大学语言历史研究所《考古丛书》之一发表。该书是我国第一本研究甲骨文文法的著作。继此之后又成《金文释例》一卷,其宗旨与体制与《甲骨文例》相同,先有油印讲稿,后发表于《中山大学语言历史研究所周刊》第 2 卷第 17、18 期。

1929 年

《干支与古历法》发表于金陵大学《咫闻》第 1 期。

有《真、草二体临古四屏》《临王献之十三行轴》等,书于二十年代。

1930 年

四女令馨生。

此时,研习锺繇书法、北魏造像、刘平国开道记、甲骨文、金文、秦诏版等。

1931 年

秋,在中央大学讲授甲骨文及金文课程,倡导铜器上文字的变迁与花纹相适应之说,主张将文字、花纹作综合的研究。

其时,曾昭燏作为听课的学生,每课必往听,亦尝登门请益。

1932 年

是年,《金文释例》(卷三)发表于《金陵大学文学院季刊》第 1 卷第 2 期。

1933 年

11 月 10 日,《古文变迁论》发表于中央大学《文艺丛刊》第 1 期。

1934 年

2月,《寿春新出楚王鼎考释》发表于《国风》第4卷第3期。

3月,《寿春新出楚王鼎考释又一器》发表于《国风》第4卷第6期。

6月,《齐楚古金表》再次发表于《国风》第4卷第11期,为《古文变迁论》作补充说明。

9月,金陵大学成立国学研究班。先生讲授"书学史"。

11月,《安徽省立图书馆新得寿春出土楚王铊鼎铭释》发表于《国风》第5卷第8、9期。

1935 年

8月,竭数年之精力,钻研声音与训诂之关系,成《声统表》上下卷。

9月,金陵大学国学研究班续招新生,先生开设"程瑶田考古学"课。学生徐复亲受钟磬、九谷之学,为治名物之始。

10月,《考商氏所藏古夹钟磬》发表于《金陵学报》第5卷第2期。

12月,《书库方二氏藏甲骨卜辞印本》,发表于《图书馆学季刊》第9卷第3、4期。

《声统表自叙》发表于《华风》第1卷第12期。

是年,研习黄山谷书法、秦权量等。

1936 年

是年,由叶楚伧介绍参加中国文艺社。《声统表》出版。

1937 年

是年住宅遭日军突袭炸毁,随中央大学迁往重庆。

1938 年

是年作诗《南京陷及期书愤》。

3月底4月初,先生在重庆作诗《台儿庄大捷书喜》。

与武昌师大同事刘禺生在重庆经常见面,受其影响颇深。

1939 年

《甲骨文例》为中央大学讲义增订本。

8月,受云南大学校长熊迪之邀请,去昆明兼任云南大学教授兼文法学院院长,教诗选和楚辞。

有《临锺繇书卷》《临甲骨文》《临金文》《临秦诏版》等书于三十年代。

1940 年

1月,离开云南大学回重庆中央大学。途中因携带进步书籍,被特务搜去,列入黑名单。

8月,因云南大学校长熊迪之邀请,再次去昆明兼任云南大学教授兼文法学院院长,教诗选、楚辞。

是年,写《〈楚辞〉郭注义征》。

1941 年

1月,离开昆明云南大学,回重庆中央大学。

作诗《辛巳岁首返渝州作》。

2月,因白沙女子师范学院院长谢循初邀请,移家迁至江津县白沙镇,任白沙女师学院教授,教散文、文学史、诗选。

因在白沙作诗较多,题款多用"沙公"。

有行书《自作小词卷》。

1942 年

在重庆中央大学任教,给本科生讲授"中国文学史"和"书学史"

两门课程。兼任白沙女子师范学院教授。

1943 年

《卜辞之𢀖即昌若说》发表于《中央大学文史哲季刊》第 1 卷第 2 期。

7 月,"书学研究会"创办了《书学》刊物,由重庆文信书局印行。先生在该刊第 1 期发表了《中国书学史绪论》(一)。

8 月,重庆中央大学休假一年。因云南大学校长熊迪之邀请,先生任云大教授。在西南联大作"八分书在中国书学史上的地位"的讲座。

同月开始至下一年 7 月继续任白沙女子师范学院教授。

12 月,当选为中国文学科部聘教授。

研究《萧憺碑》、王献之书、金文等。

1944 年

4 月 16 日,作诗《四月十六夜,昆明遇董娘,为吾唱〈闻铃〉也》。

5 月,纂集近期诗文曰《南江先生文稿》。

7 月,假期结束回重庆中央大学。

9 月,中央大学成立了文科研究所中国文学部,先生任主任,先后为中文专业招收了十多名研究生。

有《临王徽之草书轴》、行书《李东川歌行轴》、隶书《会甿争盟轴》。

1945 年

抗战胜利后,作诗《咏雾》。

11 月,因白沙女子师范学院改组,不再兼任教授。

1946 年

春,在重庆参加中华全国美术协会,任监事。

夏，中央大学复员回南京。

8月，金陵大学复员回宁来邀，先生任该校兼职教授，教文学史、诗选、楚辞。

是年在南京参加全国文艺作家协会，任理事。

1947年

元月，纂集近期文章为《南江先生文稿》，其中有文《处士陈君传》《会稽陶君传》《书王王孙印谱》《尹妻潘夫人灵表》《桐城周君传》。

冬至，有行书《跋林散之山水画卷》。

1948年

元日书《投沙》《夜》《买鸡雏饲之戏简禺生》《楼》《为金生启华题松林坡所出富贵专》《溪晨》《晨霜南中所希有》《题桃花便面》《见流人鹨衣者》《题门前橄榄》诗十首。

夏，先生六十诞辰，与宗白华、崔唯吾、杨白桦、谭龙云、唐圭璋、曾昭燏、游寿等在玄武湖摄影纪念。

年底淮海战役后，国民政府企图强迫中央大学南迁，教育部授以中央大学校长，先生在全校师生大会上严词拒之。

有行书《北湖小诗书赠吕凤子轴》《临汉简轴》《诗十首行书卷》。

1949年

仍任中央大学教授，兼任金陵大学教授。

1月31日，中央大学教授会投票选举产生"中大校务维持会"，先生是委员之一。

8月8日，中央大学改名为南京大学。先生任文学院院长。

9月，由方光焘、陈瘦竹介绍，参加南京市文联。任南京市文物保管委员会委员、南京博物馆顾问。

11月25日,在南京中奥文化协会及金陵大学讲演《南京在中国文学史上的地位》,后此文发表于《中国文化研究汇刊》第9卷。

是年冬至1950年上半年,亲自带领南京博物院、南京市文保会同志调查南京市附近的古陵墓。

1950年

任南京大学教授,兼任金陵大学教授。当选为南京市各界人民代表大会代表。

3月9日,南京博物院正式挂牌,先生被专聘为顾问。

4月3日,南京博物院因陈列展览需要,曾昭燏副院长请先生为周代重器毛公鼎拓片题字。

5月1日,南京附近江宁县东善镇祖堂山下,发现规模很大的古墓。先生以六十余高龄,常往返数十里去观看并指导。在发掘过程中,对出土的玉哀册文字内容,先生协助考证,确定是五代十国南唐皇帝李昪钦陵和中主李璟顺陵。

1951年

仍任南京大学教授。

春,为提高学生学习古典文学的兴趣,培养他们自学的能力,先生给南京大学中文系一年级学生开设"工具书使用法"新课。

3月23日,先生应南京博物院考古部主任尹焕章先生之请,去江宁县湖熟镇,调查史前时期的文化遗址。共发现老鼠墩、梁台、船墩等一系列傍秦淮河畔的台形遗址。

8月,因金陵大学与金陵女子学院合并,不再兼任金大教授。

是年,开始为南大中文系研究生讲《说文解字》部首,整理讲稿,成《说文部首疏证》。

1952 年

仍任南京大学教授。

7月,全国高等学校进行院系调整,南京大学文理学院和金陵大学的文理学院等合并。先生辞去文学院院长一职。

11月,任南京大学教授兼图书馆馆长。

1953 年

仍任南京大学教授。

时常临南朝碑、米芾书、曹全碑、张迁碑、礼器碑、金文等。

1954 年

1月16日,先生为南京博物院工作人员,以及华东文物工作队和南京故宫分院的同志作《中国文字与书法》讲座的第一讲"殷代到战国文字的变迁"。

2月13日,先生在南博作《中国文字与书法》讲座的第二讲"隶书与八分"。

9月21日至1955年6月7日,给南大中文系四年级学生讲楚辞,每周二学时。

1955 年

2月16日,先生以"工具书的使用法"结束了在南京博物院的《中国文字与书法》的讲座。

在南京博物院讲课期间,先生应邀为南博题写院名。

1956 年

9月,开始招收副博士研究生,首批入学者中有周勋初、谭优学、吴翠芬、杨其群。

是年,曾在江苏省文联演讲《屈原与古神话》。

1957 年

有行楷书《湘中记轴》、行书《七律一首卷》。

1958 年

先生将数十年散见于课堂讲授中的研究甲骨文的心得、途径和成果汇集为《读契札记》发表于《江海学刊》1958 年第 1、2 期。

1959 年

作行书《一九五九年中秋前一日陪诸同志北湖翠虹厅集》。

10 月 1 日作《国庆节颂词》。

是年，开始著《广韵正读》一书，其体例以《广韵》（中古音）所载反切为标准音，对照所收集的现代各方言，用声母递转、对转之理，解释其产生变易之原由。只写成平、上、去三部分，未及入声，去世后遗稿散失。

有《续李瑞清后跋王铎书卷》《七绝二首、五律、卜算子行书卷》。

有行书《临中秋帖轴》、行书《临米芾书轴》、行楷书《即是远嗣五言联》等，书于五十年代。

1960 年

4 月，成立江苏省书法印章研究会，先生任会长。

曾昭燏和罗宗真携发掘出土的两篇完整的"竹林七贤"砖印壁画拓片，请先生鉴定。他据这两幅绘画技法考证，肯定是采用当时著名画家的粉本刻印而成。

是年，江苏省文联邀请先生作书法讲座，讲《书艺要略》。全文在《新华日报》上发表，后又转载于《江海学刊》。

1961 年

4 月 13 日，当选为中国人民政治协商会第三届南京市委员会副主席。

5月，南京大学校庆纪念讲座，以73岁高龄的抱病之身，两次走上讲台作了诗人杜甫及其诗作精华《羌村三首》与《北征》的讲座。

5月，在南京市文联举办的学术讲座上作题为"《北征》小笺"的专题报告。

是年，应江苏省委宣传部之建议，开始写《中国书学史》，写至二王书而宿疾作，未能完稿，后又遗失。

时常临六朝碑、隋碑、六朝写经、王羲之书、颜真卿书、汉简、乙瑛碑、金文等。

1962年

2月11日[①]，逝世，享年七十四岁。

遗言，藏书赠南京大学图书馆，所藏文物赠南京博物院。

---

① 原作"3月16日"，兹据曾昭燏《南京大学教授胡先生墓志》改，承宋健先生提示，特此鸣谢。

胡小石先生的文史研究*

周勋初

胡光炜先生(1888—1962),字小石,以字行。号倩尹,一号夏庐,晚年又号子夏、沙公。原籍浙江嘉兴(秀州),然生长于南京。父亲胡季石,清代举人,曾在上海龙门书院从刘熙载(融斋)学习,后因候补道,故移居南京。胡家原为书香世族,家富藏书。季石先生长于古文与书法,生下小石先生后,督促甚严,希望其日后成为一名卓越的学者,故自五岁时即亲自授以《尔雅》。小石先生因家庭的影响,继承清儒朴学传统,与扬州学派有甚深之渊源。

光绪二十五年(1899),季石先生病殁,家道遽行中落,其时小石先生年仅十一岁,只是依靠母亲为织造局络经的劳动收入及些微房租维持生活。至是小石先生乃就读私塾。其时孤儿寡妇,备尝世态炎凉。然小石先生不忘父亲的期望,始终努力奋进。清末废科举兴新学前,曾两次冒籍报考秀才,终因年龄过小而未遂,仅得一佾生(学政在落榜的童生中选取的乐舞生,祭孔时列阵,当时认为抵半个秀才)。

---

* 本文原题"《胡小石文史论丛》导读",载周勋初编《胡小石文史论丛》,南京大学出版社 2008 年版。此题是编者所加。

光绪三十一年（1905），小石先生考取宁属师范简易科，后又考入两江师范学堂预科，光绪三十三年（1907），插班进入农博分类科，学习生物、矿物、地质、农学等理论，接触到了当时所谓新学中的许多自然科学知识。其时严复翻译的赫胥黎《天演论》正风靡一时，小石先生因学习对象的一致，故受达尔文的进化论影响尤深。

学堂监督李瑞清（字梅庵，号清道人）为著名学者，又擅书画与鉴赏。他为办好教育，亲自赴日考察，延聘了许多该国学者来授课，小石先生年轻时即通日语，即因此故。其时社会上的人仍重视旧学，学校的文化活动中，国学的比重仍很大。有一次，梅庵先生出题测试，题目出于《仪礼》，小石先生家中藏有一部张惠言的《仪礼图》，他从小就喜欢此书，这时便据此写了一篇文章缴上。《仪礼》向称难治，其时学习三《礼》之学的人也已日见其少，梅庵先生发现学农博的学生中竟有一名新生能有条有理地做《仪礼》的文章，大喜过望，遂特加青睐，亲自授以传统的国学。

陈中凡（字觉元，号斠玄）先生于宣统元年（1909）考入两江师范学堂公共科读书，与小石先生前后同学，然因专业不同，并不相识。但他常从饶有文誉的同学周实丹处听到称赞小石先生才华的言词。有一次，二人同登清凉山的扫叶楼，见到署名光炜的题句"清丝流管浑抛却，来听山中扫叶声"，不禁击节赞赏，可见小石先生学生阶段即已诗才洋溢。

清室灭亡前夕，恰值光绪与慈禧相继去世，两江总督端方遂迎拘于乡里的陈三立（字散原）至南京居住。散原先生为诗坛巨擘，梅庵先生乃介绍两位诗才崭露的学生小石先生与胡俊（字翔冬）先生前往受学。散原先生为清末诗坛"同光体"的领袖，而对古今诗歌的创作特点与技巧均有精深的理解。他在接见二胡之后，各让递上诗作数首,后评曰:小石诗情甚美,神韵绵邈,可先从唐人七绝入手,兼习各体;翔冬诗情湛深,句法老到,可学中晚唐五律,走孟郊、贾岛的路子。其后小石、翔冬先生均以擅诗获大名。小石先生之诗,古今各体均有建树,而七言绝句风调之美,并世罕睹。散原老人后尝赞曰:"仰追刘宾客,为七百年来所罕见。"此亦可见其水平之高。

宣统二年(1910),小石先生毕业,留任两江师范学堂附中博物教员。次年辛亥革命爆发,清帝逊位,两江师范学堂停办,小石先生遂先后就职于江苏第四师范学校、江苏镇江中学等校,均任博物教师。民国二年(1913),梅庵先生介绍他到长沙明德中学任教。小石先生身处外地,不免感到孤寂。学校条件又差,无法做实验,乃自行采集植物标本。然而讲授之时,感到日本教习所述我国动植物的名称与实物颇多不合,于是根据古代文献与实地调查予以纠正。前已提到,小石先生受清儒的影响很大,特别崇仰乾嘉学者程瑶田所作《九谷考》的征实精神与科学态度,其后他在金陵大学国学班中还曾开设程瑶田研究的专题课,即以此故。

民国三年(1914)四月,小石先生患怔忡之症,辞职回宁,后至江苏第一女子师范任职,讲授博物兼教国文,又因人事上的问题而去职。在这几年中,小石先生健康不佳,职业又不稳定,梅庵先生乃于民国六年(1917)八月介绍他去上海仓圣明智大学任国文教员,又因脚气病而于十月返宁休息。次年一月健康好转,复应梅庵先生之召,寓其家中,在家塾内教授其弟侄辈。小石先生书法本有根柢,此时更为精进,于是师弟一起悬格鬻书。前辈著名书家曾熙(农髯)为之撰鬻书直例,序曰:"其为人孤峻绝物,苟非所与必面唾之,虽白刃在前不顾也。及观其事师敬友则恂恂然,有古人风。初居两江师范学校中专一科学,及学既成,据儿叹曰:'此不过传声器耳,于我何与哉.'乃遂日求两汉经师家言,以古学为己任,于三代金文疑字,多所发明。其为文,则陶铸诸子百家,自立新说,不敢苟同也。"对于小石先生孤傲绝世的品格和文必己出的精神,作了很好的提示。

其时有一大批清代遗老寓居上海,彼此相互交往,小石先生因梅庵先生的关系,结识了不少著名学者,如沈曾植(子培)、劳乃宣(玉初)、郑文焯(大崔)、徐乃昌(积馀)、刘世珩(聚卿)、王国维(静安)等,这对他学术上的成就也有帮助。只是小石先生年辈较后,沉潜新学,所以没有沾染什么"遗少"的习气,他能随时代的前进而不断发展。

在上述前辈学者中,沈子培对他的影响尤为深远。沈是学识极为淹博的一位学者。王国维誉之为"综览百家,旁及二氏",陈寅恪称之为近代通儒,在国际上也有很高的声誉。他与季石先生原是乡榜同年,其时此老寓居上海徐家汇,因小石先生为故人之子,诱掖奖饰,倍感亲切。沈氏告以"嘉兴前辈学者非有真知灼见,不轻落笔,往往博洽群书,不着一字"。小石先生受此影响,学问博大而惜墨如金,体现了嘉兴学者的这一特点。

小石先生寓居梅庵先生家中前后有三年之久。梅庵先生为临川世家,所藏之书画碑帖至富,又精鉴识,小石先生耳濡目染,学识日进,其后他以精鉴著称,颇得力于这一阶段梅庵先生的培植。而他治经主《公羊》,喜读《史记》,也与梅庵先生的治学方向一致。

民国九年(1920),梅庵先生逝世,小石先生乃由中凡先生推荐,就北京女子高等师范学校之聘,任教授兼国文部主任,讲授文学史、修辞学与诗歌创作等课程。

民国十一年(1922),北京女子高等师范学校改为国立北京女子师范大学,七月辞职南返。先生旅居北京三年,学生中有冯沅君、苏雪林、黄庐隐、程俊英等人,日后均有所成,其中冯、程等人,一直与小石先生保持着紧密的联系。小石先生初入高校任职,就培养出了这么一批高足,一直引为快事。

是年八月,小石先生转至武昌高等师范学校任教授兼任主任,讲授散文、诗选与中国文学史。学生中有刘大杰、胡云翼、贺扬灵、李俊民等人,其后刘、胡均以研治文学史而知名。由其著述视之,可知均曾受到小石先生很大的影响。

民国十三年(1924),小石先生离开武昌高师,先在西北大学任教,兼任系主任,后以母病,乃回南京,任金陵大学教授兼系主任。自民国十四年起,兼任东南大学教授,兼文理科长。南京向为中国文化重地,学校众多,其中金陵大学为教会创办的私立大学,东南大学则为国立大学。国立大学每有合并改名之举,故东南大学后曾改称第四中山大学、江苏大学、中央大学,小石先生一直在这公私两所学校内任教,每以国立大学为专任而在私立大学兼职,且常是出任研究室主任之类职务。

抗日战争时期,中央大学内迁重庆沙坪坝,小石先生曾在白沙女子师范学院兼职。民国三十二年(1943)休假时,则至云南大学任教。抗日战争胜利后,小石先生随中央大学复员南京,仍至金陵大学兼课。南京解放后,仍然如此。直到1951年,始不再兼任金陵大学职务。

1949年,中央大学改名为南京大学,1952年全国高等学校院系调整,南京大学与金陵大学文理学院合并,仍称南京大学。小石先生任职于此,直至1962年去世,时年七十四岁。

小石先生治学的领域至为广泛,在高校中开的课程也甚为丰富多样，内如书法史、甲骨文、修辞学、古器物研究等，都是前人从未涉及的新兴学科，于此可见其开拓能力之卓越，学术建树之丰富。然为当今学科分类计，他所常开的课程，仍为散文、诗歌、文学史、批评史等，今结合其撰述的若干论文，作综合介绍如下：

文学史

中国历史悠久，史学特别发达，然只限于政治史一类，其他有如学术史等门类，则长期附入其中而不能单独成长。中国文学史的情况与此相似。

清代末年，情势巨变。东方的老大帝国在西方列强的侵逼下，连遭打击，国势危殆，遂致群心思变。甲午之役，向以文化输出国自居的天朝上国败于蕞尔日本，更使朝野人士深受刺激，从而引起了深刻的反思。大家觉得一定要对一些旧制度加以变革，才能触发新机，从而摆脱覆国的危险。清廷乃于光绪二十七年（1901）下令续办京师大学堂，次年七月十二日上谕颁布《钦定学堂章程》，大学仿日本例，分为政治、文学、格致、农业、工艺、商务、医术等七科，文学科内则分为七目。光绪二十九年（1903）闰十一月二十六日又颁布《奏定学堂章程》，增设经学科，然于文学科内之情况则无所变动。

这是影响中国知识分子前途的一件大事。废除行之千年的科举，学习西方学术而兴新学。士人不再以几部儒家经典为中心进行综合性的学习，而是分门别类地接受专科教育。在这时代背景发生根本变化的前提下，中国文学史这一新兴学科乃应运而生。

大家知道，中国之有本国文学史一类的编著，首推林传甲与黄人二人所编的《中国文学史》。黄人其时在其居地苏州基督教会所办的东吴大学任教,因为学校的性质与所处的位置,这一讲义发生的影响无法与林传甲的著作相比。今即从林著《中国文学史》讲起。

侯官林传甲时在京师大学堂优级师范馆任教。他参照大学堂章程与其中的中国文学专门科目所列要求,编此讲义。中国古代本来没有这种分章分节逐项论述的著作。日本自明治维新后,接受西化的时间要比中国为早,已有多种新型的《中国文学史》出现,中国继起学习西学,自然需要参考日本人的著作,因此大学堂章程亦云"日本有中国文学史,可仿其意,自行编撰教授"。这就形成了林著《中国文学史》的特点,一是遵循京师大学堂所订之章程,一是参照日本学者的著作而撰述。林氏自述亦云:"传甲斯编,将仿日本笹川种郎《中国文学史》之意以成书焉。"

可以说,早期各家《中国文学史》的撰述,大都与林著的编写方式相仿,虽然内容有深浅之别,实质则无多大差别。

林著内容包罗万象,第一篇讲文字,第二篇讲音韵,第三篇讲训诂,第四篇至第六篇讲古今文章内容作法之演变,第七篇至第十一篇讲经、子、史之文,第十二篇至第十四篇讲汉魏至"今"文体,第十五、十六两篇讲骈散两种文体。从今人眼中看来,实属庞杂而缺乏体系,但无论日本学者或中国学者,大家都认为若要学习中国文学,就得这么办。日人古城贞吉于明治三十年(1897)著《支那文学史》,或为彼邦出现的第一部较完整的文学史,内容就很相似。反映了那一时期人们的普遍看法。学习文学而无经、史、子方面的知识,则如无本之木;学习经、史、子而不从小学入手,则入门不正,难以取得成绩。显然,这是乾嘉朴学兴起之后形成的传统。

林传甲在《中国文学史》结束时分述骈散两种文体,反映了清末文学领域中两大文学流派的争竞。清代散文本以桐城派之声势为大，王兆符在《望溪文集序》中称方苞"学行继程、朱之后，文章介韩、欧之间"，可知桐城派的特点即在模拟唐宋古文而宣扬程朱理学。因其祈向与清廷的政治意愿相符，因而一直得到统治者的青睐。然自清代中叶起，提倡骈文者实繁有徒。自阮元等人倡导学习《文选》始，又形成了后人称之为《文选》派的一大潮流。清代末年，骈文声势之盛，直有压倒散文之势。林传甲在书中结束时说："散文以表意为主，空疏者犹可敷衍，骈文包罗宏富，俭腹者将无所措其手足也。……传甲谓泰西文法，亦不能不用对偶，中国骈文，亦必终古不能废也。"① 可知其时学人对于文坛两派发展趋势之关注。

京师大学堂转为北京大学时，以姚永朴、姚永概与林琴南为代表的桐城派，以刘师培、黄侃为代表的《文选》派，就曾或明或暗地展开激烈的争论。这里也有探讨中国文学特点的用意。章太炎撰《文学总略》一文，则以为桐城派与《文选》派的主张均不能说明中国文学的实际情况，因而持最广义之说，主张"榷论文学，以文字为准，不以彣彰为准。"② 直到朱希祖主讲中国文学史时，文学与学术的界线仍未划清，实际上是继承了其师章太炎的观点。

谢无量于民国七年（1918）在中华书局出版了《中国大文学史》一书，体系庞大，包容了当时所谓国学中的大部分内容，但仍博得

---

① 侯官林传甲编著《中国文学史》，宣统二年（1910）由武林谋新室印行兼发行。小石先生在《中国文学史讲稿·唐代文学》一章中介绍以地域关系来区分文学的学说时说："这种议论，尤以日本人之研究中国文学者为尤甚，如笹川种郎之《支那文学史》便主此说，近来颇影响到中国作文学史的人。"可见他阅读过许多日本人的有关著作，并直接阅读了笹川种郎的文学史。

② 参看拙作《论黄侃〈文心雕龙札记〉的学术渊源》，载《文学遗产》1987年第1期，后收入拙著《当代学术研究思辨》，改称《黄季刚先生〈文心雕龙札记〉的学术渊源》，南京大学出版社1993年出版。

大家的欢迎,一再重版加印①,可见这种文学观念潜力之深厚。

民国九年(1920),小石先生北上至北京女子高等师范学校任教,讲授中国文学史。有关其时这一学科的情况,陈中凡先生曾有介绍,他说:

> 其时北京大学开有文学史课,由朱逷先先生主讲。看他的讲稿,分经、史、辞赋、古今体诗等篇,近于文学概论。读其内容,实则是学术概论,非文学所能包括。小石因举焦循《易余籥录》说,大意谓:"一代文章有一代之胜,诗经、楚辞、汉赋、汉魏南北朝乐府诗,以及唐诗、宋词、明制义,各有它的特色。至后代摹拟之作,便成了余气游魂,概不足道。"②

可见小石先生的文学史观,比之前人与同时学者,已有很多不同。

小石先生在文学史研究中的重要贡献,即将文学从学术中区分出来。他总结前代经验,却是推重《文选》一派。在《中国文学史讲稿》第一章《通论》部分,他从文笔之辨叙起,云:"最后说到清代,对于文学有明显主张的,约分三派:(一)桐城派——主单语,重散文,即古之所谓笔,此派以方苞为首。(二)扬州派——主偶体,重骈文,即古之所谓文,以阮元为首。(三)常州派——调合文笔之说,如张惠言等,均骈散兼工。"后即总结道:"以上三派,论信徒之多,

---

① 此书于民国七年(1918)年由上海中华书局出版,至民国二十一年(1932)时已重印十七次。
② 《悼念学长胡小石》,载《雨花》1962年第4期。朱希祖(1879—1944)字逷先,一作逖先,浙江海盐人。章太炎在日本讲授国学时,朱氏与黄侃、钱玄同、周树人(鲁迅)、周作人等同往听课。民国初期进入北京大学任职。曾撰《中国文学史要略》,北京大学出版部1916年版。

必推桐城派。若论立论之精准,却数扬州派。"这是因为"六朝人所下'文'的定义,即前人对于'诗'的定义。不惟当时文笔之分甚严,而所称为'文'者,除内涵之情感以外,还注重形式方面。必求其合乎藻绘声律的各种条件。"可知他在抉择之时偏重《文选》派。因为《文选序》与《金楼子·立言》篇中均有重情与重形式技巧的主张,既有合乎当代文学观念之处,又能注意到我国语言文字的固有特点。

小石先生也反对章太炎在《文学总略》中提出的文学界说,认为"近来的章太炎氏,又主张极广义的:'凡著于竹帛者,谓之文。论其形式,谓之文学。'照他说来,太无限定,凡公司之股票,神庙之签条,均可称之为'文',讲来实不胜其烦。现在若要讲文学的界限,与其失之太宽,不如失之太狭。故宁从阮氏之说,而不取章氏之论。"

小石先生因家庭的关系,本对扬州学派有所了解,这时他从文学界的纷争中进行抉择,基于他当时对中外文学理论的理解,也就自然地倾向于接受扬州学派的理论,从而郑重地介绍了焦循有关"文学一代有一代之所胜"的观点。应该说,这一学说的基本内容是符合中国文学史的实际的,所以后起的各种文学史中无不把汉赋、唐诗、宋词、元曲作为主要内容而加以申述。

小石先生还对焦循的这一学说作了分析,以为其中含有四种崭新的观念:(一)阐明文学与时代的关系,(二)认清纯粹文学之范围,(三)划立文学的信史时代,(四)注重文体的盛衰流变。这一结论,应是可以成立的。只是焦循列举的各种文体中,如明之制义,以为亦可视作一代文学之所胜,则近人无一赞同者;他举"汉之赋"为一代文学之代表,后人亦多争议。因为"纯文学"之说,原是中国学者接受西洋的文学观之后才提出的新观念。西洋向以诗歌、戏剧、小说为文学的主体,因此一些主张彻底贯彻西洋学说的人势难接受赋这样一种文体到文学的行列中去。曹聚仁编《中国平民文学概论》，仅列诗歌、戏曲、小说三种；刘经庵编《中国纯文学史纲》，即在《编者例言》中明确宣布："本编所注重的是中国的纯文学，除诗歌、词、曲及小说外，其他概付阙如。"

赋是一种最富中国文化特色的文体。依用语及结构而言，介于韵文与散文之间；以性质而言，介于文学与学术之间。因此有些人就称它为文学中的"四不像"。汉代大赋的写作最富这一特点。作者写作这类文字，必须具有多方面的才能，因此《魏书》作者魏收才有"作赋须大才"之说。而且赋这一种文体对其他文体的写作影响至巨，例如杜甫的名篇《北征》即曾深受曹大家《东征赋》、潘岳《西征赋》的影响。汉代文士把聪明才智集中在大赋的创作上，《文选》中即首列汉赋多篇，研究中国文学而漠视汉赋的存在，无疑是偏颇不全的。

对汉赋之类文体持确认的态度，还是否决的态度，成了文学史者能否从中国实际出发进行撰述的一种标志。

小石先生采纳焦循文学"一代有一代之所胜"说来构建其文学史体系。自他强调汉赋之重要地位后，后起的一些著名文学史家，如冯沅君、胡云翼、刘大杰等，无不采择此说，这一体系遂在学术界成为共识。于此可见，小石先生的文学史观符合中国国情，既能克服前此学人墨守成说者之拘执，又能破除后起学人纯依西学而立论者之偏颇，他对中国文学史这一新兴学科的建设作出了巨大贡献[1]。

小石先生的这一文学史讲稿乃于民国十七年（1928）时取一学

---

[1] 参看拙作《文学"一代有一代之所胜"说的重要历史意义》，载《文学遗产》2000年第1期；后收入《周勋初文集》第六册《当代学术研究思辨》，江苏古籍出版社2000年9月出版。

生之笔记至上海人文出版社仓促付印，且仅刊出上编，故全称为《中国文学史讲稿上编》。行世之后，颇获好评。因为此书建立起了一种符合中国古代文学实际的史学体系，而著述者在讲授文学史时，重鉴赏，讲个人的创作经验，继承了以往文学批评的传统，融入了不少个人的心得，故有别于国内外学者的同类著述。余冠英先生亦赞之云："篇幅不长，颇具卓识。"

小石先生的著述态度极为严谨，例如为了讲清永明时所流行的四声八病之说，他广征载籍，参照沈约自己的作品和他所举的例证，证明"沈休文之浮切为平仄"。小石先生续云："我最初以为是一件小小的创获。但后来看见一部湖南人邹叔子所留下的《遗书·五均论》当中早已有此论调，可见刻书要占年辈，否则有剿袭前人的嫌疑。后来看到阮元《揅经堂续三集》中的《文韵说》又早已如此说法。到后来又细翻到《新唐书》第二百〇二卷《杜甫传论》(附《杜审言传》后)见到有以下几句话：'唐兴，诗人承陈、隋风流，浮靡相矜。至宋之问、沈佺期等，研揣声音，浮切不差，而号"律诗"。'宋子京在这里所说的'浮切不差'，岂不是明明白白指的是绝不可错乱的律诗中之平仄吗？于是更叹读书及持论之不易。"由此可见其不轻于立论如此。

《中国文学史讲稿上编》实为一部精审的学术著作，内中不但包容着许多可贵的研究成果，尤其可贵的是贯彻着精到的史识。

楚辞

小石先生的研究工作，可说是从"楚辞"开始的。因任博物教师，注意到植物的名称，古今有异；有关的介绍，中外不同，因而致力于名实之辨，运用前此有关《尔雅》等方面的知识，研读"楚辞"。他在旧学方面有深厚的基础，新学方面有近代的科学知识，又因年轻时即已诗学湛深，各方面的修养均已齐备，其成就也就超出时人甚远。

民国九年(1920)，小石先生至北京女子高等师范学校任教，讲授"楚辞"时，首用人神恋爱的新说解释"楚辞"中的爱情描写。这在楚辞学上具有划时代的意义。前人讲"楚辞"时，均据王逸、朱熹之说，以为屈原运用美人香草手法，借以表示眷怀楚国，系心怀王。尽管这种解释与"楚辞"文意扞格难合，但因其时尚无新的学术观念出现，大家只能默守成说。小石先生通过日语阅读过许多社会科学方面的著作，而他又喜博览，平时积累了很多民俗学、宗教学、神话学等方面的知识，于是首先提出了人神恋爱的新说。学生辈受到启发，起而阐扬此说，苏雪林随作《楚辞九歌与中国古代河神祭典的关系》等文[①]，其后这一种新说遂为"楚辞"学界广泛接受。

小石先生至云南大学任教时，仍主讲"楚辞"。其时闻一多、游国恩在西南联合大学任教，亦授"楚辞"。闻、游二人于此均有很多著作行世，小石先生之新见因不留文字之故，罕为世人所知，实则他在这方面的见解，不逊于任何一位"楚辞"学者，他的贡献有益于学界者甚多。

闻、游二人的年辈，比之小石先生稍后，因此二人的文字，现代学术论文的色彩要明显一些，但其严谨的程度，却未必更高。闻

[①] 载《现代评论》第八卷二〇四至二〇六期，后收入《蠹鱼生活》，真善美书屋出版。

一多本为新诗人出身,故在论证《九歌》诸神时想象的地方很多。游国恩在《楚辞》的很多方面作过开拓,但在文献的处理上或有不规范处,例如他在论证河伯的家族时,还把一些后代材料中的传说引作证据,实则这是不该用于论证先秦传说中的地祇的[①]。

小石先生以时代先后与著作性质为准,把有关神话传说的材料分为五等。

一等材料为《诗经》《尚书》。《诗经》中的《生民》《玄鸟》等诗,保存着先民的感生说。《尚书》中可发掘部分材料,但此书已历史化,故对之不能存很大希望。

二等材料为《楚辞》中的《离骚》《九歌》《天问》等文。《山海经》《穆天子传》很重要,先秦诸子中《庄子》《吕氏春秋》等书中也有材料可发掘。

三等材料,如今文中的纬书,《易乾凿度》《诗含神雾》《春秋潜潭巴》《孝经钩命决》等,已多残佚,带有浓厚的方士色彩。《淮南子》和《史记》中的材料具中等价值。

四等材料,如《列子》、皇甫谧《帝王世纪》、干宝《搜神记》等。

五等材料,如王嘉《拾遗记》、沈约《宋书·符瑞志》、《神异经》、《汉武故事》、《汉武帝内传》等。

研究神话传说时,首应援用一、二等材料。在一般情况下,不宜援用四、五等的材料去论证先秦时期的神话传说。

于此可见他在治学方面的严谨态度。

小石先生著《〈楚辞〉郭注义征》一文,就是在为发掘第一等材料而努力。郭璞是晋代的大学问家,《晋书》本传言其曾为《楚辞》

[①] 《论九歌山川之神》三《论河伯》,载《读骚论微初集》,商务印书馆1934年出版。

作注，然至宋代，已无传本。今所存者，汉注唯有王逸一种。小石先生以为郭璞曾为《尔雅》作注，列为《音义图谱》，又注《三仓》《方言》《穆天子传》《山海经》《子虚上林赋》等数十万言，诸书内容均与《楚辞》相通，援用这些书中的材料，用以解释《楚辞》中的名物，自能相合。因此《〈楚辞〉郭注义征》一文，可为郭璞《楚辞注》恢复基本面貌，用以阅读《楚辞》，其价值可与王注并重。

这一文字，可谓导夫先路。其后饶宗颐撰《晋郭璞〈楚辞〉遗说摭佚》，采取的是同样的视角与方法[①]。

他对名物的辨析具有独到的功夫，因此他在讲授《楚辞》时新见迭出。例如他在讲到《离骚》"余既滋兰之九畹兮，又树蕙之百亩"时，根据南宋吴仁杰的《离骚草木疏》，指出兰、蕙属唇科植物，一茎一花称为"兰"，一茎数花称为"蕙"。"纫秋兰以为佩"中之"兰"，为泽兰，方茎对叶，属唇形科，紫苏、薄荷之类。"朝饮木兰之坠露兮"中之"木兰"，即木莲，木本，常绿植物，夏季开花，叶大，光滑，背有毛。解释草木之名，而能如此具体深入，只有博通古今者才能如此。又如他在讲到《九歌·国殇》中"左骖殪兮右刃伤""霾两轮兮絷四马"时，即依考古材料画出古时车子的图形，什么毂、轼、衡、盖等，一一指陈，学生也就可以具体把握；又如讲到《湘夫人》中"筑室兮水中"时，也就绘出古时的居屋图，学生也就一目了然，对《楚辞》中叙及之生活环境均可清晰地了解。

如果说，《〈楚辞〉郭注义征》一文体现了小石先生早年学习农博科而介入国学中的《楚辞》研究的人生转折，《〈离骚〉文例》一

---

① 载《楚辞书录》外编《楚辞拾补》，为其中的第二部分，香港苏记书庄1956年出版。

文则体现出了他深受清儒影响的另一侧面。小石先生在两江师范求学时，曾从日籍教授学习修辞学，而他又喜读高邮王氏之书，再加上他在专业训练中特别关注植物分类，因此在对古文献作整理与分析时，喜作文例的研究。例如他在研究古文字时，曾作《金文释例》《甲骨文例》等文。其中有关甲骨的这一著作，学术界公认这是甲骨文中文法研究的开山之作。

屈原之作，以年代久远故，文字的表达方式与今有异，后人难于理解。小石先生以为历经汉、宋两代王逸、朱熹等人详加注释之后，文字大体可读；清儒戴震等人再加以梳理，文字上的层次始能了然。小石先生在此基础上再作深究，对语句中出现最多又起关键作用之词的用法详加辨析，借此可以细致而正确地把握全文脉络。《〈离骚〉文例》条分缕析，共分三十二例，每一个例子中又分出几种不同情况，且各举例以明之。例如（廿四）言"既又"例曰：

（甲）以既又开阖为对文者，诗云："终风且暴"，犹言既风又暴也。

纷吾既有此内美兮，又重之以修能。

余既滋兰之九畹兮，又树蕙之百亩。

既替余以蕙纕兮，又申之以揽茝。

（乙）以既又开阖而不为对文者。

闺中既以邃远兮，哲王又不寤。

既干进而务入兮，又何芳之能祇？

（丙）省又。

初既与余成言兮，后悔遁而有他。（言后又悔遁而有他也。）

（丁）省既。

苟中情其好修兮，又何必用夫行媒？

椒专佞以慢慆兮，樧又欲充夫佩帏。

固时俗之流从兮，又孰能无变化？

羿淫游以佚畋兮，又好射夫封狐；固乱流其鲜终兮，浞又贪夫厥家。

已矣哉！国无人莫我知兮！又何怀乎故都！

（戊）既在下列。

跪敷衽以陈辞兮，耿吾既得此中正。

从（甲）例引及《诗》"终风且暴"中句视之，可知此文乃循王引之《经传释词》的路子，而又作了新的发展。读者循此阅读《离骚》，可得正解。

小石先生写作《〈远游〉疏证》一文，明云仿孙志祖《孔子家语疏证》而成。这类文字偏重实证，不重推论，可觇其与清儒朴学传统联系之紧密。

小石先生将《远游》全文与其他文字比较，云是"细校此篇十之五、六皆离合《离骚》文句而成（《九章·惜诵》亦类此）。其余则或采之《九歌》《天问》《九章》《大人赋》《七谏》《哀时命》《山海经》及老、庄、淮南诸书。又其词旨恢诡，多涉神仙。（《九辩》末'愿赐不肖之躯而别离兮'一节，亦颇相类，惟彼文结语曰'赖皇天之厚德兮，还及君之无恙'，则与超无为邻太初者异趣矣。）疑伪托当出汉武之世。"可知这里用的也是疏理出处再从学术上加以区分的方法。

小石先生引用例句时，表现出了很高的识见，例如他在阐释"恐天时之代序兮,耀灵晔而西征。微霜降而下沦兮,悼芳草之先零"数句时,云是"此数语隐括《离骚》'日月忽其不淹兮,春与秋其代序。惟草木之零落兮,恐美人之迟暮'大义。"于此可见小石先生对于典籍的精熟,亦可见其创作经验之丰富,只有那些老于此道的人才能发现前人变换笔法的踪迹。

又如他在阐释"壹气孔神兮……虚以待之兮"时,云是"'壹气'犹《老子》言'专气致柔'之'专气'。'孔神'《老子》言'孔德之容'。'孔'读为'空',虚也。'虚以待之',《老子》言'致虚极',言'虚其心',言'保此道者不欲盈'。"于此可见其视野之开阔。文字方面的正解,得益于朴学方面的深厚修养。

又如他在阐释"贵真人之休德"时,引《史记·秦始皇本纪》卢生说始皇:"真人者,入水不濡,入火不爇,陵云气,与天地久长。"这种诠释之法,不引申,不发挥,与时人颇为不同。二三十年代的辨伪学者写作有关《楚辞》的文章,采用进化的观点,涉及思想史方面的问题,旁征博引,辗转为说,借此把《楚辞》方面的文章区别出作者的不同年代。这类文章看起来论证得似乎更细致,但因多用假设、推论等手段,其不确定性也会大大增加。小石先生的这类文字,纯以排比为手段,读者自可根据材料自行推断,故颇有引而不发之势,这就会给读者留下更多思考的余地。

在小石先生为数不多的《楚辞》论文中,还有《楚辞辨名》一文值得注意。此文篇幅无多,文字简练,解决了《楚辞》方面很多混淆不清的问题。

后人阅读古书,每因不明体例而徒滋纷扰。小石先生举吴子良《林下偶谈》为例,言其"訾《选》名为无义"。实则后人常举某些人的一些名作作为代表,借以指代其他。《昭明文选》以"骚"为类而收入他文，刘勰《文心雕龙》于《辨骚》篇中纵论"楚辞"诸文，均属此意，而目下的一些《文心雕龙》学者尚阗阗争辩，有的学者还不明此义而责怪前人，实则小石先生早已把这个问题简单明了地解决了。

小石先生把《楚辞》的各种不同称呼一一分析，文字简练，举证丰富，末复归纳有力，云是：

> 合上所举观之，名"楚辞"，以声言；名"骚"，以情言；名"赋"，名"经"，以地位言。

按此原理而读涉及"楚辞"之文，无不通达无碍，此文之可贵在此。

新中国成立之后，小石先生还做过一个名为"屈原与古神话"的讲演。内分三个部分，一是古神话的一般问题，纵论中外许多古老民族神话传说，因地区不同在各种条件的影响下而各不相同，中国的神话传说中历史性的核心，被儒家扩大了它的作用，许多美丽动人的事分别散见于各种篇籍之中，长篇史诗产生特迟。二是屈原与《天问》。这是讲演的重点。小石先生以为，屈原赋中著录古代神话最丰富的篇什是《天问》，其实乃"问天"之作。上半篇所问者多属自然现象，下半篇所问者大概属古史记录的方面，许多神话材料杂出散见其中。他从其中抽出（一）人类始祖说；（二）自然现象；（三）洪水故事；（四）古英雄记四个方面，各举例以阐说。从中可见其视野之广阔，各种文献与地下发掘材料，中外相类故事，均驱使自如。小石先生随后指出："屈原不是一个神话传播者，相反的他是一个神话的怀疑者。""他不像那些把神话历史化的人，拿理性化的历史去说教。他从幻想的自然观和社会观的迷雾中飞跃出来追求唯物的真理,是科学思想的开端。我们可以这样说:人类智慧的发展,到此大大地进了一步。"于此可见,小石先生的研究工作客观而公正,尊重事实,不歪曲文本而迎合政治需要与世俗之见,这也是他的研究著作能够经受得住历史考验的原因之所在。

唐诗

小石先生在东南大学任教时,与扬州李详(审言)、江宁王瀣(伯沆)共事,俱授杜诗。李详为《选》学大师,曾撰《杜诗证选》《韩诗证选》等文,讲授杜诗时,也以诠释杜诗之出处为重点;王瀣服膺宋学,讲课时不忘时政,因此讲授杜诗时,也时而联系古今政治进行阐发。

李、王二人声名早著,年辈比小石先生为高。三人同时讲授杜诗,对于小石先生来说是有压力的。但他诗学湛深,对杜诗饶有心得,因而讲授之时自成一格,同样受到学生的欢迎。

小石先生因出身师范教育之故,在教学的每一个环节,如情绪的掌控、板书的编排等方面,都有高超的表现。又加口才特佳,且加上一手漂亮的字,学生都称听胡先生讲课,犹如一场享受。然因前时缺乏录音等设备,又无听课记录可供参证,今日已难复原小石先生讲授杜诗时之风神。只是小石先生前后曾作过三场有关杜诗之学术讲演,后已整理成文章,亦可借此一窥先生杜诗学之一斑。

《李杜诗之比较》一文,乃据1924年的一份讲演记录稿整理而成。李、杜为盛唐时期并立于诗坛的巨擘,在中国文学史上占有重要地位。二人风格各异，成就不同，后人常作比较的研究，用以分析彼此不同的创作特点，进而探讨其成因。1927年时，傅东华作《李白与杜甫》一书；1933年时，汪静之作《李杜研究》一书，均由商务印书馆出版。可知小石先生的研究为时更早。相比之下，小石先生的分析更为透辟，见解更为深入。

小石先生首先介绍了前人进行比较的几种方法。有的人以地域不同作比较，以为杜甫代表北方诗人，李白代表南方诗人，这是民国初年一时很风行的理论。日本人研究李、杜的诗，多从此入手，如对中国文学史研究产生过很大影响的笹川种郎《支那文学史》中便主此说。自刘师培作《南北文学不同论》后，此说更为风行。但小石先生以为，交通便利、政治统一之后，以地理作区分，已靠不住。李、杜生于盛唐，不宜依此理论剖析。

有的专家根据思想的不同而作比较，以为李白代表道家，杜甫代表儒家，李作多有超出人世之感，杜作则句句不脱离社会。小石先生以为这话有一部分道理，但应注意二人思想并非根本上不相同，因此这一点也不必引申。

李，杜之不同，最好侧重艺术上之表现来作比较，为此他把中国古代诗歌之流程作了历史的考察，说明二人所走的路完全不同。下面他又分从甲，用字：乙，内容：丙，声调等不同方面着眼而进行分析。因为他在诗歌的创作上有丰富的经验，故对此有个人独到的体会，如云"少陵五律最长最有名的如《秦州杂诗》二十首之类，可认为从庾信《咏怀》诗化出。这是唐人所未走的路"。由此可觇杜甫在诗体创新上的贡献之巨。

小石先生论杜诗声调，则从观察拗体着眼，以为"子美作诗，内容及声律都极力求避前人旧式，所谓用一调即变一调，后来宋人能学他的善变处，至于明人只学得他的高腔大调罢了"。可见他的观察问题，是把李、杜诗歌放在中国诗歌发展史的长河中进行考察的。

小石先生在讲演结束时，又作了简明扼要的总结：

> 李守着诗的范围，杜则抉破藩篱。李用古人成意，杜用当时现事。李虽间用复笔，而好处则在单笔；杜的好处，全在排偶。李之体有选择，故古多律少；杜诗无选择，只讲变化，故律体与排偶都多。李诗声调很谐美，杜则多用拗体。李诗重意，无奇字新句，杜诗则出语惊人。李尚守文学范围，杜则受散文化与历史化。从《古诗十九首》至太白作个结束，可谓成家；从子美开首，其作风一直影响至宋、明以后，可云开派。杜甫所走之路，似较李白为新闻，故历代的徒弟更多。总而言之，李白是唐代诗人复古的健将，杜甫是革命的先锋。

这一研究成果极富启发性，对后人有巨大影响。1962年中华书局印行《杜甫研究论文集》第一辑时即被收入。

小石先生所作《杜甫〈北征〉小笺》《杜甫〈羌村〉章句释》二文，原来是20世纪60年代为中文系同学所作的两场报告，从中可见他在讲授杜诗时的一些思路。

《杜甫〈羌村〉章句释》开端，有小序介绍二诗之关系与不同。首云"《羌村》作于至德二载秋自凤翔还鄜州省家后，殆与《北征》同时。所写情景，多可补《北征》中所未道者，而以小诗形式出之"。其后他就诗体之大小不同者作比较的研究，分述云：

凡诗之长篇与短篇，为用不同。以戏曲譬之，长篇如整体连台戏，短篇则折子戏。长篇波澜壮阔，疏密相间，变化起伏，而不能处处皆警策。短篇则力量集中，精彩易见。亦犹观折子戏者每感其动人之效果迅速，易于见好也。

小石先生之释《羌村》，可注意者，一为体察之细，一为功力之深。后者如释"兵革既未息，儿童尽东征"二句，曰：

东征意指收京。"儿童"，一作"儿郎"，今不取。二语差异甚大。言儿郎可以该"丁"，尚未尽兵祸之惨酷。言儿童则壮丁尽而未成年者亦执戈而赴戎行。杜《新安吏》作于乾元二年九节度相州溃师之后，诗云："客行新安道，喧呼闻点兵。借问新安吏，县小更无丁。府帖昨夜下，次选中男行。中男绝短小，何以守王城？"事与此正同。案：唐人丁口制度，随时变更。据王溥《唐会要》卷八十五"团貌"条，自高祖武德至玄宗天宝，丁年凡三变（《旧唐书·食货志》文同）。今条列如下：

  武德六年（六二三）三月 始生为黄 四岁为小
           十六为中 二十一为丁
          六十为老
  神龙元年（七〇五）五月 二十二成丁
          五十九免役
  天宝三载（七四四） 十二月 十八以上为中
          二十三以上成丁

凡朝野太平，则成丁之岁数亦较晚。今丁已尽遣，乃及中男或更幼者，故云儿童尽东征也。至《垂老别》，则征及老翁。《石壕吏》索老翁不得，并老妪亦往应征，为状更惨。

"儿童"为常见之词。诸家注杜,未见有如是深入者。小石先生考成丁年岁之变化,用以分析其时征战之残酷,人民受苦之深,读者自可由此懂得注释诗歌水平之高下。

一般人读诗,每视难字与典故为拦路虎,实则这些都可借助辞书加以解决。读者欲求欣赏水平的提高,自不能停留在这一层面上。他们必须在通解全诗的基础上,阅读一些富有启发性的赏析文字,进而探求古人用字遣词之妙。

小石先生在释《羌村》第一章首句"峥嵘赤云西,日脚下平地"时说:"'西'在此,不仅是方位字,当读为动词。如山之大云向西而移,知其时为东风。言赤者映日之故。云隙漏出日脚,日脚下地,言将暮也。"就是一种深入一层的解读法。常人于此每囫囵吞枣,体会不到杜诗措辞之妙。小石先生随后于释"妻孥怪我在,惊定还拭泪"后说:"开门一见,不言喜而言怪者,以为甫死久矣,不意其尚在。言喜反浅也。"随后他又申述道:

> 前辈诗人在技术上有一控制世间万象之武器,即动词是也。故凡动词之选择与烹炼,须求其效果能生动、深刻、新颖而又经济,实费苦心。观昔人改诗诸例,如"身轻一鸟过"之"过","天阙象纬逼"之"逼","僧敲月下门"之"敲","春风又绿江南岸"之"绿"。其所经营再四而后能定者,皆属动词,可以悟其理。

这样的文字,富有启发性,对读者最为可益。

《〈北征〉小笺》一文,首先对杜诗中的这一鸿篇巨制的历史意义作出评价,文曰:

《北征》为诗中大篇之一。盛唐诗人力破齐、梁以来宫体之桎梏，扩大诗之领城，或写山水，或状田园，或咏边塞，较前此之幽闭宫闱、低回哀怨者，有如出永巷而骋康庄。至杜甫兹篇，则结合时事，加入议论，撤去旧来藩篱，通诗与散文而一之，波澜壮阔，前所未见，亦当时诸家所不及（元结同调而体制未弘），为后来古文运动家以"笔"代"文"者开其先声。后来诗人如元和中韩退之，如宋代庆历以来"宋诗"作者之欧、王诸家以至"江西诗派"，至近世如所谓"同光体"，其特征大要皆以散文入诗，其风气几无不导源于杜，亦可云自《北征》一篇开端。

这就为《北征》一诗在文学史上的地位树立了指标的意义。莫砺锋在《杜甫评传》中也援引上文而指出："我们认为对于《北征》的总体评价以胡小石《杜甫〈北征〉小笺》为最确切。"[①]

小石先生接着对此诗写作手法的创新作了具体分析，文曰：

　　《北征》，变赋入诗者也，题名《北征》，即可见之，其结构出赋，班叔皮《北征》、曹大家《东征》、潘安仁《西征》，皆其所本，而与曹、潘两赋尤近。其描写最动人处，如还家见妻儿一段，则兼有蔡文姬《悲愤》、左太冲《娇儿》两作之长。其胪陈时事，直抒愤懑，则颇得力于庾子山《哀江南赋》。杜极称庾诗赋曰："清新庾开府"。《哀江南》在赋中为新，《北征》在

[①] 见第二章《广阔的时代画卷与深沉的内心独白》，南京大学出版社1993年10月出版。

诗中亦为新也（杜短韵亦多得力庾子山拟咏怀诗）。总之，《北征》一方则奄有众长，一方又独抒己见，两者结合，诚所谓古为今用也。

其后他就全诗逐句进行分析，内中有笺证，有鉴赏，妙义纷披，令人起切理厌心之感。中如释"坡陀望鄜畤，岩谷互出没。我行已水滨，我仆犹木末"曰：

> 人非猿猱，何得行于树杪？盖诗人写景，往往祗取片时之感觉，纳入文字，不俟说明，骤见似无理，而奇句却由此而生，谢朓《郡内高斋闲望》云："窗中列远岫，庭际俯乔林"，已创斯妙。而杜自早岁即喜用之，如《渼陂行》云："船舷暝戛云际寺，水面月出蓝田关。"稍后，如《白水县崔少府高斋》云："高斋坐林杪，信宿游衍阒。清晨陪跻攀，傲睨俯峭壁。"尤妙者，以此拔入咏画之作，遂极突兀可喜。如《丹青引》"玉花却在御榻上"，马竟登床，如《奉先刘少府新画山水障歌》云："堂上不合生枫树，怪底江山起烟雾。"树生堂上，尤奇者如《严郑公厅事岷山沱江画图》云："沱水流中座，岷山到北堂，白波吹粉壁，青嶂插雕梁。"白波吹壁而壁不倾，青嶂插梁而屋不破，是画也，非真也，然说出反浅。所谓诗要通，又要不通，要不通之通。

这类文字，体会细腻而真切，从中可见作者非仅胸罗万卷，其难得者尤在对诗中的隐微之处能一一抉发而将奥妙之处娓娓道出。

然统观全局，小石先生之释此诗，最难能可贵之处犹在窥破杜诗中之史识。《北征》末尾，结合时事，入以议论，叙当时战局曰：

仰观天色改，坐觉妖氛豁。阴风西北来，惨澹随回纥。其王愿助顺，其俗善驰突。送兵五千人，驱马一万匹。此辈少为贵，四方服勇决。所用皆鹰腾，破敌过箭疾。圣心颇虚伫，时议气欲夺。

小石先生释之曰：

"阴风西北来，惨澹随回纥"二句影射回纥衣饰，此应与《留花门》诗相参证。《留花门》诗有"连云屯左辅，百里见霜雪"句，亦状回纥之服色。按回纥奉摩尼教，其教色尚白。摩尼教出自波斯教。波斯教本为祆教，又曰拜火教，摩尼教即由祆教发展而来。摩尼教何时开始传入中国，此有二说。法人沙晚于《摩尼教流行中国考》中云不早于唐肃宗宝应元年（七六二年）。则子美作《北征》际，尚不见摩尼教于中国，此说实误。沈曾植《和林三唐碑跋九姓回纥毗伽可汗碑跋》中叙摩尼教与回纥关系极精确，云"开元以后，为大食所驱，乃东徙而入回纥"，并云："其徒白衣白冠。"及后，会昌中曾禁此教，逼使教徒服便衣。由此可证：至德二载回纥已信摩尼教矣。回纥旌旗为白色，此文献有证。《旧唐书·回纥传》："子仪至新店，遇贼军战，却数里，回纥望见，逾山西岭上曳白旗而趋击之，出其后，贼众大败。"（《新唐书》同段作"即逾西岭，曳旗驱贼"，则失其旨矣。）又《旧唐书·李嗣业传》亦载此事："嗣业与子仪遇贼于新店，与之力战数合，我师初胜而后败，嗣业遂急应接。回纥从南山望见官军败，曳白旗而下。"

从这一段笺证中，可知小石先生识见之卓越，诚可谓读诗有得。沈曾植（子培）为清末研究西北史地之杰出人物。小石先生在学术上深受其影响，由是对于唐代西北诸多少数民族之宗教、习俗、服饰等有详尽之了解，才能对这类诗句的底蕴有深入的发掘。这些地方足征小石先生之学识，比之前人与当代注家，均有其优胜之处。

而小石先生之释《北征》，目光关注者，尤在"凄凉大同殿，寂寞白兽闼"二句。这两句，"宋以来注家皆未注意，亦未得其解。"所以他在《小笺》中详加阐发。

首先，他对这两句诗内的殿阁之名加以说明。

> 宋敏求《长安志》九，记南内兴庆宫、勤政楼之北曰大同门，其内大同殿。案兴庆宫位于京城朱雀街兴庆坊，坊本名隆庆，玄宗龙兴旧邸。此宫玄宗即位后仍常居之。著名之勤政、花萼二楼，龙池、沉香亭皆在其中。《新唐书》二百七《宦者传·高力士传》："帝斋大同殿，力士侍。帝曰：'我不出长安且十年，海内无事，朕将吐纳导引，以天下事付林甫，若何？'力士对曰：'天子顺动，古制也。（中略）天下柄不可假人，威权既振，孰敢议者？'帝不悦。力士顿首，自陈心狂易，语谬当死。帝为置酒，左右呼万岁。"案此处问答数语，实与后来天宝乱事有关。而问答之地，乃在大同殿。白兽闼当为白兽门，以协韵改闼。白兽门，《长安志》无记。以唐宫三内，门户繁多，实不胜载。向来注家多引《三辅黄图》释之。以汉宫例唐宫，终不得确解。今据《旧唐书》八《玄宗纪》，记玄宗诛韦后奠定帝业始末云：中宗暴崩，韦后临朝称制，"遂以庚子夜，率（刘）幽求等数十人，自（禁）苑南入。（苑）总监钟绍京又率丁匠百余人

以从,分遣万骑往玄武门(宫城北门,北临禁苑。入门即西内太极宫。太宗诛太子建成,即率众由此门入。)杀羽林将军韦播、高嵩,持首而至。众欢叫大乐,攻白兽、玄德等门,斩关而进。左万骑自左入,右万骑自右入,合于凌烟阁前。时太极殿前有宿卫梓官万骑,闻噪声,皆披甲应之。韦庶人惶惑,走入飞骑营,为乱兵所害。"《新唐书·玄宗纪》略同,但云入玄武门,会两仪殿(在太极殿北),而不及白兽、玄德等门。据《长安志》图凌烟阁所在,近西内宫城东北隅,西南往太极殿,以旧书所记参之,玄宗率众入白兽等门,斩关而进,合于凌烟阁,则白兽门当在凌烟阁北不远之地,入门至阁,经阁西南行至太极殿,此门在当时,必为西内入玄武门后由北往南所经之一要地。《资治通鉴·唐纪·睿宗纪》上记此役颠末,即略本《旧唐书》,云隆基使李仙凫将右万骑攻白兽门。胡三省注:白兽门即白兽闼,即杜甫《北征》所谓"寂寞白兽闼"者。与玄武门皆通内诸门之数,可谓近之。杜特著之诗句中,见玄宗后来成帝业与之有关。

小石先生随后又说:"杜《北征》诗篇末方颂新君,忽著此二语,皆关上皇旧事,其用意甚深微曲折。"随后他即广征载籍,叙及玄宗蒙尘途中有分道制置之举,而肃宗旋即皇位于灵武。制置之谋,肇于房琯。陈陶斜之败,肃宗归罪于房琯,杜甫以谏官上疏救之,几罹不恻。"肃宗以怨父者怨琯,又以恶琯者恶杜,故杜自此后由华州窜秦州,由秦州窜同谷,由同谷窜成都转夔巫,出三峡,流落湖湘,羁旅终身,漂泊以死,诗人固李氏王朝宫廷政争中之一牺牲品也。"文章分析至此,读者始可明白这两句诗的涵义之深,涉及面之广。

如此读诗，始可知杜诗何以会享诗史之盛誉。

小石先生随后又总结道：

> 《北征》于歌颂中兴之余，忽参入此二语，其事皆与肃宗无关，而悉出上皇，与上文似不甚连类。用意极隐微，实一篇主旨所在。故杜早于灵武擅立、成都内禅之日，已豫见玄、肃将来父子之关系必至恶化，固不待南苑草深，秋梧叶落，始叹上皇暮境有悲凉之感。古今行内禅者亦多此结局也。

熟悉杜诗的读者当可发现，小石先生走的是以诗证史的路子，故与钱谦益的治学方法相通。此文末尾也说："昔钱牧斋作《草堂诗笺》，深得知人论世之义，高出诸注家。其于《洗兵马》一篇，即发扬玄、肃当时宫闱隐情。惟于《北征》初未之及，故复于此曲折说之，俟言诗者教焉。"实则钱谦益对《洗兵马》一诗的笺释，颇多穿凿，故自《草堂诗笺》问世起，即招到潘耒等人的诘责。小石先生不没前人之长，为前贤讳，他的后续工作，确已显得更为精当。因此此文于1962年《江海学刊》第四期刊出后，即为学界所推重，旋被1963年中华书局出版的《杜甫研究论文集》第三辑所收入。

邓小军在《杜甫〈北征〉补笺》中说：

> 《北征》是杜诗煌煌巨制。对于了解杜甫和杜诗，具有举足轻重的作用。1962年，胡小石先生在《江海学刊》发表《北征小笺》，对《北征》的研究取得突破性成就。本文拟在《北征小笺》基础上作出补充笺证，详人之所略，略人之所详，以就

教于方家。①

由此可见此文影响之巨。

小石先生还曾写过一篇《张若虚事迹考略》。然因文献缺如，只能对张氏事迹作了尽可能的发掘，而从小石先生的驱使材料而言，可见其对于文献之娴熟，亦可见其对于此诗之挚爱。

小石先生还曾作过一次《南京在中国文学史上的地位》的讲演，最后总结道：

> 合而观之，则南京在文学史上可谓诗国。尤以在六朝建都之数百年中，国势虽属偏安，而其人士之文学思想，多倾向自由方面，能打破传统之桎梏，而又富于创造能力，足称黄金时代，其影响后世至巨。

论证南京文学之显著于世，当自孙吴之后，故叙其发展，首重东晋以下南朝时期之诸代，而以后来之南唐为其尾声。"盖以有创造性之事实言之，当如此也。"可见他的考察问题，总是以"创造"为首要，即使是对一时一地之宏观透视，亦作如是观。因此，他在这一讲演中提出的几点看法，对于研究中国文学史的人实有重要的指导作用。

小石先生指出：中国文学，及其有关诸方面，真正在南京本地创成者，以次数之，可有下列诸事：

---

① 载《北京大学学报（哲学社会科学版）》第44卷第3期，2007年5月。

（一）山水文学。

（二）文学教育，即文学之得列入大学分科。

（三）文学批评之独立。

（四）声律及宫体文学。

他对这四个方面都有精到的分析。例如介绍《宋书·雷次宗传》中记宋文帝元嘉十五年（438）在北郊鸡笼山（今之北极阁）开四馆教学，而以谢元（谢灵运从祖弟）主文学。"此次开四馆，可为世界分科大学之最早者。而以文学（诗赋）与儒学（经学）平列，又为文学地位增高之新记录。此与唐代自开元起以诗取进士，有同等重要。吾人于此不得不言对于文学脱尽西汉以来之传统观点，真能明了其价值者，实从南京起也。"这样分析问题，纯出客观，具有说服力，绝非对于生长地区的阿好之词。

这次讲演最后论声律与宫体，态度也极为客观，故结论亦合乎事实。云是"所谓宫体者，以托咏宫闺，词旨轻艳，为纯粹抒情诗之一。此类专言人世男女恩怨之作，实起自民间多数无名人之歌咏。""山水文学盛行后，一般文士更辟新路，即以此等民间俗文学为基础，而加之藻采，复与声律之原则结合，以增声音上之铿锵，纯乎惟美主义。其描写闺阃女性，往往犯色情之诮。然是时帝王以至士大夫能诗者，殆莫不好此，此为南方文学特殊现象之一。""隋人平陈，固取得征服者地位，然炀帝杨广，即为一出色之宫体诗人，其平陈也，乃并南京之文学而接收之。如《春江花月夜》一曲，陈代原作已失传，今世所见者，反以炀帝所作二首为最早也。""宫体文学发展至最后，往往浸入玄想，初唐之张若虚、刘希夷诸家之长歌，堪为好例。"这一番议论，可谓宫体文学的一段小史，即以今日之目光视之，亦可称精彩纷呈，可圈可点。

七绝

小石先生早年从散原老人学诗，因才情卓异，风神秀美，故受命从唐人七绝入手，而后再依性之所近，兼习各体。小石先生诗名日盛，精通各体，然于七绝仍情有独钟，生平讲诗，喜作七绝之剖析。1934年时曾为金陵大学研究生专设一课，尚存其时的讲义。吴白匋先生在《胡小石先生传》中介绍说：

> 首作引论，言我国诗歌，擅长于短篇中见其机趣，而七绝最妙。其源流正变，始于刘宋汤惠休之《秋思引》，自南齐永明以后，逐渐采用律调，其内容乃当时宫体。不离闺情，至唐人扩大范围，方尽其能事。唐乐府诗可以被之管弦者，往往为七绝诗，实为"词"体之祖。七绝以抒情为正格，以叙事议论为变格。次论唐七绝句正格，自显而隐，分十六格，各举一名作为首例，下录同格者若干首附之。……十六格中，第一至第五格为对比今昔，第六至第八格为对比空间差别，第九格为超过因果关系，第十格第十一格为设问答，第十二格至第十四格为假设想象，第十五格为事物之人格化，第十六格为意在言外。最后附唐人习用三字之名词押末句韵脚，以求重点突出，音节铿锵一法。经此解剖，七绝诗作法大明，乃极便于鉴赏与追摹矣。又次讲七绝变格，所选为杜甫诗数十首，择要言之，最后以王建、王涯宫词与曹唐小游仙诗大篇叙事诗作附录备参考。[1]

---

[1] 吴征铸，字白匋，20世纪30年代初就读于金陵大学。所作《胡小石先生传》，发表在《文献》1986年第2期。

《七绝诗论》(下文或简称《诗论》)中,其有关"今昔对比"者讨论得尤为深入。今人作诗歌赏析,亦莫不致力于此,小石先生过人之处,在于能将诗人抒发今昔之感如何落实,有具体而明确之指陈。他借用了绘画理论中的一个术语"勾勒",借以提示诗人如何将此四句写得跌宕起伏,前呼后应。这样的分析,不但可以帮助读者明白诗歌的结构,而且有助于指导读者也去从事创作。

按前人运用勾勒说分析文学问题者颇多[①]。小石先生赋予新的涵义,意指诗中的一些关键词,涉及全诗意脉流动中之呼应与结构。详观他在全文中的分析,实与他在诗歌与书法等方面具有深厚的学养与具体的体验有关。

今先详引全文开端分析王昌龄《从军行》(五首之一)一诗之分析文字。王诗云:

琵琶起舞换新声,总是关山旧别情。撩乱边愁听不尽,高高秋月照长城。

小石先生分析道:

七绝抒写情趣,若加以分析,其最重要之一点在于表现时间上之差别,即今昔之感。生命短促,时间不能倒流。屈原悲"老冉冉其将至","冉冉"为行貌,继乃申之曰:"日月忽其不淹兮,春与秋其代序。惟草木之零落兮,恐美人之迟暮。"夫人生最感甜蜜者为回忆,回忆即将过去所得之生命,使其重新活

---

① 参看张仲谋《释"勾勒"》,《文学遗产》2007 年第 5 期。

动于眼前。如饮苦酒，虽苦而能令人陶醉也。此意后世诗人各以当时流行之形式写之。如郭璞《游仙诗》之一：

> 六龙安可顿，运流有代谢。时变感人思，已秋复愿夏。（铸按：先师题所居为"愿夏庐"本此。）

夏日炎炎可畏，而在秋时回忆之，亦足留恋。贾岛《渡桑乾》：

> 客舍并州已十霜，归心日夜忆咸阳。无端更渡桑乾水，却望并州是故乡。

在并州则忆咸阳，离去时则又留恋之。蒋捷《虞美人》词：

> 少年听雨歌楼上。红烛昏罗帐。中年听雨客舟中。江阔云低、断雁叫西风。　如今听雨僧楼下。鬓已星星也。悲欢离合总无情，一任阶前、点滴到天明。

借"听雨"叙少、中、晚年生命之不同，非常明晰。

凡此皆写对于过去生命之留恋与追忆。中国诗如此写者甚多，不必一一列举。然时间为不断之流，难于具体描写，故往往以不同之空间说明之。如以两个不同之空间，说明两个时间之变迁，其初步为划清时间之界域，每用相对性之文字说明之，称为"勾勒字"。"勾勒"乃画家术语，工笔画以线条作框廓，谓之"勾勒"，即泼墨写意，亦须作数笔勾勒，方见神采。七绝用勾勒字，目的正同。其源亦出于《诗》《骚》。《采薇》："昔我往矣，杨柳依依。今我来思，雨雪霏霏。"以"昔""今"为勾勒字。《离骚》"朝饮木兰之坠露兮，夕餐秋菊之落英。"以"朝""夕"为勾勒字。（《离骚》此类语颇多，《诗》亦然，不具引。）

第一格即为此种显用相对之勾勒字以说明时间或事物者。王昌龄此作，以"新""旧"二字勾勒。王闿运《王志》卷二论七绝句法曰：

> 此篇声调高响，明七子皆能为之，而不厌人意者，彼浮响也。此诗何以不浮？则以"新""旧"二字相起，意味无穷。杜子美"听猿""奉使"（《秋兴八首》）亦以虚实相起，彼则笨伯，此则逸才，能使下二句亦有神采。

此论精当，试再加以说明。琵琶本为胡乐，极盛行于唐时，军中亦用之，读唐人边塞诗可证。首句劈空说起，起舞而换奏新声，面似欢庆，实则戍边士卒，穷愁无聊，作乐自遣。第二句转入正意。"总是"概括自古以来征戍之苦。著一"旧"字，谓虽唱新调而苦情如故也。第三句点明边愁无尽。此三句皆抽象语，故以具体景语作结。"长城"与"关山"映带，亦写"旧"字。秋月凄清，然不以"高高"字形容之，则与万里长城不称，写不出凄清寥旷之境矣。若言唐音，则唐人习用响亮之双字或双声叠韵之连绵词以达成之，明七子皆师其法，而无深情厚意组合完篇，则为王氏所讥之"浮响"矣。

其下又引顾况一诗，亦以"新""旧"为勾勒字者，诗云：

> 暂出河边思远道，却来窗下听新莺。故人一别几时见？春草还从旧处生。

小石先生指出，此诗实从古人诗中化出。他说：

> 首句用蔡邕《饮马长城窟》"青青河畔草，绵绵思远道，远道不可思，夙昔梦见之"意。古人多临河而怀远，如（传）李陵

诗"临河濯长缨，念子怅悠悠"即是，盖河水流动，可使舟行，故临河而思远也。次句用谢灵运《登池上楼》"池塘生春草，园柳变鸣禽"意。新莺既鸣，听者则感时序已变，远人犹未归来。上二句实写，下二句虚写。"旧处"盖指昔日与友人游赏处，春草又生，怀旧之感自起。此诗颇善学古人，用二名篇意，参差错落，浑化含蓄，乃如己出。

小石先生于所分十六格中，各举有代表性的七绝名篇为标本，提示其勾勒字之作用，从而阐明全诗之脉络及优胜之处。但也有一些诗中无勾勒字可言，如《诗论十五》举王昌龄《送窦七》云：

> 清江月色傍林秋，波上荧荧望一舟。鄂渚轻帆须早发，江边明月为君留。

下云：

> 此格乃诗人情绪之扩大，蒙蔽一切，使之同化。在修辞学上谓之活喻，即事物不问其有无生命，均予以人格化。每用于感情最浓郁激昂之时。无勾勒字而形象浑然天成。

此格与前所说者迥异，分析亦随之作另一种提示。小石先生随之又举李白《闻王昌龄左迁龙标遥有此寄》一诗以明之。唐人七绝，首推李白、王昌龄二人之作，七绝因字数不多之故，风格上之差异本难区分，李、王二人之作空灵飘逸，更难以笔墨形容而说明其不同。然小石先生于此二首之后曰："出语明快，此青莲异于龙标处。"

寥寥数语，极富启发性，非深于诗道者不能道。

小石先生又于刘禹锡《伤愚溪》诗后评曰："唐人七绝，青莲（李白）、龙标（王昌龄）最高，然极不易学，可学者为刘、白。（铸按：先生毕生为七绝诗，得力于此二家。）学李商隐亦可，嫌稍晦耳。"

小石先生之读诗，非目下所谓鉴赏者依据若干西方理论泛泛而谈者可比。他于朴学沉潜至深，读书不轻放过一字，故在鉴赏之前每字必求得正解，这方面亦可见其功力。例如《诗论六》，引王维《送沈子福之》诗曰：

> 杨柳渡头行客稀，罟师荡桨向临圻。惟有相思似春色，江南江北送君归。

小石先生释之曰："临圻之'圻'当读若'矶'，不读'祈'。用谢灵运《富春渚》诗：'溯流触惊急，临圻阻参错。'《文选》李善注曰，圻读与碕（即矶字）同。谓近岸也。"诗下略缀数语，能在人们习焉不察的地方，作明晰之区分，有益于读诗匪浅。又如《诗论九》引李白《陪族叔刑部侍郎晔及中书贾舍人至游洞庭》一诗，中有"潇湘江北早鸿飞"一句，释之曰："'潇湘'，潇，清也。古时湘水最清，'潇湘'即清湘之意，非谓二水。"又如《诗论十六》引柳宗元《酬曹侍御象县见寄》，曰：

> 破额山前碧玉流，骚人遥驻木兰舟。春风无限潇湘意，欲采蘋花不自由。

后又详释之曰：

象县,唐时亦称象州,明、清时属广西柳州府。破额山,未详所在,或云湖北黄梅有破额山,显与此诗境不合。碧玉,形容水色之美,盖指柳江,流经柳州东南入象县。木兰舟,唐宋以来,习用为舟船美称,简作"兰舟",未必真为木兰木制。蘋花,草本,生浅水中,开花白色。"自由"一语,汉代已有之,《礼记·少仪》:"请见不请退。"郑玄注曰:"去止不敢自由。"

第三句"春风无限潇湘意",暗用《九歌·湘夫人》"白蘋兮骋望,与佳期兮夕张"辞意。下一句"欲采蘋花不自由",言外之意,乃佳期不可得也。

有关此诗,还可介绍程千帆先生聆教时的另一种感受,借供参考。千帆先生也是20世纪30年代就读于金陵大学的学生,他曾追忆道:

> 记得我读书的时候,有一天我到胡小石先生家去,胡先生正在读唐诗,读的是柳宗元《酬曹侍御过象县见寄》:"破额山前碧玉流,骚人遥驻木兰舟。春风无限潇湘意,欲采蘋花不自由。"讲着讲着,拿着书唱起来,念了一遍又一遍,总有五六遍,把书一摔,说,你们走吧,我什么都告诉你们了。我印象非常深。胡小石先生教《唐人七绝诗论》,他为什么讲得那么好,就是用自己的心灵去感触唐人的心,心与心相通,是一种精神上的交流,而不是《通典》多少卷,《资治通鉴》多少卷这样冷冰冰的材料所可能记录的感受。我到现在还记得当时胡先生的那份心情、态度,就是在这样的情况下,我学到了以前学不到

的东西。①

于此可见小石先生之授诗，因材施教，不拘一格，方法极为多样。然均重启发，重感悟。对前人之作则反复吟咏，藉此激发情愫，沟通今古，作心灵上之交流，故非当下死板的章句之学所可比拟。

小石先生对于诗中花草树木的说明，因具专业知识的关系，其阐释尤为与众不同。例如他在《诗论十一》引陈标《蜀葵》诗，释之曰："蜀葵是菜类，非今之向日葵。为锦葵科植物。'蜀'字含有'大'意，非地名也。或称'荀'，或称'戎葵'（见《尔雅》），五月开花，似木槿，五色夺目。"又如《诗论十四》引钱起《秋夜送赵冽归襄阳》诗，云：

斗酒忘言良夜深，红萱露滴鹊惊林。欲知别后思今夕，汉水东流是寸心。

释之曰：

斗酒，点明饯行。忘言，别愁难言也。萱，《离骚》作"蘐"，又名"鹿葱"，《诗·伯兮》："焉得谖草，言树之背。"《毛传》曰："谖草使人忘忧。"《释文》曰："本又作萱。"故又称"忘忧草"。其实萱根有毒，食之易失记忆。萱花色红，开于五月间，此处言秋夜，盖借表忘忧之意，不关时令。鹊惊林，盖暗用魏

---

① 《两点论：古代文学研究方法漫谈》，载《古典文学知识》1997年第2期。又见巩本栋编《程千帆沈祖棻学记》，贵州人民出版社1997年出版。

武《短歌行》"月明星稀,乌鹊南飞。绕树三匝,无枝可依"故实,表示离散失所。佳处在后两句,言别后思念之情如汉水东流无尽,总过襄阳。

由上可见,《唐人七绝诗论》虽篇幅无多,小石先生的诠释又采引而不发之势,仅在难解之处略作点拨,但循此读诗,则不仅能真切地理解文字,把握诗意,而且能知古人创作的奥秘,进窥七绝的神髓,其有益于读诗与写诗者盖亦多矣。

读胡小石先生《中国文学批评史》*

张伯伟

胡小石先生(1888—1962),名光炜,字小石,号倩尹,又号夏庐(斋名"愿夏庐"之省),别号沙公、子夏、蜩公等。原籍浙江嘉兴,其父季石先生为举人,因候补道之故,迁居南京,小石先生遂生长

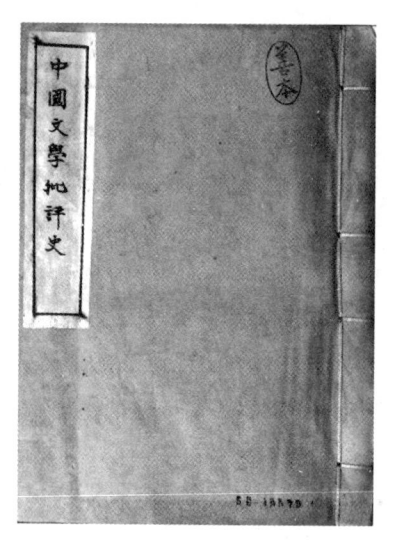

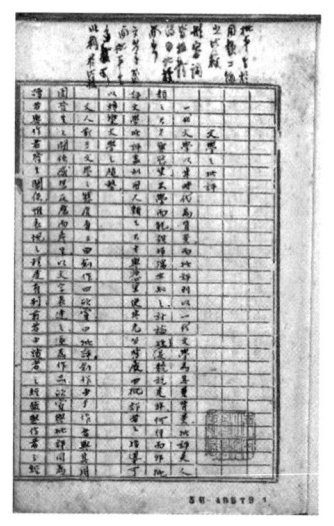

图1 胡小石先生《中国文学批评史》

---

* 为行文简练,本文中《中国文学批评史》有时简写为《批评史》,《中国文学史讲稿》有时简写为《文学史》。

于南京,逝世于南京,并安葬于南京。其一生求学和教学活动也大多在南京展开,是南京大学文学院历史上的往圣先贤之一。小石先生的《中国文学批评史》是誊录本,由他在上面施加批注,作为"善本"之一,藏于南京大学图书馆。由于这部《中国文学批评史》从未公开,学界多闻所未闻,其历史地位、学术价值及在今日之意义更有待阐发。兹就围绕此书的若干问题略作论述,以飨读者①。

一、首部《中国文学批评史》的测定

小石先生从1918年初到1920年秋,在其师李瑞清(清道人、梅庵)的上海寓所为家庭教师。他后来回忆起这段生活,总是感慨良多:

> 此三年中,受益最大,得与梅庵先生朝夕晤谈,小学、经学和书艺能不断深造,并得良机,向旅沪诸老请教。特别能师事乡先辈沈子培(曾植)先生,最感庆幸。②

沈曾植先生记忆力超群,学问渊博如海,但著述甚少。他的这几句教诲让小石先生铭刻在心:"嘉兴前辈学者非有真知灼见,不轻落笔,往往博洽群书,不着一字。"吴白匋先生因即指出:

---

① 周勋初师为小石先生入室弟子,此文之撰写,本拟呈请老师匡谬是正,争奈"天不憖遗一老",勋初师于今年三月十一日遽归道山,以致问学无门。执笔于此,曷胜怆然!
② 吴白匋:《胡小石先生传》引,载《文献》1986年第2期。

师深受其影响。读书方面甚广,钻研功夫甚深,而发表文章不多,凡有心得常做札记,或书于简端、或书于小笔记本,甚至书于片纸上,往往寥寥数语,启发性甚大,有非他人千百言所能到者。惜身后不久即遭十年浩劫,散佚殆尽。①

即便有些开创性研究,若后来者居上,他也毅然割舍,绝不自享自珍。比如1924年9月,小石先生将《甲骨文例》上下卷以油印本授学生(公开刊行于1928年),实为契文之学辟一新途。此前学者之辨识某字,多局限于个别文字本身,以为象某物而为某字,小石先生则从全篇出发,注意其书写款式、语法修辞、章句段落,订为若干常例,再结合上下文以作考证,可信度倍增。陈梦家在1955年出版的《殷虚卜辞综述》中就曾指出:"胡光炜在1928年出版了一本《甲骨文例》,是对于这方面最初步的尝试工作。"②既然是"最初步的尝试工作",筚路蓝缕之艰辛可见,踵事增华之空间可想,所以十年后董作宾对此书上卷加以增改,也纠正了不少错误。小石先生见而赞之曰:"考据之学后人自当超过前人,以其掌握材料,多为前人所未见也。董君能见全龟,据有第一手资料,非余只能见破碎甲骨残片者所能及。"③并且在之后的授课中,不再讲授卷上部分。至20世纪50年代周勋初师受业时,讲义仅印行卷下"辞例篇",舍弃了卷上"形式篇",尽管它属于开创性工作。这种精神,堪比顾炎武之著《日知录》。小石先生早年讲授文学史时也说过:"关于断定沈

---

① 吴白匋:《胡小石先生传》。
② 陈梦家:《殷虚卜辞综述》,中华书局1988年版,第85页。
③ 吴白匋:《胡小石先生传》引。

休文之浮切为平仄,我最初以为是一件小小的创获。但后来看见一部湖南人邹叔子所留下的《遗书·五均论》当中早已有此论调……后来看到阮元《揅经堂续三集》中的《文韵说》又早已如此说法。到后来又细翻到《新唐书》……宋子京在这里所说的'浮切不差',岂不是明明白白指的是绝不可错乱的律诗中之平仄吗?于是更叹读书及持论之不易。"① 到了晚年他还感叹说:"初从事研究,自负颇有心得可讲,后来研究愈深入,乃觉问题愈多,不敢轻下断语处愈多。"② 这真是多读书者的深造有得之言,也总让我想起纪昀在嘉庆四年(1799)对朝鲜使臣徐滢修说过的话:"少年意气自豪,颇欲与古人争上下。后奉命典校四库,阅古今文集数千家,然后知天地之不敢轻易言,文亦遂不敢轻言编刊。"③ 所以,尽管小石先生治学范围极广,但较少论著出版,外界也因此难免误会。20世纪40年代初,中文系主任罗常培(莘田)请时在云南大学任讲座教授的小石先生到西南联大演讲,小石先生以"八分书在中国书学史上的地位"为题,大获成功。结束后罗常培感叹道:"我始以为胡先生是个名士派,现在知道他确是一位渊博的学者,是以科学方法治学的。"④ 所以,小石先生的论著,哪怕只有片纸残存,也是值得重视的。

曾昭燏先生在为小石先生撰写的墓志中综述:"先生学极渊博,于古文字、声韵、训诂、群经、史籍、诸子百家、佛典、道藏、金石、

---

① 《中国文学史讲稿》,本书第209页。
② 吴白匋:《胡小石先生传》引。
③ 徐滢修:《纪晓岚传》,《明皋全集》卷十四,《韩国文集丛刊》第261册,韩国景仁文化社2001年版,第302页。
④ 金启华:《忆小石师的一次讲演及其他》,载郭维森编《学苑奇峰——文史学家胡小石》,南京大学出版社2000年版,第70—71页。

书画之学，以至辞赋、诗歌、词曲、小说，无所不通。"而"其生平所最致力者"有四：一曰古文字之学；二曰书学；三曰楚辞之学；四曰中国文学史之研究[①]。吴白匋先生则说："综观吾师一生，学极渊博，兼为文字学家、史学家、文学家、艺术家，当之无愧。"[②] 但以刊行的论著数量与其治学之勤之精相比，是极不相称的[③]。主观上的自律甚严，不轻著述，外在环境的文化浩劫，人事葛藤，导致小石先生的著述生前发表既少，身后散佚过多。在这个意义上看，《中国文学批评史》能够较为完整地存世，又能够经整理而问世，真是值得大书特书的学林幸事！

据《胡小石年表》载，1923年小石先生三十五岁时，教学之余，勤奋著述，其研究课题多达十九类之多。这大概可以代表其中年治学之勤勉。但无论是上述曾、吴二先生的墓志或传记，还是《年表》所列十九种类，都没有提及小石先生有关中国文学批评的研究。只是在《东南文化》1999年增刊《胡小石研究》中，曾附录"胡小石文稿"数页，是其手写的论著撰作大纲，其中有《文学？》和《论批评》两纸[④]，现在看来，就属于其《文学史》和《批评史》的纲要之一，令人顿生"虬龙片甲，凤凰一毛"之珍之憾。在现存的《中国文学史讲稿》和《中国文学批评史》中，我们都能看到相关论述的展开。兹附图片如下：

---

① 曾昭燏：《南京大学教授胡先生墓志》，载《学苑奇峰——文史学家胡小石》，第27页。
② 吴白匋：《胡小石先生传》。
③ 20世纪八九十年代，南京大学曾组织人力编纂《胡小石论文集》《胡小石论文集续编》《胡小石论文集三编》，由上海古籍出版社印行。最近，南京大学文学院又与商务印书馆合作，拟出版《胡小石文集》，经多方搜罗，包括题跋、信札与诗词等在内，也只有五卷。
④ 这两张图片由宋健先生提供，特此致谢！

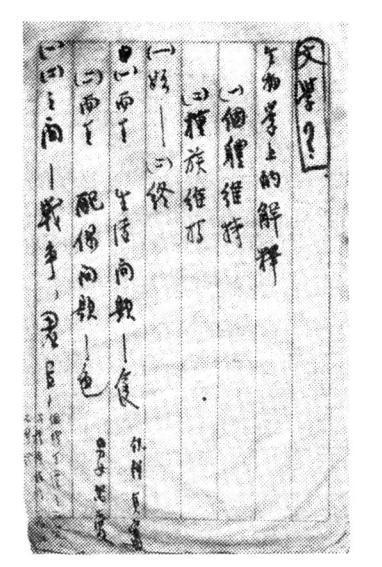

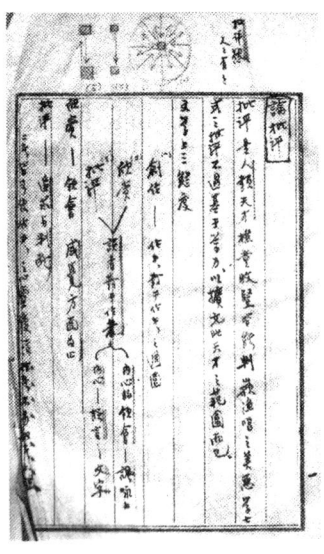

图 2　胡小石《中国文学史讲稿》(左)《中国文学批评史》(右)手迹

现存南京大学图书馆的这部《中国文学批评史》，原属小石先生自藏，根据他的遗言，身后藏书赠南京大学图书馆，文物捐南京博物院，这份稿子也就随其藏书一起归到了南大图书馆。20 世纪 80 年代，南大图书馆对这批捐赠图书进行编目，这部书也赫然在册。但当时编目者的判断是"稿本"，此书也就这样著录。2018 年 12 月，为纪念小石先生诞辰一百三十周年，南大图书馆、博物馆策划了"胡小石和他的时代"展，包括其藏书、书法和信札等，藏书中有其批点的《靖节先生集》《屈原赋注》，也有这部《中国文学批评史》，展出时还是以"稿本一册"为说明的。它自然就引起了我的注意，遂询之于史梅副馆长，她也很希望由我来整理出版。而我们对此书的看法是，其中的一些批注确为小石先生的字迹，正文则否，所以不是"稿本"而是"抄本"。至于誊录者为何人，目前难以确考。

读胡小石先生《中国文学批评史》

其实早在 2018 年之前好久，我就听说过小石先生有一部《中国文学批评史》，但不知是否还存于天壤之间。传说是这样的：小石先生最早撰写了批评史，被陈钟凡（中凡）先生借阅，此后陈先生就自己写了一部《中国文学批评史》，经其学生左舜生介绍梓行。左曾经担任上海中华书局编辑所主任，所以这部书也是由上海中华书局于 1927 年出版，在人们的心目中，它成为国人撰写的第一部《中国文学批评史》。1928 年初，小石先生有鉴于此，加上"闻有某君取学生笔记去，意在剽窃成书，据为己有……仓促间取同学苏拯笔记，加以审核，自上古至五代，用《中国文学史讲稿上编》题名，付上海人文社排印发行"①，里面有一句话说，"刻书要占年辈，否则有剿袭前人的嫌疑"②，实堪玩味。而其《中国文学批评史》一稿就没有再谋求正式出版。

在民国年间的学术界和教育界，各地风气有异，南京、四川就不同于北京，西方学界 publish or perish（要么出版，要么出局）的观念并没有那么深入人心，更没有那么畅通无阻。加上小石先生深受永嘉学人的影响，不轻易著述，更不轻易出版。即便遭人剽窃，有时也不甚以为意。游寿先生回忆道：

> 当时老师讲课多不自己写讲义，胡先生讲书学史时，由学生下课后将笔记整理抄写，一年后交还胡先生，便是《书学史》底稿。先生的《唐以前文学史》也是这样写成的。另外还有一篇关于先秦甲骨金文的讲稿，被人拿到国外改名换姓出版了。

---

① 吴白匋：《胡小石先生传》。案：20 世纪 80 年代编纂《胡小石论文集续编》，增补"宋代文学"一章，易名《中国文学史讲稿》，本文引用，径以此名。

② 《中国文学史讲稿》，本书第 209 页。

> 可是这位同学是个懒汉,经常不来上课,所以出版的书有些地方上下文不合,胡先生知道后也从不宣扬。①

研究心得被学生剽窃,这总是一件令人气愤的事,但小石先生从不宣扬,既体现了其为人的厚道,也体现了他的学术自信。毕竟,学问境界之高低,并不由著述的数量或发表之先后决定。

但我还是想对这桩学术公案侦测一番。先引述一下勋初师的看法并稍加阐释,他是认同胡先生著作在先的。理由是:胡先生懂日文,陈先生不懂日文。就中国文学批评史这一领域而言,最早的著作是由日本学者铃木虎雄撰著的《中国诗论史》(当时在日本出版的书名是"支那诗论史"),是由京都弘文堂书房于1925年4月30日印刷,5月5日发行。此书出版后,在中国便能购得,《鲁迅日记》1925年9月15日便记载了他于当日"往东亚公司买《支那诗论史》一本"②。铃木书是由三篇文章合成的,在单行本出版之前,都在学术杂志上刊登过,即1911—1912年、1919年和1919—1920年的《艺文》。从1907年到1909年,小石先生在两江师范学堂农博科学习,自然科学方面的课程都由日本教习任教。而在1910—1917年任中学博物教员时,在采集动植物标本中不断发现日本学者所定我国动植物名欠妥之处,并根据《说文》《尔雅》等典籍予以改正。所以至少在日语的听、读两方面,小石先生的水平是肯定过关的。他接触到日本学者有关中国文学批评史的研究论著,受到刺

---

① 游寿:《关于胡小石先生的点滴回忆》,载《学苑奇峰——文史学家胡小石》,第48—49页。

② 《鲁迅日记》,人民文学出版社2022年版,第587页。

读胡小石先生《中国文学批评史》

激和影响①，遂有自撰批评史的动机，是顺理成章的。虽然陈钟凡先生在《中国文学批评史》卷末列举的参考书中，也有日本学者的三种书，即盐谷温《支那文学概论讲话》、儿岛献吉(郎)②《支那文学考》和铃木虎雄《支那诗论史》。这三种书都有孙俍工的中译本，但出版时间分别为 1929 年、1935 年和 1928 年，所以，陈先生在此前要读上述三种书，只能读日文原版③。如果不懂日文，按照当时日本汉学家著作中多用汉字的状况，也许可以猜得几分，而要能够批判地借鉴，恐怕就难了。今人回顾百年来的中国文学批评史研究，往往讲到铃木虎雄《中国诗论史》对陈钟凡《中国文学批评史》的影响，恐怕多少是被"参考书"上列举的书名误导了。

但小石先生就不同了。在他的《中国文学史讲稿》中，讲到汉代柏梁台联句，就提到"最近有一位日本人叫铃木虎雄，在他的《支那文学研究》中，他替柏梁台联句的时代辩护"④云云，且不以为然；

---

① 铃木虎雄 1925 年 5 月出版了《支那诗论史》之后，次年给叶长青的信中说："仆所撰又有《支那诗论史》，乃古今诗论之史，非诗史也。"(《铃木虎雄博士与叶长青社长书》，载《国学专刊》第 1 卷第 3 期，1926 年 9 月)颇流露自负之情。铃木去世后，其弟子吉川幸次郎表彰他的这部书，就强调说："不仅先于日本诸家，且早于中国的罗根泽、郭绍虞，是划时代的创始之著，此乃人所共知者。"(《铃木虎雄先生の功績—伝承と創始—》，《吉川幸次郎全集》第 17 卷，筑摩書房 1969 年版，第 306 頁)虽然是后人的追述之辞，但予中国学界的这种刺激，很可能在铃木书出版的当时就存在了。

② 此"郎"字各版陈著《中国文学批评史》"参考书"皆遗漏，若非手民之误，或许未必真正亲见其书。

③ 陈钟凡先生学习过英语，不懂日语，但他是关心日本汉学界动向的，现存 1923 年 9 月 25 日日本神田喜一郎给他的信中说："所承下问《支那学》杂志一件，弟抵弘文堂具陈巨细，则知阁下送寄日金款汇一通，弘文堂既已查收，而拟将《支那学》杂志自第三卷第六号(系近日发行)以下三年全份次寄上座右……想既将同志第一卷第一号以下既刊全份寄上，阁下不知既查收否？"(《清晖山馆友声集》，江苏古籍出版社 2001 年版，第 613—614 页)但受限于语言能力，无法有实质性的参考。

④ 胡小石:《中国文学史讲稿》，本书第 179 页。

讲到唐代小说,又引用盐谷温《支那文学概论》中的"四分法";讲到唐代小说与元、白诗的关系,"据日人铃木虎雄之解释,以为由唐之小说盛而演成叙事诗。其实我们的推测,正同他相反"①;讲到唐代文学批评,提到"日本之铃木虎雄著了一部《支那诗论史》,他的次序是从周讲起,到六朝以后便接住明朝讲下去,中间丢了唐、宋六百年间不说,只提了几句"②;讲到宋代江西、福建文人,提到"参看铃木虎雄《支那文学研究·中国文人地理分配表》",又补充说"但此书错误很多"③;讲到宋人小说,提到狩野直喜刊载于日本《艺文》杂志第七年第一号(1916年1月)上的文章,可见他是时时关注日本学界的动向的。而小石先生对日本汉学家著作的总评价是:"大概日本人研究中国的文学、经学、史学、哲学,题目都很新颖有趣,而内容却多靠不住。"④小石先生在1920—1928年间,先后于北京女高师、武昌高等师范学校、东南大学(后改名中央大学)、金陵大学主讲"中国文学史"课程,后取学生课堂笔记审核整理为《中国文学史讲稿上编》,于1928年交付出版(实际出版时间为1930年3月)。有个合理的推想,当小石先生于1920年前后在学术杂志上看到铃木虎雄有关中国诗论史的文章时,就会受到刺激,由此对该领域加以关注。1925年看到《中国诗论史》一书时,就更容易产生题目新颖有趣,而内容却多靠不住的想法,从而激发起自己的写作欲望。按《鲁迅日记》的记载,他在东亚公司购得铃木虎雄《支那文学研究》书的时间是1926年2月23日,距离该书的出版也仅三个月。

---

① 胡小石:《中国文学史讲稿》,本书第265页。
② 同上书,本书第273页。
③ 同上书,本书第282页。
④ 同上。

何况当时中国也可以直接汇款到日本购书，速度就更快。以小石先生的学养和才能，自撰一部短小精悍的《中国文学批评史》（整理后的字数是五万余字），十天半月写成绝非难事，充其量也不消一个月时间。所以我推测，小石先生的《中国文学批评史》是在他看到铃木虎雄《支那诗论史》之后写成。假设他看到此书的时间在1925年之夏的话，其《中国文学批评史》之写成，不会晚于这个时间太久。如果做一点推测，那么此书的写成时间或许在当年暑假中，姑且说是1925年秋吧。

《中国文学史讲稿》中有一个表述，所谓"最近有一位日本人叫铃木虎雄，在他的《支那文学研究》中"云云，《支那文学研究》与其《支那诗论史》一样，也由日本京都弘文堂于1925年11月出版，较《支那诗论史》晚七个月。《中国文学史讲稿》交稿于1928年，大概两三年之内可以用"最近"表示吧。小石先生的《中国文学批评史》第一期"周—汉"，讲到缘情言志时说："古人于情志分别未明，不当据今以释古（近人潘大道《诗论》引心理学情、知、意志三分说以释之，实非①）。"（本书第8页）这里提及的潘大道《诗论》，是中华学艺社于1924年出版的。如果小石先生在1925年秋写作批评史，称潘大道为"近人"也是合适的。

当初的《中国文学史讲稿上编》凡十一章，到"五代文学"止，若干章节中都有"文学批评"的内容，与小石先生的《中国文学批

---

① 小石先生此处对潘大道的批评是不正确的，他看得过于匆忙，将其立论弄错了。潘氏云："此所谓志，不单指现在心理学上知情意的意志一部分。所谓知情意的分别，在欧洲，也是自康德以后才弄明白的；从前并没有分得这样精细。中国也是一样。所以古人言志，乃合情而言……古人所谓志，不惟不离乎情，并且即以情为志。所以我们把诗言志这句话，改作诗言情，也无不可。"（《诗论》，中华学艺社1924年版，第1—2页）这与小石先生主张的古人情志未分的意见是一致的。

评史》作一比较，固然有轻重详略之异，可收互补之效，但如果将两书讨论的内容、篇幅较为接近者合观，则不难发现，其《文学史》中的叙述较之《批评史》更有条理、更为成熟。比如《文学史》中"齐梁之批评"一节，与《批评史》中的"第三期齐梁"，就是较为合适的比较对象。《批评史》中对齐梁时代的各种意见判为"三说"：一曰"非文学论"，代表人物是裴子野，反对者为萧纲；二曰"声律说"，代表人物是沈约，反对者为锺嵘；三曰"折衷说"，代表人物是入北之后的庾信和颜之推。再看《文学史》中的表述，也同样分成了"三派"：一曰"反文派"，以裴子野为代表；二曰"主文派"，以刘勰与锺嵘为代表；三曰"折衷派"，以颜之推为代表。无论是标目还是论析，《文学史》的表述皆优于其《批评史》。合理的推断只能得出这样的结论：小石先生的《中国文学批评史》写作在前，《中国文学史讲稿上编》写定在后，因此后出转精。

据《胡小石年表》在1916年所述："此时，先生系统地学习、研究了经学和古代文学……此一阶段的苦学为其后的厚积薄发打下了坚实的基础。"1920年11月，"由陈中凡先生推荐，先生离开上海北上受北京女子高等师范学校之聘，任教授兼国文部主任，教文学史、修辞学、诗歌选作等"[①]。联系程俊英先生的回忆，小石先生的确在北京女高师开设了文学史、修辞学、诗歌选作三门课程。从上文可见，想要全面准确理解小石先生的文学批评观，需要结合其文学史方面的论著，还需要结合其修辞学方面的论著。他的修辞学论著现在能够看到的只是两篇文章，即《中国修辞学史略》和《中国修辞学史》，分别刊登在《国学丛刊》第一卷第一期（1923年）和

---

① 《周勋初文集》本《高适年谱·胡小石年表》，凤凰出版社2023年版，第131、134页。

第二卷第一期（1924年）。要是根据程俊英先生的回忆，小石先生的修辞学课是以"修辞格"为中心，"每种修辞格各用书证说明，既有趣又有心得……一学期讲下来，我的笔记簿已积得厚厚一本，装订成册"。但很可能只是因为"参考日人的研究，标目从之，例证由我补充"[1]，小石先生自以为独创性不够，所以并没有谋求出版。他在1923—1924年间刊登的两篇有关修辞学史的文章，有一节是"述西洋修辞学之变迁"，也特别说明略本《英国百科全书》和岛村抱月《新美辞学》[2]，可见其的确能够直接参考日文和英文的专业文献。他在女高师讲授修辞学，"或许可称国内讲授这一新学的首创者"[3]；其对修辞学史的研究，也是最早的中国修辞学史论著。如果能借用鲁迅的形容，就可以说"是东方的微光，是林中的响箭，是冬末的萌芽，是进军的第一步"[4]。何爵三1929年发表《中国修辞学上的几个根本问题》，在文末展望中国修辞学的研究，提出了四项期待，其最后一项是："要一部中国修辞学史。"自注云："《国学丛刊》二卷一期载有胡光炜《中国修辞学史》，仅有春秋战国二期，以后不见续登，内容尚嫌简略。"[5]就可以看出在20世纪20年代，小石先生的学术敏感是多么的超前。虽然他后来没有在这一方面

---

[1] 《胡小石老师在女高师》，载《学苑奇峰——文史学家胡小石》，第42页。

[2] 胡光炜：《中国修辞学史略》，载《国学丛刊》第一卷第一期（1923年）。又见本书第332页。

[3] 周勋初：《我所了解的胡小石先生》，载《学苑奇峰——文史学家胡小石》，第89页。

[4] 鲁迅：《白莽作〈孩儿塔〉序》，《且介亭杂文末编》，人民文学出版社1973年版，第24页。

[5] 霍四通：《中国近现代修辞学要籍选编》，上海教育出版社2019年版，第375页。案：现在我们能够读到的第一部修辞学史，是郑子瑜的《中国修辞学史稿》，写成于1979年，出版于1984年，晚于小石先生60年。

续有撰著,让人不免有"简略"之憾,但正如其文学史宗旨通过教学活动影响了后来的冯沅君(与陆侃如合著有《中国诗史》)、刘大杰(著有《中国文学发展史》)等人[①],其修辞学理念也影响了后来的程俊英[②],可谓"弟子传芬芳"。

　　插入这一段有关修辞学研究的叙述是要表达如下看法:在1920年到1928年之间,小石先生的教学重心放在了文学史和修辞学,前者在1928年交付出版了《中国文学史讲稿上编》,后者在1923—1924年间发表了中国修辞学史的论文。而与这两个领域关系密切、潜伏在其背后起着重要作用的一个领域,就是文学批评,甚至可以说,文学批评是文学史和修辞学的灵魂与核心。呈现在外的是文学史和修辞学,决定其眼光、左右其看法的是"批评"。更重要的是,这样的理念就是小石先生当年拥有的理念。其《中国文学批评史》"总论"章的"批评之使命"节中就指出:

> 夫批评为增进读者之了解,颇近似文学史。批评为转换新旧文学之轴纽,则近似修辞学。盖文学之发展多端,而批评亦然。无论才之优劣,艺之高下,范围之广狭,体制之疏密,而批评无不可以消纳之。

所以,在彼时彼地的小石先生的学术构想和教研计划中,他是将文

[①] 参见周勋初:《胡小石先生与中国文学史研究》,《周勋初文集》本《当代学术研究思辨》,凤凰出版社2023年版,第53—54页。

[②] 程俊英先生在20世纪80年代末的回忆文中说:"一九二二年毕业以后,我一直在中学、大学任教,教'国文'必谈修辞,教'文学概论'也谈修辞,也为中文系开过'修辞学'课程,都是受胡老师的影响。"(《胡小石老师在女高师》,载《学苑奇峰——文史学家胡小石》,第43页)

学史、修辞学、文学批评当作一个整体来设计、推进和构建的。讲授文学史、修辞学，写作修辞学史、中国文学批评史，也应该是在一个大致相近的时间段中完成的。从这个意义上说，将其《中国文学批评史》的写作时间，拟定在1925年秋，也是比较合理的。正是出于这样的考量，新编《胡小石中国文学批评史论》一书，就不仅收入其《中国文学批评史》，也收入了《中国文学史讲稿》和《中国修辞学史》等著，以体现小石先生的这一学术理念。读者要想全面理解其文学宗旨，也应该将这几部书作通贯阅读。

　　小石先生1920年开始在北京女高师任教，讲授的科目有文学史、修辞学和诗歌选作等。1924年9月开始在南京金陵大学中文系任教授兼系主任，讲授《楚辞》、杜诗、甲骨文等课程，需要特别强调的是，还有一门课程就是"中国文学批评史"（当时的课程名称是"文学批评"）。这是他到金陵大学任教后开设的一门新课，现在虽然无法确认这门课的最早开设时间，但从小石先生的学术理念来看，在讲授了文学史、修辞学之后，讲授文学批评课也就呼之欲出了。先师程千帆先生于1932—1936年就读于金陵大学中文系，那时的小石先生为中央大学教授，同时也兼任金陵大学教授，所以千帆师在那时曾亲承音旨。1990年7月，千帆师撰写了《闲堂自述》一文，在"学习与师承"节中，就说到"从胡小石（光炜）先生学过文学史、文学批评史、甲骨文、《楚辞》"[①]。可证小石先生在那时的确开设过"中国文学批评史"方面的课程。更加有幸的是，我们现在还能看到当年金陵大学的成绩单，其中之一就是小石先生开设的"文学批评"课，课程名称和授课教师的签名都是手写的。从左下角的文字"Spring 1932"来看，我们知道这门课程的开设时间是

[①] 程千帆《闲堂自述》，载《文献》1991年第2期。

读胡小石先生《中国文学批评史》

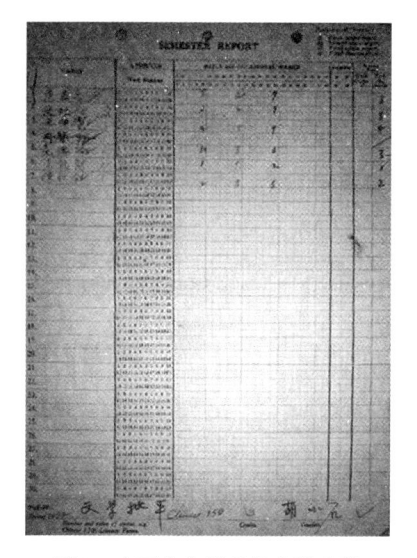

图3 小石先生签名的金陵大学
"文学批评"课成绩单

图4 《金陵大学文理科概况》
（中华民国十七年至十八年）

1932年的春季，那是在千帆师入学之前。这样看来，它应该是一门较为固定的课程，所以会连续开设。从现存的《金陵大学文理科概况》（中华民国十七年至十八年）和《私立金陵大学文学院概况》第一号至第四号（民国十九年到二十六年），在各版课程编号"国文一五〇"下，都赫然写着"文学批评"（或作"文艺批评"），既然是同一编号，又同为三学分，课程说明"讲授历代批评之标准及估量各派文艺之价值"的表述也大同小异，应该可以确定其所指为同一门课，再结合成绩单上的教师签名，也可以确认是由小石先生开设。① 以目前所得文献来看，至晚在1928年的秋季，小石先生已经

---

① 《金陵大学文理科概况》（中华民国十七年至十八年），第15页。案：以上关于金陵大学课程的相关信息和图片皆由宋健先生慷慨提供，特此鸣谢！

读胡小石先生《中国文学批评史》

在金陵大学开设"文学批评"的课程,并且计划连续开设至 1937 年,这就与先师千帆先生的回忆可以相互印证了。要开设一门新课,势必在此前对该门学问有所研究和准备,这部《批评史》很可能就是其课程讲稿,一如他为其修辞学课准备了讲稿①。讲者虽然可以随时对之有所增补②,不过其基本面貌应该预先完成,这和本文推测其《中国文学批评史》的撰著时间在 1925 年秋,无论从时序上看还是从逻辑上看,都是可以吻合的。先师千帆先生于 1941 年 8 月至 1942 年 7 月任武汉大学讲师,1942 年秋季始任成都金陵大学副教授,曾在两校讲授"文学通论"③。1943 年其教材以《文学发凡》为名印行(1948 年改名《文论要诠》,1983 年改名《文论十笺》),也可以说是对小石先生当年讲授"文学批评"课的发扬光大吧。

最后,我们可以比较一下小石先生和陈钟凡先生的两种《中国文学批评史》。据姚柯夫编著之《陈中凡年谱》1925 年下引用《广东大学周刊》第 28—30 号(1925 年 10 月 26 日—11 月 9 日),在 10 月 15 日的"文科朝会"上,时任文学院长的陈钟凡先生报告本院同人出版计划,最后提及"拙著《中国文学批评史》等编,年内皆可成书"。但因为他在九天后即 10 月 24 日便"请假回籍",院长一职也由中文系主任吴康代理,实际上就是辞职离任了,所以该

---

① 据程俊英回忆,小石先生修辞学课开讲就说:"不发讲义,讲稿即讲义,你们可作简要的笔记。"《学苑奇峰——文史学家胡小石》,第 42 页。

② 比如位于全书正文之末的王国维一节,我认为就是其后增补的。

③ 程千帆:《文学发凡后序》云:"辛巳壬午之间,余承乏武汉大学讲席,始与诸生媵治文学者接谈,其言之凌杂浮浅,往往出意度外,知近世短书,累害郅深。因取前哲雅言证之,俾典于学。期年,稍稍解悟。旋移教金陵大学,从游所病,亦与向等,辄仍旧贯,相共讲论。"(《文学发凡》卷下,金陵大学文学院中国文学系丛书第二种,1943 年版。)

书并没有在广州写成。从当年11月开始,他在苏州东吴大学兼课至次年1月,2月开始应聘为南京金陵大学国文系主任兼教授[①]。所以,其《中国文学批评史》的完成,也应该在1925年底到1926年初,以其在东吴大学兼课期间的可能性为最大(没有行政工作的干扰,也最适合著书立说)。小石先生和陈钟凡先生的"批评史"是两部彼此独立的著作,但仔细比较,还是可以发现胡著先于陈著、陈著参考胡著的痕迹。两部批评史的卷末都列举了书目,胡著作"古今文论要目"(相当于一部古代文论选的选目),陈著作"参考书"。胡著从"卜商《诗大叙》"开始,到"茅坤《与蔡白石太守论文书》"结束,共66人86篇;陈著从"卜商《诗大叙》"开始,到"铃木虎雄《支那诗论史》"结束,共102人159篇。自"茅坤《与蔡白石太守论文书》"以下,胡著不存,所以陈著多出的书目,就集中在后半部分,共44人91篇,属于陈著补充者。其中有"胡光炜《中国修辞学史》",但陈著自身并无这方面内容,将其列为"参考书"之一,不知是否含有精神上的抚慰之意。而前半部分的57人68篇,几乎笼罩于胡著的66人86篇之内,陈著主要做"减法",其沿袭之迹显然。又胡著云"古今文论要目",在其《中国文学批评史》中都有所征引,未列其中而实则引用者也不少;陈著号称"本卷参考书",却有列入其中而正文不着一字者。以颜延之《庭诰》为例,陈著"参考书"中列举其名,但正文就未及一语。反倒是胡著论述刘宋时代的批评,一则强调"辨伪之作,亦始于此时",引《庭诰》论李陵诗"元是假托,非尽陵制";再则指出"批评中之批评,则《庭诰》开其

[①] 参见姚柯夫《陈中凡年谱》(简编),《清晖山馆友声集》附录,第652—654页。案:此谱虽名为"简编",但有些地方的内容反较其之前出版的《陈中凡年谱》(书目文献出版社1989年版)更详细,而无事实上之冲突,故本文据之。

参 考 书 目

司马迁史记屈原贾生传
班固汉书艺文志诗赋略
王充论衡超奇篇制作篇艺增篇自纪篇
曹丕典论论文
杨修答临淄侯笺
曹植与杨德祖书
陆机文赋
陆云与兄平原书
挚虞文章流别论
范晔狱中与诸甥书
陈寿三国志王粲传
沈约宋书谢灵运传论
陆厥与沈约书

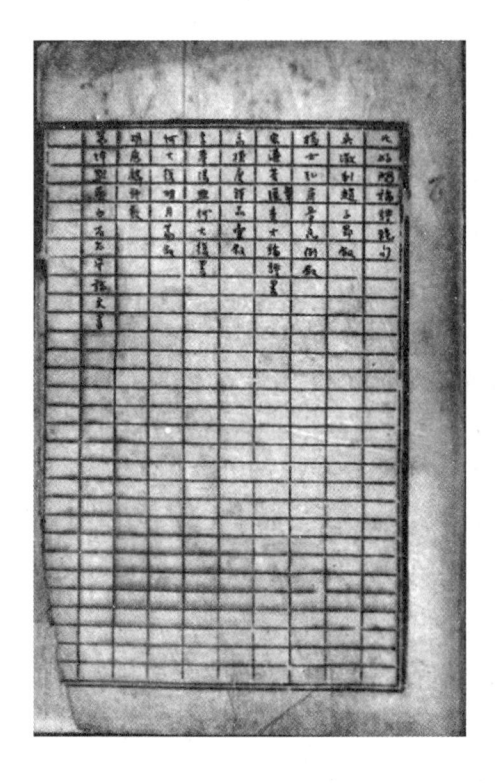

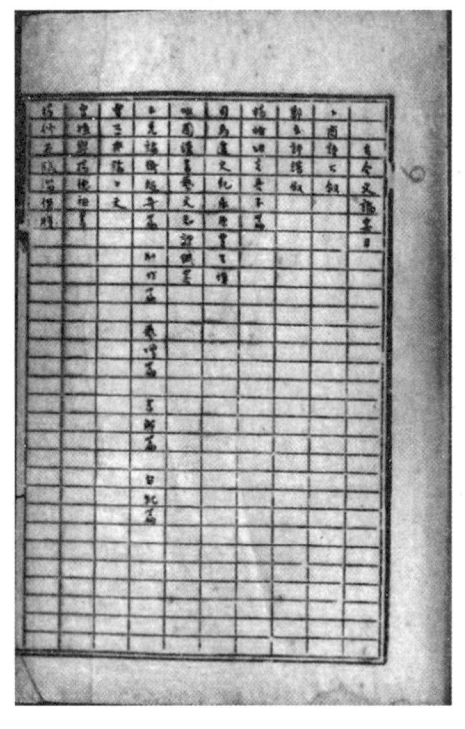

中 国 文 学 批 评 史

欧阳修苏子美文集叙 又梅氏诗叙论
苏洵上欧阳内翰书
苏轼与谢民师推官书
苏辙上枢密韩太尉书
黄庭坚与王观复书
张耒答李推官书
姜夔白石道人诗集叙
严羽沧浪诗评
沈义府乐府指迷
郭茂倩乐府诗集叙
陆游上辛给事书
吴澄别赵子昂叙
宋濂答张秀才论诗书

图 5 胡著与陈著
（上边为胡小石《中国文学批评史》，下边为陈钟凡《中国文学批评史》）

端",举其"挚虞《文论》,足称优洽"之评。还有就是胡著原本的误字,居然在陈著中也同样出现。例如胡著列有"宋濂《答张秀才论诗书》",誊录时在"张"字旁添写了"章",意谓"张"为"章"字之误,这一更改是正确的。但在陈著所列参考书中,这一则也写成"宋濂《答张秀才论诗书》",显然属于承讹踵谬。最奇怪的是胡著所列王充《论衡》诸篇,位于第二的是"《制作篇》",陈著也照样如此。可是看陈著正文第五章"两汉批评史"第四节"王充论文",两次提及《论衡》此篇,皆为"《对作》"而非"《制作》"。事实上,王充《论衡》的确只有《对作篇》而无《制作篇》。陈著撰写参考书之际,如果不是有胡著"蓝本"在前,这类不经意造成的错误是不会发生的[①]。参考书本身无关大体,就算沿用也无伤大雅,但这恰恰是胡著先于陈著的一个证明。

我花了这么多篇幅侦测这一公案,虽然难免"丰干饶舌"之讥,但真正想要表达的只有一句话,那就是:小石先生的这本书是第一部国人撰写的《中国文学批评史》。

二、《中国文学批评史》的特色

在学术史上,某研究领域的"第一部"书往往吸引人们的注意力。如果遇到一个浮夸之世,也就会出现一些逞口快、抢地盘、圈势力的人。但在我看来,"第一部"固然有其可贵,但时过境迁失

[①] 收于本书中的《中国文学批评史》,已经过编者的整理,对于原本的文字讹误皆予径改,所以,此处所举"古今文论要目"中的两处误字,"答张秀才"已改为"答章秀才","制作"已改为"对作"。

去当下意义的"第一部",可以收在图书馆或藏于博物院,大可不必重新印行。我们整理出版小石先生的文学批评史论著,绝不因为这是"第一部",而是因为它不仅含有特色、富于价值,并且在今日也不失其当代意义。重温这部百年前的旧著,不仅让我们惊叹于小石先生"识力"之高超锐利,而且总令我的心头弥漫着一种无法挽回的遗憾之情:如果这本国人撰写的首部批评史能够在百年前作为"第一部"出版的话,中国文学批评史研究的"起步",就将如严羽期待的那种"从最上乘,具正法眼,悟第一义",也就堪称"入门须正,立志须高"[①]了。

虽然自魏晋以下,往往"文史"并称,但唐人已有"自古文士多,史才少,何耶"之问,刘知幾回答说:"史有三才:才、学、识,世罕兼之,故史者少。""三才"之中,以"史识"为贵,"时以为笃论"[②]。而史臣对刘氏的评价,就用了"学际天人,才兼文史"[③]。若将此八个字移评小石先生,可谓当之无愧。其《中国文学批评史》之著述,在很多地方都与《史通》倡导的修史原则相合:著作以"史识"见长,岂不是"三才"尤以"识"为重吗?采撰注重经典,岂不是垂意"当代雅言"[④]、杜绝"委巷琐言"[⑤]吗?叙事崇尚精简,岂不是"以简要为主"吗[⑥]?要言不烦余韵无穷,岂不是"用晦之道"[⑦]吗?用现代

[①] 张健:《沧浪诗话校笺·诗辩》,上海古籍出版社2012年版,第7页、第65页。
[②] 《新唐书·刘子玄传》,中华书局1975年版,第4522页。
[③] 《旧唐书·刘子玄传》,中华书局1975年版,第3185—3186页。
[④] 浦起龙:《史通通释》卷五《采撰》,上海古籍出版社2009年版,第106页。案:浦起龙在此篇后有按语云:"刘子玄言作史三难,首尚学识,即此可以证其本领。"(第109页)
[⑤] 《史通通释》卷八《书事》,第214页。
[⑥] 《史通通释》卷六《叙事》,第156页。
[⑦] 同上书,第161页。

语直解传统概念,岂不是与"怯书今语,勇效昔言"[①]者判为两途吗?小石先生《中国文学批评史》之可珍可贵,仅上述诸点,不也就可想而见了吗?

小石先生多次感叹著述"持论之不易",那是因为他总要言必己出,别具手眼。故其论著虽篇幅不大,启发人意处则甚多。现代学术成立以来,受西方传统的影响,评价标准往往以著作材料的多寡新旧而加以优劣。1928年成立的中央研究院历史语言研究所,傅斯年同时撰写了一篇著名的文章《历史语言研究所工作之旨趣》,提出了衡量现代学术的三条"新标准":"(一)凡能直接研究材料,便进步……(二)凡一种学问能扩张他所研究的材料便进步,不能的便退步……(三)凡一种学问能扩充他做研究时应用的工具的,便进步,不能的,则退步。"合起来看就是两条:"新材料"和"新方法"。他继续说:"我们很想借几个不陈的工具,处治些新获见的材料,所以才有这历史语言研究所之设置。"堪称宗旨明确,就是要用"不陈的工具"(新方法)来处治"新获见的材料"(新材料)。其最后的总结是:"总而言之,我们不是读书的人,我们只是上穷碧落下黄泉,动手动脚找东西!"[②]也就是最终归向寻觅新材料。傅斯年的主张,对于打破传统学问范围的日趋固化僵化,在更宽广的学问世界中纵横驰骋、开疆辟土具有十分积极的作用和意义。但任何事情的得失往往纠缠在一起,这一主张也蕴含、激发甚至造就了"材料主义"的倾向,把"材料"(最好是"新材料")视为第一要务(这是应该的)甚至最高殿堂(这就荒谬了)。朱自清在1934年写了一篇

---

① 《史通通释》卷六《言语》,第142页。
② 欧阳哲生主编:《傅斯年全集》第三卷,湖南教育出版社2003年版,第5—7、8、11页。

读胡小石先生《中国文学批评史》

郭绍虞《中国文学批评史》上卷的书评,其中比较了它与之前一部(即陈钟凡《中国文学批评史》)的异同:

> (陈著)似乎随手掇拾而成,并非精心结撰。取材只是人所熟知的一些东西,说解也只是顺文敷衍,毫无新意……(郭著)虽不是同类中的第一部,可还得算是开创之作;因为他的材料与方法都是自己的。①

其评价标准就是两条——"材料和方法",与傅斯年的文章作一对比,就不难看出评价标准是一脉相承的。但朱自清运用这一标准作衡量时,是相当有节制也相当合理的,其着眼于立论方面的评价也不少。特别值得注意的是,文中还指出郭著论沈约所谓轻、重,刘勰所谓飞、沉即后世之所谓平、侧,应该参考小石先生《中国文学史》中的相关论述(包括阮元和邹汉勋),不宜自说自话。

小石先生的《中国文学批评史》除"总论"外,将周朝至晚清的批评史分作七期,做了一个较为完整的呈现。但全书仅五万余字,可见不以"繁富"取胜,走的是"简约"之途。要做到"简约"而不"简单",需要有一个整体在胸,才能一语中的、直凑单微(用该词的近代语义)。小石先生对此有充分的自觉,他在《中国书学史·绪论》中指出:

> 吾尝谓治文学史者不当仅就文学本身之变迁言之,一时代

---

① 朱自清:《评郭绍虞〈中国文学批评史〉上卷》,《朱自清古典文学论文集》下,上海古籍出版社1981年版,第540页。

之文学,实与一时代之思想、音乐、图画、雕刻、建筑等类,有不可分立之势。盖诸种变迁,皆同时起者,惟书亦然。故治文学或艺术历史者,实当观察人类全部之文化,非可株守一隅以自足也。①

从文化整体考察文学艺术,又可以从文学艺术反观文化整体的变迁。就文学本身而言,它与其他相近门类(思想、音乐、图画、雕刻、建筑、书法等)又可以构成一个整体,需要在彼此联系中考察其升降起伏。总之,绝不可"株守一隅以自足"。正如前文所述,在小石先生的心目中,其"批评史"是与"文学史"及"修辞学"三位一体的,所以要评析小石先生的文学批评观,至少也要结合其他两方面的著述。与此密切相关的,就是对研究方法的重视和自觉。在批评史中,小石先生多次表彰清儒之学的成就,归功于"方法之精"。一则曰:

> 自汤若望携西学以东来,渐为国人所重视,薰蒸既久,援用亦频,渐利之以董理学问。如焦里堂、赵瓯北之流,胪列例证,交互比较,纯出于客观,实受科学之赐。

又列举阮元、汪师韩、赵翼、戴震、惠栋等人论著曰:

> 其所用之方法既精,其所得之学问自确,故直可谓为清学。

---

① 胡小石:《中国书学史》,浙江人民美术出版社2022年版,第9页。

三则曰：

> 清代文学不能逾轶前代，而学术发展颇有可观，所以然者，方法之精耳。

这里强调的"方法"或"科学"，受到西学的刺激，但不是照搬，而是强调了清人在广泛实践中所形成的"清学"，也就是一种"本土资源"。其精神不仅体现在一般学术，也贯彻于文学研究之中：

> 以科学治文学，扫除门户之见，由主观而进于客观，广求证据，比较而归纳之，此清代所特有者也。

讲得更加直白一些，他强调的方法就是"归纳法"。所以，他也将这一方法推广到文学批评：

> 批评之法有二：一为归纳法，一为判断法。文学之价值极难估定，若恃一人主观之所见，往往失于武断，故批评之有价值者，类皆出于归纳法，以其能综合事实，相互证明，纯出于客观。

当时的胡适、傅斯年等人，也都强调用科学方法整理、研究国故，但重视的基本上是"考据"。小石先生也重视方法，但别有其师承也别有其特色。

关于小石先生的师承、治学范围与特色、著作的地位与影响等，其弟子多有论述，尤以吴白匋（征铸）先生的《胡小石先生传》为较早也较为全面，其中若干内容乃得自小石先生口说，弥足珍贵。以下这段文字，就源自小石先生的"自述"：

> 年十岁，父季石先生即命诵读《尔雅》，期望其他日成一学者。季石先生出兴化刘融斋（熙载）先生门下，刘虽以《艺概》一书得名，但非一般词章家可比，其治学方法实属仪征阮元、焦循一派，与乾嘉戴东原学派一脉相承，即以小学为基础，进而研究经、史、子、集。①

以语言文字、声韵训诂之学（"小学"）为基础，进而扩展到对知识世界的整体（经史子集）或曰"文化"整体的研究，小石先生的学术之路，就是以此为起点，并且朝着一个高远的方向发展的。

在19世纪的德国，一些卓越的学者改造了之前的古典学传统，将它从倾心于字词的考订转变为"古代通学"（Altertumswissenschaft），也就是从字词出发进而从整体上把握古代世界。从19世纪中到20世纪初，Philologie成为影响世界人文学研究的重要方法和途径，东亚也不例外。在日本以及受日本影响的朝鲜半岛，人们将这个德语名词对译成"文献学"；在中国，人们或译作"语学"（语言学），或译作"考据学"②。小石先生的学术路径，是从中国本土出发，而能够与这一当时的世界学术主流暗合冥会，尽管无

---

① 吴白匋：《胡小石先生传》。案：据谢建华编、周勋初审订《胡小石年表》载，小石先生五岁"在家受教于父季石先生，开始诵读《尔雅》等书。其父期望小石日后成一学者"（第127页），不同于吴先生文中所记的"十岁"。

② 参见张伯伟：《文献学与Philologie：旧领域的新认识及其可能的新未来》，载《文献》2023年第6期。

读胡小石先生《中国文学批评史》

需对此特别标榜。人类对于时代的感知和反应，有时就是这样的奇妙，"铜山西崩，灵钟东应"，又岂止是《周易》"以感为体"的象征呢[①]？前述作为新派人物的罗常培，在听完小石先生关于"八分书"的讲座后，激赏其"以科学方法治学"，也就可以理解了。

周勋初师曾指出，小石先生早年学习生物科学，注重对植物分类，"后在钻研各种学问时，喜确立义例"，如《甲骨文例》《金文释例》《〈离骚〉文例》等；他"从事文学史研究，也喜欢作归纳，或列表以明之"，如其《两汉模拟文学一览表》和《杜诗声调谱》；因此，"这种经排比归纳而得的结论，可信程度高，在学理上与方法上，都能予人以启发"[②]。鲍明炜先生也说诸受业者对小石先生"讲课的共同感觉是条理清楚，这在老辈先生当中是不多见的"，还指出其《李杜诗之比较》"文中'用字、声韵'诸例亦皆文例释例之类，足见先生治学是重视系统的，反映在教学上自是有条不紊"[③]。这种治学和教学特色一以贯之，所以，在论述一个时代或一个阶段的批评史时，他总能抓住核心问题，"综合事实，相互证明"，其强调分类和义例的学术理念，就体现在归纳派别，这成为其著作的特色之一。比如在论述齐梁时代论文诸派时，他归纳为非文学论、声律说和折衷说；论初盛唐文坛，则分齐梁派和非齐梁派，于前者又细分为贵文、调和南北、宫体，于后者细分为复古派、革新派；论明代则有复古派、唐宋派、杂派等。将一个时代的文坛分派论述，可收纲举目张之效。

[①] 《世说新语·文学》："殷荆州曾问远公'《易》以何为体？'答曰：'《易》以感为体。'殷曰：'铜山西崩，灵钟东应，便是《易》耶？'远公笑而不答。"

[②] 《胡小石先生与中国文学史研究》，《周勋初文集》本《当代学术研究思辨》，第51页。

[③] 鲍明炜：《胡小石先生教学回忆录》，载《学苑奇峰——文史学家胡小石》，第76页。

在一门学问的发轫阶段，建立起一个论述纲维，是非常重要的。筚路蓝缕以启山林的工作可能不够完善，后人可以踵事增华；揭示历史现象的同时也许会有遮蔽，后人可以补苴罅漏。但如果没有构建起一个论述框架，材料就如同一盘散沙，或者说"如一屋散钱，只欠索子"[①]。从这个意义上看，小石先生《中国文学批评史》的归纳派别，就显得十分重要了。如果我们同时参看其《中国文学史讲稿》，就能够发现，其概括清人的文学主张是"约分三派"，谈秦代文学时稍涉周代文字，也是"约分三系"，评建安诗风则"分二大派"，论晚唐文学，则分为功利派、词华派和元白派。而在论述齐梁文学批评时，又将之前的非文学论、声律说和折衷说修正为反文派、主文派和折衷派，论初唐文学，也将之前的齐梁派和非齐梁派修正为齐梁派和复古派，等等。这既是小石先生论著的共同特色[②]，这一特色又通过其批评史作了特别显现。

学术研究当然要以文献材料为基础，对新材料尤其应保持敏感，但新材料之获取和新论断之获得，两者并无必然联系。有以常见书而作出新判断者，也有以新材料而盖建旧房子者。与中国文学批评史关系重大的域外汉籍中，首推日僧空海大师的《文镜秘府论》，其中包括了大量六朝至唐代的批评史料。此书在晚清被杨守敬从日本带回，并在其《日本访书志》中强调了该书的重要性。但杨氏带回的两种本子并未在世间流传，而是藏于北京故宫博物院

[①] 冯梦龙纂辑《墨憨斋三笑》载明代刘健（希贤）嘲笑丘濬（仲深）语，河南人民出版社1999年版，第1165页。

[②] 这一治学特色对周师勋初颇有影响，代表性论文如《梁代文论三派述要》《北宋文坛上的派系和理论之争》，见《周勋初文集》本《文史探微》，凤凰出版社年2022版，第81—106页，第214—234页。

读胡小石先生《中国文学批评史》

（现藏台北"故宫"博物院），外间难得一见。1923年，铃木虎雄发表了《文镜秘府论校勘记》，此文后由储皖峰译为中文，刊登在《国学月刊》二卷十一期（1927年11月），此书也渐为中国学界所闻。1930年，储皖峰将该书西卷中的一部分"文二十八种病"抽出，经校勘后由中国述学社单行。再其后，罗根泽先生根据其书材料，写了《文笔式甄微》一文，刊于《中山大学文史学研究所月刊》三卷三期（1935年1月）[①]。在1943年出版的《魏晋六朝文学批评史》中，罗先生也充分利用了《文镜秘府论》一书中的材料。在小石先生撰写批评史之际，学界对此书了解不多，更是难得寓目，所以他未能利用。但在有关永明声律说的讨论中，对于"八病"的看法，小石先生的见解却是正确的。他说：

> 阮元作《四声考》，谓八病起于唐人，余以为不然……八病之兴，岂后于齐梁耶？

当中分别征引了皎然《诗式》、王通《中说》和锺嵘《诗品》，认为"八病"说非起于唐人，而是起于沈约之时。文中"阮元作《四声考》"一语有误，正确的表述应该是"纪昀作《沈氏四声考》"，该书卷下云："按齐梁诸史，休文但言四声五音，不言八病。言八病，自唐人始。"[②] 小石先生利用旧材料得出新结论，这是可贵的。当然，如果

[①] 青木正儿1935年出版的《中国文学概说》一书也提及《文镜秘府论》，说"这部书是汇集六朝及唐代之文学论而组织成的修辞论，其中往往引用着原本已佚的书……近年在中国也知道此书而翻印了"（隋树森译，重庆出版社1982年版，第168页）。这可与本文记述相印证。

[②] 纪昀：《沈氏四声考》卷下，《丛书集成初编》，商务印书馆1936年版，第156页。

他能够有机会接触到《文镜秘府论》，其论证必然更加坚实。这一缺憾，后来在罗根泽先生的批评史中得到了弥补，沈约是"八病"的提出者，或曰"八病"的提出在刘宋时代，应该可以确认无疑，此皆得力于《文镜秘府论》中"新材料"的支撑①。

小石先生的这部书在写作上以"精简"为特色，但他的搜集材料、阅读材料却是相当广泛的，可谓取精用宏。如果遇到需要在材料方面加以强调、开拓者，也会不惜笔墨。比如批评史的唐代部分，论述篇幅超过全书的六分之一，属于用力较多的部分。其《中国文学史讲稿》也专列"唐代文学批评"一节，我认为这是对其《中国文学批评史》相关文字的提炼和补充，着重在"材料"方面。他说：

> 唐代的诗文，如日中天；而论文之著作，竟寥若晨星。……我们不能因为唐代的文学批评著作流传于现在的绝少，就贸贸然断定唐人文学批评之风不盛。
>
> ……
>
> 假使要编一部中国文学批评史，各朝均容易收辑材料，只有唐代较感困难，因为当时论文书籍都未能流传至今。如日本之铃木虎雄著了一部《支那诗论史》，他的次序是从周讲起，到六朝以后便接住明朝讲下去，中间丢了唐、宋六百年间不说，

---

① 这里正好有个例子，可以作为"用新材料盖旧房子"的说明。启功先生《诗文声律论稿》虽然写在《文镜秘府论》为学界普遍闻见之后，但还是坚持认为"到了唐代，出现了'八病'之说"，理由是《文镜秘府论》所引"沈氏"有称"沈给事"者，"知非沈约"（中华书局1977年版，第117—119页）。案：空海此书乃纂集各种资料汇编而成，其称呼不一，是直录旧文所致。《梁书》《南史》本传虽无明确记载，但沈约自谓曾任"给事黄门侍郎"，见《奏弹王源》（《文选》卷四十），当可据信。有人称之为"沈给事"，是很正常的，如何就因此能断定"知非沈约"？

只提了几句。殊不知唐代论文专书,现今虽不可得见,而唐人关于批评文学的意见,散见于各种文体中的很不少,若肯过细去搜辑起来,材料颇觉丰富。①

在小石先生看来,唐代文论著作流传至今者绝少②,但并不意味着"唐人文学批评之风不盛",如果将"散见于各种文体中的"意见汇辑起来,"材料颇觉丰富"。他釐分为六类:史论、诗、书札、传志(即墓志)、集叙、杂文,这些材料都已运用于其《中国文学批评史》中。在小石先生撰写批评史之前,唯一的同类著作就是铃木虎雄的《中国诗论史》,其中的唐宋部分皆简单带过,是一个很大的缺憾。所以在小石先生的批评史中,其唐宋部分占到全书的三分之一,这显然是一种"人所未言,我详言之;人所难言,我易言之"的研究和叙述策略。仅此一端就能发现,小石先生对于材料是极为重视的,但他并不刻意炫耀、大肆铺排,而是将重心放在研究对象的特征及其历史地位。他总结道:

> 研究唐代批评文学,最应当着眼的,是看他们转变风气的地方。唐代文人,一方面结束六朝以前,一方面又开启宋代以后。此朝实为中国古今文学变化之枢纽。③

---

① 《中国文学史讲稿》,本书第272—273页。
② 小石先生也列举了《新唐书·艺文志》中诗格类著作十七种,但又说"现在我们见得到的,只有昼公(即释皎然)的《诗式》一种了"。这是因为他当时未能见到《文镜秘府论》,也未能见到《吟窗杂录》,所以有此结论。实际情况并非如此惨淡,相关资料可以参看张伯伟《全唐五代诗格校考》(陕西人民教育出版社1996年版,后改题为《全唐五代诗格汇考》,由江苏古籍出版社2002年版)。
③ 《中国文学史讲稿》,本书第274页。

其《批评史》中对于唐代的定位与此相类，即"实为古代文学与近代文学之转枢"。这样一个处于"古今文学变化之枢纽"地位的唐代，在批评史上若轻描淡写，岂不是史家的重大失责？这一"史识"之获得，当然离不开"学"，离不开材料，但若仅仅看重材料，从"材料主义"中是无法获得史识的。"学"与"识"的程度，在面对材料时也能反映出来。这里，我想特别表彰小石先生在材料运用上的"卓识"，这就是其"分等说"。周勋初、郭维森二师在自己的文章中都说过，小石先生研究《楚辞》和神话时，曾经将材料分作"五等"：《诗经》《尚书》为第一等；《楚辞》《山海经》《穆天子传》、先秦诸子为第二等；纬书、《淮南子》《史记》为第三等；《列子》《帝王世纪》《搜神记》为第四等；《拾遗记》《宋书·符瑞志》《神异经》《汉武故事》《汉武帝内传》为第五等[①]。研究神话传说，首先应援用第一、二等材料，而不宜眉毛胡子一把抓。相较于同时代研究《楚辞》的学者如闻一多、游国恩等先生，虽然他们更年轻十多岁，其著述"现代学术论文的色彩要明显一些，但其严谨的程度，却未必更高。……在文献的处理上或有不规范处"[②]。我想要强调的是，小石先生的材料"分等说"还不止于治学态度严谨，如果说"材料"属于"学"，"分等"就属于"识"，将材料分等就是以见识统帅、驱使文献。百年来地不爱宝，考古发掘、出土文献不断涌现，对于上述"五等"说的具体内容当然可以再作损益，但"分等"这一基本原则仍然是

[①] 参见周勋初：《胡小石文史论丛·导读》，又见本书第528页；郭维森《胡小石先生的楚辞研究》，《学苑奇峰——文史学家胡小石》，第166—167页。案：小石先生的材料"分等"说不见于其论著，据勋初师《综合研究 锐意开拓》一文所说，将材料分作"五等"出自小石先生的课堂讲授（《艰辛与欢乐相随——周勋初治学经验谈》，凤凰出版社2016年版，第66—67页）。

[②] 周勋初师《胡小石文史论丛·导读》，又见本书第527—528页。

不变的金科玉律。尤其是在互联网、数据库日益发达的今天，学人对它们的依赖几乎到了"何可一日无此君"（借用《世说新语·任诞》语）的程度，不分轻重地堆垛材料成为很多论著的通病，小石先生的材料"分等"说就更值得我们铭刻在心并付诸实践了。

小石先生的《批评史》并不以材料丰富取胜，更不以稀见材料、偏僻材料吸引眼球，但在材料上依然有新挖掘、新开拓，这也是由其"识"决定的。比如论述明代阮大铖的批评观，谓"其行为则可诛，其文学则可称"；又以晚清薛福成为例，证明"中外之交通日频，夜郎之见遂泯，学术之见解为之一广"，虽然用语不多，同样启发人意。今日有多卷本批评史者，其明代部分未见阮大铖，近代部分也未见薛福成，尽管别有其他内容。我无意说批评史一定要列举阮、薛不可，而是说即使像小石先生这部篇幅简短的批评史，在材料的征引上，也具备"人无我有"的特色。而且这个"人"，不止在他之前，更包括很多的后来者。从这个角度来看，小石先生的著作对材料的运用，也合乎傅斯年的"新标准"：1.直接研究材料；2.扩张研究的材料。只不过他是从中国学术传统出发，在一定意义上殊途同归罢了。我说的"一定意义"，不是"终究意义"，是要强调小石先生不会走向"材料主义"，他同样是在"根底书"上"扎硬寨、打死仗"的[①]。"材料主义"在傅斯年宣扬的"我们不是读书的人，我们只是上穷碧落下黄泉，动手动脚找东西"数语中有所蕴含。百年来的中国

[①] 此处皆用黄季刚（侃）先生为比，黄先生说："凡各门学问书籍，皆宜分为三类：一根柢书，二门径书，三资粮书。"（先师管雄先生记录《训诂略论二》，收入张伯伟编《三思斋文丛》，南京大学出版社2017年版，第7页）又黄焯记《黄先生语录》云："凡研究学问，阙助则支离，好奇则失正，所谓扎硬寨、打死仗乃其正途，亦必如此，方有真知灼见。"（收入张晖编：《量守庐学记续编》，生活·读书·新知三联书店2006年版，第1页）

现代学术,就以这种观念最为深入人心,影响至今,老中青三代人学术兴趣的最大共同点就是材料。核心材料用多了就去找边缘材料,重要材料讲过了就去说不重要材料。以批评史研究来说,一些人挖空心思找偏僻材料,诸如不三不四的选本,不痛不痒的评点,可有可无的论题,都成为研究对象并有论著刊布。其实仅从材料的增值来看,无异于针头削铁,蚊腿剜肉。加上数据库的发达,"读书的人"也就越来越少。小石先生曾感叹:

> 昔人用功深而耳目苦隘,我辈今日耳目之资广矣,所得乃不及前贤远甚,岂不愧哉! ①

不啻为今人而发。

今日中国学术界的这种状况不是偶然的,西方史学界也有这种潮流,难道这又是一次"铜山西崩,灵钟东应"?20世纪80年代在美国兴起的"新文化史",针对年鉴派史学的宏大议论,配合着后现代主义理论,微观史学盛极一时。热衷的问题往往是地方的、下层的、边缘的、碎片的,强调历史的本质在树叶之中,这就是弗兰克·安克斯密特(Frank Ankersmit)说的:"本质并不在历史这棵大树的树枝上,也不在树干上,而是在树叶中。"② 他们的确取得了一些很好的成绩,产生了像娜塔莉·戴维斯(Natalie Davis)的《马丁·盖尔归来》(Le Retour de Martin Guerre)那样的史学名著。然而就像约翰·埃利奥特(John Elliott)说过的,"如果马丁·盖尔和

---

① 《跋何蝯叟隶书史晨碑字课册》,《胡小石论文集续编》,第310页。
② 《历史学与后现代主义》,彭刚主编:《后现代史学理论读本》,北京大学出版社2016年版,第164页。

马丁·路德一样知名,或者甚至于比后者还有名,那一定是出了什么问题"①。回到中国,回到小石先生的《批评史》,他讨论的问题和选择的材料都是基本问题和核心材料,要是用刘知幾的话说:"此并当代雅言,事无邪僻,故能取信一时,擅名千载。"②与之相对的史书,则是"专访州闾细事,委巷琐言……其事非要,其言不经"③。幸运的是,小石先生的《批评史》终于摆脱历史的尘埃,以崭新的面目与世人相见了,我们怎么能够对该书的价值不做进一步的研讨呢?

三、小石先生文学批评观的价值及意义

如果说,小石先生《中国文学批评史》一书的特色,主要体现在其叙事之"简",那么,该书的价值主要体现在其论断之"精"。小石先生在《批评史》首页的眉批上写道:"批评生于同类二物之比较,形容词皆相对的,由比较而出。文学盛而批评生,多数可以利于比较。"(本书第3页)我们要评价其书,类似于"批评之批评",就更离不开"比较"。

构成文学批评观的是一些基本问题,比如什么是文学,什么

---

① 见玛利亚·露西娅·帕拉蕾丝-伯克编《新史学:自白与对话》的多次引用,彭刚译,北京大学出版社2006年版,第111页(又见第17页、第75页)。案:从娜塔莉·戴维斯对这句话的反应是"我没有听说过约翰·埃利奥特的这个批评"(第76页)来看,这很可能只是在某个圈子内口耳相传的一句话。何况,娜塔莉·戴维斯"擅长于用地方史来提出普遍性问题的艺术"(第55页),所以能够在最大程度上避免其容易导致的过失。
② 《史通通释》卷五《采撰》,第106页。
③ 《史通通释》卷八《书事》,第214页。

是批评，批评的标准是什么、作用是什么，批评观如何展开，等等。正如上文所说，在小石先生的心目中，文学批评是与文学史、修辞学一体的，三者中间，批评是核心。作历史的铺展就成为文学史，作技巧的分析就通往修辞学，而批评就应该既是历史的，又是审美的。其《文学史》中设有若干"文学批评"的章节，比如"关于《诗经》之古代批评""文学批评之始""晋代之文学批评""齐梁之批评""唐代文学批评"等。其《批评史》中又有修辞学的内容，如对陈骙《文则》的阐发。所以，对他批评观的探讨，也就需要结合其三方面的论述，才能较为完整。

　　小石先生的文学观，秉持的是"纯粹文学"的观念。他在《中国文学史讲稿》第一章"通论"中，阐述了其基本看法。他首先从焦循的《易余籥录》引申出其中所论属"纯粹文学之范围"，针对的是"现在一般编文学史的，几乎与中国学术史不分界限。头绪纷繁，了无足取"[①]，其直接挑战的可能是朱希祖（逖先、遏先）的文学史，但同时扫荡的还有一大批中日学者的论著，如林传甲、谢无量、古城贞吉、笹川种郎等。时在1920年，陈钟凡先生约小石先生北上，到女高师讲授文学史、修辞学等课程，他说："其时北京大学开有文学史课，由朱逖先先生主讲……读其内容，实则是学术概论，非文学所能包括。小石因举焦循《易余籥录》说。"[②]这与其《文学史》恰可印证。"纯粹文学"一词，原出自日本。日语中的"纯文学"来自英文的 belles lettres，其词源出于法文，也作 fine lettres。据日本学者铃木贞美的考证，为了与广义的"文学"一词区分开来，明治

[①]　《中国文学史讲稿》，本书第127页。
[②]　陈钟凡：《悼念胡小石学长》，《学苑奇峰——文史学家胡小石》，第38页。

二十三年(1890)前后开始大量使用"美文学"一词。"纯文学"的最早用例出自内田鲁庵的《文学一斑》(1891年),同时的坪内逍遥在其《战争与文学》一文中也使用了"纯粹文学"和"醇文学",大有取代"美文学"一词的倾向①。从此,"纯文学"就成为一个流行概念,并影响到中国。鲁迅在《摩罗诗力说》(1907年)中用到的"纯文学",显然也来自日本。小石先生只是偶尔使用"纯粹文学"一词,多数情况下径用"文学"表示。他受到日本和西方19世纪文学观念的刺激,但引起的反应方式和途径,与当时的主流倾向是不同的。我们先来看看小石先生的意见,他说:

> 今人所说的文学的意义,正与古人所举的诗的定义相合。

又以《诗大序》为例云:

> 其中的"情动于中,而形于言"两句,不是绝妙的文学定义吗?

"今人所说的文学的意义",就是指当时从日本舶回的"纯文学"的意义,但小石先生突出了其中的情感特征,把古人"诗的定义"等同于"文学定义"。他认为陆机《文赋》中勉强涉及文学定义的是这两句:"思涉乐其必笑,方言哀而已叹。"因为它表示"文乃由情而生的"。继而又讨论萧统《文选序》,他根据阮元《读文选序》(阮元

---

① 铃木贞美:《文学的概念》,王成译,中央编译出版社2011年版,第195—198页。

原文篇名是《书梁昭明太子〈文选序〉后》，见《揅经室集》三集卷二)的意见："昭明所选，名之曰文。盖必文而后选也，非文则不选也。……必'沉思翰藻'始名之为文，始以入选也。"又举萧绎《金楼子·立言篇》中"吟咏风谣，流连哀思，谓之文"，然后加以总结说："可见六朝所下'文'的定义，即前人对于'诗'的定义。"① 在小石先生的心目中，《文选》中对于"文"的定义，就类似"今人所说的文学的意义"，即"诗的定义"。我曾经有过这样的判断："纯文学"一词虽从日本舶来，但这一概念则属中国固有。"中国固有的'纯文学'概念，也只有'诗'可以置身其间。"② 我们看小石先生的判断，也正是如此的。

中国的文学观念，是复数的而非单数的，是变化的而非固化的。小石先生在讲到清人的文学主张时，就分作了三派：

（一）桐城派 主单语，重散文，即古之所谓笔，此派以方苞为首。

（二）扬州派 主偶体，重骈文，即古之所谓文，以阮元为首。

（三）常州派 调和文笔之说，如张惠言等，均骈散兼工。

以上三派，论信徒之多，必推桐城派。若论立论之精准，却数扬州派。③

当时的流行意见，往往以西方"纯文学"观为参照，将 19 世纪的文

---

① 以上引文均见《中国文学史讲稿》，本书第 129—131 页。
② 张伯伟：《中国文学批评课·序说》，巩本栋、蒋寅主编：《中国诗学》第三十四辑，人民文学出版社 2022 年版，第 7 页。
③ 《中国文学史讲稿》，本书第 132 页。

学概念当作西方自古以来的文学概念，相形之下，就给中国的文学概念贴上了"杂文学"或"大文学"的标签。即便寻找中国的"纯文学"观，也往往是把西方或日本的眼镜加以"误戴"的结果。小石先生则不然，他认识到中国的文学观是复数，即便在同一个时代，也会有不同的文学观并存，且各有信徒。即便受到西方文学观念的刺激，他也是努力从中国自身出发去寻求本土的理论资源。仅仅以"纯文学"为例，他的眼光也胜过了时尚的看法。其"纯文学"观虽然不同于西方或日本，却赓续了中国自身的传统。而当时流行也盛行的观念，体现在各种文学史中的，如胡怀琛《中国文学史略》（1924年）、胡云翼《新著中国文学史》（1932年）、刘经庵《中国纯文学史纲》（1934年）、谭正璧《中国文学史大纲》（1935年）等等，不管是否标榜"纯文学"，同样都将散文（尤其是议论性、实用性的散文）逐出文学史范围。这对于西方的或日本的"纯文学"范围是一个"狭窄化"。同时，这些文学史著作又一无例外地将戏剧、小说，尤其是将通俗文学（包括言情小说、社会小说、侠义小说、弹词小说等）也统统纳入"纯文学"范围，这对于西方的或日本的"纯文学"概念又是一个"扩大化"。现在看来，当时中国学界文坛流行的"纯文学"概念，"既不符合中国传统，也不符合外来传统，只能视作一种误打误撞、将错就错的自说自话"[①]。两相比较，就可以看出小石先生意见的可贵。

小石先生的这一文学观念，既有受到西方和日本文学观刺激的因素，也有其当下的矛头所向，即章太炎的文学定义。他说：

[①] 张伯伟:《中国文学批评课·序说》,《中国诗学》第三十四辑，第9页。为省枝蔓，此处不再展开，有兴趣的读者，请参见该文中的相关论述。

> 近来的章太炎氏，又主张极广义的……照他说来，太无限定。……现在若要讲文学的界限，与其失之太宽，不如失之太狭。故宁从阮氏之说，而不取章氏之论。①

太炎先生的文学定义，可说是自古以来第一次给文学下明确定义，是统观中国历代相关文献，同时又面对西方文学观念挑战后的综合回应。他在《国故论衡》中卷《文学总论》开宗明义："文学者，以有文字著于竹帛，故谓之文；论其法式，谓之文学。"此定义一出，有拥趸，有反对者。但无论正反双方，大多基于对太炎先生该定义的片面理解，甚至可以说是误解或曲解。庞俊在 20 世纪 40 年代初为此篇疏证云："此言文学之定义。或病其过为广漠，然文学本以文字为基，无句读文与有句读文初无根本分别，其容至博，不可削之使狭。证之西方，亦有谓游克力之几何、牛顿之物理，莫非文学者矣。"② 他针对人们诟病此定义范围过广，乃援用西方文学定义同样宽广为类比，这当然是有依据的。英国雷蒙·威廉斯（Raymond Williams）的名著《关键词》释"文学"，就引用过一则 1825 年的文献，其中将牛顿和洛克视为英国文学中的"两个赫赫有名者"③。既然西方可以有如此宽泛的文学定义，中国又有何不可以呢？但这也算不上是正确理解。少数正确理解并阐发太炎先生文学观的论述，却少有人注意。黄季刚先生《文心雕龙札记·原道》（此书写于

---

① 《中国文学史讲稿》，本书第 132 页。
② 庞俊、郭诚永：《国故论衡疏证》（上），中华书局 2011 年版，第 340 页。案：太炎先生对于其文学定义的阐述，前后有一些微妙的变化，但以 1910 年《国故论衡·文学总略》所代表者为其"定论"，之后便无多变化，故本文以此为凭据。
③ 《关键词：文化与社会的词汇》，刘建基译，生活·读书·新知三联书店 2016 年第 2 版，第 316—317 页。

1914—1919年,本篇初刊于《晨报副刊·艺林旬刊》1925年第2—3期①)并举阮元和"本师章氏"对立观点,"决之以己意"云:

> 阮氏之言,良有不可废者。即彦和泛论文章,而《神思》篇已下之文,乃专有所属,非泛为著之竹帛者而言,亦不能遍通于经传诸子。然则拓其疆宇,则文无所不包,揆其本原,则文实有专美。②

已触及此定义的关键所在。胡怀琛于1921年出版的《新文学浅说》中,首章便是"文学定义",他列举了章太炎、陈独秀和Bacon(培根)三种说法,结论是:"以上三种说法,各各不同。现在我的意思,是主张章太炎的说法最为完美。"然后阐释章说云:

> 凡是写在纸上的都算文,讨论写得合法不合法算文学。
> 这个意思便是:
> 凡是写在纸上,写得合法的,不管什么体裁,都认他为能成立的文。(不合法便是不通,当然不能成立。)③

这段话把太炎先生文学定义的两层意思都兼顾了,而且放在显著的位置作明白表述。刘咸炘于1928年也曾经为"文学正名":

> 惟具体性、规式、格调者为文,其仅有体式而无规式、格

---

① 这一资料由宋健先生提供,特此致谢!
② 黄侃:《文心雕龙札记》,上海古籍出版社2000年版,第10页。
③ 胡怀琛:《新文学浅说》,泰东图书局1921年版,第1—2页。

调者止为广义之文;惟讲究体性、规式、格调者为文学,其仅讲字之性质与字句之关系者止为广义之文学。①

三位学者的表述用语不一,但都强调了太炎先生的定义不仅包含广义的"文",也突出讲究"法式"的"文学",值得今人重视。这也是符合太炎先生的一贯立场的,从他1906年9月讲于日本的《论文学》中"何以谓之文学?以有文字著于竹帛,故谓之文。论其法式,谓之文学"②,到1922年5月讲"文学之派别"时说"什么是文学?据我看来,有文字著于竹帛叫做'文',论彼的法式叫做'文学'"③,都是兼顾二者而言的。所有反对这一定义者,又无不仅仅关注其前一句话而忽略后一句话,造成了深刻的误解而不自知④。

小石先生信从阮元之说,不取章氏之论。其实,要是完整理解太炎先生的定义,就如季刚先生阐释的,其与阮元之说实可互补,而非势不两立。从最广泛的范围立论,则一切"有文字著于竹帛"者皆谓之"文",囊括有句读无句读、有韵无韵、抒情叙事说理游戏,或者说"不管什么体裁";但在一切的"文"中,只有能够"论其法

---

① 刘咸炘:《文学述林》卷一,收入黄曙辉编:《刘咸炘学术论集·文学讲义编》,广西师范大学出版社2007年版,第7页。
② 章太炎:《讲文学》,收入《章太炎全集》十四《演讲集》(上),上海人民出版社2022年版,第32页。
③ 章太炎:《国学概论》,上海古籍出版社1997年版,第49页。
④ 这一误解由来已久,一直延续到今天。早期非议者如杨鸿烈在《中国文学观念的进化》(1924)中说:"章先生不知道文学和非文学的本质上的差异。"又说:"章先生那个文学定义是无用的。"(叶树勋选编《杨鸿烈文存》,江苏人民出版社2016年版,第159—160页。)晚近如黄霖《近代文学批评史》中批评章太炎的文学定义"实质上只是通过取消文学的特性而倒退到了一个混沌的世界……无疑是中国文学理论批评史上的一种倒退"(上海古籍出版社1993年版,第445—446页)。这些显然是出于对太炎先生文学定义的曲解和阉割,并在此基础上所作的贬低和恶评,不足为训。

式",即有"法式"可"论"者才堪当"文学",才可以成为追求或研究的对象。这也就是季刚先生"拓其疆宇,则文无所不包,揆其本原,则文实有专美"的意思。从"专美"的角度,也就是从创作的或批评的角度讨论文学,即"论其法式"。胡怀琛发挥为"写得合法的,不管什么体裁,都认他为能成立的文",而"不合法便是不通,当然不能成立"。"不能成立"的"文"不须做,也不具资格成为批评的对象。文学史讨论文学的盛衰流变,在这样的视角之下,当然不必将"有文字著于竹帛"者统统当作文学来讨论,一如《文心雕龙·神思》以下所讨论者,"乃专有所属,非泛为著之竹帛者而言,亦不能遍通于经传诸子"。小石先生撰著的是"文学史",他要专注于表现文学性最为强烈的"文",也是很正常的。

这其实也是东西方文学学术秉持的某种共同原则,我们以一位横跨欧亚大陆的伟大的俄国批评家别林斯基为例[1]。就文学概念来说,别林斯基认为,所有的欧洲语文只是用一个字 literature 来表达在俄语中用三个字——译成中文就是文辞、文录和文学——来表达的概念:

> 文辞所表达的概念比文录和文学所表达的概念要普遍得多:在广义上,文辞把文录和文学都作为自己的显现,包含在自身之中……属于文录范围的,是那样一些文字作品,那是还没有发明印刷术的人们认为值得用书写艺术保存起来以志不忘的。文学的意思是指历史地发展起来并反映出民族意识的

---

[1] 以赛亚·伯林(Isaiah Berlin)写过一篇专文,题目就是"伟大的俄国评论家:V.G.别林斯基",收入亨利·哈代(Henry Hardy)编:《现实感:观念及其历史研究》第二版,潘荣荣等译,译林出版社 2022 年版,第 360—412 页。

某一民族的文辞作品，或者指包罗特定方面艺术和科学的文辞作品的某一部门。①

在最后一句话中，别林斯基具体指的是"美学文献，历史文献，数学、医学、工业学等等的文献"，可见，其文学范围与欧洲19世纪以前的文学是一致的，与中国20世纪以前的某种文学概念也是一致的。其所谓"文辞"的概念实即等同于太炎先生"以有文字著于竹帛，故谓之文"。别林斯基又补充说：

> 文学是用语言表达的人民思想的最后的和最高的表现。发展的有机的连贯性，构成着文学的特点，这也就是文学之所以有别于文辞和文录的地方。②

"发展的有机的连贯性，构成着文学的特点"，这大概也就近似于太炎先生"论其法式"的意义吧。但我要强调的是另一方面，尽管别林斯基的文学概念是广义的，但当他从事文学研究的时候，能够进入其视野的"文学"绝非"广义的"。哪怕仅仅读一读他的《一八四一年的俄国文学》《一八四二年的俄国文学》，他论述只限于"全部美文学"③，包括诗歌、戏剧、小说，甚至主要是诗歌。他对俄国以往文学批评的不满，就在于"它们都是迷恋着假的文学瑰宝"④。可见，一

---

① 别林斯基：《文学一词的一般意义》，《别林斯基选集》第三卷，满涛译，上海译文出版社1980年版，第116—117页。
② 同上书，第120页。
③ 《一八四一年的俄国文学》，《别林斯基选集》第三卷，第323页。
④ 《一八四二年的俄国文学》，《别林斯基选集》第三卷，第684页。

旦进入文学批评的领域，"广义的"文学固然无立足之处，"假的文学瑰宝"也不值得"迷恋"，这与他在"文学一词的一般意义"上取"广义的"态度丝毫没有对立。从这个意义上我们也可以认识到，小石先生的文学观与太炎先生的文学定义，貌似对立，本质上却可以殊途同归（当然不能否认其"异"）。反而是朱希祖先生讲文学史，貌似承其师说，实际上却是对太炎先生文学定义的另一种误解（当然也不排除其"同"），可谓失之毫厘差以千里。

小石先生"为文学下一种界说"，便是取《诗大序》"情动于中，而形于言"这两句"昔言"，改用"今语"表述：

> 文学，是由于生活之环境上受了刺激而起情感的反应，借艺术化的语言而为具体的表现。
>
> "情动于中"，正是文学的动机，也正即其内容，但这情感，不是白白发生出来的，乃由于受环境之刺激而反应出来的。若如此说，则人生已包括在内。"而形于言"，乃兼及外表。这种语言，又和寻常日用品不同，是被艺术化的、有声有色的。……与其空说春景鲜明，不如说"杂花生树，群莺乱飞"，与其空说秋容惨淡，不如说"袅袅兮秋风，洞庭波兮木叶下"。①

在这个定义中，小石先生尤其重视"情感的反应"，但也没有忽略"艺术化的语言"，后者就接近太炎先生的"论其法式"。如果说两个定义有差别，那也是重心的偏向不同。小石先生重视文学的情感，甚至欣赏奔放激越的情感，对于儒家强调"中和不致趋于极端"也持

---

① 《中国文学史讲稿》，本书第135—136页。

异议。其《中国文学批评史》说:"夫诗在表情,情之奔放,原无不可,必抑制之,束缚之,使囿于礼义,不能向极端发展,文学之受拘束,实文学之大厄也。"而"法式",无论其为法则或格式,总是一种外在的形式或规范。他说唐人诗格"带有讲文法的色彩",而"徒諄諄在形式上去讲求",是识不得"唐诗之妙处"的①。这其实也是中国文学批评的传统特色之一,用王夫之的话来说,其原则就是"情为至,文次之,法为下"②。在某种程度上,这也接近于西方19世纪浪漫派的文学观,如英国威廉·华兹华斯(William Wordsworth)的名言:"一切好诗都是强烈情感的自然流露"③。持这等文学观考察文学史,其选材就必然重在文学性最为丰饶之处,也就是诗,难免有得有失④。今日海外汉学家撰著的文学史不少,传入中国,影响颇大。但如果不能采用批判的眼光阅读,往往"不届其精华,但得其

---

① 《中国文学史讲稿》,本书第273页。
② 王夫之《诗广传》卷一,中华书局1964年版,第8页。参见张伯伟:《中国文学批评的抒情性传统》,载《文学评论》2009年第1期。
③ 《〈抒情歌谣集〉序言》,曹葆华译,刘若端编:《十九世纪英国诗人论诗》,人民文学出版社1984年版,第6页。
④ 以其"失"而言,如小石先生论"古代散文"时说:"因为散文不是文学的正宗(即等于说散文不是纯粹文学),所以此处不多讲了。"(《中国文学史讲稿》,本书第161页)这也影响到他对北宋诗坛和诗论的评价,其《批评史》中描述为"诗则主描写人情风物,竞诋唐人为僻固狭陋,盖亦果于言矣。此风既倡,诗渐失其真。其形体则散文之有韵者,其内容则尤糅杂,或与古文合(如王安石),或与语录合(邵康节《击壤集》),末流所至,杂以骂詈叫噪,不凡为古文撕灭殆尽耶",即归罪于"古文"。(《中国文学批评史》,本书第74—76页)其《文学史》一方面说"观察宋人文学,应以散文为中心"。(《中国文学史讲稿》,本书第286页。)但具体章节论述的只有宋诗、宋词和宋小说。如果我们要举一部重视散文的同类著作,那就是钱穆的《中国文学史》,同样讲古代散文,他说:"我国重散文,次为韵文。在中国,散文可能更先成为一文学体系。"(叶龙记录整理,天地出版社2016年版,第22页。)他又说:"我国文学史上,韵文与散文之演变各有不同之现象,即韵文是渐往艰深的路上走……至于散文,则其演变之趋势是渐往平易的路上走。"(第30页)即使不说其尤重散文,至少也是诗文并重的。

冗长……蔑绝其所长，惟得其所短"①。比如王德威主编的《哈佛新编中国现代文学史》，据其撰写的"导论"，就特别提到这部书的取材"除了一般我们熟知的文类外，还涵盖了更多形式，从总统演讲、流行歌词、照片、电影、政论、家书到狱中札记等……'文'这一概念和模式不断地演绎和变化，铭记自身与世界，也为其所铭记"②。这是西方文学概念发生改变之后，在中国文学史写作上的一次呈现，所以大大扩展了"文学"的范围。这一方面是令人欣喜的学术探索，但另一方面，它也缩小了以往作为文学主体的固有领地。而进入文学史的这些新文类，在展示其文学史意义的时候，也大多看不到"论其法式"的研究进路，得到关注的更多是"说什么"，而不是"怎么说"。要是以唐诗史写作为类比，若以初盛中晚代表性诗人为论述范围，毫不顾及佛禅偈语，不算多大的"失"；反之，主要关注佛禅偈语，却不顾及李杜、王孟、韩柳、元白等主要诗人，能算是什么"得"吗③？从这个意义上说，重温小石先生的文学观及其实践，多少可以给我们提供一些警醒吧。

以上略述小石先生文学观的价值，再看其批评观。

关于文学批评的作用和地位，小石先生也有较为先进的认识。在中国传统里，评论者的地位向来依附于作者之下，这一观念在文献上的表达，最早也最有名是曹植的话："盖有南威之容，乃可以论

---

① 借用萧纲与湘东王论文语。《梁书·庾肩吾传》引，中华书局1973年版，第691页。
② 王德威主编：《哈佛新编中国现代文学史》（上），张治等译，四川人民出版社2022年版，第11页。
③ 程千帆先生当年指导博士生时，有同学想以僧诗做博士论文，先师随即指出："僧诗无甚高处，而且一般僧人于释理也不深，诗中典故却有些……明确自己的文学研究中心，就应注意文学方面的内容。"（《书绅录》，载程千帆述、张伯伟编：《桑榆忆往》，北京大学出版社2015年版，第151页。）

其淑媛；有龙泉之利，乃可以议其断割。"① 意思是只有诗人，甚至是优秀的诗人，才可以成为合格的批评家。从唐代孙过庭到清代方东树，都征引过这句话，也扩大了这一观念的影响，在中国文学史上大有市场。刘勰《文心雕龙》、钟嵘《诗品》虽然在后人看来，是"专门名家勒为成书之初祖"②，但在初唐卢照邻看来，却是"人惭西氏，空论拾翠之容；质谢南金，徒辩荆蓬之妙"③，弹奏的是曹植的老调。直到晚清的陈衍，也还批评钟嵘"以一不能诗之人，信口雌黄，岂足信哉"④，更是痛下贬低之辞。从这一背景出发，我们就能看出小石先生的眼光高超。其《批评史》开宗明义：

> 一代文学以其时代为背景，而批评则以一代文学为其背景。批评是人类之天才与欲望，不学而能……文学批评盖利用人类之天才与欲望，使其充分发展，由批评者之指导，可以转变文学之趋势。（本书第3页）

批评者不仅不居作者之下，也不止是能与作者平等，从最后一句话来看，批评者几乎要跃居作者之上了。批评总在文学之后，此之谓"不可离作品而产生"；但批评并不依附于文学，此之谓"可离作品而独立"。他接着分析了创作、欣赏和批评之异同：

---

① 《与杨德祖书》，《文选》卷四十二，上海古籍出版社2019年版，第1935页。
② 章学诚：《文史通义·诗话》，叶瑛：《文史通义校注》上，中华书局1985年版，第559页。
③ 卢照邻：《南阳公集序》，祝尚书：《卢照邻集笺注》卷六，上海古籍出版社1994年版，第322页。
④ 黄曾樾辑：《陈石遗先生谈艺录》，张寅彭主编：《民国诗话丛编》第一册，上海书店出版社2002年版，第705页。

读胡小石先生《中国文学批评史》

> 文人对于文学之态度有三：曰创作；曰欣赏；曰批评。
>
> 常人重创作而轻欣赏与批评，实则不然。盖禀赋之才，各有所长，三者未必兼备。作品中之涵蕴，往往复见于欣赏者之内心，作品之价值，每以批评而高低，亦非易事，其天才岂在作者之下？（本书第3—4页）

三者既不相同，则各有其才，故批评者的天才不在作者之下。他特别举出锺嵘和严羽之例，虽然锺嵘诗作不存，严羽之诗"罕有可取"，但在小石先生看来，"其所评论者，不因兹而减色"。放在中国文学传统中看，堪称石破天惊之论。他还在讨论建安时期的文学批评时再次指出：

> 子建以为论者必兼作者，实亦未然。《文心雕龙》《诗品》诸书，以评论见传，盖亦有其独立之价值。（本书第24页）

所以，文学批评拥有自己的"独立之价值"，这是小石先生的卓见之一，也是他撰写文学批评史的基本前提。

不止于此，批评不仅可以与创作双峰并峙、二水分流，各有其不可替代的"天才"，批评还能够指导创作、扭转风气，前者可能还是针对初学，或帮助一般读者理解文学，后者则是在某种风气"极盛"之际，而能洞见其弊、指出向上一路："或以批评，或以倡导，转移一时之风气，其影响之远大，岂初所及料耶？"这是小石先生的又一卓见，可惜他仅以结论方式出之，未作阐述。

小石先生强调从文化整体出发从事学术研究："文化为人类生活全部之反应，生活最要之条件一旦有变，则文化全部亦因之俱变……故治文学或艺术历史者,实当观察人类全部之文化。"① 所以,创作和批评也就如一对孪生姐妹,虽然出生有先后,却彼此默契,相互照应。我们不妨再用别林斯基的一段话印证一番,他指出:"批评总是跟它所判断的现象相适应的:因此,它是对于现实的认识……说不上是艺术促成批评,或者批评促成艺术;而是二者都发自同一个普遍的时代精神。二者都是对于时代的认识;不过,批评是哲学的认识,而艺术则是直感的认识。二者的内容是同一个东西;差别仅仅在于形式而已。"② 如果按照冯友兰言简意赅的说法:"哲学是人类精神的反思。"③ 那么,作为"哲学的认识"的批评,我们就可以理解为是对于文学创作的反思,以及对生活的反思。创作通过直感的方式感受生活、表现生活,批评通过反思的方式认识生活、理解生活,也认识和理解创作现象。它既受到创作的促进,反过来也能够促进创作。别林斯基曾经描述了文学史上的这两类情形:"如果一位新的天才给世人发现了新的艺术领域,把盛行一时的批评远远地抛在自己后面,这样就给了批评以致命打击,那么,反过来,批评中所完成的思想运动也会赶在旧艺术的前面,打倒旧艺术,为新艺术扫清道路。"④ 后者就是小石先生说的"可以转变文学之趋势",或曰"转移一时之风气"。不妨举几个批评史上的例证:明代有两位批评家曾经对陆机《文赋》中关于"诗赋"的新定义,作出以下评论。谢榛《四溟诗话》卷一云:"陆机《文赋》曰:'诗缘情

---

① 胡小石:《中国书学史·绪论》,第9页。
② 别林斯基:《〈关于批评的讲话〉·第一篇论文》,《别林斯基选集》第三卷,第575页。
③ 冯友兰:《中国哲学史新编》上卷《全书绪论》,人民出版社2007年版,第8页。
④ 别林斯基:《〈关于批评的讲话〉·第二篇论文》,《别林斯基选集》第三卷,第599页。

而绮靡，赋体物而浏亮。'夫'绮靡'重六朝之弊，'浏亮'非两汉之体。"①意在贬斥其说。胡应麟《诗薮》则指出："《文赋》云'诗缘情而绮靡'，六朝之诗所自出也，汉以前无有也；'赋体物而浏亮'，六朝之赋所自出也，汉以前无有也。"②这是称赞其说。无论是褒是贬，都表明批评对于创作可以有先导作用，足以转移一时的创作风气，无论在后人看来，其导向的是康庄大路还是羊肠小道③。钟嵘《诗品》释"兴"为"文已尽而意有余"，这是个前所未有的新定义，前人对此也议论纷纷，我很欣赏郑文焯的评论："数语奥义其中，明乎此可与言诗。唐人名章迥句，良得斯旨，非暖姝小夫佭言华靡者所能知也。"④如果结合《文心雕龙·隐秀》对"情在词外""文外曲致"的倡导，我们真可以说，他们为唐诗高峰的到来指明了方向。这些例子也许足以说明，小石先生的上述判断是批评史上信而有征的事实，也不愧为又一卓见。

如果我们把这个问题的论域放大，比较一下同时的西方文学批评，就更能凸显小石先生卓见的价值。我们以百年前法国文学批评家阿尔贝·蒂博代（Albert Thibaudet）为例，他在1922年做了六次演讲，后来合为一书，中译本题为《六说文学批评》。他认为："我们所理解和进行的批评是19世纪的产物。"⑤并将当时欧洲的文学

---

① 丁福保编：《历代诗话续编》下，中华书局1983年版，第1146页。
② 胡应麟：《诗薮》外编卷二，上海古籍出版社1979年版，第146页。
③ 参见曹虹：《陆机赋论探微》，原载日本京都大学编《中国文学报》第46册，1993年4月。后收入其《中国辞赋源流综论》，中华书局2005年版。
④ 张伯伟：《钟嵘诗品集评》，见《钟嵘诗品研究》，南京大学出版社1993年版，第209页。
⑤ 蒂博代：《六说文学批评》，赵坚译，郭宏安校，生活·读书·新知三联书店2002年版，第33页。案：**此书于2015年由商务印书馆新印，书名更换为其法语原名的《批评生理学》**（*physiologie de la critique*）。

批评分为三类：1.自发的批评，指的是当时盛行的报刊批评；2.职业的批评，就是学院中教授的批评；3.大师的批评，也就是已经获得公认的大作家的批评。他赞美最后一类批评才是"一种热情的、甘苦自知的、富于形象的、流露着天性的批评"[①]。这种意见，合乎中国传统的以曹植的论调为代表的占据主流的看法。在欧美，要等到20世纪50年代诺斯罗普·弗莱（Northrop Frye）《批评的剖析》问世之后，将批评定义为"是与文学有关的全部学术研究和艺术鉴赏活动……批评不仅仅是这个更大的活动的一部分，而且是它的一个基础的部分"，并且严厉驳斥了"把批评家视为寄生虫或不成功的艺术家的观念"，甚至认为"对于确定一首诗的价值，批评家是比诗的创造者更好的法官"[②]，批评的独立地位和价值才得到公认和确认。正因为如此，哈罗德·布鲁姆（Harold Bloom）才会在弗莱去世十年之后的2000年，为其书的第十五次重印倾情撰写序言。我们是不是可以由此觉察到，在中国古代文学的领域中，在传统势力还相当强劲的百年前，小石先生的这一卓见是多么难能可贵。就是到了20世纪40年代中期，朱自清也还不免语含羞怯地说："现在一般似乎都承认了诗文评即文学批评的独立的平等的地位。"[③] 相形之下，较他二十年前的小石先生的表达就太爽朗了。

其实，在中国文学传统中，给文学批评以崇高价值，这样的观念很早就出现，只是被压抑为一线溪流，始终不为人注意罢了。正是在这个意义上，四十多年来，我在回答"《文心雕龙》哪一篇最重

[①] 郭宏安：《读〈批评生理学〉》，《六说文学批评》"代译本序"，第22页。
[②] 《批评的剖析》"论辩式的前言"，陈慧译，北京大学出版社2021年版，第1—4页。
[③] 朱自清：《诗言志辨序》，《朱自清古典文学论文集》上，第188页。

要"的问题时,始终将《知音》作为不变的答案①。在这篇杰作的结尾,刘勰感叹说:"盖闻兰为国香,服媚弥芬;书亦国华,翫绎方美。知音君子,其垂意焉。"②意思是:贵为"国香"的兰花,要经过君子的佩戴欣赏,才会更加芬芳;伟大的作品,荣为国之光华的文章,也要经过君子的鉴赏分析,才能益增其美。没有"知音君子"的发现和推广,再香的花,再美的文,仍然可能是默默无闻的。所以,我的结论是:"刘勰对批评家的作用和批评原理重要性的强调,不仅在中国文学批评史上是第一人,而且在世界文学批评史上也同样是第一人。"③我们若是在中国传统中看待小石先生的这一见地,也可以说他是发潜德之幽光。

到此为止,我似乎都是围绕着一些"大判断"阐述该书的价值,其实,作为一部只有五万余言的小书,本不以材料丰富、体系完整为特色,而是以其"识"见长的,所以必然有很多"小结裹"像珍珠一般洒落在字里行间④。

既然推崇批评的价值和地位,也就自然对批评家提出了较高的要求,那绝非以考据为批评、以印象为批评者流堪当的。批评史是由"批评之批评"发展而来,小石先生认为"批评中之批评,则《庭诰》开其端……《文心雕龙》(《序志篇》批评魏文、陈思、应瑒、陆机、挚虞、李充之制作)、《诗品》(批评陆机、李充、王微、颜延之、挚

---

① 这是我在大学三年级的时候,周师勋初讲授"《文心雕龙》研究"课程的期末考试题目,我的答案是《知音》。四十多年后,我自己在课堂上讲授《文心雕龙》,也还是坚持这一观点。
② 周勋初:《文心雕龙解析》下,凤凰出版社 2015 年版,第 780 页。
③ 张伯伟:《中国文学批评课:〈文心雕龙·知音〉》,载《中国诗学》第三十六辑,人民文学出版社 2023 年版,第 12 页。
④ 借用方回《瀛奎律髓》语:"予谓诗家有大判断,有小结裹。"(李庆甲《瀛奎律髓汇评》,上海古籍出版社 1986 年版,第 340 页。)

虞之作品)扬其波"(本书第34页),在中国也自有其传统。在一部篇幅不大的批评史中,如果不能做到体系严整,详赡周延,就贵在时时点醒前后脉络,使读者自行也自然地形成起"史"的线索。在小石先生的《批评史》中,我们就经常看到这样的"点醒",尽管是简略的:

> 西汉人以赋出于诗,或以赋继诗,故其论赋,纯袭论诗之陈规。(本书第12页)

这是将不同时代、不同体裁的批评相勾连,凸显其转换与延续。在列举司马迁发愤著书的材料后指出:

> 谢灵运所主张,见其所著《拟邺中诗集叙》……钟嵘《诗品》,所见与此略同。(本书第13页)

而以欧阳修《梅圣俞诗集序》"非诗之能穷人,殆穷者而后工也"煞尾,这是将不同时代的相近主张相勾连,这种勾连在书中最多。如言及杜甫论诗诗,举其《偶题》之"后贤兼旧制,历代各清规",指出"清焦里堂之《易余籥录》恐即从兹胚胎而出"(本书第57页)。又云:

> 以诗论诗,创自少陵,其后金之元遗山、清之王渔洋盖尝效之。

论明代归有光、唐顺之,则揭示其与方苞的关系,并上溯与唐人、汉人诸说之异同:

> 唐之论文标明宗旨,以本色为主,而起承转合、骨髓之说,则方望溪义法之所从出。(本书第 102—103 页)
>
> 义法之说始于归。义为文章之主干,法为文章之方法。义犹唐所谓道(文者,载道之器),法犹唐所谓辞。(本书第 111 页)
>
> 《史记》之言义法,非桐城所谓义法,义则标明宗旨,所以正褒贬,法则发为文字,所以定笔削。望溪仿《史记》而以义法自重,实所以尊古文也。(同上)

撰写文学批评史,注重各种观念的延续、变迁是重要的,它可以为新的文学理论的建设奠定坚实的基础。有的批评家对此会有"自供",王国维在 1908 年刊发于《国粹学报》上的《人间词话》,其中就有一则,将自身的"境界"说与严羽、王士禛诸说相勾连:"沧浪所谓'兴趣',阮亭所谓'神韵',犹不过道其面目,不若鄙人拈出'境界'二字,为探其本也。"[①] 事实上,也只有从中国文学批评内部出发,梳理其不同观念系统的生成、演变、异化、综合,才能呈现中国文论的自身特色。而在当时甚至后来相当长的时段内,学术界却不是这样思考,也不是这样实践的。1924 年杨鸿烈的《中国诗学大纲》中,将中国千余年来的论诗材料用"零碎散漫"概括,强调"绝对的要把欧美诗学书里所有的一般'诗学原理'拿来做说明或整理我们中国所有丰富的论诗的材料的根据"[②]。20 世纪 60 年代以来中国出版的"文学概论"或"文学理论"一类的著作,基本框架来自苏联的季莫菲耶夫、毕达科夫,中国文论同样只是作为可资印证的材料分

[①] 陈鸿祥编著:《人间词话人间词注评》,江苏古籍出版社 2002 年版,第 26 页。
[②] 杨鸿烈:《中国诗学大纲》第一章"通论"语,(台湾)商务印书馆 1976 年第二版,第 7 页、第 28 页。

散在各个部分。1975 年,刘若愚(James J. Y. Liu)在美国芝加哥大学出版社刊行《中国文学理论》(*Chinese Theories of Literature*),采用的研究思路,依旧是借用艾布拉姆斯(M. H. Abrams)《镜与灯》(*The Mirror and the Lamp*)的基本框架稍加改换,将中国文论材料分割归放于不同位置。这既来源于一种由习以为常而形成的学术惯性,也与中国文学批评史研究者的努力不够有关[①]。而这一努力的起点,就是在批评史的研究和写作中,有意识地加强观念与观念之间的连接,使之成为一串"存在巨链"(the great chain of being)[②]。

观念从一个时空到另一个时空的转移过程,其方式会是递增,也会是递减,或者有形,或者无形。因此,衡量其勾连方法成功与否的标准,就不必是其间联系能否得到实证(虽然有些是可以证实的),而要看被揭示的联系能否带来启发。百年以来,中国文学批评史在很多具体时段或个案的研究上,取得了很大成绩。小石先生的上述勾连在今天看来,可能语不惊人,也较为初步,但若回到当时的语境中,无疑具有历史地位。而若从叙述方法着眼,显然具备当下的意义。何况小石先生还有一些具体判断,即便在今天看来,也仍然深具启发,哪怕不认同其说:

---

① 百年来这一方面的名著,允推朱自清《诗言志辨》。1984 年 10 月,我以《以意逆志论》作为硕士论文提交答辩,先师程千帆先生在论文评阅书中,从学术史角度着眼,认为这是对《诗言志辨》的"继承和发展。继承,指的是它严格遵循了朱先生所曾经采用并因此取得成功的历史主义方法。发展,指的是它进入了朱文所未涉及的比较文学理论范畴"。在此基础上,我又完成了博士论文,并在十多年后以《中国古代文学批评方法研究》为题出版(中华书局 2002 年版)。又过了二十余年,中华书局再予新版(2023 年),其封面介绍词云:"综观千年文献,融汇中西学说,重显中国古代文学批评方法体系,揭示中国古代文学理论民族特色和现代意义。"颇能代表其学术追求。而且我认为,倾心倾力于这样的追求是值得的。

② 这里借用了一部观念史研究名著的书名,即洛夫乔伊(Authur O. Lovejoy)的《存在巨链》。

读胡小石先生《中国文学批评史》

  欧阳修名位既高，倡古文之说，众论归之，遂转移习尚，蔚为风气，名遂归之。欧公文采，未为工绝，诗不及梅（圣俞），文不及宋（祁），词不及晏（殊）、柳（永），然而享名极盛，盖揭扬古文，与韩愈之于唐也相似。（本书第 74 页）

  知唐最深确而可信者，莫如宋人，虽唐人之知唐人恐犹有不及。（本书第 77 页）

  明代奸佞，往往有才，若严嵩之《钤山堂集》、阮大铖之《咏怀堂诗集》，其行为则可诛，其文学则可称，不以人废言，故略而存之。（本书第 107—108 页）

小石先生虽然再三强调文学史、批评史要求"客观"，如云"研究文学史，要纯粹立于客观地位。……应注重事实的变迁，而不应注重价值之估定"；又云"批评之有价值者，类皆出于归纳法……纯出于客观"①。在今天看来，这样的追求几乎是一场不切实际的梦想，如果我们认同瓦尔特·本雅明（Walter Benjamin）的那句话——"批评是文学史的学科基础"②，而且在我看来还不止是"基础"，更是文学研究的灵魂，我们就能够理解，文学史也好，批评史也好，绝不仅仅是讲述一个"过去的故事"。因为对史料不止是收集和阅读，还有理解和取舍，后者就离不开主观判断。如果真有所谓的"纯客观"，最终也就谈不上"成一家之言"。我们因此可以理解，在小石先生的《文学史》和《批评史》中，不管他主观上如何努力，是做不到"纯客观"的。相反，我们看到了不少"主观"之见，而其书的价值，

---

  ① 《中国文学史讲稿》，本书第 137 页；《中国文学批评史》，本书第 5 页。
  ② 这是本雅明 1931 年撰写的一篇未刊行短文标题，见汉娜·阿伦特（Hannah Arendt）编：《启迪：本雅明文选》附录《本雅明作品年表》，张旭东、王斑译，生活·读书·新知三联书店 2014 年版，第 286 页。

往往就表现在这些主观之见上。即便不同意其说,它们也是具有启发性的。上文举到的对欧阳修的贬低、对宋人评唐的肯定、对阮大铖论文的采撷,绝不是在"纯客观"的意义上可以成立的。我们再举一例,这是对于阮元的表彰:

> 复分文笔,以沉思翰藻为文,或韵或偶,以立意纪事为子、史之正流。自此说兴,昌黎而下,多失其在文学之地位。揭扬昭明之旨,复六朝之体制,论极精辟,得文学之纯正。(本书第114页)

小石先生取扬州派的文学观,所以在文学批评上就赞同阮元的区分"文笔",严厉批判韩愈的混合"文笔"。文学史上韩愈地位的降低,在他的心目中,这是"得文学之纯正"。显然,小石先生是一个具有自身文学观和批评观的学者,他以此衡量历史上诸家观点,并对其得失予以评判:

> 东京迄唐,文尚骈复,日趋藻饰,渐成四六之风。昌黎独揭扬古文,震骇庸俗,卒能转移风气而睹其成。以单代复,化骈为散,文笔互易其地位,子集不复可分矣。(本书第59页)

要是说此处的评价还算"中性",那么试看其《文学史》,要么说唐人"不承认韩愈的作品为文",要么说《新唐书》尽删《旧唐书》对韩愈的微词,"尽变为褒词",要么说韩愈的思想"非常之浅薄",要么说柳宗元读书"比韩愈为精"[①]。这些判断都有史料依据,但也

---

① 《中国文学史讲稿》,本书第255—257页。

都经过主观的解读和阐释,说是"一家之言"自可,要说"纯客观"则绝非。然而修史哪里可能"纯客观",又哪里需要"纯客观"呢?正是在其"主观"中,我们看到了他的"识",从而论定其价值。

小石先生早年就读两江师范学堂之时,学习的是农博分类科,接受了当时西方传入的科学方法。1919年五四运动爆发,思想界提倡的也是民主和科学,"德先生"和"赛先生"成为席卷全国的符号。毛子水在当年《新潮》第五期刊发了《国故与科学的精神》一文。1923年,胡适在《国立北京大学国学季刊》的《发刊宣言》中,强调用西洋科学方法整理国故。1927—1928年间,傅斯年在中山大学讲授中国文学史,其讲义"叙语"云:"文学史是史……要求只是一般史学的要求,方法只是一般史料的方法。"又其"拟目及说明"中专列一项曰"论文艺批评之无意义"[①]。这些看法,和他稍后说的"近代的历史学只是史料学"[②],在思维路径上如出一辙。诸如此类的观念和口号在当时流传甚广,影响甚大。小石先生也不能不受其影响,所以才会在《文学史》和《批评史》中标榜这种"科学的""纯客观"的理念,作为自身著述追求的目标。但是一旦进入具体的著述过程,其固有的文化修养就会自觉不自觉地发挥作用。按中国史学传统的基本要求,可以说是"实录"和"褒贬"的辩证统一。在"事"和"义"之间,毋宁说更注重后者,孔子作《春秋》,"其事则齐桓、晋文,其文则史,孔子曰:'其义则丘窃取之矣'"[③]。这个"义",在司马迁的领会中,就是透过"是非二百四十二年之中,以为天下仪

---

① 傅斯年:《中国古代文学史讲义》,《傅斯年全集》第二卷,第8页、第3页。
② 傅斯年:《历史语言研究所工作之旨趣》,《傅斯年全集》第三卷,第3页。
③ 《孟子·离娄下》,朱熹《四书章句集释》,中华书局1983年版,第295页。

表,贬天子,退诸侯,讨大夫,以达王事而已矣"①的方式展示的。虽然来自于客观,不脱离客观,但绝不是"纯客观"。其实,就算当时在欧美、东亚盛极的德国"兰克(Leopold von Ranke)史学"(在中国则有陈寅恪、傅斯年、姚从吾等人深受其影响),虽然其标榜的史学宗旨是说明"事情的本来面目"②,但仅在他稍后的法国史学家安托万·基扬(Antoine Guilland),就已经从政治史的角度剖析了兰克史学,强调"他关于历史的观念首先是政治性的"③,在貌似平和冷静的客观表象下隐藏着"亲普鲁士的历史学家们的偏见"④。从史学家和史学著述的角度看,对兰克而言,"史学家不仅必须是考证家,也必须是作家……他从不怀疑这一点:历史著作是并且应当是文学作品"⑤。从19世纪末到20世纪90年代,西方史学界对兰克这一认识,也从不绝如缕到蔚为大观,这是值得我们注意的。将小石先生的主张和实践置于当时中外学术交流的语境下认识,其论著中出现的上述现象也许就不那么难以理解了。这一例证本身,也显示了面对中外学术的差异,在挣扎中形成的张力。

这种既接纳又拒斥的"张力"在修辞学的研究方面更为突出。在小石先生的学术构想中,文学史、修辞学与文学批评既是三个不同的领域,又是相互密切联系的领域,而以文学批评为贯串,这是

---

① 《世纪·太史公自序》引董仲舒语,中华书局香港分局1969年版,第3297页。
② 兰克著,罗格·文斯(Roger Wines)编:《世界历史的秘密:关于历史艺术与科学的著作选》,易兰译,复旦大学出版社2012年版,第79页。
③ 基扬:《近代德国及其历史学家》,黄艳红译,北京大学出版社2010年版,第57页。
④ 同上注,第61页。
⑤ 费利克斯·吉尔伯特(Felix Gilbert):《历史学:政治还是文化——对兰克和布克哈特的反思》,刘耀春译,北京大学出版社2012年版,第43页。

他的卓见[1]。将修辞与文学评论联系在一起，可以追溯到《四库全书》，"诗文评类"不仅著录了宋人陈骙《文则》、元人陈绎曾《文说》，而且著录了元人王构的《修辞鉴衡》，这是第一部明确以"修辞"为书名的著作，四库馆臣还誉之为"谈艺家之指南"[2]，但"修辞学"却是晚清以来由日本传入中国的西方知识框架[3]。据前人研究，日本明治时期的修辞学研究，以高田早苗的《美辞学》（1889年）为界，实现了研究重心的转移，前期重视演讲术，后期重视作文术。而在日本的修辞学界，也有"早稻田系"和帝国大学出身之异；后者注重应用写作，其书多用"修辞学""修辞法""文章组织法"等为名，前者强调修辞与文学及美学的联系，多使用"美辞学"。在小石先生之前及同时，中国学界较多接受的是"应用类"的修辞学，即由武岛又次郎的《修辞学》为代表者，如汤振常《修词学教科书》（1905年）、龙伯纯《文字发凡》（1905年）等。与他们不一样，小石先生撷取的是注重文学和美学的"美辞学"，由岛村抱月（泷太郎）的《新美辞学》（1902年）为代表，到1922年，此书在日本印行了七版。因为取"美辞学"之见，所以在小石先生的理解中，"修辞学是研究作文吟诗中字句的修饰，使之优美明畅能够动人的学问"[4]，

---

[1] 郭绍虞先生既是中国文学批评史学科的奠基人，也同样很注重修辞学，著有《汉语语法修辞新探》（商务印书馆1979年版）。只是在其心目中，这两门学问的关系并不那么紧密，甚至有点泾渭分明，这是他与小石先生有差异的地方。

[2] 永瑢等：《四库全书总目》卷一百九十六，中华书局影印本1965年版，第1791页。

[3] 关于这个问题，参见霍四通《日本近代修辞学的建立与日中现代化进程》，载《当代修辞学》2015年第1期；陆胤《清末西洋修辞学的引进与近代文章学的翻新》，载《文学遗产》2015年第3期。本文有关明治日本及晚清民初的修辞学一般状况的叙述，对以上两文有所参考。

[4] 小石先生1921年课堂讲授语，程俊英《胡小石老师在女高师》引，见《学苑奇峰——文史学家胡小石》，第42页。

这就与文学批评有了密切关系。他在1923年发表的《中国修辞学史略》第二节"述西洋修辞学之变迁"的末尾自注云："此节略本《英国百科全书》第二十三册二三三—二三六页，及岛村抱月《新美辞学》一八二页—一九五页"（本书第332页）。此文第三节"中国修辞学"云："论东洋之修辞学，自以中国为主。"① 所谓"东洋之修辞学"，显然采用的是岛村"东洋美辞学"的说法，因为这是岛村自创的名词。

中国现代早期的修辞学界，大抵可分新旧两派，或曰中外两派。按照有些当代学者的认识，旧派"只作一些关于古修辞学说或古修辞例证的集录工夫……对本学科并没有多大的贡献"②。新派著作，则基本上是模仿和借鉴日本的近代修辞学，这几乎成为研究界的一个共识，与任何有意义的共识一样，它是如实的。小石先生似乎是介于新旧两派之间的，走的是"第三条路"。他积极地吸收西洋和日本学界的修辞学成果，运用于自身的教学和研究，此不同于旧派。他又极为重视中国自身的修辞学积累和价值，这是不同于新派之一。新派修辞学对中国传统修辞学资料是不屑一顾的，以陈望道为例，他评论胡怀琛的《修辞学要略》中抄录大量传统诗文评以构成自己的修辞学著作说："这是名是而实非的修辞。真的修辞学在中国的第一使命就在灭绝这等似是而非的修辞学。"③ 小石先生对日本修辞学著作有所批判或补充，既体现了不同于新派修辞学之二，又能够异中有同。他在《批评史》中评论岛村之书云：

---

① 胡光炜：《中国修辞学史略》，载《国学丛刊》第一卷第一期（1923年）。又见本书第333页。
② 郑子瑜：《中国修辞学史稿》，上海教育出版社1984年版，第490—491页。
③ 陈望道：《修辞学在中国的使命》，载《文学》第132期，1924年7月28日。案：《修辞学发凡》中提及元人王构《修辞鉴衡》，也说"那是属于萌芽时期的著作，自然同我们所谓运用归纳的、比较的、历史的研究法的修辞学没有直接的关系"（上海教育出版社1979年版，第15页）。

读胡小石先生《中国文学批评史》

> 清唐彪(翼修)《读书作文谱》即讨论八股之作法,专供括贴之用,梁章钜《制义丛话》引其数则。近日本戏曲家岛村抱月于其《新美辞学》极称赏唐彪,实则其言八股特为精密耳。(本书第107页)

岛村在日本有"现代戏剧之父"之称,故小石先生说他是"戏曲家"。《新美辞学》中说:"唐彪《读书作文谱》最具修辞书之体裁。从书法、读法、评论,及至文章的体制、题法、辞法、种类、诗的体式等,虽有驳杂之失,但极尽委曲,堪称中国美辞学最为完备之著。"[1] 但小石先生显然不认同此评,觉得此书只是"言八股特为精密耳"。他在1921年讲授修辞学时,第一堂便开宗明义:

> "修辞"二字虽最早见于《易经》的"修辞立其诚",然与今天的修辞之义有别,修辞学是研究作文吟诗中字句的修饰,使之优美明畅能够动人的学问。古人云"辞达而已矣",那是属于文法的范围。刘彦和《文心雕龙·夸饰》,则属于修辞学的内容,但只述夸张。王构的《修辞鉴衡》,也很零星。今人有《修辞格》之作,似嫌简单。我则参考日人的研究,标目从之,例证由我补充。[2]

这里有三点看法值得留意:一是修辞学的定义,"是研究作文吟诗中字句的修饰,使之优美明畅能够动人的学问",所以和文学批评密切相关;二是对古今中外文人学人在该领域工作的总评,不免"零

---

[1] 岛村泷太郎:《新美辞学》,早稻田大学出版部1922年第七版,第199页。
[2] 程俊英:《胡小石老师在女高师》,载《学苑奇峰——文史学家胡小石》,第42页。

星"或"简单"之弊,因此大有可为;三是自身的工作,是在日本学者的工作基础上有所损益。综合来看,他是既重视古人今人(包括国外学者)又不满于古人今人的。这和当时新派人物迷信日本学者,模仿、套用有些甚至是照抄日本学人著作的情形判然不同[①]。陈望道《中国修辞学发凡》框架也还多采用岛村泷太郎《新美辞学》和五十岚力《修辞学讲话》,但他研究的完全是汉语的修辞现象,被后人评为"是他自己的修辞学,而不是岛村和五十岚二氏的修辞学——同时也是中国的修辞学而不是日本的修辞学"[②]。而这也是小石先生与新派异中有同之处,他说自己"参考日人研究,标目从之,例证由我补充",岂不也可以说"是他自己的修辞学……同时也是中国的修辞学"?当然这是具体而微的。我们无缘穿越历史隧道,回到百年前的教室聆听小石先生"既有趣又有心得"的修辞学课,但当时其弟子程俊英在这门课后写的考试论文《〈诗〉的修辞》,刊发在《学衡》第十二期(1922年),其中运用英国学者培因(Alexander Bain)的分类法,以《诗经》为例补充,大概也能仿佛小石先生授课方式之一二吧[③]。

作为介于新旧两派之间的人物,小石先生对中国传统充满温情和敬意,也充满自信,特别推崇陈骙的《文则》(这不同于岛村之推

[①] 陈介白:《新著修辞学·自序》中坦白承认,自己的著作直接参考了日本岛村泷太郎《新美辞学》、五十岚力《新文章讲话》和佐佐政一《修辞法讲话》三书,同时又指出:"中国现今所有已经出版的修辞书籍,实际上都是从一个源流下来的。"(世界书局1936年版,第1—2页。)

[②] 郑子瑜:《中国修辞学史稿》,第495页。

[③] 此文收入朱杰人、戴从喜编:《程俊英教授纪念文集》,华东师范大学出版社2004年版,第20—24页。

崇唐彪)。在《批评史》中,他对此也三致意焉:

> 修辞之书,其先盖出于中国,日人名为辞藻,其所论诸法,《文则》中已备论之。(本书第81页)
> 今之辞藻论(修辞格)大抵祖述英人倍因(Bain)之《修辞学》。(本书第83页)
> 英国自十八世纪,修辞之书渐多,由雄辩(言语)而施及于文章,中国则《文则》已详论之,先于彼数百年,惜乎未有注意及之者。(本书第84页)

在此前的文章中,他说"中国修辞学史,粗言之,即文章学史耳。其于世界,诚为文学先进之邦"[①]。《文则》顾名思义,也是讲求文章法则的。广义的"文"虽然可以包含"诗",但我愿意将这里的"文"理解成是与"诗"相对而言。为什么修辞学主要针对文章?由于小石先生这方面的议论不多,其修辞学课讲稿也未见流传,我们无法揣测,倘若听听其弟子程千帆先生的这句话,或许可以"猜"出几分:

> 文学中常有"好而不通"和"通而不好"的例子。[②]

这样的例子当然涉及多种体裁,但在诗体中是尤为突出和显著的。修辞学追求的重心有二:一是"通",二是"好",必须两者兼备。"好而不通"或"通而不好",都不符合修辞学的一般要求。钱锺书先生

---

① 胡光炜:《中国修辞学史略》,载《国学丛刊》第一卷第一期(1923年)。又见本书第333页。
② 张伯伟编:《程千帆古诗讲录》,人民文学出版社2020年版,第14页。

对此有更多的阐发,他说:

> 歇后、倒装,科以"文字之本",不通欠顺,而在诗词中熟见习闻,安焉若素,此无他,笔、舌、韵、散之"语法程度"(degrees of grammaticalness),各自不同,韵文视散文得以宽限减等尔……词之视诗,语法程度更降,声律愈严,则文律不得不愈宽……属词造句,一破"文字之本"(verbal contortion and dislocation),倘是散文,必遭勒帛。①

如果把修辞学区分为"应用性"和"文艺性",后者则可以"不合"文法,尤其是在诗词中。若过多违反规则、突破限制,就形成不了格式,"倘是散文,必遭勒帛"。所以修辞学著作中的例证,也是文章多而诗歌少。小石先生说修辞学史"粗言之,即文章学史"的意思,是否可以从这个角度来理解呢?

最后,我还想重申一下小石先生将文学史和修辞学与批评史相贯穿的学术理念:

> 夫批评为增进读者之了解,颇近似文学史。批评为转换新旧文学之轴纽,则近似修辞学。(本书第5页)

在一门新学科兴起的时候,为了标新立异,势必严分畛域,尽量划清界限;又往往有推倒古人、开辟天地的气概,修辞学尤其如此。

---

① 钱锺书:《管锥编》(一),生活·读书·新知三联书店2007年版,第249—250页。

我们看陈望道的《修辞学发凡》，在结语部分所述，一是要与传统的诗话、文谈等属于"偶然涉及修辞"的文献相切割；二是要与"修辞文法混淆"的著作（如《马氏文通》《文学津梁》）相切割；三是在"中外修辞学说竞争时期"，要与代表"中"的著作相切割[①]。而小石先生的理念与之有异，不是"相切割"，而是"相联系"。古与今、中与外固然无法切割，批评史与文学史、修辞学也有密切联系。说到底，其根深蒂固的学术理念是："治文学史者不当仅就文学本身之变迁言之，一时代之文学，实与一时代之思想、音乐、图画、雕刻、建筑等类，有不可分立之势……故治文学或艺术历史者，实当观察人类全部之文化，非可株守一隅以自足也。"[②] 所以，从中国本土文献出发，以"全部之文化"为范围，迎面今日世界的学术潮流，反观自身，考察其文化的各个分支，并注重其空间上和时间上的相互联系。这样，不仅文学史中有批评史和修辞学的内容，批评史中也有修辞学和文学史的内容，而且更是持着批评的眼光去审视文学史和修辞学。但在百年来的研究中，我们看得更多的，却是没有批评眼光的文学史，和缺乏文学感知的批评史；或者是如"点鬼簿"式的修辞学史，和缺少技法分析的文学研究。小石先生将批评贯穿于文学史、修辞学的学术理念和学术实践，不是很值得我们深思和推广吗？我想，这应该就是我们整理小石先生旧著并重新出版的意义所在吧。

在批评实践中贯彻修辞学的归纳、分析和评价，展现得最为集中的是在小石先生的《唐人七绝诗论》中，值得阐发。但本文已经

[①] 参见《修辞学发凡》，第277—283页。
[②] 胡小石：《中国书学史》，第9页。

有点过于冗长了,这方面的探讨,就姑且留待他日吧。

四、余论

小石先生的中国文学批评史论著撰成于百年前,其中的精义不是浅学如我能够穷尽的。作为其再传弟子,深感羞愧。但哪怕只是管窥蠡测,也可以从中感受到其学术理念和学术实践在当下的意义。

小石先生的学术影响,并不仅仅通过其著述,更多的是通过其教学活动展开的。从文化传承的角度看,其教学和研究的宗旨就是:"前不同于古人,自古人来,而能发展古人;后不同于来者,向来者去,而能启迪来者。"[1] 其治学从经学入,早年就精通三《礼》之学,以农博科学生善讲《仪礼》而使李瑞清惊诧不已。清代经学固然重考证,《礼》学更重条例,黄季刚先生曾引清人陈澧说《仪礼》难读,概括"昔人读法"三则,"曰分节,曰绘图,曰释例",并阐述道:"治礼者舍深藏名号,何所首务乎?求条例……郑君注《礼》,大抵先就经以求例,复据例以通经。"[2] 小石先生所处时代之学术主流,正是西潮汹涌之际,他受到新学的刺激和启发,却能反求诸己,从本土资源出发,迎接世界学术之新浪潮。他以传统治经求条例之法与西方科学重视分类之法相结合,以焦循"一代有一代之所胜"

---

[1] 胡小石:《书艺略论》,《胡小石论文集》,上海古籍出版社1982年版,第221页。
[2] 黄侃:《礼学略说》,《黄侃国学文集》,中华书局2006版,第349—355页。

的观念迎接西方进化论思想[1]，以扬州派对"文"的认识回应西方、日本的"纯文学观念"，多予后人启发和警示。以条例分类法言之，小石先生有《甲骨文例》《金文释例》《说文双声字例》《离骚文例》等著，讲唐人七绝也分为若干"格"，都是通过归纳、分类而发凡起例。其方法论原则，也不外乎"就经以求例，复据例以通经"。他针对时人释契文，"多好抉字于句，强附形体以释之……其流弊所及，往往一字似可解，而一句转难通"，提出"与其仞一字而遗全句之文，何如比较数句而得一字之义……以文例互推，字之音读虽不辨，而义或可知"[2]，此即其《甲骨文例》之撰述宗旨。可据以释义，亦可据以辨伪，学者自当举一反三。但他并不畸重于考据一端，尤其是在文学研究中，强调"兼具儒林、文苑之所长"[3]，注重抉发作品中的诗意动情力。这曾经给先师千帆先生留下不可磨灭的印象：

> 胡小石先生晚年在南大教"唐人七绝诗论"，他为什么讲得那么好，就是用自己的心灵去感触唐人的心，心与心相通，是一种精神上的交流，而不是《通典》多少卷，《资治通鉴》多少卷这样冷冰冰的材料所可能记录的感受。我到现在还记得当时胡先生的那份心情、态度，就是在这样的情况下，我学到

---

[1] "一代有一代之所胜"的观念，在中国最早出现于元代，钱锺书《谈艺录》已揭示之，民国初年，学界将西方进化论思想涂抹到焦循此说之上，如王国维、胡适等人论著所云（参见张伯伟：《百年浮沉：现代学术中的古代文学研究》，《回向文学研究》，商务印书馆 2022 年版，第 11—12 页）。但小石先生揭橥焦循此说以考察中国文学史，秉持的并非"进化论"思想，若定要贴标签，则不妨说是"变化论"。

[2] 胡小石：《书库方二氏藏甲骨卜辞印本》，《胡小石论文集三编》，上海古籍出版社 1995 年版，第 89—90 页。

[3] 吴翠芬：《千秋雄魄在——忆胡小石师》，载《学苑奇峰——文史学家胡小石》，第 115 页。

了以前学不到的东西。①

曾昭燏先生曾评论小石先生"楚辞之学"的特色,乃"合史学、经学、文学三者以讲楚辞。其阐明屈子之心迹,则具史家之卓见;注释当时之名物,则用清代经师考据之法;遇文辞绝胜处,则往复咏叹沉思,发其微妙。故其独到之处,并世莫之与京"②。郭维森师也回忆小石先生的《楚辞》课:"他研究楚辞,从两方面深入。一方面是作必要的考证,一方面是对诗美的发掘……必要的考证与诗美的发掘二者完美的结合,便是古代文学研究的极致。"③千帆先生晚年将其研究方法概括为"两点论"——文艺学和文献学精密结合,不难看出,其中就有小石先生当年讲学宗旨的印痕。勋初师在20世纪60年代,曾撰写《梁代文论三派述要》一文,分为守旧派、趋新派和折衷派,显然是对于小石先生齐梁文学三派说的继承和发展。前几年,我撰写关于张若虚《春江花月夜》在文学史上地位的论文,也深受小石先生论初唐诗,以"玄谈"作为其内容这一卓见的启发④。他的只言片语,往往富于识力,给人的教益是无穷的。

斯维特兰娜·博伊姆(Svetlana Boym)说:"怀旧不永远是关于过去的;怀旧可能是回顾性的,但是也可能是前瞻性的……对于

---

① 《两点论——古代文学研究方法漫谈》,收入程千帆述、张伯伟编:《桑榆忆往》,第231页。
② 曾昭燏:《南京大学教授胡先生墓志》,载《学苑奇峰——文史学家胡小石》,第27页。
③ 郭维森:《胡小石先生的楚辞研究》,《学苑奇峰——文史学家胡小石》,第165页。
④ 张伯伟:《宫体诗的"自赎"与七言体的"自振"——文学史上的〈春江花月夜〉》,载《文学评论》2018年第5期。

未来的考量使我们承担起对于我们怀旧故事的责任。"① 小石先生的首部《中国文学批评史》撰写于百年前,长期以来默默无闻,我们固然有"相见恨晚"的遗憾,但当它从历史的尘埃中站立起来的时候,仍然能够给当下的人们以启迪,那些"遗憾"也就如同轻烟一般飘散于无形了。我想,从"前瞻性"的视野回看此书,就是我们讲述这个"怀旧故事的责任"吧。

2024年6月11—13日、
6月17—23日草成
6月25日修改于百一砚斋

---

① 斯维特兰娜·博伊姆:《怀旧的未来》,杨德友译,译林出版社2010年版,第9页。

古典文学与现时代[*]
——胡小石先生的文学史与批评史研究

徐亦然

胡小石先生(1888—1962)是中国古代文史研究的大家,在文学史、批评史、修辞学、甲骨文、书法史等诸多领域均有开拓建树,为传统学术的现代转型作出了重要探索。小石先生的学术著述,多肇始于20世纪20年代,当时中国古典研究的主体趋势,是从"保存国粹"转向"整理国故"。作为新文化运动的延续,"整理国故"将古今之变的时代体验与文化立场落实为历史主义的学理眼光,古代文化整体被视作客观、中立的考察对象,实证主义的历史研究也就近乎成为"科学"方法的唯一旨趣。在此过程中,古典文学研究失去了自身的学理位置,同时又以极大的热情展开方法与原理的研讨,经由对历史主义与实证主义的直接质询,不断触碰着现代性境况的悖论与边界[1],这使得古典文学研究在中国现代学术开启之际具有了特别的意义。小石先生并未参与时人的学理论争,而是在

---

* 为行文简练,本文中《中国文学批评史》有时简写为《批评史》,《中国文学史讲稿》有时简写为《讲稿》。

[1] 参见列奥·施特劳斯(Leo Strauss):《历史主义》,刘小枫编:《苏格拉底问题与现代性》,刘振等译,华夏出版社2022年版,第176—196页,施特劳斯:《相对主义》,潘戈(T. L. Pangle)编:《古典政治理性主义的重生》,郭振华等译,华夏出版社2011年版,第61—68页。

古典文学与现时代

具体的学术实践中，贯注了对时代议题与文学研究的整体思考。这些探索集中体现在《中国文学史讲稿》与《中国文学批评史》，前者于1930年出版，后者则久藏南京大学图书馆[1]。本文希望借由以上两种著作，对小石先生的古典文学研究作一些初步的阐说，这或许有助于唤回我们对文学研究基本问题的关注，并在学术研究的视域中，重新思考古典文学与现时代的关系。

一、古典文学研究的方法重建

1920年前后，中国现代学术史和小石先生的人生轨迹，都经历了重要的转变。当年11月，小石先生离沪北上，任教于北京女子高等师范学校，讲授文学史、修辞学等课程，此后一直在高等教育机构从事教学与研究。而当时的北方学界，正经受新文化运动的洗礼，在"科学"与"国故"的激荡交汇中，古典研究进入了方法反思与重建的新阶段[2]。

当时中国知识界对于"科学"的理解，并未停留于具体的"分科之学"，而是更加侧重方法与精神层面[3]。1915年《科学》杂志创

---

[1] 卜兴蕾：《胡小石未刊稿〈中国文学批评史〉述略》(《古典文献研究》第22辑上，2019年)一文已经介绍了此书的基本情况，并对小石先生的研究特色与学术思想有所阐发。

[2] 钱玄同曾经回忆晚清民初的国故研究，认为可以分作两期："第一期始于民元前二十八年甲申（公元一八八四），第二期始于民国六年丁巳（一九一七）。第二期较第一期，研究之方法更为精密，研究之结论更为正确。"《刘申叔遗书序》，《刘申叔遗书》，江苏古籍出版社1997年版，第28页。

[3] 参见汪晖：《科学的观念与中国的现代认同》，《汪晖自选集》，广西师范大学出版社1997年版，第268—269页；罗志田：《走向国学与史学的"赛先生"——五四前后中国人心中的"科学"一例》，《近代史研究》2000年第3期。

刊,任鸿隽就撰文介绍,"科学者,智识而有统系之大名"①,而后梁启超也曾概括以为,"有系统之真智识,叫做科学,可以教人求得有系统之真智识的方法,叫做科学精神"②。这样的科学概念,实际上更加接近于德文Wissenschaft,包括"自然、人为的各种学问",而非专指自然科学的Science③,古典研究要成为一门"现代"的学问,便应当拥有科学的系统性质。事实上,早在国粹运动中,黄节阐述《国粹学报》发起之旨趣,即包括对"科学"的吸收,"意将研究为实施之因,而以保存为将来之果,悬界说以定公例"④。1912年,马相伯等学者欲仿照法兰西学院立"函夏考文苑",亦主张"使旧学有统系,则近于科学",从而"作新旧学"⑤。当然,直至胡适倡言"整理国故",才将"科学"落实为具体的研究方法。

　　1919年,胡适写作《新思潮的意义》,提出新文化运动的根本意义乃是一种评判的态度,对于旧文化,必须"用科学的方法来做整理的工夫"⑥。1921年,胡适在东南大学讲演了"整理国故的方法",1923年,在《国学季刊发刊宣言》中更作详阐,将之条理为"历史的眼光""系统的整理"与"比较的研究"。在胡适看来,"国故"消解了"国粹"的价值意味,可以包含"中国的一切过去的文化

---

① 任鸿隽:《说中国无科学之原因》,《科学》第1卷第1期,1915年。
② 梁启超:《科学精神与东西文化》,《科学》第7卷第9期,1922年。
③ 参见任鸿隽:《科学方法讲义》,《科学》第4卷第11期,1919年;郑贞文:《学术界的新要求》,《学艺》第2卷第3号,1920年。
④ 黄节:《〈国粹学报〉叙》,《国粹学报》第1卷第1期,1905年。
⑤ 马相伯《函夏考文苑议》(1912)认为,"凡学问有原理之纲宗,檠言之科则,由科则而科条,咸有一贯统系者,始得名为科学","旧学"若能"变其奥涩""使有统系",则完全可以"作新"。参见朱维铮主编:《马相伯集》,复旦大学出版社1996年版,第124、126—127页。
⑥ 胡适:《新思潮的意义》,《新青年》第7卷第1期,1917年。

历史",树立这一"历史的观念",乃是"国故方法底起点",而"系统的整理"的最终归宿,则是由各类专史构造中国文化史的总系统,使传统学术具备"分科之学"的外在形式,更包含"寻出因果的关系、前后的关键"的内在要求①。可以说,"历史的观念"真正代表了一种"现代"立场,将历史视作过去的陈迹,才能与传统价值伦理划清界限,进而将中国历史文化整体转换为客观、中立的研究对象。正因如此,胡适在清代朴学与杜威(John Dewey)的实验主义哲学之间发现了联系,他强调"大胆假设"与"小心求证",自身的研究工作也集中于历史考据。尽管"重估价值""再造文明"的宣言早已标示出"科学"研究背后的价值取向,后者在今胜于昔的现代体验中无疑显得自然且正当,整理国故也成为一时风潮,从事者即便对"国学""国故"之内涵有所争议,大抵都接受以"历史的观念"看待传统学术。1926年,顾颉刚为《北京大学研究所国学门周刊》补作发刊词,申明"研究国学,就是研究历史科学中的中国的一部分,也就是用了科学方法去研究中国历史的材料"②,既可视作对国故研究旨趣的激切自白,同时也再度显示了历史主义立场如何自然地寻求实证主义方法的支撑。整理国故运动的影响极为深远,可以说,只有经历古今之变,才可能唤起对古典学术的整体反思与方法自觉,进而产生一个对方法与理论充满探索热情的时代,而历史主义与实证主义也成为了中国古典研究中长期存在的理论预设,直至今日。

整理国故兴起的同时,欧游归国的梁启超已经展开对"科学万

---

① 胡适:《发刊宣言》,《国学季刊》第1卷第1期,1923年。
② 顾颉刚:《一九二六年始刊词》,《北京大学研究所国学门周刊》第2卷第13期,1926年。

能"的质疑,他并非否定"科学精神",而是强调"自然系的活动"与"文化系的活动"具有不同的研究方法,以及科学史观下归纳法、因果律、进化论的局限[①]。1923年,同样是在东南大学演讲,梁启超提出"治国学的两条大路":其一是"文献的学问,应该用客观的科学方法去研究";其二是"德性的学问,应该用内省的和躬行的方法去研究"。前者属于整理国故,后者则属人生哲学,"德性的学问"乃是国学中最为重要、特出之点,绝非科学方法可以研究[②]。此时,与北方学界对垒的学衡派,正借助白璧德(Irving Babbitt)的人文主义学说,对新文化运动进行整体批判,而与梁启超同游欧洲的张君劢、丁文江也开启了"科学与人生观"的论战。值得注意的是,尽管同处"科学"阵营,当时科学研究者对自身方法论的认知,反而较部分整理国故中人更加通达。北大化学系教授王星拱致力于介绍现代科学思想,他恰恰反对将科学真实视作全然客观,指出"我"才是科学活动中"参考的中心点",并以此回应西方新起的科学主义反思[③]。1920年,王星拱《科学方法论》作为"新潮丛书第一种"出版,"引言"部分即出于前述《新潮》论文,"结论"部分亦在《新青年》发表,或可代表新文化运动中较为前沿的科学认识。所以,20年代中国学人对"科学"的理解其实具有多元的立场与角度,这也意味着"科学"之名下的古典研究,可能显露出相当不同学术面向。

[①] 梁启超:《研究文化史的几个重要问题》,《梁任公学术讲演录》第三辑,商务印书馆1923年版,第131—144页。案此篇为1922年梁启超在南京讲学期间的演讲之一。

[②] 梁启超:《治国学的两条大路》,《梁任公学术讲演录》第三辑,第185—205页。

[③] 王星拱:《科学的真实是客观的不是?》,《新潮》第2卷第2号,1919年。

实证风气主导的古典研究，基本将文学研究史学化，文学史占据了文学研究的核心位置。文学史本是一种现代知识形态和学科建制，新文化运动期间，北京大学国文门的"文学史"与"文学"教学已明显分作两途①，身处江南的钱基博亦批评当时中学的课程设置，"讲读自讲读，文学史自文学史，不免看成两橛子"②。文学史研究更是削弱了"文学"的属性，在胡适整理国故的构想里，文学史不过是一种专门史的类型③，傅斯年亦明确地主张文学史的"要求只是一般史学的要求，方法只是一般史料的方法"，文学体悟无法略去感情，却须以"客观的真实"来作为前提与途径④。而当梁启超将胡适的史学取径拓展为"治国学的两条大路"时，也是将"文艺评鉴"纳入需要使用科学方法的"文献"一路，钱基博再次敏锐地评价道，"可惜国学还有眼前很美妙，很引人欣赏的一条大路，就是中国数千年的文学"，在他看来，不仅要研究古典文学，还应当让文学成为一门独立的学科，拥有自身的研究路径⑤。

事实上，正是基于文学视角的追索，构成了时人对科学化、史学化方法的直接质疑。

1922年，东南大学陈钟凡、顾实、吴梅等学者发起"国学研究会"，其整理国学之旨趣与胡适大为不同。1923年，顾实起草《国

---

① 参见陈平原《作为学科的文学史》（增订版），北京大学出版社2016年版，第103—104页。
② 钱基博：《中学校教授中国文学史之商榷》，《教育杂志》第9卷第2期，1917。
③ 胡适：《发刊宣言》，《国学季刊》第1卷第1期，1923年。
④ 傅斯年：《中国古代文学史讲义》，《傅斯年全集》第1册，联经出版事业有限公司1980年版，第12、20页。
⑤ 钱基博：《国学的分科问题》，《约翰声》第35卷第3期，1924年，收入氏著，傅宏星主编：《国学文选类纂》，华中师范大学出版社2013年版，第17页。

立东南大学国学院整理国学计画书》,将整理国学分为"两观三支":

> 客观:以科学理董国故——科学部
> 　　　以国故理董国故——典籍部
> 主观(客观化之主观)——诗文部[①]

"科学部"是指从古代文献抽列条理形成系统学术,"典籍部"则从事古籍的疏证、校理、纂修,两者都属于胡适"系统的整理"范围,"诗文部"则为后者所不及。在东大学人看来,主观之诗文之所以重要,是因为文学是民族心理的承载,"民族心理之强弱,足以支配国家社会与否,而影响及兴衰存亡",因此古典诗文的研究并非仅仅董理旧籍,而是以"移风易俗"、强化民族精神为指归,这一人文价值的标举,就与胡适"历史的眼光"大异其趣。且《计画书》言及科学,一则曰"科学家言发明原理原则,多属假定而不尽为确定",再则曰"科学本为不完全之学,今日学者间之所公认",对以系统法则整理古代材料的科学方法持审慎态度,尤其反对"戴西洋眼镜视中国所有"的做法。

在古典研究之外,更广泛意义上的文学研究者对整理国故亦存疑虑,除开新、旧立场之争,学理层面的线索同样值得发抉。1922年,郑振铎发表《整理中国文学的提议》,从标题即可看出对胡适的呼应,他主张"打破一切传袭的文学观念"和提倡"近代的文学研究的精神",又借助莫尔顿(R.G. Moulton)的文学进化学说,将历史

[①] 顾实:《国立东南大学国学院整理国学计画书》,《国学丛刊》第1卷第4期,1923年。

主义与实证主义方法具体到文学研究中来①。1923年，郑振铎出于声援整理国故的目的，在《小说月报》刊发了一组"整理国故与新文学运动"的专题讨论，实际结果却颇显事与愿违。文学研究会的余祥森撰文以为，旧文学与新文学"他们同是文学，同是普遍的真理表现，所以凡是真正的文学作品，都有永久的价值"②，价值的恒久性正是历史主义排斥的观点。严既澄则更直接地追问，"整理国故的人去鉴赏中国的韵文和诗歌，应当用什么标准"，在他看来，近来的评论都"太过偏用主观的标准"，而他所指的"主观"标准，恰恰是"现代""进化"的文学观念③，这无疑是对所谓"科学""客观"方法的极大反讽。严既澄的疑惑，在短期内当然无法得到回答。虽然文学史、文学概论、诗学原理等各类新著不断涌现，文学作品要如何研究始终是一问题。至1927年，梁实秋评述"五四"以来文学批评的境况，仍在重申"旧标准虽不可再行恢复，纯粹西洋的标准亦不见得合用"，在他看来，"对于批评的拥护"与"新标准的建设"恐怕还是未开始的任务④。

可见，20年代的中国古典学术开启了一个方法重建的新时期，在科学实证的主潮下，古典文学研究的方法研讨，已经与现代学术形成种种张力，而尚未得到完整的思考与表达⑤。这便是小石先生在

---

① 西谛：《整理中国文学的提议》，《文学旬刊》第51期，1922年。
② 余祥森：《整理国故与新文学运动》，《小说月报》第14卷第1期，1923年。
③ 严既澄：《韵文及诗歌之整理》，《小说月报》第14卷第1期，1923年。
④ 梁实秋：《近年来中国之文艺批评》，《东方杂志》第24卷第23期，1927年。
⑤ 20年代的古典学术史包含着复杂的思想脉络与话语实践，上述讨论意在勾勒古典文学研究的学理进程，而非思想事件的前后经纬，更详细的思想史考察可参看罗志田《国家与学术：清季民初关于"国学"的思想论争》，生活·读书·新知三联书店2003年版。

写作《中国文学史讲稿》与《中国文学批评史》等著述时所面对的时代议题，而他也通过具体的学术实践，对古典文学研究的基本问题作出了极为深刻的探索。

二、文学的历史与批评

自20世纪初，国内的文学史著作层出不穷，时人评价却往往是可观者寥寥、难以令人满意，直至1947年朱自清仍然认为文学史研究尚处童年①。如果说早期文学史的不足在于范围驳杂，将经史子集一并阑入，那么当现代"文学"观念成为普遍共识，是否能将"文学"自身的历史讲述精彩，就成为新的考验。

1920年开始，小石先生先后在北京女高师、武昌高师、东南大学、金陵大学任教，讲授文学史课程。1930年，小石先生《中国文学史讲稿》上编正式出版，学界不久即有所回响，认识到此书的与众不同。1932年，胡云翼《新著中国文学史》"自序"列数已出文学史著二十种，认为"满意较多的实只有吾家教授胡小石的《中国文学史》及吾家博士胡适的《白话文学史》"②。任访秋为《讲稿》撰写书评，发现小石先生聚焦于文学整体的演进，"不像一般的文学史然——名为'文学史'，实系'文人传'"，并且书中"创获之多，已非一般因袭者所能企及"③。不同于公开评论，朱自清在日记中表

---

① 朱自清：《什么是中国文学史的主潮》，《朱自清古典文学论文集》，上海古籍出版社2009年版，第13页。
② 胡云翼：《新著中国文学史》"自序"，北新书局1932年版，第4页。
③ 任访秋：《中国文学史讲稿上编》，《图书评论》第2卷第3期，1933年。

古典文学与现时代

达了对《讲稿》的激赏,"晚读胡小石《文学史讲稿》上篇,时有特见"（1934年2月15日）,"读毕胡小石《文学史讲稿》上编,觉其取材皆系从原书中找出,故结论不同凡见"（同年3月1日）[①]。读者于种种具体创见之外,显然注意到《讲稿》史识层面的特出,这正是源于小石先生对文学史研究的整体思考。

《讲稿》出版的同年,小石先生撰写了《中国文学史上的几个重要问题》一文,这是他治文学史的自家经验之谈,也是一篇特殊的理论文献。小石先生以为,文学史研究的先决问题是区分文学史与文学批评,文学批评要在"估定文学之价值",文学史的使命则是"讲明文学的变迁和其因果",应"注意事实"。文学史的"事实"自然根植于各代文家之作品,"事实"的讲述却有相当困难。旧有的文学评论,既存时代、派别之异见,又往往掺杂伦理政治因素,且易流于笼统,本身就"须得一重行估价";新立的方法,如以时代、地域、文体等角度论述文学变迁,都存在难以规约之处,"不能绝对的澈上澈下通用无碍"。"所以一个人的精力,想要完成一部完善的文学史,是不可能的事",小石先生以委婉的方式表达了对学术现状的判断,即当时的文学史研究还不具备明确且合理的学术方法。这一评判固然包含《白话文学史》等新派著作代表的,试图凭借新视角、新理论便利地对文学史加以系统整理的尝试,但《重要问题》一文的针对性恐怕更为广泛,其中隐而未发的,是对文学史叙事中任何

[①] 参见《朱自清日记》,《朱自清全集》第9卷,江苏教育出版社1997年版,第281—282、284页。陈平原对此已有讨论（《作为学科的文学史》,北京大学出版社2016年增订版,第144页）,另可补充的是,朱自清后来在《评郭绍虞〈中国文学批评史〉上卷》（《朱自清古典文学论文集》,第542页）、《经典常谈》（《诗第十二》,中华书局2009年版,第102页）等论著中,都称引过《讲稿》的观点,可见朱自清对此书的欣赏。

636

单一视角的深刻质疑。那么文学史研究应当如何进行？又当采用怎样的标准与方法？小石先生回答是："最好就一时代一文体或一作家作小部分的研究"。①此番平易文字含蕴丰富，亦是为后文的研究示范张本，我们也需要将讨论转向《讲稿》的具体内容。

此书与一般文学史不同，小石先生没有以文学定义开篇，而是首先引述清儒焦循"一代有一代文学之所胜"的学说，表彰其能应用演进理论说明历代文学趋势，以说明自身的文学史观。焦循之说被引申为以下四项观念：

（一）阐明文学与时代之关系。
（二）认清纯粹文学之范围。
（三）划立文学的信史时代。
（四）注重文体之盛衰流变。②

从中可见明显的递进关系，阐明文学与时代之关系为文学史研究的目标，纯粹文学为文学史叙事的主体，"信史时代"划定纯粹文学之考察范围，"文体盛衰"为文学流变的集中表现。小石先生的阐述，当然具有文学进化论的色彩，但如当时学人的普遍情形，此种概念移用往往伴随着理论内涵的转移，而各有用意与侧重③。《中国

---

① 以上见胡小石《中国文学史上的几个重要问题》，本书第315、320页。
② 胡小石：《中国文学史讲稿》，本书第127页。
③ 周勋初先生曾指出，王国维、胡适都提出过"一代有一代之文学"的观点，"均受清末风行的进化论的影响"，分别是为了推重元曲和提倡白话，与小石先生借鉴焦循之说，强调各代皆有所胜，观其会通而勾勒中国文学发展主线的目的并不相同。（《文学"一代有一代之所胜"说的历史重要意义》，《当代学术研究思辨》，凤凰出版社2023年版，第315、321页。）两者的差异在于是否采用了一种线性时间观念，以及是否将历

文学批评史》对古人的"时代之论"颇为留意,认为东汉建安时人因重视文学,而一改模拟尊古风气为贵今贱古,此后经过"渐由牴牾而融和而折衷"过程,至南朝人"能以归纳法整理过去",遂有《宋书·谢灵运传论》《诗品序》《文心雕龙·时序》等篇章,专论文学的时代风气及其转移之故。此中隐含的逻辑在于,只有文学独立才能以文学的视角权衡古今,进而产生文学自身的历史叙事与演进观念,以折衷的态度看待古今之别。文学演进的察见意味着对不同时代的文学特征有所体认与区分,《批评史》认为杜甫论诗,能够对各时代诗家之长兼收并蓄,其中即有"一代有一代之文学,前后蝉脱演变,不相沿袭"的观点,是焦循学说的先声。小石先生又将这一认识推广至书法史研究,主张历史进展有起有伏,"起伏之最高峰,即构成某一时代中之特征",如言唐碑晋帖而"鲜及其前后者,即据其起伏之最高度言之耳"[①]。两相观照,可知小石先生的文学史观拥有丰厚的传统学术资源,他所看重的文学之"演进",恰恰不是单线的进化与退化,更非文体形态的衍生孳乳,而是文学整体的起伏变迁。各时代文学之所胜,即"起伏之最高度",既说明文学与"历史时代"关联紧密,也是"文学时间"的显著标识,这意味着文学的历史叙事应以文学为尺度,一种批评视角已经内化于文学演进的观念之中。

《讲稿》的叙事体例首要地贯彻着上述文学史观。当时文学史

史的"演进"等同于历史的"进步"。前述郑振铎《整理中国文学的提议》即提出,"'进化'二字,并不是作'后者必胜于前'的解释,不过说明某事物,一时期,一时期的有机的演进或蜕变而已",可知当时即便使用"文学进化"的表述亦有不同内涵,需要在具体语境中分辨。

① 胡小石:《中国书法史绪论》,《书学》第 1 期,1943 年。

基本以时代为序,部分作者已意识到文学史与一般历史分期的不同[1],小石先生则反复陈说分期只为"讲述的便利"、是"极勉强的事"[2],是一种人工的"假定"[3]。如何"假定",就体现出著史者本人的识见。如《讲稿》将汉代文学分作四期,第一期由开国至文、景,第二期由武帝至昭、宣,第三期由成帝至桓、灵,第四期为献帝建安一朝,即真切把握了文学趋势的转捩,亦为后继学者所接受。颇有意味的是,小石先生认为在汉代第一期"汉代文学"尚未成立,类似见解亦包括"唐代固有文学"至盛唐时正式成立,等等[4],可见文学本身的特征才是文学史时间的刻度。

如此一来,文学史的体例已然渗透着个人见解,"研究文学史,要纯粹立于客观地位",又从何谈起?事实上,这正反映了小石先生对现代科学与传统学术的特别领解。

小石先生推崇清代的学术成就,《批评史》以为"清为学术时代,非文学时代",清儒"胪列例证,交互比较,纯出于客观,实受科学之赐",又以为"以科学治文学,扫除门户之见,由主观而进于客观,广求证据,比较而归纳之,此清代所特有者也"。(本书第110、116页)将清代考据之学与西方实证科学相联系,胡适、梁启超等学者皆有阐论,清儒以治经之法治史地、诸子之学,亦是晚清以降学者常谈,小石先生的卓见在于将之从"纯出于客观"的史学、考据领域,推及至主观的艺术领域:

---

[1] 如曾毅:《中国文学史》"绪论"即云"学术界之时代观与文学界之时代观不必一致,韵文界之时代区别与无韵文之时代区别亦有不同",泰东书局1915年初版,1918年再版,第19页。
[2] 胡小石:《中国文学史讲稿》,本书第190、228、230页。
[3] 胡小石:《中国文学史上的几个重要问题》,本书第319页。
[4] 胡小石:《中国文学史讲稿》,本书第166、236页。

> 其考订之方法，衍及于书画，辨其源流，推求其影响（如李梅庵之《玉梅花庵论篆》），实治汉学之遗。（《批评史》）

> 李先生本经师，治《公羊》，晚年以治经之法论书，从眼观手摹分别时代、家数、前后系统与影响。（《中国书法史绪论》）[1]

在小石先生书论的整体观点下，"每时代之书，有其公共之形式"，谓之"体"；同体之下各家作风有别，谓之"格"；能自创一格并使人从学，谓之"派"[2]，梅庵先生能够自觉以"时代""家数""系统""影响"等角度进行书法研究，其基本前提在于此类范畴正是从具体书体脱胎而来，并且能够落实于书体的艺术分析之中。小石先生举《玉梅花庵论篆》为例，此文论周代篆字分派，提供了风格、笔法、笔势、布白章法等角度的确切描述[3]，进而"胪列例证，交互比较"，才能完成"辨其源流，推求其影响"的学术论证。因此，条理明晰、分析有据的晚清书学固然具有实证科学的形态，使其成立的基础，则恰恰是对书体进行主观直寻的"眼观手摹"[4]。这样的研究过程，与王星拱对科学方法的论述颇可参照。王星拱认为，人对外界的经验，是从众多主、客观原素中加以取舍构成概念，具有"强

---

[1] 胡小石:《中国书法史绪论》，《书学》第 1 期，1943 年。
[2] 同上。
[3] 李瑞清:《玉梅花庵论篆》，《国学丛刊》第 2 卷第 4 期，1925 年。
[4] 在这一问题上，胡适也曾论述以为，清代汉学家之所以能"举例作证"，是先行在"个体的例"中演绎出"假设的通则"，形成"类"的观念，再以"同类的例"归纳证实。这种"演绎"与"归纳"的逻辑概念，大大淡化了"假设"的主观性质。参见《清代学者的治学方法》，《胡适文存》卷二，外文出版社 2013 年影印版，第 225—226、230—231 页。

订(arbitrary)的性质","科学的知识,都倚靠概念作工具而得来","足见我们的智慧在经验的张本(sense data)上的劳动,对于科学的发生有狠大的功劳了"[1]。小石先生无疑注意到了艺术分析与科学实证之间的关联,即都需要从直观经验中获得分析范畴,再由此列举事实加以检验,这或许就是"由主观而进于客观"的一种实践途径。

小石先生在文学史、批评史上的特见,往往就依托于分析范畴的设置。举其荦荦大者而言,骈、散之分,可谓是中国古代文学批评中最为基本的文体观念,然而此种分疏本身含有历史建构与价值判断的意味。战国至西汉文章本散、偶兼行,至六朝隋唐则骈风独扇,韩愈针对此情形强调西汉文章散行的一面,将与骈体相对之文称作"古文",并赋予其道统内涵,在北宋以后成为文章史的基本叙事。事实上,骈、散之分在文体层面,无非表明一种大致倾向,在文法层面,则无论两汉、六朝文章,都不时出现整饬而非偶俪的句式,在此种分疏下尤显模棱两可。相应地,小石先生搁置了骈、散旧说,而采用了"单笔""复笔"概念。据《讲稿》的解释,"单笔句调,参差不齐,可以随意变化";复笔则"句调整齐,少有伸缩的余地",而非必须对偶。(本书第184页)用"单复"替代"骈偶",在文体与句调两个层面更为切近文章史的现实,作为分析范畴确实更为"完密"。"单复"之说受启发于王闿运,小石先生不仅对其片语只言心领神会,还将之清晰阐说而推衍至诗文全体,以单、复升降发见文学源流。如云汉代散文以昭、宣为枢纽,此前多用单笔,以《史记》为大成,此后多用复笔,以《汉书》为代表;魏晋五言则建安、太康,

---

[1] 参见王星拱:《科学的真实是客观的不是?》,《新潮》第2卷第2期,1919年,《科学方法论》"引说",北京大学出版部1920年版,第13—14页。

复笔渐增,谢灵运为中兴功臣;正始、永嘉,喜用单笔,陶渊明为押阵大将。由此视角分析各代诗文,至末章宋代文学有一总体概括:

> 在中国文学史上,诗风方面,总是正始、太康的风气相交替。在散文方面,是《史记》和《汉书》相盛衰。①

此处的时代、家数的分疏与书法史同趣,其实质是对文体、诗体的推源溯流,含有历史性与批评性的综合。从《讲稿》的具体分析可以看出,单笔、复笔之说要在明其系统,见出文学演进的脉络交织,而不是将之化约为此消彼长的机械进程。基于这一认识,《讲稿》制作"单笔复笔兴替表",附在中唐元和一节之末,以见"单复"升降在文学史重大转关处的意义,进而成为贯穿整个中国文学史的线索。此种效力自然不是骈、散概念可以比拟②。

如果分析范畴的调整可以构成历史理解的不同视角,这就意味着一种文学对象,本身就处于多元的历史脉络之中,尤其需要开阔的批评眼光加以揭示。中唐为文学史与批评史的关键节点,小石先生于此尤有措意,以之为"古代文学与近代文学之转枢"(本书第51页)。《文学史讲稿》认为,元和诗文"皆开前古未有之局面"(本书第248页),韩愈倡导之"古文"运动,其最大趋势为改变魏晋以降的文学观念,"以笔代文、以集代子"(本书第256页);作文用单,则南北朝皆不乏其人,至韩愈之后乃成风气,单笔成为正宗则又在北宋之后。小石先生将"古文"之"变古"与"复古"的交织解释得

---

① 胡小石:《中国文学史讲稿》,本书第292页。
② 前述朱自清在日记中称赏《讲稿》"时有特见",即专门举出与单、复兴替相关的观点,《朱自清全集》第9卷,第281—282页。

相当明确,文学观念与文学体裁的分疏,也隐然区别于扬州学派对桐城文章的批评,使文体单、复独立于文学正统之争的语境。对长庆元、白诗文的分析,则更见小石先生对文学史纷繁头绪的把握。从作诗观念来看,古来诗人多用诗抒发自己的情感,元、白诗则由"为己"转而"为人",推重《诗大序》的比兴讽喻之义。因而在诗法上,韩、孟诗尚奇险,元、白诗主平易。其主要诗体则有讽刺社会之"新乐府"与长篇纪事之《长恨歌》《连昌宫词》等,后者承接汉乐府、唐歌行,开此后以诗记史之风气。元、白纪事诗与唐代小说关系密切,又为明代弹词之先导,以一诗见一代掌故的传统,则一直延续至近代王闿运《圆明园词》、王国维《颐和园词》。小石先生对中唐文学的分析在《讲稿》中具有典型意味,作为中国文学史的"百代之中",它集中地表明一个文学时代可能蕴含的多元走向与复杂脉络,以及不同批评视角所能揭示文学史的丰富事实。

至此,可以重新回到《中国文学史上的几个重要问题》。小石先生在建议"最好就一时代一文体或一作家作小部分的研究,比较容易得到结果"后,正是以对白居易的研讨作为例证,并总结说:

> 由研究一个作家,至少也可以得到文学史上一部分的事实。而在此处所用的观察标准,如时代背景,生平经验等等,却是应用很普遍没有上述的障碍。[①]

对于文学史研究而言,新立的方式不仅不能"澈上澈下通用无碍",恐怕此种意图本身就是无法真正"得到结果"的虚妄。小石先生对

---

① 胡小石:《中国文学史上的几个重要问题》,本书第322页。

白居易的概述浓缩了《讲稿》的相应叙事,在"时代背景""生平经验"之外,融入了主题、体裁、风格、观念诸多层面的比较,来发抉白居易的诗学实践在文学演进中的错综关系与深广含蕴,恰恰是这些具体、局部的"观察的标准",才真正与作品建立起联系,对文学而言才具有"普遍"意义,也只有经由此种合适的"标准",才"可以得到文学史上一部分的事实",呈现文学演进中的一段局部风景。因此,文学史的研究,在小石先生看来是长久的事业,必须"去一枝一节的探讨,把所得的结果,储蓄着供给将来从事此道的资粮"[①]。

小石先生对文学史的研究方法有着相当深入的思考,《讲稿》倾向于指出,文学史研究应"冷静""求信","要纯粹立于客观地位",强调不存个人喜好、门户偏见,广求证据、归纳比较的"科学"面向。文学史研究中时隐时现的批评性前提,则在《重要问题》一文中,以对"方法""标准""视角"的探讨得到叩问与澄清。

小石先生无意进行抽象的理论阐发,毋宁说只是在为文学史研究寻求严格的学术基础。他的研究实践表明,文学史叙事要求明确的批评视角,尽管一切历史叙事都包含对历史的理解与诠释[②],文学史的诠释性尤为明显,在最根本的意义上,文学的历史发生和体现于文学作品,文学史的"事实"要由文学批评来"发现"。另一方面,文学批评的视角始终是历史性的假定,小石先生认同传统文论"文成法立"的观点,法则的归纳总是后设于作品的解读,也必须在文学史中加以检验,这意味着对任何一种批评视角都应保持反思的自觉。

---

① 《中国文学史上的几个重要问题》,本书第 322 页。
② 德罗伊森(J. G. Droysen):《历史知识理论》,胡昌智译,北京大学出版社 2006 年版,第 9—13、28—33 页。

如此一来，即便不进入文学与历史的理论纠葛，文学史与文学批评构成的解释的循环，已经动摇了科学实证主义下主观与客观、历史与当下的理论分野，或许尤为引人深思的是，这一循环具有一种坚实的基础，即古典文学本身的历史意识。

古典意味着一种标准与尺度。无论是胡适援引尼采声称"重估一切价值"，还是郑振铎遵从莫尔顿将古典主义称作"因袭的批评"，支持科学整理国故者，多将古典准则视作学术与社会停滞的原因。小石先生虽然主张对古代批评观点"重行估价"，但他尤为注意文学史上具体作家作品的学古与变古，对其中的历史意识显示出别样的敏感与领会。在汉魏六朝时期，小石先生指出两汉辞赋、散文模拟之风盛行，西晋太康以后始模拟古诗，南朝时亦成风气；齐梁声律之说发明后，"古诗变为律诗，骈文变为四六"，"给永明以后的文学一种新面目"；[①]《批评史》则从另一角度提出"南朝人致意声律，能以归纳法整理过去"，因此有专篇的"时代之论"；[②] 又盛唐诗歌为古代文学之高峰，较前代特出之处除体裁、题材的繁荣扩大，恰恰是"学古途广"，小石先生通过李、杜等大家渊源师承的分析，总结以为"齐、梁以来，被湮没的诗人与诗风，于此尽皆复活起来，而且真正的唐诗，亦于此时方能算正式出现"。[③] 那么古典文学是因袭的，还是创新的？文学史是进步的，还是退化的？这样的观察，正如同龄人 T.S. 艾略特（T. S. Eliot）在《传统与个人才能》中所感叹的，"历史的意识不但使人写作时有他那一代的背景，而且还要感到从荷马以来欧洲整个的文学及其本国整个的文学有一个

[①] 胡小石：《中国文学史讲稿》，本书第 209 页。
[②] 胡小石：《中国文学批评史》，本书第 42—45 页。
[③] 胡小石：《中国文学史讲稿》，本书第 239—240 页。

共时的存在"①。古典文学对于标准与尺度的重视，使得"历史意识"更为深刻地内化于古代文学史，一种理解、比较、衡量的批评视野，实际上和古典文学一并发生着，而文学史的"演进"也就不仅有主潮与支流，还有进退起伏的不同势向，这当然不同于古今之变所塑造的现代时间意识。或许以上论述是"读者之心未必不然"的引申，然而小石先生的探索还是显示出一种可能，即文学史叙事本应具有复杂多元、生机勃勃的样态，同时学术性的价值视野可以在文学批评中得到复苏。

三、文学批评与文学观念

相较于文学史写作的繁荣，国人文学批评史研究的起步要晚许多。中国本有"诗文评"而不称"批评"，"文学批评"作为学术概念为人所熟悉，当在新文化运动之后。1919年，胡适将"评判的态度"阐发为当时文化新思潮的共同精神，认为"文学的评论"是要"重新估定旧文学的价值"②，"文学批评"也随着"科学化而来的新精神"，开始为新文学推波助澜③。1921年，胡愈之发表《文

---

① T. S. 艾略特：《传统与个人才能》，《传统与个人才能：艾略特文集·论文》，卞之琳、李赋宁等译，上海译文出版社2012年版，第3页。
② 胡适：《新思潮的意义》，《新青年》第7卷第1期，1917年。
③ 王统照：《文学批评的我见》，《文学旬刊》第2期，1923年。可资对照的是，胡先骕对当时的文学批评有激烈批判，他认为"今之自命新文学家者，每号召于众曰：'……吾人之责任，在创立批评之学，将中国所有昔时之载籍，重行估值。'此言一出，批评家之出产乃如野菌之多，对于国学抨击至体无完肤，同时所谓新创作之出现，亦如野菌繁殖之速"（《论批评家之责任》，《学衡》第3期，1922年），表述虽显夸张，也从侧面说明现代文学批评的兴起直接导源于新文化运动。

学批评——其意义与方法》,称文学批评"在我们中国还是第一次说及",对西洋批评理论进行介绍①。此后数年间,如温彻斯特(C. T. Winchester)《文学批评之原理》(*Some Principles of Literary Criticism*)、本间久雄《新文学概论》(此书下编为"文学批评论")、莫尔顿《文学的近代研究》(*The Modern Study of Literature*)等理论著作相继得到译介,在民国学界发生持续影响,相较之下,文坛批评实践的总体水平则明显滞后。1926年,梁实秋有鉴于时人对文学批评与"文学攻击"尚作等量齐观,仍要为文学批评之意涵作一番辩证②。朱光潜亦在呼吁让文学批评成为一种专门学问,而第一步的工作,就是"成一种中国文学批评史"③。

在这样的整体境况下,小石先生撰著了国人首部《中国文学批评史》,他对文学批评的认识、对批评史研究的探索,也时时显露着首创性的卓识。

《批评史》开篇即云"一代文学以其时代为背景,而批评则以一代文学为其背景","由批评者之指导,可以转变文学之趋势",表明批评既非文学之附庸,又于文学有积极作用。进而,小石先生分别解释文学创作、欣赏与批评,着重辨析了后两者的异同:欣赏是"读者之经验与作者之经验相印证,复现作者之想象",批评则包含"读者受作者之刺激与反应,追求其原因,推定其价值,品论其高下"的完整过程。所以,

> 欣赏属于艺术,领会其审美,纯出诸情。而批评则流于科

---

① 《文学批评——其意义与方法》,《东方杂志》第18卷第1期,1921年。
② 梁实秋:《文学批评辩》,《晨报副刊》1926年10月27日、28日。
③ 朱光潜:《中国文学之未开辟的领土》,《东方杂志》第23卷第11期,1926年。

学，每以客观之态度，为理智之探讨，判其真伪，定其次第，审其品质焉。①

在此，欣赏实际上是批评的基础，前者完成经验性的理解，后者则针对此理解加以分析比较，形成文学价值的评判。相应的，文学批评的方法可分两类，"一为归纳法，一为判断法"：

> 文学之价值极难估定，若恃一人主观之所见，往往失于武断，故批评之有价值者，类皆出于归纳法，以其能综合事实，相互证明，纯出于客观。②

这一表述应当有其理论来源，前述胡愈之对西方批评理论的早期介绍，已经根据黑德森（Hudson）的《文学研究导言》（*An Introduction to the Study of Literature*），对近代批评中"两个最重要的法式"，即"归纳的批评法"与"判断的批评法"进行了阐述，与后来流布更广的本间久雄《新文学概论》颇显异趣③。不过，在胡愈之的介绍中，"归纳"与"判断"既代表了批评方法的新、旧之别，也有"说明内容"和"判断价值"的分野，小石先生则将两者的论述汇为一途，要求文学判断具有明确的依据与论证，这是文学批评有别于印象式鉴

---

① 以上引文见本书第 3 页。
② 本书第 5 页。
③ 此书介绍批评方法分类时，虽援引盖雷与斯各脱（Gayley and Scott）合著的《文学批评的方法及材料》（*Methods and Materials of Literary Criticism*）中"裁断底批评"与"归纳底批评"之说，具体论述的则是"客观底批评"与"主观底批评""科学底批评""伦理底批评"等。参见本间久雄：《新文学概论》，章锡琛译，商务印书馆 1927 年版，第 83—84 页。

赏的关键,又时刻将"价值"推定作为"科学"方法的最终目的,实则形成了对实证主义的悖反。文学批评既然有理解作品、判断价值的两面,其作用与使命亦十分重大:

> 夫批评为增进读者之了解,颇近似文学史。批评为转换新旧文学之轴纽,则近似修辞学。盖文学之发展多端,而批评亦然。无论才之优劣,艺之高下,范围之广狭,体制之疏密,而批评无不可以消纳之。①

在此,小石先生展露了一个包括文学史、修辞学与文学批评的整体研究构想,文学批评不仅居于核心位置,甚至被认为涵容了文学研究的各个层面,就此而言,一种基于比较而发生的价值判断②,将深植于文学研究之中,正如韦勒克(René Wellek)所坚持的,"文学研究不可能而且也不允许与作为价值判断的文学批评分离"③。在《批评史》撰写之时,文学批评尚未获得独立乃至正当的学术地位,小石先生对文学批评的认识无疑走在了时代前列,而当日后文学研究几为历史考据所取代时,将经验性的体悟作为文学批评的基础,又会成为另一种孤明先发式的启迪。

小石先生写作的是"批评史","总论"部分完全以"批评"为中心,说明了批评史研究的指归所在。1923 年,小石先生尚未回到

---

① 胡小石:《中国文学批评史》,本书第 5 页。
② 小石先生在《批评史》首页眉批指出,"批评生于同类二物之比较,形容词皆相对的,由比较而出。文学盛而批评生,多数可以利于比较",比较即有批评。
③ 韦勒克:《20 世纪文学批评中的形式与结构的概念》,《批评的诸种概念》,罗钢等译,上海人民出版社 2015 年版,第 73 页。

南京，东南大学国文系在陈钟凡先生主持下[①]，已经开设"历代文评"课程，主要内容为"魏晋以来历代名家评文之论说"[②]。1928年，金陵大学中国语文系秋季学期设必修课程"文艺批评"，"讲授历代批评之标准及估量各派文艺之价值"[③]，当年1月陈钟凡先生已赴任暨南大学[④]，授课者应是小石先生，"标准""估价"亦是小石先生表述文学史、文学批评认识的常用词汇。至1934年课程纲要居首又增加"讲述文学评论之原理"[⑤]，程千帆先生晚年回忆从小石先生学习文学批评史，即在此前后[⑥]。从"历代文评"到"文艺批评"，课程名称与纲要的变化可觇传统诗文评的现代转型轨迹，此种变化即便不由小石先生发起，也可知其批评史研究与教学的重心不在于将古代文论汇编成"史"，而在于从古人处领会如何"批评"。这一指归最直接地反映在《批评史》的体例中。

小石先生《批评史》整体上以时代为序，分期方式则相当特别。自东周至民初分为八期，其中第二期"东汉—建安"，将建安、两晋分主题合论，刘宋单辟一节；第三期专论"齐梁"；第四期章目独标"元和"，而涵括全唐，延及北宋，则着眼于元和在批评史的转关意义，以及古文、道学在北宋的蔚为大观；第五期"南宋"继之，即以对北宋文学复古的反拨开启。可见批评史同样拥有自身的时间刻

---

① 东南大学成立于1921年7月，8月陈钟凡先生即赴任东南大学国文系主任兼教授，"历代文评"课程应当是由陈先生设置并讲授，课程大纲与其《中国文学批评史》的体例也颇为接近。参见姚柯夫：《陈中凡年谱》，书目文献出版社1989年版，第17页。
② 《国立东南大学一览》（民国十二年），1923年。
③ 《金陵大学文理科概况》（民国十七年至十八年），1929年。
④ 姚柯夫：《陈中凡年谱》，第24页。
⑤ 《私立金陵大学文学院概况》（民国二十三至二十四年），1943年。
⑥ 程千帆：《闲堂自述》，巩本栋编：《程千帆沈祖棻学记》，贵州人民出版社1997年版，第6页。

度,这一观念与文学史写作相通,起伏消息与文学史又互有异同。如文学史将两汉成、哀至桓、灵的漫长时期视作一段,认为此阶段文尚模拟,绝少变化,批评史则以两汉之交为断,意欲标举王充与扬雄文学观念的新旧对立,及前者对建安文学思潮的潜在影响。两种不同分期实有深层联系,正如"总论"所言,"批评可离作品而独立,但不可离作品而产生"。

在每一批评时代中,小石先生没有采取后续著述常见的以时为序和以人为纲,而是将各种批评观点归纳分类,再配合以时代总论与专人专书的别论。类目的设置常见彼此系连,在特定类目之下,小石先生又往往推究源流,而不会限定于类目所属的时代。如第二期"东汉—建安","论赋"节各条关系颇密切,时人兴起"古今之论",乃因重视"文学",重视文学,故研讨"修辞",修辞益工,则"声律"遂密,文学体认愈真,因而产生"文笔之分"。"文学""声律"两条都已论及齐梁,"文笔之分"条更贯通至中唐元和。又第五期"南宋"论严羽,指出明清诸家诗论"神韵说""性灵说""格调说"均渊源于此,第六期"明代"论复古派,又立"清代诸家"条,诗论流脉则推进至翁方纲"肌理说"、王国维"意境说",以为"众干分荣,俱原于一,为其嚆矢者,《沧浪诗话》而已",换言之,此类诗论名目虽多实则"罕能脱其牢笼",于是在第七期"清代"一概搁置不论。可见,《批评史》中各项类目的勾连、互见、取舍,往往含有小石先生的学术判断与镕裁布置,不能因其为抄本而轻易视之。

无论是纵向的分期,还是横向的分类,这样略显参差与错综的体例,或许最大程度地保留了小石先生对批评史研究的认识与设想,即展现文学批评本身的源流脉络,十余年后,罗根泽先生出于"尽依'事实的历史'之真"的考量,创设了一种兼容编年、纪传、纪事本末的"综合体"①,实与小石先生异轨而同趋。相较于现下严整划一的著述形式,前辈学人的体例探索反而更显"先锋"与"实验"气质,可能也更加符合学术生长的历史样态。

于是,小石先生笔下的中国文学批评史,成为了一部文学批评的问题史,每一类目既指向理论批评的议题及其演进,也提示着实践批评的视角与方法。这些批评史事实的"归纳",与《讲稿》《七绝诗论》《杜甫〈北征〉小笺》等著作中的批评"判断"多有具体联系,而小石先生文学史、修辞学研究中的重大关切,同样体现于《批评史》对"时代""修辞"问题的提炼追踪。古人"时代"之论是小石先生文学演进观念的重要理论来源,已见前文。"修辞"方面,《批评史》探讨孔子诗论,立"言语"条,据《中国修辞学史》可知此为孔门修辞学言语、文章未分的标志②,寓有战国以降言、文分途③,汉代以后语言修辞转而为文学修辞的深刻认识④;两汉至宋,《批评史》各期皆立"修辞"条,持续聚焦于诗文修辞的进展;南宋时代,"宋人论文"条全述陈骙《文则》,揭扬此书对修辞之法的研讨,"已尽今人之所阐发",并得出"修辞之书,其先盖出于中国"的学术史判断。如果考虑到小石先生对《诗经》修辞、《离骚》文例、唐人七绝诗格的具体研究,以及《讲稿》中不时出现的"古诗最重情致,而略于炼字""汉诗有佳章,晋诗有佳句,至此时(案指永明)的诗方

---

① 罗根泽:《中国文学批评史》,商务印书馆2015年版,第38—40页。
② 胡光炜:《中国修辞学史》,《国学丛刊》第2卷第1期,1924年。又见本书第334—335页。
③ 胡光炜:《中国修辞学史略》,《国学丛刊》第1卷第1期,1923年。又见本书第333页。
④ 小石先生《中国文学史讲稿》认为:"论到中国修辞学,亦当以汉代为断。汉以前国与国争、学与学争,故言语修辞之风特甚。汉以后乃由语言之修辞,转而为文学上之修辞。"本书第168页。

有佳字"等等论断①,或可想见小石先生的《中国修辞学史》若能撰成将何其丰富精彩,这也提示着在语言学架构之外,以文学批评视角叙述修辞学史的可能性。

《批评史》最富意味之处,是对于古人的"批评之批评",这也突显着小石先生个人的批评眼光与文学观念。

《讲稿》"引论"之后,第一节为"文学的意义之各种解释",实为一篇浓缩的中国"文学"概念史。此节认为《诗大序》"情动于中,而形于言"为"绝妙的文学定义",魏晋至唐,文学界限清晰,"六朝人所下'文'的定义,即前人对于'诗'的定义",至中唐韩愈则以"笔"为"文","及至宋代,文笔之界更混淆不清","嗣后更把文学的本体,弄得不明不白"。最后列举清代三种文学观念:

（一）桐城派　主单语,重散文,即古之所谓笔,此派以方苞为首。

（二）扬州派　主偶体,重骈文,即古之所谓文,以阮元为首。

（三）常州派　调和文笔之说,如张惠言等,均骈散兼工。

以为"论信徒之多,必推桐城派。若论立论之精准,却数扬州派"。②又针对章太炎先生《国故论衡》"文学者,以有文字著于竹帛,故谓

---

① 《讲稿》在论及此类文学史现象时,确实具有自觉的修辞学视角,比如在陈代文学部分讨论齐梁以降的炼字风气,就曾指出:"练字在中国修辞学中,占有极重要的地位。中国的古代文学有定式,所以要想在此已定之范围内出奇制胜,遂不得不趋向练字的一途。"本书第215页。

② 胡小石:《中国文学史讲稿》,本书第132页。

之文；论其法式，谓之文学"的文学定义，申明"与其失之太宽，不如失之太狭。故宁从阮氏之说，而不取章氏之论"[1]。在《讲稿》与《批评史》中，小石先生论及中唐古文运动，或曰"从元和以后，文之最大趋势，即为以笔代文，以集代子"[2]，或曰"元和诸子，揭复古之旗帜，规模史迁，而文笔遂杂；旁涉诸子，而子、集无分矣"[3]，似乎都表明小石先生秉持了扬州学派的文学观念，是基于六朝"文笔"之"文"对中唐以降"古文"之"文"进行衡断。其实不尽如是。

六朝"文""笔"概念随时代而变动，齐梁文论亦保存不同说法，刘勰《文心雕龙·总术》云"无韵者笔也，有韵者文也"为当时"常言"[4]，萧绎《金楼子·立言》云"吟咏风谣，流连哀思者，谓之文"[5]，则是一家之特见。故而《批评史》第二期"文笔之分"列举各代文献例证，总结以为，"文笔之分，自汉魏以来，咸指韵藻，齐梁以降，则兼涉内容及体制"[4]。若以此为对照，阮元论文，以《书梁昭明太子〈文选序〉后》为例，虽言经、子、史不得专名为文，其重点则是将"沉思翰藻"释作"奇偶相生、音韵相合"[6]，为骈文争得正统地位，落脚在韵藻之常言。小石先生《批评史》则明白指出骈偶文体并非区分文、笔的依据，相较于韵藻之辨，小石先生更看重的，是"文笔之分"背后观念性的"文学之体认益真"，而此种文学体认的清晰，

---

[1] 胡小石：《中国文学史讲稿》，本书第132页。
[2] 同上书，本书第256页。
[3] 胡小石：《中国文学批评史》，本书第6页。
[4] 周勋初：《文心雕龙解析》，凤凰出版社2015年版，第671页。
[5] 萧绎撰，陈志平、熊清元疏证校注：《金楼子疏证校注》（修订本），上海古籍出版社2022年版，第770页。
[6] 阮元：《书梁昭明太子〈文选序〉后》，《揅经室集》三集卷二，邓经元点校，中华书局1993年版，第608—609页。

正在于"兼涉内容"的特见。小石先生《重要问题》一文对此论述得尤为明白：

> 又晋以来，把文笔的界限分为很严，大约有韵为文，无韵为笔；抒情为文，叙事析理为笔。……（韩愈）提倡所谓"古文"，同时又把文来作他的"贯道之器"。一方面看来是以笔代文，另一方面看来又是以子来合集。①

"文笔之分"本是文学性强弱的辨析，但抒情与叙事、析理的内容之别，又直接关涉着文学与非文学的界限，由"子""集"概念分别指代。因此，小石先生言及元和时代的文学趋势，每每会有"文笔"与"子集"的两层论述，后者才是文学体认的根本转变。由此反观《讲稿》中"文学的意义之各种解释"，小石先生列举六朝文献，都以"情志""性情""性灵"为线索，援引阮元对《文选序》之解释，直接舍去了骈偶韵藻之论，言齐梁文笔分判，又单取萧绎之说，在小石先生笔下，"情志"是文学体认的真正核心，形式修辞则作为补充说明出现。所以，此节固然是"文学"的概念史，更是一段针对"文学"体认的历史批评，小石先生的取舍也表明了自身的文学观念。

紧随其后，小石先生对"什么是文学"提出了解释：文学的发生，源于人类在现实生活的不能满足，转向虚境中宣泄自己的情感，将人生虚化，谓之"移情"，以艺术化的方式呈现，谓之"移象"，于是文学可以被界说为：

---

① 胡小石：《中国文学史上的几个重要问题》，本书第317页。

>　　文学，是由于生活之环境上受了刺激而起情感的反应，借艺术化的语言而为具体的表现。①

此段论述借鉴了厨川白村《苦闷的象征》中的文学创作论，或有授课时方便接引的意味，其理论用意，要在后续《诗大序》的重新诠释中展露出来。小石先生认为，"情动于中"，是文学的动机与内容，情感由环境刺激而产生，将人生包含在内；"而形于言"，则是有声有色的艺术化语言，要求具体的表现。换言之，前者论述的是现实与情感的关系，即"移情"；后者针对的是情感与语言的关系，即"移象"。在时人的文学定义中，"情感""人生""艺术""语言"类似的因素皆为常见，小石先生并未停留于知识性的归纳，而是通过"移情"与"移象"的特别构造②，着重说明了这些因素如何具体地构成"文学"，这也就意味着小石先生的用心所在，其实是要指明一种理解文学、分析文学的批评方法。

小石先生将自身的文学观念表述为"纯粹文学"，然而其批评实践所展现的文学视野，与当时流行的"纯文学"观念颇为不同。"纯文学"的兴起有复杂的学理脉络与历史影响③，1919年朱希祖在《文学论》中较早评述了太田善男对"纯文学"与"杂文学"的划分，

---

①　胡小石：《中国文学史讲稿》，本书第135页。
②　厨川白村的核心观点在于，"生命力受了压抑而生的苦闷懊恼乃是文艺的根柢，而其表现法乃是广义的象征主义"，他借助精神分析学说，说明现实进入文学发生了"压缩作用"，具体论述的是文学表现的"转移作用"，小石先生则将"移情"与"移象"一并纳入文学创作的过程，并对"移情"再三措意。参见厨川白村《苦闷的象征》，鲁迅译，北新书局1929年版，第20、32—33页。
③　参见张伯伟先生：《中国文学批评课·序说》，巩本栋、蒋寅主编：《中国诗学》第34辑，人民文学出版社2022年，张健：《纯文学、杂文学观念与中国文学批评史》，《复旦学报》（社会科学版）2018年第2期。

前者"以诗为主情之文",后者则"以历史哲理为主知之文",1927年刘咸炘撰《文学正名》,又指出"最近人……专用西说,以抒情感人有艺术者为主,诗歌、剧曲、小说为纯文学,史传、论文为杂文学"①,大抵代表了时人的一般认识。与此相较,在"情感"方面,小石先生的见解尤显通达。《批评史》以为"古人于情志分别未明,不当据今以释古",明确反对情、知、志的现代分判,《讲稿》又提出情感可以包含人生,尽管不是人生的直接表现。因此,小石先生始终认为文学以情感为准的,不应成为伦理之工具,又能够认同《诗大序》以降主文谲谏、比兴寄托的文学传统,甚而能从"一国之事,系一人之本,谓之风"的政教讽喻中,解读出个体与民族、民族与民族所具有的情感普遍性②。在"表现"方面,小石先生虽认为"散文不是纯粹文学"③,《讲稿》与《批评史》仍为之保留相当篇幅,修辞学研究则主张战国以后即言语、文章分途,"故中国修辞学史,粗言之,即文章学史耳"④,更可见广义散文研究的学术意义。所以,无论是内涵或外延、理论或实践层面,小石先生都没有受限于"纯文学"与"杂文学"的分野,而其中更为深刻的区别,在于文学认知的方式。

自西方近代文学观念传入中国,国人对文学定义的研讨,往往伴随着一种广义与狭义的分疏⑤,暗含了中西、古今的二元构造。在

---

① 刘咸炘:《文学述林》卷一,黄曙辉编校《刘咸炘学术论集 文学讲义编》,广西师范大学出版社2007年版,第3页。
② 参见胡小石:《中国文学史讲稿》,本书第151页。
③ 《中国文学史讲稿》,本书第161页。
④ 胡光炜:《中国修辞学史略》,《国学丛刊》第1卷第1期,1923年。又见本书第333页。
⑤ 具体情形可参见戴燕《文学史的权力》(增订版),北京大学出版社2018年版,第10—15页。

新文化运动之后,此种含义愈发明确,前述朱希祖《文学论》认为文学应当被限定于"纯文学"之内,才能摆脱"吾国以一切学术为文学相同"的传统观念,进而保有文学的"独立之资格"[①]。1924年,杨鸿烈写作《中国文学观念的进化》,以六朝"文""笔"概念分别比附"纯文学"与"杂文学",同样是以符合现代义界为文学观念的进步[②]。至30年代,"纯文学"与"杂文学"逐渐被接受为文学与非文学的区分,它们似乎汇聚起诸如狭义与广义、主情与主知、言志与载道、审美与应用、文学与科学等一系列对立范畴,将文学内涵定位于其中一侧。其弊端相当显著,体现于理论层面,是"文学性"理解与文学史事实的错位,体现于研究实践,则是批评与考据的分离。这一困境不仅存在于过往的学术史,也是尚未解决的当代议题。80年代,新时期的"纯文学"思潮试图对前一阶段过度政治化的文学观念进行纠偏,"形式主义"与"新批评"理论适逢其时地进入国内视野,它们借助诗学语言与日常语言、形式与内容、内部与外部等等理论分野,以更加强化的二元对立定位"文学性",并将此种区别性特征规定为"文学"的本质[③]。尽管"纯文学"术语已经是明日黄花,其理论内涵却仍然构成"当前的常识和体制性的文学史知识"[④],甚至使人习焉不察。所以,当今日的古典文学研究不断感叹"文学本位"的缺失,不断尝试去弥合那些与"文学性"共生的理

---

① 朱希祖:《文学论》,《北京大学月刊》第1卷第1期,1919年。
② 杨鸿烈:《中国文学观念的进化》,《中国文学杂论》,亚东图书馆1928年版,第175—184页。
③ 参见弗雷德里克·詹姆逊(Fredric Jameson):《语言的牢笼》,钱佼汝、朱刚译,中国人民大学出版社2018年版,第27—29、35—36页。
④ 贺桂梅:《"新启蒙"知识档案:80年代中国文化研究》(第2版),北京大学出版社2021年版,第348—356、364—367页。

论分野时，或许首先需要做的，是澄清当下文学认知的种种预设，进而去追问何谓文学，如何重建文学研究的基础。

在文学定义的解说中，小石先生提示了一种非常独特的文学理解方式。他没有设立文学"是什么"的本质规定，而是重新回向并保有了文学"如何"发生的经验性过程。文学，并不需要种种二元结构来确证自身，在"移情""移象"的经验视角下，那些现实与情感、内容与形式的理论区隔才真正被还原为文学本身的现象，进而消融于文学内部。因此，从经验性出发，意味着不再将文学视作客观的对象，而是时刻自觉着"人"在其中的参与，这也决定了小石先生文学研究的整体方向。《讲稿》强调"文学家之所以异乎常人的，就是能将一切客观的事象，加以主观之解释"[1]，《批评史》亦在开篇指明文学欣赏是"读者之经验与作者之经验相印证"，文学批评生发于"读者受作者之刺激与反应"，可见经验性构成了文学史研究与文学批评的正面基础，小石先生的"科学"要求，并非是以抽象、理性、思辨取消这一基础，反而是要让此种立足于"人"的文学研究，可以拥有明确的前提、方法与论证，成为一门严格的学术。至此，我们就可以理解小石先生为何对"科学"方法充满热忱，而又逾越了历史主义与实证主义的限度，以及为何对"文学"的探问，一定会延展为有关于"人"的整体视域[2]。这样的古典文学研究，不仅自身深植于现代，其实也已经赋予"现代"以新的可能。

---

[1] 胡小石：《中国文学史讲稿》，本书第137页。

[2] 小石先生在前揭《中国文学史讲稿》"什么是文学"的解说中论述了文学情感受环境刺激而发生，"人生已包括在内"，进而主张"论列一种文学，对于作者的环境更当特别注重"（本书第136页），《中国书法史绪论》又强调"文化为人类生活全部之反应……故治文学或艺术历史者，实当观察人类全部之文化"（《书学》第1期，1943年），这是理论层面的集中表述，具体研究的实例则不胜枚举。

结语

　　整理国故运动开启了中国学人对古典研究的方法重建，这是西方科学实证主义风潮的回响，也让中西方古典学的命运产生交织与共振。在19世纪，德国古典语文学发生了从人文主义向历史主义的倾转，"'古典的'在1800年前后意味着最高准则，到1900年前后，这个意味几乎丧失殆尽"[1]，为唤回作为古典学前提的人文价值，耶格尔（Werner Jaeger）发起了"第三次人文主义"运动。20世纪初，大洋彼岸的白璧德更早采取人文主义立场，对"从德国学来"的"严格科学的研究方法"进行批判[2]。20年代，白璧德的人文主义学说经"学衡派"译介进入中国，启发了钱基博重新阐论"国学研究之两主义"，即"考征古之所以为古之典章文物"的"古典主义"，与"究明人之所以为人之道"的"人文主义"，以为后者乃是国学研究之正轨[3]。1931年，陈寅恪满怀忧虑地写下对"吾国学术之现状"的观察，如果将其对"国文学"的批评转为正面的期待，那便是"求通解及剖析吾民族所承受文化之内容，为一种人文主义之教育"[4]，这实际

---

[1] 莱因哈特（Karl Reinhardt）：《我与古典学·古典语文学与古典》，刘小枫编：《古典学与现代性》，陈念君、丰卫平译，华夏出版社2015年版，第150、152—156页。

[2] 白璧德批判的德国方法，明确指向的是古典语文学（philology），其具体观点见于《文学与博士学位》《合理的古典研究》《文学与大学》等论文，收录在1908年出版的文集《文学与美国的大学》（张沛、张源译，商务印书馆2022年版，第91、103—106、123—126、130—139页）。白璧德与莱因哈特的观察亦可构成呼应。

[3] 参见钱基博：《今日之国学论》，《国光》第1卷第1期，1929年，收入氏著，傅宏星主编：《国学文选类纂》，第75—82页。

[4] 陈寅恪：《吾国学术之现状及清华之职责》，《金明馆丛稿二编》，生活·读书·新知三联书店2009年版，第362页。

上也是他自身学术研究的追求[①]。尽管上述学者对"人文主义"的理解并非一致,却都将之视作超越实证主义的途径,并隐然形成了一条跨越东西的学术脉络。究其原因,保有"人"的整全,不仅是一种宽广的文化视野、一种更高价值尺度,还首先是古典研究内在的学术要求。

古典文学最为直接地确证着这一要求。在现代科学主导的知识观与真理观下,古典文学的理解身处客观与主观、感性与理性、历史与当下等等基本对立的交汇之处,似乎无从说明自身的实证基础。然而文学内涵的理解、普遍价值的感知,又实实在在地发生于任何一个阅读的当下,这些经验构成了古典文学研究的"客观"事实,不仅不应被排斥于学术思考之外,还恰恰意味着当下的学术观念应当得到更新。这样的更新不是要以主观、独断取消现代学术的严格品性,而是对于感性与现实,不再"只是从客体的或者直观的形式去理解",而是"把它们当做感性的人的活动,当做实践去理解"[②]。同时,这样的更新也就无法仅凭理论思考完成,它需要一种基于实践的经验体会,古典文学研究将是其中最具挑战或许也最为深刻的部分。所以,古典文学本身呼唤着一种新的学术,这是它对于现时代的特殊意义,也是我在阅读小石先生著作时,深受启发与鼓舞之处。

[①] 陈寅恪的治学方法深受德国语文学与历史学影响,在哈佛读书时亦曾与白璧德有所交往,或许都构成他形成自身人文主义立场的因缘。参见张伯伟:《文献学与 Philologie:旧领域的新认识及其可能的新未来》,《文献》2023 年第 6 期;王晴佳:《融汇与互动:比较史学的新视野》,北京大学出版社 2022 年版,第 255 页。

[②] 参见马克思:《关于费尔巴哈的提纲》,《马克思恩格斯文集》第一卷,人民出版社 2009 年版,第 499 页。

编后记

本书是根据胡小石先生论著的抄本、刊本、论文汇编而成，由我和徐亦然博士负责，兹对其编纂略作说明。

本书收录了小石先生文学批评史、文学史、修辞学史和唐人七绝诗论等论著，命名为"胡小石中国文学批评史论"。这一命名，代表了编者对小石先生学术思想的某种理解。在他的理念中，文学批评、文学史和修辞学是紧密关联、相互渗透的，而其核心是文学批评。仅仅关注其中一端，固然无法作完整理解，将其中之一放大为整体，也容易陷入以偏概全的泥淖。至于唐人七绝诗论，则体现了小石先生的"实际批评"（practical criticism），是他融合了文学史、修辞学以从事文学批评的示范。编者的这番用心，希望能够得到读者的理解。

现存《中国文学批评史》是一抄本，上面有小石先生的批注，藏于南京大学图书馆善本室。《中国文学史讲稿》有上海人文社1930年初版本和上海古籍出版社《胡小石论文集续编》本，后者增补了"宋代文学"一章。《中国文学史上的几个重要问题》原载《国立中央大学半月刊》第1卷第7期（1930年），兹作为其文学史附录收入。《中国修辞学史》由刊发在1923—1924年学术杂志上的两篇论文组成，以前从未收入文集。《唐人七绝诗论》两种，吴白匋先生记录本已收入《胡小石论文集续编》，游寿先生记录本是初次公布，两者互有异同，可以参看。以上论著，在收入本书时，都尽量做了仔细校对，凡确认有误者则径改，有异同或疑问者则出校记。在整理过程中发生的任何错误，皆由编者负责。

全书附录四种：《胡小石先生学术年表》是按照出版社的"规定动作"完成，选用了谢建华先生撰写、周勋初先生审订之本。另外三种附录，则出自编者的设想。勋初先生是小石先生的弟子，又是我的老师，亦然则是我的学生，三人各有一文，分别从不同方面和层面揭示小石先生论著的学术意义。也希望通过这种编排方式，呈现一所大学四代人学术传承的意味。今年适逢南京大学文学院110周年诞辰，编者想用它作为献给文学院的生日礼物，并祝愿文学院的事业有一个更加辉煌灿烂的明天。

张伯伟2024年7月1日记于百一砚斋